中国文学通史系列

宋代文学史（下）

The History of Song Dynasty Literature

中国社会科学院文学研究所 ◎ 总纂

孙望 常国武 ◎ 主编

人民文学出版社

目 录

第一章　南宋前期文学概述 …………………………………… 001
第二章　南宋前期词人（上） ………………………………… 008
　　第一节　岳飞和"四名臣"词 ……………………………… 008
　　第二节　朱敦儒 …………………………………………… 015
　　第三节　向子䛨　扬无咎 ………………………………… 019
第三章　南宋前期词人（下） ………………………………… 027
　　第一节　张元幹 …………………………………………… 027
　　第二节　张孝祥 …………………………………………… 034
　　第三节　袁去华　韩元吉 ………………………………… 042
第四章　曾几和南宋前期其他诗人 …………………………… 050
　　第一节　曾几 ……………………………………………… 051
　　第二节　汪藻　王庭珪 …………………………………… 054
　　第三节　邓肃　刘子翚 …………………………………… 059
　　第四节　洪皓　朱弁　曹勋 ……………………………… 064
第五章　范成大 ………………………………………………… 070
　　第一节　范成大的生平 …………………………………… 070
　　第二节　范成大的诗 ……………………………………… 073
　　第三节　范成大的其他作品 ……………………………… 081

第六章　杨万里 …… 087
第一节　杨万里的生平 …… 087
第二节　杨万里的诗 …… 090
第三节　杨万里的其他作品 …… 104

第七章　陆游(上) …… 108
第一节　陆游的生平 …… 108
第二节　陆游诗的思想内容 …… 114
第三节　陆游诗的艺术成就 …… 122

第八章　陆游(下) …… 126
第一节　陆游的词 …… 126
第二节　陆游的其他作品 …… 130
第三节　陆游在文学史上的地位及其影响 …… 135

第九章　辛弃疾(上) …… 139
第一节　辛弃疾的生平 …… 139
第二节　辛弃疾词的思想内容 …… 146

第十章　辛弃疾(下) …… 157
第一节　辛弃疾词的艺术成就 …… 157
第二节　辛弃疾的诗文 …… 166
第三节　辛弃疾在文学史上的地位及其影响 …… 167

第十一章　陈亮　刘过 …… 171
第一节　陈亮 …… 171
第二节　刘过 …… 179

第十二章　朱熹　叶适　洪迈 …… 188
第一节　朱熹 …… 188
第二节　叶适 …… 198
第三节　洪迈 …… 203

第十三章　南宋后期文学概述 …………………………………… 206
第十四章　南宋后期诗人 ………………………………………… 214
　　第一节　永嘉四灵 …………………………………………… 214
　　第二节　江湖派诗人 ………………………………………… 224
第十五章　姜夔 …………………………………………………… 241
　　第一节　姜夔的生平 ………………………………………… 241
　　第二节　姜夔的词 …………………………………………… 243
　　第三节　姜夔的诗和诗论 …………………………………… 253
第十六章　吴文英 ………………………………………………… 259
　　第一节　吴文英的生平 ……………………………………… 259
　　第二节　吴文英词的思想内容 ……………………………… 261
　　第三节　吴文英词的艺术特色 ……………………………… 266
第十七章　南宋后期其他词人（上） …………………………… 276
　　第一节　史达祖 ……………………………………………… 276
　　第二节　高观国 ……………………………………………… 287
　　第三节　卢祖皋 ……………………………………………… 292
第十八章　南宋后期其他词人（下） …………………………… 297
　　第一节　刘克庄 ……………………………………………… 297
　　第二节　戴复古 ……………………………………………… 304
　　第三节　陈人杰 ……………………………………………… 309
第十九章　宋末诗人（上） ……………………………………… 317
　　第一节　文天祥 ……………………………………………… 317
　　第二节　谢翱 ………………………………………………… 330
第二十章　宋末诗人（下） ……………………………………… 339
　　第一节　林景熙 ……………………………………………… 339
　　第二节　汪元量 ……………………………………………… 344

第三节　谢枋得 …………………………………… 349
第四节　郑思肖 …………………………………… 350

第二十一章　宋末词人（上） ………………………… 355
第一节　周密 ……………………………………… 355
第二节　陈允平 …………………………………… 364

第二十二章　宋末词人（中） ………………………… 373
第一节　王沂孙 …………………………………… 373
第二节　张炎 ……………………………………… 381

第二十三章　宋末词人（下） ………………………… 395
第一节　刘辰翁 …………………………………… 395
第二节　蒋捷 ……………………………………… 405

第二十四章　宋代诗话、词话与《沧浪诗话》 ……… 415
第一节　宋代的诗话 ……………………………… 417
第二节　宋代的词话 ……………………………… 423
第三节　严羽与《沧浪诗话》 …………………… 427

第二十五章　话本 ……………………………………… 439
第一节　话本的产生 ……………………………… 439
第二节　小说家的话本 …………………………… 444
第三节　讲史家的话本 …………………………… 452

第二十六章　讲唱文学和歌舞、戏曲 ………………… 456
第一节　鼓子词与赚词 …………………………… 456
第二节　大曲与转踏 ……………………………… 461
第三节　杂剧与南戏 ……………………………… 468

第二十七章　金代文学（上） ………………………… 477
第一节　前期文学 ………………………………… 478
第二节　中期文学 ………………………………… 489

第二十八章 金代文学(下) …… 503
- 第一节 后期文学 …… 503
- 第二节 女真族语文学 …… 516

第二十九章 元好问 …… 519
- 第一节 元好问的生平 …… 519
- 第二节 元好问的作品 …… 522
- 第三节 元好问的诗论 …… 532

第三十章 董解元《西厢记》 …… 537
- 第一节 崔、张故事的演变 …… 537
- 第二节 董西厢的产生 …… 540
- 第三节 董西厢的思想内容 …… 545
- 第四节 董西厢的艺术特色 …… 550

后记 …… 556

第一章　南宋前期文学概述

　　自高宗建炎元年(1127)至宁宗开禧北伐(1206)为南宋前期。这一时期又可分为两个阶段:隆兴和议(1164)前,社会阶级矛盾特别是民族斗争十分激烈;隆兴和议后,民族矛盾暂趋缓和,阶级矛盾又趋尖锐。

　　金统治者在消灭北宋王朝,占据北方广大领土之后,继续挥师南下。金兵的大举侵犯,不仅给南宋广大人民造成深重的灾难,也对金统治地区人民加剧了掠夺、剥削。在金人进逼、南宋王朝岌岌可危之际,是竭力抗击金兵,还是妥协投降,已直接关系到南宋朝廷的存亡。广大军民纷纷起来抵抗金兵的残暴掳掠,如在山西、河北一带的红巾军和以太行山为基地的八字军等,都有较强的武装力量,不断给金兵以沉重的打击。一些主战将领如宗泽、韩世忠、岳飞等,也率领宋军英勇作战,收复了大片失地。金军主力兀术所部遭到多次重大打击后,"十存三四,往往扶舁呻吟而归"(《大金国志》卷七),宋金双方的力量对比开始发生了变化。但是以高宗为首的南宋统治集团始终畏敌如虎,仍然不断派遣使臣向金屈膝求和。高宗还与秦桧等合谋,先是采取一系列卑劣的手段,打击迫害抗金爱国将领,致使李纲被谪,赵鼎绝食而亡,岳飞冤死狱中,胡铨也因上书请斩秦桧而遭到长期流放,然后便恬不知耻地同女真统治者签订了屈辱的"绍兴和议",向金称藩称臣,每年献币纳贡,并将淮河以北的广大地区拱手交给对方,以换取东南半壁江山的偏安。孝宗即位后,起用反对议和而被贬的官员,任命主战派名臣张浚为枢密使,积极准备北伐。隆兴元年(1163),张浚在孝宗的支持下,发动了北伐战争。由于符离一战失利,宋廷又与金人签订新的和约,即"隆兴和议"。从此以后,宋金之间保持相对和平安定的局面,前后达四十年之久。

南宋前期统治集团内部关于和与战的激烈斗争,并不是北宋中期以来新旧党争的延续,而是在宋、金民族矛盾激化这一特殊历史背景下的产物。它渗透到社会政治、经济、文化等各个领域。南宋朝廷时战时和,使这场斗争变得错综复杂。广大军民和爱国志士因中原易手和"靖康耻,犹未雪"的历史和现实,感情激昂慷慨,始终主张抗战。这种心态反映到文学创作中,便奏出了这个时代的最强音,汇成了一股文学发展思潮中的主流——爱国主义,它既贯穿于南宋前期,也贯穿于整个南宋时代,影响是极其广泛而深刻的。

这一时期的词作,由于"靖康之难"的历史剧变及其造成的社会动荡,震撼了词人的心灵,改变了他们的创作生活常态和传统的创作观念,词风也随之发生了明显的变化,从而涌现出一批爱国词人。他们或口诛笔伐,与主和投降的权奸进行不屈的斗争;或投笔从戎,驰骋沙场。他们的激烈壮怀和愤世之情,在当时那种炽热的氛围中空前高涨、升华,发为词章,往往喷薄而出,直抒胸臆,其思想内容大都反映了民族的灾难并与当时的政治斗争紧密联系。在审美情趣上,他们感到北宋以来清丽典雅的传统婉约词风,已不适宜于表达时代精神,而苏轼开创的豪放一路,则更适合于他们抒发爱国感情和宣泄心中悲愤。最早运用词作武器支持抗金斗争的是张元幹。他的词篇写得沉郁悲壮,在南宋前期词坛上独树一帜。另外一些将领和士大夫,如岳飞、李纲、赵鼎、胡铨等,词作虽然不多,也不以词知名,但都留下了富有爱国精神的篇章。其中岳飞〔满江红〕词已成为千古传诵的名作。即使曾以婉约为宗的女词人李清照,在她南渡后的词作中,也凝聚着国破家亡的深沉哀愁,蕴含着真挚的爱国情愫,词风有所变化。稍后的张孝祥,承流接响,词风更接近苏轼,所作将爱国主义的思想感情又推进一层。及至辛弃疾走上词坛,尤以远大的政治抱负和英雄本色,发为豪迈奔放、慷慨激昂的爱国词篇,把宋词推到了一个前所未有的高峰。刘过、陈亮等辛派词人,推波助澜,为之羽翼,使南宋词坛呈现出空前繁盛的局面。

在国家民族危难之际,一些词人鉴于国事日非,环境险恶,或隐身避世,遁迹山林,或与世浮沉,消极颓废,不过他们的词风也在不同程度上发生了变化。如自称"清都山水郎"的朱敦儒,在其南渡后的词中曾发出了"中原乱,簪缨散,几时收"(〔相见欢〕)之类的时代呼声。向子諲退居后,把南渡以后的词作称为"江南新词",并且排在北宋时所作的"江北旧词"之前,其中也时有帝后被俘、国耻未雪的伤痛之感。他们的词作取径不一,各具面目,其主体格调则仍然是沿袭秦观、周邦彦的馀风。因而尽管在清丽婉约之中有所寄寓,并且融入一定的忧患意识,但题材的狭窄和情绪的低沉,不免使他们更着力于辞采、音律和意趣等方面的追求,对后世有一定的消极影响。

诗歌创作在这个时期所反映的时代内涵比词作更为广泛,更加深刻。这是那个天崩地塌的时代大变动感应着诗人心灵的结果。北宋末年的诗坛几乎是黄庭坚及其追随者的天下,影响之大,甚至远远超过苏轼。随着江西诗派本身缺点的逐渐显露以及江西末流的愈趋愈下,很快就引起了不少诗人的不满。列为江西诗派的吕本中、陈与义、曾几等人,曾企图加以补救,只是由于他们前期处于北宋末世社会粉饰太平的创作环境中,更着力于追求词句的明净、妥帖,意境不深,故一时尚难从根本上加以扭转。南渡以后,有的诗人遭受国破家亡之痛,历经战乱流离之苦,忠愤所激,慨然成章,诗风才发生了很大的变化,所作爱国诗歌开始突破了江西诗派的束缚。例如吕本中虽只在南宋生活了十八年,但他身经靖康之变,又备遭漂泊流离的创痛,所以能够写出一些情意真切、风格凝练的诗篇。被列为江西诗派"三宗"之一的陈与义,南渡后只活了十二年,中原沦丧和自身颠沛困顿的经历,使他对杜甫在"安史之乱"后所写苍凉悲壮的诗歌境界的体会很深,因此在这一时期所作诗中表现的爱国思想感情和沉郁雄浑的风格都能接近杜诗,在南北宋之交,可谓出类拔萃。至于曾几、洪皓、刘子翚等人,他们都因同样受到时代感应而在诗中颇多忧患意识。例如曾几晚年常怀念中原,发出了"忧国只寒心"的感叹,而在其闲适诗中也时有抑郁苦闷心情的流露。洪皓身拘北国,举凡故都黍离之叹,北国遗民之悲,离乡背井之愁,无不时时涌现笔端。这些诗歌,语言流畅,已不同于江西诗风的生硬晦涩,对稍后杨万里、陆游等人的诗歌创作在不同程度上产生了积极的影响。

方回《跋遂初尤先生尚书诗》说:"宋中兴以来,言治必曰乾、淳,言诗必曰尤、杨、范、陆。"尤袤、杨万里、范成大、陆游被称为"南宋四大家"。尤袤的诗作传世不多,质量也较平常。杨、范、陆三人在当时即有诗集流传,其诗歌风格各异,创作道路也不尽相同。他们丰富多彩的诗歌创作,不仅把宋诗推向了自苏、黄以来的又一次高潮,而且在整个中国诗歌发展史上也都占有十分重要的地位。

范成大、杨万里、陆游三人虽都受过江西诗派的影响,然而残酷的现实,终于铸成了他们诗作共同的时代特点。比如范成大出使金国所写的七十二首绝句,从不同的角度展现了中原人民的悲惨生活情景和渴望祖国统一的深厚感情。他早年所作的《催租行》和《后催租行》,则是同情人民生活疾苦的代表作。晚年的佳构《四时田园杂兴》和《腊月村田乐府》,具有浓厚的乡土气息,堪称集我国古代田园诗之大成。

杨万里和陆游在当时的声名更大，相当于唐诗里的李白与杜甫。杨万里也写了一些反映农民生活辛劳和抒写爱国感情的诗篇。他特别善于运用新鲜活泼、幽默风趣的手法和语言，摹景体物，抒情言志，从而形成一种独具的艺术特色，被人称之为"杨诚斋体"。这对江西诗派琢语生硬、讲究典故和喜用拗律的作风来说，不啻是一个大胆的革新和解放，为南宋诗风由江西诗派演变到晚唐体起了过渡和枢纽的作用，并对后来的"永嘉四灵"及江湖诗人的诗歌创作产生了直接影响。

在南宋前期爱国诗人中，陆游是最杰出的代表。他以激昂悲壮的歌声，表达了人民渴望统一国土的强烈愿望。"集中十九从军乐，亘古男儿一放翁"（梁启超《读陆放翁集》），陆游的确是当之无愧的。作为宋诗中的大家，他在诗作中所涉及的题材也极其广泛，诸如对封建官吏残酷压迫剥削的揭露，对人民生活困苦的同情，以及农村生活风光、山水自然景物乃至读书、纪行、酬答等等，无不一一摄入笔下。至于诗歌的风格、语言、手法等艺术形式，也都能随着题材、感情的变化而加以灵活处理，从而在其爱国诗歌基调之外，呈现出多姿多彩、绝不局于一隅的风貌，为宋诗走向新的高峰作出了自己的贡献。

这一时期的散文创作没有出现什么名家，但由于北宋欧阳修、苏轼等人已为宋代散文的发展奠定了坚实的基础，因此各体散文在这个时期仍然取得了一定的成绩，其中议论文尤具时代特色。这类散文大都从斥责议和投降、反对民族压迫的斗争需要出发，慷慨陈辞，正气凛然。从形式上看，这类议论文大都是奏章封事，直接上呈皇帝或宰执大臣的，例如陈东的《上高宗皇帝书》三章、宗泽的《乞毋割地与金人疏》和胡铨的《戊午上高宗封事》之类。其中胡铨的封事尤以其过人的胆识、强烈的爱国激情和无可辩驳的逻辑力量，震撼天下，极大地鼓舞了广大军民的抗战士气,打击了主和投降派的气焰。

随着宋金和议的达成,偏安江左的气氛促使南宋散文出现了明显的发展变化。一方面,一些士大夫面对苟安的时局,深感有志难伸,萌发了悲观失望的情绪;另一部分人则醉生梦死,粉饰现实。他们作文往往空虚苍白,雕琢字句,冗杂萎靡。另一方面,山河破碎、南北分裂的惨痛现实,又使许多爱国文人耿然于怀,希望有所作为。他们继承和发扬南宋初期散文的爱国精神与豪情壮志,覃思极虑,奋笔撰文,积极向最高统治者呈述中兴的方针大计。在一批有影响的作家中,最有代表性的是陆游、陈亮、辛弃疾和朱熹、叶适。陆游虽然"以诗名一代,而文不甚著",但他的散文,"遣词命意,尚有北宋典型"(《四库全书总目·〈渭南文集〉提要》)。其政论、史论、传记、序跋等,大都倾注着爱国感情,而以语言精练,结构严谨见长。其馀如各类题跋,短小精悍,直逼北宋苏轼和黄庭坚;《老学庵笔记》和《入蜀记》等笔记散文,叙事写景,笔调新鲜活泼而富有文采。范成大和杨万里的散文也各具特色。范成大拓宽了散文题材,除政论、奏疏、题跋等外,还有山水游记《吴船录》和具有史料价值的《揽辔录》等。杨万里善于四六骈体文,又常以散文夹韵文的方式作赋,如写采石之战的《海鳅赋》等。其散文风格与欧阳修、苏轼一脉相承,所作序跋、记叙等文章,言简意赅,见地警辟,感情充沛。稍后的辛弃疾以豪放词作著称,同时也是散文高手。他的许多有关抗战的政论、奏疏,不仅显示出抗金复国的战略才能,而且气势浩荡恢宏,辩析鞭辟入里,具有一种动人心魄的艺术魅力。陈亮是著名的思想家、政论家。他把散文作为论战的武器,在政治上,他曾不断上书皇帝,倡言恢复;在思想上,他又曾同朱熹就"王霸义利"的问题展开过激烈的辩论。所作散文,布局严谨,说理透辟,气势森雄,"无狂浪暴流,而回漩起洑,紫映妙巧,极天下之奇险"(叶适《书龙川集后》)。叶适的散文也卓然成家。他注重文章的社会功能,主张文章应该有关教化。他的政论文章,或议论抗金,或揭露时弊,都有一股兴国、济时和亢奋人心的政治热情。至于理学家朱熹,他一生倡导义理,未尝刻意为文,其文论承袭北宋周敦颐的"文以载道"和程颐的"作文害道"之说,主张道文一贯,但由于严酷现实的触动,也曾多次上书皇帝,议论国事政局,力主抗战。北宋散文的影响及自身深厚的文学素养,使他的记事散文和游记散文也写得比较出色。值得一提的是,他聚徒讲学,以语录形式为文,兴起一种语录体散文,成为南宋散文表达手法中的一种新的方式,其影响也是不容忽视的。另外,这一时期的笔记散文也有足以称述的作品,除上面提到的一些以外,有些记载典章制度、人物言行、风俗民情等等内容的著作,如吴曾的《能改斋漫录》、王明清的《挥麈录》、罗大经的《鹤林玉露》和孟元老的《东京梦华录》等,或抚今追昔,笔锋常带感情;或记载翔实,意存褒贬;或谈文论艺,以见作者的审美情趣,大都文字朴实,不尚华采,虽然不能称之为纯文艺创作,但在宋文学史上也应有它们的一席之地。

第二章　南宋前期词人(上)

南宋前期词坛,既有适应时代而崛起的一批爱国词人如岳飞、李纲、赵鼎、胡铨、张元幹、张孝祥等,又有隐居山林而处境不同、风格各异的词人如朱敦儒、向子諲、扬无咎[1]等。

第一节　岳飞和"四名臣"词

岳飞(1103—1141),字鹏举,相州汤阴(今属河南)人。先世务农,家贫而好学。宣和四年(1122)应募入伍,隶宗泽部。宋室南渡,曾随宗泽守开封,升为统制。建炎三年(1129)金兵南侵,岳飞移军广德、宜兴等地,大败金兵,不久收复建康(今南京)。后调至湖南、江西,讨伐叛宋将领李成。绍兴四年(1134),大破伪齐刘豫军队,收复襄阳等地,以功授清远军节度使。次年授荆湖南北襄阳路制置使。因平定杨么农民起义有功,进为检校少保,驻守鄂州。"绍兴和议"达成后,岳飞上表反对。十年,金人背约,复取河南、陕西等地,岳飞率兵出击,屡建战功,大破金兵于郾城、朱仙镇。十一年,奉召回临安,任枢密副使。不久被秦桧以"莫须有"罪名害于狱中。孝宗时昭雪,追谥"武穆"。宁宗时又追封为鄂王。所著《岳武穆集》,陈振孙

《直斋书录解题》著录为十卷,不传。今存明嘉靖刻《岳武穆集》五卷本和天启刻六卷本,另有《岳武穆遗文》一卷,为明人徐阶所编,《四库全书》收录。

岳飞是我国历史上著名的民族英雄。他一生戎马倥偬,留下的文学作品不多,词作仅三首,但充满爱国激情。其代表作为千古传唱的〔满江红〕《写怀》[2]:

怒发冲冠,凭栏处、潇潇雨歇。抬望眼,仰天长啸,壮怀激烈。三十功名尘与土,八千里路云和月。莫等闲、白了少年头,空悲切。　靖康耻,犹未雪;臣子恨,何时灭。驾长车,踏破贺兰山缺。壮志饥餐胡虏肉,笑谈渴饮匈奴血。待从头、收拾旧山河,朝天阙。

这是一首直抒胸臆而气壮山河的词作,集中体现了岳飞为国雪耻的坚定信念和无所畏惧的英雄气概。"壮志"两句,化用《汉书·王莽传》"饥餐房肉,渴饮其血"的典故,显示出消灭强敌的决心,声可裂石。这与他另一首〔满江红〕《登黄鹤楼有感》一样,都写得慷慨激昂,壮志凌云,足以起顽振懦,故陈廷焯在《云韶集》中谓此词"何等气概!何等志向!千载下读之,凛凛有生气焉"。

〔小重山〕是一首与〔满江红〕格调不同,饶有委婉含蓄之致的小词:

昨夜寒蛩不住鸣。惊回千里梦,已三更。起来独自绕阶行。人悄悄,帘外月胧明。　白首为功名。旧山松竹老,阻归程。欲将心事付瑶琴。知音少,弦断有谁听?

绍兴和议达成后，岳飞的报国理想未能实现，词中抒发了失地难复、有家难归、壮怀无人理解的内心痛楚，如怨如恨，如泣如诉，感人心肺。由此可见，岳飞的词作虽少，但情辞俱有可观，在词坛上所产生的影响也是巨大而深远的。

"四名臣"是指李光、李纲、赵鼎、胡铨四位遭黄潜善、秦桧等奸臣迫害而坚贞不屈的爱国名臣。他们的词作，清末王鹏运合编为《南宋四名臣词集》，有《四印斋所刻词》本。

李光（1078—1159），字泰发，上虞（今属浙江）人。徽宗崇宁五年（1106）进士，曾任常熟知县。南渡后历官至参知政事。宋金和议后，李光对秦桧撤淮南守备、夺诸将兵权表示不满，并在高宗面前指责秦桧误国，因而屡遭贬谪迫害。桧死后，复官朝奉大夫。著有《庄简集》十八卷，其中词十四首。别刻作《庄简词》一卷。他的词作虽不多，但很能体现其个性襟怀，如〔水调歌头〕《过桐江，经严濑，慨然有感。予方力丐宫祠，有终焉之志，因和致道〔水调歌头〕，呈子我、行简》：

兵气暗吴楚，江汉久凄凉。当年俊杰安在？酌酒酹严光。南顾豺狼吞噬，北望中原板荡，矫首讯穹苍。归去谢宾友，客路饱风霜。　闭柴扉，窥千载，考三皇。兰亭胜处，依旧流水绕修篁。傍有湖光千顷，时泛扁舟一叶，啸傲水云乡。寄语骑鲸客，何事返南荒？

作者经历了人间忧患，此时虽已告退，颇有出世之想，然而心中悲愤难平。词中既有对金兵蹂躏人民的愤恨，又有对中原沦陷的深切关注。全词在超然物外的隐逸之情中，渗透出埋藏在内心深处的愤慨和忧患意识。

李纲(1083—1140),字伯纪,邵武(今属福建)人。政和三年(1112)进士。靖康元年(1126)授兵部侍郎、尚书右丞。金兵围攻汴京时,李纲积极守备,亲自督战,保住了都城。金兵撤退后,由于钦宗听信谗言,李纲等以"专主战议"而被谪。高宗即位后,起为尚书右仆射兼中书侍郎,任职仅七十五日便遭罢官。绍兴后历任湖广宣抚使、江西安抚使、荆湖南路安抚使。曾多次上疏议论时事,反对和议,终不为朝廷所用。卒谥忠定。著有《梁溪集》一百八十卷,其中词一卷,别刻为《梁溪词》,又名《丞相李忠定公长短句》,有《典雅词》本、《四印斋所刻词》本等。

李纲为南宋一代抗金名臣,其诗文"雄深雅健,磊落光明,非寻常文士所及"(《四库全书总目·〈梁溪集〉提要》)。他的词作散佚很多,《全宋词》收录五十三首。所存词中有写贬谪生涯、怀古抒志的,如〔六么令〕《次韵和贺方回金陵怀古,鄱阳席上作》云:"六代兴亡如梦,苒苒惊时月。兵戈凌灭,豪华销尽,几见银蟾自圆缺。"李纲虽遭贬谪,但在被贬途中仍不忘抗金报国,此词即借金陵怀古旧题,抒发了深藏于迁客心中的坚强爱国信念和责任感。在李纲词中最引人注目的是咏史词,共有七首。这些咏史词作,写得形象生动,笔墨豪宕雄健,在两宋词坛上是少见的。在这七首词中,除〔雨霖铃〕一首为借唐玄宗故事讽刺当朝皇帝弃地逃跑外,其馀皆为歌颂历史上消除内忧外患的英雄人物,如〔念奴娇〕《汉武巡朔方》咏赞汉武帝用大将卫青、霍去病击败匈奴,〔水龙吟〕《太宗临渭上》写唐太宗亲领大军使突厥震骇屈服,〔水龙吟〕《光武战昆阳》和〔喜迁莺〕《晋师胜淝上》两首则写王莽和苻坚虽有百万之众,结果仍遭惨败。皆是借古喻今,激励朝廷的抗金意志。现举〔喜迁莺〕《晋师胜淝上》一首为例:

长江千里,限南北、雪浪云涛无际。天险难踰,人谋克壮,索虏岂能吞噬。阿坚百万南牧,倏忽长驱吾地。破强敌,在谢公处画,从容颐指。　　奇伟。淝水上,八千戈甲,结阵当蛇豕。鞭弭周旋,旌旗麾动,坐却北军风靡。夜闻数声鸣鹤,尽道王师将至。延晋祚,庇烝民,周雅何曾专美。

此首写历史上著名的淝水之战。作者按这次战役的进程层层递进,在夹叙夹议中概括了东晋军队以少胜多的过程,形象鲜明,气势浩大,富有现实意义,充分体现出李纲咏史词的审美艺术价值。在金兵压境的南宋初期,这七首咏史词的确是不同寻常的有为之作。它们共同的特征是既激励当朝皇帝要像历史上雄才大略的君主那样,不畏敌避难,又显示出作者以谢安、寇准[3]等历史名臣自比的宏大抱负,笔墨沉雄,气势豪宕,爱国思想感情充满字里行间。此外如他系念二帝被虏、坚信抗金必胜的〔苏武令〕,其结拍"拥精兵十万,横行沙漠,奉迎天表"数语,与岳飞〔满江红〕"再从头收拾旧山河,朝天阙"相似,都是声情豪迈,可裂金石的壮语。然而朝廷甘愿屈膝议和的现实,使他忧愤交并,身心俱瘁,以致发出了"江湖倦客,年来衰病,坐叹岁华空逝。往事成尘,新愁似锁,谁是知心底"(〔永遇乐〕《秋夜有感》)的叹息。李纲词中时而高亢、时而低沉的音调,都带上了鲜明的时代感情色彩。

赵鼎(1085—1147),字元镇,自号得全居士,解州闻喜(今属山西)人。徽宗崇宁五年(1106)进士,曾官开封士曹。靖康初为李纲属官,绍兴后官至尚书左仆射、同中书门下平章事。后因反对和议,为秦桧所忌,被安置潮州,杜门谢客。后移吉阳军(今海南崖县),秦桧意欲加害,他便绝食而死。孝宗时追谥忠简。著有《忠正德文集》

十卷，其中词一卷，别刻为《得全居士词》，有《四印斋所刻词》本、《宋元名家词》抄本等。

赵鼎为南宋名臣，"屹然重望，气节学术，彪炳史书，本不以词藻争短长，而出其绪馀，无忝作者"（《四库全书总目·〈忠正德文集〉提要》）。今存词四十五首，笔力"清刚沉至，卓然名家"（《蕙风词话》卷二）。早期所写大都为闺怨、春愁等闲情绮语，南渡后身受离乱之苦，故多眷恋家国乡关之作。如建炎元年（1127）九月南渡泊舟仪真（今江苏仪征）江口所作的〔满江红〕：

惨结秋阴，西风送，霏霏雨湿。凄望眼，征鸿几字，暮投沙碛。试问乡关何处是？水云浩荡迷南北。但一抹、寒青有无中，遥山色。　天涯路，江上客。肠欲断，头应白。空搔首兴叹，暮年离坼。欲待忘忧除是酒，奈酒行有尽情无极。便挽取、长江入尊罍，浇胸臆。

这首词借景抒情，抒发了浓厚的思念故土之情，也隐含着对国事艰危的深重忧愁。词风由柔变刚，将时代剧变所激起的爱国情思倾注其中，故陈廷焯《白雨斋词话》论及南渡后慷慨激烈的词作，首先举出的就是此首，可见其影响之深远。由于作者壮志未酬而身遭迫害，宁死不屈，故内心的抑郁痛楚，往往诉之笔端。如〔鹧鸪天〕《建康上元作》写词人避乱流离，虽值元宵佳节，但"天涯海角悲凉地，记得当年全盛时"，抚今追昔，其故国之思不禁油然而生。又如被贬岭南时所写的〔洞仙歌〕，倾诉心中的"万斛清愁"，含蓄深沉。而〔贺圣朝〕《道中闻子规》的"凄然推枕，难寻新梦，忍听伊言语"，〔花心动〕的"老来身世疏篷底，忍憔悴、看人颜色"等，则更是变激昂慷慨为凄楚怨恨，令人不堪卒读。赵鼎后期词作摧刚藏棱、哀怨愁恨的独特情调,说明南宋前期爱国词作并非一味雄浑豪放,而是有着多种风格的。

胡铨(1102—1180),字邦衡,号澹庵,庐陵(今江西吉安)人。高宗建炎二年(1128)进士。绍兴五年(1135)任枢密院编修官。绍兴八年(1138)上书反对和议,请斩秦桧、王伦、孙近三人,被贬为福州签判。绍兴十二年(1142)又被押送新州(今广东新兴)编管。十八年移送吉阳军(今海南崖县)。秦桧死后,量移衡州。孝宗乾道初知饶州(今江西波阳)。历官至权兵部侍郎,以资政殿学士致仕。卒谥忠简。著有《澹庵文集》。其词有《澹庵长短句》一卷,有《典雅词》本、汲古阁影写宋本和《四印斋所刻词》本等,今存词十六首。

胡铨一生虽屡遭秦桧迫害,被贬海外十馀年,但始终坚持反对屈膝议和。他的高风亮节为后世所景仰,而其愤世嫉邪的词作也与高尚人格相表里,最为有名的是〔好事近〕:

富贵本无心,何事故乡轻别?空使猿惊鹤怨,误薜萝风月。
囊锥刚要出头来,不道甚时节。欲驾巾车归去,有豺狼当辙。

这是胡铨在被编管新州的逆境中所作。当时"郡守张棣缴上之,以为讥讪,秦(桧)愈怒,移送吉阳军编管"(王明清《挥麈录》后录卷十),可见此词内涵之深刻。结句"豺狼当辙"乃用"豺狼当道,安问狐狸"(《东观汉记》卷二十)之语,比喻权奸秦桧把持朝政。词中所写自己后悔出仕,意欲归隐,实乃愤激之辞。全词以讽刺的笔触,有力地抨击了误国害民的秦桧等人,表现出不畏权势的斗争精神和高贵的气节,因而赢得了很高的声誉。

第二节　朱敦儒

朱敦儒（1081—1159），字希真，号岩壑老人，又称伊水老人、洛川先生。洛阳（今属河南）人。父勃，哲宗绍圣间任右司谏，又曾任太仆寺丞，与苏轼有过诗歌唱和。敦儒少年时从陈东野学，及长，博物洽闻，为东都名士。据《宋史》本传记载："敦儒志行高洁，虽为布衣，而有朝野之望。靖康中，召至京师，将处以学官，敦儒辞曰：'麋鹿之性，自乐闲旷，爵禄非所愿也。'固辞还山。"南渡前曾隐居于洛川。高宗建炎元年（1127），金兵南侵，敦儒携家从洛阳避难淮阴，辗转逃往江西洪州，最后客居南雄州（今广东南雄）。高宗屡召不起。绍兴三年（1133）以荐补右迪功郎。绍兴五年始赴临安。"既至，命对便殿，议论明畅。上悦，赐进士出身"（《宋史》本传），为秘书省正字。后历任兵部郎中、临安府通判、都官员外郎、两浙东路提点刑狱。绍兴十六年（1146），右谏议大夫汪勃弹劾他专立异论，与主战大臣李光交通，遂遭罢官。绍兴十九年（1149）上疏请归，退居嘉禾（今浙江嘉兴）。绍兴二十五年（1155）十月，敦儒以七十四岁高龄在秦桧笼络下强起为鸿胪少卿。秦桧死，依旧致仕。绍兴二十九年卒于秀州（治所在今浙江嘉兴）。所著《岩壑老人诗文》一卷和《猎较集》，均已散佚。词作有三卷，名《樵歌》（又名《太平樵唱》），《直斋书录解题》著录为一卷。《唐宋名贤百家词》收录为三卷。汲古阁旧抄本、《四印斋所刻词》本和《彊村丛书》本亦为三卷。《全宋词》收录二百四十多首，最为完备。

朱敦儒是两宋之交历经数朝的著名词人。《宋史》本传称其"素工诗及乐府，婉丽清畅"。从朱敦儒一生的词作来看，南渡前后的风格有着明显的发展变化。早期词作大多写于北宋末年,既有沉湎酒色、放荡轻狂的生活吟唱,又有逍遥林下、襟怀狂逸的风致描写。其中代表性的词作是写于洛阳的〔鹧鸪天〕《西都作》:

> 我是清都山水郎,天教分付与疏狂。曾批给雨支风券,累上留云借月章。 诗万首,酒千觞,几曾着眼看侯王?玉楼金阙慵归去,且插梅花醉洛阳。

这首词题,黄昇《中兴以来绝妙词选》作"自述",是作者前期生活心态的形象写照。作者以"清都山水郎"自居,萧散疏狂,傲视权贵。这种狂逸的风致在北宋词中颇为少见。其早期词作受到苏轼影响,大多努力追求一种清旷豪逸的境界。如〔念奴娇〕云:

> 插天翠柳,被何人、推上一轮明月。照我藤床凉似水,飞入瑶台琼阙。雾冷笙箫,风轻环佩,玉锁无人掣。闲云收尽,海光天影相接。 谁信有药长生,素娥新炼就、飞霜凝雪。打碎珊瑚,争似看、仙桂扶疏横绝。洗尽凡心,满身轻露,冷浸萧萧发。明朝尘世,记取休向人说。

又如〔水调歌头〕云:

> 中秋一轮月,只和旧青冥。都缘人意,须道今夕别般明。是处登临开宴,争看吴歌楚舞,沉醉倒金尊。各自心中事,悲乐几般情。 烛摧花,鹤警露,忽三更。舞茵未卷,玉绳低转便西倾。认取眼前流景,试看月归何处?因甚有亏盈。我自阊门睡,高枕笑浮生。

尽管这类作品都能明显地看出胎息苏轼词的痕迹,但内涵的深厚则有所不逮。

南渡以后,朱敦儒经历了国破家亡之痛和颠沛流离之苦,词风也随之有所转变,词的基调由香艳、闲适、疏放一变而为凄苦、悲怆和激愤。如南渡初从洛阳沿水路南行时所作的〔水龙吟〕云:

放船千里凌波去,略为吴山留顾。云屯水府,涛随神女,九江东注。北客翩然,壮心偏感,年华将暮。念伊嵩归隐,巢由故友、南柯梦、遽如许! 回首妖氛未扫,问人间、英雄何处?奇谋报国,可怜无用,尘昏白羽。铁锁横江,锦帆冲浪,孙郎良苦。但愁敲桂棹,悲吟《梁父》,泪流如雨。

词人面对国事危难的现实,既发出人间英雄何处的呼唤,又表露出怀才不遇、报国无门的感慨,具有较强的现实意义。又如〔相见欢〕云:

金陵城上西楼,倚清秋。万里夕阳垂地,大江流。 中原乱,簪缨散,几时收?试倩悲风吹泪,过扬州。

还有〔采桑子〕《彭浪矶》:

扁舟去作江南客,旅雁孤云。万里烟尘,回首中原泪满巾。 碧山对晚汀洲冷,枫叶芦根。日落波平,愁损辞乡去国人。

两词都是避乱南方途中的作品。篇幅虽短,意蕴却很深刻,感情也十分深沉,这是前期词中从未有过的意境。此外如〔朝中措〕的"登临何处自销忧,直北看扬州"、"昔人何在,悲凉故国,寂寞潮头",〔减字木兰花〕"万里东风,国破山河落照红",〔沙塞子〕的"万里飘零南越,山引泪,酒添愁。不见凤楼龙阙、又惊秋"等,都写得悲愤、苍凉,与前期词作的风格迥然有别。

朱敦儒后期由于历经宦海风波,时进时退,理想与现实常常发生矛盾,因而南渡初期萌发的报国入世思想渐趋消失,而愤世嫉俗、及时行乐的虚无观念则日益滋生,词的基调也就出现了新的变化。如果说他前期隐逸词中已经流露出"自乐闲旷"的消极心绪,那么后期隐逸词则更是充满了旷达自适和浮生若梦的颓废情调,所谓"世事短如春梦,人情薄似秋云。不须计较苦劳心,万事原来有命"(〔西江月〕)、"屈指八旬将到,回头万事皆空"(前调)、"人生虚假,昨日梅花今日谢。不醉何为,从古英雄总是痴"(〔减字木兰花〕)等,都表现了词人以老庄思想自我解脱的虚无色彩。其出世思想,有时甚至导致他对一度入世的后悔,表示要"把从前一笔勾断"(〔鼓笛令〕),尽情追求山水之乐。晚年退居嘉禾时所作的六首《渔父词》就是他当时生活的自我写照,现举〔好事近〕《渔父词》一首为例:

摇首出红尘,醒醉更无时节。活计绿蓑青笠,惯披霜冲雪。
晚来风定钓丝闲,上下是新月。千里水天一色,看孤鸿明灭。

这首小词清丽自然,在恬静、空旷的境界中透现出超然物外的洒脱襟怀,"飘飘有出尘想,读之令人意境翛远"(梁启超《饮冰室评词》)。此外如写田园小景而表现淡泊心境的〔感皇恩〕(一个小园儿),刻画美妙奇异境界的游仙词〔聒龙谣〕(凭月携箫),以及婉转情深的悼亡词〔念奴娇〕(晚凉可爱),融入禅语的〔临江仙〕(信取虚中无物)等等，都有着类似的韵味。题材虽有所开拓，情调则转向消沉。在艺术上，作者善于运用民间生动活泼的俗语和佛教说唱的韵文，故所作在清新流畅中带有口语化、散文化的倾向，对辛弃疾等人以口语入词产生了一定的影响。这些特点在南北宋之交的词风转变过程中是别具一格的。

第三节　向子諲　扬无咎

向子諲（1085—1152），字伯恭，号芗林居士，河南开封人。南渡后隐居临江（今江西清江）。哲宗元符三年（1110）以恩补假承奉郎，三迁知开封府。徽宗宣和初任淮南转运判官，又以直秘阁为京畿转运副使。南渡后，他始终坚持抗金。建炎三年（1129），金兵侵犯湖南，向子諲作为潭州太守，曾率军民奋力抵抗，坚守八日而城陷。陈与义曾有"稍喜长沙向延阁，疲兵敢犯犬羊锋"（《伤春》）之句加以赞扬。绍兴八年，官至户部侍郎，旋出知平江府（今江苏苏州），"金使议和将入境，子諲不肯拜金诏，乃上章言：'自古人主屈己和戎，未闻甚于此时，宜却勿受。'"（《宋史》本传）为此触怒秦桧，绍兴九年（1139）致仕，复归隐临江"芗林"别墅，退闲十多年而卒。著有《酒边词》，陈振孙《直斋书录解题》著录为一卷，汲古阁刊本为二卷，今存词一百七十多首。

向子諲词作编排颇具特色，上卷题作"江南新词"，为南渡后作；下卷题作"江北旧词"，为南渡前作。词人有意退江北所作于后，进江南新作于前，以体现其重视"江南新词"的用心。从整体上看，他的词作在南北宋之交颇具特色。前期的词作以小令为主，内容多是男女恋情、离愁别绪和友人赠答等，风格清丽柔婉。如写男女离别相

思的〔生查子〕:

> 春心如杜鹃,日夜思归切。啼尽一川花,愁落千山月。遥怜白玉人,翠被馀香歇。可惯独眠寒,减动丰肌雪。

此首写春日怀人。上片借杜鹃鸟写日夜思归之情,下片遥想闺人独眠相思的心态,委婉情深。又如〔南歌子〕(碧落飞明镜)、〔鹧鸪天〕(说着分飞百种猜)以及〔生查子〕(近似月当怀)等小令,也都写得情真意切,自然委婉,与北宋晏、欧的词风一脉相承。"江北旧词"中也有长调,今存三首,其〔梅花引〕《戏代李师明作》上片云:"花如颊,梅如叶,小时笑弄阶前月。最盈盈,最惺惺,闲愁未识、无计定深情。十年空省春风面,花落花开不相见。要相逢,得相逢。须信灵犀,中自有心通。"陈廷焯盛赞此词,将它选入《闲情集》,并谓"此调颇不易工,古今合作,仅此一首。盖转韵太多,真气必减。且转韵处必须另换一意,方能步步引人入胜,作者多为调所窘。此作层层入妙,如转丸珠,又如七宝楼台,不容拆碎"(《白雨斋词话》卷七)。所论甚是。

向子谭南渡以后的词风发生了明显的变化,胡寅《题酒边词》说:"芗林居士步趋苏堂而哜其胾者也。"主要即指其后期所作的"江南新词"。战乱动荡,作者戎马倥偬,虽词作不多,但仍可窥见词人忧患国事的深沉感慨,如〔阮郎归〕《绍兴乙卯大雪行鄱阳道中》:

> 江南江北雪漫漫,遥知易水寒。同云深处望三关,断肠山又山。　天可老,海能翻,消除此恨难。频闻遣使问平安,几时鸾辂还。

乙卯为绍兴五年(1135)。当时岳飞、韩世忠等率师屡败金兵,战局十分有利,可是南宋朝廷畏敌如虎,不断向金"遣使问平安",以致进取中原成为泡影。词中"消除此恨难",流露出作者对国耻未雪的无限愤恨。

向子諲退隐后,理想受到挫折,内心蒙上了一层消极的阴影。然而他并没有完全忘却国事,在这一期间仍有一些倾诉思念中原故土、渴望祖国统一的词篇,如〔水龙吟〕《绍兴甲子上元有怀京师》:

华灯明月光中,绮罗弦管春风路。龙如骏马,车如流水,软红成雾。太一池边,葆真宫里,玉楼珠树。见飞琼伴侣,霓裳缥缈,星回眼、莲承步。　　笑入彩云深处。更冥冥、一帘花雨。金钿半落,宝钗斜坠,乘鸾归去。醉失桃源,梦回蓬岛,满身风露。到而今江上,愁山万叠,鬓丝千缕。

又如〔秦楼月〕:

芳菲歇,故园目断伤心切。伤心切,无边烟水,无穷山色。　　可堪更近乾龙节,眼中泪尽空啼血。空啼血,子规声外,晓风残月。

前首作于绍兴十四年(1144)。词中极力渲染昔日京师元宵佳节的繁华,与今日山河残破的凄凉形成鲜明的对照,在强烈的反差中,喷射出"愁山万叠,鬓丝千缕"的悲苦心绪。后一首从暮春花落想到沦陷后的中原故园,千山遥隔,目断心伤。词人融情于景,"可堪"一句,把沧桑巨变的伤痛感情,推进一层。结拍处的子规声与眼中泪相联结,更有无限的哀愁。此外还有一些感时抚事的词作,如绍兴十八年闰八月所作的〔水调歌头〕下片云:

四十载,两人在,总白头。谁知沧海成陆,萍迹落南州。忍问神京何在,幸有芗林秋露,芳气袭衣裘。断送馀生事,唯酒可忘忧。

词中既反映了作者对神京长期不能收复的嗟叹,又描述了晚年退隐"芗林"之乐,看似矛盾,实乃无可奈何。从"幸有"、"断送馀生"、"忘忧"等词语中,不难看出作者此时的复杂心态。

向子𬱟的后期词作,较多的还是一些表现隐逸之趣和鄙弃名利的作品,如〔西江月〕:"五柳坊中烟绿,百花洲上云红。萧萧白发两衰翁,不与时人同梦。 抛掷麟符虎节,徜徉江月林风。世间万事转头空,个里如如不动。"又如〔蓦山溪〕:"欲烦妙手,写入散人图,蜗角名,蝇头利,着甚来由顾。"还有〔满庭芳〕"输与芗林居士,微吟罢、闲据胡床。须知道,天教尤物,相伴老江乡"等,词风情调渐趋低沉而其中时饶理趣,即胡寅《题酒边词》所谓"以枯木之心,幻出葩华"者。但这与柔婉有着明显的不同。胡寅说他瓣香苏轼,主要就是指《酒边词》中这种类似苏轼"一洗绮罗香泽之态,摆脱绸缪宛转之度"的词风,而这正是向子𬱟后期词的基本特色。

扬无咎(1097—1169),字补之,自号逃禅老人,又号清夷长者,清江(今属江西)人。他是一位著名的画家,兼擅倚声。刘克庄《李炎子诗卷》中记载说:"扬补之妙辞翰,礼闱作赋,至第七韵,思不属,求助于同人。"因而落第。秦桧专权,无咎耻于依附,屡征不起,人品至为高洁。所画墨梅,天下宝重,有"身后寸纸千金"之誉。当时宋高宗爱其所作宫梅,将召见,他即"一夕遁去,此真方外士"(袁桷《跋扬补之〈月赋〉》)。一生未入仕宦。晚年"独处山林",与向子𬱟经常有诗酒唱和,从〔水调歌头〕《次向芗林韵》中"长记芗林堂上,静对小山丛桂,尊俎许从游"之句,可知他们交游之密。孝宗乾道元年(1165),曾应邀为范端伯画梅题词四首,词画双绝,深为后人称道。著有《逃禅词》一卷,陈振孙《直斋书录解题》著录。有《唐宋名贤百家词》抄本和《宋六十名家词》本等。今存词一百七十多首。

扬无咎词的题材较窄,大多为应酬、献寿、咏梅和写节序等作品,其中少数应酬词中虽有"当中兴、护我边陲,重使四方安堵"(〔二郎神〕《清源生辰》)、"元是今朝,曾生名将,力佐中兴"(〔柳梢青〕《步观察生辰二首》之一)的高亢之音,但由于南宋朝廷偏安江左,息马休兵,纵情享乐,词人在不满之馀,只能将一腔"忧国胸襟,平戎材略,分付瑶觥"(同上)。这是时代环境所酿成的一种特殊的心态。扬无咎词中有些反映了文人隐士高雅清幽的情趣,如〔水龙吟〕《赵祖文画西湖图,名曰总相宜》云:"毫端幻出,淡妆浓抹,可人风味。和靖幽居,老坡遗迹,也应堪记。"又〔水龙吟〕《木樨》云:"天赋风流,友梅兄蕙,舆桃奴李。向明窗棐几,纤枝未老,眼明如水。"这些物象意趣都是文人雅士的审美观照。与此同时,也有在隐逸之趣的描写中融入失意之情的词作,如〔水调歌头〕《次向芗林韵》云:"此夕翻成愁绝,未斫广寒丹桂,犹衣敝貂裘。万事付谈笑,斗酒且宽忧。"即用吴刚、苏秦等人事典,抒发功业难成的感慨。

扬无咎的小词大多写得风格清丽工整,情真意切。如〔柳梢青〕:

> 茅舍疏篱,半飘残雪,斜卧低枝。可更相宜,烟笼修竹,月在寒溪。　　宁宁伫立移时,判瘦损、无妨为伊。谁赋才情,画成幽思,写入新诗。

这首咏梅之作,充满了对梅花喜爱赞赏的深情。词中不仅勾画出雪中斜卧的梅树形象,而且与烟竹月溪的美景配合,展示了一幅朦胧而又凄清的图景,表现了词人高洁清幽的情怀,可谓"词中有画"。他用〔柳梢青〕咏梅的词作共有十四首,皆工丽清婉,"不减《花间》、《香奁》及小晏、秦郎得意之作"(刘克庄《扬补之词画》)。此外,抒写男女离愁的小词,也颇有委婉情深之致,如〔生查子〕:

秋来愁更愁,黛拂双蛾浅。翠袖怯春寒,修竹萧萧晚。
此意有谁知,恨与孤鸿远。小立背西风,又是重门掩。

这首闺怨词,上片写秋日思妇懒于弄妆画眉的情态,下片以远去的孤鸿比拟独处的凄苦愁恨。通篇白描,语言精练,别具一格。扬无咎不仅善于白描,有时还用俗语俚词,如:"你还知么,你知后、我也甘心受摧挫"、"杀不得、这心头火"(〔玉抱肚〕)、"睡不着、身心自暗撧"(〔天下乐〕)等。这种口语化的倾向显然是受到北宋柳永词作的影响,并且已开元人散曲的先声。

〔1〕 无咎为汉扬雄之后,其姓当作"扬"。自宋人陈振孙《直斋书录解题》误作"杨"后,沿袭其误者甚多。参见唐圭璋《读词四记》第一则《扬无咎非杨无咎》(原载《社会科学战线》1983年第3期,后收入唐圭璋《词学论丛》)。

〔2〕 此词自近人余嘉锡在其《四库提要辨证》卷二三提出真伪质疑后,怀疑它是后人伪托者不乏其人。1961年夏承焘撰《岳飞满江红词考辨》(见夏氏《月轮山词论集》),更引起了海内外学术界的热烈讨论。归纳持后人伪托之说的根据约有以下数端:(一)岳飞子孙经长期搜集飞之遗作所编的《鄂王家集》中未收此词;(二)宋、元载籍及各种词集皆未曾称引此词;(三)词中"贺兰山"乃西夏地名,与金人黄龙府之方向不合;(四)此词与岳飞《小重山》词的风格迥异;(五)词中多用岳飞本身典故;(六)战国以后已无车战,直至明代方再用战

车，故岳飞此词不当有"驾长车"之语。至伪托之人，或疑为南宋刘克庄，或疑为元代南儒，余嘉锡疑为明人，夏承焘《考辨》更谓为明人王越或其幕府文士。按：作家在不同的时、地和心境下创作不同题材的作品，风格有不同程度的差异乃常见之事；抒发一己胸怀，自述己身的生平事迹，也是文学创作中常见的现象。故上述（四）、（五）两条理由不能成立。战国以后，战争中使用战车之事不乏其例；根据《宋史·兵志》十一记载，宋代也不是全然不用战车。况且文学作品不必字字实指，后人完全可以借用前代之语。故上述第（六）条理由亦不能成立。又许多学者认为贺兰山在今宁夏西北，当时在西夏境内，而词中贺兰山乃泛写、借喻，是文学艺术的语言，并非实指。今按：我国境内以"贺兰"名山者，尚有江西赣州之旧名文壁山（《赣县志》）及河北磁县之贺兰山（《磁县县志》）。高宗建炎初，岳飞曾驻兵于磁县之贺兰山，县距飞家乡仅四、五十公里，由此可进而北上直捣黄龙府，故近年学者以为词中"贺兰山"当指此。又，宋人词不见于宋、元人载籍而只见于明人之书者殊不少，此词虽不见于宋、元载籍，但在王越于明弘治十一年（1498）贺兰山大捷以前已早有流传，明陈霆《渚山堂词话》卷一、张綖《草堂诗馀别录》并有间接或直接证据。今河南汤阴岳庙肃瞻亭院东南隅壁石碑上刻有庠生王熙于天顺二年（1458）所书此词，亦使夏承焘关于王越或其幕府文士伪托之说不攻自破。尤有进者，清沈雄《古今词话》卷上、《历代诗馀》卷一一七及冯金伯《词苑萃编》卷一三引南宋中期陈郁《话腴》有关文字皆提及此词，而今日所传《话腴》各本皆不载。《古今词话》等书应不为凿空之语，或因此词涉及岳飞坐罪之事故其后删去，亦在情理之中。至于岳珂在其先父岳霖搜访的基础上所编《鄂王家集》之所以不收此词，盖由于飞被陷死于狱中后，其子孙徙于岭南，及岳霖等恢复自由、着手收集岳飞资料之时，已在飞死后近二十年，加之其时秦桧馀党尚分据要路，搜求为难，故"掇拾未备"（岳珂《家集》自序）；逮岳珂重新搜访，为时既短（1198—1203年之间），且未尽其力，而上距乃祖之死又近六十年，故遗漏在所难免。何况高宗雅不欲徽、钦二帝还朝，又承祖宗家法深忌岳飞当日之地位名望，而此词内容多触其忌，即使岳珂等已见此词而不敢收入家集之中，亦属极可能之事。综上所述，伪托之说不可信。参见林玫仪《岳飞〔满江红〕词真伪问题辨疑》，收入《词学考铨》，台湾联经出版事业公司出版。

〔3〕 上述七首词中有〔喜迁莺〕《真宗幸澶渊》一首,中有"叱群议,赖寇公力挽,亲行天讨"之句赞美寇准。

第三章　南宋前期词人(下)

第一节　张元幹

张元幹(1091—1161)[1],字仲宗,自号真隐山人、芦川居士,福建永福县(今福建永泰)人[2]。世代仕宦。祖父肩孟,字醇叟,仁宗皇祐五年进士。伯父励、勔、劝,相继登进士第而知名当时,可惜《宋史》皆无传。父动,以恩奏进士出身,徽宗崇宁间曾官于邺(今河北临漳)。元幹早岁丧母,十四、五岁时随父至河北官廨。后入太学,为上舍生。他从小有志于学,胸怀壮志,自称"少年时,壮怀谁与重论?……奏公车治安秘计,乐油幕谈笑从军"(〔陇头泉〕)。徽宗政和年间进入仕途。宣和七年(1125)任陈留县丞。周必大称他"在政和、宣和间,已有能乐府声"(《益公题跋》卷二),可见他在三十岁以前即已显露才华,知名于世。

靖康元年初春,金兵围攻汴京。当时主战派李纲任东京留守兼亲征行营使,张元幹以僚属身份积极参与抗金斗争,并曾冒矢雨与金兵浴血奋战。由于钦宗听信谗言,李纲被罢,张元幹也因此而获罪。不久,京都沦陷,张元幹避地江南。高宗绍兴元年八月,秦桧在朝

"专意与敌解仇息兵"(《宋史·秦桧传》)。张元幹感到抗金前途渺茫,遂以将作监丞致仕。

张元幹休官还乡后,仍关心社会现实并坚持抗金主张。虽然常常出外游山玩水,写下不少寄情山水景物的诗词,同时由于受到佛教思想的影响,在他的作品中也流露出一些消极低沉的情调,但创作主流仍是积极的,是关注国事的,最早用词来反对和议的〔贺新郎〕《寄李伯纪丞相》和〔贺新郎〕《送胡邦衡赴新州》就是这个时期的代表作。后来因此遭到秦桧的迫害,于绍兴二十一年(1151)被削籍下狱[3]。秦桧死后,他又来到临安官舍,漫游江浙一带。绍兴末年,客死异乡。卒赠正议大夫。著有《芦川归来集》十六卷,今存十卷,有清抄十六卷残本和《四库全书》十卷本、上海古籍出版社点校本。他的《芦川词》,宋陈振孙《直斋书录解题》著录有长沙本一卷,《宋史·艺文志》著录二卷。有明吴讷《唐宋名贤百家词》本、明毛晋《宋六十名家词》本、吴昌绶双照楼影宋本等。影宋本、明清抄本、毛刻本中均误收了宋、元人词,《全宋词》已作订正,最为完备。

张元幹工诗文,但以词著称。他"博览群书,尤好韩集、杜诗"(蔡戡《芦川居士词序》)。今存文三卷,主要是表、启、题跋、赞以及青词、疏文等。诗作四卷,二百多首,古体和五、七言律诗绝句均有。他早岁"学诗于东湖居士(徐俯)"(蔡戡序)。大观四年,在南昌与苏坚、吕本中、汪藻、向子諲等九人"为同社诗酒之乐"(《芦川归来集》卷九《苏养直诗帖跋尾》)。他十分推崇黄庭坚的"点化金丹手段"(《跋山谷诗稿》),注重"活法"。徐俯在《赠张仲宗》诗中说他早年诗歌创作受到江西诗派的影响。北宋王朝覆灭后,其诗词内容风格都发生了根本的变化,写下了一些大胆揭露和谴责南宋王朝割地议和的诗篇,如《感事四首丙午冬淮上作》之三云:

戎马环京洛,朝廷尚议和。伤心闻徇地,痛恨竟投戈。始望全三镇,谁谋弃两河!群凶未葅醢,吾合老江波。

又如《建炎感事》云:

乾坤忽震荡,土宇遂分裂。杀气西北来,遗毒成僭窃。议和其祸胎,割地亦覆辙。倘从种将军,用武寨再劫。不放匹马回,安得两宫说?

此外,如《丙午春京城围解口号》、《上张丞相(浚)十首》、《李丞相(纲)生朝》三首、《挽少师相国李公(纲)五首》、《止戈堂》等,都具有强烈的爱国激情,笔力雄健,气势豪迈。这种"大节耻和戎"(《芦川归来集》卷二《李丞相(纲)生朝》)的高亢呼声,开创了南宋爱国诗歌的先河。

张元幹在汴京板荡、辞官归隐后,并不一味陶醉在田园生活之中,而是常常伤时念乱,渴望收复中原。即使是后期所写的一些描写山水景物的诗篇,也多能于清雄之中寓以深沉的感慨,如《次韵陈德用明府赠别之什》"小隐故山今去好,中原遗恨几时休"之类。在他晚年所写的诗中,也流露出"一念不生,万事不理"(《庚申自赞》)的消沉情绪和谈禅说佛的倾向,反映了他思想的另一个侧面。

张元幹的《芦川词》,今存词一百八十馀首,题材范围颇为广泛,举凡忧时伤乱、谴责权奸以及羁旅行役、写景咏物、交游酬唱等,皆一一形之于词。词的风格多样,而以豪放悲壮为主。早年写的〔风流子〕(飞观插雕梁)、〔菩萨蛮〕(黄莺啼破纱窗晓)等,内容不脱流连光景、离别相思的藩篱,词风清丽婉约。靖康之难后,慷慨悲歌开始成为他词作的基调。在南宋前期词坛上,张元幹是一位较早运用词的形式来反映社会现实的重要词人。他以词作武器,坚决反对民族压迫,要求恢复失地,谴责屈膝议和。其中最著名的是被推为压卷之作的两首〔贺新郎〕。一首是送给主战名臣李纲的:

曳杖危楼去。斗垂天、沧波万顷,月流烟渚。扫尽浮云风不定,未放扁舟夜渡。宿雁落、寒芦深处。怅望关河空吊影,正人间、鼻息鸣鼍鼓。谁伴我,醉中舞? 十年一梦扬州路。倚高寒、愁生故国,气吞骄虏。要斩楼兰三尺剑,遗恨琵琶旧语。漫暗拭、铜华尘土。唤取谪仙平章看,过苕溪、尚许垂纶否?风浩荡,欲飞举。

绍兴八年,在南宋朝廷向金屈膝求和已成定局的形势下,退居福州的李纲仍上书反对。张元幹为李纲的主战精神所感动,写下了这首慷慨悲壮的词作,以示声援。四年以后,当枢密院编修胡铨因上书请斩秦桧等人以谢天下,遭到秦桧迫害而编管新州(今广东新兴)时,张元幹又激于义愤,不顾政治风险,写下了又一首千古传诵的〔贺新郎〕为之壮行:

梦绕神州路。怅秋风、连营画角,故宫离黍。底事昆仑倾砥柱,九地黄流乱注?聚万落千村狐兔。天意从来高难问,况人情老易悲难诉。更南浦,送君去。 凉生岸柳催残暑。耿斜河、疏星淡月,断云微度。万里江山知何处?回首对床夜语。雁不到、书成谁与?目尽青天怀今古,肯儿曹、恩怨相尔汝?举大白,听金缕。

胡铨遭贬时,"平生亲党,避嫌畏祸,唯恐去之不速",而张元幹独"作长短句送之"(蔡戡《芦川居士词》序),充分表现了他的人品和胆识。词中既寄寓着国土遭受敌人践踏的满腔悲愤,又表示了对胡铨的大力支持和对投降派的切齿痛恨;而"天意从来高难问"一句,更是借用杜甫"天意高难问,人情老易悲"的诗句,将笔锋直指决策议和的高宗皇帝。全词沉郁顿挫,爱憎分明。后虽因此而被秦桧"以他事追赴大理削籍"(王明清《挥麈后录》卷一〇),但是他的刚风劲节,正如刘熙载《艺概》所说,"身虽黜而义不可没也"。由于这两首声情并茂的爱国词作在南宋初期词坛上独树一帜,因而能够盛传一时。例如杨冠卿秋日过垂虹时,听到溪童歌唱这首送胡铨的〔贺新郎〕,音韵洪畅,遂慨然而用其韵和作一首(杨冠卿《客亭类稿》卷一四);其后韩淲因闻前首送李纲的〔贺新郎〕词极为悲壮,也曾步韵唱和。其影响之深远,由此可以想见。

在张元幹的爱国词中,还有一些是通过自己避乱飘泊的生活来抒写山河残破的沉痛心情的,如〔石州慢〕《己酉秋吴兴舟中作》云:

雨急云飞,惊散暮鸦,微弄凉月。谁家疏柳低迷,几点流萤明灭。夜帆风驶,满湖烟水苍茫,菰蒲零乱秋声咽。梦断酒醒时,倚危樯清绝。　　心折。长庚光怒,群盗纵横,逆胡猖獗。欲挽天河,一洗中原膏血。两宫何处?塞垣只隔长江,唾壶空击悲歌缺。万里想龙沙,泣孤臣吴越。

这首词作于建炎三年流亡湖州途中。上片抒写在秋风急雨、烟水迷茫的水面夜航时的情景,下片表达自己力挽狂澜、扫清中原的强烈愿望,末以怀念被俘北去的二帝作结,在层层递进中塑造了一位壮志未伸、壮心不已的孤臣形象。对于一些主张恢复的朋友,张元幹在歌词酬唱中常以抗金事业加以勉励。如吕本中在绍兴六年应召赴临安

时,张元幹写了一首〔水调歌头〕《送吕居仁赴行在所》云:

> 戎虏乱中夏,星历一周天。干戈未定,悲咤河洛尚腥膻。万里两宫无路,政仰君王神武,愿数中兴年。吾道尊洙泗,何暇议伊川。　吕公子,三世相,在凌烟。诗名独步,焉用儿辈更毛笺。好去承明谠论,照映金狨带稳,恩与荔枝偏。回首东山路,池阁醉双莲。

作这首词时,张元幹已经辞官还乡。在"欲挽天河,一洗中原膏血"的壮志难以实现的情况下,他仍然以国事为重,希望吕本中入朝后能向朝廷进献"谠论",以改变一味苟安的政策,这种精神是十分感人的。

在张元幹的爱国词中,还有一些故国之思和深切怀念中原沦陷区人民的词句,例如:"梦中原,挥老泪,遍南州"(〔水调歌头〕)、"别离久,今古恨,大刀头。老来长是清梦,宛在旧神州"(〔水调歌头〕)、"西窗一夜潇潇雨,梦绕中原去"(〔虞美人〕)、"中原旧游何在?频入梦,老眼空湔"(〔十月桃〕)等等。这些"长于悲愤"的词作,都具有鲜明的时代色彩和强烈的现实精神。他那直抒胸臆的雄健笔调和慷慨悲凉的风格,上承苏轼,下启辛弃疾、陆游、刘过等爱国词人,以至使人"数百年后尚想其抑塞磊落之气"(《四库全书总目·〈芦川词〉提要》)。由此可见张元幹这类词作在南宋词坛上的重要贡献和对后世的深远影响。

在《芦川词》中,还有一些风格清丽婉约的作品。明毛晋《芦川词跋》认为"极妩秀之致,真堪与片玉、白石并垂不朽"。这表明张元幹词作艺术风格具有多样化的特点。例如〔兰陵王〕《春恨》:

> 卷珠箔,朝雨轻阴乍阁。阑干外,烟柳弄晴,芳草侵阶映红药。东风妒花恶,吹落梢头嫩萼。屏山掩,沉水倦熏,中酒心情怕杯勺。　　寻思旧京洛。正年少疏狂,歌笑迷著。障泥油壁催梳掠。曾驰道同载,上林携手,灯夜初过早共约。又争信飘泊。　　寂寞,念行乐。甚粉淡衣襟,音断弦索。琼枝璧月春如昨。怅别后华表,那回双鹤。相思除是,向醉里、暂忘却。

这也是张元幹词中的一首代表作。作者用形象的语言,婉转地表达了怀念故国的深沉情思,笔触细腻,长于铺叙,长期以来,一直脍炙人口。其他如〔兰陵王〕(绮霞散)、〔石州慢〕(寒水依痕)等词作也表现出类似的特点,其风格与手法都明显受到周邦彦的影响。

张元幹一些写景抒情的小词也颇有佳作,如〔浣溪沙〕《武林送李似表》:

> 燕掠风樯款款飞,艳桃秾李闹长堤,骑鲸人去晓莺啼。
> 可意湖山留我住,断肠烟水送君归,三春不是别离时。

又如〔卜算子〕:

> 风露湿行云,沙水迷归艇。卧看明河月满空,斗挂苍山顶。
> 万古只青天,多事悲人境。起舞闻鸡酒未醒,潮落秋江冷。

这类作品,大都清新俊逸,富有诗情画意,与他那些慷慨悲壮的豪放词有着完全不同的风采。这种以豪放为主而兼采婉约之长的艺术风格,从苏轼直到南宋前期词坛,不断得到继承和发展。在此过程中,张元幹的创作实绩和影响是不可忽视的。

第二节　张孝祥

张孝祥(1132—1169),字安国,号于湖居士,历阳乌江(今安徽和县)人。唐代诗人张籍的七世孙。父祁,能诗,任直秘阁、淮南转运使判官。张孝祥十岁时,随父寓居芜湖。少年敏悟,文章过人。绍兴二十四年(1154)廷试擢进士第一,"即上疏言岳飞忠勇,天下共闻,一朝被谤,不旬日而亡,则敌国庆幸而将士解体,非国家之福也"(陆世良《宣城张氏信谱传》),鲜明地表现了他的政治态度。是年十一月,授承事郎,签书镇东军节度判官厅公事。第二年转秘书省正字。绍兴二十八年,任起居舍人,后兼权中书舍人。不久为汪彻劾罢。当初,"孝祥登第,出汤思退之门。思退为相,擢孝祥甚峻,而思退素不喜汪彻"(《宋史》本传)。这说明张孝祥早年与汤思退关系较好,后因政治主张不同,反对主和,因而不断遭到主和派的排挤、打击。孝宗隆兴元年,张孝祥转朝散大夫,复集英殿修撰,知平江府。他在平江时,扶植良善,抑制强暴,为人民做了一些有益的事情。当时,张浚自蜀入朝为枢密使,都督江淮东西路军马,积极准备用兵北伐。第二年,荐张孝祥赴行在,授中书舍人,直学士院兼都督府参赞军事,后又荐张孝祥为建康留守。符离之败后,张浚罢相判福州,张孝祥也被劾落职。乾道元年(1165),仍复集英殿修撰,知静江府,广南西路经略安抚使。七月,张孝祥至桂林,"筑寸金堤以免水患,置万盈仓以储漕运"(《宣城张氏信谱传》)。乾道五年,请祠侍亲,三月,进显谟阁直学士致仕。夏秋之间卒于芜湖[4],墓葬于建康(今南京市)。著有《于湖居士文集》,今存诗、词、文共四十卷。陈振孙《直斋书录解题》、《宋史·艺文志》著录卷数相同。有宋刊本、明万历刻本、清《四库全书》本。《四部丛刊》据慈溪李氏藏宋刊本影印。一九八〇年上海古籍出版社出版点校本。他的《于湖词》，《直斋书录解题》著录长沙本一卷，其单行刊本南宋时已有多种，然不经见。有明吴讷《唐宋名贤百家词》本、毛晋刻本、清《四库全书》本。铁琴铜剑楼影写宋本《于湖先生长短句》五卷、拾遗一卷，而双照楼影刊宋本则为四卷。

张孝祥以词著称，兼擅诗文，工书法。今存散文二十四卷，有政治议论、抒情游记、书启、题跋等。他的散文"如大海之起涛澜，泰山之腾云气，倏散倏聚，倏明倏暗，虽千变万化，未易诘其端而寻其所穷"（谢尧仁《张于湖先生集序》）。而其奏议大都阐述他的政治见解，既对南宋王朝黑暗腐败的政治有所揭露，同时又提出加强边备、扫除积弊和选用人才等革新图强的主张。如《论用才之路欲广札子》云："臣闻国之强弱，不在甲兵，不在金谷，独在人才之多少。"即充分体现了他的政治才能和远见卓识。他的诗歌有十一卷，内容大都是赠答、题咏和纪行等，其中最突出的是反映广大人民要求抗击金兵、收复中原失地的主题，如《次沈教授子寿赋雪》三首之一：

> 北风吹来燕山雪，十万王师方浴铁。风缠熊虎灵旗静，冻合蛟龙宝刀折。何人夜缚吴元济？我欲从之九原隔。东南固自王气胜，西北那忧阵云结？岂无祖逖去誓江，已有辛毗来仗节。

这类作品，大都气势充沛，感情深沉，颇得唐代边塞诗人高适、岑参的遗意。在张孝祥的诗歌里，常常流露出他对人民苦难生活的深切同情。如《劝农分韵得干字》的"我是耕田夫，偶然此为官。饱不知稼穑，愧汝催租瘝。愿言各努力，长年好相看"，《次沈教授子寿赋雪》的"只今斗米钱数百，更说流民心欲折"等，都具有一定的现实意义。

他的诗有意向苏轼学习,甚至被人认为"活脱是东坡诗"(谢尧仁《张于湖先生集序》)。稍后的韩元吉亦评云:"其欢愉感慨,莫不发于诗,好事者称叹,以为殆不可及。"(《南涧甲乙稿》卷一四《张安国诗集序》)可见他在当时是颇负诗名的。

张孝祥是南宋前期比张元幹稍晚而影响较大的爱国词人。今存词二百二十多首,词作题材较为广泛。据汤衡《张紫微雅词序》称:"衡尝获从公游,见公平昔为词,未尝著稿,笔酣兴健,顷刻即成,初若不经意,反复究观,未有一字无来处,……所谓骏发踔厉,寓以诗人句法者也。"虽然张孝祥词中直接反映社会现实斗争的作品并不多,但他所抒写的忠愤之气,常如惊涛出壑,雄健奔放。如〔水调歌头〕《闻采石战胜》:

雪洗虏尘静,风约楚云留。何人为写悲壮,吹角古城楼?湖海平生豪气,关塞如今风景,剪烛看吴钩。剩喜燃犀处,骇浪与天浮。　忆当年,周与谢,富春秋。小乔初嫁,香囊未解,勋业故优游。赤壁矶头落照,淝水桥边衰草,渺渺唤人愁。我欲乘风去,击楫誓中流。

高宗绍兴三十一年(1161)十一月,虞允文大败金兵于采石江上,军民振奋。张孝祥闻讯后,怀着无比激动的心情,写下了这首极富豪情的词篇。作者由采石战胜联想到古代著名的赤壁之战和淝水之战,并借古喻今,以周瑜、谢玄的历史功绩来赞美虞允文。词中化用前人成句,笔墨酣畅,音调激越,上承苏轼,下启辛弃疾。此外他还写了〔水调歌头〕《凯歌上刘恭父》,其中"君王自神武,一举朔庭空"之句,也是讴歌这次胜利的。尽管在采石之战前夕,他还是"小儒不得参戎事",不能亲临前线作战,胜利之后,也只能"剩赋新诗续雅歌"

(《辛巳冬闻德音》),但他的"雄略远志,其欲扫开河、洛之氛祲,荡洙、泗之膻腥者,未尝一日而忘胸中"(谢尧仁《张于湖先生集序》)。隆兴北伐之初,取得了一些胜利。张孝祥曾给前方指挥作战的李显忠写信说,"今淮西之三帅列屯,朝廷安危,实系于是。太尉与王侯、成侯必须同心协力,而后可以成功",希望他们"专图国事,尽去私心"(《与李太尉显忠书》)。不仅热情洋溢地支持张浚出师北伐,而且以团结一致期勉统兵将领。历史事实证明,这次北伐失败正是由于主将李显忠、邵宏渊之间不和造成的。符离之败后,主和的言论又甚嚣尘上。当时张孝祥正在建康任留守,曾满怀忠愤写下了著名的〔六州歌头〕:

长淮望断,关塞莽然平。征尘暗,霜风劲,悄边声。黯销凝。追想当年事,殆天数,非人力,洙泗上,弦歌地,亦膻腥。隔水毡乡,落日牛羊下,区脱纵横。看名王宵猎,骑火一川明。笳鼓悲鸣,遣人惊。 念腰间箭,匣中剑,空埃蠹,竟何成! 时易失,心徒壮,岁将零。渺神京。干羽方怀远,静烽燧,且休兵。冠盖使,纷驰骛,若为情。闻道中原遗老,常南望、翠葆霓旌。使行人到此,忠愤气填膺,有泪如倾!

此词描述了中原沦陷后横遭敌人践踏的凄凉景象和遗民渴望王师收复失地的心情,谴责了当权者对敌人的一味妥协投降,倾吐了诗人来到淮水边境视察时的满腔忠愤。全篇节拍短促,音调悲壮,极富艺术感染力。据宋无名氏《朝野遗记》记载:"安国在建康留守席上赋此,歌阕,魏公为罢席而入。"张浚是当时抗金名将,听了这首词后,竟激动得食不下咽,可见其感人之深。陈廷焯《白雨斋词话》卷六说:"张孝祥〔六州歌头〕一阕,淋漓痛快,笔饱墨酣,读之令人起舞。"确非溢美之辞。这类作品,还有〔水调歌头〕《送谢倅之临安》:"好把文经武略,换取碧幢红旆,谈笑扫胡尘"、〔念奴娇〕《张仲钦提刑行边》:"虏马秋肥雕力健,应看名王宵猎。壮士长歌,故人一笑,趁得梅花月"、〔木兰花慢〕《送张魏公》:"休遣沙场虏骑,尚馀匹马空还"、〔雨中花慢〕:"欲吐平生孤愤,壮气横秋"等。在这类词作中,张孝祥往往把抗战恢复事业的希望寄托在皇帝身上,如〔满江红〕《于湖玩鞭亭》的下片:

　　边书静,烽烟息。通辂传,销锋镝。仰太平天子,坐收长策。麈踏扬州开帝里,渡江天马龙为匹。看东南佳气郁葱葱,传千亿。

由于南宋皇帝只求苟且偏安,不思奋发进取,因此张孝祥的壮志抱负不可能得到施展。随着岁月的流逝,词中那些豪迈、乐观情绪逐渐消失,而代之以哀愁、苍凉的情调。如〔浣溪沙〕《荆州约马奉先登城楼观塞》:

　　霜日明霄水蘸空,鸣鞘声里绣旗红,淡烟衰草有无中。　万里中原烽火北,一尊浊酒戍楼东,酒阑挥泪向悲风。

词中既表达了对中原地区的怀念,又流露出无法改变现实的悲哀。又如〔西江月〕:"不识平原太守,向来水北山人。世间功业漫亏成,华发萧萧满镜"、〔浣溪沙〕:"对月只应频举酒,临风何必更搔头,暝烟多处是神州"等,琢语隽飙,都反映了作者抑郁不得志的心情。

在张孝祥词中,即景抒情之作很多。他善于通过自然景色的描绘,表现旷达的胸襟和洒脱的人生态度,笔力极似苏轼。长调的代表作如〔念奴娇〕《过洞庭》：

> 洞庭青草，近中秋、更无一点风色。玉鉴琼田三万顷，着我扁舟一叶。素月分辉，明河共影，表里俱澄澈。悠然心会，妙处难与君说。　　应念岭表经年，孤光自照，肝胆皆冰雪。短发萧骚襟袖冷，稳泛沧浪空阔。尽挹西江，细斟北斗，万象为宾客。扣舷独啸，不知今夕何夕！

孝宗乾道二年（1166），作者被谗落职，从桂林取道归江东，中秋前月夜泛舟洞庭，为作此词。上片描写月光水色，上下澄澈，境界极为空阔。下片抒写感受，将开阔的胸襟和轩昂的气概，融于上下澄澈的景物之中，深得情景交融之致。全词笔势奇特，想象丰富，显然受苏轼词风影响。故宋魏了翁在跋此词真迹时称道："张于湖有英姿奇气，著之湖湘间，未为不遇。洞庭所赋，在集中最为杰特。方其吸江酌斗、宾客万象时，讵知世间有紫微青琐哉？"（《鹤山题跋》卷二）清查礼亦云："此词皆神来之句，非思议所能及。"（《铜鼓书堂词话》）王闿运更说此词"飘飘有凌云之气，觉东坡〔水调〕犹有尘心"（《湘绮楼词选》）。其实张孝祥并没有超然出尘，他常常通过对雄丽景色的描绘，寄托被谗落职的感慨和高洁情怀，如〔水调歌头〕《泛湘江》：

> 濯足夜滩急，晞发北风凉。吴山楚泽行遍，只欠到潇湘。买得扁舟归去，此事天公付我，六月下沧浪。蝉蜕尘埃外，蝶梦水云乡。　　制荷衣，纫兰佩，把琼芳。湘妃起舞一笑，抚瑟奏清商。唤起九歌忠愤，拂拭三闾文字，还与日争光。莫遣儿辈觉，此乐未渠央。

又如〔水调歌头〕《金山观月》：

> 江山自雄丽，风露与高寒。寄声月姊，借我玉鉴此中看。幽壑鱼龙悲啸，倒影星辰摇动，海气夜漫漫。涌起白银阙，危驻紫金山。　表独立，飞霞佩，切云冠。漱冰濯雪，眇视万里一毫端。回首三山何处？闻道群仙笑我，要我欲俱还。挥手从此去，翳凤更骖鸾。

前一首与〔念奴娇〕《过洞庭》皆作于从桂林放归途中。作者在泛舟湘水时，有感于屈原被谗流放自沉汨罗江，因而赋此抒怀。词中摘取屈原作品的成句并化用《史记·屈原贾生列传》的语意，表达了对屈原的赞美和追念，隐寓自己身世的侘傺和块垒的不平，故作旷达，更觉情致深沉，馀意不尽。后一首作于乾道三年，全词描绘在金山寺观月时所见的雄丽景色和引起的感受，想象奇妙，笔致旷放。宋陈应行称"其潇散出尘之姿，自然如神之笔，迈往凌云之气，犹可以想见也。"(《于湖先生雅词序》)，是符合张孝祥的为人和词作实际的。在这类作品中，还有一些即景抒情的小词，有的比较直露，如〔西江月〕《丹阳湖》：

> 问讯湖边春色，重来又是三年。东风吹我过湖船，杨柳丝丝拂面。　世路如今已惯，此心到处悠然。寒光亭下水如天，飞起沙鸥一片。

此词由重游丹阳湖所见的湖边景色起兴，反映了作者历经崎岖世路后的旷达胸襟。有的则比较含蓄，如〔西江月〕(满载一船秋色)、〔浣溪沙〕(行尽潇湘到洞庭)、〔菩萨蛮〕(暗潮清涨蒲塘晚)、〔蝶恋花〕

(漠漠飞来双鹭玉)等。这些词作,境界清幽,语言深婉,气韵与其豪迈之作有异其趣。在长调中能够代表这种艺术风格特色的当推〔多丽〕：

> 景萧疏,楚江那更高秋。远连天、茫茫都是,败芦枯蓼汀洲。认炊烟、几家蜗舍,映夕照、一簇渔舟。去国虽遥,宁亲渐近,数峰青处是吾州。便乘取、波平风静,荃棹且夷犹。关情有,冥冥去雁,拍拍轻鸥。　忽追思、当年往事,惹起无限羁愁。拄笏朝来多爽气,秉烛夜永足清游。翠袖香寒,朱弦韵悄,无情江水只东流。舵楼晚,清商哀怨,还听隔船讴。无言久,馀霞散绮,烟际帆收。

这首词约作于绍兴二十九年(1159)秋天归芜湖途中。上片写楚江秋景和故乡在望的喜悦之情,下片追忆临安往事,力图摆脱当年羁旅之愁,不问世事,及时行乐。结末通过眼前清幽晚景的描写,将怀念闺中人的情愫和感叹时光易逝的哀愁寓托其中。全篇无愤激语,只是委婉含蓄地叙说,读来纡徐有致,可以说是"气雄而调雅,意缓而语峭"(查礼《铜鼓书堂词话》)的词作。

在张孝祥词中,还有少数表现爱情生活的作品,如〔念奴娇〕(风帆更起)、〔木兰花慢〕(送归云去雁)、〔木兰花慢〕(紫箫吹散后)等,情意深切,凄惋动人。

在《于湖词》中,有一些受道、释影响的作品,情绪比较消极;又有不少寿词和应酬作品,思想更觉平庸,没有什么上乘之作。

张孝祥作词刻意学苏轼,在当时声誉很高。汤衡说:"自仇池(指苏轼)仙去,能继其轨者,非公其谁与哉!"(《张紫微雅词序》)其深刻的爱国思想和高度的艺术技巧,开辛派词的先河。因此,张孝祥和张元幹堪称南宋前期词坛的双璧。

第三节　袁去华　韩元吉

袁去华,字宣卿,豫章奉新(今属江西)人。大约生于徽宗政和、宣和年间。绍兴十五年(1145)进士。少年有志恢复,"记当年,携长剑,觅封侯"(〔水调歌头〕)。但因秦桧当道,壮志难伸。据《奉新县志》卷十五记载,他知善化县时,"岁饥,郡守督赋方急,去华抗言,所治饥馑,当议赈恤,不当征比。守衔之,阴中以事谪醴县丞,迁知石首县卒。"可见他为人正直,非常关心百姓疾苦。

袁去华学问渊博,尤善歌词。他在乾道间所作的〔水调歌头〕(雄跨洞庭野),深受张孝祥的赞赏(见陈振孙《直斋书录解题》卷一八)。与杨万里也有唱和。在所作《和丰桥记》中,曾提及"淳熙丁酉仲秋"修桥一事,并说"明年七月桥成"。是知淳熙五年(1178)他尚健在,但卒年不详。著有《适斋类稿》八卷,已佚。今传其《宣卿词》一卷,《直斋书录解题》作《袁去华词》一卷。有影宋《典雅词》本、《四印斋所刻词》本。《全宋词》即据四印斋刻本收录。今存词九十馀首。

《宣卿词》中,除少数伤时感事之作外,大都是抒写离愁别绪、男女恋情和登山临水、伤春悲秋等传统题材的作品。其中抒发怀才不遇、报国无路的感愤词作,数量虽不多,却都极为豪迈清雄,如〔水调歌头〕《定王台》：

雄跨洞庭野,楚望古湘州。何王台殿,危基百尺自西刘。尚想霓旌千骑,依约入云歌吹,屈指几经秋。叹息繁华地,兴废两悠悠。　登临处,乔木老,大江流。书生报国无地,空白九分头。一夜寒生关塞,万里云埋陵阙,耿耿恨难休。徙倚霜风里,落日伴人愁。

定王台为长沙古迹,自唐以来诗人墨客登临赋咏者甚多。这首词即景抒情,借古伤今,极沉郁顿挫之致。下片"书生"几句,抒发报国无门的感慨,语极沉痛,充分表达了当时失意知识分子的典型情绪。

袁去华词中寄慨国事,虽没有张元幹、张孝祥那样高亢激烈,然而复杂苦闷的心情与"长驱万里"的豪气相交织,常使抒发的感情更显得沉郁苍凉,格调已与辛弃疾近似。如〔水调歌头〕:

鸟影度疏木,天势入平湖。沧波万顷,轻风落日片帆孤。渡口千章云木,苒苒炊烟一缕,人在翠微居。客里更愁绝,回首忆吾庐。　功名事,今老矣,待何如。拂衣归去,谁道张翰为莼鲈。且就竹深荷静,坐看山高月小,剧饮与谁俱。长啸动林木,意气欲凌虚。

全词借景抒怀,将作客异乡的愁苦和功名未就、人已老大的嗟叹结合一处,在悒郁寡欢、百无聊赖之际,唯有"拂衣归去",独自剧饮,长啸于山林之间,聊以忘忧而已。从貌似旷达的语句中,不难看出词人内心的极端苦闷。又如〔念奴娇〕(竹阴窗户荐微凉)下片:

堪笑丘壑闲身,儒冠相误,着青衫朝市。功业君看清镜里,两鬓于今如此。身外纷纷,傥来适去,到了成何事。人生一世,种瓜何处无地。

从词中交错运用杜甫、庄子、东陵侯等人诗句、典故中,可见作者当时的心境是何等的矛盾复杂。由于政治失意,功业无成,词人只能寄情湖山,追慕陶潜"琴中趣,杯中物,醉中诗"(〔六州歌头〕《渊明祠》)的闲适生活,以求"忘机"。但在湖光山色的咏叹中,又往往流露出独立苍茫的惆怅,写下了诸如〔满江红〕(画栋珠帘)、〔水调歌头〕(吴门古都会)、〔柳梢青〕(白鹭洲前)之类吟咏闲情的词作。

袁去华还有一些怀人之作,抒写别离相思,情意深厚,代表了他的另一种词风特色。如〔安公子〕:

> 弱柳丝千缕。嫩黄匀遍鸦啼处。寒入罗衣春尚浅,过一番风雨。问燕子来时,绿水桥边路。曾画楼、见个人人否?料静掩云窗,尘满哀弦危柱。　庾信愁如许。为谁都著眉端聚。独立东风弹泪眼,寄烟波东去。念永昼春闲,人倦如何度?闲傍枕、百啭黄鹂语。唤觉来厌厌,残照依然花坞。

这是一首写离别相思的怀人之作。上片由景及人,向归燕发问,暗示双方音讯不通,用笔轻灵而有韵味。下片由人到景,写别后凄苦,相思之深。末以花坞残照景语作结,将怀人之意寄寓其中。全词以景起结,中间大段抒情,既使前后照应,又觉情景交融,宛转曲折,深切动人。此外,还有一气舒卷的〔剑器近〕:

> 夜来雨。赖倩得、东风吹住。海棠正妖娆处,且留取。悄庭户,试细听、莺啼燕语。分明共人愁绪。怕春去。　佳树。翠阴初转午。重帘未卷,乍睡起、寂寞看风絮。偷弹清泪寄烟波,见江头故人,为言憔悴如许。彩笺无数,去却寒暄,到了浑无定据。断肠落日千山暮。

这是一首三片双拽头的长调。上片写风雨之后,海棠正在盛开。中片写莺啼燕语,与赏花之人一样怕春归去。下片写午睡乍起,又兴怀人之情,以至落日黄昏,此情转深。全篇层层递进,步步深入,悱恻缠绵,全然是一派婉约风格。类似的作品还有〔瑞鹤仙〕(郊原初过雨)、〔风流子〕(吴山新摇落)和〔谒金门〕(深院闭)等。其中〔瑞鹤仙〕一词,深得周邦彦之三昧,置于《片玉词》中,几可乱真。可见袁去华词能兼豪放、婉约两派之长,因而具有风格多样的特点;而就其豪放一路在艺术表现技巧上而言,也与张元幹、张孝祥不相上下,堪称南宋前期词坛上的一位高手。

韩元吉(1118—1187),字无咎,号南涧,开封雍丘(今河南杞县)人,或云河南许昌人[5]。北宋门下侍郎韩维四世孙。少时受业于尹和靖(焞)之门。南渡后流寓信州上饶(今属江西)。初为信州幕僚,后调南剑州(今福建南平)主簿。绍兴二十八年(1158)任建安县令。孝宗乾道间为江东转运判官,旋任大理少卿,权中书舍人。乾道九年(1173)权礼部尚书充贺金生辰使,返还后上书朝廷,有"言敌之强盛几五十年矣。臣有知其不能久者,特以人心不附而已","愿思所以图之,合谋定算,养威蓄力,以俟可乘之衅,不必规小利以触其机也"(《南涧甲乙稿》卷一六《书朔行日记后》)之语,颇为高宗赏识,因授吏部侍郎。淳熙元年(1174)以待制知婺州(今浙江金华),第二年移知建宁府。不久召赴行在,以朝议大夫试吏部尚书,进正奉大夫除吏部尚书。淳熙五年(1178)除龙图阁学士,复知婺州。后晋封颍州郡公,致仕后归老于信州南涧,自号南涧翁。曾寓居德清慈相寺,与其婿吕祖谦相约讲学于寺西竹林精舍。生平喜交游,与叶梦得、张浚、张孝祥、陆游、陈亮、辛弃疾等当代胜流皆有诗文唱和。其子淲

(1159—1224),字仲止,号涧泉,亦有诗名,然成就不及乃父。韩元吉著有《南涧甲乙稿》七十卷附词一卷。《直斋书录解题》著录其自编词集《焦尾集》一卷,《四库全书》收录为《南涧词》一卷,《彊村丛书》收录《南涧诗馀》一卷。《全宋词》收词八十首,孔凡礼《全宋词补辑》又增二首。

韩元吉学识渊博,诗文醇正。朱熹《朱子语类》云:"无咎诗做著者尽和平,有中原之旧,无南方啁哳之音。"诚为知音。黄昇在《中兴以来绝妙词选》中称他为名家,"文献、政事、文学为一代冠冕"。然而数百年来对他的研究比较冷落,词选中也很少选录他的作品,故《四库全书总目·〈南涧甲乙稿〉提要》感叹说:"统观全集,诗体文格,均有欧、苏之遗,不在南宋诸人下,而湮没不传,殆不可解。"

今存韩元吉词为其焚馀之作,因称为《焦尾集》。淳熙九年(1182)所作《焦尾集自序》,自谓不喜"纤艳"和"杂以鄙俚"的俗词,"予时所作歌词,间亦为人传道。有未免于俗者,取而焚之"。从现存作品来看,既有抒写空怀报国壮志而功业无成的感慨的词作,又有交游酬唱和羁旅行役以及登临怀古的篇什。词的风格多样,有的雄浑豪放,有的清新婉丽。韩元吉身为南渡遗老,一贯主张收复中原。"少年期,功名事,觅燕然"(〔水调歌头〕《席上次韵王德和》)、"平生壮志,长啸起舞看吴钩"(〔水调歌头〕《和庞祐甫见寄》)等,都是自述其志趣的词句。他的词中常常流露出"神州陆沉之慨"(《蓼园词评》),如〔水调歌头〕《寄陆务观》下片云:

梦绕神州归路,却趁鸡鸣起舞,馀事勒燕然。白首待君老,同泛五湖船。

又〔水调歌头〕《雨花台》上片云:

泽国又秋晚,天际有飞鸿。中原何在,极目千里暮云重。今古长干桥下,遗恨都随流水,西去几时东?斜日动歌管,黄菊舞西风。

此外如写登高的〔水调歌头〕《水洞》中有"落日平原西望,鼓角秋声悲壮"之语,亦蕴含着作者深沉的爱国情思。晚年退居信州时与辛弃疾时有唱和。辛弃疾〔水龙吟〕《甲辰岁寿韩南涧尚书》中,曾以"算平戎万里,功名本是,真儒事,公知否"之句相期许,韩元吉在词中也用"使君莫袖平戎手"相答,足见两人志同道合,其雄浑豪迈的词风也比较相近。但统观韩元吉词,其中较多的还是凄切悲凉的音调。如〔好事近〕《汴京赐宴闻教坊乐有感》:

凝碧旧池头,一听管弦凄切。多少梨园声在,总不堪华发。
杏花无处避春愁,也傍野烟发。唯有御沟声断,似知人呜咽。

乾道九年(1173)三月,作者出使金国途经汴京时,金人设宴招待。他在宴席上听到乐工演奏北宋旧时宫廷音乐,不禁感慨万端,满怀凄切,因作此寄情。词中借用王维诗意,寓托故宫黍离之痛。杏花生愁,御沟声断,以无情之物衬托有情之人,虽属传统手法,但在这里却分外新巧贴切。此外如〔霜天晓角〕《蛾眉亭》所写登临采石所见景象,融情于景,有无限沧桑之感。

韩元吉也有词风婉丽的艳情之作,下面这首〔六州歌头〕《桃花》最有代表性:

东风着意,先上小桃枝。红粉腻,娇如醉,倚朱扉。记年时,隐映新妆,面临水岸,春将半,云日暖,斜桥转,夹城西。草软莎平趁马,垂杨渡、玉勒争嘶。认蛾眉凝笑,脸薄拂燕支。绣户曾窥,恨依依。　　共携手处,香如雾,红随步,怨春迟。销瘦损,凭谁问?只花知,泪空垂。旧日堂前燕,和烟雨,又双飞。人自老,春长好,梦佳期。前度刘郎,几许风流地,花也应悲。但茫茫暮霭,目断武陵溪,往事难追。

此首题为桃花,实是借物怀人。词中倾诉往昔一段难忘的爱情故事,情思缠绵悱恻,引人入胜。宋程大昌《演繁露》说,〔六州歌头〕本是鼓吹曲,近世好事者倚其声为吊古词,音调悲壮,使人慷慨。此词变悲壮为委婉清丽,用以写男女恋情,可谓别开生面。

〔1〕 张元幹的生卒年,一说生于宋英宗治平四年(1067),卒于高宗绍兴十三年(1143),见梁廷灿编《历代名人生卒年表》(商务印书馆1933年版)、姜亮夫《历代名人年里碑传总表》商务印书馆1937年版)及胡云翼《宋词选》(中华书局上海编辑所1962年版)等。此说有误。据张元幹《芦川归来集》附录其孙钦臣跋语云:"诵《甲戌自赞》而知芦川初度之年在辛未。"按:辛未,即宋哲宗元祐六年(1091)。《归来集》卷一〇《甲戌自赞》云:"芦川老居士,今春六十四。"甲戌,即绍兴二十四年。同书卷四《上平江陈侍郎十绝序》云:"辛亥休官,忽忽二十九载,行年七十矣。"据《永泰张氏宗谱》中《宋朝中奉大夫潼州府路转运判官提举学士借紫张公(竑)墓志铭》称竑"父元幹,故朝奉郎将作少监",又谓竑"任满,(绍兴)二十八年授信州户曹,举主关升从政郎。在任,丁少监忧,解官"。可知张元幹卒年为绍兴三十一年(1161)。参见曹济平《张元幹事迹编年》,载《文史》第27期。

〔2〕 张元幹的籍贯,宋人或谓长乐人,如周必大《益公题跋》卷二《跋张仲宗送胡邦衡词》云:"长乐张元幹,字仲宗。"或称三山人,如陈振孙《直斋书录解

题》卷二一:"《芦川词》一卷,三山张元幹撰。"或云闽人,如胡穉《增广笺注简斋诗集》卷四《送张仲宗押载归闽中》题注:"仲宗名元幹,闽人。"也有称永福人,如《芦川归来集》附录王浚明跋《幽岩尊祖录》云:"永福张仲宗。"今人著述大多称张元幹为长乐人,如《全宋词》、《中国历史大辞典·宋史卷》等。曹济平《关于张元幹的籍贯问题》(载1980年第2期《文学评论》)一文,从《淳熙三山志》及张元幹祖父张肩孟等史料中,钩稽考证为永福县(今福建永泰)人。

〔3〕 张元幹被削籍下狱时间,余嘉锡《四库提要辨证》卷二四"以《挥麈录》所记合《宋史》推之,则元幹之被除名,似当在绍兴二十年以后",并指出"毛晋以为绍兴(十一年)辛酉者,既不知其所据,《提要》引《胡铨传》谓在戊午(绍兴八年)十一月者,尤无稽之言也"。按张元幹《甲戌自赞》云:"胡为元命年,辄下廷尉吏?"古代六十岁为一甲子,到六十一岁又当生年干支,谓之元命。张元幹生于哲宗元祐六年辛未,到绍兴二十一年辛未,正是六十一岁。可知张元幹在绍兴二十一年被下大理狱,其著作亦遭搜检没收。

〔4〕 关于张孝祥卒年,陆世良《宣城张氏信谱传》谓"庚寅(孝宗乾道六年)冬,疾复作,遂卒"。此说不确。王质《雪山集》卷五《于湖集序》云:"岁己丑(乾道五年),某下峡过荆州,公出其文数十篇,……是岁,公殁于当涂之芜湖。"周密《齐东野语》卷一三张才彦条谓孝祥"以当暑送虞雍公(允文)饮芜湖舟中,中暑卒,年才三十馀"。韩元吉《南涧甲乙稿》卷一八《祭张舍人文》云:"触炎歊而遽疾,卧空舟而倏逝。"可知张孝祥卒于乾道五年(1169)夏秋之际。至于《永乐大典》卷一四〇四载《洪文安公(遵)小隐集·祭张安国舍人文》谓"维乾道六年,岁次庚寅,七月丁未朔"及"致祭于故经略徽学直院舍人张公之灵"云云,当为周年祭。

〔5〕 韩元吉为北宋门下侍郎韩维玄孙。韩维父韩亿,《宋史》本传称"其先真定灵寿(今河北)人,徙开封之雍丘"。故元吉当为雍丘人。

第四章　曾几和南宋前期其他诗人

南宋初期诗坛,基本是江西诗风的继续,活跃于诗坛的健将,也多属于江西诗派。韩驹、吕本中驰骋于前,曾几、王庭珪翱翔于后。从地域角度看,此期诗坛形成了几个创作群体。一是江西诗人群,以曾几、王庭珪为代表,他们分别在上饶、庐陵主盟诗坛,直到南宋末仍"正脉不绝"(方回《次韵赠上饶郑圣予沂并序》)。南渡后,江西一直是诗歌创作的重镇。二是闽中诗人群。邓肃、刘子翚等既占籍福建,而且隐居闽中多年,时常"登高望远,放浪山巅水涯,相与赋诗怀古"(张元幹《祭李丞相纲》佚文)。李纲以宰相之尊,退居福州后,门下吸引聚集了一大批词客骚人,一度形成诗歌创作中心,吕本中也曾加入其中。三是以湖州为中心的江浙籍诗人群,有葛胜仲、葛立方父子、叶梦得、程俱、刘一止、沈与求等。他们常相唱和,当时都有一定的影响。江端友、苏庠、王铚等寓居江、浙的文人,在诗坛上也颇有声名。但从现存作品看,这群诗人的成就比江西、闽中诗人群要小些,所以下面不再一一介绍。

第一节 曾几

曾几(1084—1166),字吉父,其先赣州(今属江西)人,徙河南府河南县(今洛阳)。南渡后,久居江西上饶广教寺,旁有茶山,因自号茶山居士。他少入太学,赐上舍出身,擢国子正,迁辟雍博士。徽宗政和中,为秘书省校书郎,因不满欺世惑众而为徽宗宠幸的道士林灵素,出为应天府(今河南商丘)少尹。靖康元年(1126),提举淮南东路茶盐公事,改提举荆湖北路茶盐公事,高宗绍兴初,为广南西路转运判官,徙江南西路提点刑狱公事。又改两浙西路提刑。绍兴八年(1138),其兄曾开因反对秦桧主和被罢职,曾几也连坐遭贬,不久又起复为广南西路转运副使,移荆湖南路。绍兴十八年,奉祠居上饶。至绍兴二十五年秦桧死后,复起为两浙东路提点刑狱,次年移知台州。绍兴二十七年(1157),除秘书少监。孝宗隆兴二年(1164),以左通议大夫致仕。卒谥文清。著有《茶山集》三十卷,今仅存诗八卷,凡五百五十八篇,有《武英殿聚珍版丛书》本、《四库全书》本和《丛书集成初编》排印本等。

曾几具有深厚的爱国思想。平生以国事为念,即使"年过七十,聚族百口,未尝以为忧,忧国而已"(陆游《跋曾文清公奏议稿》)。他与乃兄曾开一样,力主抗战,反对投降。绍兴三十一年(1161)冬,金主完颜亮大举南侵,南宋朝廷企图遣使乞和以缓其来。曾几"方卧病,闻之奋起,上疏曰:'遣使请和,增币献城,终无小益而有大害。为朝廷计,当尝胆枕戈,专务节俭,整军经武之外,一切置之。如是,虽北取中原可也。'"(陆游《曾文清公墓志铭》)。爱国思想,深深锲入诗人的心灵,伴随着他的日常生活。与友人品茶,他是忧念"江淮劳庙算,河路暗胡尘"(《尹少稷寄顾渚茶》);与门生叙旧,也是"为言忧国只寒心",剧谈"官军渡口战复战,贼垒淮壖深又深"(《雪中陆务观数来问讯用其韵奉赠》);即使是置身于中秋月夜的良辰美景之中,他也难忘破碎的山河大地、沦陷区的中原人民:"京洛胡尘满人眼,不知能似浙江否?"(《癸未八月十四日至十六日夜月色皆佳》)

曾几诗,不仅抒发了爱国之情,而且表现了他的悯农之心。如果说,宋代作家大都长于体察都市里市民阶层和贵族妇女的心态,那么曾几更善于体察乡村中的"老农心"。自然界的晴雨变化,影响着农作物收成的丰歉,关联着农民生活的忧乐,也牵动着诗人的心弦。在曾几笔下,自然界的阴晴雨雪很少是作为单纯的审美对象而存在的,而总是作为诗人忧喜哀乐的媒介物。天气久旱,他忧心如焚,希望天公降雨,因为"田苗虽向槁,尚冀什一收"(《咏旱三首》)。如果天公有晴,普降大雨,滋润禾苗,丰收有望,他又喜不自禁:

一夕骄阳转作霖,梦回凉冷润衣襟。不愁屋漏床床湿,且喜溪流岸岸深。千里稻花应秀色,五更桐叶最佳音。无田似我犹欣舞,何况田家望岁心。

——《苏秀道中自七月二十五日夜大雨三日秋苗以苏喜而有作》

诗人不是考虑大雨给自己带来的不便,而是体味到大雨满足"田家望岁心"后的喜悦。要是久雨不晴,眼看到手的粮食糟蹋在泥水中,他又痛在心头:

夜闻屋瓦声,如疾痛在己。通宵遂无寐,落势殊未已。禾头卧沙泥，便恐欲生耳。

——《喜晴》

杜甫《茅屋为秋风所破歌》是因己及人，由自我的"床头屋漏无干处"，而思得广厦千万间，"大庇天下寒士俱欢颜"；曾几则完全以老农之心设身处地地感受大雨给农民的生活和心灵带来的忧虑和痛苦，他的心与"老农心"更贴近、更合拍。夜闻雨声而"如疾痛在己"，是长期生活在都市里的文人墨客难以体会到的心境，也是很少有人表现过的诗境。

曾几的诗法，得自于江西诗派。他自称"工部百世祖，涪翁一灯传"（《东轩小室即事五首》），吕本中也说他二人是"句法相传共一家"（《次韵曾吉父见寄新句》）。但曾几能入自江西而越出江西，抛却江西诗派生硬拗折的一面而追求"妥帖"、"平夷"（陆游《追怀曾文清公呈赵教授赵近尝示诗》），他的忧国、悯农诸诗，都清淡而有思致，并不讲究字字有来历，尤其是悯农诗，只是平实地叙事写情，带有乡村中自然清新的气息，诗的表现方式与题材内容达到了融合无间的程度。

曾几的写景诗，体物状貌，工细传神。像《仲夏细雨》："霢霂无人见，芭蕉报客闻。润能添砚滴，细欲乱炉薰。"从听觉感受和视觉形象两个角度表现那可闻可感而难见的细雨，微妙而生动。他的《雪作》诗："卧闻霰集却无声，起看阶前又不能。一夜纸窗明似月，多年布被冷如冰。履穿过我柴门客，笠重归来竹院僧。三白自佳情亦好，诸山粉黛见层层。"更被方回推为"南渡雪诗之冠"（《瀛奎律髓汇评》卷二一）。纪昀也批点说："浅语，却极自然；熟语，却不陈腐。此为老境。不甚作意，比苏、黄诸作却自然。"（同上）

曾几的诗，也有其不足，主要表现为缺乏"宏放"的规模，高远的气度[1]。他即事写景言情,能开掘出新意,却不能拓展出阔大的意境。他的想象力过分地局限于描写对象的自身,而很少"精骛八极,心游万仞",延展到更深远的时空,所以常给人一种廓庑不广之感。曾几常与佛僧往来,受禅宗影响甚深,然而他并没有从禅宗的直观哲学中吸取多少灵气,反而把谈禅说理的习气不加消化地带进诗中,给诗境增添了几分枯燥乏味。

作为历经北宋后期至南宋孝宗时期、享年八十三岁的高寿诗人,曾几在宋代诗史上具有特殊的地位。"中兴四大诗人"中的陆游、杨万里、范成大都与曾几有着直接或间接的诗学渊源。曾几表现"老农心"诸诗,导引出陆游的农事诗和范成大的田园诗;他自然轻快、活泼而不费力的写景体物诗又给杨万里开了门径[2]。陆游是曾几的入室弟子,曾几不仅授以诗法,他的爱国激情也感染着陆游,陆游曾感叹:"略无三日不进见(曾几),见必闻忧国之言。"(《跋曾文清公奏议稿》)八十岁后,陆游见王师出征而自己却无力请缨,还深深自愧是"先生之罪人"(同上)。杨万里也承认"居仁衣钵新分似,吉甫波澜并取将"(《题徐衡冲西窗诗编》)。曾几对后来的江湖诗派也有影响。吴乔《围炉诗话》卷五说:"宋时江西宗派专主山谷,江湖诗派专主曾茶山。"说"专主",虽未免言过其实,但江湖诗人的确师法过曾几。

第二节　汪藻　王庭珪

汪藻(1079—1154),字彦章,号浮溪,又号龙溪,饶州德兴(今属江西)人。徽宗崇宁二年(1103)进士及第。大观三年(1109)提举江南西路学事,在南昌与洪刍、洪炎、徐俯、吕本中、向子諲、张元幹等人结诗社唱和[3]。宣和元年(1119)受时相王黼的忌害,投闲八年。钦宗靖康元年(1126),除太常少卿、起居舍人。高宗建炎元年(1127)迁中书舍人,四年(1130)拜翰林学士。绍兴后历典州郡。绍兴十三年(1143)遭谗夺职谪居永州,屡赦不宥,卒于贬所。著有《浮溪文集》一百二十一卷,今存三十二卷,诗存二百八十馀首,有《武英殿聚珍版丛书》本、《四部丛刊》本、《四库全书》本和《丛书集成初编》本等。

南渡初,汪藻的四六文名比诗名更大,时人比作唐代的陆贽,方回推其四六文为南宋"中兴第一"(《瀛奎律髓汇评》卷二五)。汪藻所作《隆祐太后手书》和《建炎德音》等文,明白洞达,曲尽情事,天下传诵,读之者无不凄愤激发,以致当时"人知其名,家有其书"(《宋名臣言行录》别集卷七)。兹引《建炎德音》一段,以尝鼎一脔:

> 御敌者莫如自治,动民者当以至诚。朕自缵丕图,即罹多故。昧绥怀之远略,贻播越之深忧。虽眷我中原,汉祚必期于再复;而迫于强敌,商人几至于五迁。兹缘仗卫之行,尤历江山之阻。老弱扶携于道路,饥疲蒙犯于风霜;徒从或苦于驿骚,程顿不无烦费。所幸天人协相,川陆无虞。仿治古之时巡,即奥区而安处。言念连年之纷扰,坐令率土之流离。乡间遭焚劫之灾,财力困供输之役。肆夙宵而轸虑,如冰炭之交怀。嗟汝何辜,由吾不德。故每畏天而警戒,誓专克己以焦劳。欲睦邻休战,则卑辞厚礼以请和;欲省费恤民,则贬食损衣而从俭。苟可坐销于氛祲,殆将无爱于发肤。

这是建炎三年十一月三日金兵入侵江、浙,宋高宗赵构逃至明州(今浙江宁波)时所颁布的"德音",由汪藻代撰。文中皇帝自责无能无德,导致"率土之流离",并对人民的困苦表示"至诚"的关怀与慰问。这在当时特定的战争环境中确能感动人心。语言朴实而对偶工整,情意诚恳而无装腔作势之病,突破了公文的程式化。

汪藻的诗,最为传诵,也最值得注意的是反映动乱中苦难社会现实图景的诗篇《己酉乱后寄常州使君侄四首》。这组诗具有强烈的现实性和高度的概括性。"经旬甘半菽,尽室委扁舟",曲尽流离失所的难民的生活情景;"地下皆冤肉,人间半劫灰",真实而沉痛地表现出战乱后的社会惨象。汪藻在朝时曾上书力斥一些将帅遇敌时狐疑相视,不敢为国奋然请行[4]。在组诗里,诗人对"诸将争阴拱"而导致"苍生忍倒悬"也给予了抨击和讽刺。他的《桃源诗》,将中原"满胡尘"的社会现实与理想中的桃源"避世人"相对比,也具有鲜明的时代感,在传统的桃花源题材诗中另辟一境。

他的写景诗,很有苏轼诗的风韵。如为豫章诗社中人所称颂的《春日》诗:

　　一春略无十日晴,处处溪云将雨行。野田春水碧于镜,人影渡傍鸥不惊。桃花嫣然出篱笑,似开未开最有情。茅茨烟暝客衣湿,破梦午鸡啼一声。

一联一景,全诗宛如四幅动态的镜头,构成系列性画面,把特定时空中的乡村景色表现得如图如画。此外如《即事》、《漫兴》等七绝,写景也颇清新疏朗。

王庭珪(1080—1172),字民瞻,号卢溪,吉州安福(今属江西)人。徽宗政和八年(1118)登进士第,调衡州茶陵丞。因与上司不合,弃官隐居乡里卢溪上五十年。著有《卢溪先生文集》五十卷,其中诗二十五卷,凡七百五十二首。现存最早版本为明嘉靖五年梁英刻本(《四库全书》即以此为底本),另有数种清抄本。

高宗绍兴十二年(1142),胡铨因前此上书反对和议,乞斩秦桧,再度由福州贬往新州,途经故乡庐陵时,王庭珪作诗二首壮其行,称胡铨是"名高北斗星辰上,身堕南州瘴海间","大厦元非一木支,欲将独立拄倾危。痴儿不了公家事,男子要为天下奇"(《送胡邦衡之新州贬所二首》)。当时秦桧大肆株连,士皆结舌,以致不敢与胡铨交谈,而王庭珪不仅以诗送行,还直斥秦桧等"奸谀",表现出崇高的正义感和大无畏的气概。后秦桧闻知,即将王庭珪贬至辰州(今湖南沅陵)。时人张浚说,秦桧"专柄二十年,只成就得一胡邦衡"(见《鹤林玉露》甲编卷六),王庭珪也因送胡铨诗而"大名愈著"。

王庭珪的个性气质刚正豪迈。他"少年胆气横秋烟"(《送李亭仲赴荆南辟》),"百炼不屈刚为肠"(《送胡邦衡移衡州用坐客段廷直韵》)。他作诗送胡铨,正是这种刚肠的适时外露。绍兴十九年(1149)贬谪辰州时,他已是七十老翁,但仍然"气与南山高"(《夜归西园独步》),没有迁客骚人通常所流露出的那种天涯沦落之感。他的《谪辰州》写道:"名落江湖外,气干牛斗旁。吾衰任飘泊,朝夕渡沅湘。"所以在谪居辰州期间,他也很少戚戚于忧患,而始终保持着乐观坚强的信念。他的独子顿曾到辰州贬所探望,临别前老诗人反而开导儿子不要悲戚,并令他上沅湘,窥九嶷,游洞庭,"观开辟以来造化擘出瓌雄怪谲之处",以拓展心胸,培植气魄(《送顿子还庐陵并序》)。王庭珪气度宽宏,绍兴二十五年(1155)冬秦桧死,他闻讯后"作诗悲之"。所"悲"的却是"二十年兴缙绅祸,一朝终失相公威","当日弄权谁敢指,如今忆得姓依稀"(《辰州僻远,乙亥十二月方闻秦太师病,忽蒙恩自便,始知其死,作诗悲之》),名"悲"而实讽。

由于精神气质的刚正宽宏,他的诗歌创作也自然"主于雄刚浑大"(杨万里《卢溪先生文集序》)。他写诗重"笔力",不重字句;不苦吟锻炼,而以气势为主。"酒酣下笔不能休,写尽江南万斛愁"(《次韵周公予秋日书怀》),是他创作时的常态。他感愤时事的诗篇,往往笔力刚健豪迈:

> 宣和治极久忘战,羯奴骑马嘶淮甸。是时犹屯百万师,无人北向放一箭。大臣搏手知何为,草间公卿儿女啼。至今谋国无上策,读君断稿令人悲。
> ——《张持操携徐献之侍郎书,兼出示著述中兴论诸杂文,为赋诗一篇,以文轴还之,他日亦见访,录寄献之也》

> 安得如公数十辈,参错天下为邦侯。京洛腥膻不难扫,潢池寇孽不难收。愿公早请尚方剑,先斩佞臣张禹头。
> ——《送向宣卿往衡山,兼寄胡康侯侍讲》

这种气概,与胡铨请斩秦桧等三人头一样,足以振懦起顽。他的题舆图诗《观骆元直经进江南形势图》也写得气势磅礴,力透纸背。

王庭珪平生"不作儒生酸"。他抒情言志,以气势见长;写景状物,也气魄宏大。《题郭秀才钓亭》诗有"醉任狂风揭茅屋,卧听残雪打蓑衣"之句,很能见出诗人的个性气质。《舟次白沙》写"山云四面起,风涛半江吼","浪头舐天响,掀簸入我牖",也都波澜壮阔,具有飞动奔走之势。

"儒生无力荷干戈,乱后篇章感慨多"(《和康晋侯见赠》)。丰富复杂的人生与社会的感慨,构成了王庭珪独特的诗境。他的诗,不像同时一些诗人之作只"一吟悲一事",而是将多种感受、多种主题

浓缩于一炉,《和周秀实田家行》最能代表他这种特点:

> 旱田岁逢六月尾,天公为叱群龙起。连宵作雨知丰年,老妻饱饭儿童喜。向来辛苦躬锄荒,剜肌不补眼下疮。先输官仓足兵食,馀粟尚可瓶中藏。边头将军耀威武,捷书夜报擒龙虎。便令壮士挽天河,不使腥膻污后土。咸池洗日当青天,汉家自有中兴年。大臣鼻息如雷吼,玉帐无忧方熟眠。

自己家人在丰收时的喜悦,农民"剜肌""补疮"的困苦,边头将士的奋战,大臣主将的苟安,集于一诗,彼此对照,形成多主题变奏。

王庭珪"主庐陵文盟者六十年"(周必大《跋王民瞻杨廷秀与安福彭雄飞诗》),同邑门人杨万里和宋末刘辰翁又继起主盟庐陵诗坛,"由是海内之推言文章者,必以庐陵为宗"(元曾闻礼《养吾斋集序》)。王庭珪上继欧阳修,下启杨万里、刘辰翁,在南宋诗坛上很有影响力。

第三节　邓肃　刘子翚

邓肃(1091—1132)[5],字志宏,号栟榈居士,南剑州沙县(今属福建)人。与李纲为忘年交。他外出仕宦的时间甚短,基本上是在故乡闽中渡过他的一生。钦宗靖康元年(1126),因李纲举荐,入京任鸿胪寺主簿。高宗建炎元年(1127)五月,李纲拜相,擢邓肃为右正言。时当危急存亡之秋,邓肃知无不言,连上二十疏言事献策,多见采纳。同年八月,李纲被权奸排斥罢相,邓肃争之不可,触怒权臣,也随之罢职归闽,放逐流离而终。著有《栟榈先生文集》二十五卷,现存最早版本为明正德十四年林孜编定罗珊刻本，比较通行的有清道光三年刻本和《四库全书》本等。

邓肃身负卓荦不羁之才，具迈往凌云之气，敢作敢为。他曾"论天下事曰：有欲为之志者，未必有敢为之气；有敢为之气者，未必有能为之才。三者备矣，虽天下可宰"（《栖云日新轩记》）。他本人正是志、气、才兼备。宣和四年（1122），徽宗竭天下民脂建万岁山（艮岳）成，群臣赋诗献谀颂美，而时为太学生的邓肃独上十一首《花石纲》诗，直接讽刺君王不能"安百姓"，力斥花石纲扰害黎民。他虽为此而被屏黜太学，但毫不沮丧，毫不遗憾。《南归醉题家圃》说："填海我如精卫，当车人笑螳螂。六合群黎有补，一身万段何妨。"就是他的自况。

邓肃才高志大气壮，而且刚直不阿："平生耻为一身谋，枘凿方圆两不投"（《次韵王信州》）。立身处世，直道而行，道合则留，不合则去："我昔少年日，气与风雷壮。一言既不合，掉头归楚望。"（《次韵王信州古风》）贬谪归去，也像王庭珪一样，不作穷途之哭，而是欣然就道。《云际岭》是他建炎初罢职后的作品，由于"狂直初无涉世才，雷公斥下九天来"，他仍然觉得"茅舍春风夜满怀"，而没有满目萧然的悲伤。

邓肃的诗，今存二百五十三首，大多表现出难以抑制的狂情豪气。"楼上诗狂欲骑月，晚来酒渴思吞江"（《又述》），"指天喝月使倒行，扬波直欲斩鲛子"（《对酒》），"气豪欲骑月，志锐定焚舟"（《谒南斋诸友》），"凭栏一超然，欲扶九万里"（《登妙峰阁》），便是他诗中常见的意象和境界。与这种豪气相联系，他常常选择雄奇壮阔、飞动突兀的景物作为表现对象，《霹雳松》、《黄杨岩》等，都是其中的杰作，极富于浪漫色彩。他的送别诗，也一扫黯然销魂的感伤格调，写来意气风发，豪兴遄飞。《送思道之福唐》是"半夜拂衣翩欲往，飘飘逸兴凌秋云",《送游教授》是"堂堂劲气薄霄汉,藐视四海岂无人",《寄李状元》是"自闻君来天亦喜,急扫阴霾霁九州",大都气格豪迈,有如其人,很有李白的神韵。他也多次赞美过李白,一则说"李白高视空无人"(《自叙》),再则说"谪仙品流居第一"(《送成材》)。邓肃追踪李白,在以杜甫、黄庭坚为宗的南宋初期诗坛,可算是别树一帜。

强烈的现实性和鲜明的时代感,是邓肃诗的又一特点。南渡前,他上诗直刺君王;靖康之难期间,他又点名痛斥懦弱无能、误国害民的将相:"仆射何公叩龙墀,闭门相臣成噬脐。奇兵化作乞和使,誓捐一死生群黎。"这首实录性的长篇"史诗"《靖康行》,曾被史学家载入《三朝北盟会编》。此外《玉山避寇》、《避地过雷辟滩》等,也多角度形象地反映了战乱中的社会现实,并表达出诗人"挽回羲御照神州"的理想。

刘子翚(1101—1147),字彦冲,自号病翁,世称屏山先生,建州崇安(今属福建)人。南宋大理学家朱熹是他的门生。父刘韐(1068—1127),钦宗靖康元年任河东河北路宣抚副使,转战两河,抗击金兵。后召入京提举京城四壁守御使。汴京陷落后,金人欲授以高官,刘韐以大丈夫富贵不能淫、威武不能屈自励,于靖康二年正月十六日自缢,以身殉国[6]。父死,刘子翚痛不欲生,因得羸疾。高宗建炎三年(1129),他通判兴化军。绍兴二年(1132),以病不堪吏事,辞归武夷山,闲居终老。卒谥文靖。著有《屏山先生文集》二十卷,有宋刻本,今不传。现存有明弘治十七年刻本、正德七年刻本、清康熙刻本和《四库全书》本等。

刘子翚受其父爱国思想影响很深,早年游秦、洛、赵、魏时,就注意搜访古迹,以"订古验今,识兴衰之所自"(《临池歌并序》);南渡后,虽隐居乡里,也无时不忧国,以致"忧煎过计"到了寝食不安的程度。《四不忍》诗最能表现他对国耻的痛愤:"奋戈倘未雪深仇,我食虽甘何忍饱!""飞书倘未伐奸谋,我服虽华何忍御!""请缨倘未缚酋渠,我榻虽安何忍寐!""着鞭倘未蹂龙庭,我瑟虽调何忍听!"他有爱国之心,复国之志,更有济时之才,通判兴化军时,他曾画计备战,成功地击退了乱兵流寇的骚扰(见《宋史》本传),《巡寨偶书》诗即纪其事。但因病魔缠身,无力请缨,壮志难酬。因此,他常常慨叹"平生豪横气,未老半销磨"(《出郊》),"蹉跎已觉壮心违"(《会蔡子思张叔献二教授》)。

在南宋初期诗坛上,刘子翚是写痛愤感时之作最多的一位。他的《望京谣》对失守后残破的汴京作了全景式的真实描述:"白刃如霜挂人肉"、"夹道狐狸昼相逐",一幅幅特写镜头,怵目惊心。战乱时代,苦难的社会现实复杂多变,诗人感到单篇诗作难以全面地反映,于是经常运用组诗的形式,多角度多层次地展示灾难深重的社会现实图景。他的《谕俗十二首》,笔法近似杜甫的《羌村三首》,规模宏大,内容丰富,涉及战争、人物、民情、习俗诸方面,在形象的描绘中,提出诗人对社会、对生活的见解和希望。最值得注意的是此诗对当时农民生活的全面表现。广大农民不仅受到金兵的蹂躏,也惨遭内寇乱兵的烧杀抢掠。流寇来时,"白刃穿田亩。惊忙不知路,夜踏人尸走。屋庐成飞烟,囊橐无暇取";"艰难历冬夏,迁屣遍林薮。深虞罗寇知,儿啼扼其口。树皮为衣裳,树根作粮糗。还家生理尽,黑瘦面如狗"。平时乡里豪强欺压掊克,"锥刀剥微利,舞智欺悍独",丧乱中就更不守"王法"。战乱停息后,"奸吏"又来盘剥"勾稽",比寇盗更为残酷,以致百姓"宁逢盗剽攘,厌闻吏追呼"。奸吏舞文欺诈,减免租税的诏纸未干,就接着"勾稽穷宿逋"。农民"年丰尚苦贫",荒岁就更惨。像这样多侧面反映农民苦难生活的组诗,在当时诗坛上实属罕见。他上继白居易《秦中吟》《新乐府》的写实传统,下开范成大《四时田园杂兴》的先河。

《汴京纪事》二十首更是广为传诵的著名组诗。在表现方式上,它与《谕俗十二首》不同,作者并不直接正面流露对现实的态度,而是将满腔痛愤和严厉讽刺蕴含在冷静、客观的纪实描写之中,颇近似于晚唐杜牧的《过华清宫绝句三首》。该组诗前七首主要写汴京沦陷后的现实,后十三首则侧重写汴京往日的繁华旧事,前后形成整体对比。国家的兴亡,历史的盛衰,全在描写对比中见出。组诗既从大处着笔,总揽全局,又注意从小处刻画,因小见大,以少总多。

刘子翚与江西派诗人韩驹、吕本中、曾几等都有诗唱和,"行文"也曾"学苏黄",但更强调自成机杼。他不从书本里讨句法,而从现实生活中寻诗料。作为士大夫,生活总是包含外在的官方生活和内在的个人精神生活两方面,前者侧重表现社会意识和个体对社会的责任感,后者侧重表现个体的思想情趣,而刘子翚则总是把这二者结合起来表现。他的个人精神生活大多是寄托在对自然山水的审美观照之中,与此同时又萦系着民族的苦难和社会的乱离。他登楼赏景,忧念的是"湖海以南兵尚斗,犬戎不死祸难休。似闻推毂皆飞将,盍有清谈谢傅流"(《偶书》);临高望远,也"未忘天下忧,胡尘起西风"(《横秋阁》);泊舟见乱流风急,而思"宇县兵犹斗,乾坤网正宽"(《泊舟》);独居闻北风起而"恨难裁",因为"庙堂此日无遗策,可是忧时独草莱"(《北风》)。诗人始终是把个人的忧乐与社会、民族的命运联结在一起的。

还值得指出的是,作为理学家的刘子翚,他的诗却没有一般理学家诗歌的那种道学气、头巾气。抒情写景,大都清朗明快,富有浓郁的诗意和很高的审美价值。他善于从听觉感受上表现景物的动态变化,如"稍知山雨来,声在横林高"(《宿省轩》)、"快雨不相期,平湖忽萧飒。坐久日明檐,繁声静中灭"(《清湖骤雨》)等,这些诗大都"悠然淡泊,有无穷之味"(方回《读朱文公书刘屏山诗跋》引朱熹语)。

第四节 洪皓 朱弁 曹勋

洪皓(1088—1155),字光弼,鄱阳(今江西波阳)人。政和五年(1115)登进士第。宣和中,任秀州(今浙江嘉兴)司录,遇境内大水,流亡满路,他冒死截留纲运粮米以救济灾民,州人因呼为"洪佛子"。建炎三年(1129),以通问使出使金国,留十五年始返。羁留金邦期间,他始终保持坚贞的民族气节,并时常派间谍送军事情报到南宋,历尽艰辛:"南归不获却东迁,险阻艰难遍大千。"绍兴十三年(1143)回宋后,等待他的并不是荣誉地位,而是接连不断的打击迫害。因他言事忤秦桧意,回朝不久便被排斥而出知饶州,四年后又流放岭外,谪居英州(今广东英德)。刚正的品格难容于冷酷的现实,坎坷的命运促使诗人反思人生与社会,但因"杜门避谤",有怨愤不敢直言,只得像屈原一样质问上苍:"半世囚拘愧牧羊,生还四载却投荒。危机未履已如此,欲效前贤问上苍。"(《过曹溪》)居英州九年,内徙,至南雄卒。谥忠宣。著有诗文集十卷,今仅存《鄱阳集》四卷,有《四库全书》本、《洪氏晦木斋丛书》本和清同治庚午金陵刊本等。

在南宋初期诗坛上,有不少慨叹中原失守、故宫禾黍的诗篇,但那多半是流寓在江南的诗人对北方故土的思念,属于"想象"之辞。而洪皓则因出使被留期间亲历目睹了中原故国的残破,故痛苦的体验更加真切深沉:"故宫今已生禾黍,翻作行人倍痛心"(《都亭驿》),也更能理解"遗民"久盼回归而失望的心情:"遗民失望而痛

心,孤臣久縶惟呕血。"(《功德疏》)

洪皓最感人的作品,还是他自明心志和思念家乡的篇什。他在金国,曾与金帅完颜宗翰和陈王完颜希尹进行过面对面的斗争,二人曾以死相慑,而洪皓临刃不动,显示出威武不能屈的浩然正气。他在《过穷头岭》诗中说道:"致命为见危,委质复何悔!"又曾对友人表示:"见危讵敢惜馀年,若欲全生义则骞。"(《再寄孙文》)对于变节屈服的使臣,他在含蓄的讽刺中也同样表现出这种精神:"休嗟芍药随风陨,待看葵花向日新。"(《小亭落成,都官有诗,次韵以谢》)随风陨落的芍药是变节者的象征,向日葵则是中国文学中积淀着特定审美内涵的意象,洪皓是较早接受这一意象的诗人。

洪皓久羁殊方异域,思乡怀归之情深入骨髓。他在漫长的孤独生活中,怀着一颗期待回归之心和对未来的坚定信念艰难地度日,只好以诗遣怀。他不仅有《思归》诗,也有不少怀归词:"冷落天涯今一纪,谁怜万里无家?"(〔临江仙〕)因梅花是江南故物(塞北无梅),他就常常通过咏梅来表达对故国乡土的思念。他现存二十一首词中有七首咏梅,写得最动人的是〔江梅引〕《忆江梅》:

> 天涯除馆忆江梅,几枝开,使南来,还带馀杭春信到燕台。准拟寒英聊慰远,隔山水,应销落,赴愬谁。　　空恁遐想笑摘蕊。断回肠,思故里。漫弹绿绮。引三弄,不觉魂飞。更听胡笳、哀怨泪沾衣。乱插繁花须异日,待孤讽,怕东风,一夜吹。

词情转折层深,形象地展示出词人由盼望而忧虑、失望又期待的心理过程。洪皓与朱弁等人的怀归故国之思,不同于一般行人的怀乡念远,它蕴含着深沉的民族苦难和历史的兴亡感,是北朝诗人庾信哀江南之后的异代回响。

朱弁(1085—1144),字少章,号观如居士,徽州婺源(今属江西)人。有《曲洧旧闻》、《风月堂诗话》等传世。诗文集已佚,其部分诗篇见于元好问《中州集》卷十。

朱弁也是一位不辱使命、宁死不屈的刚正之士。高宗建炎元年(1127)冬出使金国,自此在异域渡过他的后半生。绍兴十三年(1143)与洪皓同归南宋,次年即去世。留金期间,金人诱以高官,他以"有死而已"严辞拒绝。《搋抱》诗即表达了他准备为国捐躯的决心:"客滞殊方久,山围绝塞深。秋风入横笛,夜月傍沾襟。造膝他时语,捐躯此日心。飞霜满明镜,发短不胜簪。"

与洪皓一样,怀归故国是朱弁诗的一大主题。其特点是善于把"南北殊"的塞北"风土"、"习尚"与对江南故国的怀念结合起来。像下面这两首诗:

关河迢递绕黄沙,惨惨阴风塞柳斜。花带露寒无戏蝶,草连云暗有藏鸦。诗穷莫写愁如海,酒薄难将梦到家。绝域东风竟何事,只应催我鬓边华。

——《春阴》

风烟节物眼中稀,三月人犹恋裌衣。结就客愁云片段,唤回乡梦雨霏微。小桃山下花初见,弱柳沙头絮未飞。把酒送春无别语,羡君才到便成归。

——《送春》

惜春伤春本是中国古代诗人常有的心态,然而对于羁旅异域的诗人来说,塞北短暂阴惨而陌生的春天,更使他自伤身世,怀念江南春光;

而北方春日的短促，也反衬出诗人拘留塞北的长久，人物的命运与自然的变化相互映射。在诗歌史上，中国西北部塞外风情，自盛唐边塞诗人尽情地描绘过后，就少有表现，朱弁的诗可略补这一遗缺。不同的是，盛唐诗人是以征服者的身份，怀着强大的民族自信心去表现塞外风光的，因而写来气势高昂雄壮，充满着自豪感和进取精神。而朱弁则是战败者的"乞和使"，因而塞北奇异的风光难以激起他的美感和崇高感，只会引发、强化他被拘留时凄凄惨惨的沉重感伤和对民族屈辱的痛愤，诗的格调自然就低沉压抑，哀怨缠绵。可贵的是，朱弁身在殊方，并不是一味顾念自我的安危生死，而是既忧国难，又"念民瘼"。寒冬时节，他躺在陌生的土炕上，"因思堕指人，暴露苦鞍鞯"，感叹戍边战士"频年未解甲，蹈此锋刃毒"，又自伤空有奇谋却无缘用以平息战争兵火："有奇不能吐，何术止南牧"（《炕寝三十韵》）。杜甫的忧国忧民精神在朱弁身上也放出了异彩。

曹勋（1098—1174），字公显，阳翟（今河南禹州市）人。北宋后期词人曹组之子。他能诗善词，著有《松隐文集》四十卷，有明抄本、清抄本和吴兴刘氏《嘉业堂丛书》本等。

曹勋在南宋绍兴、乾道年间，名声很大，这倒不是因为他的创作成就特别高，而是由于他是特别受高宗、孝宗两朝皇帝宠幸的宫廷应制诗人、词家。与他一起的宫廷应制词人还有康与之、史浩、曾觌、张抡等人。这里之所以将他与洪皓、朱弁并举，主要是由于他在高宗绍兴十一年（1141）出使过金国，早在建炎元年（1127）还曾随被俘的宋徽宗北上，几度亲眼目睹过中原人民的苦难，深知"遗民忍死望恢复"的心理，写下了一些同时代的诗人未曾写过而又开后来风气的感愤诗篇。

当时宋、金对峙，淮河中流以北土地皆归金有，南宋只存江南一

隅。在南宋诗坛上,曹勋是第一个直接表现出这种屈辱的领土意识的诗人,他的《过淮甸》写道:

> 长淮烟静是天津,兵里因循一半分。当有旧时鸥与鹭,夕阳归去记南云。

本是中原腹地的长淮,如今成了"天津"边塞,一河流水被瓜分成两半;"南北东西本一家"(《过真定》),而现在淮北的同胞却到不了南岸,也许只有那无拘管的鸥鹭还记得向东南飞。在冷静的描写中,包含着多么深沉的悲愤。此后杨万里的名诗《初入淮河》等,即由此脱胎。

领土被占,被占领土上的同胞就成了"遗民"。洪皓在散文中写过"遗民失望而痛心"的话,而最早用诗来表现沦陷区遗民盼望回归故国心理的,还是曹勋。下面两首"出入塞"诗,是他使金到燕北后耳闻目睹的纪实之作[7]:

> 妾在靖康初,胡尘蒙京师。城陷撞军入,掠去随胡儿。忽闻南使过,羞顶羖羊皮。立向最高处,图见汉官仪。数日望回骑,荐致临风悲。
> ——《入塞》

> 闻道南使归,路从城中去。岂如车上瓶,犹挂归去路。引首恐过尽,马疾忽无处。吞声送百感,南望泪如雨。
> ——《出塞》

诗以第一人称口气写出,显得格外真切沉痛。"妾"是所有沦陷区人民的象征,也是备受压迫奴役的汉族"遗民"社会地位的写照。后来大诗人陆游写过许多思念遗民的诗歌,但不同于曹勋的感同身受。不过,陆游同时力主抗战恢复,而曹勋却没有进一步提出抗战复国的要求,只是饮泣慨叹而已。

〔1〕 曾几《东莱先生诗集后序》自叙吕本中评其(曾几)诗说:"治择工夫已胜,而波澜尚未阔。欲波澜之阔,须令规模宏放,以涵养吾气而后可,规模既大,波澜自阔,少加治择,功已倍于古矣。"

〔2〕 方回在《瀛奎律髓》卷二七所载《蛱蝶》诗下评云:"自然轻快,近杨诚斋。"

〔3〕 参王兆鹏《张元幹年谱》,南京出版社1989年版。

〔4〕 参徐梦莘《三朝北盟会编》卷一四五。

〔5〕 邓肃生卒年有二说。《宋诗纪事》卷四二、《全宋词》谓邓肃卒于高宗绍兴三年(1133)。此依王兆鹏《宋南渡六诗人生卒年考辨》(载《古籍整理与研究》第6期)。

〔6〕 参徐梦莘《三朝北盟会编》卷七五。

〔7〕 曹勋《出入塞》诗序云:"仆持节朔庭,自燕山向北。部落以三分为率,南人居其二;闻南使过,骈肩引颈,气哽不得语,但泣数行下,或以慨叹,仆每为挥涕惮见也。因作'出入塞'纪其事,用示有志节、悯国难者云。"

第五章　范成大

第一节　范成大的生平

范成大(1126—1193),字至能,一作致能,自号石湖居士,吴郡(今江苏苏州)人。出身于读书、仕宦的家庭。父雯,字伯达,宣和六年(1124)进士,南渡后官至秘书郎,颇有文名。母亲是北宋名臣蔡襄的孙女、宰相文彦博的外孙女,她对青少年时的范成大接受文化教养有着良好的影响。范成大自幼聪慧,"年十二,遍读经史。十四,能文词"(周必大《平园续稿》卷二二《范公神道碑》)。但不幸的是,他尚未成年父母便相继病故。接连的伤痛使他身心受到摧残,无意于科举,曾隐迹昆山的一个禅寺里,读书吟咏,度过十年光阴。后经父亲挚友王葆(彦光)以先君遗志劝说督勉,他才在绍兴二十四年(1154)考取进士,从此开始了三十年的仕宦生涯。

绍兴二十五年(1155),范成大被派往徽州任司户参军,历时六七年之久,初入仕途就遭到"沉滞"的不公平待遇。后来在第三任州官洪适的赏识与帮助下,他才得以调任京官。

绍兴三十二年(1162)春天,范成大离开徽州到杭州,入监行在太平惠民和济局。孝宗隆兴元年(1163)四月,他由圣政所检讨官历枢密院编修、秘书省正字、校书郎,升至著作佐郎。乾道二年(1166)由史馆的职务转入政务机构,除吏部员外郎。由于言官指责为超迁,他被免职回乡。乾道四年(1168)起知处州(今浙江丽水)。他到任后,根据当地百姓争役嚣讼的实情,创立"义役"法,以防止胥吏害民。又兴修水利,建造堤闸,灌溉良田,做了一些有益于人民的事情。

乾道五年(1169),范成大被召回临安,从此给他的生活与创作带来了新的契机。当时宰相陈俊卿正选择文士掌内制,以范成大有文才,于是荐除礼部员外郎兼崇政殿说书,又兼国史院编修官。同年十二月,范成大擢起居舍人兼侍直讲,又兼实录院检讨官。次年闰五月,孝宗准备收复河南宋陵寝之地,并改变跪拜受书的礼节,乃命范成大以起居郎假资政殿大学士为"祈请国信使",出使金国。范成大一路上看到历史上英雄人物遗留的故迹,前辈将领以及广大爱国军民和金兵浴血鏖战的疆场,故都汴京殿宇宫垣的倾颓剥落,尤其是见到父老们流涕扶拜、渴望宋军早日收复中原的情景,从而触发起他心中的激情,写下了七十二首纪事诗和使金日记《揽辔录》。范成大这次赴金不辱使命,为南宋朝廷赢得了威信,因此深得孝宗的器重和朝野人士的称道,回朝后即升任中书舍人,实录院同修撰。乾道七年(1171),孝宗欲任用外戚张说为签书枢密院事,一时舆论哗然,但慑于权势而不敢直言。这时范成大拒不起草有关文件,使孝宗为之变色,由此范成大自请领祠禄归乡里。

乾道九年,范成大又被起用,赴静江(今桂林)任广西经略安抚使。五年多边远外任的生活阅历,不仅使他开阔了视野,笔端增添了山川行旅的篇章,而且了解到州县官吏的贪赃苛敛,在自己的职权范围内做了一些匡时救弊的事宜。淳熙元年(1174)十月,从静江改知成都府,担任四川制置使。在任"凡人才可用者,悉致幕下,用所长,不拘小节,其杰然者露章荐之,往往显于朝"(《宋史》本传)。由于他招贤纳士,又善于选将治兵,边防得以巩固。同时他又反对苛税,尽力减轻农民负担,以此为蜀人所颂扬。

范成大在四川三年,因病求归。陆游曾寄予厚望,"因公并寄千万意,早为神州清虏尘"(《送范舍人还朝》)。然而朝廷的腐败,使他回京后有志难展。淳熙五年(1178)正月,知贡举兼直学士院。四月,以中大夫参知政事,成为宰执大臣。但仅两个月就遭到御史以私憾弹劾,又落职归里。六年二月起知明州(今浙江宁波),兼沿海制置使,不久又改知建康府兼行宫留守。到了淳熙九年(1182),他在建康任上积劳成疾,于是五次上书请求解职。次年归里,隐居苏州石湖达十年之久。闲适的处境虽使他的热情转化为牢骚,甚至显露出暮气,但是晚年所作一系列反映农民一年四季辛勤劳动和生活艰苦的诗篇,使他获得了"田园诗人"的美誉。绍熙四年(1193)九月五日病卒,年六十八。卒赠银青光禄大夫,谥"文穆"。

范成大著有《石湖集》一百三十六卷。陈振孙《直斋书录解题》著录,今佚。现存《石湖居士诗集》三十四卷,有明弘治活字本、清康熙顾氏和黄氏刊本,又有《四库全书》本和《四部丛刊》影印本。其《石湖词》一卷,《直斋书录解题》著录,有汲古阁抄本、《知不足斋丛书》本和《彊村丛书》本。《全宋词》增补三十四首,《全宋词补辑》又补八首。一九八一年上海古籍出版社出版《范石湖集》,为诗词合刊本,内附沈钦韩集注三卷。一九八三年中华书局出版有《范成大佚著辑存》。另著有《揽辔录》一卷、《吴郡志》五十卷、《桂海虞衡志》二卷(今存一卷)、《范村梅菊谱》二卷、《吴船录》二卷等。

第二节 范成大的诗

范成大素负文名,尤工于诗,其"大篇短章,传播四方"(《范公神道碑》)。现存各体诗作一千九百多首。他与同时友人陆游、杨万里、尤袤并称"中兴四大诗人",或称"中兴四大家",以清新、温润、轻巧的多样诗风为友辈所推崇。范成大一生诗歌创作,随着生活阅历的变化而呈现出不同的风采,题材内容亦较广泛,既有描绘山川形胜、风土人情、岁时节序和农家苦乐的诗篇,又有关注国事、表现自我的作品,其中成就最高的是反映农村耕织生活图景而富有泥土气息的篇章以及表现爱国思想情操的诗作。范成大"为国忧元元"(《与王夷仲检讨祀社》)的入世思想在他早期诗歌中有着充分的体现。"绍兴和议"达成以后,南宋朝廷为了接待金使,特建"体势宏丽"的姑苏馆,供金使食宿登临观赏。年轻而尚未入仕的范成大对此感到十分不满,写下《秋日二绝》,其一云:

碧芦青柳不宜霜,染作沧洲一带黄。莫把江山夸北客,冷云寒水更荒凉。

诗人借描绘江南秋光、衰柳残芦的凄凉景象,讽刺南宋朝廷向金使夸耀残山剩水的可耻行径,在情景相生的凄婉诗境中,含有冷嘲,耐人寻味。后来的诗作中也常借写山川自然风光寄寓爱国情怀,如《赏心亭再题》:"向无形胜地,何以控乾坤?"《胭脂井》:"昭光殿下起楼台,拼得山河付酒杯。"《合江亭》:"安知千载后,但泣新亭囚。我题石鼓诗,愿言续《春秋》。"如果说这些爱国感情主要运用淡墨冷笔借题抒发,那么他出使金国所写下的七十二首绝句则喷吐出满腔激情,集中地表现了他怀念故国的精神风貌,是他爱国诗篇的代表作。这一大型组诗的内容,大体可分为三个方面:(一)歌颂古代英雄人物,借以讽喻当世;(二)写出中原父老眷怀故国的深厚感情,反映了他们的愿望和呼声;(三)通过北国人物、山川、风土、物产的描绘,寄托自己对沦陷地区的怀念。

在组诗中,范成大追怀了不少历史上的杰出人物,如伊尹、蔺相如、张良、李勣、张巡、许远、雷万春等,借此来勉励、增强自己完成使命的信心。如《蔺相如墓》,便借"完璧归赵"的故事以表示绝不屈辱的决心。又如《双庙》诗,既歌颂张巡、许远保卫孤城、力抗强敌的忠烈,更谴责了使神州陆沉的那些误国权奸:

平地孤城寇若林,两公犹解障妖氛。大梁襟带洪河险,谁遣神州陆地沉?

这个质问无须回答,读者不难自知,虽含蓄而实明快。笔诛昏主奸臣,如闻其声。诗人对于中原翁媪迎拜汉使、天街父老南望王师的动人景象也有表现:

连衽成帷迓汉官,翠楼沽酒满城欢。白头翁媪相扶拜:"垂老从今几度看!"

——《翠楼》

州桥南北是天街,父老年年等驾回。忍泪失声询使者:"几时真有六军来?"

——《州桥》

范成大此行,亲身感受到"遗民"对解除民族压迫、恢复国家统一的迫切愿望,从而加强了收复中原的信心:

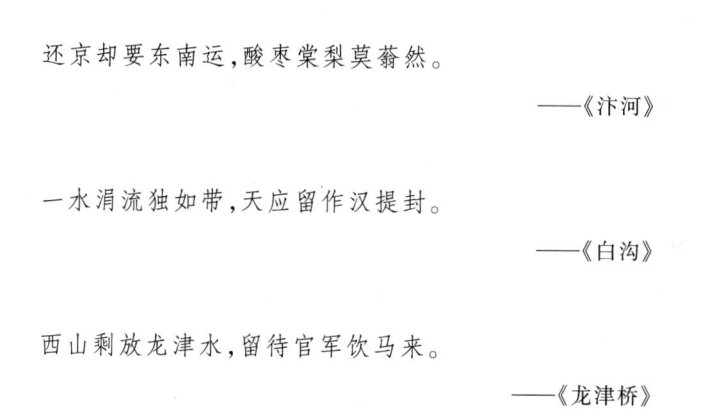

还京却要东南运,酸枣棠梨莫蓊然。

——《汴河》

一水涓流独如带,天应留作汉提封。

——《白沟》

西山剩放龙津水,留待官军饮马来。

——《龙津桥》

恢复大业的成败,取决于疆场上的胜负。向强国提出"祈请"而能达到预期目的,历史上实罕其例。所以范成大出使所请二事,势所必然地遭到了金方的拒绝,并且把他拘留于"会同馆",有人甚至主张杀掉他。而范成大却威武不屈,在围困中镇定从容,赋诗以明志:

万里孤臣致命秋,此身何止一沤浮。提携汉节同生死,休问羝羊解乳不!

——《会同馆》

范成大面对金主抗辩不屈的精神,使完颜雍也不得不称许说"可以激励两国臣子",结果竟如秦王之对蔺相如,"毕礼而归之"。这些组诗的内容丰富充实,激荡着人们的爱国心胸,其审美价值和历史意义向来引人注目。

范成大的田园诗,把自《诗经·七月》以来至陶潜的《西田获早稻》、《归园田居》和王维的《渭川田家》、元稹的《田家词》等古代田园农事诗推进到一个崭新的阶段。在表现农村生活的深度和广度上,范成大都超过了前人。他了解农民的疾苦,熟悉家乡江南的风土人情和名胜古迹,对其中的一水一石,一草一木,都倾注着真挚的感情,因而能写出农民勤劳的品质、内心的活动和对官吏横暴的愤慨。早在《大暑舟行含山道中,雨骤至,霆奔龙挂可骇》诗中,他就抒发了"不知忧稼穑,但解加餐饭。遥怜老农苦,敢厌游子倦"这种同情农民痛苦生活的感受。当然最有代表性的是《四时田园杂兴六十首》,这一组诗不但广为流传,影响深远,而且已被公认为我国古代田园诗集大成的经典之作。

这一大型组诗是他晚年的得意作品,他曾自书以寄友人,后被赞为"双绝"。组诗恰似一幅农村耕织的图画长卷,江南水乡人民各种生产劳动、生活动态,无不栩栩如生地展现在读者的眼前;甚至人民的思想感情、声音笑貌、热爱和憎恨、痛苦和希望,也都摄入毫端,传达到读者的心灵深处。例如:

> 高田二麦接山青,傍水低田绿未耕。桃杏满村春似锦,踏歌椎鼓过清明。

> 三旬蚕忌闭门中,邻曲都无步往踪。犹是晓晴风露下,采桑时节暂相逢。

> 昼出耘田夜绩麻,村庄儿女各当家。童孙未解供耕织,也傍桑阴学种瓜。

新筑场泥镜面平,家家打稻趁霜晴。笑歌声里轻雷动,一夜连枷响到明。

略举数首,已可概见农民蚕事的紧张,儿女的勤劳,收获的喜悦。

更可贵的是,诗人能透过农村和谐生活的表面,深入揭示官府剥削的本质:

垂成穑事苦艰难,忌雨嫌风更怯寒。笺诉天公休掠剩,半偿私债半输官。

一年辛苦,到头来竟是毫无所得。租税的苛重,更是农民挣脱不开的枷锁:

租船满载候开仓,粒粒如珠白似霜。不惜两钟输一斛,尚赢糠麸饱儿郎。

按宋代官府规定,农民交田税要加耗(附加税),而且名目繁多,"一石正苗非三石不可了纳"(《文献通考》卷七《田赋考》)。沉重的赋税压得农民喘不过气来,而那些官府的爪牙里正、差役之流,还要向农民敲诈勒索,中饱私囊,其丑恶行径,在诗人笔下也无所遁形:

黄纸蠲租白纸催,皂衣旁午下乡来:"长官头脑冬烘甚,乞汝青钱买酒回。"

范成大对官府"爪牙"们仗势讹诈的揭露,在《催租行》诗中更展现出戏剧性的情景:

输租得钞官更催,踉跄里正敲门来。手持文书杂嗔喜:"我亦来营醉归耳。"床头悭囊大如拳,扑破止有三百钱:"不堪与君成一醉,聊复偿君草鞋费。"

在诗人所写同类题材中,还有描述农民在苛税重压下的悲惨情状,揭露尤为深刻的是《后催租行》:

老父田荒秋雨里,旧时高岸今江水。佣耕犹自抱长饥,的知无力输租米。自从乡官新上来,黄纸放尽白纸催。卖衣得钱都纳却,病骨虽寒聊免缚。去年衣尽到家口,大女临歧两分首;今年次女已行媒,亦复驱将换升斗;室中更有第三女,明年不怕催租苦。

骨肉生离,其惨痛更胜于死别。这位老农所"不怕催租"的原因只是有三个女儿可卖,剜心割肉,而以反语自我慰藉,可谓字字真情,声声血泪。诗人于含蓄中带冷嘲的笔墨,具有催人泪下的艺术魅力。

此外,如赴蜀途中所写的《劳畲耕》、《夔州竹枝歌》等,也是这种类型的优秀作品。"峡中刀耕火种之地",还是原始性的生产方式,劳动强度大,生活水平低。他们虽能生产出香软的大米,却从来"不到贫人饭甑中",一年到头,只能以杂粮野果充饥肠。诗人联想故乡位于太湖富饶地区,农民似应温饱无虞,然而两相对比,倒是峡农僻居山地,苛税较少,尚能勉强糊口温饱:

……我知吴农事,请为峡农言:吴田黑壤腴,吴米玉粒鲜。……不辞春养禾,但畏秋输官。奸吏大雀鼠,盗胥众蟆蜿。

掠剩增釜区,取盈折缗钱。两钟致一斛,未免催租瘢。重以私债迫,逃屋无炊烟。晶晶云子饭,生世不下咽。食者定游手,种者长流涎。不如峡农饱,豆麦终残年。

——《劳畲耕》

这首诗以质朴简明的语言,反映出当时山区和水乡农民的艰辛劳动以及遭受严重剥削的苦难情景。当然在范成大诗中也有为风雨调和、丰收可卜而歌唱的诗篇,如他离明州(今浙江宁波)任时,为明州农民丰收在望可得一饱而充满喜悦心情:

大麦成苞小麦深,秧田水满绿浮针。今年一饱全无虑,宽尽归舟去客心。

——《寺庄》

在故乡,他见到"一段农家好风景,稻堆高出屋山头",心中充满了欣慰。又如《插秧》:

种密移疏绿毯平,行间清浅縠纹生。谁知细细青青草,中有丰年击壤声。

诗中以丰年击壤之声,显示出农民的欢乐之情,写得声情并茂,与友人杨万里的佳句"升平不在箫韶里,只在诸村打稻声",可谓异曲同工。

范成大的一些小诗也别具风采,宛如一幅幅典雅精致的画轴。如早年所作的《横塘》:

南浦春来绿一川,石桥朱塔两依然。年年送客横塘路,细雨垂杨系画船。

作者在苏州西南的横塘郊游,并非专写离别。此诗借景抒情,又融情入景,追想此地年年送客的动人场面,表达送行的深切感受,其情韵犹如披阅"灞桥折柳"的古画,聆听"阳关三叠"的馀音。还有通篇写春日小景的《碧瓦》:

碧瓦楼头绣幕遮,赤栏桥外绿溪斜。无风杨柳漫天絮,不雨棠梨满地花。

诗人把眼中所见的碧楼、朱桥、绿柳、棠梨等春日物景,勾勒成一幅色彩绚丽、饶有情趣的风景画。又如初游杭州的《浙江小矶春日》,往返吴县、昆山途中所作的《晚潮》,以及暮春即景的《晚步西园》等,不仅善于描摹物景,且能熔抒情于一体,笔调妩丽多姿,具有情韵典雅之美。

范成大诗歌风格多样而富于变化,善于广泛地吸取前代诗歌的创作经验。从现存诗作来看,其古体步趋六朝,高处力追魏晋,其中所反映民间疾苦的作品则借鉴于张籍、王建。他的律诗、绝句取径中晚唐,兼及苏轼;而时涉拗峭生涩,则显然是受黄庭坚的影响。范成大不言中晚唐而自受其影响,不言江西派而实自奉江西。他喜用僻典和佛典,确是受到江西诗派"多用释氏语"的影响[1]。晚年退居故乡石湖,诗风渐趋清新、温润、妩丽,尤喜吟唱乡俗、节令、物产,把风土岁华的制作,寄之于《杨柳》、《竹枝》的体裁,颇具民歌风味。诗人把中晚唐盛行的这种艺术形式,有意识地推向更广阔的领域。范成大既能多方面学习借鉴前人诗作,又能在不同时期的创作内容中变化诗格而不失个性面目。诚如《四库全书总目·〈石湖诗集〉提要》所云："盖追溯苏、黄遗法而约以婉峭,自为一家,伯仲于杨(万里)、陆(游)之间,固亦宜也。"

第三节　范成大的其他作品

范成大虽以诗作著称,然亦擅长于词,今存词作一百多首。其题材大都写节序、风情、离情别绪和羁旅、闺怨等,词风于婉约、豪放之外,别具面目。前期词作多写男女柔情,如〔霜天晓角〕(晚晴风歇)以淡雅胜景衬托孤寂愁绪,委婉情深。而〔鹊桥仙〕《七夕》"新欢不抵旧愁多,倒添了、新愁归去",风情接近秦观,对牛郎、织女的爱情故事又有新的开拓。再如咏吹笙的〔醉落魄〕(栖乌飞绝),上片由写夜中情景点出吹笙,下片说笙声的凄清幽怨,其韵味宛如晏几道。范成大的得意之作是在蜀中纵笔落纸的篇章,如〔南柯子〕：

　　怅望梅花驿,凝情杜若洲。香云低处有高楼,可惜高楼不近木兰舟。　　缄素双鱼远,题红片叶秋。欲凭江水寄离愁,江已东流那肯更西流。

杨长孺《石湖词跋》载："淳熙戊戌(1178),先生(指范成大)归自浣花,是时家尊(谓杨万里)守荆溪,置酒卜夜,触次从容,先生极谈锦城风景之盛,宦情之乐,因举似数阕。"这首〔南柯子〕即在所举"数阕"之中,"此盖先生最得意者"。此词上片描写男子不见来鸿的怅望情态,下片说女子思念情人而信息难通的愁绪,上下呼应,情意真挚,似直而曲,含蓄蕴藉,读来回味无穷。又如写途中困倦的〔眼儿

媚]《萍乡道中乍晴,卧舆中,困甚,小憩柳塘》:

　　酣酣日脚紫烟浮,妍暖破轻裘。困人天色,醉人花气,午梦扶头。　　春慵恰似春塘水,一片縠纹愁。溶溶泄泄,东风无力,欲皱还休。

据范成大《骖鸾录》记载,乾道癸巳(1173)闰正月二十六日,宿萍乡县,泊萍实驿。作者小憩于柳塘池畔,因景生情,细腻地写出春日醉人的自然美景和途中春慵的生理感受。"词意清婉,咏味之如在画图中"(魏庆之《诗人玉屑》卷二十一)。不仅"字字软温,着其气息即醉"(《草堂诗馀别集》引沈际飞评语),而且运笔极为细致工妙。词中"春慵"紧接"困"字、"醉"字而来,文心细极。此外如写少妇春闺怀人的〔秦楼月〕五首之四,其结处所写"灯花结,片时春梦,江南天阔",化用岑参《春梦》"枕上片时春梦中,行尽江南数千里"的诗句,表现少妇独处深闺,灯昏人倦,引起怀念情人的愁思幽梦,纯真自然,在此类传统题材中别出新意。又如〔蝶恋花〕:"村北村南,谷雨才耕遍。"笔调清丽明快,堪与田园诗媲美。

范成大词中亦有激越豪宕之作,其出使金国所写〔水调歌头〕《燕山九日作》更洋溢着爱国精神:

　　万里汉家使,双节照清秋。旧京行遍,中夜呼禹济黄流。寥落桑榆西北,无限太行紫翠,相伴过芦沟。岁晚客多病,风露冷貂裘。　　对重九,须烂醉,莫牢愁。黄花为我,一笑不管鬓霜羞。袖里天书咫尺,眼底关河百二,歌罢此生浮。唯有平安信,随雁到南州。

此词所写与《会同馆》诗一样,表现出作者自信和旷达的襟怀。全篇熔纪事、写景和抒情三者于一体,笔力疏宕、洒脱。另一首〔水调歌头〕也写得意境阔大、气势豪放:

  细数十年事,十处过中秋。今年新梦,忽到黄鹤旧山头。老子个中不浅,此会天教重见,今古一南楼。星汉淡无色,玉镜独空浮。 敛秦烟,收楚雾,熨江流。关河离合,南北依旧照清愁。想见姮娥冷眼,应笑归来霜鬓,空敝黑貂裘。酾酒问蟾兔,肯去伴沧洲?

淳熙四年(1177),作者自成都乘舟东归,八日至鄂州(今武汉),中秋之夜应邀赴黄鹤山南楼赏月而作此词。据《吴船录》所记,是夜"天无纤云,月色奇甚,江面如练,空水吞吐,平生所遇中秋佳月,似此夕亦有数",因有感而"作乐府一篇,俾鄂人传之"。词中描绘登楼所见的月夜景象,境界开阔,而所抒十年身世之感和内心的向往追求,气韵潇洒超迈,显然受到苏轼中秋词的影响。至于其〔念奴娇〕(双峰叠嶂)和(吴波浮动)两首,那种清旷、超脱的格调,也不让张孝祥同调(洞庭青草)的名篇专美。可见范成大词风亦属多样,并有不步趋前人的独特情调。

  范成大的散文在当时颇负盛名。周必大称其"文章赡丽清逸,自成一家"(《神道碑》)。可惜他的文章大部分散佚,今人孔凡礼《范成大佚著辑存》辑出其佚文一百三十五篇。从现存散文来看,大体分为两类,一类是奏疏、制、表、启等,另一类是杂文、赋、题跋、记序等。前一类属政论文,其中议论国事,大都切中时弊,说理透彻,不为空谈。宋人黄震称他"善文章",而"凡所奏对,其文皆简朴无华"(《黄氏日钞》卷六七)。如《论日力国力人力疏》中强调"自古建功业者,必有一定之规摹";而当规摹既定后,必须全力以赴,不可分散其力。在《论邦本疏》中提出"省徭役,薄赋敛,蠲其疾苦"而使百姓安之的主张,以及《论知人札子》中要求君王有"知人之明",用其所长,而"去胸中之私喜怒,用天下之公是非,以进退天下之才,虽不能皆当,要亦十得七八"。这些奏章,虽非长篇宏论,然有真知灼见,且理明辞正,语言平实流畅,富有较强的说服力,故岳珂称赞其奏文"一言悟主"而"足为公议立赤帜"(《桯史》卷四)。他的记叙散文也有较高的艺术成就。杨万里《石湖先生大资参政范公文集序》称其"序山水则柳子厚,传任侠则太史迁"。他的山水游记不多,但所写《中秋泛石湖记》、《重九泛石湖记》,皆能随物赋形,又善于融情入景,其传神的笔法得力于柳宗元的山水游记,而宛然在目的清丽优雅的意境,又深受苏轼《赤壁赋》的影响,在宋代山水游记中不失为上乘之作。他的《三高祠记》,为吴江县新建三高祠而作。文中称颂范蠡、张翰、陆龟蒙三位隐士的高风亮节,感叹世人之热衷于官位爵禄而不关注国事,并谓"后之人高三君之风,而迹其所以去,为世道计者,可以惧矣。至于豪杰之士,或肆志于轩冕,宴安留连,卒悔于后者,亦将有感于斯堂,而成大何足以述之"。这篇文字优美的记叙散文被周密称之为"天下奇笔"(《齐东野语》卷一六),传诵甚广。至于他的赋骚,杨万里称其"赋篇有杜牧之刻深,骚词得楚人之幽婉"(《诚斋集》卷八二)。如早年所作之《馆娃宫赋》,借吴王夫差之荒淫昏愦以讥讽时事;《桂林中秋赋》借月色抒怀,清新妩丽,皆为一时传诵的名作。此外,他的祭文虽仅存三篇,然其中《祭亡兄(成象)工部文》,抒写生离死别的骨肉之情,真挚动人。其题跋大多散佚,今《辑存》包括残篇仅有二十馀则,皆为短章,然所写跋语,亦"多简峭可爱"(黄震《黄氏日钞》卷六七)。

范成大是位博学多才的作家,具有广泛的艺术情趣。他的足迹遍历四方，又能研讨各地风土人情，故登览吟唱，随笔所记，事核词雅，兼有史料价值。他的《揽辔录》为乾道六年(1170)出使金国期间所写的日记见闻，对于所见山川、古迹、风俗、物产等所记皆略，而对金的宫殿、制度等记载颇详，具有历史价值。他的《桂海虞衡志》，乃自桂林入蜀时途中追忆而作，共十三篇。所记岩洞、金石、器皿、虫鸟、花果和山川风土人情等，各篇叙述皆简雅可诵，毫无夸饰之风和附会古人的习气，对研究西南边陲地理和民族史极有参考价值。他的《骖鸾录》和《吴船录》皆为日记体裁。前者为出知静江府途中所记，自乾道八年(1172)十二月七日至次年二月二十八日止，凡山川、古迹、风土之胜以及游从论述传闻之可采者，皆随日笔记。后者为出蜀日记，数千里水程，按日记载，自淳熙四年(1177)五月离开成都至十月到达平江为止。此录所记以名胜古迹为最详，间有考证，足广见闻。其中所载蜀中古画，如伏虎观孙太古所画李冰父子像等，大多为《益州名画录》所失载，可资补阙。此外，他的《梅谱》和《菊谱》，所记梅菊之品种达数十种之多，对自然花卉的研究提供了重要的资料。

值得提出的是，范成大所著《吴郡志》五十卷，是我国最早以"志"命名的正式地方志之一。是书简称《范志》，因刊于绍定二年(1229)，又称《绍定志》。范成大所纂下限为绍熙三年(1192)，后汪泰亨增补止于绍定二年(1229)，然而《志》中尚有淳祐三年(1243)人事，足见后人又有增补。此《志》共分三十九门，征引资料浩博，叙述简明，颇为后来方志学者、史学家所重视。虽然清代著名史学家章学诚《书〈吴郡志〉后》中曾提出"体制失当"等问题，但也承认是书"搜罗极博，证事亦佳"而"为后世所称"(《章氏遗书》卷一四)。尤其是《志》中征引的古书、篇名和诗文，有些原作今已散佚不存，因此其文史资料价值尤为珍贵。

总之，范成大的诗词和散文创作都取得了显著成就。后世以范、陆并称，范成大诗歌成就稍逊于陆游，但均"能各自名家，并拔戟自成一队"（洪亮吉《北江诗话》卷五）。在南宋四大诗人中，范成大仕宦最为通显，晚年归隐，凭借多年优厚俸禄，在故乡建造起石湖别墅，"登临之胜，甲于东南"（周必大语）。又在城内开辟了花木攒簇、日涉成趣的"范村"，常与朋俦诗酒流连，或偕家人团聚赏乐。所作诗词内容，也有不少反映了这方面的生活情趣。在肯定范成大具有爱国精神、关怀人民生活的同时，也不必讳言其时代和阶级的局限，以及世界观里某些佛老消极落后因素给其诗作带来的不良影响。

〔1〕 钱锺书《宋诗选注》云，范成大"喜欢用些冷僻的故事成语，而且有江西派那种'多用释氏语'的通病，也许是黄庭坚以后、钱谦益以前用那典最多、最内行的名诗人"。

第六章 杨万里

第一节 杨万里的生平

杨万里(1127—1206),字廷秀,号诚斋,江西吉水(今属江西)人。父芾(字文卿),长于词翰,在家乡以塾师为业,虽家境清贫,但常"忍饥寒以市书,积十年得数千卷"(胡铨《杨君文卿墓铭》),以此训育子孙,明经重教,又尝携万里拜见张九成等名儒。这些对杨万里后来的成长及其诗歌创作都有极为密切的关系。

杨万里绍兴二十四年(1154)中进士,初授赣州司户参军,继而调永州零陵(今属湖南)县丞。当时张浚谪居永州,杜门谢客。杨万里三次前往而不得见,后以书力请,始得晤面。"浚勉以正心诚意之学,万里服其教终身,乃名读书之室曰'诚斋'"(《宋史》本传),故世称为"诚斋先生"。绍兴三十二年(1162),杨万里已积诗至千馀首,大多步趋"江西体"。为了表示与旧的创作规范决裂,他将这些少作付之一炬,其后至淳熙四年(1177)间,所作诗大抵皆学陈师道、王安石及唐人者,编为《江湖集》。

孝宗即位,锐意恢复,起用张浚入相。张浚回朝后,即荐杨万里为临安府教授。"未赴,丁父忧,改知隆兴府奉新县"(《宋史》本传)。他治邑讲求实效,颇著政绩,体现了他作官不扰民的政治理想。

乾道中,杨万里上《千虑策》,陈述有关"君道"、"国势"、"治原"、"人才"、"刑法"等重要政见,宰相陈浚卿、枢密虞允文阅后大为赞赏,荐为国子博士、侍讲。次年,侍讲张栻(张浚子)因反对孝宗任用外戚张说为签书枢密院事而被谪守袁州,杨万里抗疏挽留,又上书虞允文,劝他为张栻主持公道。虽然张栻谪命未改,但杨万里为公忘私的言行,很受有识之士的赞许。后迁太常博士,升太常丞、兼吏部侍右郎官,转将作少监。淳熙元年(1174)出知漳州(今属福建),不久改知常州。这是杨万里诗歌创作的一个重要时期,他将在常州时的诗作编为《荆溪集》;又将卸任常州返里途中的诗作编为《西归集》。在《荆溪集自序》中,他自称这一时期的诗歌创作已"忽若有寤,于是辞谢唐人及王、陈、江西诸君子,皆不敢学",而是以万象为诗材,力图恢复耳目观感的天真状态,从而确立了他独具面目的"诚斋体"风格。

淳熙六年(1179),杨万里奉调提举广东常平茶盐。在任职期间,因平定"盗犯"入境,升任为广东常平茶盐使、提点刑狱。此期所作诗编入《南海集》。淳熙九年七月,以母丧离职。十一年冬服满还杭州,召为吏部员外郎,后升郎中。次年五月,以地震应诏上书,陈述"金人日逼,疆场日扰,而未闻防金人者何策,保疆场者何道"等十点有关国事的言论,劝孝宗"增屯聚粮,治舰扼险","姑置不急之务,精专备敌之策"(《宋史》本传)。十三年,擢太子侍读,历枢密院检详官,守尚书右司郎中,迁左司郎中,仍兼侍读。曾向宰相王淮推荐朱熹、袁枢等六十人,今存有《荐士录》。后迁秘书少监。高宗卒,杨万里力争张浚当配享庙祀,又上疏指责翰林学士洪迈不俟集议,专辄独断,因而触犯孝宗,出知筠州(今江西高安)。《朝天集》和《江西道院集》即分别收录了他在京任职及知筠州期间所作的诗篇。

淳熙十六年(1189),光宗即位,杨万里被召入朝,任秘书监。年底,金遣使前来贺正旦,他奉命借焕章阁学士为接伴使,因而有机会亲历宋、金交界边地,耳闻目睹,激起他一腔爱国情思,使其诗篇融进了新的内涵。绍熙元年(1190),孝宗《日历》修成,例应由杨万里作序,而宰臣却命礼部郎官撰写。于是他以"失职"为由力请辞官,光宗不准。不久,又因要进《孝宗圣政》,杨万里为进奉官,孝宗思及旧恶而不悦,于是又将他外放为江东转运副使,权总领淮西、江东军马钱粮。他将在京仕宦期间所写诗作编为《朝天续集》,又将任职江东时所作诗编为《江东集》。当朝议欲行铁钱于江南诸郡时,杨万里上七疏称其不便,拒不奉诏,因此触忤宰相,改知赣州。他不肯赴任,反乞祠官还乡,从此闲居十五年之久。宁宗嘉泰三年(1203),诏进宝谟阁直学士。开禧元年(1205),召赴京,坚辞不往。明年,升宝谟阁学士。晚年在家编定《退休集》。闲居期间,他仍时以国事为虑。及闻韩侂胄草草用兵,恸哭失声,不食而死。临终前索纸笔书写"吾头颅如许,报国无路,惟有孤愤"等遗言,笔落而逝。卒赠光禄大夫,赐谥"文节"。

杨万里的学术思想属于儒家学派,集中体现在他的民本思想和选贤任能的政治主张等几个方面。他排斥佛老之书,曾声称:"予不知佛书,且不解福田利益事也;所知者儒书尔。"(《石泉寺经藏记》)他既发挥韩愈辟佛的见解,又慨叹申、韩之说易中人主。不过由此而指责王安石"变法而天下始弊"(《癸巳轮对第二札子》),则失之偏颇。

杨万里亦精通《易》学,曾以十七年的精力写成《诚斋易传》二十卷。其《易》学观点虽与程颐相近,但于"义理"、"象数"之外,能以历史事件来证实,独开"史证"一派,意欲使经术"切于世用"。后世经学家对此曾有微词,然而"舍人事而谈天道,正后儒说《易》之病,未可以引史证经病万里也",故"其书究不可磨灭"(《四库全书总目·〈诚斋易传〉提要》)。

杨万里所著《诚斋集》一百三十三卷,《直斋书录解题》著录。今存此集为宁宗嘉定九年(1208)其子长孺所编。内有《江湖集》七卷、《荆溪集》五卷、《西归集》二卷、《南海集》四卷、《朝天集》六卷、《江西道院集》二卷、《朝天续集》四卷、《江东集》五卷、《退休集》七卷等,有宋端平刊本、《四部丛刊》影印宋抄本。又有《杨文节公诗集》四十二卷,清乾隆间杨玄采据明刻本校刊;《诚斋外集》二卷,抄自钱塘丁氏,尤属不传之秘笈(《艺风藏书续记》卷六)。另有《庸言》一卷、《四六膏馥》七卷、《天问天对解》一卷、《千虑策》二卷、《诚斋诗话》一卷等。

第二节 杨万里的诗

杨万里的诗作数量惊人,在南宋诗歌流传至今的作品中,以陆游、杨万里和刘克庄三家为最多。他在四千二百多首诗中,形象生动地展示了南宋前期丰富复杂的社会生活,在当时诗坛上自出机杼,创造出具有独特风格的"诚斋体"(《沧浪诗话·诗体》),可说是"雄吞诗界前无古,新创文机独有今"(项安世《平安悔稿》卷五)。

杨万里诗歌的思想价值,首先表现在作者对国事的深切关注和坚决主战的政治态度上,这在他自编的第一本诗集《江湖集》中就已透露出这一意绪。如孝宗隆兴元年(1163)夏季,右相张浚负责指挥的北伐战役在符离溃败,孝宗从此失掉恢复中原的信心,主和派更是气焰嚣张。杨万里对此无比愤慨,奋笔写下《读罪己诏》三首诗,提出不要为貌似强大的金人所吓倒:"金台尚未筑,乃至羡强燕?"希望朝廷总结教训,伺机再举:"愿惩危度口,倘复雁门踦。"最后以振拔之笔,指出国家前途大有可为:"楚人要能惧,周命正维新。"诗中反映出杨万里关注国家安危的鲜明政治态度。

当时朝廷虽笼罩着主和的气氛,杨万里却对抵御侵略、恢复故疆有着强烈的责任感:"乾坤裂未补,簪笏达何荣。"(《得亲老家问二首》)他想到边防士兵,心情抑郁而沉重,面对春酒,难以下咽:"山村敢惜身犹远,边地应怜战未回。春鸟岂知人意绪,新声只欲劝衔杯。"(《立春新晴》)他还把关心士兵和同情人民的感情结合起来,使作品的思想内容更加深刻:"催科不拙亦安出?吾民沥髓不濡骨。边头犀渠未晏眠,天不雨粟地流钱。"(《晓立普明寺门,时已过立春,去除夕三日尔,将归有叹》)

在宋金"和"与"战"的问题上,自然牵涉到"岁币"和"遣使"之事。这是朝廷主和屈服所导致的严重后果。胡铨为此曾向朝廷上奏过极为痛切的疏文,杨万里对"岁币"也写了一首出色的寓言诗《蜂儿》,揭露金人手段的毒辣残酷:"老饕火攻不知止,既毁我室取我子!"

光宗即位,杨万里曾奉命接伴金国贺正旦使。自杭州到盱眙,往返经行之地,多系当年宋金双方驰逐厮杀的战场。他触景生情,激起深沉的忧国之思和兴衰之感,写下了一系列富有爱国感情的诗篇。行船到瓜洲时,他想到二十八年前采石战役的胜利,赋诗说:"佛狸马死无遗骨,阿亮台倾只野田。南北休兵三十载,桑畴麦垅正连天。"(《过瓜洲镇》)对敌兵败退的历史作了回顾,对劳动人民的恢复生产表达了喜悦之情。路经当年名将刘锜败金兵之地皂角村(今江苏江都附近)时,他也曾赋诗怀念赞颂:"河边独树知何木,今古相传皂角林。"(《皂角林》)舟过扬子桥,他想到决定战事胜负的是"仁政"和"贤材",有诗说:"今古战场谁胜负,华夷险要岂山川?六朝未可轻嘲谤,王谢诸贤不偶然。"(《舟过扬子桥远望》)对东晋著名将相王导、谢安的称誉,隐含着对南宋朝廷不用贤材的讽刺。

自高宗赵构于绍兴十一年(1141)进誓表于金,宋金双方即以淮水中流为界,到这时已将近五十年了。淮水原是汴都以南的巨川,如今却是南宋版图的北界,杨万里对此愤懑不已,其《初入淮河四绝句》云:

船离洪泽岸头沙,人到淮河意不佳。何必桑乾方是远,中流以北即天涯!

刘、岳、张、韩宣国威,赵、张二相筑皇基。长淮咫尺分南北,泪湿秋风欲怨谁?

两岸舟船各背驰,波痕交涉亦难为。只余鸥鹭无拘管,北去南来自在飞。

中原父老莫空谈,逢着王人诉不堪。却是归鸿不能语,一年一度到江南。

诗人对中原长期沦丧不复,南宋初期著名将相先后被罢斥冤死,因而南北未能统一,中原父老企盼王师北上的心愿年年化为泡影等,都作了深刻的揭示和委婉的批评,在含蓄的诗句中,流露出极其沉痛的心情。

杨万里为了实现抗敌御侮、统一祖国的愿望,在内政方面认为必须做到"去蠹"与"养材"。外戚、宦官在孝、光两朝十分跋扈嚣张,诗人对此深恶痛绝,把他们比作蜘蛛结网,主张应该打击其中首恶:"网丝到处萦人鬓,欲打蜘蛛拣最肥。"(《小斋晚兴》)写得更为痛切的是咏啄木鸟的诗作:

> 一啄高高一啄低,一声声急一声迟。可怜去蠹劳心口,蚁入枯梨自不知。
>
> ——《省中见树上啄木鸟戏题》

杨万里在疏奏里屡次提到"养材",《千虑策》中即有关于"人才"的三篇专论。《淳熙荐士录》又疏列六十人荐于宰相王淮。他认为人才尽有,可惜朝廷不肯培养、选拔和重用:"即今未有王良眼,山子飞黄岂是无!"(《合路马坊,年年四月殿前诸军牧马于此,十月复归都下》)上述这些体物之作意在讽刺,也充分表明了他在去恶、用人方面的观点。

杨万里的诗歌中还有许多描写农民劳动生活题材的作品,归纳起来,大体有以下三个方面:一是揭露官府剥削人民的苛酷,二是反映农民劳动的辛勤和生活的痛苦,三是对农业生产的关心和对丰年稔岁的喜悦。早在任零陵县丞时,他就曾写诗说:

> 已旱何秋雨?无禾始水声!病民岂天意,致此定谁生?汤爪宁须剪,桑羊可缓烹?小儒空自叹,得到凤凰城?
>
> ——《视旱遇雨》

他不相信"病民"的是"天意",而是朝廷聚敛之臣在作恶。他还对久雨伤禾以及官府收米的苛刻挑剔深致感喟:

大熟虚成喜,微生亦可嗟。禾头已生耳,雨脚尚如麻。顷者官收米,精于玉绝瑕。四山云又合,奈尔老农家!

——《宿龙回》

朝廷对农民的剥削,经常采取虚伪而酷虐的手段,杨万里对此用比喻手法进行了深刻讽刺:

渔者都星散,那知不是真。忽然重举网,何许有逃鳞?暗漉泥中玉,光跳日下银。江湖无避处,而况野塘滨!

——《再观十里塘捕鱼有叹》

诗人还描写了阶级矛盾的鲜明对立:"荒山半寸无遗土,田父何曾一饱来"(《发孔镇,晨炊漆桥道中纪行》)、"老农背脊晒欲裂,君王犹道深宫热"(《白纻歌舞四时词》)。字里行间浸透着诗人强烈的爱憎感情。此外,农民昼夜抗旱,男女老少冒雨插秧,他都有描绘,如《插秧歌》:

田夫抛秧田妇接,小儿拔秧大儿插。笠是兜鍪蓑是甲,雨从头上湿到胛。唤渠朝餐歇半霎,低头折腰只不答。秧根未牢莳未匝,照管鹅儿与雏鸭。

当丰收的希望变为现实时,诗人抑制不住心头的喜悦,如《观稼》:

井字行都整,花香远已甜。穗肥黄俯首,芒劲紫掀髯。风搅平云阵,声松缺月镰。不愁禾把减,高廪却愁添。

杨万里屡任地方官吏,深知丰收是稳定社会秩序的主要条件,他晚年乡居,听到沿村的打稻声,高兴地指出,这是天下太平的基础:

> 大熟仍教得大晴,今年又是一升平。升平不在箫韶里,只在诸村打稻声。

> 丰年物物总欣欢,不但人和畜亦蕃。簸处金肤肥虺母,春馀珠屑饱鸡孙。
>
> ——《至后入城道中杂兴》十首录二首

他也深知保证农业丰收,兴修水利工程是必要的措施。在江东副使任上,他到溧水石臼湖一带,见到圩田,兴奋地写了《圩丁词十解》,现录三首:

> 圩田元是一平湖,凭仗儿郎筑作圩。万雉长城倩谁守,两堤杨柳当防夫。

> 儿郎辛苦莫呼天,一日修圩一岁眠。六七月头无点雨,试登高处望圩田。

> 河水还高港水低,千枝万派曲穿畦。斗门一闭君休笑,要看水从人指挥。

这几首诗纯用白描写实手法,在通俗浅近的语言和生动明快的笔调中,蕴含着对农民筑圩劳动的赞颂。又如《悯农》:"稻云不雨不多黄,荞麦空花早着霜。已分忍饥度残岁,更堪岁里闰添长。"《农家叹》:"春工只要花迟着,愁损农家管得星"等,多角度地表现出对农民遭际的关心同情。

历代诗评家多推崇杨万里的写景诗,因他善于运用灵活的手法,逼真地刻画山川自然景物。这类诗往往构思奇特,笔随景转,境随笔换,故姜夔在《送〈朝天续集〉归诚斋》诗中有"年年花月无闲日,处处山川怕见君"的戏语。但杨万里并非单纯写景,而是往往触景抒怀,胸中自有情致,如"未爱少陵红湿句,可人却是道知时"(《又和春雨》)、"拚却老红一万点,换将新绿百千重"(《又和风雨二首》)、"再三传语春寒道:好为农家惜绿针"(《雨后田间杂记》)之类。诗人不把春季的风风雨雨作为单纯的自然景物来欣赏和描写,而是注意到它和农业生产、人民生计的密切关系。可见其铺写景物,不专事描摹,笔墨千变万化,自然流动,具有独特的格调和风趣。

在艺术上,杨万里的诗歌创作有着更为引人注目的独创性。诚斋诗数变,从绍兴三十二年(1162)焚其少作,表示脱离江西诗风开始,到淳熙中真正确立诚斋体,其间经历了十馀年的时间,其《荆溪集自序》自叙其诗风之变云:"予之诗,始学江西诸君子,既又学后山五字律,既又学半山老人七字绝句,晚乃学绝句于唐人。学之愈力,作之愈寡。"我们在杨万里诗中可以看到这样的取法和转变的痕迹,最后他终于"辞谢唐人及王、陈、江西诸君子,皆不敢学,而后欣如也",形成了他新颖独创的"诚斋体"。"诚斋体"代表了杨万里诗歌创作的鲜明个性和独特价值,不仅在当时赢得了很大的声誉,而且因此而确立了杨万里在我国古代诗歌史上的突出地位。

"诚斋体"最基本的创作精神是回归自然。与宋代大多数诗人尤其是江西诗派的侧重于书本和内省不同,杨万里强调"感物"。他重新确立了自然在诗歌创作中的重要地位,并努力要跟自然界重新建立一种嫡亲母子的骨肉关系,恢复耳目观感的天真状态。他说:"春花秋月冬冰雪,不听陈玄只听天。"(《读张文潜诗》)所谓"天",即自然万物。他又说:"山思江情不负伊,雨姿晴态总成奇。闭门觅句非诗法,只是征行自有诗。"(《下横山滩头望金华山》)充分强调"江山之助"。他曾描述过他自己在淳熙五年(1178)任常州知州时"忽若有寤"而从此自觉创作"诚斋体"的情景:"每过午,吏散庭空,即携一便面(遮面之扇),步后园,登古城,采撷杞菊,攀翻花竹,万象毕来,献予诗材,盖麾之不去,前者未雠,而后者已迫,涣然未觉作诗之难也。"(《荆溪集自序》)在《致徐达书》中,他把这种"感物"之意说得更为明确:"我初无意于作是诗,而是物是事适然触乎我,我之意亦适然感乎是物是事,触先焉,感随焉,而是诗出焉,我何与哉?天也,斯之谓兴。"这种回归自然、感物而动的创作精神,是"诚斋体"产生的基础,同时也体现着南宋诗歌走出江西、走出书斋的基本趋向。

同时,"诚斋体"的特色还表现在它对于自然的表现富有个性。作者不仅善于描写物色姿态,而且善于抉发山水的灵性为山水写心,展现出自然万物生动活泼的面貌和生命感,并在其中融贯诗人主体的心智性灵,思多奇妙,语多转折,亲切、乐观、轻松、诙谐,不避浅俗,饶有别趣,具有着不同于陶、谢、王、孟等人山水之作的独特的艺术风貌。其具体的艺术特点主要表现在以下几个方面:

首先,杨万里极善写生。钱锺书《谈艺录》指出:"诚斋擅写生,……如摄影之快镜,兔起鹘落,鸢飞鱼跃,稍纵即逝而及其未逝,转瞬即改而当其未改,眼明手快,踪矢蹑风,此诚斋之所独也。"这段论述精辟地指出了诚斋体描写景物的这一特点。他写景很少进行背景的铺展和整体画面及气氛的渲染,而是更多地寻摄自然景物或人事活动的瞬间动静,直接勾画山水的具体姿态,试看他的《正月二十八日峡外见燕子》:

社日今年定几时,元宵过了燕先归。一双贴水娇无奈,不肯平飞故仄飞。

再看他的《舟过谢潭》:

碧酒时倾一两杯,船门才闭又还开。好山万皱无人见,都被斜阳拈出来。

在这样的诗篇中,作者生动快捷地表现了"造化生意",也表现了诗人"须把乖张眼,偷窥造化工"(《观化》)的主观意趣。这种真实生动的写生,使他的诗中留下了许多清新明快、色彩鲜明的山水画面,如:

江欲浮秋去,山能渡水来。

——《题湘中馆》之二

花暖能熏眼,山浓欲染衣。

——《和仲良春晚即事五首》之三

风烟绿水青山国,篱落紫茄黄豆家。

——《山村》

风将春色归沙草,天放晴光入浪花。

——《过平望》

> 青编翠竹风窗月,白酒红蕖水槛天。
>
> ——《秋凉晚酌》

这些诗句,置之晚唐杜、陆及北宋王安石集中,亦可夺朱乱紫。

其次,杨万里诗富于想象,好用比拟手法。"诚斋体"有着奇妙的想象。有时,这种想象奇异独特,语带夸张,如《重九后二日同徐克章登万花川谷,月下传觞》这一首诗就十分典型:

> 老夫渴急月更急,酒落杯中月先入,领取青天并入来,和月和天都蘸湿。天既爱酒自古传,月不解饮真浪言,举杯将月一口吞,举头见月犹在天。老夫大笑问客道:月是一团还两团?酒入诗肠风火发,月入诗肠冰雪泼。一杯未尽诗已成,诵诗向天天亦惊。焉知万古一骸骨,酌酒更吞一团月。

作者曾说"老夫此作,自谓仿佛李太白"(据罗大经《鹤林玉露》卷一〇)。这种奇妙的想象,有时也可以于细微处见到,如《戏笔》(二首之一):

> 野菊荒苔各铸钱,金黄铜绿两争妍。天公支与穷诗客,只买清愁不买田。

野菊与荒苔都圆如钱形,菊黄如金钱,苔绿如铜钱,故作者巧妙地比拟为铸钱。然后作者又由此再作生发联想,感叹这种造化天工只能触发诗人的一怀清愁。在杨万里诗中,诗意的想象还尤其表现在善于以人意的拟想来写自然万物的生意,使之成为人化的自然,在这里,结合着奇妙的想象,拟人手法得到了充分的使用。如写鸥:"沙鸥脚不袜,故故踏冰翻"(《霜寒辘轳体》);写竹风:"却是竹君殊解事,炎风筛过作清风"(《午热登多稼亭》);写岭云:"天女似怜山骨瘦,为缝雾縠作春衫"(《岭云》)等等。这样的例子在诚斋体中随处可见。

再次,"诚斋体"长于活处见理,幽默诙谐。作者能够在人所不经意处获得感悟,发现诗意,如《泉石轩初秋乘凉小荷池上》:

芙蕖落片自成船,吹泊高荷伞柄边。泊了又离离又泊,看他走遍水中天。

这是极其平常的景物,以致常人很少关注它。但作者不仅把它写进了自己的诗中,而且把落荷写得"无情有思",读者从它那泊离无据的动态中,不难领悟出类似人生无凭而又执着难舍的况味。再如他的《闲居初夏午睡起二绝句》之一:

梅子留酸软齿牙,芭蕉分绿与窗纱。日长睡起无情思,闲看儿童捉柳花。

这是一种"闲看",其实又何尝不是一种意味深长的玄览默察。故后人从其"无情思"的"闲看"中,不妨或见出其"胸襟透脱"(见罗大经《鹤林玉露》卷一四),或见出其"默阅世变,中有感伤"(见叶寘《爱日轩丛钞》卷三),可谓景中有兴,兴中有比,意境浑成,意趣深长。再如《过松源晨饮漆公店》六首之五:

莫言下岭便无难,赚得行人错喜欢。正入万山圈子里,一山放出一山拦。

此诗景中寓理,在轻松流动的描写中给人感受到一种前路多艰又未有尽头的感喟。不过,诗意的发现并不一定表现为"寓理",请看下面的诗句:

忽惊暮色翻成晓,仰见双虹雨外明。

——《初秋暮雨》

只怪南风吹紫雪,不知屋角楝花飞。

——《浅夏独行奉新县圃》

酴醾蝴蝶浑无辨,飞去方知不是花。

——《披仙阁上观酴醾》

溪回谷转愁无路,忽有梅花一两枝。

——《晚归遇雨》

这些诗句写的是对自然景观的某种发现和领悟,在物色的变幻中见出作者灵动的思绪,又常用虚词表示其意脉的转折,笔致轻松流动,虽非必寓理,然仍饶有诗趣。这种诗趣显得颇为幽默、诙谐。下面这首诗更为典型:

才近中秋月已清,鸦青幕挂一团冰。忽然觉得今宵月,元不粘天独自行。

——《八月十二日夜诚斋望月》

前人评诚斋体,有所谓"不笑不足以为诚斋之诗"(吴之振《宋诗钞·诚斋诗钞小序》),如上面这样的诗,即是这样的作品。

最后,诚斋体具有明显的谐俗性。诚斋体的幽默诙谐本身带有明显的谐俗性,而这种谐俗性还更为突出地表现在取材和语言上。诚斋体多写日常生活小景和诗人所感知的细致的生活感受,不避浅俗,如:

夜热依然午热同,开门小立月明中。竹深树密虫鸣处,时有微凉不是风。

——《夏夜追凉》

感受极为具体细微。再如:

隔窗偶见负暄蝇,双脚挼挱弄晚晴。日影欲移先会得,忽然飞落别窗声。

——《冻蝇》

此种常景俗物和对于这种常景俗物的细致观察,为一般诗人集中所少见。

在诗歌的语言上,诚斋体不拘一格,其中广收口语,化俗为雅,浅切流易,在宋代诗歌语言中颇具特色。他曾经说过:"诗固有以俗为雅,然亦须曾经前辈取熔,乃可因承尔,如李之'耐可',杜之'遮莫',唐人'里许'、'若个'之类是也。"(《答卢谊伯书》)在这一段话中,作者虽然表示了亦须前辈取熔之意,但在实际的创作中,诗人确实不乏采择口语自铸新词的勇气,如"只管"、"作么"、"管取"、"只么"、"尔许"、"端的"之类,诗中常见。不仅自然活泼,而且涉笔成趣,更增添了幽默感。

回归自然而又不同于前此任何山水诗的"诚斋体"的形成,并非偶然。从诗人主观来考察,他的思想和学养对此很有影响。杨万里是"以学人而入诗派"(全祖望《宝瓠集序》),如前所述,他著有《诚斋易传》、《庸言》等哲学著作。在这些著作中,他对于宇宙的本体赋予了自然的物质含义,而且重视事物的发展变化,这对他的创作思想和实践不会不产生一定的影响。这不仅有助于诗人认识到自然在创作中的主要地位,同时,长期的学术浸润和思想修养,还使他"胸襟透脱"。这种透脱,既表现在识度、襟怀的通达超豁,不滞粘,不执着,不囿于世俗情见,心境活泼,机趣骏利,也表现在对诗歌创作的认识:"学诗须透脱,信手自孤高"(《和李天麟二首》)。正因为有这种"透脱",所以杨万里能走出江西,不拘死法,而以"活法"作诗。周必大说,"诚斋万事悟活法"(《次韵杨廷秀待制,寄题朱氏涣然书院》),刘克庄也说,"诚斋出,真得所谓活法,所谓流转圆美如弹丸者"(《江西诗派小序》)。可以说,诚斋体正是这种"透脱"、"活法"的产物。因此,正如他自己所说:"不是风烟好,何缘句子新"(《过池阳舟中望九华山》);"不是胸中别,何缘句子新"(《蜀士甘彦和寓张魏公门馆,用予见张钦夫诗韵作二诗见赠,和以谢之》)。

总之,杨万里在南宋前期的诗坛上独辟蹊径,开创了一种新鲜活泼、幽默风趣的作法,这对当时和后世都有一定影响。南宋刘克庄在《茶山诚斋诗选序》中将黄庭坚以迄杨万里的诗比之禅学,以黄庭坚为初祖,吕本中、曾几为南北二宗,杨万里稍后为临济德山。清钱塘金介山、袁枚以及郭麐等诗人,都引为同调,他们的诗作亦多具诚斋风格。但由于杨万里始终未能完全跳出"江西派"的窠臼,一只脚踏在"江西"船上,一只脚踏在"晚唐"船上,因此要想乘风破浪,继承杜甫的现实主义精神,是终隔一层的。他的诗作题材虽然广泛,但有的比较琐碎、浅率,即使是那些爱国诗篇,由于讲求"味外味"、"句中无其词而句外有其意"、"言已尽而味方永"等,仍然是晚唐"韵味",显得幽怨有馀而气势不足,远不及陆游爱国诗作的慷慨悲壮。他笔下同情民生疾苦的诗篇,其数量质量也不及范成大。

第三节　杨万里的其他作品

杨万里"不特诗有别才,即词亦有奇致"(《历代诗馀》词话引《续清言》)。然词作不多,《全宋词》共收十五首。其词的韵致与诗风相近似,如〔好事近〕《七月十三日夜登万花川谷望月作》:

> 月未到诚斋,先到万花川谷。不是诚斋无月,隔一林修竹。
> 如今才是十三夜,月色已如玉。未是秋光奇艳,看十五十六。

"万花川谷"为作者自名的花圃。此首看似咏月,实则借月写人,通过月光映照的花圃、修竹和书斋,表现出作者的人格特性和追求高洁、雅致的审美情趣。语言平易浅近,词境尤为透脱,耐人玩味。又如〔昭君怨〕《咏荷上雨》:

> 午梦扁舟花底,香满西湖烟水。急雨打篷声,梦初惊。
> 却是池荷跳雨,散了真珠还聚。聚作水银窝,泛清波。

词从"午梦"入笔,准确地捕捉了雨中荷花转瞬变形的动态特征,而以水银窝比喻"池荷跳雨",更觉手法新颖,形象逼真,与其写景诗作

的格调相一致。又如〔昭君怨〕《赋松上鸥。晚饮诚斋,忽有一鸥来泊松上,已而复去,感而赋之》:

> 偶听松梢扑鹿,知是沙鸥来宿。稚子莫喧哗,恐惊他。
> 俄顷忽然飞去,飞去不知何处。我已乞归休,报沙鸥。

词人借沙鸥来宿松梢表达乞归的心情,笔调清新活泼,别有意趣,形式上也颇新颖别致。

  杨万里的散文,除有政论文《千虑策》、政治哲学《庸言》和文学评论《诗话》、楚骚研究《天问天对解》等专著外,其他赋、铭、赞、奏疏、书启、墓志各体兼备;论、记、序、跋等类文章写得更好。其《千虑策》二卷,记述的内容包括君道、国势、治原、人才、论相、将、兵以及驭吏、选法、刑法等,多视角而又系统地阐述有关国家命运的重要策略,可谓谋无遗策。如《国势》中论述守备江淮的重要性,指出:"有淮,而后江者吾之江也;无淮,则江者非独吾之江也,亦敌之江也!"并认为"引寇以自逼,而日夕与之相目于一水之间,则国尚(何)可为而敌尚何可备哉!"这与胡铨在隆兴二年(1164)上书所云"两淮不保,则大江决不可守"的见地一致。又如《民政》中强调为政便民,指出奸吏误国害民,亦有现实意义。无怪乎虞允文"见杨诚斋《千虑策》,读一篇,叹曰:'东南乃有此人物!'"(罗大经《鹤林玉露》卷一〇)他的诗话,多论写诗之用意作法,如"诗家借用古人语,而不用其意,最为妙法"、"五七字绝句最少,而最难工"(《诚斋诗话》)等。所论前人诗作,强调意味深长,往往中肯。如论析苏轼《煎茶》诗,入情入理,表现出诗人精辟的鉴赏眼力。此编虽名《诗话》,然其中"论文之语乃多于诗,又颇及谐谑杂事,盖宋人所著往往如斯,不但万里也"(《四库全书总目·〈诚斋诗话〉提要》)。

杨万里"好为文,而尤喜四六"(《与张严州敬夫书》)。他的辞赋颇具特色,所作《浯溪赋》为一时传诵的名篇。唐元结作《大唐中兴颂》,后来黄庭坚、张耒皆作大篇加以发挥,谓肃宗擅立,功不赎罪。杨万里则以此碑为引子,借唐玄宗、肃宗父子故事对宋徽宗、高宗进行讥讽,赋中云:

天下之事,不易于处,而不难于议也。使夫谢奉册于高邑,禀重巽于西帝,违人欲以图功,犯众怒而求济,天下之士,果肯欣然为明皇而致死哉?

此赋与范成大《馆娃宫赋》皆为时人传诵的齐名之作。其《海䲡赋》写宋军在采石之战中以海䲡船大败金兵,叙中有论,如云:"吾国其勿恃此险,而以仁政为甲兵,以人材为河山,以民心为垣墉也乎!"论断深刻而富有现实性。这些赋和欧阳修、苏轼赋的风格一脉相承,不受四六骈体的束缚,转用散文加韵脚的方式,读来流畅自然。此外,他的赞文亦有苏轼的风味,如《张功父(镃)画像赞》云:"香火斋祓,伊蒲文物,一何佛也!襟带诗书,步武琼琚,又何儒也!门有珠履,坐有桃李,一何佳公子也!冰茹雪食,㻞碎月魄,又何穷诗客也!约斋子方内欤?方外欤?风流欤?穷愁欤?老夫不知,君其问诸白鸥。"明郎瑛即谓此文"似东坡赞王定国之作"(《七修类稿》卷三〇)。

杨万里的论、记、序、跋文等,大篇短章,皆有佳作,如《怀种堂记》,所述刘瑛任职江西时蠲除三乡寓税之弊,深受百姓爱戴,事中见意,气势刚健。其序文有作者所编诗集之自序,间有表明学诗之渊源的论述,如《诚斋荆溪集自序》即是。至于为他人诗文集所作的序文,如《唐李推官〈披沙集〉序》、《颐庵诗稿序》和《澹庵先生文集序》、《欧阳伯威脞辞集序》等,既有论述诗歌内涵的深度"味道"的内

容,又有对诗人怀才不遇的同情,如《欧阳伯威脞辞集序》中云:

> 予因索其诗文,伯威颦且太息曰:"子犹问此邪?是物也,昔人以穷,而吾不信;吾既信,而穷已不去矣!子犹问此邪?"已而出《脞辞》一编曰:"子不怜其穷,而索其诗,子盍观其诗而疗其穷乎?"予退而观之:其得句往往出象外,而其力不遗馀者也。高者清厉秀邃,其下者犹足以供耳目之笙磬卉木也。盖自杜少陵至江西诸老之门户,窥闯殆遍矣。

此序文不仅评价欧阳伯威诗作的风格特色,肯定他认真探讨前代诗人创作流派的精神,同时也表现了作者对当时社会压抑人才的愤懑不平。此外,他的跋文虽多短章,但字里行间往往感情充沛。如《跋忠简胡公先生谏草》云:

> 澹庵先生之孙槻寄示先生谏草,凡十一行,卒章云"臣不忍见虏寇入门"等语,其痛次骨,万里读至此,不觉涕泗之沱若也!盖当是时,和战之杂之时也,国是数定而娄(屡)摇,国势将怯而复壮。仲尼曰:"民到于今受其赐。"

他如《跋张魏公答忠简胡公书十二纸》一文,写作者重读先师手札而涌起如在左右的感激之情,也同样具有语短情深、感人肺腑的艺术魅力。

第七章　陆　游（上）

第一节　陆游的生平

陆游（1125—1201），字务观[1]，自号放翁，越州山阴（今浙江绍兴）人。祖父佃，字农师，受业于王安石，官至礼部侍郎、尚书右丞，精通经学，著有《埤雅》、《春秋后传》等书，为北宋著名学者。父宰，字元钧，北宋末年做过吏部尚书、淮南计度转运副使。宣和七年（1125）冬十月，陆宰奉调入京，带着家眷，自寿春（今安徽寿县）由淮河沿水路赴开封。十月十七日，陆游诞生于淮上。"少傅奉诏朝京师，舣船生我淮之湄。宣和七年冬十月，犹是中原无事时。"（《十月十七日，予生日也。孤村风雨萧然，偶得二绝句。予生淮上，是日平旦，大风雨骇人，及余堕地，雨乃止》）其实此时北方女真族正积聚兵力向北宋进犯，次年闰十一月，即攻陷北宋都城汴京，俘虏了昏庸无能的徽宗及其长子钦宗，北宋宣告灭亡。

靖康元年（1126），中原大乱，陆宰自河南荥阳移家寿春。因金兵不断南侵，陆游三岁时，乃父便带领全家，跋山涉水，过着颠沛流离的逃难生活。后来陆游回忆这段随父逃难的艰苦情景时写道：

> 我生学步逢丧乱,家在中原厌奔窜。淮边夜闻贼马嘶,跳去不待鸡号旦。人怀一挺草间伏,往往经旬不炊爨……
>
> ——《三山杜门作歌》

经过艰苦危险的跋涉,陆宰一家终于回到家乡。建炎三年(1129)秋,金兵渡江南侵,第二年陆宰又带领全家至东阳(今浙江金华)山中避乱,直到陆游九岁时,江南局势稍定,全家才又重返故乡。"儿时万死避胡兵"的痛苦生活,在他幼小的心里留下了深刻的印象。

陆游从小喜爱读书,约六岁时即入学就读。后又从师受业,长进很快。《宋史》称他"年十二,能诗文"。少年时代的陆游还受到父辈们爱国思想的深刻教育:

> 一时贤公卿与先君游者,每言及高庙盗环之寇,乾陵斧柏之忧,未尝不相与流涕哀恸,虽设食,率不下咽引去。先君归,亦不复食也。
>
> ——《跋周侍郎奏稿》

> 绍兴初,某甫成童,亲见当时士大夫相与言及国事,或裂眦嚼齿,或流涕痛哭,人人自期以杀身翊戴王室。虽丑裔方张,视之蔑如也。
>
> ——《跋傅给事帖》

强烈的爱国思想教育和感染,培养了少年陆游的忧国忧民思想,"少小遇丧乱,妄意忧元元"(《感兴》),并立下了"扫胡尘"、"清中原"的壮志。为了实现自己的理想,陆游还同时研读兵书,学练剑术。十八岁,从曾几学诗,这对他尔后的诗歌创作产生了一定的影响。

绍兴十三年(1143),陆游十九岁,赴临安应试,始发愤为古学[2]。第二年,陆游与舅父唐闳女唐婉结婚,二人情投意合,但由于唐氏未能取得陆游母亲的欢心,终于被迫仳离。这一悲剧在陆游内心深处留下了无法弥补的创伤,直到晚年,他还一往情深地写了《沈园》等诗篇,表达对唐氏的深切怀念之情。

绍兴二十三年(1153),陆游再次赴临安参加两浙地区的科举考试。考官陈之茂擢为第一(解元),名列秦桧孙子之前,触怒了秦桧。次年礼部复试,陆游又名列前茅,因喜论恢复,为秦桧所黜落(见叶绍翁《四朝闻见录》卷乙)。陆游虽遭除名的打击,但并不气馁,对秦桧"父子气焰可熏天"的丑恶面目投以轻蔑的眼光,而所抱"上马击狂胡,下马草军书"(《观大散关图有感》)的意志则仍坚定不移。

绍兴二十五年(1155)十月,祸国害民的秦桧死去,不久陆游也得到了起用。绍兴二十八年冬[3],陆游始出仕为福州宁德县主簿。次年调为福州决曹。

绍兴三十年(1160)正月,陆游调回临安,担任敕令所删定官,后迁大理寺司直。这时金主完颜亮率兵大举南侵,采石一战被宋军大败,退至扬州时为部下杀死。孝宗即位后,起用主战将领张浚为枢密使,陆游也被任命为枢密院编修官兼编类圣政所检讨官,并受到孝宗亲自召见。孝宗认为他"言论剀切"(《宋史》本传),特赐进士出身。在朝期间,陆游又向孝宗陈述了有关定都、备战和革新政治的建议。当时,朝廷主战气氛甚浓。隆兴元年(1163)四月,张浚出师北伐,由于部将不和,导致符离兵败。隆兴二年春,陆游因反对权臣龙大渊、曾觌,被贬出朝,通判镇江。时张浚以右丞相督视江淮兵马,陆游前往拜谒。张浚见陆游年轻有为,志在收复,对他"顾遇甚厚"(《跋张敬夫书后》)。可是由于符离之役失利,朝中主和势力日炽,张浚终被罢免。"隆兴和议"后,陆游虽由镇江调任隆兴府(江西南昌)通判,还是以"交结台谏,鼓唱是非,力说张浚用兵"(《宋史》本传)的罪名被罢免了官职。

陆游在家闲居三年之后,又被任命为夔州(四川奉节)通判。乾道六年(1170)初夏,陆游带着家眷离开故乡,动身入蜀。途经江苏、安徽、江西、湖北、湖南,一路游览长江两岸山川名胜,凭吊历史古迹,于十月二十七日晨到达夔州。陆游从出发日起,每天写日记,至此完成了一部六卷的《入蜀记》。

乾道八年(1172)正月,陆游离开夔州,三月,抵达南郑,在四川宣抚使司王炎幕下任干办公事兼检法官[4]。八个多月的从军生涯,成为诗人一生中身临前线最宝贵的时光。他身穿戎装,驰骋在当时西北国防前线南郑(汉中)一带。汉中地区雄关沃野、秋风铁马的军营生活,北方人民犒饷宋军、驰递密报的忠义之举,都影响着陆游的思想性格,激励着他的爱国热情,使他的诗歌创作进入了一个崭新天地,"诗家三昧忽见前"(《九月一日夜读诗稿有感走笔作歌》),写下了许多"寄意恢复"的爱国诗篇[5]。为了不忘这段游宦生活,后来他把诗集取名为《剑南诗稿》,文集题名为《渭南文集》。

陆游在南郑还考察了这一带"地近函秦气俗豪"的山川形势和民情习俗,从而形成了他的"却用关中作本根"(《山南行》)的战略思想,并且积极向王炎"陈进取之策,以为经略中原必自长安始,取长安必自陇右始。当积粟练兵,有衅则攻,无则守"(《宋史》本传)。尽管王炎赞同他的"进取之策",但南宋朝廷却不能容忍策画北伐的活动:"画策虽工不见用,悲咤那复从军乐"(《三山杜门作歌》之三)。王炎终于被朝廷召回[6],幕府亦被撤散。陆游收复中原的主张成为泡影。

乾道八年(1178)十一月,陆游赴成都府安抚司任参议官,但没有具体公务,"冷官无一事,日日得闲游"(《登高》)。陆游由南郑前线调回后,受到这种"冷官"待遇,心中感到非常不满和苦闷。他打算早日东归,但又被任命为蜀州(今四川崇庆)通判。不久,又代理嘉州知州。淳熙元年(1174)春天,陆游离开嘉州回蜀州。冬天,又调荣州(今四川荣县)代理州事。调迁频繁,名分不定,足见朝廷对他并不重视。这年底,他又奉调至成都府安抚司任参议官兼四川制置使司参议官。到任后数月,范成大由桂林来成都任四川制置使。他们是多年相交的诗友,久别相叙共事,常"以文字交,不拘礼法"。这时,陆游因恢复无望,壮志难酬,内心充满矛盾痛苦,便往往借酒浇愁,放浪不羁,被同僚讥为"燕饮颓废",遂遭致罢免。陆游对此只是一笑置之,索性自号"放翁",并在《和范待制秋兴》诗中写道:"门前剥啄谁相觅,贺我今年号放翁。"表现了诗人旷放傲世的个性。

陆游被免后,仅以主管台州崇道观的名义领取俸禄。淳熙五年(1178)二月,他离蜀乘船东归,回朝召对后,先在建安任提举福建常平茶盐公事,第二年又到江西任提举江南西路常平茶盐公事。不久,抚州地区发生水灾,陆游开仓赈济灾民,反而遭到弹劾,以擅自开仓的罪名被罢官。

淳熙七年(1180)冬,陆游返回山阴,闲居五年多,直到淳熙十三年(1186)春,才被任命为知严州军州事。后入朝为军器少监。由于陆游一贯主张修兵备战,收复中原,并不断形诸诗歌创作,复以"嘲咏风月"之罪而再度罢免官职。诗人回乡后,为了表示内心的不平与愤慨,特意把镜湖边的故居命名为"风月轩",并作诗寄愤。

从光宗绍圣元年(1190)到宁宗嘉泰元年(1201),陆游闲居山阴乡村,"身杂老农间",除参加一些劳动外,还常为乡民看病、施药,写下了一些揭露统治阶级残酷剥削农民和描绘江南山水田园风光的诗篇。与此同时,诗人仍然"寤寐不忘中原",因此当韩侂胄于宁宗嘉泰二年(1202)主张北伐时,七十八岁高龄的陆游毅然出山,主持撰修孝宗、光宗二朝实录,还应邀先后为韩侂胄撰写《南园记》、《阅古泉记》,勉励他为国建立功业。此事虽然遭致非议[7],但无损于爱国诗人的光辉形象。

嘉泰三年五月,陆游离京返乡。年底,辛弃疾奉诏造朝,陆游写了《送辛幼安殿撰造朝》诗送行,希望他"深仇积愤在逆胡,不用追思灞亭夜",以国事为重,不要计较个人恩怨。

宁宗开禧二年(1206)五月,韩侂胄北伐,不幸失败,南宋王朝从此一蹶不振。嘉定二年十二月(1210),八十五岁的诗人在临终前写下了一首《示儿》绝笔诗:"死去原知万事空,但悲不见九州同。王师北定中原日,家祭无忘告乃翁!"一生以抗金复国为怀的诗人就这样悲愤地离开了人间。

陆游一生的爱国精神,是在特定时代的民族斗争条件下孕育起来的。家庭的熏陶,促使他早年走上抗金爱国的道路;儒家通经术、立事业,特别是"尊王攘夷"的思想,更使他受到深刻的感染。而儒家的"仁义"观,也使诗人对人民的苦难寄予深切的同情。由于仕途险恶,现实冷酷,陆游也在一定程度上受到了佛、道虚无思想的影响。他自己曾说过"老犹强佞佛"(《自勉》),并且相信道家的服丹、求仙之术。这些都给他的某些诗歌创作带来消极的影响。但总的说来,正因为他具有"坐令事业见真儒"(《读书》)的思想基础,所以并没有走上逃避现实的道路,爱国主义始终是他一生的主导思想。

陆游的作品,今传《陆放翁全集》,《四部备要》本分《剑南诗稿》附逸稿、《渭南文集》和《南唐书》附音释。《四部丛刊》本有《渭南文集》。一九七六年,中华书局合编为《陆游集》。今存《剑南诗稿》有宋淳熙十四年刊本十卷、明汲古阁刊本等。今人钱仲联的校注本最为完善。《渭南文集》有宋嘉定十三年刻本和明汲古阁本。词作有明毛晋刻《放翁词》一卷，双照楼景宋本《渭南词》二卷。《老学庵笔记》有单刻本、中华书局校点本。《入蜀记》有春风文艺出版社陈新译注的《宋人长江游记》（与范成大《吴船录》合刊）本。

第二节　陆游诗的思想内容

　　陆游一生辛勤地从事文学创作，是一位有多方面艺术才能的作家。他的诗、词、散文都有自己的特色，尤以诗歌的艺术成就为最高。他才思敏捷，功力精深，诗作数量惊人，"六十年间万首诗"（《小饮梅花下作》），今仍存九千三百多首，还不包括散佚和被诗人删去的作品。其诗反映的社会生活极其丰富、广阔，涉及南宋前期社会现实的各个方面，其中最突出的是洋溢着爱国情绪的诗篇。入蜀以后，由于感受真切，诗人更加自觉地反对民族压迫，表达人民的抗战意志，抒发个人报国无路的悲愤，故所作尤为感人。诗人一生为苦难的祖国而歌唱而战斗的爱国主义精神，在我国文学史上是十分突出的。

　　陆游的爱国诗篇始终渗透着诗人对祖国的热爱和忧虑。他那"慷慨欲忘身"的忘我战斗精神，不仅符合广大人民的深切愿望，而且使他那不同凡响的诗篇，具有鲜明的战斗性和时代性。陆游爱国诗歌的特点，首先是对投降派的无情揭露和严厉谴责。在北宋王朝覆灭、金兵继续南侵的历史时刻，南宋统治集团内部出现了主和派与主战派的斗争。陆游始终站在抗战派的行列，并以诗歌为武器，对投降派进行坚决的斗争。他明确表示："和亲自古非长策"（《估客有来自蔡州者感怀弥日》），"生逢和亲最可伤，岁辇金絮输胡羌"（《陇头水》）。对那些一味求和以图苟安的当权者，诗人总是以犀利的笔锋,加以嘲讽、揭露:"庙谋尚出王导下,顾用金陵为北门"(《感事》之二),愤怒地斥责他们误国害民的罪行:"战马死槽枥,公卿守和约"(《醉歌》),"诸公尚守和亲策,志士虚捐少壮年"(《感愤》)。在《关山月》里,作者用鲜明对比的手法,概括了人民渴望恢复和投降派文恬武嬉的矛盾,集中而深刻地揭露了南宋朝廷屈辱议和所带来的严重恶果:

和戎诏下十五年,将军不战空临边。朱门沉沉按歌舞,厩马肥死弓断弦!戍楼刁斗催落月,三十从军今白发。笛里谁知壮士心,沙头空照征人骨。中原干戈古亦闻,岂有逆胡传子孙?遗民忍死望恢复,几处今宵垂泪痕!

诗人对于投降派排斥忠良和主战将领,只求保身而不恤误国的罪状,也大胆地进行了指责:

公卿有党排宗泽,帷幄无人用岳飞。遗老不应知此恨,亦逢汉节解沾衣。

——《夜读范至能〈揽辔录〉,言中原父老
　　见使者多挥涕,感其事作绝句》

诸公可叹善谋身,误国当时岂一秦?不望夷吾出江左,新亭对泣亦无人。

——《追感往事》

南宋王朝主和投降的官僚,不只是秦桧一人,他们是一伙结党营私、狼狈为奸的民族败类。陆游这类诗歌的深刻性,正在于将抨击的矛头直指以赵构为首的整个妥协投降派,其强烈的战斗性在南宋诗坛上是空前的。从这里也不难理解为什么他"善歌诗,亦为时所忌"(韩淲《涧泉日记》),而屡遭排挤打击了。当时朱熹就曾愤慨地说:"恐只是不合作此好诗,罚令不得作好官也。"(《答徐载叔书》)清人赵翼更一针见血地指出:"朝廷之上,无不以画疆守盟、息事宁人为上策,而放翁独以复仇雪耻,长篇短咏,寓其悲愤。"(《瓯北诗话》)陆游的爱国诗篇在当时所起的作用和影响由此可见。

其次是表达人民群众渴望恢复故土、统一祖国的愿望。陆游虽然遭受过多次打击,但他所悲叹的仍是"赤县神州满戎狄",所希望的则是"收拾旧山河"。他与苦难的中原人民的心息息相通,"北望中原泪满巾,黄旗空想渡河津"(《北望》),所以常常满怀激愤,既深刻地揭露金兵掠夺残害沦陷区人民的罪行,也无情地鞭挞了主和的书生和文人:

赵魏胡尘千丈黄,遗民膏血饱豺狼。功名不遣斯人了,无奈和戎白面郎。

——《题海首座侠客像》

在《纵笔》(其二)中,诗人更以坚定的笔触,倾诉了不忘故国的深情:

故国吾宗庙,群胡我寇仇。但应坚此念,宁假用它谋。望驾遗民老,忘兵志士忧。何时闻遣将,往护北平秋?

尽管诗人渴望"乞倾东海洗胡沙"(《感中原旧事》),深知"关中父老望王师"(《书事》),然而,南宋小朝廷偏安一隅,忘记了沦丧的国土。诗人对此忧愤难平,写下了《秋夜将晓,出篱门迎凉有感》这首极其沉痛的绝句：

三万里河东入海，五千仞岳上摩天。遗民泪尽胡尘里，南望王师又一年！

陆游耿耿不忘恢复的诗篇，以入蜀后居多。清赵翼说："其诗之言恢复者十之五六；出蜀以后，犹十之三四。"（《瓯北诗话》）直至临终，犹不能忘怀。"死前恨不见中原"（《太息》），是他一生最大的憾事。

第三是表现诗人杀敌报国的英雄气概和壮志未酬的悲愤。陆游不仅是伟大的诗人，而且有"气吞残虏"的英雄气概和"手枭逆贼"、驰骋疆场的战斗精神。他在年轻时就写下了"平生万里心，执戈王前驱。战死士所有，耻复守妻孥"（《夜读兵书》）这样抒发壮怀的诗篇。中年以后，更是"报国寸心坚似铁"（《大雪歌》），唱出了"逆胡未灭心未平，孤剑床头铿有声"（《三月十七日夜醉中作》）和"报国计安出？灭胡心未休"（《枕上》）之类时代的强音。在《书志》里，诗人进一步表示，将来自己死后，也希望肝心化为金铁，铸成利剑，剪除佞臣、强敌，为国雪耻："肝心独不化，凝结变金铁。铸为上方剑，衅以佞臣血。……三尺粲星辰，万里静妖孽。君看此神奇，丑虏何足灭！"正是这种老而不衰、至死不变的爱国热情，使他不断写出气壮山河的杰构，如《金错刀行》：

黄金错刀白玉装，夜穿窗扉出光芒。丈夫五十功未立，提刀独立顾八荒。京华结交尽奇士，意气相期共生死。千年史策耻无名，一片丹心报天子。尔来从军天汉滨，南山晓雪玉嶙峋。呜呼！楚虽三户能亡秦，岂有堂堂中国空无人！

"报国欲死无战场"(《陇头水》)的冷酷现实,使陆游备受压抑。因此,在诗人所写的那些斗志昂扬的诗篇中,往往也带有苍凉的色调,伴和着悲怆的音弦,体现了诗人独特的艺术个性。比如表现激愤心情的《书愤》:

> 早岁那知世事艰,中原北望气如山。楼船夜雪瓜洲渡,铁马秋风大散关。塞上长城空自许,镜中衰鬓已先斑。出师一表真名世,千载谁堪伯仲间?

又如《夜泊水村》:

> 腰间羽箭久凋零,太息燕然未勒铭。老子犹堪绝大漠,诸君何至泣新亭?一身报国有万死,双鬓向人无再青。记取江湖泊船处,卧闻新雁落寒汀。

这些诗篇都反映了陆游爱国诗歌中所特有的悲中见壮的艺术风格。世事的艰难,往往使诗人不得不借助于梦境或幻想来寄托其报国的理想。借梦抒情本是诗人常用的艺术手法,然而陆游笔下所写的大量记梦诗却别具一格。这些诗篇大都写在从军汉中以后,富有浪漫主义色彩,其代表作有《大将出师歌》、《楼上醉书》、《胡无人》、《观运粮图》、《出塞曲》、《秋思》、《军中杂歌》、《记梦》等等。在一首题为《五月十一日夜且半,梦从大驾亲征,尽复汉唐故地,见城邑人物繁丽,云:西凉府也。喜甚,马上作长句,未终篇而觉,乃足成之》的长诗里,诗人更是作了淋漓酣畅的描绘:

> 天宝胡兵陷两京,北庭安西无汉营。五百年间置不问,圣主下诏初亲征。熊罴百万从銮驾,故地不劳传檄下。筑城绝塞进新图,排仗行宫宣大赦。冈峦极目汉山川,文书初用淳熙年。驾前六军错锦绣,秋风鼓角声满天。首蓿峰前尽停障,平安火在交河上。凉州女儿满高楼,梳头已学京都样。

类似的作品还有"壮心自笑何时豁,梦绕祁连古战场"(《秋思》)和"三更抚枕忽大叫,梦中夺得松亭关"(《楼上醉书》)等,都比较突出地表现了诗人的爱国之情。有时诗人又把纪梦与写实结合起来用以表达这类感情,如《赵将军》、《梦游》、《十二月二日夜梦与客并马行黄河上憩于古驿》等等。试举他晚年闲居山阴小村时所写的一首《十一月四日风雨大作》诗以见一斑:

> 僵卧孤村不自哀,尚思为国戍轮台。夜阑卧听风吹雨,铁马冰河入梦来。

所有这些植根于现实而富有浪漫色彩的爱国诗篇,在当时诗坛上是罕见的。

作为一个伟大的爱国诗人,陆游"忧国复忧民",对于苦难的人民也寄予深切的同情。在他的诗集中,反映民生疾苦、描写农村风光的诗歌占有相当重要的位置。他热情地讴歌农民经年耕作的辛勤劳动:

> ……冬休筑陂防,丁壮皆云集。春耕人在野,农具已山立。……

——《农家》

揭露封建官吏残酷压迫剥削农民：

> 有山皆种麦，有水皆种粳。牛领疮见骨，叱叱犹夜耕。竭力事本业，所愿乐太平。门前谁剥啄？县吏征租声。一身入县庭，日夜穷笞搒。人孰不惮死，自计无由生。还家欲具说，恐伤父母情。老人倪得食，妻子鸿毛轻。
>
> ——《农家叹》

在《书叹》里，诗人更以犀利的笔锋，抨击封建统治阶级对农民的巧取豪夺："有司或苛取，兼并亦豪夺。正如横江网，一举孰能脱。"由于官吏豪绅鱼肉人民，"常年征科烦箠楚，县家血湿庭前土"（《秋赛》），使广大农民终年辛勤劳作而仍然忍饥挨饿："碓舂玉粒恰输租，篮挈黄鸡还作贷。归来糠粞常不餍，终岁辛勤亦何得！"（《记老农语》）政府的苛政和地主的剥削，必然导致贫富悬殊的现象："富豪役千奴，贫老无寸帛！"（《岁暮感怀》）诗人对此进行了有力的控诉。

诗人爱憎鲜明，希望出现"但得官清吏不横，即是村中歌舞时"（《春日杂兴之一》）的太平景象，因此，在他担任地方官期间，总是尽力救济灾民，安定民生，发展生产，做一些有益于人民的事情，从而受到了人民的爱戴与怀念。比如他在严州任职时，"多惠政，既去而民思之"（《严州府志》卷四）。在汉中又有为民除虎患的壮举[8]。即使到了晚年，"身为野老已无责，路有流民终动心"（《春日杂兴》之四）。同他的爱国思想一样，诗人对人民的同情也是始终不渝的。

陆游还写了许多描写农村风光、山水景物以及读书、纪行、酬答等内容的诗作，题材十分广泛。清赵翼说，陆游笔下"凡一草、一木、一鱼、一鸟，无不裁剪入诗"（《瓯北诗话》），可谓"处处有诗材"。这

些诗篇,有的写得清新俊逸,引人入胜,有的写得自然圆熟,饶有情趣。比如《游山西村》:

> 莫笑农家腊酒浑,丰年留客足鸡豚。山重水复疑无路,柳暗花明又一村。箫鼓追随春社近,衣冠简朴古风存。从今若许闲乘月,拄杖无时夜叩门。

全诗勾勒出一幅色彩明丽的农村风俗画面,其中"山重水复疑无路,柳暗花明又一村"一联,已因其富有哲理意味而成为广泛流行的成语。又如《临安春雨初霁》:

> 世味年来薄似纱,谁令骑马客京华?小楼一夜听春雨,深巷明朝卖杏花。矮纸斜行闲作草,晴窗细乳戏分茶。素衣莫起风尘叹,犹及清明可到家。

这是陆游在临安城内等待皇帝召见时所写的一首七律。诗中出色地描写了江南初春的明媚风光,抒发了思乡的情怀,又寄寓着政治上失意的感慨。全诗笔调清丽流转,颔联对仗尤有韵味,常为后人所传诵。陆游还有一些即景即事抒情的小诗,也写得十分精彩。如《剑门道中遇微雨》:

> 衣上征尘杂酒痕,远游无处不销魂。此身合是诗人未?细雨骑驴入剑门。

又如《过灵石三峰》:

>奇峰迎马骇衰翁,蜀岭吴山一洗空。拔地青苍五千仞,劳渠蟠屈小诗中。

再如《小舟游近村,舍舟步归》之四：

>斜阳古柳赵家庄,负鼓盲翁正作场。死后是非谁管得?满村听说蔡中郎。

这类小诗,大都富有诗情画意,言简意深,耐人咀嚼,同那些长篇巨制相映生辉。

第三节 陆游诗的艺术成就

陆游的诗歌在思想性和艺术技巧方面都取得了卓越的成就。从诗歌的创作方法来说,主要是现实主义的,所以后人评"放翁学力也,似杜甫"(刘克庄《后村诗话》前集)。但奇特的想象和假借梦幻的手法,又构成了陆游诗中积极浪漫主义的重要因素,故时人又有"小太白"(罗大经《鹤林玉露》)之称。

陆游诗歌继承和发扬了我国古代诗歌的优良传统,这与他善于向古代优秀诗人学习是分不开的。他熟读过屈原、陶潜、李白、杜甫、王维、岑参、白居易等人的诗篇,从中汲取创作的经验。开始,他曾向同时代江西诗派的重要诗人曾几学诗,所谓"忆在茶山听说诗,亲从夜半得玄机"(《追怀曾文清公呈赵教授赵近尝示诗》)。但是他后来却突破了江西诗派的藩篱,而"自成一体"(明费经虞《雅伦》),自成大家。

陆游诗歌的强烈现实主义精神接近于杜甫。他"永怀杜拾遗，抱病起登台"（《秋怀十首以竹药闭深院琴樽开小轩为韵》），但不是"闭门觅句"，单纯从杜诗的字里行间去讨生活，而是把自己的诗歌创作植根于现实，从客观世界中汲取素材和灵感。他曾说过"汝果欲学诗，工夫在诗外"（《示子遹》）的话，认为"纸上得来终觉浅，绝知此事要躬行"（《冬夜读书示子聿》）。尤其是从军南郑以后所写大量别开生面的爱国篇章，往往就是运用直抒胸臆的手法，塑造正面主人公的形象，全面深刻地反映时代的社会面貌。诗中出现的爱国者形象，既是诗人的自我写照，又是时代精神的艺术体现。清杨大鹤认为读陆游诗必须要"论其世，知其人，考其志，以放翁为诗人而已可乎？知放翁之不为诗人，乃可以论放翁诗。"（《剑南诗钞序》）这种用知人论世的方法来研读陆游诗的观点是值得特别重视的。

　　陆游诗歌的艺术风格，前人或评为"敷腴"（杨万里《千岩摘稿序》），或称之"豪荡丰腴"（方回《南湖集序》）。其实就总体而言，则陆游诗既有雄浑奔放的一面，也有清新婉丽的一面。他善于锻炼字句，尤工于对偶，刘克庄甚至认为"古人好对偶被放翁用尽"（《后村诗话》前集）。但他反对追求辞藻的雕琢和奇险，认为"琢雕自是文章病，奇险尤伤气骨多"（《读近人诗》），故所作语言比较接近于口语，即所谓"清空一气，明白如话"（赵翼《瓯北诗话》），与江西诗派的作品显然有异其趣。

　　陆游诗歌的体裁形式多样，古体、近体、五言、六言、七言等无体不备，并都有不少佳作，而于七古、七律尤为擅长。七言古体浑灏流转，才气豪健，热情奔放。如《山南行》、《陇头水》、《关山月》、《金错刀行》、《秋声》等。律诗工力更深，赵翼曾赞美说："放翁以律诗见长，名章俊句，层见迭出，令人应接不暇。使事必切，属对必工；无意不搜，而不落纤巧；无语不新，而不事涂泽，实古来诗家所未见也。"

(《瓯北诗话》)虽有溢美之辞,却大体近是。他的七律近千篇,如《书愤》、《游山西村》、《老马行》等,其境界、气格和对仗等都已臻于炉火纯青的境地,以致清沈德潜说"当时无与比埒"(《说诗晬语》)。

陆游诗歌在艺术上也有不足之处,有时用笔率意,因而失之粗滑松散而缺少诗味。比较明显的缺点则是诗句用法重叠的现象较多,晚年尤甚,所以清袁枚说他"往往精神衰,重复多繁词"(《人老莫作诗》)。不过总的来说,还是瑕不掩瑜的。

〔1〕 南宋叶绍翁《四朝闻见录》乙集谓"陆游,字务观,山阴人。……盖母氏梦秦少游(观)而生公,故以秦名为字而字其名;或曰公慕少游者也"。此说不确。按:务观之义,乃取自《列子·仲尼第四》:"务外游不知务内观。外游者求备于物,内观者取足于身。取足于身,游之至也。"观字应读去声。据刘克庄《后村诗话》前集卷二记载,王景文云:"真翁自了平生事,不了山阴陆务观。"放翁见诗亦笑云:"我自务观,乃去声,如何把作平声押了。"

〔2〕 封建时代,凡区别于科举试士的经解、史论、诗赋等,称为"古学"。

〔3〕 陆游初仕宁德主簿的时间,据《宁德县志》卷三《历官》主簿题名为"绍兴二十八年任"。然未言明时节。按:陆游赴闽途经永嘉时作《戏题江心寺僧房壁》诗云:"史君千骑驻霜天,主簿孤舟冷不眠。"(《诗稿》卷一)时令当在冬季。

〔4〕 王炎,字公明,相州安阳人。乾道五年(或误为八年)二月,除参知政事兼同知枢密院事。三月,以中大夫参知政事为四川宣抚使。王炎到职后,即将治所由绵谷(今四川广元)徙至兴元府(今汉中南郑)。南郑为西北抗金的前沿地区,移治汉中,在此布置防务,积粟练兵,有利于伺机北伐,有助于恢复大业。王炎治川、陕近四年,多方筹措,颇多建树。范成大称颂他宣抚川、陕的功绩为"四年西略可万世,孤撑独立扛千钧"(《石湖诗集》卷一五《寄题潭帅王枢使佚老堂》)。陆游入王炎幕府后,成为他一生中爱国思想及其创作的最辉煌时期。

〔5〕 陆游在南郑的诗词创作,题材广泛,内容丰富。离开南郑三十多年

来，又追怀从军生活，前后共写了反映南郑生活的诗篇三百多首。他在南郑期间，曾作一百多首杂诗，结集为《山南杂诗》，惜已失落。据《诗稿》卷三七《感旧》云："要识梁州远，南山在眼边。……百诗犹可想，叹息遂无传"。自注："予《山南杂诗》百馀篇，舟行过望云滩，坠水中，至今以为恨。"按：此恐托词。陆游在南郑与王炎交往甚密，诗作当有涉及者。王炎在淳熙二年（1175）五月被诬"欺君"罪遭罢，贬至"袁州居住"。一年后复官，命知荆南，然以疾辞，不久去世。陆游恐存诗会贻人口实，乃自删除。

〔6〕《宋史·孝宗纪》乾道八年九月乙亥，"诏王炎赴都堂治事"。戊寅，"以虞允文为少保、武安军节度使、四川宣抚使"。王炎离开汉中，幕府星散。十月十三日，陆游自阆中返归兴元途中，获悉檄文，不禁潸然泪下。十一月二日，陆游从兴元启程赴成都。

〔7〕《宋史》本传谓其"晚年再出，为韩侂胄撰写《南园》、《阅古泉记》，见讥清议。朱熹尝言其能太高，迹太近，恐为有力者所牵挽，不得全其晚节"。按：此论不当。清赵翼《瓯北诗话》卷六曾加批驳，谓陆游晚年修孝宗、光宗两朝实录，"其时韩侂胄当国，特以其名高而起用之，职在文字，不及他务，且藉以报孝宗恩遇，原不必以不就职为高"。即其为侂胄作《南园记》、《阅古泉记》，"一则勉以先忠献之遗烈，一则讽其早退，此亦有何希荣附势、依傍门户之意！而论者辄借为口实，以訾议之，真所谓小人好议论，不乐成人之美者也"。在这段文字之后，赵氏又附自注云："今二记不载文集，仅于遗稿中见之，盖子遹刻放翁文集时，侂胄被诛未久，为世诟厉，故有所忌讳，不敢刻入；未必放翁在时，手自削去也。诗集中仍有《韩太傅生日》诗，并未删除，则知二记本在文集中，盖因其乞文而应酬之，原不必讳耳。"

〔8〕陆游从军南郑，在外出狩猎时，曾有刺虎壮举。《诗稿》与《文集》中记述此事者有四十多篇，如《诗稿》卷六《建安遣兴》、卷八《步出万里桥门至江上》以及卷一四《十月二十六日夜梦行南郑道中，既觉，恍然揽笔作此诗，时且五鼓矣》等。汉中位于秦、巴之间，四周山深林密，境内时有虎豹出没害民。陆游诗中所写打虎之事，当为纪实。由于诗作多系追怀往事，故所记刺虎时地、情景不一，各有侧重，其间虽有夸张笔墨，但决非诗人虚构。

第八章　陆　游（下）

第一节　陆游的词

　　陆游不仅善于写诗，而且兼长作词。他虽不着力于填词，其词作成就不能与诗歌并称，但在南宋词坛上也有其自家风貌。他的词作，陈振孙《直斋书录解题》著录有《放翁词》一卷，《陆放翁全集》收录《放翁长短句》为二卷，明毛晋《六十名家词》并为一卷，陶湘双照楼景宋本有《渭南词》二卷。另有《四库全书》本、《全宋词》本和《放翁词编年笺注》本。

　　陆游词今存一百四十五首，题材范围较广，既有抒发不忘恢复的爱国篇什，又有流连光景的闲适之作；既有抒写怀才不遇的篇章，又有游宴投赠的作品。对于个人爱情的悲剧，他也曾形诸歌词，读之令人叹惋。陆游的爱国词作堪与辛弃疾词相媲美。宋刘克庄说："放翁长短句……其激昂感慨者，稼轩不能过；飘逸高妙者，与陈简斋、朱希真相颉颃；流丽绵密者，欲出晏叔原、贺方回之上。"（《后村诗话》续集）这里所说"激昂感慨"的词作，就是指的爱国篇章。在陆游词中，最早寄慨国事而风格雄放豪健的作品当推〔水调歌头〕《多景楼》：

江左占形胜，最数古徐州。连山如画，佳处缥渺著危楼。鼓角临风悲壮，烽火连空明灭，往事忆孙刘。千里曜戈甲，万灶宿貔貅。　　露沾草，风落木，岁方秋。使君宏放，笑谈洗尽古今愁。不见襄阳登览，磨灭游人无数，遗恨黯难收。叔子独千载，名与汉江流。

隆兴二年(1164)，张浚督师镇江，准备北伐。秋，陆游陪太守方滋登上多景楼，即席赋此抒怀。上片描绘江山壮阔的图景，点明镇江在军事上的作用，拈出孙权、刘备来表达抗金复国的愿望。下片在赞美方滋宏放的性格和洒脱的意态后，笔锋一转，以西晋镇守襄阳、名传千古的羊祜作结，期望方滋能像羊祜一样，为国建立功业，赢得人民的好感和怀念。据韩元吉《南涧甲乙稿》卷二十一《方公墓志铭》记载，方滋历任两广经略、知建康兼行宫留守、知鄂州兼领管内安抚使、知秀州等职，皆有惠于民。此时知镇江，金人犯淮，淮民渡江者数十万人，方滋日夜奔走江滨，妥为安置，足见陆游此词对他的赞颂、期望并不是凿空的谀辞。后来张孝祥读此词后，深为感动，特地"书而刻之崖石"，友人毛开也次韵和之。可见这首词在当时的影响。

表达爱国情思而又写得声情并茂的代表词作还有〔谢池春〕、〔诉衷情〕、〔汉宫春〕、〔夜游宫〕等，如〔谢池春〕：

壮岁从戎，曾是气吞残虏。阵云高、狼烽夜举。朱颜青鬓，拥雕戈西戍。笑儒冠、自来多误。　　功名梦断，却泛扁舟吴楚。漫悲歌、伤怀吊古。烟波无际，望秦关何处？叹流年、又成虚度！

又如〔诉衷情〕：

当年万里觅封侯，匹马戍梁州。关河梦断何处？尘暗旧貂裘。

胡未灭，鬓先秋，泪空流。此生谁料，心在天山，身老沧洲！

这两首词都是陆游晚年闲居山阴时所作。词人回想当年从军南郑的往事，叹息如今年光虚度而功业未成，满腔悲愤与抑郁之情不禁倾注在字里行间。在〔汉宫春〕里，作者曾经发出过"君记取，封侯事在，功名不信由天"的高昂音调，但是"自许封侯在万里，有谁知，鬓虽残，心未死！"（〔夜游宫〕《记梦寄师伯浑》）壮怀激烈换得的却是报国无门的愤懑。这些交织着希望与失望的词作，常以其沉郁悲怆的格调，构成陆游爱国词的一种突出特色。

陆游对南郑军旅生活的怀念，体现了他那老而不衰的爱国热情。由于他着重于作诗而把词当作馀事，因此即使在南郑期间，词作也不多。今可考见的仅三、四首，其中〔秋波媚〕《七月十六日晚登高兴亭望长安南山》[1]一首很能反映他当时的心境：

秋到边城角声哀，烽火照高台。悲歌击筑，凭高酹酒，此兴悠哉。

多情谁似南山月，特地暮云开。灞桥烟柳，曲江池馆，应待人来。

上片写秋夜登高兴亭饮酒悲歌击筑的情景，下片因云开月出，遥望汉中南山而联想到长安终南。"灞桥"、"曲江"都是长安的名胜，它们象征着长安,而长安又暗寓着故都汴京。以"应待人来"作结,既表达了词人对中原未复的怅恨,也反映了词人光复旧物的渴望。全词风格沉郁,寄兴遥深,其委婉含蓄之致同作者那些大声疾呼、目眦尽裂的词篇有异其趣。

在陆游的咏物词中,最为脍炙人口的是〔卜算子〕《咏梅》:

驿外断桥边,寂寞开无主。已是黄昏独自愁,更著风和雨。无意苦争春,一任群芳妒。零落成泥碾作尘,只有香如故。

这首小词托物言志,寄寓着作者深沉的身世之感。上片写梅花在驿外断桥边寂寞地开放,又遭受着风雨的摧残,隐寓自己处境的孤危;下片写梅花无意与桃李争春,即使飘零凋落,碾作尘土,仍然散发清香,暗示自己一心为国,不慕荣利和至死不渝的决心。借梅自抒襟怀,表现了作者与屈原"亦余心之所善兮,虽九死其犹未悔"(《离骚》)的同一志节。

北宋以来,爱情闺怨可以说是词人描写的传统题材,但控诉封建礼教的作品则极为少见。在这方面,陆游的〔钗头凤〕[2]堪称一首不可多得的佳作:

红酥手,黄縢酒,满城春色宫墙柳。东风恶,欢情薄,一怀愁绪,几年离索。错、错、错! 春如旧,人空瘦,泪痕红浥鲛绡透。桃花落,闲池阁。山盟虽在,锦书难托。莫、莫、莫!

此词约作于绍兴二十五年(1155)。据周密《齐东野语》卷一记载:"陆务观初娶唐氏,闳之女也,于其母夫人为姑侄。伉俪相得,而弗获于其姑。既出,而未忍绝之,则为别馆,时时往焉。姑知而掩之,虽先知挈去,然事不得隐,竟绝之,亦人伦之变也。唐后改适同郡宗子(赵)士程。尝以春日出游,相遇于禹迹寺南之沈氏园。唐以语赵,遣致酒肴。翁怅然久之,为赋〔钗头凤〕一词,题园壁间。"这首词的写作背景,由此可以具见。上片追述当年春日与唐氏相处的恩爱生活,反跌离别数年后今日的无限悲哀。当年是"满城春色宫墙柳",今日则是"东风恶",情随境迁,更觉百无聊赖。下片具体抒写在沈园与唐氏邂逅相遇时的情与景。春日依旧,人事已非,缅想昔日的山盟海誓,怅恨今日的音信难通,真有"此恨绵绵无绝期"之感。据宋人陈鹄《耆旧续闻》记载,唐婉读了这首词后,满怀哀愁,曾作和词,有"世情薄,人情恶"之句,并云"惜不得其全阕",可见原词在宋时已经散佚。今传明卓人月《古今词统》所收唐氏和词(清《历代诗馀》转引),当是明人的依托之作。

陆游词不仅情真意挚,而且艺术风格多样。明毛晋《宋六十名家词·放翁词跋》谓:"杨用修(慎)云:'纤丽处似淮海,雄慨处似东坡。'予谓超爽处更似稼轩耳。"他的〔玉蝴蝶〕"倦客平生行处,坠鞭京洛,解佩潇湘"等作品确有接近秦观的一面,但从总体来看则仍以沉郁雄放为主。《四库全书总目·〈放翁词〉提要》说:"平心而论,游之本意,盖欲驿骑于二家之间,故奄有其胜而皆不能造其极。"所论较为中肯。

第二节　陆游的其他作品

陆游不但善于诗词,而且也写了不少散文作品和历史著作。他曾经参加《孝宗实录》五百卷和《光宗实录》一百卷的编撰工作,并独力完成了《南唐书》。自宋以来,撰写南唐史事者先后有六家,大都写得比较简略。后来编写《南唐书》的有胡恢、马令和陆游三家。胡著传本很少，今天流传的主要是马令和陆游所著两种，而以陆游"此书最号有法"（元赵世延《南唐书》序）。文字叙述之简洁是陆游此书的特点之一，但更主要的是作者遵循《史记》的体例，把南唐烈祖（李昪）、元宗（李璟）、后主（李煜）均列入本纪，认为一时崛起于中原的梁、唐、晋、汉、周并非正统，而为国偏小的南唐，则由于文物兴盛，过于北方各朝，应是维系人心的正统。在宋廷偏安江南的特定历史时期，这对维护赵宋的统治地位是很有深意的。

陆游的散文，除史传体的《南唐书》外，尚有《老学庵笔记》及《续笔记》、《渭南文集》、《家世旧闻》、《陆氏家训》等。

《老学庵笔记》是陆游在淳熙、绍熙年间所作的一部笔记。据《剑南诗稿》卷三十三《老学庵》诗自注云，老学庵之名"取师旷'老而学如秉烛夜行'之语"。这部书大多写作者读书与日常生活、经历的所见所闻，内容丰富，涉及面很广。李慈铭《越缦堂读书记》谓"其杂述掌故，间考旧文，俱为谨严；所论时事人物，亦多平允"。书中所记，掌故最多。如卷六有云："唐人本谓御史在长安者为西台，言其雄剧，以别分司东都，事见《剧谈录》。本朝都汴，谓洛阳为西京，亦置御史台，至为散地，以其在西京，号西台，名同而实异也。"等等。这些都为史志所未详，有助于文化史的研究。尤其可贵的是书中记述抗金活动甚多，笔端流露出作者对人民群众爱国热忱的颂扬和对妥协投降派的强烈愤恨。例如秦桧"杀岳飞于临安狱中，都人皆涕泣"，殿前司军人施全刺杀秦桧未遂，以及秦桧专权嫉忌等等。另外，在《笔记》中还有一些关于诗论的记载，对了解陆游的诗歌理论也很有价值。在南宋理学盛行之时，作者不务空谈，讲求实学，用以箴陋砭荒，故其成就在宋人笔记中亦属佼佼者。

《老学庵笔记》原有宋刻本十卷，今有中华书局点校本。其《续笔记》,《宋史·艺文志》失载,《四库全书总目》著录为二卷,点校本收录为一卷,另有佚文三条。

《渭南文集》是一部散文总集,内有表、札子、奏状、序跋、碑志及《入蜀记》、词等共五十卷,为陆游生前自定。他因晚年封为渭南伯,故以此名集。另有《逸稿》二卷,为明毛晋所补辑。

《入蜀记》是一部独立成书的游记散文集,六卷,《四库全书总目》著录。乾道五年(1169)十二月六日,陆游得报出任夔州通判,当时因病未行。第二年闰五月十八日,才带着家眷从山阴启程。从这天开始写日记,至十月二十七日抵达夔州。这部颇有特色的旅行日记就是在近一百六十天的行程中完成的。日记真实记录了入蜀途中的所见所闻,间有议论见解,笔调新鲜活泼,富有文采。作者不仅善于描写长江两岸的山川景物,而且注意对古迹的考订。例如描绘长江三峡景色的几段文字:

(十月)十二日早,过东漅滩,入马肝峡。石壁高绝处,有石下垂如肝,故以名峡。其旁又有狮子岩,岩中有一小石,蹲踞张颐,碧草被之,正如一青狮子。微泉泠泠自岩中出,舟行急,不能取尝,当亦佳泉也。

二十六日,发大溪口,入瞿塘峡。两壁对耸,上入霄汉,其平如削成。仰视天,如匹练然。……

所写大都有文字简练、形象逼真的特点,堪称《水经注》之流亚。书中考证古迹,援引前人诗文参证地理,纠缪补漏,亦足广见闻,增长学识。如:

(六月)十六日早,发丹阳。汲玉乳井水。……过新丰,小憩。李太白诗云："南国新丰酒，东山小妓歌。"又唐人诗云："再入新丰市，犹闻旧酒香。"皆谓此，非长安之新丰也。

（七月）四日，风便，解缆挂帆，发真州。……过瓜步山，山蜿蜒蟠伏，临江起小峰，颇巉峻。绝顶有元魏太武庙，庙前大木可三百年。……（魏太武帝）以宋文帝元嘉二十七年南侵至瓜步，建康戒严。……梅圣俞题庙云："魏武败忘归，孤军驻山顶。"按太武初未尝败，圣俞误以佛狸为曹瞒耳。

还有纠正石刻疏误的，如过"下牢关"时见石刻云："黄庭坚、弟叔向、子相、侄槩，同道人唐履来游，观辛亥旧题，如梦中事也。"作者指出辛亥乃乙亥之误。又如考订庾亮楼理当在湖北鄂州，不应在江洲，而白居易诗、张舜民《南迁录》皆相沿承误。若此之类甚多，不能一一列举。由于这部文笔优美的游记散文既是自传的一部分，又具有一定的学术价值，因而颇为后人所珍视。

在《渭南文集》中，除《入蜀记》外，多为单篇散文，政论、史传、游记和序跋等各体皆备，还有一部分四六文。陆游的议论文不多，其政治议论，大都散见于其奏状、札子中。阐述战略思想的有《代乞分兵取山东札子》，建议定都建康的有《上二府论都邑札子》，力主革除弊政的有《上殿札子》，陈述选用人才意见的有《论选用西北士大夫札子》等，都贯穿着作者强烈的爱国感情。在其议论文中，间有关于诗歌的论述，如《澹斋居士诗序》云："盖人之情，悲愤积于中而无言，始发为诗；不然，无诗矣。"这显然是作者在创作实践中的深刻体会。

陆游撰写的人物传记不多，其中《姚平仲小传》写得言简意明，流露出作者对抗金英雄人物的景仰之情。他受人请托所写的墓志铭近四十篇，大多属于应酬文字，只有《曾文清公墓志铭》较为精彩。该铭评述死者斥和议、赞抗战的生平大节，情意深切，文字流畅，条理井然,允称佳作。

随着宋代各种书籍的大量印行,撰写题跋序文一时蔚然成风,从而成为宋代文人的一个特长。陆游写的序文有二卷,共三十四篇。题跋有六卷,共二百五十八篇。所写题跋大多为诗文集而作,如《跋韩非子》、《跋渊明集》、《跋王右丞集》、《跋花间集》[3]等。这些题跋文字,既有版本的考述,也有作家作品的评析,往往短小精悍,情辞俱胜,如《跋岑嘉州诗集》:

> 予自少时,绝好岑嘉州诗。往在山中,每醉归,倚胡床睡,辄令儿曹诵之,至酒醒或睡熟乃已。尝以为太白、子美之后,一人而已。今年……既画公像斋壁,又杂取世所传公遗诗八十馀篇刻之,以传知诗律者,不独备此邦故事,亦平生素意也。

陆游又有记叙文五卷,共五十四篇。记叙的内容有先贤之遗迹,民间之传说,寺庙之修造,书院之生活琐事等,晚年又曾为韩侂胄的园林作记。其中表露爱国感情的有《静镇堂记》、《书渭桥事》等,在闲适情趣中寄寓深情的有《居室记》、《书巢记》、《烟艇记》等,还有凭吊杜甫遗迹、记叙修建成都古阁的《东屯高斋记》、《铜壶阁记》等。这些作品大都写得洗练自然,结构严谨,含意深永。如《烟艇记》开头说:

> 陆子寓居,得屋二楹,甚隘而深,若小舟然,名之曰"烟艇"。客曰:"异哉! 屋之非舟,犹舟之非屋也。以为似欤? 舟固有高明奥丽逾于宫室者矣。遂谓之屋,可不可耶?"

作者从住屋之命名入笔,引出"江湖之思",向往"一叶之舟"的生活情趣，最后归结为身居小屋而心胸则应有江湖之"浩然廓然"。文字灵动，饶有韵致。

陆游晚年曾为韩侂胄作《南园记》、《阅古泉记》。南宋罗大经《鹤林玉露》卷四谓陆游"晚年为韩平原（侂胄）作《南园记》，除从官"，后人遂以此加以非难。其实韩侂胄北伐乃是正义之举，不能以成败来论其全人。陆游接近韩侂胄，即是出于对抗战派的支持。何况两记不但毫无谀辞，而且正如赵翼《瓯北诗话》卷六所言，"一则勉以先忠献之遗烈，一则讽其早退"，谈不上什么希荣附势，依傍门户。

陆游的散文继承了我国先秦以来散文繁简有法的优秀传统。正如其幼子陆子遹在《渭南文集》序中所说："先太史之文，于古则《诗》、《书》、《左氏》、《庄》、《骚》、《史》、《汉》，于唐则韩昌黎，于本朝则曾南丰，是所取法。"他的散文转益多师，工力很深，在南宋文坛上堪称宗匠，其成就于北宋诸大家也并不多让。由于被诗名所掩，他的文名反不为人们所熟知了。

第三节　陆游在文学史上的地位及其影响

陆游在我国文学史上占有崇高的地位。他的作品，光耀当时，流被后世。朱熹曾称赞说，"放翁老笔尤健，在今当推为第一流"（《答巩仲至》）。他的诗歌成就尤大，虽与尤袤、杨万里、范成大齐名，实为"中兴之冠"（陈振孙《直斋书录解题》）。它们不仅在当时鼓舞着人民的战斗意志，而且对后世也产生了深远的影响。南宋后期诗坛所受沾溉尤多，例如稍后于陆游的江湖派诗人，有的汲取他诗中的现实主义和爱国主义精神，有的学习他"使事必切，属对必工"（赵翼《瓯北诗话》）的艺术技巧，往往都有所得。曾登陆游之门的戴复古作《读放翁先生剑南诗草》赞颂说:"茶山衣钵放翁诗,南渡百年无此奇。入妙文章本平淡,等闲语言变瑰奇。三春花柳天裁剪,历代兴衰世转移。李杜陈黄题不尽,先生摹写一无遗。"足见其倾倒之意。在陆游的影响下,戴复古写下了不少反映社会生活、同情民间疾苦的著名诗篇,如《庚子荐饥》《闻时事》等。南宋后期著名的诗人、词人刘克庄也深受陆游诗歌的影响,他在《刻楮集序》中自称"初余由放翁入,后喜诚斋"。在《前辈》诗中又云:"晚节初寮集,中年务观诗。"他的诗歌也是继承陆游的爱国精神,而且对陆游推崇备至,认为当时诗人,博杂空疏而少变化,"惟放翁记问足以贯通,力量足以驱使,才思足以发越,气魄足以陵暴。南渡而后,故当为一大宗"(《后村诗话前集》)。宋亡后的遗民诗人受陆游爱国精神的感染更深,如刘辰翁就有《须溪精选陆放翁诗集》八卷,其中夹有评语的共五十六处。林景熙不仅在《王修竹诗集序》中深刻地指出,"前辈评宋渡南后诗,以陆务观拟杜,意在痞痞不忘中原,与拜鹃心事悲惋实同",又曾针对陆游《示儿》诗写下了《书陆放翁诗卷后》这首极其沉痛的诗篇,中有"床头孤剑空有声,坐看中原落人手。青山一发愁濛濛,干戈况满天南东。来孙却见九州同,家祭如何告乃翁"之句,读后令人顿生"忠愤气填膺"之感。

  由于政治方面的原因,陆游诗在元代的影响虽不十分广泛,但仍有一些诗人在精神上受到感召。如元代的方回在《读放翁诗作》中写道:"曩读剑南集,几夜挑孤灯。今兹一再读,愤气填我膺。"在《道园学古录》卷三十三《硐谷居愧稿序》中,虞集也说:"南渡以来,……放翁陆公、诚斋杨公、擅名当世。"到了明代,陆游的诗歌仍然受到人们的尊重。如明初刘基在《题陆放翁晚兴诗后》中说:"三复咏斯章,千载吾尚友。"胡应麟读陆游《示儿》诗,以为"忠愤之气,落落二十八字间"(《诗薮》外编)。在提及林景熙收宋二帝遗骨,树以冬青,为诗记之,复有歌题放翁卷后这一史事时,他又写道:"每读此,未尝不为滴泪也。"(《诗薮》外编卷五)潘是仁在《陆放翁先生小引》中的评价更高:"韵学家留心宋、元者,称陆务观,莫不啧啧也。……真中兴之翘楚,接武欧、苏,舍公谁属!"(《宋元名公诗集》序)就是倡言"诗必盛唐"的王世贞,在其所著《艺苑卮言》卷四中也承认:"诗自正宗之外,……于元丰得一人,曰苏子瞻;于南渡后得一人,曰陆务观。"公安派的创始者袁宏道在《答陶石篑》书中也说过"放翁诗,弟所甚爱"的话。不过,陆游在明代的影响远不及在清代那样深远。清初言诗而以陆游为师者甚多,他们甚至将陆游与杜甫、苏轼并称为三大家。如汪琬在《蓬步诗集序》中说:"唐诗以杜子美为大家,宋诗以苏子瞻、陆务观为大家。"在《剑南诗选序》中又说:"宋南渡百四十年,诗文最盛。……于诗当推务观,其他皆名家而已。"其他如陈维崧、王士禛、查慎行、杨大鹤等人,也都对陆游诗评价甚高。在清代对陆游进行全面而深入研究的当首推赵翼。他编撰《陆放翁年谱》一卷,在《瓯北诗话》里又设专章论述陆游诗风的变化,不忘恢复的意志,以及律诗写景抒怀的特色。他认为"宋诗以苏、陆为两大家,后人震于东坡之名,往往谓苏胜于陆,而不知陆实胜苏也"(《瓯北诗话》)。近百年来,每当我们的祖国、民族遭到外来侵略的危难时刻,人们总是更加怀念和推崇陆游,和他的爱国精神产生强烈的共鸣。近代作家梁启超写了四首《读陆放翁集》诗,满怀激情地赞扬道:"诗界千年靡靡风,兵魂销尽国魂空。集中什九从军乐,亘古男儿一放翁。"自注:"中国诗家无不言从军苦者,惟放翁则慕为国殇,至老不衰。"著名的爱国诗人柳亚子也热烈赞颂陆游的爱国精神,有"放翁爱国岂寻常"之句。这些都足以表明陆游的诗篇一直受到人们的喜爱,至今仍然震撼着读者的心灵,激励和培养着人民的爱国情操。

〔1〕 高兴亭在南郑内城西北。《诗稿》卷五四《重九无菊有感》自注:"高兴亭在南郑子城西北,正对南山。"按:此南山指中梁山。《汉南郡志·舆地志·山川》:"中梁山,(南郑城)西一十五里,麓拥高陵,形如积谷。中梁者,以其镇梁川之中也。"陆游夜登高兴亭见中梁山,并由此联想到长安终南山。词题"望长安南山",乃出于想象,并非实指。

〔2〕 此词为故妻唐氏而作,屡见宋人记载,除宋周密《齐东野语》引录外,尚有宋陈鹄《耆旧续闻》卷一〇、刘克庄《后村先生大全集》卷一七八《诗话续集》等,然说法不一,所述岁月尤多差错,故有人认为是好事者牵强附会,皆不足信。主要理由是:一、陆游自编《渭南文集》所收词都是按年代先后排列,而将〔赤壁词〕《招韩无咎游金山》排在卷首,该词作于隆兴二年(1164)。此首排在其后,必定是乾道六年(1170)入蜀后所作。二、词中"红酥手"是描写筛酒女人之手,应指蜀中歌妓。三、南宋沈园已经三易其主,不归沈氏所有。再说沈园在绍兴城外,不在城内,与事实不符。其实这些理由都是不充分的,最关键的是有陆游自己的诗作内证。《诗稿》中记述有关此事者近十首,如卷七《禹祠》:"故人零落今何在,空吊颓垣墨数行。"卷七五《春游》:"沈家园里花如锦,半是当年识放翁。"尤其是卷二五诗题为《禹迹寺南有沈氏小园,四十年前尝题小阕壁间。偶复一到,而园已易主,刻小阕于石,读之怅然》。在陆游七十五岁时又作《沈园》二首,有"梦断香消四十年,沈园柳老不吹绵"之句。直至八十一岁还作《十二月二日夜梦游沈园》诗,可见其悼念故妻沉哀入骨,决非入蜀后所作。至于《渭南文集》五十卷刊刻,时在陆游卒后十一年。虽陆游未病时已编辑,然词作则恐异时或至失散,仅附于集后,并非编年,故其次第先后不足为据。

〔3〕 陆游关于词的题跋文字共有五篇,自题《长短句序》为最早,作于淳熙十六年(1189)。序云:"予少时汩于世俗,颇有所为,晚而悔之;然渔歌菱唱,犹不能止。"表现出对词作的菲薄之意与创作的矛盾心态。在绍熙二年(1191)作《跋后山居士长短句》则称"唐末诗益卑,而乐府诗高古工妙,庶几汉魏",又加以充分肯定。庆元元年(1195)作《跋东坡七夕词》。最后在开禧元年(1205)作《跋〈花间集〉》第二篇中说:"唐季五代,诗愈卑而倚声者辄简古可爱。"以上可见陆游的词学观念由"其变愈薄"的轻视态度逐步趋向于肯定。

第九章 辛弃疾(上)

第一节 辛弃疾的生平

辛弃疾(1140—1207),原字坦夫,后改字幼安,号稼轩,有人称他雨岩居士[1]。祖籍甘肃狄道(故城在今甘肃临洮县)[2]。

辛弃疾先世曾任武职[3],自始祖辛维叶徙籍济南后,几世宦业不显。祖父赞仕金,曾为亳州谯县令,后知开封府。

辛弃疾出生前十三年,正值"靖康之难",中原沦于金人统治之下,人民"号泣动乎邻里,嗟怨盈于道路"(《金史·兵志》),抗金斗争的烈火燃遍了北方地区。高宗绍兴十年(1140),宋金之间发生空前的激战,辛弃疾恰在这遍地烽烟、震天鼙鼓之中,诞生于山东济南历城四风闸。他出生后的第二年,南宋朝廷与金签订屈辱的"绍兴和议",从此形成南北分裂的政治局面,辛弃疾在金人统治的北方地区度过了他的青少年时代。

辛赞"以族众拙于脱身",不得已"被污虏官",但心怀故国,常引领辛弃疾辈"登高望远,指画山河,思投衅而起,以纾君父不共戴天之愤"(《进美芹十论札子》),这在辛弃疾的幼小心灵里种下了强烈的民族意识。他幼年因丧父随着祖父的迁调而涉历四方,在谯县时,与党怀英同时从学于亳州刘瞻,以才俊出众而并称"辛党"[4]。在开封时,他曾获观北宋禁中的凝碧池,目睹"烟锁深宫"[5]的残破景象,使他难以忘怀。按照辛赞的安排,辛弃疾曾两次到燕京参加进士考试,意在"谛观形势"(《进美芹十论札子》),察看金人统治中心河朔一带的虚实。民间"怨已深,痛已巨,而怨已盈"(《美芹十论·观衅第三》)的情绪,给辛弃疾的感受特别深切。这一期间,他除了学文,还认真习武,"记少年骏马走韩卢,掀东郭"(〔满江红〕《和廓之雪》),常借行猎进行锻炼。"少年横槊,气凭陵,酒圣诗豪馀事"(〔念奴娇〕《双陆和陈仁和韵》),气概已自不凡。

绍兴三十一年(1161),金主完颜亮大举南犯,压抑已久的中原人民纷纷乘机起义。出身于"陇亩之中"的济南农民耿京,愤而反抗,并迅速扩展成几十万人,声势很盛。年仅二十二岁的辛弃疾也于此时高举义旗,聚众二千,抛弃那种"不肯俯首听命以为农夫下"(《美芹十论》)的传统观念,毅然率部投归耿京,担任全军书檄文告的掌书记职务,充分表现出他卓然不凡的眼光和胸襟。

绍兴三十二年(1162),辛弃疾劝说耿京"决策南向"(《宋史》本传),并以文人身份随诸军都提领贾瑞等奉表南归,受到正在建康劳军的高宗赵构的召见。辛弃疾在回对中"条奏大计"(徐元杰《稼轩辛公赞》),引起高宗重视,补为承务郎。在辛弃疾、贾瑞等北返途中,突然得到耿京被叛徒张安国等杀害的消息,他决然邀约统制王世隆等人,率五十轻骑袭入五万人马的金营,擒缚张安国,驰送建康斩首。这一"壮声英概"使"懦士为之兴起,圣天子一见三叹息"(洪迈《稼轩记》),振奋当时朝野。

辛弃疾南归后,曾任江阴签判[6],后一度寓居京口[7]。抗金志士范邦彦、范如山父子先已"南徙于润"(《至顺镇江志·人物志》),

辛弃疾和范如山"皆中州之豪"(刘宰《故公安范大夫及夫人张氏行述》),他们"忠义相知",成为知交。

孝宗隆兴二年(1164),辛弃疾江阴签判任满,迁广德军通判。范邦彦父子此时也恰在湖州为官,辛弃疾自京口至临安,或由临安至广德,吴江、湖州都是途经之地。"少年痛饮,忆向吴江醒"(〔清平乐〕《忆吴江赏木樨》),"风月小斋模画舫,绿窗朱户江湖样。酒是短桡歌是桨。和情放,醉乡稳到无风浪"(〔渔家傲〕《湖州幕官作舫室》),吴中、湖州一带风物之美,友朋游赏之乐,给他留下了难以忘怀的印象。

这一时期,南宋朝廷内部主和、主战的斗争很为激烈。主战派虞允文受到孝宗信任重用,辛弃疾便不顾官卑职微,于乾道元年(1165)上《美芹十论》。乾道四年(1168),调为建康通判。时史正志为建康留守,有志恢复,大力修筑城垣,整治地方胜迹,颇有作为。辛曾于酒席上赋写壮词豪句,在对史正志期许中寄写自己的抗金大志。乾道六年(1170),上《论阻江为险须藉两淮疏》、《议练民兵守淮疏》,作《九议》上宰相虞允文。文中深刻分析了宋金双方的形势,提出了统一国家的详密计划。他首先以"形与势二"的独特观点,指出宋金之间,"以形言之,是谓小谋大,寡遇众,弱击强;以情言之,则其大可裂也,其众可蹶也,其强可折也"(《九议·其三》),有力地批驳了"南北有定势,吴楚之脆弱不足以争衡于中原"(《美芹十论·自治第四》)的苟安妥协论调。然后,提出用贤、久任、致勇、强兵、宽民的富国之术,以及绝岁币、都金陵、守两淮、行屯田的具体主张。最后,精辟地阐述"无欲速"、"审先后"、"能任败"(《九议·其二》)的战略思想,和避实击虚、奇强正弱、出兵山东的作战方针。它完整地反映了辛弃疾卓越的军事、政治见解,充分表明辛弃疾是一位文武双全、智勇兼备的杰出人物。但因"持论劲直,不为迎合"(《宋史》本传),

这些主张没有能被南宋朝廷采纳,只调任他为司农寺主簿。

乾道八年(1172)春,辛弃疾出知兵家必争的滁州。他采取了招集流散、减免税额、教练民兵等项措施,使遭受兵灾破坏的滁州迅速恢复了繁荣。淳熙元年(1174),江东安抚使叶衡荐用辛弃疾为参议官。这时,南归多年而事业无成的辛弃疾内心甚为郁闷,"可惜流年,忧愁风雨,树犹如此"(〔水龙吟〕《登建康赏心亭》),就流露了这种心情。不久,叶衡为相,"力荐辛弃疾慷慨有大略"(《宋史》本传),朝廷召见,迁仓部郎官。

淳熙二年(1175),南宋朝廷起用辛弃疾为江西提点刑狱,节制诸军,讨捕茶商军。不久,茶商军首领赖文政为辛弃疾所诱杀,起事被敉平,辛弃疾也因此加秘阁修撰。

淳熙三年(1176)秋冬之际,调为京西转运判官。淳熙四年(1177),改知江陵府,兼湖北安抚使。本年冬,调知隆兴府(今江西南昌),兼江西安抚使。淳熙五年(1178)春,召回临安,任大理少卿。当年秋,出为湖北转运副使。淳熙六年(1179)春,改任湖南转运副使。同年秋,又改知潭州(今湖南长沙),兼湖南安抚使。这几年间,迁调频繁,辛弃疾很为不满。

在多年担任地方官和敉平茶商军起事的过程中,辛弃疾对所谓"盗贼"的起因有了比较清醒的认识。在《论盗贼札子》中,他尖锐地揭示了贪官污吏害民的种种事实和人民被迫为盗的真正原因,认为专恃镇压乃是自损根本,应该讲求"弭盗之术",即从严惩治贪污官吏。这些看法,反映了辛弃疾政治上的开明见解和锐利眼光。

在湖南任职期间,辛弃疾尽力实行除弊兴利的措施,解决人民的贫困和饥荒;整顿欺压农民的湖南乡社,抑制豪强地主的横行不法;弹劾昏浊庸鄙的官吏赵善珏;以非凡的机智和果断的措施,克服种种阻挠,创置了雄镇一方而为江上诸军之冠的湖南飞虎军。

淳熙七年(1180)底,加右文殿修撰,调知隆兴府,兼江西安抚使。他针对当时因大旱引起的粮荒混乱,张贴"闭粜者配,强籴者斩"的八字告示,言简辞严,很快地稳定了社会秩序,同时,采取有力措施,使粮荒问题迅速得到解决。辛弃疾因此由宣教郎升为奉议郎。

辛弃疾多年担任方面大吏,以刚正不阿和勇决果断而著称,因而触怒了一些权贵,处境孤危。淳熙八年(1181),被监察御史王蔺弹劾,落职罢任,不得不于四十二岁的有为之年退居带湖。

在长达十年之久的隐退生活中,辛弃疾看似闲适自得,但带湖的风月,并没有使他忘却"南共北,正分裂"(〔贺新郎〕《用前韵送杜叔高》)的现实,抗金统一的素志也始终萦念于怀,因而不时流露出功名未成、未老投闲的酸辛愤郁之情。在寄赠酬唱的词作中,他以无比的热情鼓励友人,勿忘"整顿乾坤"的国家大事。淳熙十五年(1188),陈亮前来鹅湖相会,两人在聚首的十天中"极论世事",别后又"长歌相答"(《祭陈同甫文》)。他们相互倾心,以抗金统一的大任互勉互励,表现了建立在共同理想基础上的崇高情谊。

光宗绍熙二年(1191)冬,辛弃疾被起用为福建提点刑狱。绍熙四年春,光宗召见于便殿,辛弃疾上《论荆襄上流为东南重地疏》,主张加强荆襄防务,希望光宗能从思想、组织、物质上做好抗金和恢复中原的准备。奏对后,迁太府少卿。本年秋,加集英殿修撰,出知福州,兼福建安抚使。在任期间,注意改革理财方法,并准备打造铠甲,招募新军,意欲有所作为。绍熙五年(1194)七月,被弹劾罢职,但对他的攻评一直延续到庆元二年(1196),时间几近两年,最后连主管建宁府武夷山冲佑观的名誉职称也被削夺。

在这又一次被迫闲居的八年中,辛弃疾因带湖住宅失火,移居铅山期思瓢泉新居。这一期间,辛弃疾的内心矛盾斗争极为复杂:风波迭起的宦海生涯,使他深感才高必然遭忌,功高必然受害,只有处事圆熟，才是保全自己的妙法，因此思想上不时流露出"无穷身外事，百年能几，一醉都休"（〔满庭芳〕《和章泉赵昌父》）的感伤情绪。然而，时局的发展和国家的安危，仍然牵系着词人的心，抗击金虏和统一祖国的爱国热情，也始终在他的内心深处回荡。

就在辛弃疾退隐瓢泉时，南宋朝廷内部发生了重大变化。孝宗病死后，宗室赵汝愚和外戚韩侂胄拥立光宗子宁宗赵扩即位。不久，赵、韩发生矛盾，最后韩侂胄执掌朝政，并开始筹措北伐，大力擢用"士大夫之好言恢复者"（《续资治通鉴》卷一五六）。在这一政治背景下，辛弃疾复集英殿修撰，主管建宁府武夷山冲佑观，并于嘉泰三年（1203）夏起知绍兴府，兼浙东安抚使。岁末，被召赴临安。临行前夕，爱国诗人陆游写长诗送行，劝告辛弃疾一切以抗金事业为重，同时注意慎重从事。

嘉泰四年（1204）正月，宁宗召见，辛弃疾指出，"夷狄（指金国）必乱必亡，愿付之元老大臣，务为仓猝可以应变之计"（《建炎以来朝野杂记·乙集》卷一八），希望朝廷认真做好北伐的准备工作。召对后，由集英殿修撰升宝谟阁待制，差知前线的军事重镇镇江府。辛弃疾时已六十五岁高龄，但仍竭尽全力规划北伐的措施，制造"红衲万领"，准备招募沿边土丁，组成可以渡淮迎敌的新军；计划在淮东山阳和淮西安丰设立两屯，各置一军，"新其将帅，严其教阅"（程珌《洺水集》卷一《丙子轮对札子》（二））；并多次派人深入敌境，侦察调查敌情；同时注意镇江有关事业的整治[8]。他根据当时情势的分析，认为北伐"更须二十年"（袁桷《清容居士集》卷四六《跋朱文公与辛稼轩手书》）的准备，力持慎重态度。针对韩侂胄急于北伐的态度，他曾以"元嘉草草，封狼居胥，赢得仓皇北顾"（〔永遇乐〕《京口北固亭怀古》）的历史教训为诫。但事与愿违，逸陷接踵而来。开禧元年（1205）春，以荐举不当连降两官。当年夏，调离镇江，改知隆兴府，还未上任,就因有人弹劾罢职。辛弃疾这次暮年出山,"不以久闲为念,不以家事为怀,单车就道"(黄榦《勉斋集》卷四《与辛稼轩侍郎书》),纯是以国事为重。但"郑贾正应求死鼠,叶公岂是好真龙"(〔瑞鹧鸪〕《乙丑奉祠归,舟次馀干赋》),辛弃疾终于认清朝廷中某些当政者不过是"真虎可以不用"(陈亮《辛稼轩画像赞》)的人物,并非真正倚重抗金人才。

南宋朝廷深知辛弃疾"其才任重有馀,盖一旦缓急之可赖"[9]。开禧二年(1206),又任命他知绍兴府,兼两浙东路安抚使。他上疏辞命,朝廷又诏升为宝文阁待制,封历城县开国男,差知江陵府,赴任前召赴临安奏事。当时北伐失败已成定局,一切都如辛弃疾事前所料。为了借重他的威望挽救危机,南宋朝廷于开禧三年(1207)再次诏命辛弃疾试兵部侍郎。辛弃疾决然力辞,回归铅山。八月间得病。九月,南宋朝廷又决定起用他为枢密都承旨,命其疾赴临安议事,但这时他的病情已十分沉重,终于在九月十日悲愤去世,终年六十八岁。

在南宋政治舞台上,具有卓越的军事、政治才干的辛弃疾,堪称"照映一世之豪"(陈亮《辛稼轩画象赞》)。他的文章诗词也能自立一帜,特别是他的词,"大声鞺鞳,小声铿鍧,横绝六合,扫空万古"(刘克庄《辛稼轩集序》),深刻影响着当时和后代词坛。他一生所作词甚多,今存有六百二十馀首,为两宋词人之冠。辛词刊本有四卷本,分甲、乙、丙、丁四集,称《稼轩词》;十二卷本,称《稼轩长短句》。唐圭璋《全宋词》据四卷本,补以十二卷本及《稼轩词补遗》,另从《清波别志》、《草堂诗馀后集》、《类编草堂诗馀》、《永乐大典》等补入五首,共六百二十五首。辛弃疾诗文集自明代中叶后失传,今人邓广铭有《辛稼轩诗文抄存》,辑录诗有二十馀首,文十七篇。

第二节　辛弃疾词的思想内容

辛弃疾一生以恢复中原为己任,但不能尽展其用,一腔忠愤,满怀郁懑,往往寄之于词。

在大量词作中,他以炽烈的感情,激昂的音调,抒写渴望祖国山河统一的意愿。词人自绍兴三十二年(1162)南渡后,再也没有能北返中原,但他对自己生活过的故土,怀着难以割舍的深情:"层楼望,春山叠;家何在,烟波隔。把古今遗恨,向他谁说?蝴蝶不传千里梦,子规叫断三更月。听声声枕上劝人归,归难得!"(〔满江红〕)在他的这种思乡之情中,包含着对广阔的中原地区的怀念。辛弃疾虽大半生仕宦东南,但最使他牵念的却是西北。登高临远,他"凭栏望,有东南佳气,西北神州"(〔声声慢〕《滁州旅次登奠枕楼和李清宇韵》),即使在醉里梦中,他也难以忘怀:"醉里重揩西望眼,惟有孤鸿明灭"(〔念奴娇〕《瓢泉酒酣,和东坡韵》),"布被秋宵梦觉,眼前万里江山"(〔清平乐〕《独宿博山王氏庵》)。他还时刻提醒嘱托别人:"贱子亲再拜,西北有神州!"(〔水调歌头〕《送施枢密圣与帅江西》)何等郑重,又是何等深情!

这种强烈的眷怀之情,常使作者心情激荡,神思驰飞,"举头西北浮云,倚天万里须长剑"(〔水龙吟〕《过南剑双溪楼》),表达了词人提戈跃马,澄清中原的雄心。在为陈亮赋写的〔破阵子〕壮词中,"醉里挑灯看剑"的壮士,实际上是词人自己的写照;"马作的卢飞快,弓如霹雳弦惊。了却君王天下事,赢得生前身后名",展现了作者当年在抗金战场上叱咤风云的英雄气概,剖露了统一河山、立功沙场的理想抱负。即使到了迟暮之年,他还发出"凭谁问,廉颇老矣,尚能饭否"(〔永遇乐〕《京口北固亭怀古》)的壮语,充分表现出词人一生"精忠自许,白首不衰"(卫泾《后乐集》卷三《辛弃疾辞免兵部侍郎不允诏》)的战斗精神和爱国情怀。

辛弃疾以恢复中原自誓,也以此激励抗金的同道挚友,他劝说自己的妻兄范如山"万里功名莫放休,君王三百州"(〔破阵子〕《为范南伯寿》),一切以国事为念。他希望友人赵彦端"要挽银河仙浪,西北洗胡沙"(〔水调歌头〕《寿赵漕介庵》),期望建康留守史正志"袖里珍奇光五色,他年要补天西北"(〔满江红〕《建康史帅致道席上赋》)。在送友人郑汝谐应召赴京时,他慷慨赋词:"此老自当兵十万,长安正在天西北"(〔满江红〕《送信守郑舜举被召》),希望郑能担负起收复失地的重任。他在给友人韩元吉的一首〔水龙吟〕词中写道:"待他年,整顿乾坤事了,为先生寿!"既是以英雄许人,也是以英雄自许。他与志同道合的战友陈亮之间,更是相互鼓励,壮怀激烈,"我最怜君中宵舞,道男儿到死心如铁,看试手,补天裂"(〔贺新郎〕《同父见和,再用韵答之》),辞语铿锵,声震金石。

辛弃疾早年到过中原,深知沦陷区中人民苦难的深重;后半生身任方面大吏,备悉南宋朝廷内部的黑暗腐朽,对民族、国家的前途命运,怀有很深的忧虑。抗金爱国人士对他的殷切期望,更使他感到历史、时代责任的重大。晚年在镇江知府任上,他写过一首〔生查子〕:"悠悠万世功,矻矻当年苦。鱼自入深渊,人自居平土。 红日又西沉,白浪长东去。不是望金山,我自思量禹。"历史上的大禹,曾拯救人民于洪水之中,功业流传万代;恢复国家统一,使人民安居乐业,也将是千古奇勋。词人以大禹为楷模,闪耀出奋斗不懈的思想光芒。

辛弃疾在当时被认为是具有多方面才智的人物,他自己也"以气节自负,以功业自许"(范开《稼轩词序》),并曾明白地表示:"致身须到古伊周"(〔水调歌头〕),要以古代的贤臣伊尹、周公为榜样。

他还在词中歌咏汉高祖刘邦、飞将军李广、蜀汉的诸葛亮、抵御前秦的"风流谢安"(〔太常引〕《寿南涧》)，"气吞万里如虎"(〔永遇乐〕《京口北固亭怀古》)的刘裕等人，借缅怀、赞颂历史上的英雄豪杰，表达自己渴望为国建功立业的恢闳大志。然而事与愿违，南宋朝廷并没有让辛弃疾发挥重要的作用，始而冷落闲曹，继而调遣频繁，终而落职闲居，使他有才难展，报国无路，内心郁结着无穷的苦闷，因而他在许多词作中都抒写了自己壮志未酬的悲愤。如〔水龙吟〕《登建康赏心亭》云：

楚天千里清秋，水随天去秋无际。遥岑远目，献愁供恨，玉簪螺髻。落日楼头，断鸿声里，江南游子。把吴钩看了，栏干拍遍，无人会，登临意。　休说鲈鱼堪脍，尽西风、季鹰归未？求田问舍，怕应羞见，刘郎才气。可惜流年，忧愁风雨，树犹如此！倩何人、唤取红巾翠袖，揾英雄泪！

秋色无边，远山带恨，词人南渡虽已多年，但却事业无成，抚视宝刀，频拍阑干，一股有家难归、有志难酬、岁月空逝的悲愤之情，无法遏止地盘旋奔涌而出："倩何人，唤取红巾翠袖，揾英雄泪！"在这悲怆的呼唤声中，充满了英雄失路的喟叹。

他虽想有所作为，但"楼观才成人已去，旌旗未卷头先白"(〔满江红〕《江行和杨济翁韵》)，稍有建树，就被东调西遣，于迁转往返中虚掷岁月。在抗金统一事业的道路上，更是障碍重重。淳熙三年(1176)，辛弃疾任江西提点刑狱，路经造口时，写了一首〔菩萨蛮〕：

郁孤台下清江水，中间多少行人泪。西北望长安，可怜无数山。　青山遮不住，毕竟东流去。江晚正愁余，山深闻鹧鸪。

血泪斑斑的往事难以忘却,中原未复的现实更令人触目生哀,"行不得也"的鹧鸪啼声,暗示了抗金统一前途的坎坷,"忠愤之气,拂拂指端"(卓人月《词统》)。坚持抗金,反对妥协,招来了谣诼蜂起,排陷频来,"抑遏摧伏,不使得以尽其才"(黄榦《勉斋集》卷四《与辛稼轩侍郎书》)。最使作者痛心的还是被冷落闲置的生涯,"短灯檠,长剑铗,欲生苔。雕弓挂壁无用,照影落清杯"(〔水调歌头〕《严子文同傅安道和前韵,因再和谢之》),功业成为泡影,只能在"宜醉宜游宜睡"、"管竹管山管水"(〔西江月〕《以家事付儿曹,示之》)中消磨岁月,表面上似乎洒脱达观,但实际蕴含着多少激切不平的情怀。〔八声甘州〕一词,便是借写汉代飞将军李广来抒发这种愤激的:

故将军饮罢夜归来,长亭解雕鞍。恨灞陵醉尉,匆匆未识,桃李无言。射虎山横一骑,裂石响惊弦。落魄封侯事,岁晚田园。　谁向桑麻杜曲,要短衣匹马,移住南山。看风流慷慨,谈笑过残年。汉开边、功名万里,甚当时、健者也曾闲!纱窗外、斜风细雨,一阵轻寒。

作者咏李广的一生遭遇,寄寓自己有功不赏、忠而见弃的愤慨:"汉开边,功名万里,甚当时,健者也曾闲!"今古境遇,何其相似! 看似伤古,实是责今,感情十分沉痛。

主和派的苟安妥协,南宋王朝的昏暗庸弱,使词人极为愤慨,深感痛心,在不少词作中,他或辛辣或宛转地进行讥刺和嘲讽,有时则进行尖锐的揭露和无情的鞭挞。

辛弃疾词中多次写到晋朝的王衍:"夷甫诸人,神州沉陆,几曾回首?"(〔水龙吟〕《甲辰岁寿韩南涧尚书》)"起望衣冠神州路,白日销残战骨。叹夷甫诸人清绝!"(〔贺新郎〕《用前韵送杜叔高》)"长剑倚天谁问,夷甫诸人堪笑!"(〔水调歌头〕《送杨民瞻》)王衍字夷甫,其人任官不理政事,终以清谈误国。作者用比喻指当时的主和派,批评他们只知一味苟且偷安,不思恢复中原,置民族存亡、人民生死于不顾。他把破坏抗金统一事业的主和派比作吸人鲜血的飞蚊,"一饷聚飞蚊,其响如雷"(〔洞仙歌〕《丁卯八月病中作》);比作相聚鼓噪的群蛙,"袖手高山流水,听群蛙、鼓吹荒池"(〔满庭芳〕《和洪丞相景伯韵》);比作昏暗的尘土,"俯人间,尘埃野马"(〔贺新郎〕《题君用山园》);比作遮蔽光辉的浮云,"快上西楼,怕天放浮云遮月"(〔满江红〕《中秋寄远》),对他们极为鄙视、厌恶,有时则按捺不住地严厉呵斥:"君莫舞,君不见、玉环飞燕皆尘土!"(〔摸鱼儿〕)作者警告那些势焰正盛的当权者和胡作非为者决没有什么好结果。那些为了利禄升迁而阿谀媚人者,更为词人所不齿,在〔千年调〕一词中,他作了淋漓尽致的刻画和嘲讽:"卮酒向人时,和气先倾倒。最要然然可可,万事称好。滑稽坐上,更对鸱夷笑。寒与热,总随人,甘国老。"讥刺他们是"得人怜,秦吉了"。

由于主和派的谗陷排挤,使得贤愚不分,忠奸颠倒,朝政昏暗。"汗血盐车无人顾,千里空收骏骨"(〔贺新郎〕《同父见和,再用前韵》),英雄豪杰之士无用武之地。忠而见疑,功高受忌,更使作者感慨不已,"却忆安石风流,东山岁晚,泪落哀筝曲"(〔念奴娇〕《登建康赏心亭呈史致道留守》),"政尔良难君臣事,晚听秦筝声苦"(〔贺新郎〕《题赵兼善东山园小鲁亭》)。作者反复慨叹历史上谢安功名盛极而反被疑忌的遭遇,实际上是隐刺当时的朝政。"倾国无媒,入宫见妒,古来颦损蛾眉"(〔满庭芳〕《和洪丞相景伯韵》),"蛾眉曾有人妒。千金纵买相如赋,脉脉此情谁诉"(〔摸鱼儿〕),美人见妒,衷情难达,在含蓄宛转之中,倾吐了难以明言的幽愤。其他如"今岁花期消息定,只愁风雨无凭准"(〔蝶恋花〕《戊申元日立春席间作》),"休去倚危阑,斜阳正在,烟柳断肠处"(〔摸鱼儿〕),都寄寓了作者对国势的隐忧。

晚年在镇江知府任上,辛弃疾写过一首〔南乡子〕:

何处望神州?满眼风光北固楼。千古兴亡多少事,悠悠。不尽长江滚滚流。 年少万兜鍪,坐断东南战未休。天下英雄谁敌手?曹刘。生子当如孙仲谋!

作者登楼远望,中原渺远难见,惟有滚滚江水依然东流,一种兴亡之感自然而生。历史上的孙权于汉末群雄纷争之中,尚能称霸江东,北拒强曹,不失为一代英主。回顾当时,词人不禁发出"生子当如孙仲谋"的呼唤,在浓重的怀古之情中,深含时无英雄的伤今之慨。

辛弃疾被迫退居山林,前后有十八年之久,他在这一期间的大量词作,反映了作者闲居中的生活和思想感情。

江南农村的秀丽风光,宁静朴素的农村生活,对于在尔虞我诈的官场中饱受创痛的词人来说,不仅是身外环境的一大变化,而且也是心理精神状态上的一大解脱,从而使词人在心灵深处充满了一种清鲜自然的愉悦。在他的笔下,出现了一幅幅动人的农村画面:

明月别枝惊鹊,清风半夜鸣蝉。稻花香里说丰年,听取蛙声一片。 七八个星天外,两三点雨山前。旧时茅店社林边,路转溪桥忽见。

——〔西江月〕《夜行黄沙道中》

东家娶妇,西家归女,灯火门前笑语。酿成千顷稻花香,夜夜费、一天风露。

　　　　　　　　——〔鹊桥仙〕《己酉山行书所见》

蝉鸣,蛙声,稻花的芬香,闪烁的灯火,人们的笑语,洋溢着一片丰收的喜悦。〔鹧鸪天〕一词写道:

　　陌上柔桑初破芽,东邻蚕种已生些。平冈细草鸣黄犊,斜日寒林点暮鸦。　　山远近,路横斜,青旗沽酒有人家。城中桃李愁风雨,春在溪头荠菜花。

全词描绘了一幅春意盎然的江南村景,画面上浮荡着浓郁的春天气息。然而桃李虽然美好,但在城中却有风雨之愁;荠菜尽管平凡,还可以在溪边自呈春色。字里行间曲折地表达了作者对官场风雨的厌恶,悟出了美在自由朴素之中的真谛。又如〔清平乐〕《村居》一词:

　　茅檐低小,溪上青青草。醉里吴音相媚好,白发谁家翁媪? 大儿锄豆溪东,中儿正织鸡笼,最喜小儿无赖,溪头卧剥莲蓬。

作者对勤劳自给、和平安乐的农家生活,以及农民的淳朴善良品格,表示了由衷的赞美,在这显然有着主观美化的描绘中,反映了作者心灵深处对官场险恶的否定。

辛弃疾在长期的农村生活中,对农民产生了一定的情谊,"殷勤野老苦相邀。杖藜忽避行人去,认是翁来却过桥"(〔鹧鸪天〕),"竹树前溪风月,鸡酒东家父老,一笑偶相逢。此乐竟谁觉,天外有冥鸿"(〔水调歌头〕),就表现了在这种真诚交往之中,所感受到的发自内心的愉悦。他接近了农民,也就逐渐了解了农民,"谁家寒食归宁女,笑语柔桑陌上来"(〔鹧鸪天〕《鹅湖归,病起作》),词中的农家女子形象,虽只是寥寥几笔,但却栩栩如生。"西风梨枣山园,儿童偷把长竿。莫遣旁人惊去,老夫静处闲看"(〔清平乐〕《检校山园,书所见》),对农家儿童表现了深沉的怜爱之情。"父老争言雨水匀,眉头不似去年颦"(〔浣溪沙〕),他从农民的言语表情上,体会到农民的忧喜变化,反映了作者对农民生活和思想感情有较深的了解。

陶渊明式的隐居生活,使他感受到摆脱人事羁绊的喜悦。他曾在词中反复咏写到陶渊明:"须信采菊东篱,高情千载,只有陶彭泽"(〔念奴娇〕《重九席上》),"千载襟期,高情想像当时"(〔新荷叶〕《再题傅岩叟悠然阁》),甚至说,"渊明似胜卧龙些"(〔玉蝴蝶〕《叔高书来戒酒,用韵》),对陶渊明充满了钦慕之情。〔水龙吟〕一词中这样写道:

老来曾识渊明,梦中一见参差是。觉来幽恨,停觞不御,欲歌还止。白发西风,折腰五斗,不应堪此。问北窗高卧,东篱自醉,应别有、归来意。 须信此翁未死,到如今、凛然生气。吾侪心事,古今长在,高山流水。富贵他年,直饶未免,也应无味。甚东山何事,当时也道,为苍生起。

辛弃疾咏怀陶渊明,不单是欣赏他的恬淡闲适,而是看重陶渊明不肯附随时俗的"凛然生气",看到陶渊明在悠然之中的"胸次正崔嵬"(〔水调歌头〕《九日游云洞和韩南涧韵》)。辛弃疾比别人更深刻地理解陶渊明的"归来意",所以他说"只于陶令有心期"(〔鹧鸪天〕《重九席上作》)。在作者抒写闲适情怀的词作中,虽然题咏的内容多半是山林泉石,花月歌酒,但有不少作品实际上是"写尽胸中魄磊未全平"(〔江神子〕《和人韵》)的豪宕郁勃之情。"青山招不来,偃蹇谁怜汝?"(〔生查子〕《独游西岩》)青山高傲,招之不来,寂寞幽独,无人相怜。"莫笑吾家苍壁小,棱层势欲摩空。相知惟有主人翁。有心雄泰华,无意巧玲珑!"(〔临江仙〕)苍壁虽小,势欲腾飞,雄心自负,无意媚世。作者笔下所写的已非一般的自然峰峦山壁,而是词人自己胸中的丘壑,自我精神的化身。他赋写水仙,"烟雨凄迷僝僽损,翠袂摇摇谁整?谩写入、瑶琴《幽愤》"(〔贺新郎〕《赋水仙》);吟咏桂花,"大都一点宫黄,人间直恁芬芳。怕是秋天风露,染教世界都香"(〔清平乐〕《忆吴江赏木樨》)。在花姿、花香中,作者同样融入了自己的感愤和理想抱负,所以刘辰翁曾精辟地指出:"花时中酒,托之陶写,淋漓慷慨,此意何可复道,而或者以流连光景、志业之终恨之,岂可向痴人说梦哉!"(《辛稼轩词序》)有些词看来写得闲适自在,恬淡旷达,"不知筋力衰多少,但觉新来懒上楼"(〔鹧鸪天〕《鹅湖归,病起作》),"十分筋力夸强健,只比年时病起时"(〔鹧鸪天〕),似是从容自叹衰颓迟暮,实是自伤投闲,有髀肉复生之叹,含蓄地反映了作者不甘寂寞的心情。

政治上的屡遭摈斥,长期的闲退山林,不能不在辛弃疾思想上产生消极影响,在出处行藏、理想现实的思想矛盾中,他有过苦闷,也有过消沉:"人生行乐耳,身后虚名,何似生前一杯酒"(〔洞仙歌〕《访泉奇师村,得周氏泉,为赋》),"寻思人世,只合化,梦中蝶"(〔兰陵王〕)。他摩挲佛老,抚弄庄周,是企图在虚无出世思想中求得某种程度的解脱。但他并不是这类思想的真正虔诚的信奉者,积极用世始终是他思想中的主导方面。"君看庄生达者,犹对山林皋壤,哀乐未忘怀。"(〔水调歌头〕《题张晋英提举玉峰楼》)丰富多彩的人间现实,激荡多变的时势国事,一直牵引着辛弃疾的注意,他的喜怒悲欢之情,词作中的慷慨激越之音,无一不是那一时代直接或间接的反映。

〔1〕 项平甫《高风台歌》:"雨岩居士卧榻高,句有湖海之美风。"自注:"辛幼安作词。"(《平庵悔稿·后编》)

〔2〕 辛启泰《辛稼轩年谱》。

〔3〕 《新居上梁文》:"家本秦人真将种。"

〔4〕 元好问《中州集》卷三《承旨党公小传》:"师亳社刘岩老,济南辛幼安其同社生也。"刘祁《归潜志》卷八:"党承旨怀英,辛尚书弃疾,俱山东人,少同舍。"

〔5〕 《声声慢》题序:"余儿时尝入京师禁中凝碧池,因书当时所见。"词中有"翠华远,但江南草木,烟锁深宫"等句。

〔6〕 辛弃疾南归后,初差江阴签判。孝宗隆兴二年(1164),任满去职。乾道四年(1168),通判建康府。其间乾道元年(1165)至乾道三年(1167)间的一段事迹,史传无载,行踪不明。邓广铭《辛稼轩年谱》据〔水调歌头〕《和王正之右司吴江观雪见寄》、〔清平乐〕《忆吴江赏木樨》二词推析:"知稼轩少年期内曾有流落吴江情事。乾道元年之前及乾道三年之后,稼轩宦游踪迹均历历可考,吴江非所应至之地,因疑其事必在乾道二三年内。"蔡义江、蔡国黄《辛弃疾漫游吴楚考》(《北方论丛》1979年第2期)一文认为:辛弃疾"自乾道元年春起(1165),开始漫游吴楚","乾道二年(1166),游历楚地,秋冬间,于江汉地区与周孚订交。乾道三年(1167)春,潜入金国,秘密考察敌情。当年秋,复由楚地潜回建康"。钟陵《辛弃疾南归初事迹臆探》(《南京师范大学学报》1989年第4期)一文,对辛弃疾与周孚的结识、范邦彦的召赴都堂审察、辛氏吴中风物词与隆兴二年后的宦迹、几首词的系年、〔千秋岁〕词与金陵版筑役诸问题,于邓、蔡等说之外,提出一些看法。

〔7〕 辛更儒《跋〈铅山辛氏宗谱〉和〈辛稼轩历仕始末〉》所引《宋兵部侍郎赐紫金鱼袋稼轩历仕始末》:"初寓京口。"(《中国史研究》1984年第2期)

〔8〕 《古今图书集成·方舆编·职方典》七二七卷《镇江府部》载:"清风桥,宋景祐间郡守范希文重建,嘉泰、开禧间郡守辛弃疾甃石。"又:"梦溪桥,以

沈内翰括居梦溪故名,宋嘉泰中,郡守辛弃疾重修。旧呼小桥。"

〔9〕 卫泾《后乐集》卷一《降授朝散大夫充宝谟阁待制提举建宁府武夷山冲佑观赐紫金鱼袋辛弃疾依前官特授知绍兴军府兼管内劝农使充两浙东路安抚使马步军都总管赐如故制》。

第十章　辛弃疾（下）

第一节　辛弃疾词的艺术成就

辛弃疾不仅以其壮声英概震动当时，而且也以杰出的艺术成就别树一帜，流绪扬波于千秋词林。

在一些南宋词人"为云痴月倦之词"时，辛弃疾则以满腔豪情，如椽健笔，抚时感事，发风雷之音，抒磊落之怀，形成独具"辛味"的苍凉悲壮、沉郁雄浑的词风。

这一词风首先表现为题材的丰富和反映现实的深广。无论登山临水，怀古伤今，写景咏物，谈禅说理，以至嬉笑怒骂，都一一入词。"夜半狂歌悲风起，听铮铮阵马檐间铁。南共北，正分裂！"（〔贺新郎〕《用前韵送杜叔高》）山河破碎的悲剧感，民族命运的责任感，使作者在视听万物、吟咏情性之时，往往浮现出悲凉的时代巨景，吐唤出喑噁不平的啸音。"野光浮，天宇迥，物华幽。中州遗恨，不知今夜几人愁？"（〔水调歌头〕《和马叔度游月波楼》）截然不同的两种空间景象，在关怀遗民的联想中摄现于一幅画面之中。"郁孤台下清江水，中间多少行人泪！"（〔菩萨蛮〕《书江西造口壁》）受到创伤的民族感情,在平常的江水里会幻映出几十年前家国残破、敌骑纵横的惨痛图景。这种奇异的联结和组合,更加深广地反映了那一特定时代的社会现实。

这一词风还表现为塑造奇伟不凡的形象。辛词所写的自然物,或是奇峰怪石:"问千丈、翠岩谁削"(〔满江红〕《游南岩和范廓之韵》),"山头怪石蹲秋鹗"(〔贺新郎〕《题傅君用山园》);或是"崩腾决去"(〔沁园春〕《弄溪赋》)的急水,"万里长鲸吞吐"(〔摸鱼儿〕《观潮上叶丞相》)的钱塘江潮;或是"水随天去秋无际"(〔水龙吟〕《登建康赏心亭》)的秋水长天,"乱云急雨,倒立江湖"(〔汉宫春〕《会稽蓬莱阁观雨》)的迷茫云雨,都是气象磅礴,境界壮阔。即使是写树草花木,也不例外,如"霜头寒菊"(〔念奴娇〕《赠夏成玉》),"断岩修竹"(〔清平乐〕《检校山园书所见》),"千章松桂"(〔水调歌头〕《题子似琪山经德堂》)等等。特别是欺霜傲雪的梅花,"根老大,穿坤轴;枝夭矫,蟠龙斛"(〔满江红〕《和傅岩叟香月韵》);"倚东风,一笑嫣然,转盼万花羞落"(〔瑞鹤仙〕《赋梅》),更显得根枝奇秀,姿容不凡。他在词中还写到不少历史人物,他们也常常是殊勋盖世的英主名臣,或是功成被谗、才高遭忌的杰出人才,以及忠而受谤的志士,志行高洁的隐者。作者借助奇特的景物,抒发郁勃跳荡的感情;而召唤熠熠生辉的历史人物,则寓含着作者建立功业的强烈愿望,以及有才难展、备遭挫折的深沉悲愤,充满了"大道日丧,若为雄才"(司空图《诗品》)的感慨。

这一词风使作者经常选用高亢爽健的词调。辛词现存六百多首,用调一百零一,其中用得最多的长调有〔水调歌头〕三十七首,〔满江红〕三十四首,〔贺新郎〕二十三首,〔念奴娇〕二十二首,〔沁园春〕十三首,〔水龙吟〕十三首,以及〔六州歌头〕二首,〔兰陵王〕二首,等等。这些词调,声腔昂扬慷慨,音节悲壮激烈,更能表达出雄浑激越之情。另外,辛词中还有〔摸鱼儿〕、〔祝英台近〕、〔浣溪沙〕、〔虞美人〕等音腔婉转的词调,仅〔鹧鸪天〕一调就有六十三首之多,表明辛词风格虽以悲壮沉雄为主,但也不乏婉丽秀媚之作。"青山意气峥嵘,似为我归来妩媚生"(〔沁园春〕《再到期思卜筑》),"我见青山多妩媚,料青山见我应如是。情与貌,略相似"(〔贺新郎〕),峥嵘、妩媚,壮美、秀美,都是青山之美。推之于人,则是豪壮与温婉的结合;表现于词,则是既有高昂激亢之音,也有缠绵悱恻之调,〔祝英台近〕《晚春》就是这方面的代表作:

宝钗分,桃叶渡,烟柳暗南浦。怕上层楼,十日九风雨。断肠片片飞红,都无人管,更谁劝、啼莺声住。　鬓边觑,试把花卜归期,才簪又重数。罗帐灯昏,哽咽梦中语:是他春带愁来,春归何处,却不解、带将愁去!

除了这类"其秾纤绵密者亦不在小晏、秦郎之下"(刘克庄《辛稼轩集序》)的词作外,辛词中还有不少清新、疏淡、幽默、妩秀等多种风格的作品,显示了一种既有自家面目、又能融汇众长的大家气派。

理想与现实的矛盾,使作者的激荡郁勃之情往往转化为非现实的表现方式,形成变幻多姿的浪漫主义想象的艺术特色。

作者追写青年时代的非凡气概,用"千丈擎天手,万卷悬河口"(〔一枝花〕《醉中戏作》);形容家国之愁的深广,用"赢得闲愁千斛"(〔念奴娇〕《登建康赏心亭呈史致道留守》);抒发澄清中原的壮志,用"举头西北浮云,倚天万里须长剑"(〔水龙吟〕《过南剑双溪楼》)。这一系列超常数量和长度的奇特夸张,反映了异常的感情状况。"老眼羞将,水底看山影。试教水动山摇,吾生堪笑,似此个、青山无定。"(〔祝英台近〕)作者把这种精神状态外化和幻现于词,使所描写的事物往往呈现出动荡飞腾的形态。巍峨静穆的峰峦会"婆娑欲舞"(〔洞仙歌〕《所居佗山为仙人舞袖形》),甚至还能腾跃飞动:"峡束沧江对起,过危楼欲飞还敛"(〔水龙吟〕《过南剑双溪楼》),"巨海拔犀头角出,来向此山高阁,尚两两、三三前却"(〔贺新郎〕《用韵题赵晋臣敷文积翠岩》);有时又变为万马的奔腾驰骤:"青山欲共高人语,联翩万马来无数"(〔菩萨蛮〕《金陵赏心亭为叶丞相赋》);更为奇绝的是形容山峰不仅如人"争先见面重重",恰"似谢家子弟,衣冠磊落",而且会似"相如庭户,车骑雍容",更出人意外的是作者竟然产生"雄深雅健,如对文章太史公"(〔沁园春〕《灵山齐庵赋》)的特异之感。以物喻物,不乏其例;以人喻比山水已较罕见;而在词中以文章喻比山水,则更是首创。真可谓奇思突起,异想惊人。

朦胧醉意,迷离梦境,是辛词中常见的题材。"昨夜松边醉倒,问松我醉何如?只疑松动要来扶,以手推松曰去!"(〔西江月〕《遣兴》)问松,推松,醉态可掬,醉语烂漫,在无限落寞之中又显露出傲岸不屈的精神。"醉里挑灯看剑,梦回吹角连营"(〔破阵子〕《为陈同甫赋壮词以寄之》),"蝴蝶不传千里梦,子规叫断三更月"(〔满江红〕),"罗帐灯昏,哽咽梦中语"(〔祝英台近〕《晚春》),景状殊异的梦境,反映了作者复杂多样的心情。有时化用神话传说入词,更增添了奇幻莫测的浪漫主义想象色彩。"把酒问姮娥"、"斫去桂婆娑"(〔太常引〕《建康中秋夜为吕叔潜赋》),用嫦娥奔月和吴刚斫桂的故事,借以表达理想难以实现的愤懑和对苟安现实的不满。"我笑共工缘底怒,触断峨峨天一柱。补天又笑女娲忙,却将此石投闲处"(〔归朝欢〕《题晋臣积翠岩》),用共工怒触不周山和女娲补天的故事,抒发贤能遭厄被弃的幽愤。〔兰陵王〕(恨之极)一词,连用苌弘血化为碧、女子望夫化石等五个神话传说故事,抒写永不屈挠的性格,"词文恢诡冤愤,盖借以抒其积年胸中块磊不平之气"(梁启超

《稼轩年谱》)。〔千年调〕《开山径得石壁,因名曰苍壁。事出望外,意天之所赐邪,喜而赋》一词更仿拟《离骚》:

> 左手把青霓,右手挟明月。吾使丰隆前导,叫开阊阖。周游上下,径入寥天一。览玄圃,万斛泉,千丈石。 钧天广乐,燕我瑶之席。帝饮予觞甚乐,赐汝苍壁。嶙峋突兀,正在一丘壑。余马怀,仆夫悲,下恍惚。

抚云挟月,上下遨游,天界瑰奇,而人间难舍,在光怪陆离的描绘之中,隐藏着寻求解脱而又难忘世事的感情活动。"物化苍茫,神游世界"(〔沁园春〕),纷呈迭出的想象景境,虚幻诡谲,使人心惊目眩,难以忘怀。

"诗在惨淡经营中"(〔鹧鸪天〕),辛弃疾创作态度严肃认真,有时一首词"日数十易,累月犹未竟"(岳珂《桯史·稼轩论词》),可见他在艺术的追求上是何等的执着和刻意。

辛词中用赋体叙事或直抒其情的作品不少,但更多的是熔描写、叙事、抒情为一炉,纵横挥洒,笔墨飞舞,充分显示出笔力跌宕不羁的特点。然而,遭忌受谗的孤危地位,又常使他满腔愤郁不能尽情吐诉,只能隐约其辞,曲折而言,采用比兴手法,于芳菲凄惋之中,寄悲怨愤激之情。如〔摸鱼儿〕《晚春》一词写道:

> 更能消、几番风雨,匆匆春又归去。惜春长怕花开早,何况落红无数。春且住。见说道、天涯芳草无归路。怨春不语。算只有殷勤,画檐蛛网,尽日惹飞絮。 长门事,准拟佳期又误。蛾眉曾有人妒。千金纵买相如赋,脉脉此情谁诉? 君莫舞。君不见、玉环飞燕皆尘土! 闲愁最苦。休去倚危栏,斜阳正在,烟

柳断肠处。

全词借春残花落的自然景象,隐喻日益衰败的时局;又用蛾眉遭嫉,寄托怀才不遇和忧谗畏讥的心情。对这种寓愤懑激越于哀怨婉约之中的摧刚为柔的独特手法,前人誉为"回肠荡气,至于此极,前无古人,后无来者"(梁令娴《艺蘅馆词选》引梁启超语),确非溢美之词。〔青玉案〕《元夕》一词所写的则是元夜灯火的人事:

> 东风夜放花千树,更吹落、星如雨。宝马雕车香满路,凤箫声动,玉壶光转,一夜鱼龙舞。　蛾儿雪柳黄金缕,笑语盈盈暗香去。众里寻他千百度,蓦然回首,那人却在,灯火阑珊处。

在繁华与冷落的两幅画面的对照中,映衬出一位不肯趋附时俗而洁身自好的女子形象。不难看出,其中显然寓含着作者不慕荣华、孤高自赏的襟怀。其他一些赋写山水、吟咏花月的词作,也多借物托意。特别是不少咏梅词:"雪里温柔,水边明秀,不借春工力"(〔念奴娇〕《题梅》),"更无花态度,全是雪精神"(〔临江仙〕《探梅》),疏枝瘦影,清姿逸致,既体现了作者对崇高的美学情趣的追求,同时在梅花形象中也充分表现了词人的凛凛风骨。

用典使事是辛词常用的艺术手法。作者胸罗万卷,驰骋百家,下笔时驱使经史,拮缀诸子,往往借咏古事以抒今怀,如〔永遇乐〕《京口北固亭怀古》:

> 千古江山,英雄无觅,孙仲谋处。舞榭歌台,风流总被,雨打风吹去。斜阳草树,寻常巷陌,人道寄奴曾住。想当年,金戈铁马,气吞万里如虎。　元嘉草草,封狼居胥,赢得仓皇北顾。

四十三年,望中犹记,烽火扬州路。可堪回首,佛狸祠下,一片神鸦社鼓。凭谁问:廉颇老矣,尚能饭否?

词人以雄健之笔,招唤孙权、刘裕、廉颇等历史人物联翩而至,组成了一幅纵横时空、场景变化多端的特殊画面,抒写了对时局的感怀和自己未能受到重用的悲慨,虽用典实较多,但能紧密结合京口胜迹史事,信手拈来,自然贴切。〔贺新郎〕《别茂嘉十二弟》、〔贺新郎〕《听琵琶》二词,更几乎全篇用事,但又不为事所使,而是舒卷自如,圆转跳荡,气势磅礴,沉郁苍凉,在前人词作中极为罕见。

词人还常用对比手法追怀往事,感慨今日,如:

壮岁旌旗拥万夫,锦襜突骑渡江初。燕兵夜娖银胡䩮,汉箭朝飞金仆姑。　　追往事,叹今吾,春风不染白髭须。却将万字平戎策,换得东家种树书!

——〔鹧鸪天〕《有客慨然谈功名,因追念少年时事,戏作》

绕床饥鼠,蝙蝠翻灯舞。屋上松风吹急雨,破纸窗间自语。平生塞北江南,归来华发苍颜。布被秋宵梦觉,眼前万里江山。

——〔清平乐〕《独宿博山王氏庵》

前词从回忆过去的战斗生活开始,然后与眼前衰老投闲的现实进行强烈的对照;后词则先从眼前的凄凉景象落笔,再追怀涉历四方的往昔生涯。两词都以时间上的今昔,空间上的广狭,感情气氛上的冷暖,形成鲜明的对照,词情跌宕,感慨深沉。

"诗句得活法,日月有新工"(〔水调歌头〕《赋松菊堂》),辛弃疾也十分重视语言的锤炼。有的形象生动:"浮天水送无穷树,带雨云埋一半山。"(〔鹧鸪天〕《送人》)有的刻画细腻:"疏蝉响涩林逾静,冷蝶飞轻菊半开。"(〔瑞鹧鸪〕)有的理趣深邃:"人情展转闲中看,客路崎岖倦后知。"(〔鹧鸪天〕)他还经常运用古近体诗的句法点化前人诗句,或者吸取和融化骚赋、散文、小说、民间口语等入词,正如吴衡照《莲子居词话》所说:"辛稼轩别开天地,横绝古今,论、孟、诗小序、左氏春秋、南华、离骚、史、汉、世说、选学、李杜诗,拉杂运用,弥见笔力之峭。"例如晋无名氏帖文原作:"天气殊未佳,汝定成行否?寒食近,且住为佳尔。"辛词化用为"宦游吾倦矣,玉人留我醉。明日落花寒食,得且住,为佳耳。"(〔霜天晓角〕《旅兴》)杨慎称赞道:"晋人语本入妙,而词又融化之如此,可谓珠璧相照矣。"(《词品》)在熔冶书面语言方面,辛词能变陈旧为新颖,化平凡为神奇,而且"一经运用,便得风流"(刘熙载《艺概》)。同时,辛弃疾还注意提炼口语入词,〔丑奴儿〕《博山道中,效李易安体》一词,就纯用家常语言,明白如话,清新自然。〔夜游宫〕《苦俗客》一词:"有个尖新底。说底话,非名即利。说得口干罪过你。且不罪,俺略起,去洗耳。"更全以俚语描述,嘻笑嘲讽,幽默风趣,表明作者具有极强的驾驭语言的能力。

对于词的体制,辛弃疾不愿拘守传统程式,而是尝试融取诸种文体入词,进行大胆的革新和创造。有学六经的,如〔踏莎行〕《赋稼轩,集经句》;有学《楚辞》的,如〔水龙吟〕《用些语再题瓢泉》、〔木兰花慢〕《用天问体》;有学《庄子》的,如〔哨遍〕(池上主人)、〔卜算子〕(一以我为牛);有学《史记》的,如〔八声甘州〕《戏用李广事》;有学陶渊明的,如〔声声慢〕檃栝陶潜的《停云》诗;有学东方朔《答客难》、班固《答宾戏》体的,如〔沁园春〕《将止酒,戒酒杯使勿近》。另外,还有"效白乐天体"的〔玉楼春〕;"效花间体"的〔唐河传〕、〔河渎神〕;"效李易安体"的〔丑奴儿近〕;"效朱希真体"的〔念奴娇〕;"效介庵体"的〔归朝欢〕;"效赵昌父体"的〔蓦山溪〕,等等。他有意识地打通词和诗文辞赋的界限,更加自如地反映广阔复杂的生活和思想感情,从而进一步扩大了词的表现能力。

辛词"横竖烂漫"(刘辰翁《辛稼轩词序》),任意恣肆,有时甚至打破词的分片程式,如〔破阵子〕《为陈同甫赋壮词以寄之》就是很有代表性的一例:

　　醉里挑灯看剑,梦回吹角连营。八百里分麾下炙,五十弦翻塞外声。沙场秋点兵。　马作的卢飞快,弓如霹雳弦惊。了却君王天下事,赢得生前身后名。可怜白发生!

从形式上看,也分上下片,似合传统程式;但从内容上看,前九句一气流注,着重写往昔的战斗生活,是壮词,自为一段;最后一句"可怜白发生",陡转为现实的感慨,是悲愤语,当另为一段。两两相对,前九句是幕幕壮景,末一句则是丝丝悲绪,映照强烈,极慷慨悲壮之能事。另外,词中散文化的句子和词语也大量出现,如〔贺新郎〕一词:

　　甚矣吾衰矣!怅平生、交游零落,只今馀几!白发空垂三千丈,一笑人间万事。问何物、能令公喜?我见青山多妩媚,料青山、见我应如是。情与貌,略相似。　一尊搔首东窗里。想渊明、停云诗就,此时风味。江左沉酣求名者,岂识浊醪妙理。回首叫、云飞风起。不恨古人吾不见,恨古人不见吾狂耳!知我者,二三子。

作者在词里溶进散文句式,糅入语气虚词,使气势更为流注奔放,感情更显得腾跃起伏。

第二节　辛弃疾的诗文

辛弃疾以全力作词,也以词的成就而著称百世。除词以外,他也有诗文创作。陆游曾以"稼轩落笔凌鲍谢"(《送辛幼安殿撰造朝》)赞许其诗,他自己也以"尚能诗似鲍参军"(《和任师见寄之韵》)自负。"三峰一一青如削,卓立千寻不可干。正直相扶无依傍,撑持天地与人看。"(《江郎山韵》)"巨石亭亭缺啮多,悬知千古也消磨。人间正觅擎天柱,无奈风吹雨打何!"(《游五夷,作棹歌呈晦翁十首》)二诗借山写志,托石寄慨,形象奇伟,感慨深沉。"镆邪三尺照人寒,试与挑灯子细看"(《送剑与傅岩叟》),"有时思到难思处,拍碎栏干人不知"(《鹤鸣亭绝句》),与词中"把吴钩看了,栏干拍遍,无人会,登临意"(〔水龙吟〕《登建康赏心亭》)的感情近似。在知潭州兼湖南安抚使期间,辛弃疾写过一首《送别湖南部曲》诗:

青山匹马万人呼,幕府当年急急符。愧我明珠成薏苡,负君赤手缚於菟。观书到老眼如镜,论事惊人胆满躯。万里云霄送君去,不妨风雨破吾庐。

诗借赠别而抒发有功遭忌的感愤,悲壮雄迈,颇具特色。

现存的辛文多半为奏议文字。在南宋初期的将帅士大夫中,辛弃疾"文墨议论尤英伟磊落,乾道、绍熙奏篇及所进《美芹十论》、上虞雍公《九议》,笔势浩荡,智略辐凑,有《权书》、《衡论》之风"(刘克庄《辛稼轩集序》)。作为爱国的政治人物,他在文章中激烈地驳斥苟安,力主抗金,大都义正辞严,表现出非凡的胸襟和气概。辛弃疾秉怀刚大之气,也以气论事品人:"论天下之事者主乎气"(《九议·其二》),"人而有气然后可以论天下"(《九议·其九》),其为文也自然具有一种波澜浩荡的气势。《淳熙己亥论盗贼札子》论述官府聚敛之弊云:

> 州以趣办财赋为急,县有残民害物之政而州不敢问;县以并缘科敛为急,吏有残民害物之状而县不敢问;吏以取乞货赂为急,豪民大姓有残民害物之罪而吏不敢问。故田野之民,郡以聚敛害之,县以科率害之,吏以取乞害之,豪民大姓以兼并害之,而又盗贼以剽杀攘夺害之,臣以谓"不去为盗,将安之乎",正谓是耳。

层层揭露,语意连贯流注,有如高山奔瀑,气势逼人。《美芹十论·自治》篇驳斥"南北定势论",作者援古说今,反复论证,逻辑严密,推论准确,笔势纵横驰骤,文章雄辩有力。《美芹十论》和《九议》都是长篇巨制,规模宏大,构思谨严,显示出作者高瞻远瞩的气魄和精深的功力。

第三节 辛弃疾在文学史上的地位及其影响

辛弃疾踵武苏轼,在天崩地坼的时代巨变的影响下,突破词的应歌度曲、遣兴娱情的传统范围,紧密结合关系民族命运的斗争现实,发为英雄豪杰的慷慨悲歌,使词的创作进入了一个崭新的境界,取得了前所未有的成就。

　　豪放派词向来苏辛并称。苏辛词风虽然相近,但并不等同,细加较析,实存差异。苏轼生活于北宋党争激烈之时,人事的风波挫折,使他力求摆脱党派纷争的烦恼,获得个人精神世界的自由驰骋,表现为空灵超旷,多出世之思;辛弃疾活动在南宋民族危亡之际,现实的深重苦难,使他产生拯饥救溺的雄心,追求生前身后的殊勋盛名,表现为悲壮慷慨,多入世之情。南宋之初,张元幹、张孝祥上承苏轼豪放词风,首开南宋爱国词之先河;辛弃疾承接于后,以其宏才卓识而深得时望,韩元吉、陆游、丘崈、陈亮、刘过等海内知名人士争相结识,声气相应。赵善括、杨炎正、张镃、姜夔、韩淲、程珌等人也与辛弃疾先后交接,酬唱游从。他们称誉辛弃疾"胸次恢疏"(丘崈〔汉宫春〕《和辛幼安秋风亭韵》),期望他"好把袖间经济手,如今去补天西北"(杨炎正〔满江红〕《寿稼轩》),在抗金统一事业中做出贡献。对辛弃疾"壮志未伸,匈奴未灭"(赵善括〔沁园春〕《和辛帅》)的遭遇极为同情,并为之感愤不已:"天涯劳苦。望故国江山,东风吹泪,渺渺在何处。"(赵善括〔摸鱼儿〕《和辛幼安韵》)都能深得词人心迹。辛弃疾不仅以爱国热忱和过人才略为人仰慕,而且也以其"星斗撑肠,云烟盈纸"(张埜〔水龙吟〕《酹辛稼轩墓》)的词作震撼当时词坛。他的许多词为不少词人反复唱和,著名的豪放词人刘过,"其激昂慷慨之作,乃刻意橅拟幼安"(况周颐《蕙风词话》卷二)。就是崇尚清空骚雅的姜夔,也因与辛弃疾相交,写有次稼轩韵的〔汉宫春〕二首、〔永遇乐〕一首,有意拟效辛弃疾词体,这都足以看出辛词在当时影响的深广。"歌词渐有稼轩风"(戴复古〔望江南〕),辛弃疾自然地成为南宋爱国词坛的盟主,豪放词派的领袖。此派阵容强大,声势极盛。年辈稍晚的有刘克庄、戴复古、刘学箕、洪咨夔、岳珂、黄机、陈人杰、文及翁、文天祥等人。戴复古《石屏词》中就有不少如〔满江红〕

《赤壁怀古》一类的"豪情壮采"之作。刘学箕和辛弃疾〔贺新郎〕词韵述怀:"误国诸人今何在? 回首怨深次骨。叹南北,久成离绝。中夜闻鸡狂起舞,袖青蛇、戛击光磨铁。三太息,眥空裂!"悲壮激烈。其中刘克庄尤为杰出,"白发书生神州泪,尽凄凉、不向牛山滴"(〔贺新郎〕《九日》),慷慨苍凉,和辛弃疾一样怀有恢复中原的抱负,所以有人说他"志在有为,不欲以词人自域,似稼轩"(冯煦《宋六十一家词选·例言》)。黄机在〔乳燕飞〕《次徐斯远韵寄稼轩》一词中写道:"满袖斑斑功名泪,百岁风吹急雨。愁与恨、凭谁分付?"不失为辛弃疾知音。陈人杰也曾于〔沁园春〕《浙江观潮》一词中写道:"尤奇特,有稼轩一曲,真野狐精!"对辛弃疾词表示十分服膺。南宋末年的一些词人,亲历国破家亡的巨痛,写下了血泪斑斑的爱国词作,其中与文天祥同乡同门的刘辰翁,宋亡后隐居不仕。他在许多描写节令时序词中,借伤春悲秋抒发内心的亡国哀痛:"笛里番腔,街头戏鼓,不是歌声!"(〔柳梢青〕《春感》)充满了眷怀故国的深情。〔金缕曲〕《送五峰归九江》用辛弃疾、陈亮唱和词韵:"我醉看天天看我,听秋风,吹动檐间铁!"声情悲壮,风格遒上似稼轩。另外,还有王奕、蒋捷等词人,也都有抒写亡国哀思之作,成为辛词在宋遗民词中的馀波。

"南宋诸家,鲜不为稼轩牢笼者"(陈洵《海绡说词》)。这些在词风上明显受到辛弃疾词影响的词人,形成了贯穿整个南宋时期的辛弃疾词派。他们都具有关心国家民族命运的爱国思想倾向;继承了辛弃疾"以文入词"的特色,并进一步发展,更加散文化、议论化;都喜用〔沁园春〕、〔念奴娇〕、〔满江红〕、〔贺新郎〕、〔水调歌头〕等长调,充分表现笔力的豪纵恣肆;语言不尚雕琢,不避俚俗;风格豪放高亢,苍凉激楚。

金元好问词学苏辛,他在《遗山乐府》自序中说:"乐府以来,东坡为第一，以后便到辛稼轩。"金亡之后，元好问怀有"神州陆沉之痛，铜驼荆棘之伤，往往寄托于词"(况周颐《蕙风词话》卷三)。他在〔鹧鸪天〕《隆德故宫同希颜、钦叔、知几诸人赋》一词中写道："三山宫阙空瀛海，万里风埃暗绮罗。"苍茫雄肆，逼近辛词。元词人中萨都剌擅长以慢词吊古，"楚歌八千兵散，料梦魂、应不到江东。空有黄河如带，乱山起伏如龙"(〔木兰花慢〕《彭城怀古》)，声调高朗，境界壮阔，得苏、辛之遗响。清陈维崧"崛起清初，导源幼安，极纵横跌宕之妙"(陈匪石《旧时月色斋词谭》)，足称辛词后劲。他的词雄肆俊爽，淋漓感慨，如"狮子寄奴生长处，一片雄山莽水。怪石崩云，乱冈淋雨，下有鼋鼍睡。层层都挟，飞而食肉之势"(〔念奴娇〕《京口竹林寺》)，"一派灰飞官渡火，五更霜洒中原血"(〔满江红〕《自封丘北岸渡河至汴梁》)等，奇思壮采，气象雄阔，虽"不及稼轩之深厚沉郁，但凌厉之处又几于突过稼轩"(陈廷焯《白雨斋词话》)。继陈维崧之后，追步苏辛而表现为淋漓恣肆的有郑燮；意气飙发，笔力豪纵的有晚清的文廷式；近代的梁启超也深受辛词的影响。

第十一章　陈亮 刘过

陈亮、刘过与辛弃疾同时,他们都以抗金统一大业为己任,声气相应,互相激励。在南宋爱国词坛上,两人也是著名的辛派词人。

第一节　陈亮

陈亮(1143—1194),字同甫,原名汝能,后易名亮,又曾名同,人称龙川先生,婺州永康(今属浙江)人。曾祖父知元,在金兵攻陷汴京时,随大将刘延庆战死于固子门外。祖父益,父次尹,名迹不显。(均见《先祖府君墓志铭》)抗金人物的斗争事迹,动荡不安的社会现实,以及逐渐"散落为民"(《书家谱石刻后》)的家庭衰微的境遇,都给陈亮带来深刻的影响,使他从小就关心国事民情。十八、九岁时,"独好伯王大略"(《酌古论序》),研究汉、唐以来的成败得失之由,撰写出具有鉴古察今意义的《酌古论》,"慨然有经略四方之志"(《中兴五论跋》)。郡守周葵视为奇才,以"国士"许之。孝宗隆兴元年(1163),周葵为参政。陈亮赴试不中,游于周葵门下,得以结识当时知名之士。

孝宗隆兴二年(1164),第二次宋金和议初成,上层士大夫中不少人以苟安为庆。周葵罢政,陈亮也回归故乡。乾道初,父亲被诬下狱,母亲、祖父母相继去世,陈亮自己也因策论不合朝官之意而致礼部试落第。在重重困难之中,他仍然"杜门求志"(《中兴五论序》)。乾道五年(1169),他向孝宗进《中兴五论》,阐述抗金中兴的政治、经济、军事主张,因权臣阻挠而未能实现。在以后的十年中,他进一步"穷天地造化之初,考古今沿革之变"(《上孝宗皇帝第一书》),于淳熙五年(1178)又向孝宗连上三书,尖锐地指出:"一日之苟安,数百年之大患也。"希望能"究变通之理"(《上孝宗皇帝第一书》),"开大有为之略","决大有为之机"(《上孝宗皇帝第二书》),推动抗金和恢复中原的斗争,但仍未能如愿。淳熙十五年(1188)春,他亲自到金陵、京口一带实地考察,回经临安时,再次向孝宗上书,对当时形势作了精辟的分析,指出"江南之不必忧,和议之不必守,虏人之不足畏,而书生之论不足凭也"(《戊申再上孝宗皇帝书》),希望孝宗能振作精神。但这时孝宗已经意志消沉,再加朝臣从中阻挠,反诬之为"狂怪"(《宋史》本传)。陈亮屡遭挫折,情怀郁愤。这年冬天,他到江西上饶与辛弃疾相聚,倾诉衷曲,极论世事,长歌相答,十分相得。别后,他们又叠赋〔贺新郎〕词唱酬,充分表现了两位爱国志士的崇高情怀。

陈亮于二十年中三次向孝宗上书,其主张虽未能实现,但书中的正言谠论,作者的满腔忠愤,却震动了朝野,同时也刺痛了主和派,以至谤讪纷起,孝宗淳熙十一年(1184)、光宗绍熙元年(1190),他两次被诬下狱[1]。绍熙四年(1193),陈亮参加了礼部考试,被光宗亲擢为第一名。他在《及第谢恩和御赐诗韵》中写道:"复仇自是平生志,勿谓儒臣鬓发苍。"充分表现出"独有丹心,不渝白首"(《谢陈参政启》)的斗争意志。

在坚持抗金统一的政治主张的同时,陈亮在思想领域里高擎功利主义的旗帜,鼓吹事功哲学,与朱熹就王霸义利问题展开了持续多年的论战。在思想观上,他反对朱熹的"天理"说,强调人能认识、掌握反映事物规律的"道",是"人能弘道,非道弘人"(《问答十二》)。联系当时的形势,陈亮在早年科举文中就提出:"天下大势之所趋,天地鬼神不能易,而易之者人也。"(王应麟《困学纪闻》)在历史观上,陈亮反对朱熹美化三代、贬抑汉唐的历史两截论,认为三代被美化为"天理"治世、王道天下,是经过"孔子一洗"后的"正大本子"(《又乙巳秋书》),并非历史的真实,汉唐的强盛统一则是不容抹煞的"大功大德"(《问答一》)。对鼓吹"贱王尊霸"(《朱文公文集》卷三五《与刘子澄》)、王霸并用的指责,陈亮驳斥说:"杂霸者,其道固本于王也。"(《又甲辰秋书》)陈亮推尊汉唐功业,目的是推动现实中抗金统一的斗争。在政治观上,陈亮反对朱熹以"醇儒"作为惟一标准的"成人之道",主张"但有救时之志,除乱之功,则其所为,虽不尽合义理,亦自不妨为一世英雄"(《朱文公文集》卷三六《答陈同甫》)。对于谋利计功、违义背德的批评,陈亮认为:"功到成处,便是有德;事到济处,便是有理。"(陈傅良《止斋文集》卷三六《与陈同甫》)在陈亮看来,抗金统一是救时除乱的大业,既是大功,也是大德;义利本是一事,功德完全一致。陈亮与朱熹在这一系列问题上的论争,看起来是用哲学武器进行的,但目的已经不再是为抽象的哲学了。

在南宋政治舞台上和思想领域中,陈亮以特出之才,卓绝之识,为抗金统一事业英勇斗争了一生。由于"忧患困折,精泽内耗,形体外离"(叶适《陈同甫王道甫墓志铭》),他未及赴建康军节度判官厅公事任,于绍熙五年(1194)便一病不起,赍志而殁,年仅五十二岁。

《直斋书录解题》著录《龙川文集》四十卷,未见传本。今存有明成化刻本三十卷,及清康熙、乾隆、道光、同治、光绪、宣统刻本,卷数同。一九七四年中华书局出版校点本《陈亮集》。邓广铭从南宋人编刻《圈点龙川水心二先生文粹》校今本《陈亮集》,补阙订误发覆,贡献很大[2]。陈亮词,《直斋书录解题》著录《陈亮外集词》四卷,久佚。今存有明吴讷《唐宋名贤百家词》本、明毛晋《宋六十名家词》本、《典雅词》本、刘喜海藏《宋元人词》抄本等。唐圭璋《全宋词》本搜辑最为完备,计七十四首。今人夏承焘、牟家宽《龙川词校笺》、姜书阁《陈亮龙川词笺注》,并可参阅。

陈亮的文,当时"学士争诵惟恐后"(叶适《陈同甫王道甫墓志铭》),具有广泛的影响。其内容主要是宣传抗金统一和批评道学,各类体裁中以政论和纪传最有成就。他强调文章要有明确的目的,"仕将以行其道也,文将以载其道也"(《复吴叔异》);要有充实的内容,"意与理胜则文字自然超众"(《书作法论后》)。他的文章,不论是评述历史经验,进呈朝廷的奏疏,还是与朱熹之间的论辩,都"上关国计,下系民生"(《陈亮集·附录三》姬肇燕序语),即使是一般的书启序跋墓志,也大都言之有物。方回《桐江集》卷三《读〈陈同甫文集〉二跋》称陈亮文为"时文之雄",其实意未必是褒赞,但却道出了他的文章为时、为事而作的特点。

陈亮在文中阐述救世的爱国主张,意高议宏,理正辞严,显示出一种非凡的气势。如《又甲辰秋书》中有一段写道:

> 研穷义理之精微,辨析古今之同异,原心于秒忽,较礼于分寸,以积累为功,以涵养为正,睟面盎背,则亮于诸儒诚有愧焉。至于堂堂之阵,正正之旗,风雨云雷交发而并至,龙蛇虎豹变见而出没,推倒一世之智勇,开拓万古之心胸,如世俗所谓粗块大脔,饱有馀而文不足者,自谓差有一日之长。

文中对比鲜明，形象生动，在勾画道学家面貌中隐含不满之意，而在表述自己时则显露出"人中之龙，文中之虎"（《自赞》）的豪雄气概和自信心。

陈亮的文章得力于《战国策》和《史记》，而又融以苏轼文的雄放恣肆。政论文驳诘论辩，议论风生；纪传文写人鲜明生动，叙事抑扬变化，笔势"倾竭浩荡，河奔海聚"（刘壎《隐居通议》），有时又能"回旋起伏，紫映妙巧，极天下之奇险"（叶适《书龙川集后》）。就思想内容而言，"陈同甫文箴砭时弊，指画形势，自非绌于用者之比"（刘熙载《艺概》），而在艺术成就上，陈亮文也能自成一家，别具特色。

陈亮的爱国情怀，不仅见之于文，也常常寄之于词。他每作一词，"辄自叹曰：'平生经济之怀，略已陈矣。'"（叶适《书龙川集后》）因此，他的词作能突破剪红刻翠的传统，而用以抒写自己的政治抱负，反映现实中重大的政治主题。"东坡为词诗，稼轩为词论"（陈模《怀古录》卷中引潘牥说），陈亮更进一步以论入词，并"自负以为经纶之意具在"（《直斋书录解题》）。例如〔念奴娇〕《登多景楼》词云：

> 危楼还望，叹此意、今古几人曾会？鬼设神施，浑认作、天限南疆北界。一水横陈，连冈三面，做出争雄势。六朝何事，只成门户私计！
>
> 因笑王谢诸人，登高怀远，也学英雄涕。凭却江山管不到，河洛腥膻无际。正好长驱，不须反顾，寻取中流誓。小儿破贼，势成宁问强对！

这首词的内容，与《戊申再上孝宗皇帝书》中的一些议论互为表里。词的上片即书中的这一段：

> 臣尝疑书册不足凭，故尝一到京口、建业，登高四望，深识天地设险之意，而古今之论为未尽也。京口连冈三面，而大江横陈，江傍极目千里，其势大略如虎之出穴，而非若穴之藏虎也。昔人以为京口酒可饮，兵可用，而北府之兵为天下雄，盖其地势当然，而人善用之耳。臣虽不到采石，其地与京口股肱建业，必有据险临前之势，而非止于斩斩自守者也。天岂使南方自限于一江之表，而不使与中国而为一哉？

词的下片即书中的这一段：

> 自晋之永嘉以迄于隋之开皇，其在南则定建业为都，更六姓，而天下分裂者三百馀年。南师之谋北者不知其几，北师之谋南者盖亦甚有数，而南北通和之时则绝无而仅有。未闻有如今日之岌岌然以北方为可畏，以南方为可忧，一日不和，则君臣上下朝不能以谋夕也。

慷慨纵横的论辩融汇于热血激荡的呐喊之中，诗情与政论熔铸于一炉，是政论的词化，也是词化的政论，既具有鲜明的战斗性，又具有强烈的感染力。

陈亮在词中每以炽烈的激情，歌唱抗金统一的斗争。他常常期望友人以收复中原、重新统一国家为己任，如"举目江河休感涕，念有君如此何愁虏"（〔贺新郎〕《同刘元实唐与正陪叶丞相饮》）、"恩未报，家何恤"（〔满江红〕《怀韩子师尚书》）、"植根江表，开拓两河"（〔瑞云浓慢〕《六月十一日寿罗春伯》）、"入奏几策，天下里，终定于一"（〔三部乐〕《七月送丘宗卿使虏》）等。而〔水调歌头〕《送章德茂大卿使虏》则更是这类词中的压卷之作：

不见南师久,漫说北群空。当场只手,毕竟还我万夫雄。自笑堂堂汉使,得似洋洋河水,依旧只流东?且复穹庐拜,会向藁街逢。　　尧之都,舜之壤,禹之封。于中应有,一个半个耻臣戎。万里腥膻如许,千古英灵安在,磅礴几时通?胡运何须问,赫日自当中!

章森,字德茂,为人"英雄磊落"(《与章德茂侍郎》)。受命朝金,是欲拒不能的屈辱之任,内心实有难言的隐痛;陈亮赋词送别,措辞甚难。但作者却能于短短篇幅之中,顿挫抑扬,张皇民族正气;虽是屈辱的使命,而使臣却是尊严不屈的堂堂英雄;暂时的处逆受挫,而不久的将来必能洗耻雪恨。吞吐开阖,纵论时事,对苟安妥协的局面表示愤慨,对未来则充满了必胜的信念。全词大气磅礴,豪情激荡,读后令人热血沸腾,精神振奋。

词人虽有爱国之心,报国之志,却一生"奇蹇艰涩"(《又甲辰秋书》)。理想与现实的矛盾,往往使其词作郁积着一股激愤不平之气。与辛弃疾往复唱酬的三首〔贺新郎〕词,是英雄人物的壮词,也是英雄人物的悲歌。词里虽也抒写"据地一呼吾往矣,万里摇肢动骨"的宏伟抱负,但更多的则是"新着了,几茎华发"的岁月蹉跎的感喟,"叹只今,两地三人月"的知音寥落的悲慨,充分倾吐了内心的深沉悲愤。

除了直抒怀抱的作品外,陈亮词中也还有不少婉转含蓄之作。像〔桂枝香〕写桂花的"向他秋晚,唤回春意",〔点绛唇〕写梅花的"雨僽云僝,格调还依旧",〔水龙吟〕写松树的"铁石心肠,虬龙根干,亭亭天柱",等等,借咏桂梅松树的风姿而寓含自己磊落不凡的胸怀。其他如"风露浩然,山河影转,今古照凄凉"(〔一丛花〕《溪堂玩月作》),苍茫悲凉,感慨遥深;特别是〔水龙吟〕《春恨》一词,内容更为丰富蕴藉,刘熙载认为其中的"恨芳菲世界,游人未赏,都付与莺和燕"几句,"言近指远,直有宗留守大呼渡河之意"(《艺概》)。

与思想内容相一致,陈亮词雄放恣肆,痛快淋漓,具有强烈的鼓动力量。他或横空呐喊:"正好长驱,不须反顾"(〔念奴娇〕《登多景楼》);或亢声高呼:"斩新换出旗麾别"(〔贺新郎〕《酬辛幼安再用韵见寄》);或沉痛慨叹:"北向争衡幽愤在,南来遗恨狂酋失"(〔满江红〕《怀韩子师尚书》);而"尧之都,舜之壤,禹之封,于中应有,一个半个耻臣戎"(〔水调歌头〕《送章德茂大卿使虏》)数句,更是"精警奇肆,几于握拳透爪"(陈廷焯《白雨斋词话》卷一),具有一种撼人心魄的气势。

词的语言向以雅为尚,而陈亮在这方面却有自己的见解。他称自己作词,"本之以方言俚语,杂之以街谈巷歌,搏搦义理,劫剥经传,而卒归之曲子之律"(《与郑景元提干》)。大量的口语被提炼入词,如前引〔水调歌头〕中的"于中应有,一个半个耻臣戎",以及"只使君、从来与我,话头多合"(〔贺新郎〕《寄辛幼安,和见怀韵》)、"入脚西风,渐去去来来,早三之一"(〔三部乐〕《七月二十六日寿王道甫》),等等,语意显豁,通俗明快。也有不少词借用经传史实,如"父老长安今馀几,后死无仇可雪。犹未燥、当时生发"(〔贺新郎〕《寄辛幼安,和见怀韵》),用《宋书·索虏传》中北魏拓跋焘语,熨帖自然,语如己出。

《龙川词》中,当然还有绮艳、闲适、颂贺、酬赠之作,反映了作者生活的其他侧面,但其主要方面毕竟是"意广而调高"(《复杜伯高》),充满豪情壮思、"不作一妖语媚语"(毛晋《龙川词跋》)的爱国词,并以此立帜于两宋词坛。

第二节 刘过

刘过(1154—1206)[3],字改之,号龙洲道人,吉州太和(今属江西)人[4]。

在隆兴和议前后的战、和年代里,刘过度过了他的童年。他"少有志节,以功业自许,博学经史百氏之书,通古今治乱之略,至于论兵,尤善陈利害"(元殷奎《复刘改之先生墓事状》),期望获取功名,以实现"振国势,复国耻,挈中原以归版图"(清吴澜、汪堃等修纂《昆新两县续修合志》卷一四《冢墓上》,明人沈鲁《龙洲先生墓碑记》)之志。孝宗淳熙年间,曾赴省试,客游荆襄、武昌,后沿江东下到临安。光宗绍熙年间,往来金陵、姑苏、四明等地,与陈亮共同醉饮,陈亮曾赠以长诗,中有"会须斫取契丹首,金甲牙旗归故乡"之句,鼓励他立功疆场。绍熙五年(1194),孝宗病危,光宗不肯过宫,政局动荡,刘过曾为此上书[5]。老诗人陆游在刘过谒见时,对他刮目相看,并有《赠刘改之秀才》诗,为刘的坎坷遭遇深表感愤。宁宗庆元间,游无锡、常熟、东阳等地,并北去淮庐。嘉泰初,因事系于建康狱中,上书知建康府吴琚请其相援。出狱后,与胡槩、马子纯漫游金陵[6],后回临安。嘉泰三年(1203),辛弃疾邀游绍兴,宾主酬唱,极其相得[7]。开禧元年(1205),韩侂胄筹措北伐,刘过心情振奋,写诗赋词颂贺。又沿江西上,过京口时,与辛弃疾相会,并与岳珂、章升之、黄机等同登多景楼,赋《多景楼》诗,抒发"收拾淮南数千里"的豪情。继经金陵,至江州,登庚楼,感慨赋诗,又西游武昌,后返临安。开禧二年(1206),北伐失败,特别是皇甫斌唐州败绩的消息,使刘过十分痛心[8]。当时朝廷内部斗争日趋复杂,而诗人蹭蹬半生,功名无成,年华老大,心情极为愤懑悲凉,遂依友人潘友文客居昆山[9]。不久,诗人怀着"敬须洗眼候河清"(《呈陈总领》)的心情病逝,年仅五十三岁。

《直斋书录解题》著录《刘改之词》一卷。天一阁藏有刘瀚辑《龙洲道人集》抄本十五卷。《龙洲词》有吴讷《唐宋名贤百家词》本、毛晋《宋六十名家词》本、《彊村丛书》本等。唐圭璋《全宋词》本,删除误收词,计七十七首。一九七八年上海古籍出版社出版校点本《龙洲集》,共分十二卷。

自绍兴、隆兴两次和议后,南渡君臣日益满足于苟安妥协的局面。刘过却以布衣身份,来往于荆襄、淮庐、金陵、京口等战略要地,结交各地帅臣、幕僚,写诗赋词,热情鼓吹抗金统一。他在《登多景楼》一诗中写道:

壮观东南二百州,景于多处最多愁。江流千古英雄泪,山掩诸公富贵羞。北固怀人频对酒,中原在望莫登楼。西风战舰成何事,只送年年使客舟!

诗人面对国家山河的破碎,目睹对敌作战的战船徒然成为求和纳币的使船情景,不禁愤慨万分。瞿佑《归田诗话》卷中评道:"'江流千古英雄泪,山掩诸公富贵羞。'盖自吴晋以来,立国于南者,恃长江天险,兢兢保守,北望中原,置之度外,况沙漠之境、毡毳之域哉!诗意盖深寓此恨也。"全诗慷慨悲壮,当时即被誉为"古今绝唱"(罗大经《鹤林玉露》)。

当年抗金名将岳飞北伐中原,收复汴京指日可待,却功败垂成,惨遭杀害,成为千古奇冤。嘉泰四年(1204),在积极准备北伐的气氛中,南宋朝廷为激励人心,追封岳飞为鄂王,诗人纵笔写下了〔六州歌头〕《题岳鄂王庙》一词：

> 中兴诸将，谁是万人英？身草莽，人虽死，气填膺，尚如生。年少起河朔，弓两石，剑三尺，定襄汉，开虢洛，洗洞庭。北望帝京。狡兔依然在，良犬先烹。过旧时营垒，荆鄂有遗民，忆故将军，泪如倾。　说当年事，知恨苦，不奉诏，伪耶真。臣有罪，陛下圣，可鉴临，一片心。万古分茅土，终不到，旧奸臣。人世夜，白日照，忽开明。衮珮冕圭百拜，九泉下，荣感君恩。看年年三月，满地野花春，卤簿迎神。

词中热烈颂扬了岳飞一生的功绩，对岳飞的屈死沉冤，表示了深沉的悼惜之情，寄托了作者反对权奸、向往北伐的爱国情怀。

在对抗金斗争的形势分析和战略措置上，刘过与陆游、辛弃疾、陈亮等人有着相似的看法，重视经营荆襄和主张行幸金陵。他认为"襄阳真是用武国"(《襄阳歌》)，因为"中原地与荆襄近"(《忆鄂渚》)，正是实施突击进攻的要地。他又写道："怀哉金陵古帝藩，千船泊兮万马屯。西湖真水真山好，吾君亦岂忘中原。"(《望幸金陵》)因为金陵虎踞龙蟠，为历代名都，时一巡幸，则可震动天下，而以钱塘为乐国，则将永弃中原。在开禧北伐受挫之后，诗人提出："物情大忌不量力，立志亦复嘉专精"(《呈陈总领》)，主张要准确地估量敌我双方的力量，切实做好各方面的准备。陆游称他"胸中九渊蛟龙蟠"，也是赞扬他对当时局势的分析具有过人的胆识和见解。他仆仆风尘，来往于前方战略要地，写下了"指点中原百城在，功名逼人有机会"(《嘉泰开乐日殿岩泾原郭季端邀游凤山，自来美堂而上湖亭、海观、梅坡、石林，无不历览，最后登冲天楼，下介亭，观骑射胡舞，赋诗而归》)、"生前封侯死庙食，云台突兀秋山高"(《从军乐》)等诗句,表达了建功立业的强烈愿望。他常常想慕横刀射箭、叱咤风云的将帅生活,"想刀明似雪,纵横脱鞘;箭飞如雨,霹雳鸣弓。威撼边城,气吞胡虏,惨淡尘沙吹北风"(〔沁园春〕《御阅还上郭殿帅》)。他还以饱满的激情,鼓舞友人"斩楼兰,擒颉利,志须酬"(〔水调歌头〕《寿王汝良》),坚信"算整顿乾坤终有时"(〔沁园春〕《寄辛稼轩》)。他公然声称:"不随举子纸上学六韬,不学腐儒穿凿注五经"(《多景楼醉歌》),亢声高吟:"何不夜投将军扉,劝上征鞍鞭四夷。沧海可填山可移,男儿志气当如斯!"(《盱眙行》)杀敌立功的念头,使他无时或忘,怦然心动:"床头吴钩作龙吼,便欲乘此捣穹庐"(《古诗》)、"拂拭腰间,吹毛剑在,不斩楼兰心不平"(〔沁园春〕《张路分秋阁》)等句,说明他渴望收复中原和迫切追求功名的欲望是始终交织在一起的,因此当韩侂胄鼓吹北伐时,他写过不少诗词加以颂扬,如〔西江月〕《贺词》写道:

堂上谋臣尊俎,边头将士干戈。天时地利与人和,燕可伐欤曰可。　今日楼台鼎鼐,明年带砺山河。大家齐唱《大风歌》,不日四方来贺。

此作虽属颂赞过分的谀词,但却包含着对山河统一的期待和国家中兴的希望,抒发了作者强烈的爱国豪情。

诗人要求抗金而报国无门,追求功名又"四举无成,十年不调"(〔沁园春〕《卢蒲江席上时有新第宗室》)。身负奇才,满怀韬略,无从施展的愤懑,使他写下了"不是奏赋明光,上书北阙,无惊人之语。我自匆忙天未许,赢得衣裾尘土"(〔念奴娇〕《留别辛稼轩》)的词句。而当时不少龌龊之士,无能之辈,句读未通,粗晓声病,反而取高第,任达官:"桃李被笙歌,松柏遭摧伤"(《怀古四首为知己魏倅元长兼呈永叔宗丞戴少望》)。对于这种不公正的待遇,他难以自抑地喊出"算世上久无公是非"(〔沁园春〕《寄孙竹湖》)的不平呼声。词人"半生江湖,流落龃龉"(《独醒赋》),晚年贫病交迫,更见凄凉。"多病刘郎瘦,最伤心,天寒岁晚,客他乡久"(〔贺新郎〕《赠邻人朱唐卿》),"笑莺花别后,刘郎憔悴萍梗。倦客天涯,还买个西风轻艇"(〔西吴曲〕),"行道桥南无酒卖,老天犹困英雄"(〔临江仙〕),这些抑郁悲壮的文字,在在吐诉了英雄失路、报国无门的哀痛。

当然,在他的作品中,也有江湖诗人的那种"谒客气"。〔沁园春〕咏美人指甲、美人足二首,则更流于儇薄庸俗,是作品中的糟粕。

刘过"词多壮语"(黄昇《中兴以来绝妙词选》),如〔沁园春〕《御阅还上郭殿帅》、〔沁园春〕《张路分秋阅》、〔沁园春〕《寄辛稼轩》、〔六州歌头〕《题岳鄂王庙》、〔八声甘州〕《送湖北招抚吴猎》等,景象阔大,气概豪雄,"足以使懦夫有立志"(陈廷焯《白雨斋词话》卷六)。〔沁园春〕《寄稼轩承旨》云:

> 斗酒彘肩,风雨渡江,岂不快哉!被香山居士,约林和靖,与东坡老,驾勒吾回。坡谓"西湖,正如西子,浓抹淡妆临镜台"。二公者,皆掉头不顾,只管衔杯。 白云"天竺飞来。图画里、峥嵘楼观开。爱东西双涧,纵横水绕;两峰南北,高下云堆"。逋曰"不然,暗香浮动,争似孤山先探梅"。须晴去,访稼轩未晚,且此徘徊。

全词融化前人西湖诗句,浑然如同己出,构想奇特,笔势灵动,语言流畅,极富风趣,是作者模拟稼轩而"颇有稼轩气味"(李调元《雨村词话》卷三)者,但更为恣肆放纵,不免有逞才使气之迹。

仔细吟味刘过词篇,那些情调悲凉、回荡吞吐之作,更能显示出

《龙洲词》的特色。如〔贺新郎〕一词云：

> 弹铗西来路。记匆匆、经行十日，几番风雨。梦里寻秋秋不见，秋在平芜远树。雁信落、家山何处？万里西风吹客鬓，把菱花、自笑人如许。留不住，少年去。　　男儿事业无凭据。记当年、悲歌击楫，酒酣箕踞。腰下光铓三尺剑，时解挑灯夜语。谁更识、此时情绪？唤起杜陵风月手，写江东渭北相思句。歌此恨，慰羁旅。

其他如"听画角、吹残更鼓。悲壮寒声撩客恨，甚貂裘重拥愁无数。霜月白，照离绪"（〔贺新郎〕《赠张彦功》），"莫鼓琵琶江上曲，怕荻花枫叶俱凄怨"（〔贺新郎〕《赠娟》），都能于"狂逸之中，自饶俊致"（刘熙载《艺概》）。刘过词学稼轩，但缺乏辛词那种深沉的思想，雄阔的襟怀，正如刘熙载所说，其词"沉着不及稼轩"（《艺概》），其失在有时过于粗率。

龙洲词虽以豪放者居多，但并非没有宛转之作，著名的〔唐多令〕就是一例：

> 芦叶满汀洲，寒沙带浅流。二十年重过南楼。柳下系舟犹未稳，能几日，又中秋。　　黄鹤断矶头，故人今在否？旧江山、浑是新愁。欲买桂花同载酒，终不似，少年游。

全词情致宛曲，笔调轻灵，缀语俊爽，堪称"小令中工品"（李佳《左庵词话》）。又如误作刘克庄词的〔四字令〕云：

> 情深意真，眉长鬓青，小楼明月调筝，写春风数声。　　思

君忆君,魂牵梦萦,翠销香暖云屏,更那堪酒醒。

这首词就全然是婉约一路的风格了。此类词作还有一些,可见龙洲词风并不是局于豪放一端的。

〔1〕 一为孝宗淳熙十一年(1184)春以药人之诬下狱。《陈春坊墓碑铭》自述:"甲辰之春,余以药人之诬就逮棘寺,更七八十日而不得脱。"叶适《陈同甫王道甫墓志铭》叙及此事:"乡人为宴会,末胡椒特置同甫羹胾中,盖村俚敬待异礼也。同坐者归而暴死,疑食异味有毒,已入大理狱矣。"另一为光宗绍熙元年(1190)。《何少嘉墓志铭》云:"绍熙改元冬十有二月,狱事再急。"叶适《陈同甫王道甫墓志铭》于此有具体载述:"民吕兴、何廿四殴吕天济,且死,恨曰:'陈上舍使杀我。'县令王恬实其事,台官谕监司选酷吏讯问,数岁无所得。复取入大理,众意必死。少卿郑汝谐直其冤,得免。"夏承焘《龙川词校笺》谓叶衡于"淳熙十一年(1184)尝白同甫父子被诬杀人之狱,见《文集》(二十一)《与叶丞相第二书》。"误将乾道初陈亮父因家童杀人事下狱与此年陈亮以药人之诬下狱连为一事。陈亮父卒于乾道九年(1173)。《蔡元德墓碣铭》记载:"君卒于乾道九年十二月之朔,后二十四日,吾先人亦委弃诸孤。"是淳熙十一年不可能复有陈亮父被诬下狱之事。姜书阁《陈亮龙川词笺注》所附《陈同甫年谱》据《何绍嘉墓志铭》:"二年兴狱,而仅能以不死。"断陈亮出狱在光宗绍熙二年(1191)。此说小有误。《喻夏卿墓志铭》云:"绍熙辛亥,……八月十有九日,夏卿死,余犹系三衢狱中。……明年二月出狱。"据此,绍熙二年(1191),陈亮尚在狱中,出狱则在绍熙三年(1192)二月。《宋史》本传于陈亮狱事记载颠倒讹误,致有三次下狱之说。据陈亮生平事迹,其下狱仅上述两次。其《告高曾祖父》自述:"十年之间,亮两以罪系棘寺。"明人宋濂《跋东莱止斋与龙川尺牍后》亦云:"龙川以使气过锐,结怨群小,遂浒中以奇祸。其一则淳熙十一年甲辰之春,醉中大言,为卢氏子所诉,就逮棘寺。其一则绍熙元年庚戌之冬十二月,以吕天济之死,诬其有谋,又下诏狱。"(《宋学士文粹》卷六)

〔2〕 见1984年《历史研究》第2期。

〔3〕 刘过生卒年,正史无记载。岳珂《桯史》卷二"刘改之诗词"条称:"庐陵刘改之过以诗鸣江西,……开禧乙丑,过京口,余为馈幕庾吏,因识焉。……既而别去,如昆山,大姓某氏者爱之,女焉。余未及瓜,而闻其讣。"乙丑,指开禧元年(1205)。岳珂《愧郯录》卷九"宣总公移"条:"开禧丙寅,珂任京口总庾。"丙寅,为开禧二年(1206)。另据《桯史》卷一四"开禧北伐"、"二将失律"条记载,知岳珂开禧二年(1206)确在京口淮南总领任上。元殷奎《复刘改之先生墓事状》记述:"始故人潘友文尹昆山,先生来客其所,遂娶妇而家焉。既卒,而友文为真州,以私钱三十万属其友具凡葬事。值其友死,不克葬。后七年,具主簿赵希楸乃为买山,卒葬之。"明万历二年周世昌纂《昆山志》卷三"祠庙"载:"刘龙洲祠,在马鞍山东斋僧舍,祀宋诗人刘过。宋嘉定五年也。"按:潘友文,字文叔。开禧初,知昆山县。开禧三年(1207)任镇江通判。嘉定二年(1209),知真州。殷奎《复墓事状》所言"以私钱三十万"营葬事,即在潘友文嘉定年间知真州时。罗振常《订补怀贤录》案语指出:"考《万历昆山志》称祠建于宋嘉定五年,即龙洲葬年也。殷奎《复墓事状》则谓没后七年始葬,由是推之,其卒当在开禧二年。又读陈谔《题墓诗》,知龙洲卒年五十三。由开禧二年上溯五十三年,则龙洲实生于绍兴二十四年甲戌也。"此推断大体近之。

〔4〕 太和,宋时属江南西路吉州庐陵郡。称庐陵人,是就其所属郡而言。太和为其故乡。《阙景初进纳长安,相值于西采石,话及家事,因与对酌》诗自述:"未有还家策,故乡吾太和。龙洲沙石健,快阁水云多。"

〔5〕 周密《齐东野语》卷三"绍熙内禅"条:"五年正月,寿皇始不豫。上以疾,不能问安尝药。臣僚劾内侍陈源、杨舜卿、林亿年,以离间两宫,请罢逐。及寿皇疾甚,留正请上侍疾,挽裾随至福宁殿,泣而出。既而宰执以所请不从,乞出。光宗传旨,令宰执尽出,于是俱至浙江亭待罪。……当是时,诸公引裾恸哭,朝士日相聚于道宫佛寺集议,百司皂隶,造谤讹传,学舍草茅,争相伏阙。刘过改之一书,至有'生灵涂炭,社稷丘墟'之语,且有诗云:'从教血染长安市,一枕清风卧钓矶。'扰扰纷纷,无所不至。"

〔6〕 嘉泰元年(1201),在金陵,因事系狱,上书判建康府吴琚。周密《浩然斋雅谈》卷下:"刘过改之尝游富沙,与友人吴仲平饮于吴所欢吴盼儿家。尝

赋词赠之,……盼遂属意改之。吴愤甚,挟刃刺之,误伤其妓,遂悉系有司。时吴居父为帅,改之以启上之云:'韩擒虎在门,顾丽华而难恋;陶朱公有意,与西子以偕来。'居父遂释之。"《龙洲集》存有《建康狱中上吴居父》启文及《上吴居父》七绝二首。吴琚,字居父,庆元六年(1200)至嘉泰二年(1202),以镇安节度使、开府仪同三司判建康。时胡榘为抚干,马子纯为江南东路转运司主管文字,常共游金陵胜迹。见《清溪阁次胡仲方韵》、《和子纯韵》等诗。

〔7〕 岳珂《桯史》卷二"刘改之诗词"条:"嘉泰癸亥岁,改之在中都。时辛稼轩弃疾帅越,闻其名,遣介招之。适以事不及行,作书归辂者。因效辛体〔沁园春〕一词,并缄往,……辛得之大喜,致馈数百千,竟邀之去。馆燕弥月,酬唱亹亹,皆似之,逾喜。"

〔8〕《龙洲集》卷二《呈陈总领》七古五首,据诗内容,当作于开禧二年(1206)五月皇甫斌攻唐邓失败之后。陈总领,指湖广总领陈谦,曾屡论皇甫斌罪。诗中"泗州已复汉正朔",指本年四月镇江都统陈孝庆收复泗州事;"千家悲哀万家哭,唐邓征魂招不得","当时潼关说哥舒,今日襄阳说皇甫",皆指皇甫斌兵败唐、邓之事。

〔9〕 元杨维桢《宋龙洲先生刘公墓表》:"故人潘友文宰昆山县,延致先生,先生雅志欲航海,因抵县宿留焉。"去昆山前,作《官舍阻雨十日不能出闷成五绝呈徐判部》五首。其四云:"潦倒傍门羞骑马,倦游老欲寄昆山。留将造请嗫嚅口,慷慨狂歌泉石间。"足见其不平之情。

第十二章　朱熹　叶适　洪迈

第一节　朱熹

朱熹(1130—1200),字无晦,一字仲晦,号晦庵。徽州婺源(今属江西)人,生长于福建的尤溪、崇安、建阳一带[1]。先世以耕读为业,不占仕版。父松,徽宗时同上舍出身,始入朝列。历任馆职,曾因反对"议和"触怒秦桧,遭贬病卒。他的政治态度,学术轨途,诗文风格,对朱熹都有一定的影响。

朱熹于绍兴十八年(1148)进士及第,任泉州同安(今属福建)主簿。孝宗即位,上书反对和议。隆兴初,受召入对,进言主战,谓"非战无以复仇,非守无以制胜"(《宋史》本传)。因与时相汤思退、洪适意见不合,屡辞朝廷任命。乾道至淳熙初十五年间,闲居乡里,屡召不起,安贫守道。淳熙五年(1178),宰相史浩荐知南康军(治所在今江西星子),到任修复白鹿洞书院,订立学规,引进士子,设坛讲学。淳熙八年浙东大饥,朱熹受命提举浙东常平茶盐公事,钩访民隐,经画救荒,政绩可观。朱熹巡行台州,察知太守唐仲友违法扰民,极力上疏弹劾,奏章为其姻亲王淮扣压,朱熹拂袖辞归,奉祠五年。十四年周必大为相,除熹提点江西刑狱。明年入奏进言,拜兵部郎官,以足疾辞。绍熙元年(1190)光宗即位,熹被任为漳州(今属福建)知州。后差知潭州(今湖南长沙)。宁宗即位,内召,除焕章阁待制、侍讲。韩侂胄用事,朱熹忧其害政,数以为言,又因与韩之政敌右相赵汝愚友善,庆元二年(1196)为监察御史沈继祖弹劾,落职罢祠,归建阳讲学著书,旋又被诬为伪学逆党,几遭杀身之祸[2]。庆元六年病殁于家,四方门徒咸来期会送葬。韩侂胄死后,诏谥曰文,故后人称为朱文公。

朱熹少时慨然有求道之志,中第释褐后,关心政局,敢于进言。他反对和议,力主恢复,关心民间疾苦,希望限制兼并,减轻赋役。他时常陈奏政见,建议朝廷爱养民力,修明军政,振举纲纪,变化风俗。由于政治上不肯依违取容,频遭诬陷打击,遂绝意仕途进取,退而设帐授徒,以建立"洛学正宗"的道统自任。史称朱熹"登第五十年,仕于外者仅九考,立朝才四十日"(《宋史》本传),即概括了他一生的出处大略[3]。

朱熹是程颐、程颢的四传弟子,两宋儒学的集大成者。他发展了二程理气关系、理先气后的学说,建成了系统的客观唯心主义的哲学体系,成为后来封建社会的正宗哲学,在思想史上产生了深远影响。朱熹学识渊博,著述繁富,对哲学、经学、史学、文学、宗教都有研究。涉及文学方面的著作主要有《诗集传》、《楚辞集注》、《四书集注》、《朱文公文集》、《朱子语类》等[4]。文集有《四库全书》、《四部丛刊》、《四部备要》、《丛书集成》本等。

朱熹是道学家,一生倡导义理,论文从道学家角度立论,以义理为诗文的根底和指归。"主乎学问以明理,则自然发为好文章,诗亦然。""道者,文之根本;文者,道之枝叶。"他把义理放在第一位,把诗文放在第二位,故不赞成文学家的"贯道说",而认为"文皆是从道中流出,岂有文反能贯道之理?"(《朱子语类辑略》)程颐为强调专力治道,发表过诗文害道的偏激之论,朱熹并不反对诗文,他主张道本文末,道文一贯,强调诗文的思想标准第一。朱熹曾说"诗不必作",其用意是怕"分了为学功夫"(《朱子语类》卷一四〇);但他又承认"诗者,人心之感物而形于言之馀也"(《诗集传序》),因此"间隙之时,感事触物,又有不能无言者,则亦未免以诗发之"(《东归乱稿序》)。可见他认为为学治道是儒者第一位的根本目标,偶或触物感怀,也可用诗来抒发一下感情。不过他论诗主张强调两点,第一,要辨别邪正是非,使诗歌内容能"得其性情之正"(《诗集传序》)。第二,要出自品性,发乎自然,"为诗不期于高远而自高远"(《答巩仲至》)。所以他把诗分为三等,魏晋以前诗为第一等,唐初以前诗是第二等,自"沈宋以后,定著律诗,下及今日,又为一等",不大赞成时人写诗"益巧密而无复古人之风"(《答巩仲至》)。他诗歌的审美追求是超然自得,不费安排,冲淡和平,天然秀发。

朱熹自谓"不能诗"(《答杨宋卿书》),有时甚至发誓不作诗,可是他集中留下一千二百五十多首诗,无论关心国事、民生或抒写个人襟怀、情趣,都有不少优秀篇什,表明他在诗歌创作上有不容忽视的造诣和成就。

朱熹所处的时代,是金国崛起,北宋沦亡,赵氏王朝偏安一隅,大江南北长期分裂的时代。在这严峻、动荡的年代,有志之士无不怵目惊心,满怀悲愤,甚至想奔赴战场,捐躯自效。朱熹的政治态度是始终明确地拥护主战,无日不系念中原。因此,他写下了一些爱国忧时之作,如:

> 胡虏何年盛?神州遂陆沉?翠华栖浙右,紫塞仅淮阴。志士忧虞切,朝家预备深。……

——《感事书怀十六韵》

绍兴三十一年(1161)冬,金主完颜亮率兵大举南侵,进逼长江北岸,形势危急。朱熹对此极为关注,有诗云:

闻说淮南路,胡尘满眼黄。弃躯惭国士,尝胆念君王。却敌非干橹,信(伸)威借纪纲。丹心危欲折,伫立但彷徨。

——《感事》

不久,宋军败金兵于采石,完颜亮为其部下所杀,金军退走,朱熹闻知,兴奋地写成祝捷之作《次子有闻捷》:

胡马无端莫四驰,汉家原有中兴期。旗裘喋血淮山寺,天命人心合自知。

汉节荧煌直北驰,皇家卜世万年期。东京盛德符高祖,说与中原父老知。

"东京盛德",固是美化之词;但不忘"中原父老",却显示出诗人关怀故国、系念人民的积极态度。然而,接踵而来的并不是宋军乘胜前进,恢复故土,而是金军在新主的部署下,对淮壖及关陇两战场加强了军事攻势。诗人忧念满怀,不禁对"和戎"、"偷安"发出了谴责:

江北传烽火,胡儿大入边。已闻隳列障,不但扰屯田。借箸思人杰,摧锋属少年。偷安惭暇食,万灶起愁烟。

廊庙忧虞里,风尘惨淡边。早知烦汗马,悔不是留田。迷国嗟谁子?和戎误往年。腐儒空感慨,无策静狼烟!

——《感事再用回向壁间旧韵二首》

两诗开门见山,大处着笔,直陈战局的危机,"万灶起愁烟"、"和戎误往年",痛切地反映了当时广大爱国军民的心声。

朱熹的爱国诗篇,集中所见,数量不算很多;但其爱国思想却是始终一贯的。直到老年领祠禄时,他还怀念旧京,无限感慨。如:

> 旧京原庙久烟尘,白发祠官感慨新。北望千门空引籍,不知何日去朝真!
>
> ——《拜鸿庆宫有感》

朱熹集中有不少关念人民生活的作品,也同样值得重视。例如《五禽言和王仲衡尚书》:

> 脱袴脱袴,桑叶阴阴墙下路。回头忽忆舍中妻,去年已逐他人去。旧袴脱了却不辞,新袴知教阿谁做!
>
> 麦熟吟,去年种麦有德音。只今种熟谁快活?种者已卧官墙阴。仁公有政惠存没,肯使催租更䃂突!

两诗以通俗的民谣风调,揭露了封建赋敛的苛酷,读之令人鼻酸。又如《送彦集之官浏阳》:

> 闻君千里行,四牡方骙骙。重此别离感,青天欲愁阴。君行岂不劳?民瘼亦已深。催科处处急,椎凿年年侵。君行宽彼氓,足以慰我心。……

诗中向赴任的好友提出了放宽科敛的愿望,语重心长,情真意切。在

《杉木长涧四首》中,诗人更怀着深深的同情,描绘了广大农民在灾荒赋敛侵迫下的悲惨遭遇:"室庐或仅存,釜甑久已空";"老农向我更挥涕,陂坏渠绝田苗枯";"阡陌纵横不可寻,死伤狼藉正悲吟"。诗人落笔至此,再也抑制不住感情的激动,他写信告知友人,有"所过不堪举目"之语,感情何等痛切!

朱熹一生经历高、孝、光、宁四朝,在近十年的官场生涯中屡遭排抑,经世复国的夙愿自觉无力实现,故迭次请祠告退,立志讲学授徒,阐扬道学。作为新儒学的道学,是以儒术为基石而兼融佛、老形成的。朱熹更是通佛好道,思想上深受禅学、玄学影响。儒学的独善固穷,同佛老的淡泊清虚糅合融通,成为他人生态度的一个重要侧面。这种情趣襟怀发为诗歌,就使其笔下出现了不少优游自然、思索人生的篇什。这类诗作多取径汉、魏,步趋陶、谢。如《秋怀二首》:

秋风吹庭户,客子怀故乡。矧此卧愁疾,徘徊守空房。伫想涧谷居,林深惨悲凉。鸲鸡感萧辰,拊翼号风霜。氛杂无留气,悄蒨有馀芳。幸闻卫生要,招隐夙所臧。终期谢世虑,矫翮兹山冈。

怀痾坐竟日,晚色散幽树。寂历候虫悲,沉瀁碧草露。端居兴方澹,沉默自成趣。羽觞欢独持,瑶琴谁与晤?空知玄思清,未惜年华度。美人殊不来,岁月恐迟暮。

两诗有寄托,有感慨,有情趣,闲淡悠远,平典古雅,饶有魏晋诸名家作品的遗韵。

朱熹为诗,虽然宗尚汉魏,卑视唐宋,并有"余素不能作唐律"语;但他所写的今体(七律、五律、绝句)也确有不少华实并茂、兼含哲理的佳篇。如下例:

> 横空敞新阁,高处绝炎氛。野迥长风入,天秋凉气分。凭栏生逸想,投迹远人群。终忆茅檐外,空山多白云。
>
> ——《登阁》

> 江皋晴日丽芳华,翠竹疏疏映白沙。路转忽逢沽酒客,眼明惟见满园花。望中景助诗人趣,物外春归释子家。向晚却寻芳草径,夕阳流水绕村斜。
>
> ——《又和秀野》

朱熹几首有名的含有哲理情趣的七绝,尤为后代所传诵,如:

> 胜日寻芳泗水滨,无边光景一时新。等闲识得东风面,万紫千红总是春。
>
> ——《春日》

> 半亩方塘一鉴开,天光云影共徘徊。问渠那得清如许?为有源头活水来。
>
> 昨晚江边春水生,艨艟巨舰一毛轻。向来枉费推移力,此日中流自在行。
>
> ——《观书有感二首》

三首诗均以生动形象的比喻,深入浅出地道出为学的次第和心得,确非读书学道深有造诣者不能办。他以方塘清泉、江边春水、天光云影、万紫千红为诗境,就把易入理障的"学究气"、"头巾气"一扫而空,使读者只觉得意象交会,生趣盎然。在艺术结构上或先宾后主,或先果后因,或先因后果,参差错落,前后照应,体制虽小,却有竹映桃花、珠走玉盘之妙。

朱熹虽是道学家,其诗却很少道学气、头巾气。他不大用诗歌来直接议论政治和哲理,湖天山色、江风月影、泉石逸趣、村野物象仍是他常用的诗料。诗风平淡自然,不事藻绘雕琢,颇具魏晋清远高旷、淡雅精微的风神。有些以生动的意象寓托哲理的小诗,风格轻灵,姿态跌宕,灵气秀发,耐人寻味。以体裁论,所作多五言古体,七古较少,无长篇巨制。他在理论上并不重视律体,而所作五律、七律特别是七绝中,却有不少写得精美浏亮、脍炙人口的篇章。朱熹作为理学大师,主要以哲学学术业绩著称于世,但他的诗歌创作和诗学成就在文学史上也是卓有建树,不容忽视的。

朱熹文章有奏状、书札、序跋、记叙等类。奏状多议论时政、关注恢复。赵眘即位之初,朱熹即上《壬午应诏封事》,建议讲帝王之学,罢和议之说,慎监司、守令之选以宽恤民力。淳熙七年的《庚子应诏封事》更提出:"天下国家之大务莫大于恤民","治军省赋"乃当时恤民之本,为此人君就要"正其心术以立纲纪",从而做到"正朝廷以正百官,正百官以正万民,正万民以正四方"。在淳熙十五年上的《戊申封事》中,他提出"辅翼太子,选任大臣,振举纲维,变化风俗,爱养民力,修明军政"等六大急务,条分缕析,敷陈剀切。朱熹这些政论,出言切直,语无虚发,忠悃恳挚,是非判然,体现出作者对王朝的一片忠悃。朱熹的书札多议政、论学、谈经、说史,内容沉博,语言质朴。尤其是与友人研讨学术文章的书信,如《答陆子静》、《答陈同甫》诸篇,见解不同,反复辩难,坦诚规勉,言切意深,在平顺的行文中,时而插入新鲜活脱的口语,体现出作者洒脱的襟怀和调侃的情趣。如《与陈同甫书》中云:

> 更过五七日,便是六十岁人。近方措置种得几畦杞菊,若一脚出门,便不能得此物吃,不是小事。奉告老兄,且莫相撺掇,留闲汉在山里咬菜根,与人无相干涉,了却几卷残书,与村秀才子寻行数墨,亦是一事。古往今来多少圣贤豪杰,韫经纶事业不得做,只怎么死了底何限!顾此腐儒,又何足为轻重!

这是淳熙末年对陈亮戊申手札的一封复函,函中以通俗幽默的笔调,向友人倾诉了事业难就、宁可洁身引退的激愤情怀。再如《答徐载叔赓书》中谈到陆游的遭遇时说:

> 放翁之诗,读之爽然,近代唯见此人为有诗人风致。……近报又已去国,不知所坐何事;恐只是不合做此好诗,罚令不得做好官也。

因做"好诗"被罚不得"做好官"云云,幽默之中蕴含着对文人的同情和对时局的嘲讽。朱熹集中题跋文字不少,如《跋范文正公家书》阐扬范氏"一向清心做官,莫营私利"之旨,勉人用以"检身而及物";《跋东坡帖》赞苏轼"笔力雄健,不能居人后",故其临帖"不复可以形似较量"之类,虽寥寥数语而用意谨严、识度超妙。朱熹记叙文以庵堂记为多,且多借以论治学、讲义理、倡儒术。纯乎记述山水者有《百丈山记》、《云谷记》等,刻画自然景观很为真切细致。前者描述游览福建建阳县百丈山所见,涧水、瀑布、山峦、日光、云影等,以移步换影手法依次写来,笔锋精细,文字清秀,可说是一篇简练优美的山水游记。杂著中《记孙觌事》一文,记述靖康事变中翰林学士孙觌受命写降表,毫不推辞,"一挥立就,过为贬损,以媚房人"。文中直记其事,不加评论,而对失节文人的憎恶之情便已溢于言表。宋代理学家聚徒讲学,阐扬义理,兴起一种语录体散文。继北宋《二程语录》之后,朱熹的讲学语录《朱子语类》影响最大。朱熹平生讲学、传道、答问、解惑,言论甚多,门人各有所记,陆续编刻,导江(今四川都江堰)黎靖德裒合诸编,删重勘误,纂成《朱子语类》一百四十卷。此书内容广博,涉及经史、哲学、义理、文翰诸多学科,而于品评艺文,月旦人物,尤多独识新见,颇有参考价值。如评陶渊明诗,有"人皆说平淡,据某看,他自豪放,但豪放来得不觉耳。其露出本相者,是《咏荆轲》一篇,平淡底人,如何说得这样言语出来"(卷一四〇)之语;谈到欧、苏文,云"欧文如宾主相见,平心定气说好话相似。坡公文,如说不办后,对人闹相似,都无怃地安详"(卷一三九)。这种口语化的文体,言简意明,一语道破,平易近人,巧于取譬,只将日常的讲说如实地记述,而讲授人的语气情态宛然在目,比起艰涩的古文更有表现力。

朱熹的散文,本于六经,兼参司马迁、韩愈、欧阳修、苏轼诸大家,而尤得力于曾巩。他曾说:"熹未冠而读南丰先生之文,爱其词严而理正。居常诵习,以为人之为言,必当如此,乃为非苟作者。"(《跋曾南丰帖》)其推重之语,也屡见于《语类》。他为文各体均佳,而论国事政局的封章,对社会动态、朝政得失、民生疾苦、和战机宜,都能观察入微,议论中肯,理明词达,感情真挚。他曾说:"谏说主于忠诚,不尚文饰。……不必引据铺张,不须委曲回互,直以心之所欲言,时之所甚患者,条件剖析,为明主言之。"(《与江东陈帅书》)其政论即体现了这种特色。他的文风平易朴素,以明理见长。他赞扬古人文章"只是平说,而意自长",反对"后人文章,务意多而酸涩"(《朱子语类》卷一三九)。他行文从不故作艰奥,而是平正顺畅,浅近易晓,论事明透,简明而峻洁。

朱熹不但在我国古代思想史上是一位卓越的人物,而且在文学上也有不可忽视的成就和贡献。他对《诗经》、《楚辞》的研究造诣颇深,其注释本历来流传很广。他留下来的大量诗歌和散文精湛秀洁,很有特色,而不落讲学家的窠臼。在文学苑囿中给予朱熹以一定的历史地位,无疑是完全应该的。

第二节 叶适

叶适(1150—1223),字正则,晚居故乡水心村,因取水心为号。温州永嘉(今浙江温州)人。孝宗淳熙五年(1178)进士。历仕孝、光、宁三朝。孝宗时曾任太学正,除太常博士,兼实录检讨官。淳熙十四年曾向孝宗进《上殿札子》,陈明"二陵之仇未报,故疆之半未复",乃"天下之公愤",要求孝宗改变"拱手奉房"的苟安路线,决策图谋恢复。光宗嗣位,叶适由秘书郎出知蕲州,后召入为尚书左选郎官。绍熙五年(1194)光宗传位宁宗,韩侂胄用事,排斥右相赵汝愚。庆元初,赵汝愚远贬,叶适亦被劾降职。庆元中,当轴将道学打成伪学,置党籍,讲学名士窜逐殆尽,叶适亦列入党籍。庆元末,言者有"融会党偏"之议,禁网渐弛,叶适被起用为湖南转运判官,迁知泉州。嘉泰三年(1203)应召入对,除权兵部侍郎,以丁父忧去官,服除返京。韩侂胄决计北伐,叶适于开禧二年(1206)进《上宁宗皇帝札子》,赞成朝廷"思报积耻,规恢祖业",但认为"此至大至重事",应深谋熟虑,"备成而后动,守定而后战"。除权工部侍郎,改权吏部侍郎。伐金出师失利,开禧三年,任叶适以宝谟阁待制知建康府兼沿江制置使。叶适建议应以江北守江,乞兼节制江北诸州。诏从其请。因军务措置得宜,御敌有方,数挫金兵,被进用为宝文阁待制兼江淮制置使。曾措置屯田,上堡坞之议,初见守备江防之效。不久韩侂胄被杀，叶适因附议韩氏用兵而遭劾夺职。此后奉祠家居十三年，七十申请致仕。嘉定十六年卒，年七十四。

叶适著述有《水心先生文集》二十九卷，为明人黎谅编刻，《四库全书总目》著录。通行的有《四部丛刊》影印本、《四部备要》本等。《水心别集》六十卷，清人李春龢重刊，有《永嘉丛书》本。一九六一年中华书局将《文集》、《别集》点校合编为《叶适集》排印，是目前最完备的本子。另有《习学记言》五十卷，辑录经史百家各为论述，有《四库全书》本；《习学记言序目》五十卷，有《敬乡楼丛书》本。

叶适是著名的思想家，他承传薛季宣、郑伯熊等人的事功之学，完成了"永嘉学派"的哲学体系，是永嘉学派的主要代表人物[5]。在孝宗朝的官场斗争中，他曾为朱熹进言辩解。但在哲学上，他反对程、朱的"理在气先"说，坚持"道在物中"、"物之所在，道则在焉"（《习学记言》卷四七）的唯物主义观点。他推崇陈亮的功利观，在政治学说上讲究事功，批评空谈性命，认为"既无功利，则道义者，乃无用之虚语"（《习学记言》卷二三）。他感到当时最大的事功乃是抗金御敌，规复故疆，故力陈主和之误国，一有时机，他即走向抗战的军事前线。明代王直《水心文集序》云，叶适才气卓越，"思行道于当时而见之功业"，"然未至于大用而道不盛行，今之所见，惟其文而已！"叶适的文论与其政见一致，重功效，主义理，求横肆。他说："为文不能关教事，虽工无益也"（《赠薛子长》）；"古人约义理以言，言所未究，稍曲而伸之尔"（《周南仲文集后序》）。他提出"文欲肆"的标准（《观文殿学士知枢密院事陈公文集序》），非常赞赏陈亮那种"海涵泽聚，天霁风止，无狂浪暴流，而回漩起洑"（《书龙川集后》）的豪纵文风。

叶适工于散文。他生当危难之世，有志辅国济时，认为要排除异议，条陈利害，剖析得失，必须以散文为武器，磨炼淬砺，才能收丸投区、矢中的之效。他早年可以弃诗不为,而对散文的揣摩研习,则是全力以赴。他虽自感叹"述作其难事乎"(《进卷·史记》),而他散文的高度成就则为当时和后世所公认。叶适集中除哲学方面的言论而外,以政论为多。奏议、进卷大都属于政治论文。这类文章意在经时济世,筹划事功,无不是针对现实急务而发。如孝宗时的《上殿札子》、光宗时的《应诏条奏六事》以及进奏给宁宗的奏札,都是大声疾呼地辩析和战利害,讨论恢复大计。《上殿札子》批驳了以乘机待时为借口的主和论,要求朝廷变革四项难题,破除五方面不可动的积弊,下决心规划恢复,"奋发明诏,有所举动"。开禧初措置北伐金军时,叶适接连向宁宗进札,赞成朝廷"改弱以就强"的恢复之举,但认为必须审视当前的形势,制定出应变决策,办好几件实事,方可望转弱为强,所谓"论定而后修实政,行实德"(《上宁宗皇帝札子》一)。这些"实政"、"实德"包括"经营濒淮沿汉诸郡,各做家计,牢实自守"(同上札子二),对所倚重的统副将校要择人委付,网罗四方人才使任其责;审度财赋,裁节浮费,"小民蒙自活之利"(同上札子三)等等,都体现出其政论重事功、讲识力、求实效、反空谈的特色。叶适也有纪祠堂、斋庵、楼阁景观的散文,这类文章同样多从求事功、明识理的角度立意,以故文中写景述物的文字常趋于简括,而几于篇篇关联到政教义理的阐述。《湖州胜赏楼记》的写景文字较为生动,如:

> 四水会于雪溪,镜波蓝浪,梁栮动摇,而靓妆被袪服之倒影,互为散合。众流放于荷叶浦,沉清浮渌,凫鹬栖止,而绮荷文蓼之罗生,无有际畔。

这段文字状述水波倒影、浦荷丛生的雪溪风光十分清幽。下文论及州守政绩,对楼主寄予了殷切厚望。叶适的题序文常常论文兼论人,讲学兼谈艺,文字劲拔峭刻,简练生动,时有妙语奇气。如《播芳集序》、《送卢日新序》、《归愚翁文集序》等,读来都能给人以起落突兀、语奇意新之感。作者曾赞人"讲习见闻尤精,而片语半简,必独出肺腑,不规仿众作","孔翠鸾凤,矜其华采"(《归愚翁文集序》)。用这些话来评议他的散文也是颇为适当的。

叶适少年时因承故老教言,将诗歌视为"外学",后来也不专力于诗,可是他对诗歌创作还是重视的。他认为"自文字以来,诗最先立教"(《黄文叔诗说序》)。其论诗讲究创新,喜欢"出奇吐颖",赞成"驰骤群言,特立新意,险不流怪,巧不入浮"(《题陈寿老文集后》)。他对江西诗风颇为不满,屡屡称扬刘克庄、四灵能"摆落近世诗律"而"合于唐人"(《题刘潜夫南岳诗稿》)。他与四灵派诗人时相酬唱,有"徐照名齐贾浪仙,未多诗卷少人看"(《徐师垕广行家集定价三百》)之句。

据《水心文集》,叶适诗歌今存古律体三卷,共约三百八十馀首。与他的奏章政论不同,其诗正面专题地反映时事、鼓荡恢复的篇什并不多,但在其赠别、题咏、哀挽等日常吟哦中,却可以强烈感受到时代脉搏的跳动和创作主体对国运隆替的责任感。如他在《送郑景望》中激励友人勇于建树,为济世而进取:

江左诸贤尽凋落,迩来名字未深知。愿公年德加前辈,救世勋庸莫后时。

在五古《送赵景明知江陵县》中,作者于称扬友人的品格才华之后,接着提出了重大的时代课题:"汉士兴伐胡,唐军业诛镇。久已受褒封,谁能困嘲摈。四十七年前,时节忧患尽。去作江陵公,风雨结愁愠。"在诗的结尾,诗人向对方表示了殷切的期望:

田园多遁夫，未必抱奇蕴。勉发千钧机，一射强虏殒。

但在当时"因循堕和好，俛仰销年岁"（《齐云楼》）的形势下，他深感国事日非，规复难望，因此在诗作中不时流露出感时伤乱的悲慨和无路请缨的忧愤，《怀远堂》中"不知天何意，反掌异存亡"的质问，"胡云半点黑，汴水千里黄"的悼惜，"哀哉血腥涴，狐兔久埋藏"的叹惋，无不体现了诗人深广的忧国之怀。《陈同甫抱膝斋》二首更集中地体现了有志之士备受挤压的艰难处境和进退维谷的矛盾心态："徒知许国易，未信藏身难"；"讥诃致囚箠，一饭不得安。珠玉无先容，松柏有后艰"。这两首五古可以说倾吐了事功派共同的郁愤情怀，体现了他们知交间以沫相濡的真诚关怀和体恤。叶适也有一些有关日常生活和个人情趣的小诗写得颇有意味。如《钽荒》写晚年闲居养花的生活，《西山》写村居小景和垂钓雅趣，均淡静幽洁，清新可读。《赠高竹有外甥》是一首为女婿送行的五律：

　　娶女已为客，参翁又别行。相随小书卷，开读短灯檠。野影晨迷树，天文夜照城。须将远游什，题寄老夫评。

四联诗交代了翁婿关系，设想了旅途中的情景，有期望，有叮咛，文笔简净，口吻亲切，体现了温厚长者对远行晚辈的殷殷关切。叶适有不少涉及政治时事的古体长篇，含蕴的社会内容较为丰腴，语句时趋散化，不尚辞采。近体则清淡幽邃。他论诗推重唐音，作诗则多近宋调，比较重思理而意象因素不足，风韵以简古、拗峭、幽奥见长，有时给人以生新之感。

第三节　洪迈

洪迈(1123—1202),字景卢,别号容斋,鄱阳(今江西波阳)人。洪皓第三子。绍兴十五年(1145),试博学宏词科,中选。入仕后,外官屡任州郡,数典名藩,内官历任馆职、史职、郎官、起居舍人、中书舍人、直学士院、翰林学士知制诰兼修国史。最后以端明殿学士致仕,卒年八十。著作多种。文集有《文敏文集》,诗集有《野处类稿》。著述以笔记文《容斋随笔》最为有名。《容斋随笔》分《随笔》、《续笔》、《三笔》、《四笔》、《五笔》五种,共七十四卷。通行的有《洪氏晦木斋丛书》本、《四部丛刊》本、上海古籍出版社标点本等。

洪迈与辛弃疾有交往,淳熙八年(1181),辛弃疾在信州建成带湖新居,洪迈曾为其作著名的《稼轩记》。此文记述了辛氏园宅的环境位置、构建经过和庭堂景观,介绍了园宅主人抗敌中的英烈举动,称颂了辛氏在统一大业中的志操和才干,文笔老当,辞采生动,气势轩昂,体现了作者敬佩抗战英杰的激情和高度的辞章修养。洪迈当时即以文笔和博洽为朝野推重。其《容斋随笔》在文学、史学、典章、名物、考订诸方面都有不少独到的见解,给后代留下了很多可贵的资料。故《四库全书总目·〈容斋随笔〉提要》说:"自经史诸子百家以及医卜星算之属,凡意有所得,即随手札记。辩正考据,颇为精确。……南宋说部,终当以此为首焉。"即以诋诃前人、讥弹时辈著名的清人李慈铭,对此书也颇加推许:"南宋人如洪景卢学问赅洽,为不数见。此书考证多精,识议亦胜,对时说部,最为可观。"(《越缦堂读书记》)又其所著《夷坚志》,卷帙浩繁,为宋人志怪小说之最。原为四百二十卷,现存不足半数,《丛书集成初编》、《笔记小说大观》

收入。一九三七年商务印书馆有新校辑补本。一九八一年中华书局出版何卓点校本,增补辑佚二十八则,附人名索引,较完备。内容贪多务得,颇为芜杂,多神仙幻迹、怪诞不经之语,迹近小说体裁。其中记述当时人物轶事及社会风习,则多足取资者。至于文笔优长,词气晓畅,一向为士林推服。对话本和文言小说的影响尤为显著,如宋元话本《郑意娘传》、《简帖和尚》、《金明池吴清逢爱爱》、《闹樊楼多情周胜仙》、《白娘子永镇雷峰塔》等,其本事皆取资于此志。诗人陆游与洪氏虽无交游之雅与文字之谊,也曾赋诗赞扬曰:

笔近《反离骚》,书非《支诺皋》。岂惟堪史补,端足擅文豪。驰骋空凡马,从容立断鳌。陋儒那得议,汝辈亦徒劳!

看来这部书在当时士林中曾有异议,陆游的诗句可说是持平之论。

〔1〕 朱熹出生于福建南剑州(府治在今南平)的尤溪,后定居福建建宁府(府治在今建瓯)建阳县的考亭,因此人称为建人或考亭人,其学派被称为"考亭之学"。朱熹的祖籍,通常指徽州(府治在今安徽歙县)婺源(今属江西)。由于徽州辖境在晋隋间为新安郡,徽州境内有紫阳山,故朱熹常自署"婺源朱熹"、"新安朱熹"、"紫阳朱熹"等。朱熹还别号"紫阳"。

〔2〕 宁宗即位,朱熹任侍讲,讲《大学》,曾借侍讲之便,指斥执政韩侂胄专权。韩为太皇太后亲属,权势极大,其党羽攻击朱熹,致熹任侍讲仅四十日即解职回乡。朝臣逢迎韩氏,创伪学之名,诬朱熹为伪学之首。宁宗庆元二年胡纮列朱熹六罪、丑行四项交沈继祖,沈上疏弹劾,朱熹被褫夺祠职。史称"庆元党禁"。

〔3〕 朱熹一生并不热衷仕宦,大部分时间在著书讲学。"仕于外者仅九考"之说,出自其门人黄榦《黄勉斋先生文集》卷八《朱子行状》。按实际年月计,朱熹任同安县主簿三年,知南康军二年,提举浙东常平茶盐公事九个月,知

漳州一年，知潭州两月，任焕章阁待制兼侍讲四十日，累计仅逾七年。可参阅高令印《朱熹事迹考》。

〔4〕 朱熹的诗、文、书札、奏章，经其季子朱在编定为《朱子大全集》，亦称《晦庵集》、《朱文公集》。此书经后人增补，包括文集一百卷，续集五卷，别集七卷。朱熹与弟子论学问答录，经各弟子记录汇编成集，以后续有增补，名为《朱子语类》。最后经黎靖德重新编定，厘为二十六门，共一百四十卷，亦为研究朱熹重要资料。1991年江苏古籍出版社出版《朱熹佚文辑考》，全书分"朱熹佚文辑考编年"、"单著辑录"、"语录抄存"、"朱熹著作"真、伪、编、佚考"四编，可供检阅。

〔5〕 永嘉学派渊源于永嘉人周行己（字恭叔），周的弟子为郑伯熊（字景望），叶适出于郑伯熊之门。周、郑都主要承传洛学，真正突破程门洛学圈子的乃始于所谓程门别派的薛季宣（字士龙）。薛是郑伯熊的讲学之友，叶适与陈亮都与他有学术渊源。叶适是光大薛氏之学而集永嘉学大成者。他切近现实，讲求事功，反对空谈性命，从当时的影响说，叶氏之学足与朱（熹）陆（九渊）二派鼎足而三。故叶适在哲学与文学上均有所建树。

第十三章　南宋后期文学概述

宁宗开禧北伐(1206),是南宋前后期的一个重要分水岭。

四十三年以前,南宋曾对金发动过一次进攻,即孝宗隆兴北伐。由于它是宋室南渡后第一次大规模的主动出击,打破了前此数十年间"和战之权常出于敌,而我特从而应之"(辛弃疾《进〈美芹十论〉札子》)的被动局面;而符离之役的失利,从军事角度来看,不过是一次战役的"小胜负"(同上),况且又是在先连续获得胜捷,后因主将之间失和才遭到挫折的。因此在签订隆兴和议时,金统治者不得不作了某些让步,将前此绍兴和议中的君臣之国改为叔侄之国,岁贡改称岁币并各减五万两匹银绢。进而言之,自此以后迄于开禧北伐,金由以往的攻势变为守势,也未尝不是慑于此次北伐的冲击。所以尽管出现了较长时期南北对峙却基本相安无事的局面,南宋统治区中的志士仁人依然其志不衰,馀勇可贾,发为诗文,自然气势充沛,信心十足,或抒写与强敌不共戴天的愤激之情,或恺陈规复中原、统一祖国的大计,或掊击主和派的种种谬说和政策,这在陆游、辛弃疾、陈亮以至"集诸儒之大成者"的道学家朱熹等人的作品中都得到了充分的验证。

不可讳言,隆兴北伐的失利,也给南宋各个方面带来了一系列消极的影响:在政治上是统治阶层中主和派、投降派人物的迅速得势,在思想上是"南北有定势,吴楚之脆弱不足以争衡于中原"(《美芹十论·自治》)之类谬论的甚嚣尘上,在社会上是苟安半壁、耽于佚乐等等风气的弥漫,在文学上则是脱离现实作品的抬头、滋蔓……

开禧北伐失败的后果就大不相同了。这次失败,不仅使"百年教养之兵一日而溃,百年葺治之器一日而散,百年公私之盖藏一日而空,百年中原之人心一日而失"(程珌《丙子轮对札子(二)》),更为严重的是,南宋朝野上下对于规复的信心和士气几乎丧失殆尽,即使一些有识之士,面对这样惨淡的现实,也只能是呐喊几声,悲多于壮,哀多于愤,表现在文艺创作方面,则是豪气的趋于低沉,衰靡之气的日甚一日。朱熹在《语类》中就曾对开禧北伐前一段时间的文风作过这样切中其弊的批评:"绍兴渡江之初,亦自有人才。那时士人所作文字极粗,更无委曲柔弱之态,所以亦养得气宇。只看如今,秤斤注两,作两句破头,如此是多少衰气!"而在开禧北伐失败之后,由于政治的加速腐败,军事上又屡屡败于崛起的蒙元,南宋政权在内忧外患的交困下最后走上覆亡的道路,文学作品中这种衰气更是越来越甚,终于变为或凄厉、或悲怆的亡国之音了。

社会的各个方面必然影响到文学的各个领域;而文艺创作的蜕变,还必然受到文学自身发展规律的种种制约和影响。

作为有宋一代文学的词,在南宋前期曾出现过众多杰出的爱国作家及其词章,他们大抵继承了苏轼的豪放风格,并且加以发展创新,将宋词推到了一个新的高峰。这是主流。与此同时,继承北宋以来婉约词风、所作内容贫乏的词人也为数不少,不过他们的作品由于远离当时那种既严酷、又壮烈的民族斗争形势,其影响相对来说是比较小的。到了南宋后期,这种状况便发生了明显的变化:尽管也出现了刘克庄、刘辰翁、陈人杰等辛派后劲,其作品表现出来的精神面貌已不能同他们的前修相提并论,像"男儿西北有神州,莫滴水西桥畔泪"(刘克庄〔木兰花〕《戏林推》)之类的思想感情已算是难能可贵的了。慷慨激昂、较能踵武稼轩遗风的陈人杰,堪称这一期间卓然特立的词人,可惜他既生不逢时,徒然叹息"封侯心在,鳣鲸失水,平戎策就,虎豹当关"(〔沁园春〕《丁酉岁感事》),又享年短暂,无法使其词作的艺术水平磨练到成熟境地。至于宋末的文天祥、邓剡等人,词风虽于豪放一派为近,而且发音凄厉,感人至深,可惜篇什太少,不能跻身词家之林。这一时期,在词坛上占主要地位的是大量风格相似相近的婉约派词人。由于大晟遗谱早已荡然无存,前期名妓才人又早已风流云散,因此词这种和音乐有着密切关系的文学样式,便逐渐为士大夫所独赏。他们或家蓄声伎,或别创新声,于是按谱所填之词,即因努力追求辞采意格而日趋典雅。在这类词人中,其佼佼者又大多是旅食江湖的布衣和职务卑微的官吏,社会地位和生活处境既使他们难以干预朝政,他们在主观上又缺乏改变现实的信心和勇气,却往往不得不依附、取悦于一些骄奢淫逸、喜尚风雅的达官贵人,故所作歌词,几乎都是沿袭和继承北宋以来婉约词人特别是周邦彦的馀绪,在声韵、格律和遣辞造语等方面,对词的艺术表现进行了多种多样的探讨、尝试和创新,从而使词这种诗歌样式在纯艺术方面臻于更加精美、成熟的境地。如果说,前人所谓"词至南宋而遂深",在前期主要表现在思想的深刻和题材的广泛方面的话,在后期则主要表现在辞采的典雅和意格的高远方面。无容讳言,后期婉约派词人脱离现实的倾向都是比较严重的——被后人目为格律派词人巨擘、风格清劲疏宕的姜夔是这样,与姜夔双峰并峙、风格典丽绵密的吴文英是这样,曾被姜夔激赏、风格奇秀清逸的史达祖也是这样。及至宋末,著名词人周密、王沂孙、张炎、陈允平等人,又在周邦彦以迄姜、吴等前辈的影响下,变化腾踔,各出心裁,潜心于雕章琢句、审音协律的纯艺术追求之中,用以描述他们征歌逐酒、偎红倚翠的生活,其稍高者也不过是在蒿目时艰、难挽狂澜的形势下，发出几声悲凉的叹息，或者歌唱他们自身暂时的欢乐和淡淡的哀愁而已。宋亡之前，这种现象在婉约派词人中是普遍存在着的。直到宋社既覆，他们似乎才华胥梦觉，一面为往日繁华的不可复追而慨叹，一面为故国故君的同归泯灭而凄怆，发为歌词，虽说大多是哀以思的亡国之音，毕竟给婉约一派的词作注入了一些前所少见的政治内容，加添了一些仿佛自赎的落日馀晖，从而博得了后世许多词人的共鸣，同时在艺术技巧上也产生了相当的影响。

诗歌创作在这一历史时期所走的道路及其命运，同词也有类似或相近之处。

活跃在此期前一阶段的代表人物是永嘉四灵和江湖诗人。他们写了一些忧国爱民、抨击时政的作品，对现实还不能说全然漠不关心。但总的讲来，由于主客观条件的种种限制，这类作品所占比重很少，其深度、广度尤其是格局、气势都远远不逮南宋前期杰出诗人的同类作品。喜作近体、专工五律的四灵，他们的诗作未尝不讲求文字的精工，一篇之中也往往不乏警策之句，可惜总像是境界狭小的盆景，气体纤弱的小草。刘克庄《野谷集序》记录四灵之一赵师秀的话说："一篇幸止有四十字，更增一字，吾末如之何矣！"赵师秀被公认为四灵中最突出的诗人，其言如此，他人可想而知。受四灵影响的江湖派诗人数量较多，情况也比较复杂，除刘克庄、戴复古等寥寥数人稍见廓庞外，馀子也与四灵大同小异，在在表现了一种衰世之气。

北宋后期，江西诗派的创作理论和创作实践在诗坛上极为盛行，即使汴梁沦陷，宋室南渡，其流风所及，连南宋前期尤、杨、范、陆四大家也无不受到影响。江西诗派讲究拗律，喜用硬语，强调无一字无来处，本来就容易流于博奥艰涩，腐熟窃袭，死声活气；及至末流，便更加暴露出其弊病来。所以从杨万里前后，江西体就逐渐遭到诗人的非议,并渐次被晚唐体所取代;而四灵和江湖诗人的出现,则进一步标志晚唐体终于占据了诗坛的主要地位。晚唐体以贾岛、姚合两人的诗作为重点师法对象,赵师秀所选《二妙集》里的"二妙",就是指贾、姚二人。南宋诗人在厌弃江西体以后之所以选择晚唐诗人进行模拟、师承,原因是多方面的。南宋后期,国势衰颓,境况同晚唐颇有近似之处,其时代精神不能不对诗人的气宇和思想有所影响,诗歌创作自然容易流露出一种衰世之音。南宋后期诗人之所以与晚唐诗人一拍即合,除两者身世、经历有很多相近之处外,这应该是一个最根本的原因。再从诗歌自身发展的规律来看,由欧阳修、梅尧臣到王安石、苏轼,一脉承绪,完成了晚唐、西昆以来的一次诗风大转变,使得宋诗在唐诗之外开辟了新的疆土,显出了自己的特色。黄庭坚踵其轨迹,在新的疆土上苦心经营,使其特色更加鲜明显著。所以学江西体的诗人,总是十分鄙弃他们的对立面晚唐体。等到江西体的弊病日益暴露,诗人们便很容易按照钟摆运动的规律(事物辩证的法则),从这一极端趋向另一极端,亦即从他们原来拥护的江西体,转而拥护他们原来反对的晚唐体。例如江西派喜欢运用古典成语,"资书以为诗",晚唐派就偏偏尽量白描,"捐书以为诗"、"以不用事为第一格";江西派自称师法杜甫,晚唐派又偏偏要抛弃杜甫,抬出晚唐诗人来对抗。此外,由于四灵和江湖诗人与同期许多婉约派的代表词人身世相似,大多数是涉世不深、视野狭窄,甚至远离现实的布衣、小官,而且在先天方面又缺乏博大的胸次与突出的才华,所以也限制了他们在诗国驰骋的天地,只能在晚唐贾,姚两个意境非常淡薄而琐碎的诗人门前乞讨生活。四灵是这样,受四灵影响的江湖诗人也类多如此。再说,随着江西诗派的逐渐受到摈弃,诗坛上的美学思潮也有了较大的变化。自杨万里在晚唐司空图拈出的"味外之味"的基础上提出所谓"晚唐异味"(《读〈笠泽丛书〉》三绝句之一)

后，姜夔在他的《白石道人诗说》中又特别强调"词意俱不尽"的诗味和"胜处要自悟"的观点,南宋诗论以及诗歌创作的转变,从这里已可窥见消息。四灵等人在创作中之所以将主要精力放在野逸清瘦情趣的追求方面,同当时诗坛上这种审美思潮是不无关系的。一味追求"晚唐异味",忽视反映现实,自然不能给诗歌创作带来景气。最后还应该指出道学家排斥文学观点的消极影响。道学家一向重道轻文,到了南宋后期,张栻、魏了翁特别是真德秀等人更加发展了这种片面性。众所周知,南宋理学盛行不衰,宁宗时韩侂胄虽然通过政府下令禁止道学,称之为"伪学",对道学家的头面人物也进行过严厉的打击,但这场斗争实质上只是以宗室赵汝愚为首同以外戚韩侂胄为首的两大集团在政治上的争权夺利,对理学本身触动极少,所以理学在思想领域和学术领域里依然煽焰扬波,流风所及,文学艺术自不能不受到影响,当时著名诗人刘克庄就对那些以理学为诗的恶劣现象作过尖刻的批评："近世贵理学而贱诗,间有篇咏,率是语录讲义之押韵者耳。"(《吴恕斋诗稿跋》)南宋后期前一阶段诗坛的不景气,这也是一个重要原因。

蒙元大军压境以及宋室迅速土崩瓦解前后,是南宋后期诗歌的后一阶段,其代表人物有文天祥、汪元量、谢翱、林景熙、谢枋得、郑思肖等人。历史的巨变,社稷的倾覆,身世的坎坷,使他们悲愤欲绝,所作诗篇,都能发自肺腑,摆脱前此各种流派的羁绊,根据各自经历和文学爱好,选择最能适合表现他们所见所闻所感的风格,来言志、抒情、纪事。例如文天祥比较接近杜甫的沉郁悲壮,谢翱比较接近李贺、孟郊、贾岛的奇崛幽峭,等等。宋诗自四灵、江湖诗人以来出现的衰颓景象,至此总算获得了某种程度的振兴,尽管他们在艺术上的成就不甚高,对后代的影响也不甚大。

南宋散文一向不为后世所重视,后期散文尤甚。明代茅坤所称唐宋古文八大家，北宋居其六，南宋竟无一人，由此可见一斑。从现存南宋后期的散文作品来看，道学家末流大都坚持北宋以来重道轻文甚至"作文害道"的偏见，主张"以明义理、切世用为主"（真德秀《文章正宗纲目》），完全抹杀了文学艺术作品独特的社会作用和意义，硬把文学看作是赤裸裸的道学观点的传声筒，故所作文章，类多空谈迂腐而不切实用的哲理，在艺术上又质木无文，不能算是文学作品，对后世文坛也未产生什么影响，连《四库全书总目》都批评真德秀编选的《文章正宗》说："四五百年以来，自讲学家以外，未有尊而用之者，岂非不近人情之事，终不能强行于天下欤？"这一期间出现的大量奏疏文字，在说理叙事方面既没有前期辛弃疾、陈亮等人所写的那种天风海雨般的逼人气势，在艺术上也大都质朴无华，极少传世名作。其他题材的散文作品虽偶有佳构，但自其总体观之，也没有什么突出的成就。倒是南宋末年，一些烈士和遗民的文集之中，颇有慷慨悲壮，忠愤激切，充满爱国热情的佳作，如文天祥的《指南录后叙》，郑思肖的《心史总后叙》，邓牧的《君道》、《吏道》，谢翱的《登西台恸哭记》等。惜乎数量太少，布不成阵，既不能卓然成家，更无从管领一代。南宋后期的骈文，仍然沿袭北宋欧、苏变唐人律赋为文赋的路子而愈趋散化，而且大多还是应用于诏、制、表、启等领域。名家有李刘、方岳等。李刘的《贺丞相明堂庆寿并册皇后礼成平淮寇奏捷启》和方岳的《两易邵武军谢庙堂启》是其代表作，前者写得精当贴切，气势磅礴，后者叙事精彩，作风傲岸。《四库全书总目·〈四六标准〉提要》评李刘的四六文"惟以流丽稳贴为宗，无复前人之典重"，同书《〈秋崖集〉提要》引洪焱祖《秋崖先生传》语评方岳的四六文"不用古律，以意为之，语或天出"。这些评语也差可移作对南宋后期骈文的概括论述。比较起来，南宋后期的笔记文最有特色。吴自牧《梦粱录》和周密《武林旧事》等是继前期孟元老《东京梦华录》

之后专记南宋京城临安社会经济生活等方面面貌的重要笔记著作，文字自由挥洒，流畅生动，也是价值较高的史料。罗大经的《鹤林玉露》，评论艺文，褒贬人物，指斥朝政，言简意深。其他如俞文豹的《吹剑录》，张端义的《贵耳集》，岳珂的《桯史》等，或杂记南宋宫廷、官场及民间的遗闻轶事，或重点评述唐以来诗人、文人，或记载南宋朝野各阶层人物的言行、轶事、作品，同样具有文学和史料的价值，同前期吴曾的《能改斋漫录》、王明清的《挥麈录》等亦可谓一脉承接。但由于它们毕竟不能算是纯文学作品，其艺术水平也不甚高，因此后人往往视为史传的补充和文学评论的参考资料，而较少评述、肯定它们的文学价值。

第十四章　南宋后期诗人

自黄庭坚开创江西诗派后，北宋末叶以迄南宋中期的诗坛差不多都是黄氏及其后劲的天下，就是尤、杨、范、陆等一代作手，也在不同程度上受其影响。然而诗人们在经受"靖康之耻"这一历史巨变的震动之馀，只要多少还关心着现实，就会逐渐感到江西诗派那一套创作理论和创作实践有着种种的局限和弊端，于是转而向社会、向自然汲取丰富的营养和灵感。陆游和杨万里便是其中突出的两个例子。

随着江西诗派由风靡一世到渐趋末流，南宋诗坛在"中兴四大诗人"之后又出现了唐体重新盛行的变化。在这一变化过程中，潘柽开其端[1]，永嘉四灵承其绪，影响所及，除江湖派中某些诗人外，一直下延到宋末。本章即主要论述其代表人物永嘉四灵和部分江湖诗人。

第一节　永嘉四灵

永嘉四灵指赵师秀、徐照、翁卷、徐玑四人。除翁卷为温州乐清人外，其馀三人的籍贯都是温州永嘉。晋代置永嘉郡，宋初为温州永嘉郡,四人的字号中又皆带"灵"字,故有此称。

四灵半是薄宦,半是布衣,很少吏事纷扰和官场逢迎,因而得以专力为诗。他们既反对当时理学家提出的诗要"明道"、"明理义",文辞不过是"末技"的观点,也不满意江西诗派运用古典成语,"资书以为诗"的作风,而是强调诗应作为陶写性情的工具,主张尽量白描,"捐书以为诗","以不用事为第一格"[2]。由于他们的生活圈子都比较狭小,才力又不足以济之,所以只能从生活、身世、才华相近而又不为江西诗派所喜欢的中、晚唐诗家入手,企图另辟蹊径,"因狭出奇"(叶适《题刘潜夫〈南岳诗稿〉》)。四灵彼此经常酬唱,旨趣相投,诗风也互相接近,经过叶适的揄扬和鼓吹[3],在当时便形成了一个颇有影响的流派。

四灵诗历代版本甚多。一九八五年浙江古籍出版社《永嘉四灵诗集》汇集各本校订补充,是目前最为完善的一个本子。

四灵之中,历来认为赵师秀的成就较大。

赵师秀(1170—1219),字紫芝,号灵秀,又号天乐,宋宗室。光宗绍熙元年(1190)进士。一生宦迹不显,终于高安推官。其《清苑斋诗集》一卷,存诗一百四十一首,有《南宋群贤小集》本、《永嘉诗人祠堂丛刻》本等。方回《瀛奎律髓》选二十首,是四灵诗入选数量最多的一个。

赵师秀原是汴京人,其先世南渡时徙居永嘉。他深感中原恢复无望,又不愿与世浮沉,所以宦情冷淡,在州县做过几任从事、主簿、判官等卑官后终于退隐安贫。但他于世事并未完全遗忘,诗中有时也流露出怀念故国之情,如"北望徒太息,归欤寻故园"(《九客一羽衣泛舟,分韵得"尊"字,就送朱几仲》)之类。他对开禧北伐失败后统治集团的惶惶议和深为不满,曾有"听说边头事,时贤策在和"

(《抚栏》)的诗句加以委婉批评。为了表达愤懑之情,他偶然还在诗中借别人之口抨击当权者:"有客何多髯,吐气邻芳荪。慷慨念时事,所惜智者昏。砭疗匪无术,讳疾何由论!"(《九客一羽衣泛舟,……》)智者昏聩,危者讳疾,即使"砭疗"有术,又怎能产生效果呢! 在这种昏昏噩噩的情势下,他感到实在无话可说了,所以在《寄赵昌父》中,设想赵"便使重承诏,多应不议边";在《赠张亦》中又故作反语:"天下方无事,男儿未有功。"值得玩味的是,他一方面规劝朋友"莫因饶楚思,词体失和平"(《送徐玑赴永州掾》),另一方面又赞扬敢向朝廷直言讲谏的儒臣:"但欲有言扶国是,不嫌无计作身防。"(《题方兴化茔舍》)爱与恨的矛盾,出与处的斗争,就是这样错综复杂地表现在作者的某些诗篇之中。

赵师秀和其他三人一样,都特别擅长写景。在写景之作中偶然也织入感时伤事的哀曲,例如《多景楼晚望》:

> 落日栏干与雁平,往来疑有旧英灵。潮生海口微茫白,麦秀淮南迤逦青。远贾泊舟趋地利,老僧指瓮说州形。残风忽送吹营角,声引边愁不可听。

诗人缅怀建炎、绍兴间的抗金将帅和爱国军民,"麦秀"之感油然而生。中原未复,边境多事,残风又吹送军营号角之声,真是难以为怀,不堪卒听了。

在《清苑斋诗集》中,有不少抒写身世之感的作品。作者曾在杭州住过一个时期。城市繁华,湖山秀丽,但迎接诗人的却是坎坷和冷漠。"久在京华损道心,故人谁与念升沉"(《京华病后》),就是他感慨之余的悲吟。他在仆仆征途中时感宦途的可厌:"里数讹难准,官称俗可憎。"(《停帆》)认为作吏碌碌无成,只是消磨岁月:"一身来作吏，白日算徒劳。尘土侵衣重，年光加鬓牢。"（《春晓即事》）因此他推重那些不肯同流合污、宁可洁身远引的人："独眠秋寺雨，罕踏帝城尘。何限高科客，因容不重身！"（《赠汤巾》）这些作品都反映了作者情志的另一个侧面。

遗憾的是，重大题材的作品在赵师秀的诗集中实在是太少了，更多的则是流连光景、羁旅情思以及应酬唱和之作，缺乏深广的社会内容和时代风云之气。

赵师秀特别服膺中晚唐诗人贾岛、姚合，曾编选《二妙集》，将贾、姚二人视为诗中"二妙"。赵氏又特重五律，故所编《众妙集》，从沈佺期起，共七十六家，排除杜甫，而选被称为"五言长城"的刘长卿诗多达二十三首。赵氏虽尤重五律，但所作通体完整者不多。他自称"一篇幸止有四十字，更增一字，吾末如之何矣！"（刘克庄《野谷集序》引）可见其枯窘之状。在五律中间四句中，他又轻意联而重景联，故其景联颇多秀句，试摘其以下数联便可见一斑：

野水多于地，春山半是云。——《薛氏瓜庐》
瀑近春风湿，松多晓日青。——《桐柏观》
江满帆侵树，山高烧入云。——《送邓汉卿》
寒入吹城角，光凝宿竹禽。——《月夜怀徐照》

七律不是赵师秀的专攻，但在四灵中他却对此最擅胜场。其中一些警句或气韵清雅，或苍凉浑成，如"岩竹倒添秋水碧，渚莲平接夕阳红"（《陈待制湖楼》）、"二月春风添树色，一山夜雨失泉声"（《和人韵赠北山僧》）、"辅嗣易行无汉学，玄晖诗变有唐风"（《秋夜偶书》）、"千古苍茫青史梦，一年迢递故乡心"（《姑苏台作》）等等。

从上引警联、秀句中，可以见出作者在炼字炼句上是很下功夫的。其中"野水多于地"一联,虽夺胎于姚合《送宗慎言》"驿路多连水,州城半在云"之句,但写江南山水,寥寥数笔,而有传神之妙,当时即被人绘成画轴,又可见作者体物的入微和摹景的动人。

赵师秀的七绝也不乏句秀意新之作,下面这首《约客》尤为后世所称道:

黄梅时节家家雨,青草池塘处处蛙。有约不来过夜半,闲敲棋子落灯花。

常见之景,入句便佳。意境清逸,琢语轻灵,不愧压卷之作。其七律也偶有佳篇佳句,如《呈蒋、薛二友》颔联"禽翻竹叶霜初下,人立梅花月正高",贺裳《载酒园诗话》即誉为"神骨俱清,可谓脱江西尘土气殆尽"。

四灵中最先去世的是徐照(?—1211)。照字道晖,又字灵晖,号山民,以布衣终身。其《芳兰轩诗集》存诗二百五十九首,数量为四灵之冠。有《永嘉诗人祠堂丛刻》本、《南宋群贤小集》本等,后者收其诗较为完备。

叶适对徐照评价很高,在《徐道晖墓志铭》中说他"有诗数百,斲思尤奇,皆横绝欻起,冰悬雪跨,使读者变踔惊栗,肯首吟叹不已。然无异语,皆人所知也,人不能道尔。"又推许他的兴复唐诗之功:"发今人未悟之机,回百年已废之学,使后复言唐诗自君始。"今检作者全集,所作较少触及社会现实,只有几篇揭露阶级矛盾的乐府诗写得较好,例如《促促词》:

促促复促促,东家欢欲歌,西家悲欲哭。丈夫力耕长忍饥,老妇勤织长无衣。东家铺兵不出户,父为节级儿抄簿;一年两度请官衣,每月请米一石五。小儿作军送文字,一旬一轮怨辛苦。

一家是贫苦的人民,男女终年劳动而不免饥寒;另一家不过是在衙门里跑腿应差,仰仗官府的庇护却可丰衣足食。两相对比,已够鲜明,至于等而上之的各级统治者,他们的优越生活也就可想而知了。

在《放鱼歌》中,作者又运用比喻象征的手法,揭露了统治者对人民的横征暴敛:"笭箵下北湾,罜䍡上西浦。渔师恶取真少恩,游鳞潜身更何所!"把人民比作"游鳞",把渔人渔具比作官府和暴政,形象逼真,动人心目。

徐照之所以能够写出一些同情人民疾苦的诗篇,是因为他为了在生活上求得一条出路,曾到过杭州及浙江、安徽、江西、湖南等地,结果是"数茎归鬓白,一袖俗尘空"(《还旧山作》),以布衣身份长期生活在农村之中,家境比较困难。这从他死后还是靠"朋友裒钱葬"(徐玑《读徐道晖集》)一事便可想见。在《和翁灵舒冬日书事三首》中,他自叹生计窘迫:"耕桑犹罄橐,何事可营生!"以致"难语伤时事,无成愧野翁"。

徐照是一位自觉的苦吟者,志在追踪贾岛、姚合的寒瘦风格。他自己曾说:"昨来曾寄茗,应念苦吟心"(《访观公不遇》),"吟有好怀忘瘦苦"(《山中寄翁卷》)。正因为一生致力于苦吟,有些即景抒情之作还是写得清新秀润,颇有韵味的,如"步因花树息,吟忘寺僧迎"(《登歙山寺》)、"千峰经雨后,一雁带秋来"(《山中即事》)、"且缓归舟知有月,不生酒兴为无钱"(《同刘孝若野步》)、"爱闲却道无官好,住僻如嫌有客多"(《酬赠徐玑》)等等。有的诗不用典,不雕琢,诗情画意,自然和谐,如《分题得渔村晚照》:

渔师得鱼绕溪卖,小船横系柴门外。出门老妪唤鸡犬,收敛蓑衣屋头晒。卖鱼得酒又得钱,归来醉倒地上眠。小儿啾啾问煮米,白鸥飞去芦花烟。

有的诗也写得较有气势,不见枯窘纤弱之弊,如:"四望疑无地,孤舟若在天"(《过鄱阳湖》)、"钟韵含霜气,楼檐近斗杓"(《宿吉州永庆寺》)、"千年流不尽,六月地长寒。洒木跳微沫,冲崖激怒湍"(《石门瀑布》)、"飞下数千尺,全然无定形。电横天日射,龙出石云腥"(《大龙湫瀑布》)等。但就总的情况看,由于社会生活不够充实,眼界胸怀不够广阔,徐照诗往往有句无篇,这也是四灵的通病。

　　翁卷(生卒年未详),字续古,又字灵舒。理宗淳熙十年(1183)举乡荐,以布衣终。其《苇碧轩诗集》,今存诗一百三十八首,有《永嘉诗人祠堂丛刻》本;《两岩集》一卷,有《南宋群贤小集》本。二集互有出入。
　　翁卷一生隐居、漫游,所与往还的较高官吏只有州守、县令、县丞二三人而已,其馀都是幕僚一类的低级小吏、布衣和释道方外之士。他曾到过家乡附近的处州、永嘉、武义,也到过京口、吴中、南昌、信州以及湘中、闽中一些地方。
　　同徐照一样,在翁卷诗集里,像《京口即事》这样感时抚事、表达彷徨苦闷心情的作品,就算是难能可贵的了:

　　长江当下流,铁瓮此为州。前代多名迹,闲人欲遍游。夕阳波上寺,明月戍边楼。一曲渔家笛,生予无限愁。

京口一直是南宋统治区的江防要塞,隔江相望,便是江淮屯戍之地。

诗中所说的"无限愁",显然是俯仰今昔的山河之感,不过为了给人以回味,语有含蕴而已。他的好友徐照《送翁灵舒游边》诗有"离山春值雪,忧国夜观星"之句,可资印证。其他如《赠张亦》云:"兴兵又罢兵,策士耻无名。闲见秋风起,犹生万里情。"也写出了在"罢兵"的妥协政策下,修名不立、报国无路的悲愤,与赵师秀《赠张亦》诗同一感慨。另外,《东阳路傍蚕妇》这首关心人民疾苦的作品也写得较为真切:

> 两鬓樵风一面尘,采桑桑上露沾身。相逢却道空辛苦,抽得丝来还别人。

着墨不多,却与杜甫《自京赴奉先县咏怀五百字》中"彤庭所分帛,本自寒女出"之句感情相类。

在《苇碧轩诗集》里有不少自叹身世之作,如"我无资身策,合守贫贱居"(《酬友人》)、"有口不须谈世事,无机惟合卧山林"(《行药作》)之类。但终觉气象衰飒,语言寒窘,诗味不足。

翁卷也是当时苦吟派布衣诗人之一。他曾有"病多怜骨瘦,吟苦笑身穷"(《秋日闲居呈赵端行》)之句自况。他最擅长五律,其诗友徐玑曾称赞他"五字极难精,知君合有名。磨硃双鬓改,收拾一编成"(《书翁卷诗集后》)。他的五律大都格律精严,语简意赅,非常注意字句的锤炼和对偶声韵之美,例如《过太湖》的颈联云:"亡国岂无恨,渔人休更歌。"反用杜牧的"商女不知亡国恨,隔江犹唱后庭花",颇见立意炼句之功。刘克庄《赠翁卷》诗所谓"有时千载事,只在一联中",大约就是指的这类作品。

《苇碧轩诗集》中写景的联语往往饶有萧散野逸之趣,如"轻烟分近郭,积雪盖遥山"(《冬日登富览亭》)、"光逼流萤断,寒侵宿鸟惊"(《中秋步月》)、"石老苔为貌,松寒薜作衣"(《书隐者所居》)、"岚蒸空壁坏,雪压小庵清"(《石门庵》)等,在字句的锤炼中,弥见清冷幽寂、平淡简远之妙。

翁卷的七绝也时有清新流丽之作,直入大家藩篱,如《野望》:

> 一天秋色冷晴湾,无数峰峦远近间。闲上山来看野水,忽于水底见青山。

又如《乡村四月》:

> 绿遍山原白满川,子规声里雨如烟。乡村四月闲人少,才了蚕桑又插田。

前者似杨万里,后者似范成大,在宋人绝句中都可算得是上乘之作。

徐玑(1162—1214),字致中,又字文渊,号灵渊。祖籍福建晋江,父定曾任潮州太守,始迁居温州。玑历任建安主簿、永州司理、龙溪丞等职。后移武当令,改长泰令,未及赴官,病卒。叶适为作墓志铭,称赞他为官清正。其《二薇亭诗集》,今存诗一百六十四首,有《敬乡楼丛书》本,亦收入读画斋刊本《南宋群贤小集》中。

徐玑也是一位雕章琢句的苦吟诗人。他曾经说过这样的话:"昔人以浮声切响、单字只句计巧拙,盖风骚之至精也。近世乃连篇累牍,汗漫而无禁,岂能名家哉!"(见叶适《徐文渊墓志铭》)反对连篇累牍,汗漫无禁,这是正确的;但"以浮声切响、单字只句计巧拙"的主张和创作实践,却仍然在艺术手法上兜圈子,从江西末流的小胡同走出来,又走入了另一条小胡同。这正是四灵的通病所在。

在《二薇亭诗集》中，感时忧世之作几乎仅有《传胡报二十韵》一首。他目睹"胡虏无仁义，兴衰匪百年。如何凭气力，久欲靖中边。……晋赵非殊异，山河本浑全。人心方激切，天道有回旋"的现状，希望出现诸葛亮那样的股肱之臣和汉宣帝那样的中兴之主："王佐存诸葛，中兴仰孝宣。"可惜内容空泛，文字也缺少藻彩。

《新春喜雨》是一首反映民生疾苦的作品："农家不厌一冬晴，岁事春来渐有形。昨夜新雷催好雨，蔬畦麦垅最先青。"作者从旁观者的角度对农事表达了自己的关心，情辞比较接近范成大《四时田园杂兴》中的某些篇章。但只作轻描淡写，缺少扣人心弦的艺术力量。

在诗集中写得较多较好的还是那些抒发身世之感、即事写景以及应酬唱和之类的作品。其中《六月归途》是一首格调清圆的写景抒情之作：

> 星明残照数峰晴，夜静微闻水有声。六月行人须早起，一天凉露湿衣轻。宦情每向途中薄，诗句多于马上成。故里诸公应念我，稻花香里计归程。

全诗从早行所见，写到宦情冷淡，而以故人相忆作结，脉络井然，感情真切，堪称集中较佳的诗篇之一。

四灵都擅长写眼前景物和自然界的变化，山容水态，姹紫嫣红，摄入笔端，裁成秀句，每多清丽可喜之作。徐玑写景的联语也有同样的特点，如"月生林欲晓，雨过夜如秋"（《夏日怀友》）、"宿禽翻树觉，幽磬度溪闻"（《夏夜同灵晖有作，奉寄翁、赵二友》）、"地僻春犹静，人闲日自迟"（《山居》）、"雨来山渐远，潮去水还清"（《江亭临眺》）等等，都可见作者观察细密、体物入微的风致。七绝中写景的也有一些轻灵清新之作，如《建剑道中》："云麓烟峦知几层，一湾溪转一湾清。行人只在清湾里,尽日松声杂水声。"非身历其境并善于描摹者不能道。又如《新凉》:"水满田畴稻叶齐,日光穿树晓烟低。黄莺也爱新凉好,飞过青山影里啼。"构思新巧,读来饶有韵味。

在我国诗歌发展史上,四灵的成就及其地位是微不足道的,但在当时的影响却不可忽视。王绰《薛瓜庐墓志铭》云:"永嘉之作唐诗者首四灵。继灵之后,则有刘咏道、戴文子、张直翁、潘幼明、赵几道、刘成道、卢次夔、赵叔鲁、赵端行、陈叔方者作,而鼓舞倡率,从容指论,则又有瓜庐隐君薛景石者焉。……继诸家后,又有徐太古、陈居端、胡象德、高竹友之伦。风流相沿,用意益笃,永嘉视昔之江西几似矣,岂不盛哉!"(见《南宋群贤小集》本《瓜庐诗》卷末)可见四灵在当时确有一定影响。但说四灵影响几似江西诗派,则不免有夸大其辞之嫌,因为其成就显然不能与江西诗派相提并论,其时也并未出现过像黄庭坚、陈师道、陈与义之类的大家名家。实际上,由于四灵"取径太狭,终不免破碎尖酸之病"(《四库全书总目·〈芳兰轩集〉提要》),所以尽管"相煽成风,万喙一声,……其植根固,其流波漫",终于"日就衰坏,不复振起","宗之者反所以累之也"(范晞文《对床夜语》)。这些中肯的评论,对了解四灵的影响及其得失是值得参考和借鉴的。

第二节　江湖派诗人

和四灵先后出现在南宋后期诗坛上的是数以百计的江湖诗人。这些诗人大都不务举子业,往往漂泊江湖,干谒公卿,以资生计。当时临安书商兼诗人陈起同这些声名不彰的诗人常有文字交往,加之经营上的需要,便把他们交来的诗稿陆续编刊成《江湖集》、《江湖前集》、《江湖后集》、《江湖续集》等[4],"江湖诗人"就是由以上原因得名的。由于这一时期还有一些诗人作品的风格互相接近,后来人也就将他们一并称为江湖诗人,而不仅局限在《江湖诗集》中的诗人了。

江湖派诗人众多,成分也比较复杂。他们创作的共同旨趣是反江西而崇晚唐,与四灵大体属于同道;但堂庑较大,取材较广,并不赞同"捐书以为诗",这些方面则与四灵有异其趣。在这一松散的创作群体中,当时即盛负诗名而且在创作实践上较有成绩的作家,首先要推姜夔、刘过、戴复古、刘克庄和方岳。姜夔、刘过另作专章介绍,下面重点论述戴复古等三人。

戴复古(1167—1252?),字式之,自号石屏,天台黄岩(今属浙江)人。有《石屏诗集》,存诗约九百首。今有《四库全书》本(《石屏集》),《台州丛书》、《四部丛刊》、《宋代五十六家诗集》本(《石屏诗集》),《南宋群贤小集》、《两宋名贤小集》、汲古阁景抄《南宋六十家小集》(《石屏续集》)本等[5]。另有《石屏词》一卷。

戴复古是江湖派中的名家。当时就有不少著名文人为他的诗集作序,对他十分推崇。他活了八十馀岁(见方回《桐江集》卷四《跋戴石屏诗》),历经孝、光、宁、理四朝。其生平事迹难以具知,据当时诸家石屏诗序记载,他幼孤失学,长而发愤读书,专心古律。平生游历过东吴、浙西、襄汉、北淮、南越等地的名山大川,结交了各种身份的诗友数百人,其间又曾去三山向陆游请教,因而诗艺益进。终身布衣,生活穷困,老年仍为衣食奔走四方。这一经历,在江湖诗人中是比较典型而又相当特出的。

《石屏诗集》中有不少重大题材的诗篇。其中最有价值的是那些伤时忧国的作品。

绍兴和议后,宋金双方划淮而治,南宋的爱国志士一直为之痛心疾首。半个多世纪后的戴复古也仍然怀着同样的感情。在《灵壁石歌为方岩王侍郎作》中,他发出了"秋风萧萧淮水波,中分南北横干戈,胡尘埋没汉山河,泗滨灵壁今如何"的感慨;在《淮上寄赵茂实》中,他又深情地写道:"渺渺长淮路,秋风落木悲。乾坤限南北,胡虏迭兴衰。志士言机会,中原入梦思。江湖好山色,都在夕阳时。"对中原不复、南北分裂表示了极大的悲痛。在这类作品中,《频酌淮河水》是最为突出的一首:

> 有客游濠梁,频酌淮河水。东南水多咸,不如此水美。春风吹绿波,郁郁中原气。莫向北岸汲,中有英雄泪。

全诗由游濠梁、酌淮水兴起恢复中原、统一祖国的渴望,以"卒章显其志"的手法揭示了诗的主题思想,意蕴深刻,语极沉痛。

戴复古诗中有不少愤世嫉俗的篇什,其矛头往往直指权贵大臣甚至最高统治者。他批判那些对国事漠不关心的执政者:"诸公事缄默!"痛恨他们依然歌舞升平,毫无心肝:"传闻上元夜,绝似太平时!"更用辛辣的语言,讽刺他们在时局危急的时刻竟然企图一走了之:"时危诸老皆求去!"他认为,局势之所以江河日下,同朝廷长期奉行的苟安政策有着密切关系:"朝廷为计保万全,往往忘却前朝耻!"(《见真舍人奏疏有感》)而最高统治者的下诏求言不过是虚应故事,口是心非:"汉武求言诏,贾生流涕书;龙颜那可犯,谪向曲江居!"(《张端义应诏上书,谪曲江,正月一日赣州相遇》)当时人王埜给石屏诗所作的序说他"长篇短章,隐然有江湖廊庙之忧,虽诋时忌,忤达官,弗顾也",是符合石屏诗的实际情况的。

戴复古诗中的爱国思想还表现在作者常将恢复的希望寄托在有才能并愿以身许国的朋友身上，例如在《归后遣书问讯李敷文》中，他赞扬李华"才能今管乐，人物旧张韩"，期望他"平生倚天剑，终待斩楼兰"。他甚至对自己刚满周岁的儿子也抱有厚望："胸蟠三万卷，手握五色笔。策勋文字场，致君以儒术。不然学孙吴，纵横万人敌。为国取中原，辟地玄溟北。"(《阿奇晬日》)

反映民生疾苦的作品在戴复古诗中为数不少，且较精彩。其中《嘉熙己亥大旱，庚子夏麦熟》、《庚子荐饥》等组诗最有代表性。在诗中，他揭示了"老农如鬼瘦"、"十家九不爨"等残酷的现实，抨击了"乘时皆闭粜"的铁石心肠的豪民。《庚子荐饥》中的两首写得尤其沉痛：

> 饿走抛家舍，纵横死路歧。有天不雨粟，无地可埋尸。劫数惨如此，吾曹忍见之？官府行赈恤，不过是文移！
> ——其三

> 杵臼成虚设，蛛丝网釜鬵。啼饥食草木，啸聚斫山林。人语无生意，鸟啼空好音。休言谷价贵，菜亦贵如金。 ——其五

在江湖诗人中，戴复古的作品在揭露现实方面最为出色，这同他的创作思想有很大的关系。在《论诗十绝句》中，他主张"陶写性情"，反对"留连光景"，认为"锦囊言语虽奇绝，不是人间有用诗"。他赞扬杜甫、陈子昂的"飘零忧国"和"感寓伤时"，认为陆游的诗作是"南渡百年无此奇"(《读放翁先生剑南诗草》)。可见他评价古人诗作一条最重要的标准，便是检查它们是否有补于世。

戴复古诗的思想也有一定的局限性，如《喜闻平峒寇》、《归舟已

具,李宪楼仓有约,盗贼梗道,见避乱者可怜》等,都表现了对农民起义的偏见。但值得注意的是,作者同时也抨击了扰民的官军,表达了对避乱人民的同情,更对"平叛"者提出了"借君一剑斩楼兰"的勖勉,对此我们都应作具体的评析。

戴复古诗大多采取白描手法,很少使事用典。在这方面,他同四灵颇有相似之处,而与江西诗派及其后劲"资书以为诗"的作风不同。试看他的五律《春日怀家》:

湖海三年客,妻孥四壁居。饥寒应不免,疾病又何如。日夜思归切,平生作计疏。愁来仍酒醒,不忍读家书。

或以为这首诗全篇似陈师道。然而全用白描,绝少事典,却又感情真挚,在朴素平淡的语言中见出工致典雅。再看他的七律《夜宿田家》:

簦笠相随走路歧,一春不换旧征衣。雨行山崦黄泥坂,夜扣田家白板扉。身在乱蛙声里睡,心从化蝶梦中归。乡书十寄九不达,天北天南雁自飞!

除"心从"句借用《庄子·齐物论》中庄生梦蝶故事外,其馀都是白描。有的地方即使是用典也觉得浑化无迹,如"乡书"句可能就是借用杜甫《月夜忆舍弟》中"寄书长不达"的成句,但尽可视为常语,不作用典看待。

戴复古诗在艺术上更为成功的一点,乃是在极少用典的情况下,颇得杜诗沉郁顿挫的风神,这却是四灵所不能企及的。其原因就在于他们对世事的关心和人情的体察有较大的差距。即就前引《庚子荐饥》其五的末四句而言,前两句对仗,从杜甫《春望》"感时花溅泪,恨别鸟惊心"化来,益以对比反衬手法,更觉难以为怀。后两句与同时人王迈《简同年刁时中俊卿诗》中"饥者菜其色"之句相较,深浅又判然可见。赵汝腾序石屏诗所谓"平而尚理,工不求异"、"即之冲淡而语多警"等评语还是比较中肯的。

戴复古的主要精力放在五律上(占全集一半左右),但他的七绝也写得很有风韵。例如《江村晚眺》之二:

> 江头落日照平沙,潮退渔船阁岸斜。白鸟一双临水立,见人惊起入芦花。

又如《船过桐江怀郭圣与》:

> 只言君在桐江住,及到桐江不见君。日暮空山独惆怅,不知又隔几重云。

这些小诗很容易使人联想到杨万里"诚斋体"的风韵。

戴复古诗在艺术上的主要缺点是廊庑仍觉不够阔大,有些作品又比较轻俗。所作如"人间何处望不到,天下有楼无此高"(《题王制机新楼》)之类,迹近打油,缺少诗味。"杜陵言语不妨村"(《望江南》三解之一),不妨看作是作者对自己某些诗篇的"夫子自道"。

戴复古诗继承了杜甫、元结、白居易以迄陆游等优秀诗人为时为事而作的优良传统,在艺术上又兼受中晚唐诗人、江西诗派以至永嘉四灵的影响,当时人赵以夫石屏诗序就认为他"祖少陵",同时又"采本朝前辈理致而守唐人格律",所以能够做到"诗备众体"。他自己则提出"须教自我胸中出,切忌随人脚后行"(《论诗十绝句》)的主张,可见他是力图在前代众多优秀诗人中转益多师而自出机杼的。虽说他并没有能跳出前人的樊篱,但尚能在博采前贤之长的基础上显示出自家真实的面目,总的成就当在四灵之上。

江湖派中最著名的诗人是刘克庄。

刘克庄(1187—1269),字潜夫,号后村,莆田(今属福建)人。宁宗嘉定二年(1209),以郊恩补将仕郎。江淮制置使李珏辟为沿江制司准遣,旋知建阳县。嘉定十三年(1220),因咏《落梅》诗得罪[6],闲废十年。后通判潮州,改吉州。理宗端平二年(1235)除枢密院编修官,兼权侍右郎官。嘉熙元年(1237)知袁州。累擢广东提举,改直华文阁。淳祐六年(1246)除太府少卿,赐同进士出身,除秘书少监,兼国史院编修官、实录院检讨官。因奏史弥远有无父无君之罪事被劾罢。景定元年(1260)贾似道还朝,历迁权工部尚书兼侍讲。在此期间所作诗文中颇有谀贾的作品,为士林所非议。景定五年(1264)因目疾致仕。度宗咸淳四年(1268)特加龙图阁学士。卒谥文定。所著《后村先生大全集》,现有北京图书馆所藏清抄本、《四部丛刊》本(用无锡孙氏小绿天赐砚堂旧抄本影印)等。又《后村居士集》北京图书馆藏有宋刻本,南京图书馆藏有依宋抄本。其中诗集存诗约四千五百首左右,其数量在宋代仅次于陆游。又曾编辑《分门纂类唐宋时贤千家诗选》二十二卷,五百六十五家,一千二百八十一首,因颇具特色而流传甚广。

在众多的江湖诗人中,刘克庄是少数几个比较显达的"巨公"之一,当时即被看作是文坛宗主(参见林希逸《后村先生刘公行状》)。他的诗早年很受四灵的影响,并得到大儒叶适的赏识。对唐代诗人,他着重效法姚合、贾岛,也兼学许浑、王建、张籍、李贺等人。在宋代诗人中,他自称"幼学西昆壮耻为"(《病起十首》之九),后来特别推崇杨万里和陆游,将他们比作李白、杜甫(《后村诗话》),说杨诗"海外咸推独步,江西横出一枝"(《题诚斋像》),"今人不能道语,被诚斋道尽"(《后村诗话》);陆诗"九千首句句新。譬宗门中初祖,自过江后一人"(《题放翁像》),"古人好对偶,被放翁用尽"(《后村诗话》)。他既批评江西诗派"资书以为诗,失之腐",也批评晚唐体"捐书以为诗,失之野"(《韩隐君诗序》),于是就在晚唐体那种轻快的诗里大掉书袋,填嵌典故成语,组织为小巧的对偶。因此,他又非常推重陆游作"好对偶"和"奇对"的本领。方回《瀛奎律髓》说后村诗"饱满四灵,用事冗塞"[7],可谓一言破的。

刘克庄生活的时代,南宋王朝已濒临覆亡的边缘。作者深知时事之艰难,往往情动于中,发为诗词,也就颇多佳构。其中反映民族矛盾的诗篇写得比较精彩,大都慷慨悲壮,笔力雄健,与当时其他一些诗人同类作品的掩抑凄凉颇异其趣。下面这首《有感》就典型地表达了诗人感时忧国的意绪:

  残羯如蜂暂寄窠,十年南北问干戈。穹庐昔少曾居汴,幕府今犹未过河。越石不生谁可将,奉春再出亦难和。忧时元是诗人职,莫怪吟中感慨多。

诗中对中原未复、时无英雄表示了极大的悲愤,将关心时政看作是诗人固有的职责,这种思想感情是十分可贵的。

刘克庄诗中对当权者的昏庸、苟安时有激烈的抨击,例如《戊辰即事》:

  诗人安得有春衫,今岁和戎百万缣!从此西湖休插柳,剩栽桑树养吴蚕。

这首诗反映了开禧北伐失败,宋廷被迫"犒赏"金兵三百万两匹,以后每年缴纳"岁币"三十万两匹的史实,在悲愤之中讽谏小朝廷应该注意国计民生,不要再文恬武嬉。下面三首七言乐府又从另外的角度来对统治者进行冷嘲热讽,先看《苦寒行》:

> 十月边头风色恶,官军身上衣裘薄。押衣敕使来不来,夜长甲冷睡难着。长安城中多热官,朱门日高未启关;重重帏箔施屏山,中酒不知屏外寒。

此诗反映了朝中达官不恤边防战士疾苦的现实,运用苦与乐的对比手法,表达了诗人鲜明的爱与憎。《军中乐》和《国殇行》又从兵与将之间的矛盾落笔:

> 行营面面设刁斗,帐门深深万人守。将军贵重不据鞍,夜夜发兵防隘口。自言虏畏不敢犯,射麋捕鹿来行酒。更阑酒醒山月落,彩缣百段支女乐。谁知营中血战人,无钱得合金疮药!
>
> ——《军中乐》

> 官军半夜血战来,平明军中收遗骸。埋时先剥身上甲,标成丛冢高崔嵬。姓名虚挂阵亡籍,家寒无俸孤无泽。乌虖诸将官日穹,岂知万鬼号阴风!
>
> ——《国殇行》

这使我们联想到唐人"战士军前半死生,美人帐下犹歌舞"和"一将功成万骨枯"之类诗句所揭示的残酷现实。这类诗篇还有一些,如

《筑城行》、《开壕行》、《运粮行》等,说明诗人常将同情人民疾苦的感情织入反映民族矛盾的诗篇之中。《北来人》两首写从金占领区逃到南方来的难民,感情尤为复杂、悲凉:

　　试说东都事,添人白发多。寝园残石马,废殿泣铜驼。胡运占难久,边情听易讹。凄凉旧京女,妆髻尚宣和。

　　十口同离北,今成独雁飞。饥锄荒寺菜,贫着陷番衣。甲第歌钟沸,沙场探骑稀。老身闽地死,不见翠銮归!

两诗刻画了汴京沦陷后种种凄凉的情景,描写了逃归南方的幸存者的艰苦生活和失望情绪,沉痛郁结,诗风比较接近杜甫。

刘克庄诗的爱国思想还表现在对忠勇之士的赞颂和悼念等方面。《梦丰宅之》其一云:

　　一别茫茫隔九京,梦中慷慨语如生。老犹奋笔排和议,病尚登陴募救兵。天夺伟人关气数,时无好汉共功名。残胡仍在王师老,宝剑虽埋愤未平。

在《闻何立可、李茂钦讣》中,诗人不仅对何、李二人援绝殉国、全家遇难却遭到怀疑表示同情,还对手握兵权、号称"虎臣"却怯于战斗的将领进行了嘲讽:"伤心百口同临穴,极目孤城绝救兵;多少虎臣提将印,谁知战死是书生!"其他如《魏胜庙》、《哀江帅张常》、《临江使君陈华叟哀诗二首》等,皆是对为国殉难的将领表达哀悼之情的作品,不一一枚举。

刘克庄诗中也有少量同情人民疾苦的篇什,如《书田舍所见》有

"细民方虑填中壑,巨室何心堰上流。……宁知送老茅檐下,犹抱书生畎亩忧"之句,《云》有"农家望汝卜年丰,似絮如峰陡不同。……安得竦身腾汗漫,叫开阊阖扫长空"之句,《秋旱继以大风即事十首》有"虽作尧时击壤民,田家忧乐尚关身"、"吴中见说亦枯焦,勺水如金汲路遥"之句等。这类作品可以见出作者思想的一个侧面,可惜在全集中所占比例甚微。

刘克庄诗在艺术上的一个重要特色是笔力比较雄健,气势较为开阔。即使是感叹时艰、同情民生疾苦的作品,也很少用衰飒的笔调出之。这种作风同他的词作是一致的。其次,大量使用事典也是后村诗的一个特点。尽管他批评江西诗派"资书以为诗",但在自己的律诗中却大掉书袋,甚或有过之而无不及。有时信手拈来,运用自如,也颇收言简意赅之效。这些都与永嘉四灵和江湖派其他诗人有所不同。但后村诗在雄健之中常流于粗野、浅露,用事冗塞的结果又往往流于机械甚至滑熟,影响了诗的形象和韵味。他常常喜欢以文为诗,如"陋矣射钩而中者,壮哉鸣鼓以攻之"之类,直是押韵的散文,过于缺少诗味,例子很多,以致形成一种陋习。他还经常采用生硬拗捩的句法入诗,如"昔珠帘阁俱清野,今琵琶亭亦浚池"、"赐龙墀对询韬略,复雁门踦建义旗"等,皆故作一、三、三句式。偶一为之可使诗笔健拔,连篇累牍便使人生厌了。作者《八十吟》有云:"诚翁仅有四千首,惟放翁几满万篇。老子胸中有残锦,问天乞与放翁年。"可见他在创作上贪多务得,追求数量。由于心胸、才力都不逮放翁,所以集中虽有少数精彩的作品,大部分则是无足轻重的篇什。

刘克庄不但是江湖诗人中最重要的一位作家,也是南宋时期一位著名的诗论家。所作《后村诗话》,有前、后集各二卷,作于他六十至七十岁之间;续集四卷,作于告老后近八十岁时;新集六卷,作于八十二岁。另外,他的诗论还散见于集中的一些文章中。《四库全书总目提要》卷一百九十五说《后村诗话》"采摘诸家,品题优劣","迥在南宋诸家诗话之上",可见它在南宋诗论中的地位和影响。

《后村诗话》和有关论文中提出了一些颇有见地的观点。刘克庄一方面重视诗词创作与现实生活的密切联系,论诗以世教民彝为主,另方面又反对将所谓"明义理,切世用"的道学哲理写入诗中,使诗歌成为"语录讲义之押韵者"。他同时反对"资书"或"捐书"以为诗,这与严羽"诗有别材,非关书也;诗有别趣,非关理也。然非多读书、多穷理则不能极其致"的观点相似,但对严羽将诗论流于禅学却深致不满——尽管刘克庄自己晚年论诗也侧重意在言外,并且间用禅语论诗。刘克庄对于唐诗宋诗的评价采取了"不薄今人爱古人"的公允态度,没有门户之见,而自有其衡量标准。刘克庄对词也有所论列。他给陆游特别是辛弃疾的爱国词作以极高的评价(参见《后村诗话》续集,《辛稼轩集序》),对推广辛词的影响起了一定的作用。

方岳(1199—1262),字巨山,自号秋崖,歙州祁门(今属安徽)人。绍定五年(1232)进士,授淮东安抚司干官。淳祐中,以工部郎官充任赵葵淮南幕中参议官,调知南康军。后因触犯湖广总领贾似道,被移治邵武军。知袁州,又因得罪权贵丁大全,被劾罢官。其后起知抚州,复因与贾似道有旧嫌而取消任命。有《秋崖先生小稿》,现存诗一千三百馀首,有《四库全书》本(《秋崖集》)、《宋代五十六家诗集》本(《秋崖小稿集》)等。

方岳诗初从江西诗派入手,后来又颇受杨万里、范成大的影响。集中反映阶级矛盾的较好作品有《三虎行》:

> 黄茅惨惨天欲雨,老乌查查路幽阻。田家止予且勿行,前有南山白额虎。一母三足其名彪,两子从之力俱武。西邻昨暮樵

不归,欲觅残骸无处所。日未昏黑深掩关,毛发为竖心悲酸。客子岂知行路难!打门声急谁氏子,束缊乞火霜风寒;劝渠且宿不敢住,袒而示我催租瘢。呜呼李广不生周处死,负子渡河何日是?

诗中揭露了官府没有仁化、只有苛政的现实,再现了"苛政猛于虎"的黑暗社会。他如《山庄书事》、《唐律十首》之七等也反映了作者对人民疾苦的同情。《山庄书事》寓抒情于叙事之中,所写尤为触目惊心:

田翁适过予,缊缕黑而瘠。具言土力贫,年登苦馑阨。一饭不自期,未议了租责。昨日者长来,名复挂欠籍;截绢入官输,官怒边幅窄。抛掷下堂阶,退字印文赤。卖牛重买丝,篝灯不停息。明当扣东邻,假牛下牟麦;久贫少人情,恐复不见惜。……

这类重大题材的作品在集中为数甚少,绝大部分还是描写个人狭隘生活尤其是隐居之乐的诗篇,如"有兴自携残稿醉,无人得似老夫闲"、"大好闭门赢得睡,不多识字煞妨闲"(《山行》二首)之类。

方岳写景的诗歌时有佳作,五律如《泊歙浦》:

此路难为别,丹枫似去年。人行秋色里,雁落客愁边。霜月欹寒渚,江声惊夜船。孤城吹角处,独立渺风烟。

全诗情景交融,令人仿佛身临其境。七绝如《湖上》:

连天芳草晚萋萋,蹀躞花边马不嘶。蜂蝶已归弦管静,犹闻人语画桥西。

着墨不多,但一片骀荡的春光便宛然如在眼前。《农谣》用白描手法从野外写到农家,在真朴自然之中颇富生活气息:

>小麦青青大麦黄,护田沙径绕羊肠。秧畦岸岸水初饱,尘甑家家饭已香。

>雨过一村桑柘烟,林梢日暮鸟声妍。青裙老姥遥相语,今岁春寒蚕未眠。

>漠漠馀香着草花,森森柔绿长桑麻。池塘水满蛙成市,门巷春深燕作家。

这些作品的风格很接近范成大的《四时田园杂兴》。

方岳诗中颇多反映罢官乡居时的心情和感慨,如《感怀》云:

>宦情已矣随流去,老色苍然上面来。已惯山居无历日,不知人世有公台。

宦途的坎坷,人世的险恶,乡居的恬淡,在短短的二十八字中作了真实的反映。

方岳常喜欢制作一些新巧的对偶,如"不如意事常八九,可与人语无二三"(《别子才司令》)、"先后笋争滕薛长,东西鸥背晋齐盟"(《春日杂兴》之八)、"宠辱易生分别想,是非政可鹘仑吞"(《次韵汪宰见寄》)等,又可以见出模拟诚斋体的痕迹。

在南宋后期,方岳的诗名差不多比得上刘克庄[8]。洪焱祖《秋崖先生传》以为其诗"不用古律,以意为之,语或天出",从上引诸作来看,疏朗淡远、清新自然确是方诗的主要特点。

江湖诗人群中较有成就的作家还有周文璞、赵汝鐩、叶绍翁、乐雷发、高翥、利登等人。周文璞有《方泉集》四卷,所作诗歌颇得陆游的赞许。《新亭》、《即事二首》、《书事》、《题胡女骑》、《寒食曲》等诗,表达了他深切怀念中原的感情。《剑客行》尤为出色,有"安得山人一双剑,走入云中看不见。人间夜半风雨时,逆胡首奏延和殿"之句,其宗旨神韵几可追美陆游的《题海首座侠客像》、《剑客行》。赵汝鐩有《野谷诗集》六卷。在江湖派中,他是才气最为豪放的一位诗人。他的古诗不但学王建、张籍,也学李白、卢仝,近体则在承传四灵家法的同时,兼学杨万里。所作如《昭君曲》影射赵宋王朝向女真贵族乞和投降,连连发出了"狼子野心何可凭"的大声疾呼;《上马曲》中,"誓缚单于献天子,离觞不挥儿女泪"等句,气势凌厉,感发人心。同情人民疾苦的诗篇也有写得较为精彩的,如《耕织叹》二首分写耕夫织女终年辛苦所得,都被"官输私负"弄得一无所有的不合理现象,淋漓尽致,入木三分;《翁媪叹》写科胥不但"督欠烈星火",而且还要向农民"预借明年一年租",可以说是范成大《催租行》、《后催租行》的嗣响。叶绍翁有《靖逸小稿》,其中《题鄂王墓》之歌颂岳飞,《石头感旧》之借批评晋人而致慨当时,都比较感人。前诗"如公更缓须臾死,此房安能八十年"之句尤为沉痛。集中七绝较为擅长,《游园不值》一首最为传诵:"应怜屐齿印苍苔,小扣柴扉久不开。春色满园关不住,一枝红杏出墙来。"馀如《夜书所见》等首也写得情景交融,楚楚有致。乐雷发有《雪矶丛稿》。他的古体诗风格遒劲,气势豪放。代表作为《乌乌歌》,感慨在国家危难之际,书生真是百无一用的废物:"深衣大带讲唐虞,不如长缨系单于;吹毫搦管赋《子虚》,不如快鞭跃的卢。"他的律诗也多慷慨之气和变徵之音,如"书生亦有中原志,那得君王丈二殳"(《题钟尚书〈北征诗稿〉》)、"愁杀潇滨虮虱臣,乱山斜照独含情;人才不似深衣古,国势如何楮币轻"(《罪言》)之类。其他如利登(有《骳稿》)的诗歌比较朴素,高翥(有《菊磵小集》、《信天巢遗稿》)的诗歌富于才情,可谓各具特色,在江湖诗人中均可称为佼佼者。

〔1〕《两浙名贤传》卷四六《赵师秀传》云:"至潘柽出,始倡为唐诗,而师秀与徐照、翁卷、徐玑绎寻遗绪。"又叶适为潘柽(字德久)《转庵集》所作之序亦云:"永嘉言诗者,皆本德久。"(见《宋诗纪事》卷五九)

〔2〕参见刘克庄《韩隐君诗序》,戴复古《石屏诗集》卷首赵汝腾、包恢、王埜序,仇远《书与元仁诗后》。

〔3〕参见叶适《徐斯远文集序》、《徐文渊墓志铭》。

〔4〕《江湖集》因被毁板而失传,今存《江湖小集》、《江湖后集》等均为后人重辑,已非《江湖集》原貌。参见方回《瀛奎律髓》卷二〇刘克庄《落梅》诗后所记之事,《四库全书总目·〈江湖后集〉提要》及胡念贻《南宋〈江湖前、后、续集〉的编纂和流传》(载《文史》第十六辑)。

〔5〕《石屏诗集》和《石屏续集》所收诗每有重复者。

〔6〕罗大经《鹤林玉露》正编卷四"诗祸"条载:"宝(庆)、绍(定)间,《中兴江湖集》出,刘潜夫诗云:'不是朱三能跋扈,只缘郑五欠经纶。'又云:'东风谬掌花权柄,却忌孤高不主张。'敖器之诗云:'梧桐秋雨何王府,杨柳春风彼相桥。'曾景建(极)诗云:'九十日春晴景少,一千年事乱时多。'当国者见而恶之,并行贬斥。……"又方回《瀛奎律髓》卷二〇刘克庄《落梅》诗后亦记其事云:"当宝庆初史弥远废立之际,钱塘书肆陈起宗之能诗,凡江湖诗人皆与之善。宗之刊《江湖集》以售,《南岳稿》与焉。宗之赋诗有云:'秋雨梧桐皇子府,春风杨柳相公桥。'哀济邸(太祖十世孙贵和。宁宗无子,曾立贵和为皇子,封济国公。

后为史弥远废,被逼自缢)而诮(史)弥远,本改刘屏山句也。敖臞庵器之为太学生时,以诗痛赵忠定丞相(赵汝愚)之死,韩侂胄下吏逮捕,亡命。韩败,乃始登第,致仕而老矣。或嫁'秋雨'、'春风'之句为器之所作,言者并潜夫《梅》诗论列,劈《江湖集》板,二人皆坐罪。……"另周密《齐东野语》卷一六"诗道否泰"条亦有此事之记载。

〔7〕 纪昀解释这两句的意思是"撑肠拄腹皆'四灵'语",恐不准确。钱锺书《宋诗选注》解释说:"一个瘦人多吃了大鱼大肉,肚子凸得鼓鼓的,可是相貌和骨格都变不过来。"语颇解颐。

〔8〕 参见吴龙翰《古梅吟稿》卷六《联句辨》。

第十五章　姜　夔

第一节　姜夔的生平

姜夔(1155?—1209?[1]),字尧章,鄱阳(今江西波阳)人。因曾卜居湖州(今属浙江)苕溪白石洞天附近,友人潘柽称他为白石道人。父噩,进士出身,卒于汉阳(今属湖北武汉)知县任上。夔早岁孤贫,依姊而居于汉川(汉阳西北)。其后过维扬,历湖湘,多次寓居合肥,漫游于吴越一带,长期住在杭州。一生布衣,过着清客式的生活,死后至贫不能葬。

姜夔浪迹江湖,常以诗文游于名人巨公之门,结识了当时许多著名的诗人词人,如萧德藻、杨万里、范成大、尤袤、张镃、张鉴、辛弃疾等。萧德藻文学高古,其诗在当时即与尤、杨、范、陆"中兴四大诗人"并称[2]。他非常赏识姜夔,以兄女妻之,并介绍他去谒见杨万里。杨万里是当时诗歌转变过程中的枢纽人物,早年学江西,其后转学晚唐,这对姜夔的诗歌创作产生过相当大的影响,姜的七律显然就受了杨的熏陶。通过杨的介绍,姜夔又拜识了范成大。范成大也大加赞誉,认为姜夔"翰墨人品,皆似晋宋之雅士"(周密《齐东野语》),曾赠以歌伎小红。张镃、张鉴系南宋初期大将张俊之孙,贵胄公子,善为咏歌,姜夔与之诗酒唱和,前后达十年之久。五十岁前后,姜又与辛弃疾有文字交往,词风颇受辛弃疾的影响。其他交游如楼钥、叶适、京镗、谢深甫等,也都是当时的名流。

由于到处旅食,不免寄人篱下,所以姜夔常有身世漂泊之感。而在萍踪不定的情况下,他也得以饱览鄂、湘、吴、越等地山川名胜之美。这些都对他诗词风格的形成产生了一定的影响,并给他的创作提供了不少生动的素材。

姜夔是南宋中后期江湖词人群中的一位重要的词人,同时也是著名的诗人和诗论家,今传《白石道人歌曲》、《白石道人诗集》等。词集版本可考者甚多,常见的有《六十名家词》刊本、《四库全书》本、《知不足斋诗词集》本、《榆园丛书》本、四印斋本(《双白词》)、《彊村丛书》本、《四部丛刊》本(《白石道人诗集》附)、《丛书集成》初编本等。其中《彊村丛书》本用江炳炎抄本,并用张奕枢、陆钟辉、许增三本及《花庵词选》、《绝妙好词》等书校订,最为精审。近人夏承焘有《姜白石词编年笺校》,尤为详尽。今存词八十四首,诗一百八十馀首。

姜夔精通乐律,曾上书论雅乐,进《大乐议》一卷、《琴瑟考古图》一卷,又上《圣宋铙歌鼓吹十二章》。今所传词中十七首附有自注工尺旁谱,是七八百年前流传至今的唯一宋代词乐文献,在我国音乐史上具有很高的研究价值。集中又有"自制曲"、"自度曲"二卷("自制"和"自度"并无分别),收〔扬州慢〕等十二首自制的新腔。利用民间音乐来丰富文人词的声情,又用文人词来提高民间音乐,这一劳绩也是值得肯定的。

姜夔的创作活动主要在开禧北伐以前。考虑到南宋后期的变化、发展是一个渐近的过程,而他的作品更能反映出南宋国势衰微的时代风貌,其风格更为接近南宋后期作家并对他们产生更为直接的影响,所以放在这里来加以论述。

第二节　姜夔的词

姜夔少以词名。在现存的歌词中,抒发羁旅愁思和身世之感的作品占了一定的分量。在〔一萼红〕(古城阴)中,他慨叹"南去北来何事,荡湘云楚水,目极伤心";在〔清波引〕(冷云迷浦)中,他又将乡国之思织入因年年漂泊而结成的愁网之中:"自随秋雁南来,望江国,眇何处。"下面这首作于一一八六年的〔霓裳中序第一〕是这类题材中的一首较为典型的词章:

> 亭皋正望极,乱落江莲归未得,多病却无气力。况纨扇渐疏,罗衣初索。流光过隙,叹杏梁、双燕如客。人何在,一帘淡月,仿佛照颜色。　　幽寂,乱蛩吟壁,动庾信、清愁似织。沉思年少浪迹。笛里关山,柳下坊陌。坠红无信息,漫暗水涓涓溜碧。漂零久,而今何意,醉卧酒垆侧。

"归未得",一愁;"多病",二愁;夏去秋来,"流光过隙",三愁;在"幽寂"的境况中闻"乱蛩吟壁",更使得自己"清愁似织",何况"年少浪迹",前尘杳然,连"醉卧酒垆侧"的兴致都已消失。词的小序有"予方羁游,……不自知其辞之怨抑也"之语,可见词中所写,都是词人此际的心声。

在写于中年的〔玲珑四犯〕《越中岁暮,闻箫鼓感怀》中,这种身世之感表现得尤为沉痛:

> 叠鼓夜寒,垂灯春浅,匆匆时事如许。倦游欢意少,俯仰悲今古。江淹又吟《恨赋》,记当时,送君南浦。万里乾坤,百年身世,唯有此情苦。　　扬州柳,垂官路。有轻盈换马,端正窥户。酒醒明月下,梦逐潮声去。文章信美知何用,漫赢得、天涯羁旅。教说与,春来要、寻花伴侣。

随着时光的流逝,词人愈来愈感到"倦游欢意少"。"万里"两句,化用杜甫《登高》"万里悲秋常作客,百年多病独登台",用以抒发漂零日久的愁苦。"文章"两句,更是沉痛地倾诉了一位空有才华却不得不随人俯仰的落魄文人的内心悲哀。

作于姜夔晚年的〔征招〕(潮回却过西陵浦),从另外一个角度曲折地反映了词人倦于客途,但由于经济贫穷,归隐之计难成的凄楚:"一丘聊复尔,也孤负幼舆高志。"

尽管姜夔一生布衣,最后贫病以卒,他始终是孤高自许、狷介自律的。张鉴念其清贫,想以无锡膏腴之田相赠,他却辞谢不受,就是一件典型的事例。他特别仰慕晚唐自号天随子的诗人陆龟蒙,曾有"三生定是陆天随,又向吴松作客归"(《除夜自石湖归苕溪》)、"沉思只羡天随子,蓑笠寒江过一生"(《三高祠》)等诗句表达这种感情,而在词中则有〔点绛唇〕《丁未冬过吴松作》这首传诵人口的名作:

> 燕雁无心,太湖西畔随云去。数峰清苦,商略黄昏雨。第四桥边,拟共天随住。今何许?凭阑怀古,残柳参差舞。

词人同陆龟蒙的身世遭际颇有相似之处:两人都是终身布衣;陆龟蒙所隐居的吴江又是姜夔来往苏、杭屡经之地。所以在词中,作者表示要追随这位前贤,并在凭阑之际,表达了深沉的怀念之情。其他如〔湘月〕(五湖旧约)、〔惜红衣〕(簟枕邀凉)、〔念奴娇〕(闹红一舸)、〔庆宫春〕(双桨莼波)等,也都体现了作者在长期漂泊之中仍然保持着的那种孤云野鹤般的个性特色。前人普遍认为词格之高无过姜夔[3],其根本原因正在于此。

王国维在《人间词话》中批评姜夔词有格而无情,其实姜词中表达出来的爱情和友情还是相当深厚的。他曾寓居合肥,结识了当地勾栏中的两位姊妹,他并不因为她们地位微贱而视为玩物,而是将真诚的爱情给予对方,即使分别日久,也念念不忘,先后赋词十八九首追怀这段往事。例如〔踏莎行〕《自沔东来,丁未元日,至金陵,江上感梦而作》云:

燕燕轻盈,莺莺娇软,分明又向华胥见。夜长争得薄情知,春初早被相思染。 别后书辞,别时针线,离魂暗逐郎行远。淮南皓月冷千山,冥冥归去无人管。

全词由梦见伊人起兴,从而引起词人绵绵不绝的怀念。伊人的离魂随郎远行,又在深夜之中踽踽归去,自己不能相送,只有无情的淮南皓月空照千山。若非相爱之深,相思之苦,是不可能写出这种凄恻缠绵、构思奇特的佳作的。下面这首〔鹧鸪天〕《元夕有所梦》也是为合肥人所作:

肥水东流无尽期,当初不合种相思。梦中未比丹青见,暗里忽惊山鸟啼。 春未绿,鬓先丝,人间别久不成悲。谁教岁岁红莲夜,两处沉吟各自知。

作者写此词时已四十馀岁,距离合肥初遇也有二十馀年了。尽管自己已经老大,但当年所种的相思之情,仍然像东流的肥水没有终尽之时。表面上说是"当初不合种相思"、"人间别久不成悲",其实都是故作反语;而反语却往往更能表现一种往者不可复追的怅恨之情。其他如〔长亭怨慢〕下片云:

　　日暮,望高城不见,只见乱山无数。韦郎去也,怎忘得玉环分付?第一是早早归来,怕红萼无人为主。算空有并刀,难剪离愁千缕。

回想分别之际,伊人殷殷的叮咛嘱咐,而今羁旅天涯,重见无期,所以结尾以千缕柳丝比喻离愁,弥见情意的绵长。

　　姜夔对朋友也是感情深厚的。他一生交游可考者达一百多人,绝大多数都是有节操、有正义感的知识分子。最能表现友情的作品之一是〔八归〕《湘中送胡德华》:

　　芳莲坠粉,疏桐吹绿,庭院暗雨乍歇。无端抱影销魂处,还见筱墙萤暗,藓阶蛩切。送客重寻西去路,问水面琵琶谁拨。最可惜一片江山,总付与啼鴂。　　长恨相从未款,而今何事,又对西风离别。渚寒烟淡,棹移人远,缥缈行舟如叶。想文君望久,倚竹愁生步罗袜。归来后、翠尊双饮,下了珠帘,玲珑闲看月。

先写送别友人时种种令人难以为怀的哀景,用以烘托送客之际的悲伤气氛,然后点出在"相从未款"的情况下匆匆分袂的"长恨",仍以哀景再作烘托,最后转以对方家人望归之切和归后之乐来慰人兼以自慰,真可谓忠厚缠绵,情见乎辞。

〔探春慢〕(衰草愁烟)也表达了作者同样的感情。在"谁念漂零久,漫赢得幽怀难写"的境况下,能与"故人清沔相逢,小窗闲共情话",心情的快慰可想而知。然而"长恨离多会少","无奈苕溪月,又照我扁舟东下",此情又何以能堪。此词小序云:"予自孩幼从先人宦于古沔,女须因嫁焉。中去复来几二十年,岂惟姊弟之爱,沔之父老儿女子亦莫不予爱也。"可见作者的确是很深于情的。

姜夔一生没有涉足官场,但对于世事并非毫不留心。保存在他词集中的最早一首自度曲〔扬州慢〕,就是写于二十岁左右的忧国伤时之作:

淮左名都,竹西佳处,解鞍少驻初程。过春风十里,尽荠麦青青。自胡马窥江去后,废池乔木,犹厌言兵。渐黄昏,清角吹寒,都在空城。 杜郎俊赏,算而今、重到须惊。纵豆蔻词工,青楼梦好,难赋深情。二十四桥仍在,波心荡、冷月无声。念桥边红药,年年知为谁生。

词人征途小驻扬州,这座昔年"廛闬扑地,歌吹沸天"(鲍照《芜城赋》)的名城却以残破凄凉的面貌出现在他的眼前。当时距金主完颜亮南侵已有十五年,距符离之败也有十三年,而扬州城依然四顾萧条,悄无人烟。词人在沉重的叹息中,抒发了无限伤时念乱之情,并结合自己身世之悲,寄托了深沉的家国之恨。无怪词前小序结尾说"千岩老人以为有黍离之悲也"。

姜夔在后期同辛弃疾唱和的几首歌词中,更明朗地表达了他对国事的关心,最突出的一首便是〔永遇乐〕《次稼轩北固楼词韵》:

云鬲迷楼,苔封很石,人向何处。数骑秋烟,一篙寒汐,千古空来去。使君心在,苍厓绿嶂,苦被北门留住。有尊中酒差可饮,大旗尽绣熊虎。　　前身诸葛,来游此地,数语便酬三顾。楼外冥冥,江皋隐隐,认得征西路。中原生聚,神京耆老,南望长淮金鼓。问当时、依依种柳,至今在否?

词中将辛弃疾比做诸葛亮、桓温这些曾经北伐过的历史人物,结尾更从中原父老盼望王师的角度,寄厚望于对方。这种接近豪放一派的词风,虽说是受到辛弃疾创作的影响,但毕竟还是出于词人当时的真情实感。

姜夔还有二三十首咏物之作,所咏有梅、荷、柳、牡丹、蟋蟀等。其中最为人们传诵的为〔齐天乐〕之咏蟋蟀和〔暗香〕、〔疏影〕之咏梅。〔齐天乐〕和〔暗香〕主要写身世之感,〔疏影〕则颇有兴亡之悲:

苔枝缀玉,有翠禽小小,枝上同宿。客里相逢,篱角黄昏,无言自倚修竹。昭君不惯胡沙远,但暗忆、江南江北。想佩环、月夜归来,化作此花幽独。　　犹记深宫旧事,那人正睡里,飞近蛾绿。莫似春风,不管盈盈,早与安排金屋。还教一片随波去,又却怨、玉龙哀曲。等恁时、重觅幽香,已入小窗横幅。

全词以美人喻梅。"昭君"以下数句,在咏梅中阑入王昭君出塞事,前人多以为隐指徽、钦二帝及诸后妃北徙[4]。按徽宗北行道中闻番人吹箭笛声,口占〔眼儿媚〕,中有"春梦绕胡沙。家山何处,忍听羌笛,吹彻《梅花》"之句,其中分明有"胡沙"、"梅花"之语,足见寓托之说不为无因。只可惜词旨比较晦涩,此说又难以句句坐实,故历来聚讼纷纭[5]。宋末元初的词人如王沂孙、周密、张炎等人的咏物词受姜夔这类作品影响是很大的。

姜夔词在艺术上的成就主要表现为风格的独特性。前人论述时,常以清空、清虚、清劲、清刚、骚雅、峭拔等辞语加以概括,或用"野云孤飞,去留无迹"、"瘦石孤花,清筵幽磬"、"白石老仙"、"藐姑冰雪"等语加以形象描绘。尽管它们并不能道出姜词的全部风格,但大体上还是比较接近的。例如:

数峰清苦,商略黄昏雨。

——〔点绛唇〕《丁未冬过吴松作》

淮南皓月冷千山,冥冥归去无人管。

——〔踏莎行〕《自沔东来,丁未元日至
金陵江上感梦而作》

阅人多矣,谁得似长亭树。树若有情时,不会得青青如此!

——〔长亭怨慢〕(渐吹尽枝头香絮)

二十四桥仍在,波心荡、冷月无声。

——〔扬州慢〕(淮左名都)

这些词句,或抒情,或写景,都是用的遒峭瘦硬之笔,而所塑造的意境也大都幽夐阒寂,往往给人一种"以其境过清"而"凛乎其不可久留"的感觉。这种风格的形成,主要是基于词人高洁清旷的个性,同时也同他喜欢用江西诗派的格调来写晚唐温、韦体的词,并力求使之合为一体,有着密切的关系。另外,五代北宋词人常喜欢以唐人诗和六朝小赋的辞汇入词,有的甚至在词中迳用唐诗成语。姜夔则不然。他用辞多是自创自铸,故其词的意境和格局都和北宋词人有所差异,而其生新刻至之笔,又分明出于江西诗法。即从修辞一端而言,这种用宋诗的笔法来造句铸辞,也使得白石词别开生面,具有自家的特色。凡此种种,都可以说是对传统婉约词的变革。

姜夔词很善于写景,有些构思和描绘往往出人意表却又极其尖新。例如上引"数峰"两句、"岑寂"三句,以及"自胡马窥江去后,废池乔木,犹厌言兵"三句,都是采取独特的拟人化手法,赋予各种自然景物以生命和感情,从正面烘托出词人的心境;有时又以物的无情来反衬人的多情,如上引"阅人多矣"四句和"念桥边红药,年年知为谁生"两句。这些匪夷所思的联想和构思,再加上奇警无匹的炼字琢句,往往使其词的意境更加动人心魄。试看"波心荡、冷月无声"一句,一个动词"荡",再配上一个形容词"冷",真把战乱之后二十四桥月夜阒寂无人的景象生动地再现出来了。又如〔一萼红〕的"池面冰胶,墙腰雪老",一个"老"字,既写积雪久未融化,联系下句"云意还又沉沉",再写新雪即将降落,可见"老"字下得是何等的贴切而形象。其他如"簟枕邀凉,琴书换日"(〔惜红衣〕)、"千树压西湖寒碧"(〔暗香〕)中的动词"邀"、"换"、"压"等,都因用字的精美而使全词生色不少。此炼字之妙。又〔踏莎行〕结拍的"淮南皓月"两句,曾为王国维所激赏(见《人间词话》)。两句写因己之相思,而有伊人之入梦,因伊人之入梦,又怜其离魂远行,冷月千山,踽踽独归之伶俜可念。真可谓融情于景,情景交至了。〔探春慢〕的"无奈苕溪月"两句,也同样是以月的冷漠无情,反衬自己与友人别离之际的依恋之情,读之使人难以为怀。这些又表现了词人琢句之妙。

姜夔词还具有音节谐美的特点。如前所述,姜夔是南宋一位著名的音乐家,对于词的选调制腔和审音协律都极当行出色。在选调制腔方面,他既采取先有谱而后填词的方法,又自创新谱,即"初率意为长短句,然后协以律"(〔长亭怨慢〕小序)的"自度曲"或"自制曲"。由于开始时是"率意"为之,故所作以内容感情为主;而职是之故,这些自制新腔在协律时又"前后阕多不同"(同上),在字声的平仄上当守者守之,可通融者则通融之(如〔秋宵吟〕、〔疏影〕、〔翠楼吟〕等),从而使其所作能够做到声情并茂,相得益彰。《四库全书总目·〈白石道人歌曲〉提要》称姜词"音节文采并冠绝一时",即正确地指出了这点。这与方千里、杨泽民之流和清真词者之依调死填、因乐造文、因文造情迥异其趣。

姜夔词历代评价不一。大多数人评价甚高,或比之为诗中的杜甫,或誉为南宋词坛第一人;个别人则认为他在南宋也不能算是巨擘。平心而论,就风格的创新和对后代词人的影响来说,在南宋众多的婉约词人中,他和吴文英是堪称双峰并峙的。姜夔词继承了周邦彦的衣钵,后来又挹取稼轩词风,在结构严整、音律精美、笔力遒劲的基础上,变秾丽为淡远,变雄健为清刚,变驰骤为疏宕,其独特的风神,对宋末元初的张炎、王沂孙、周密、陈允平、仇远、张翥等人都有很大的影响。到了清代前期,以朱彝尊、厉鹗为代表的浙派词人,对姜夔和张炎更是推崇备至,以至一度"周(邦彦)、吴(文英)之绪几绝矣"(陈洵《海绡说词》)。及至常州词派兴起,姜、张的影响虽然稍减,也仍然受到词坛的普遍尊崇。张文虎《舒艺室杂著剩稿·索笑词序》(作于同治三年,1864)说:"二十年前言长短句者,家白石而户玉田,使苏、辛不得为词;今则俎豆二窗(吴文英、周密)而祧姜、张矣。"姜夔词的历史地位及其对后代的影响由此可见一斑。

姜夔词不仅具有很高的审美价值,词的小序也往往写得引人入胜。词的内容和词牌名称本来是一致的,如〔渔歌子〕之写渔夫生活,〔女冠子〕之咏女道士等,皆可谓赋题本意。后来两者逐渐脱离联系,词人往往另加题目以示区别,如范仲淹的〔渔家傲〕(塞下秋来风景异）题名"秋思"之类。开始，词题文字很短，其后渐渐加长，向词的小序过渡，但一般还只是词旨的概括或背景的说明，仅仅作为全词的"附庸"而已。着力撰写词的小序，并使之具有独立的或相对独立的艺术价值，当以姜夔最为出色。

姜夔词的小序，有一部分是论述词的乐律的，如〔霓裳中序第一〕（亭皋正望极）、〔满江红〕（仙姥来时）、〔徵招〕（潮回却过西陵浦）之类。尤其值得一提的是那些与词的旨意互为表里、具有较高审美情趣的文字，如〔扬州慢〕小序云：

淳熙丙申至日，予过维扬。夜雪初霁，荠麦弥望。入其城，则四顾萧条，寒水自碧。暮色渐起，戍角悲吟。予怀怆然，感慨今昔，因自度此曲。千岩老人以为有黍离之悲也。

这段文字不但介绍了写作的时间、地点、背景、缘由，概括了全词的旨意，还拈出了同时前辈萧德藻的评语。尽管前人对姜词小序与词本身内容时有重复而间有微词[6]，但不能不说它们往往就是一篇篇短小精致，风格冷峭、清峻、高远的散文，别有一种隽永的艺术魅力。

姜夔词的小序特别擅长描摹刻画意境高远幽复的夜景，如〔庆宫春〕小序有云：

后五年冬，复与俞商卿、张平甫、铦朴翁自封禺同载诣梁溪，道经吴松。山寒天迥，云浪四合。中夕相呼步垂虹，星斗下垂，错杂渔火，朔吹凛凛，卮酒不能支。

寥寥数语，便使人有身入其境的强烈感受。而丙午七月既望，词人和他六位友人月夜泛舟湘江时所写的〔湘月〕小序，则既写了"山水空寒,烟月交映,凄然其为秋也"的凄清幽森之境,又写了"坐客皆小冠绨服,或弹琴,或浩歌,或自酌,或援笔搜句"这种高人名士的雅兴,几可当作苏轼两篇《赤壁赋》的浓缩文字来读。

姜夔词小序的意境和风格也并非一味凄冷清虚,仿佛不食人间烟火,也有一些摹景状物的文字写得生机盎然,意趣横生。如〔一萼红〕小序有"官梅数十株,如椒,如菽,或红破白露,枝影扶疏"之句,将梅花含苞欲放、未放、已放的形象写得十分楚楚动人;〔念奴娇〕小序对荷花荷叶的描写则更将游人的主观感受拍合一处,在物我交融的描述中,更见词人的闲情逸致和流连忘返的心态:

予客武陵,湖北宪治在焉。古城野水,乔木参天。予与二三友日荡舟其间,薄荷花而饮。意象幽闲,不类人境。秋水且涸,荷叶出地寻丈,因列坐其下。上不见日,清风徐来,绿云自动。间于疏处窥见游人画船,亦一乐也。

由于姜夔词的小序写得非常精彩,其后劲也间有效之者,如宋末周密、张炎,所作小序的风格,有些就几乎全然脱胎于姜夔。清厉鹗词的一些小序也显然可见模拟姜夔的痕迹。明代公安、竟陵诸子的一些写景散文,其文字风神似乎也多少受到姜词小序的影响。

第三节 姜夔的诗和诗论

姜夔不仅在南宋词坛上独树一帜,在诗坛上也很负时名,几乎可以赶得上尤、杨、范、陆的声望(参见方回《瀛奎律髓》卷三六)。词人而又兼擅诗歌创作,并且都能达到第一流水平,这在当时是比较罕见的。

同南宋前期大多数著名诗人一样,姜夔早年学诗也从江西派入手。后来受了尤袤特别是杨万里等人的影响,才转而取法晚唐诗人陆龟蒙、皮日休。在其诗集自序中,他对尤袤说:"三薰三沐师黄太史氏(黄庭坚),居数年,一语噤不敢吐,始大悟学即病,顾不若无所学之为得,虽黄诗亦偃然高阁矣。"这是他先效法、后抛弃江西派的明证。在所创作的诗词中,他多次提到陆龟蒙;杨万里也曾将姜比之陆龟蒙[7],就是因为他的诗歌后来受陆的影响很深的缘故。

在姜夔的诗集中,最为人们熟知的是七言绝句中的佳构,尤其是被杨万里称赞为"有裁云缝雾之妙思,敲金戛玉之奇声"的《除夜自石湖归苕溪》十绝句[8]。现录第一、第七两首如下:

> 细草穿沙雪半销,吴宫烟冷水迢迢。梅花竹里无人见,一夜吹香过石桥。

> 笠泽茫茫雁影微,玉峰重叠护云衣。长桥寂寞春寒夜,只有诗人一舸归。

两诗都是写除夕之夜自石湖乘舟返回苕溪途中的所见所闻所感。有的地方观察入微,如小草穿沙、雁影依稀;有的地方则视野远大,如吴宫烟水、笠泽苍茫、云山重叠。两诗的最后两句,又通过梅花吹香、长桥春寒的感受,流露了诗人在静夜之中扁舟独归时孤高自赏、幽寂索寞的心境,使全诗馀韵无穷。其他如"天寒远挂一行雁"(《雪中六解之四》)、"人静山空见一灯"(《湖上寓居杂咏》)之类,或写景入画,或语带禅味,都达到了诗人自己所提出的"说景要微妙"(《白石道人诗说》)的要求和境界。

姜夔的五、七言古诗不如他的七绝,但也有一些佳作,如五古《昔游诗》十五首。这组诗作于诗人四十七岁时,所写皆是旧日游踪。其中偶有忧时之语,如"徘徊望神州,沉叹英雄寡";更多的则是羁旅之叹和历历如画图的景物描绘。现录第七首以见一斑:

> 扬舲下大江,日日风雨雪。留滞鳌背洲,十日不得发。岸冰一尺厚,刀剑触舟楫;岸雪一丈深,屹如玉城堞。同舟二三士,颇壮不恐慑;蒙毡闭篷卧,波里任倾擷。晨兴视毡上,积雪何皎洁。欲上不得梯,欲留岸频裂;扳援始得上,幸有人见接。荒村三两家,寒苦衣食缺。买猪祭波神,入市路已绝。如今得安坐,闲对妻儿说。

全诗生动地描述了旅途的颠沛困顿,以及事过境迁、回首往事时的思想感情,遣词造语和通篇风格都受到杜甫以至黄庭坚、陈师道的影响。项安世《平庵悔稿》卷七《谢姜夔秀才示诗卷、从千岩萧东夫学诗》说姜夔"古体黄陈家格律",是比较切近实际的。

集中的七古《契丹歌》从题材到风格都比较奇特,它是根据金国降将萧鹧巴(原为契丹人)的叙述进行创作的。其中有写契丹人风土人情的部分:

> 大胡牵车小胡舞,弹胡琵琶调胡女。一春浪荡不归家,自有穹庐障风雨。

这是描写春日在草原上的游牧生涯,人们载歌载舞,随车前行,情调十分欢快。下面接写捕猎天鹅的场面:

平沙软草天鹅肥,胡儿千骑晓打围。皂旗低昂围渐急,惊作羊角凌空飞。海东健鹘健如许,鞲上风生看一举。万里追奔未可知,划见纷纷落毛羽。

天鹅的惊飞,猎鹰的矫健,猎手的神勇,都写得栩栩如生。从这首诗也可看出,姜夔诗取材并不局于一隅,手法也是有所变化的。

姜夔在诗歌创作的理论上也有一定的贡献。《诗说》一卷,就是他的论诗之作。他在自序中说此卷系得之于南岳云密峰一若士[9],这是托辞。在其诗集自叙中,他谈到曾与尤袤论诗,自言从江西派入手而终于省悟到"学即病,顾不若无所学之为得"。尤袤也认为当时著名诗人范、杨、萧、陆等都是"自出机轴,亶有可观者,又奚以江西为!"在《诗说》和其诗集自叙二中,姜夔比较具体地论述了自己对诗歌创作的看法,其主要内容有以下两点:

一是关于诗法。江西派论诗提倡活法,姜夔论诗也并不废法:"不知诗病,何由能诗?不观诗法,何由知病?"但他所说的诗法又与江西派的活法不同。江西派是"有见乎诗",因此"向也求与古人合,今也求与古人异"(《诗集·自叙二》);他则认为只有"无见乎诗",才能"不求与古人合而不能不合,不求与古人异而不能不异"(同上),从而达到悟境和妙境。正因为所要悟的是那超于字句之外的妙境,所以才要求"无见乎诗"。这也即是他在《诗说》中所说的"文以文而工,不以文而妙,然舍文无妙,胜处要自悟"。

对于妙境,《诗说》指出:"诗有四种高妙:一曰理高妙,二曰意高妙,三曰想高妙,四曰自然高妙。"其中以自然高妙为最上,即所谓"非奇非怪,剥落文采,知其妙而不知其所以妙"。

二是关于诗味。《诗说》推重诗三百篇的"以心会心"和陶渊明的"趣诣",而且特别提出写诗应注意韵味:"一篇全在尾句,如截奔马。词意俱尽,如临水送将归是已。意尽词不尽,如抟扶摇是已。词尽意不尽,剡溪归棹是已。词意俱不尽,温伯雪子[10]是已。"其中当以"词意俱不尽"为最上,所以他一再强调"语贵含蓄",要求"句中有馀味,篇中有馀意",认为这样才是"善之善者也"。

《诗说》等文,是姜夔创作的心得体会,不仅对诗,就是对词也适用。谢章铤《赌棋山庄词话》即已指出:"读其说诗诸则,有与长短句相通者。"事实上,姜夔的词作倒是更能体现出《诗说》所提出的要求和标准。

〔1〕 夏承焘《白石道人行实考·生卒考》考定姜夔卒年至迟当在嘉定十四年(1221)间,此说为新中国成立后各种文学史著作所接受。《复旦大学学报》1983年第2期载陈尚君《姜夔卒年考》一文,略云根据韩淲诗注,夔与潘柽同年去世;又据徐照《哭潘德久》诗及《徐道晖墓志铭》等,知潘柽(德久)去世当在嘉定二、三年间。另外还有几条旁证。综此考定夔之卒年当在嘉定二年(1209)夏至后到嘉定三年间,而从徐照诗推测,嘉定二年的可能性要大一些。

〔2〕 见杨万里《诚斋集》卷三九《谢张功父送近诗集》、卷四〇《进退格寄张功父、姜尧章》、卷八一《千岩摘稿序》、卷一一四《诗话》,姜夔《白石道人诗集》自序一,乐雷发《雪矶丛稿》卷二《书萧千岩集》。

〔3〕 如陈廷焯《白雨斋词话》云:"白石词以清虚为体,而时有阴冷处,格调最高。"又云:"气体之超妙,则白石独有千古,美成亦不能至。"又云:"词格之高,无过白石。"

〔4〕 参见张惠言《词选》及郑文焯校《白石道人歌曲》。

〔5〕 参见翼谋《白石〈暗香〉、〈疏影〉新解》,载《文学遗产》1992年第3期。

〔6〕 如周济《宋四家词选目录序论》就说:"白石小序甚可观,苦与词复。若序其缘起,不犯词境,斯为两美已。"

〔7〕 姜夔《自述》记杨万里之言云,夔"文无所不工,甚似陆天随"。

〔8〕 毛晋《白石词跋》误以此语出于范成大,张宗橚《词林纪事》卷一三已予指出。

〔9〕 若士,犹言"其人",后用为有道之士的通称,见《淮南子·道应训》。

〔10〕 温伯雪子,姓温名伯,字雪子,楚国的怀道之士,见《庄子·田子方》。

第十六章　吴文英

第一节　吴文英的生平

吴文英(1205？—1268？)[1],字君特,号梦窗,晚号觉翁,四明(今浙江宁波)人。

据有关资料,吴文英原出翁姓,与翁元龙、翁逢龙为亲兄弟[2],后出嗣吴氏。翁元龙,字时可,自号处静,工词,长期为杜范门客。翁逢龙,字际可,一字济可,号石龟,又号龟翁,宁宗嘉定十年(1217)进士,曾通判平江,又添差通判宁国府,后迁建昌守,其人有吏才,长于诗。吴文英则一生未入科举,以江湖游士身份辗转依附于官僚权贵之门。

词人少年时代,曾在德清(今属浙江)逗留过相当时日,并有一段难以忘怀的恋情,因而后来不止一次重游故地,写下不少忆旧的词作[3]。从嘉定十五年(1222)至绍定五年(1232)的十年间,正是词人十八岁至二十八岁的青年时期,生活于繁华的杭州,与一女子相识相恋,度过一段颇为浪漫的岁月[4]。绍定五年,吴文英离开他所眷恋的杭州女子,赴任苏州仓台幕僚。"犹记初来吴苑。未清霜、飞惊双鬟"(〔水龙吟〕《癸卯元夕》),刚来苏州时还是不到三十岁的青年。其间除因事有一段时间远至长江北岸的淮安外[5],大部分游踪在苏州附近,如齐云楼、沧浪亭、虎丘、灵岩、姑苏台、石湖、瓜泾,以及吴江的与闲堂、垂虹桥,常熟的福山,无锡的惠山,稍远的有毗陵(今江苏武进)、京口等地。嘉熙元年(1237),翁逢龙为平江通判,同榜吴潜知平江府。嘉熙二年(1238)闰二月,吴潜调离后,由翁、吴的同乡史宅之接任。因翁逢龙的关系,吴文英也与吴潜、史宅之结识,并先后与许多官吏、文人交往,如尹焕、沈义父、郭希道、施枢、魏峻、孙惟信、翁孟寅、冯去非等人,诗酒唱酬,生活颇为欢愉。在苏州期间,他先后寓居过阊门及盘门外等地[6],并曾纳一妾,后被遣去。留滞苏州前后有十馀年,"叹霜簪练发,过眼年光,旧情尽别"(〔六丑〕《壬寅岁吴门元夕风雨》),离开苏州时已是容颜渐衰之年了。

  离苏之后,吴文英常往来于杭州、越州(今浙江绍兴)之间。淳祐四年(1244)十月,史宅之以华文阁学士知绍兴府。冬至日,吴文英将儿女暂留苏州瓜泾,自己只身去越州。淳祐八年(1248)七月,史宅之为端明殿学士,同签书枢密院事。淳祐九年(1249)闰二月,史宅之同知枢密院事。在此期间,吴文英客居杭州,与史宅之交往密切,写给史宅之的词作有十馀首。淳祐九年(1249)十一月,吴潜为浙东安抚使知绍兴府,吴文英在越州,作有〔浣溪沙〕《仲冬出迓履翁舟中即兴》词,抒写重聚的喜悦心情。淳祐十年(1250)一月,吴潜即将离任去京城临安前夕,吴文英作〔绛都春〕《题蓬莱阁灯屏,履翁帅越》词为贺。吴潜入朝后,为同知枢密院事,后除参知政事,吴文英为其幕僚,相处甚得。景定元年(1260)前后,又为嗣荣王赵与芮门客。在淳祐六年(1246)至景定初期间,贾似道因其妹为理宗贵妃,位居显要,权倾中外。吴文英以游士幕客身份,与贾似道有过一定的交往,写过贺寿咏景的酬酢词作。

词人再次居留杭州前后又长达十餘年之久,西湖的先贤堂、双清楼、丰乐楼,以及越州的飞翼楼、蓬莱阁、种山、稽山等地,都曾有过他的游踪。交游的人中有尹焕、魏峻、李伯玉等人,与尹焕过从尤密。对长期曳裾侯门、沉沦幕僚的生涯,词人是深为悲慨的:"浪迹尚为客,恨满长安千古道。"([绕佛阁]《与沈野逸东皋天街卢楼追凉小饮》)内心十分抑郁。晚年境遇更为艰难,最后困踬以死。

吴文英今存词三百餘首,其数量在两宋词人中仅次于辛弃疾。他生前曾自编过词集,以自度曲《霜花腴》为其集名。后有尹焕序本,见黄昇《中兴以来绝妙词选》;旧刊《六十家词》本,见张炎《词源》。上述诸本,均已不传。今存世有毛晋汲古阁《梦窗甲乙丙丁稿》四卷本,此本后有杜文澜曼陀罗华阁《梦窗稿》校本,王鹏运四印斋《梦窗稿》校本。另有明万历张廷璋旧藏抄本《梦窗词》一卷本,分调类次,其中标注宫调的有六十四首,前所未载,朱孝臧据以刊入《彊村丛书》。后张寿镛《四明丛书》本,以毛、杜二刻为底本,以他本校订,并附有新词稿十六首。晚出者为朱孝臧《彊村遗书》四校定本《梦窗词集》,最称完善。

第二节　吴文英词的思想内容

吴文英词中,有关贺寿、游宴、题赠等作品占有相当分量,多半思想内容空泛,艺术手法一般。真正能够显示吴文英词思想面貌的是以下两个方面的内容:

一是忧怀国事。吴文英长期担任幕僚,与权臣巨僚常有密切的关系,因而对当时朝廷内部的腐败情况和国家危迫的形势,看得比较清楚,感受也就特别深切。嘉熙二年(1238)正月,吴文英陪同吴潜

至沧浪亭看梅,写下〔金缕歌〕一词:

乔木生云气。访中兴、英雄陈迹,暗追前事。战舰东风悭借便,梦断神州故里。旋小筑、吴宫闲地。华表月明归夜鹤,叹当时、花竹今如此。枝上露,溅清泪。　　遨头小簇行春队。步苍苔、寻幽别坞,问梅开未?重唱梅边新度曲,催发寒梢冻蕊。此心与、东君同意。后不如今今非昔,两无言、相对沧浪水。怀此恨,寄残醉。

南宋初年,朝廷曾将沧浪亭赐予抗金名将韩世忠,称韩王园。词中的"战舰东风悭借便,梦断神州故里"二句,便是追怀建炎四年(1130)韩世忠几乎擒住金兀术一事,对兀术的侥幸逃脱十分憾恨。通过对历史的回顾和现实、未来的分析,他们只能"两无言,相对沧浪水。怀此恨,寄残醉",委婉道出了词人与吴潜忧怀国事之情。他曾缅怀南宋初期取得的一些抗金战役的胜利:"秋风采石,羽扇挥兵,认紫骝飞跃。"(〔瑶华〕《分韵得作字,戏虞宜兴》)绍兴三十一年(1161),中书舍人兼参谋军事的虞允文在采石激励军心涣散的将士,击溃妄图渡江南犯的金兵,取得了令人鼓舞的胜利。词人期望友人"锦带吴钩,征思横雁水"(〔荔枝香近〕《送人游南徐》),"贾傅才高,岳家军在,好勒燕然石上文"(〔沁园春〕《送翁宾旸游鄂渚》),在岌岌可危的形势下,勇于立功边关。词气慷慨激昂,意兴豪迈。他对时局的发展非常关切,"便江湖天远,中宵同月,关河秋近,何日清尘"(〔沁园春〕《送翁宾旸游鄂渚》),渴望国家的统一。然而南宋末年的衰败趋势已经无法逆转,"几番时事重论,座中共惜斜阳下"(〔水龙吟〕《送万信州》)。面对黄昏落日般的衰颓国势,瞻念更加黯淡的前景,词人不禁坠入深沉的忧虑之中,展示了作者对时势关切的心情。

吴文英有一部分词作，不是直抒其情，而是借吟咏古代吴越的兴亡寓托他对时事的感慨。其中〔八声甘州〕《陪庾幕诸公游灵岩》一词最为著名。

渺空烟四远，是何年、青天坠长星？幻苍岩云树，名娃金屋，残霸宫城。箭径酸风射眼，腻水染花腥。时靸双鸳响，廊叶秋声。　宫里吴王沉醉，倩五湖倦客，独钓醒醒。问苍天无语，华发奈山青。水涵空、阑干高处，送乱鸦、斜日落渔汀。连呼酒，上琴台去，秋与云平。

词中运用典事，评说吴王以沉醉亡国，范蠡则因独醒得以全身，千古兴亡之故何在，问苍天而苍天无语，只能呼酒登上琴台，付之一醉而已。郁勃之情，曲折盘旋，形诸文字，感慨遥深。〔高阳台〕《过种山，即越文种墓》一词，对文种忠而见戕、勾践忌杀功臣终于亡国的历史事实，也表达了十分痛惜的心情。其他如"问几阴晴，霸吴平地漫今古"（〔齐天乐〕《齐云楼》），"千古兴亡旧恨，半丘落日孤云"（〔木兰花慢〕《虎丘陪仓幕游》），等等，都是在登临吴越胜迹之际，抒发兴亡之感和伤时之情的词句。

吴文英还有一部分词作，是在游宴观赏的描述中，曲折透露出对时事的感怀。如〔高阳台〕《丰乐楼分韵得如字》云：

修竹凝妆，垂杨驻马，凭阑浅画成图。山色谁题，楼前有雁斜书。东风紧送斜阳下，弄旧寒、晚酒醒馀。自销凝，能几花前，顿老相如。　伤春不在高楼上，在灯前欹枕，雨外熏炉。怕舣游船，临流可奈清臞。飞红若到西湖底，搅翠澜、总是愁鱼。莫重来，吹尽香绵，泪满平芜。

分韵咏景之作,本应重在写登临宴游之乐,但词人却以沉重笔调,悲凉情怀,抒写好景不长、欢会难再的抑塞凄凉心情。"飞红"两句,景象惊心怵目,愁思深广沉重。卒章三句,对未来怀有惨淡的隐忧。词人这里抒写的已不只是个人际遇的哀伤,而是蕴含着国势危殆难以挽转的深愁巨痛。衰微败落的现实和悲观失望的气氛,影响和沁入词人的内心深处,在览景观物之际,残山剩水、西风落日的景象,常使词人心神为之动荡,并自然地流注笔端,映入画面:"秋淡无光,残照谁主?"(〔古香慢〕《赋沧浪看桂》)"乘半暝、看残山濯翠,剩水开奁。"(〔声声慢〕《和沈时斋八日登高韵》)词人的这种特殊心态,折射出那一时代的社会现实。

二是个人的爱情悲剧。吴文英深于情,他曾感叹自己一生"丝萦寸藕,留连欢事,桃笙平展湘浪影,有昭华、秾李冰相倚。如今鬓点凄霜,半箧秋词,恨盈蠹纸"(〔莺啼序〕《荷和赵修全韵》),诉说了爱情上的悲欢离合。昭华、秾李,指他眷恋过的杭、苏二女。词人先与杭女相恋,"千丝怨碧,渐路入、仙坞迷津"(〔渡江云三犯〕《西湖清明》),有一段不平常的艳遇。特别令词人难忘的是灯火夜船上的欢会:"西湖旧日,画舸频移,叹几萦梦寐"(〔莺啼序〕《荷和赵修全韵》)。后来,他因"当时,征路远,欢事差",与杭女分手,造成"泪香沾湿孤山雨,瘦腰折损六桥丝"(〔昼锦堂〕)的无穷遗恨。到苏州以后,仍然念念不忘:"西湖断桥路,想系马垂杨,依旧欹斜。葵麦迷烟处,问离巢孤燕,飞过谁家?故人为写深怨,空壁扫秋蛇"(〔忆旧游〕《别黄澹翁》),充满了相思关切之情。杭女后来死去,词人重到杭州,沉痛悼祭:"短亭芳草长亭柳,记桃叶,烟江口。今日江村重载酒,残杯不到,乱红青冢,满地闲春绣"(〔青玉案〕),感怀今昔,抒写了物是人非、人天悠隔的悲哀。词人到苏州后,在"露蓼香径"中与苏女"相识"(〔尾犯〕《甲辰中秋》),西园成了他们同居共游的处所。后来,又因事分手。所以每到西图,园中的一切总使词人触目伤情:"往事一潸然,莫过西园。"(〔浪淘沙〕)平居独处,在孤寂之中,更加引起他对旧情的眷怀:"帘底事,凭燕说;合欢缕,双条脱。自香消红臂,旧情都别。"(〔满江红〕《甲辰岁盘门外寓居过重午》)

"西湖燕去,吴馆巢荒"(〔夜合花〕《自鹤江入京泊葑门外有感》),与杭、苏二女的悲欢聚散,在词人心灵上留下了永难消除的隐痛,使他经常回味、咀嚼当年爱情的琐事细节。那曾为他擘柑、整帽的纤纤玉手,那林间、溪边、阶上的履痕足印,以及所爱者的残馥馀香,都足以引起他反复的思念,尤其是那夜船共宿的情事,更令他魂牵梦萦。〔莺啼序〕一词是这方面的代表作:

> 残寒正欺病酒,掩沉香绣户。燕来晚、飞入西城,似说春事迟暮。画船载、清明过却,晴烟冉冉吴宫树。念羁情游荡,随风化为轻絮。　十载西湖,傍柳系马,趁娇尘软雾。溯红渐、招入仙溪,锦儿偷寄幽素。倚银屏、春宽梦窄,断红湿、歌纨金缕。暝堤空,轻把斜阳,总还鸥鹭。　幽兰旋老,杜若还生,水乡尚寄旅。别后访、六桥无信,事往花委,瘗玉埋香,几番风雨。长波妒盼,遥山羞黛,渔灯分影春江宿,记当时、短楫桃根渡。青楼仿佛,临分败壁题诗,泪墨惨淡尘土。　危亭望极,草色天涯,叹鬓侵半苎。暗点检、离痕欢唾,尚染鲛绡,亸凤迷归,破鸾慵舞。殷勤待写,书中长恨,蓝霞辽海沉过雁,漫相思、弹入哀筝柱。伤心千里江南,怨曲重招,断魂在否?

词人在这首自制的字数最多的长调里,详细叙述了自己一生难忘的艳事哀情:意外的相遇,春江灯影的同宿,悲惨的分离,以及美人逝去后的悼怀,过程曲折起伏,情感悱恻缠绵,字里行间,滴洒着词人斑斑点点的泪痕。他痴于情,也苦于情,一生"愁弹枕雨,衰翻帽雪,为情俜俜"(〔宴清都〕),在哀丝愁绪编织的爱情网罗中痛苦挣扎。衰世末运的难以挽回,才士文人的侘傺蹭蹬,使词人日益沉溺于个人爱情悲剧的追怀之中,不时触动他心上的伤痕,从温馨中充满凄凉、甜蜜里饱含辛酸的滋味中求得某种满足,聊以消减国事无望、生涯冷落所带来的空虚寂寞。

第三节 吴文英词的艺术特色

吴文英词的艺术成就,历来有不同的评价。褒之者极言:"求词于吾宋,前有清真,后有梦窗"(《花庵词选》引尹焕言);贬之者则以为:"梦窗如七宝楼台,眩人眼目,碎拆下来,不成片断"(张炎《词源》)。持平言之,两者均失之偏颇。词人自己曾论说过"音律欲其协"、"下字欲其雅"、"用字不可太露"、"发意不可太高"的作词之法,表明了他的协律、典雅、柔婉的主张。溯其渊源,明显地远绍温庭筠,近师周邦彦,但又另具面目,以密丽深曲为其特征,在词坛上别树一帜,自成一家。

吴文英词特别注意研炼字句,雕琢词语。他在词中喜用代字,如用"艳锦"(〔绕佛阁〕《赠郭季隐》)代指天上的云彩,用"香笼麝水,腻涨红波"(〔过秦楼〕《芙蓉》)形容水上的芙蓉,将女子的肌肤、嘴唇、手指喻为"润玉"、"檀樱"(〔踏莎行〕)、"柔葱蘸雪"(〔齐天乐〕),诸如此类,都尽量避免直露,着意追求含蓄。他对词中的句子组合,讲究巧妙配置,意蕴层深。例如"片绣点重茵"(〔渡江云三犯〕《西湖清明》)一句,以"片绣"形容落花的多而丽,用"重茵"喻写芳草的茂而密,中间插进一个"点"字,生动地描画出一幅令人眩目的落花纷坠芳草、红颜绿色相互映衬的景象。又如在"斜阳红隐霜树"(〔霜叶飞〕)一句中,斜阳、霜树,都是红色,着一"隐"字,不仅显示出两者之间有深浅之别,而且将这两种远近浓淡的大自然红色作了巧妙组合,将夕阳如血、霜林似火的景色渲染得更加如火如荼,字少意多,极凝练之能事。

在词语方面,吴文英经常运用借代、典实来暗示情事。如〔莺啼序〕一词中用"歌纨金缕"表示与杭女相遇的欢乐,"春宽梦窄"则暗喻爱情受到挫折,而"事往花委,瘗玉埋香"则暗示杭女的亡去,一切都不直接明说。"溯红渐、招入仙溪"、"鲜凤迷归,破鸾慵舞",前者用刘义庆《幽明录》中刘晨、阮肇入天台逢仙女故事,喻示自己与杭女相逢的一段奇缘;后者则用刘叔异《异苑》中"罽宾王有鸾,三年不鸣",后"悬镜照之,中宵一奋而绝"故事,暗喻自己形单影只的难堪处境。作者在运用借代、典实时,非常注意语言的精炼,形象的鲜明,因而能够恰当地表达出内心丰富复杂的思想感情,意深笔曲,耐人寻味。

注重语言的色彩,给人的视觉带来强烈的印象,是梦窗词的又一特色。他的作品的语言色调鲜明、深浓,如老红、鸦绿、纤白,等等。选用的色调偏冷,如寒绿、荒翠、淡墨,等等。其中尤以天青色的绀色以及蓝色,特别为作者所喜爱,如绀色:"玉隐绀纱睡觉"(〔澡兰香〕《淮安重午》)、"绀云欹"(〔夜游宫〕《竹窗听雨,坐久,隐几就睡。既觉,见水仙娟娟于灯影中》)、"绀海掣微云"(〔尾犯〕《甲辰中秋》)、"绀玉钩帘外"(〔水龙吟〕《寿尹梅津》);蓝色:"蓝云笼晓"(〔声声慢〕)、"怨入粉烟蓝雾"(〔过秦楼〕《芙蓉》)、"蓝浮野阔"(〔齐天乐〕《赠姜石帚》)、"蓝霞辽海沉过雁"(〔莺啼序〕),等等。这种偏重深暗幽冷色调的倾向,反映出词人心态的沉郁。在色调的组合上注意多种的变化,如红深翠窈、翠翳红暝是一种组合,笑红、颦翠是另一种组合,而啼红、怨暮则又是一种组合——不同的组合方式,融合为各自殊异的丰富内含。最为突出的是对比强烈的色彩被奇特地组合在一起,如形容莲花的"绛雪生凉,碧霞笼夜"(〔拜星月慢〕《姜石帚盆莲数十,置中庭,宴客其中》)二句,雪本白而说绛,霞本红而称碧,粗看似极不合物理,仔细揣思,作者用"绛雪"——红中略呈微白,"碧霞"——绿中稍含嫩红,来形容莲花莲叶,实在显示了那不同一般的色彩辨别能力,给人以一种奇异的视觉印象和审美感受。

词人铸炼字句,多喜化用李商隐、李贺、温庭筠等人诗句,其中化用李贺诗句尤多。"最伤情,送客咸阳,佩结西风怨"(〔琐窗寒〕《玉兰》)、"箭径酸风射眼"(〔八声甘州〕《陪庾幕诸公游灵岩》),化自李贺《金铜仙人辞汉歌》中"衰兰送客咸阳道"、"东关酸风射眸子";"漫泪沾香兰如笑"(〔珍珠帘〕《春日客龟溪,过贵人家,隔墙闻箫鼓声,疑是按歌,伫立久之》),化自李贺《李凭箜篌引》中"芙蓉泣露香兰笑";"嫣香易落"(〔莺啼序〕《荷和赵修全韵》),化自李贺《南园十三首》中"可怜日暮嫣香落";"星河潋滟春云热"(〔六丑〕《壬寅岁吴门元夕风雨》),化自李贺《蝴蝶舞》中"杨花扑帐春云热",等等。在求新追异力图自辟蹊径方面,李贺受到吴文英的特别喜爱。他化用李贺诗入词,多经精心裁制,从而构成自家独特的风貌。

当然,由于过分追求词藻雕琢,不免出现晦涩难解的缺陷,如用"檀栾金碧,婀娜蓬莱"(〔声声慢〕《陪幕中饯孙无怀于郭希道池亭,闰重九前一日》)喻指修竹楼台、杨柳池沼,用"绣幄鸳鸯柱"(〔宴清都〕《连理海棠》)形容连理海棠,都显得过于生僻和雕饰。

吴文英词的章法结构具有绵密曲折的特色。冯煦评其词"幽邃而绵密,脉络井井"(《宋六十一家词选例言》),朱祖谋也称其词"沉邃缜密,脉络井井,缒幽抉潜,开径自行"(《梦窗词跋》,见《彊村丛书》),都指出了吴文英词的章法特色。时空杂糅,转换频繁,是其突出表现。如〔八声甘州〕《陪庾幕诸公游灵岩》一词,首句"渺空烟四远",写的是空间实景,第二句"是何年、青天坠长星",则由实而虚,转入对流逝不定的时间之诘问。"幻"字下领"苍岩云树"三句,又进一步塑造了一个如梦似幻的历史空间景象。上片歇拍的"时靸双鸳响,廊叶秋声",则是在历史幻象与现实声响的交叉、重叠、错糅、融合中,将朦胧感觉到的秋叶坠响与遥远的吴越时代的往事昔景黏附在一起。又如〔齐天乐〕《与冯深居登禹陵》开端二句:"三千年事残鸦外,无言倦倚秋树"。其中"三千年事"是写历史的久远,"残鸦外"则是写眼前景物的荒败;追怀往昔夏禹的不世之功,感慨当前衰落不堪的景象,时空、今古打成一片,相互渗透、交错,从而形成新的心理空间和心理时间。这种"思接千载"、"视通万里"(《文心雕龙·神思》)的构思方式,使丰富复杂的心理活动,获得更加广阔的想象世界,形成错综纷纭的章法结构,有如"天光云影,摇荡绿波,抚玩方欸,追寻已远"(周济《介存斋论词杂著》),灵动变幻,意蕴深沉。

　　吴文英词的境界,多半表现为凄迷朦胧,有的则表现为幽邃奇幻,都迥异前人,别具一格。"掩庭扉,蛛网粘花,细草静摇春碧。"(〔瑞鹤仙〕《饯郎纠曹之严陵》)落花坠网,是无可奈何的殒落;细草摇绿,则是难以遏止的盎然生意,两者截然相反,却被组合在一起,构成一幅独特的寂寥幽微的境界。"门隔花深梦旧游,夕阳无语燕归愁。玉纤香动小帘钩。"(〔浣溪沙〕)繁茂的春花,无声的斜阳,黄昏归来的双燕,以及那隐约显现的美人纤手,重映叠现,迷离惝恍。"午梦千山,窗阴一箭,香瘢新褪红丝腕。隔江人在雨声中,晚风菰叶生秋怨。"(〔踏莎行〕)梦中飞越千山,醒后窗阴一霎,红丝圈绕的美人臂影,和着眼前的雨声与晚风吹拂菰叶的秋声,将浓淡远近不同层次的有声有色的景象重映叠合,沁溢出幽渺凄清的怨思。其他如

"惨淡西湖柳底,摇荡秋魂,夜月归环佩"(〔梦芙蓉〕《赵昌芙蓉图》),"醉魂幽飐,满地桂阴无人惜"(〔尾犯〕《甲辰中秋》),等等,都以迷离恍惚取胜,反映了词人独特的审美情趣和幽微心境。

吴文英在另一部分涉及世事人情的词作中,又往往坦露出冲破狭窄天地、急欲腾飞开扩的愿望,他"醉嫌天窄"(〔应天长〕《吴门元夕》),希望"健笔写青天"(〔水调歌头〕《赋魏方泉望湖楼》),追求幽邃奇幻、高远旷放的境界。"幽云怪雨,翠萍湿空梁,夜深飞去"(〔齐天乐〕《与冯深居登禹陵》),写的是在深夜之中,化龙飞入镜湖的禹庙神梁,在云雨中飞回,身上还粘附着湖中的翠绿萍草,景象奇诡怪异。"时靸双鸳响,廊叶秋声",将历史幻景和现实秋声交相叠印,有真幻莫辨之感。"飞红若到西湖底,搅翠澜、总是愁鱼"(〔高阳台〕《丰乐楼分韵得如字》),写落花成片沉入湖底,使湖鱼因愁而搅得翠澜翻涌,景境凄艳,思路幽绝。其他如"连呼酒,上琴台去,秋与云平"(〔八声甘州〕)、"相扶轻醉,越王台上,更最高层"(〔丑奴儿慢〕《麓翁飞翼楼观雪》)、"东风力,快将云雁高送"(〔宴清都〕《送马林屋赴南宫,分韵得动字》)、"倩卧箫、吹裂晚天云,看新月"(〔满江红〕《甲辰岁盘门外寓居过重午》),等等,都表现了词人在塑造高远境界方面的艺术魅力。

密丽深曲,是吴文英词的主要艺术特色,或表现为色彩绚丽,或表现为错综叠合,或表现为奇幻空灵,或表现为缥缈幽邃,等等。但吴文英词并非只是密丽深曲一路,词中明朗疏快之作也有不少,人们所熟知的〔唐多令〕《惜别》词就是一例:"何处合成愁?离人心上秋。纵芭蕉、不雨也飕飕。都道晚凉天气好,有明月,怕登楼。 年时梦中休,花空烟水流。燕辞归、客尚淹留。垂柳不系裙带住,漫长是,系行舟。"虽然,这在吴文英词中并非代表作。其他的不少记游、寄赠以及吟咏节序的长调,如〔瑞鹤仙〕《丙午重九》、〔水龙吟〕《惠山酹泉》、〔宴清都〕(万里关河眼)、〔霜花腴〕《重阳前一日泛石湖》、〔昼锦堂〕(舞影灯前)等等,都写得清疏明快,别具一格,不过受到人们注意和青睐的主要还是他深曲密丽的一面。

清代常州词派张惠言在《词选·序》中认为吴文英与柳永、黄庭坚、刘过同属"各引一端,以取重于当世"的一类词人。周济《宋四家词选》以周邦彦、辛弃疾、王沂孙、吴文英四家领袖有宋一代词坛,称许"梦窗奇思壮采,腾天潜渊,返南宋之清泚,为北宋之浓挚",提出作词应"问涂碧山,历梦窗、稼轩以还清真之浑化"。其后,陈廷焯、朱祖谋、况周颐、陈洵等人都对吴文英词推崇备至,在创作中竞相祖述、摹拟。吴词影响之大,由此可见一斑。但由于作者不肯作平易语,过分追求新异,导致用意太曲,因此后人也颇有微词。张炎讥其为"七宝楼台",王国维《人间词话》也说"梦窗之词,吾得取其词中一语以评之,曰:'映梦窗凌乱碧'",即指其词中有"眩人眼目"和"碎拆下来,不成片段"的弊病。尽管评价不一,但在南宋词坛的婉约一派中,吴文英之密与姜夔之疏堪称双璧,在词的发展史上都是曾经产生过深远影响的杰出作手。

〔1〕 吴文英生卒年,向无明确记载。属于推测的看法目前约有五种:一是生于宁宗庆元六年(1200),卒于理宗景定元年(1260),见夏承焘《吴梦窗系年》。二是生于宁宗开禧前后(1205—1207),卒于恭帝德祐二年(1276)元兵攻入临安后,见杨铁夫《吴梦窗事迹考》。三是生于宁宗开禧元年(1205),卒于度宗咸淳六年(1270),见陆侃如、冯沅君《中国诗史》。四是生于宁宗嘉定五年(1212),卒于度宗咸淳八年(1272)至德祐二年(1276)之间,见陈邦彦《吴梦窗生卒年管见》(《文学遗产》1983年第1期)。五是生于宁宗开禧三年(1207),卒于度宗咸淳五年(1269),见谢桃坊《词人吴文英事迹考辨》(《词学》第5辑)。按周密《浩然斋雅谈》卷下云:"翁元龙时可,号处静,与吴君特为亲伯仲。"梦窗集中有〔探春慢〕《忆兄翁石龟》一词,石龟为翁逢龙号。据清光绪二十五年冯

可镛修、杨亨泰纂《慈溪县志》卷二五《翁元龙传》记载,元龙为兄,逢龙为弟。吴文英与翁氏兄弟为亲伯仲,其年依次当最幼。翁氏兄弟与吴文英均曾从吴潜游,关系甚密。理宗宝祐四年(1256)至宝祐六年(1258)间,吴潜判庆元府,作有〔贺新郎〕《和翁处静桃洞韵》三首,其二有"我已衰翁君渐老"句,时吴潜六十岁至六十二岁,由此推测元龙与吴潜年相若而稍小。吴潜生于宁宗庆元二年(1196),翁元龙略后约生于庆元四年(1198)左右。翁逢龙与吴潜为嘉定十年(1217)同榜进士,吴潜时二十二岁,逢龙后于元龙,约生于庆元六年(1200),时年十八。吴潜与吴文英词多直称其字,而吴文英赠吴潜词,多称"翁"或"先生",其年辈远小于吴潜甚明。又称逢龙为"兄",其年龄自有一定差距。依小于吴潜十岁推算,吴文英约生于宁宗开禧元年(1205)左右。夏承焘《吴梦窗系年》推断词人卒于理宗景定元年(1260)。刘毓崧考定〔水龙吟〕《寿嗣荣王》、〔齐天乐〕《寿荣王夫人》二词作于理宗景定元年度宗立为太子后之秋间,〔烛影摇红〕《寿嗣荣王》、〔宴清都〕《寿荣王夫人》二词则作于次年秋,论证确凿,为研究吴文英者所认可。案嗣荣王为理宗同母弟赵与芮,度宗之生身父。理宗即位后,追封其父希瓐为荣王。淳祐元年(1241),赵与芮为嗣荣王。景定元年(1260)六月,理宗立与芮之子孟启为皇太子。〔水龙吟〕《寿嗣荣王》词中有"望中璇海波新"及"花萼楼高处,连清晓、千秋传宴"句,知为理宗在位、度宗始立为太子时所作,其为景定元年(1260)秋间无疑。〔宴清都〕《寿荣王夫人》一词,刘毓崧断为景定二年(1261)所作,尚可斟酌,观词中"何时地拂龙衣,待迎人、玉京阆圃"及"剩拥湖船,三千彩御"句,荣王夫人俨然为帝母身份,其时当在度宗登位之后。荣王夫人生日在秋天,度宗即位在景定五年(1264)十月,此词当作于度宗咸淳元年(1265)秋间。咸淳三年(1267)八月,嗣荣王赵与芮进封福王。十一月,吴潜追复光禄大夫。梦窗集中无贺颂嗣荣王进封事,其时或已离荣邸。〔西平乐慢〕《过西湖先贤堂,伤今感昔,泫然出涕》一词,研究梦窗者多以为悼吴潜之作,其时或在咸淳四年(1268)春。词中"追想吟风赏月,十载事,梦惹绿杨丝"等句,指淳祐七年(1247)至景定元年(1260)间吴潜在朝为官及判庆元府时二人相处之久,知遇之情。梦窗如不久去世,亦已六十四岁左右。

〔2〕 周密《浩然斋雅谈》下谓翁元龙"与吴君特为亲伯仲"。周前期词颇

有效法梦窗词者,吴亦有词赞美周词,故周说自当可信。夏承焘《吴梦窗系年》引刘毓盘辑翁元龙《处静词》跋据梦窗〔解语花〕《别元龙》结句、夏氏又据《绝妙好词》列梦窗于元龙之前等情事,并以为元龙为梦窗之弟;郑文焯《梦窗词校议》则谓元龙长于梦窗,夏氏云"嫌无确证"。今按清光绪二十五年冯可镛修、杨亨泰纂《慈溪县志》卷二五《翁元龙传》以元龙为兄,逢龙为弟,而梦窗〔探春慢〕《忆兄翁石龟》又明称逢龙(号石龟)为兄,是知元龙最长,逢龙次之,梦窗最幼。

〔3〕〔贺新郎〕《为德清赵令君赋小垂虹》词有"重来趁得花时候"句,夏承焘《吴梦窗系年》以为"令君"指嘉定十七年知德清县的赵善春。依生于开禧元年(1205)推算,吴文英时为二十岁。既称"重来",则在此之前的一二年或三四年间,即十八九岁或十六七岁时,词人曾游德清。集中〔瑞龙吟〕《德清清明竞渡》、〔念奴娇〕《赋德清县圃明秀亭》,亦游德清时作品。另有〔祝英台近〕《春日客龟溪游废园》云"自怜两鬓清霜",〔珍珠帘〕《春日客龟溪,过贵人家,闻箫鼓声,疑是按歌,伫立久之》云"蠹损歌纨人去久",〔烛影摇红〕《赋德清县圃古红梅》云"客老秋槎变",〔青玉案〕《重游龟溪废园》云"梅花似惜行人老",当为晚年重游德清之作。观词中"认得踏青香径小"、"斗草溪根,沙印小莲步"、"恨缕情丝春絮远,怅梦隔、银屏难到"等句,知吴文英少年时代于德清曾有一段恋情。

〔4〕 宁宗嘉定十五年(1222)至理宗绍定五年(1232)间,夏承焘《吴梦窗系年》惟记有重游德清一事,其他无载。按此十年间,词人除曾游德清外,主要生活于杭州,"十载西湖"之恋,即在这一时期。夏承焘《吴梦窗系年》认为梦窗客杭在居苏之后,其时自淳祐三年(1243)冬始,故《梦窗词集后笺》断言:"卷中凡七夕、中秋、悲秋词,皆怀苏州遣妾之作,其时在淳祐四年;凡清明、西湖、伤春词,皆悼杭州亡妾之作,其时在遣苏妾之后。"意谓梦窗杭州情事在苏州之后,即淳祐四年(1244)至宝祐元年(1253)间。按夏之系年定梦窗生于庆元六年(1200),则为词人四十五岁至五十四岁期间。此说有疏误。梦窗居苏之前当在杭州,依生于开禧元年(1205)推算,此十年正为词人十八岁至二十八岁的青年时期。其居苏忆杭之作〔声声慢〕《和沈时斋八日登高韵》词写有:"暗省长安年

少,几传杯吊甫,把菊招潜。"明言少年时在杭州。另一首〔永遇乐〕《探梅次时斋韵》词也写道:"西湖旧日,留连清夜,爱酒几将花误。遗袜尘消,题裙墨黯,天远吹笙路。吴台直下,缃梅无限,未放野桥香度。"同样是在苏忆杭之作,念怀杭女之情极为明白,则西湖之恋自在去苏之前。〔瑞鹤仙〕《丙午重九》一词,为淳祐六年(1246)自苏返杭重游西湖的忆旧之作,其中"金鞭骦袅。追吟赋,倩年少。想重来新雁,伤心湖上,消减红深翠窈。"言年少西湖漫游事。联系其他如"少年买困成欢谑"(〔杏花天〕)、"少年娇马西风冷"(〔恋绣衾〕)、"夜约遗香,南陌少年事"(〔祝英台近〕《上元》)等词,都足证梦窗青少年时期的杭州生活颇为浪漫,与周密〔玲珑四犯〕《戏调梦窗》词"年少忍负韶华,尽占断艳歌芳酒"之语相合。西湖之恋正是这十年中的重要情事;梦窗词中所写"十年心事夜船灯"(〔定风波〕)、"十年断魂潮尾"(〔齐天乐〕)、"十年轻负心期"(〔昼锦堂〕)等等,也都表明这段青年时期的西湖恋情在词人一生中的影响之深。张炎〔声声慢〕《题吴梦窗遗笔》词中所写"烟堤小舫,雨屋深灯,春衫惯染京尘。舞柳歌桃,心事暗恼东邻",亦当指此。

〔5〕〔澡兰香〕《淮安重午》、〔宴清都〕(万里关河眼)、〔玉蝴蝶〕(角断签鸣疏点)三词,皆与淮安之行有关。杨铁夫〔玉蝴蝶〕词尾注:"合〔澡兰香〕一词观之,知梦窗留滞淮安自端节至重九,宜乎有忆姬之作矣。"言词人留滞淮安时间不确,应为重阳节前后至第二年端午节。〔宴清都〕词写初发苏州,"吴王故苑。别来良朋雅集,空叹蓬转"。其时为"对玉露、金风送晚"的秋天。途中写〔玉蝴蝶〕词:"数客路、又随淮月,羡故人、还买吴航。"其时正"满城风雨,催送重阳"。第二年有〔澡兰香〕《淮安重午》之作。词人在淮安滞留半年左右。

〔6〕〔鹧鸪天〕《化度寺作》:"吴鸿好为传归信,杨柳阊门屋数间。"〔点绛唇〕《有怀苏州》:"明月茫茫,夜来应照南桥路。"皆指阊门附近寓居。后居盘门外,见〔满江红〕《甲辰岁盘门外寓居过重午》。《中国大百科全书·中国文学》卷"吴文英"条:"吴文英中年多居苏州,所筑荷塘小隐之宅,地邻太湖。其《大酺》说:'归隐何处,门外垂杨天窄,放船五湖夜色。'就是这种闲适生活的写照。"此说无据,盖将词人之友毛荷塘别庐之名误冒吴文英名下。集中与毛荷塘有关词篇计有七首:〔大酺〕《荷塘小隐》、〔醉桃源〕《荷塘小隐赋烛影》、〔江神

子〕《十日荷塘小隐赏桂呈朔翁》、〔烛影摇红〕《寿荷塘,时荷塘寓京》、〔高阳台〕《寿毛荷塘》、〔三姝媚〕《姜石帚馆水磨坊,方氏会饮总宜堂,即事寄毛荷塘》、〔秋思〕《荷塘为括苍名姝求赋其听雨小阁》。

第十七章　南宋后期其他词人(上)

在南宋后期词坛上,主要继承北宋婉约派特别是周邦彦词风的作家,除了姜夔、吴文英两人最为突出外,还有史达祖、高观国、卢祖皋等人。

第一节　史达祖

史达祖(生卒年不详),字邦卿,号梅溪,原籍开封,寓居杭州。屡试不第。曾在扬州和荆楚一带飘流,担任过幕僚之职。后来被韩侂胄赏识,随李壁出使金廷,任中书省堂吏(简称"省吏")。据叶绍翁《四朝闻见录》戊集记载,"韩(侂胄)为平章,事无决,专倚省吏史邦卿,奉行文字,拟帖撰旨,俱出其手,权炙缙绅,侍从柬札,至用申呈。"足见韩侂胄对他是何等的倚重和信用。开禧北伐失败,韩侂胄被诛杀,史达祖也被黥面流放。

史达祖与当时著名词人姜夔、高观国、张镃等均有交往,并有词章唱和。他在生前即以词名世。后人或以为与姜夔齐名,并称"姜史"[1];或以为与高观国齐名,号称"高史"[2]。《中兴以来绝妙词选》卷七引姜夔的评语谓其词"奇秀清逸,有李长吉之韵,盖能融情景于一家,会句意于两得"。张镃《梅溪词序》更将他和周邦彦、贺铸相提并论:"(史)生之作,辞情俱到,织绡泉底,去尘眼中,妥帖轻圆,特其馀事。至于夺苕艳于春景,起悲音于商素,有瓌奇警迈、清新闲婉之长,而无诡荡污淫之失,端可以分镳清真,平睨方回,而纷纷三变行辈,几不足比数。"传世《梅溪词》,有天津图书馆藏《唐宋名贤百家词》抄本、北京图书馆藏《宋元名家词》抄本、汲古阁刻本、《四印斋所刻词》本、《四库全书》本等,一九八八年上海古籍出版社出版的雷履平、罗焕章《梅溪词》校注本较为完备,共收词一百一十二首。

史达祖是一位有争议的词人。前人或因为他在后期依附韩侂胄而对他的创作也很有微词。例如周济在《介存斋论词杂著》中就说:"梅溪词中喜用'偷'字,足以定其品格矣。"这种以人品来定其词品的做法,本来就带有一定的片面性,何况韩侂胄的锐意北伐,在当时更有其积极的一面,不能以成败来论定全人。

正因为史达祖在依韩一事上为人们所普遍讥弹,所以他在词集中的一些反映抗金复国思想的词章,也就往往被前人所忽视。要想了解史达祖的全人和全词,这类作品便不能不表而出之。

根据史料记载,开禧元年(1205)六月,宋廷遣李壁贺金主生辰,韩侂胄派史达祖随行以窥测金的虚实。在出使过程中,他写下了一系列既有报国壮志、又有感伤情绪的词篇。例如〔龙吟曲〕《陪节欲行,留别社友》云:

道人越布单衣,兴高爱学苏门啸。有时也伴,四佳公子,五陵年少。歌里眠香,酒酣喝月,壮怀无挠。楚江南,每为神州未复,阑干静,慵登眺。 今日征夫在道,敢辞劳、风沙短帽。休吟稷穗,休寻乔木,独怜遗老。同社诗囊,小窗针线,断肠秋早。看归来,几许吴霜染鬓,验愁多少。

在这首作品中,词人首先表达了自己一向"壮怀"激烈的情志,即使在"歌里眠香,酒酣喝月"的绮靡生活中,也从未忘记久已沦入金人之手的中原,总是因为"神州未复"而懒于倚阑眺远,以免徒然引起伤感。这种思想感情是可贵的。下片接着反映此次北征前夕的内心活动。"休吟"三句,表面上是说不愿悲吟故国的沦陷,不想寻找故国的乔木[3],只是可怜受尽磨难的中原遗老,其实又怎么能忘怀自己的故国和故乡呢?退一层讲,反觉更加悲怆、沉痛。结拍将国恨与对同社吟友、家中亲人的思念之情绾合一处,既切题,又耐人寻味。〔满江红〕《九月二十一日出京怀古》则是从另一个角度来抒发家国之恨与身世之感的作品:

> 缓辔西风,叹三宿、迟迟行客。桑梓外、耡櫌渐入,柳坊花陌。双阙远腾龙凤影,九门空锁鸳鸯翼。更无人、抆笛傍宫墙,苔花碧。　　天相汉,民怀国;天厌虏,臣离德。趁建瓴一举,并收鳌极。老子岂无经世术,诗人不预平戎策。办一襟、风月看升平,吟春色。

词题中的"京",就是指北宋都城汴京。尽管词人在出发前夕声称"休吟稷穗,休寻乔木",但途中经过故都故乡时,他仍然情动于中,不能自已。宋廷其他赴金使者(如楼钥等人)在途经汴京时,大都只留住一宿,次日赴宴以后便匆匆上路;而史达祖这次却住了三宿,这显然同汴京是诗人的"桑梓"有着密切关系。当年家乡的"柳坊花陌"是热闹非常的,今天却已变成种庄稼的田地了。双阙远腾,九门空锁,与杜甫《哀江头》所描述的"江头宫殿锁千门,细柳新蒲为谁绿"的情景是多么相似;而当年类似唐朝的"李谟抆笛傍宫墙,偷得新翻数般曲"(元稹《连昌宫词》)的繁华景象已不复可见,入眼的只是在宫墙下寂寞生长着的深绿色苔花。面对眼前如此凄凉的景色,词人怎能不生无限伤感。下片笔锋一转,又以高昂的情调,表达了收复中原、重新一统的信心。所谓"民怀国"和"臣离德",都是有确切的事实证明的,传为辛弃疾或刘过所作的〔清平乐〕中,就有"赤地居民无一粒,更五单于争立"的词句,更不用说史书的具体记载了。然而作者虽然自以为具有经世之术,却无奈不能参与平戎之策,只能是讴歌升平,吟咏春色,在笔锋的又一次转折中,表达了壮志难酬、报国无路的愤慨。

史达祖使金途中还写了好几首词章,或致友情于"江南朋旧"(〔齐天乐〕《中秋宿真定驿》),或寄相思于家乡和闺中之人(〔鹧鸪天〕《卫县道中,有怀其人》、〔惜黄花〕《九月七日定兴道中》),虽未涉及家国之恨,但也反映了词人另一种缠绵的情思。

《梅溪词》中一些抒发身世之感的作品也具有一定的社会意义,如〔满江红〕《书怀》:

> 好领青衫,全不向、诗书中得。还也费、区区造物,许多心力。未暇买田清颍尾,尚须索米长安陌。有当时、黄卷满前头,多惭德。　思往事,嗟儿剧。怜牛后,怀鸡肋。奈稜稜虎豹,九重关隔。三径就荒秋自好,一钱不值贫相逼。对黄花、常待不吟诗,诗成癖。

这首词的写作背景难以具知,玩味词意,当是作者获得卑微官职之后抒发感慨的作品。词人无法到久已沦入金人之手的家乡去买田,为了生计,还需到京城来混口饭吃。"骑驴十三载,旅食京华春"(杜甫《奉赠韦左丞丈二十二韵》),词人此时的境遇,不但同杜甫当年一样,而且他这次能够得到一官半职,也同杜甫当年的遭际相似,全然不是由于满腹诗书,通过考试,获得功名的结果。如今虽说官卑职微,处于"牛后"的地位,实在"食之无味",但毕竟也是得之不易,"弃之可惜"。面对着复杂的人事和险恶的宦途,词人当然想到回家隐居,可是经济条件根本不许可,在侘傺无聊之际,只有对着黄花吟诗以遣忧思而已。作者在词中的自怨自嗟,可以说是唱出了当时许多知识分子的共同心声,具有相当的典型意义。〔秋霁〕也是一首反映某些知识分子典型情绪的佳构:

江水苍苍,望倦柳愁荷,共感秋色。废阁先凉,古帘空暮,雁程最嫌风力。故国信息,爱渠入眼南山碧。念上国,谁是脍鲈江汉未归客。　　还又岁晚,瘦骨临风,夜闻秋声,吹动岑寂。露蛩悲、清灯冷屋,翻书愁上鬓毛白。年少俊游浑断得。但可怜处,无奈苒苒魂惊,采香南浦,剪梅烟驿。

或疑此词作于随李壁使金北行之始(陈匪石《宋词举》),但与词中"岁晚"时令不合。玩味词意,应是中年漂泊江汉或后来被贬遇赦、途经江汉时的作品。词人面对晚秋一片凄凉的景色,不禁怀念故国,触动归思,渴想能像陶潜那样"采菊东篱下,悠然见南山"。可是由于"一钱不值贫相逼",他不能不到京城("上国")去寻求出路。全篇哀景惊心,苦语动人,将一位往日"年少俊游",今日瘦骨临风、鬓毛已白的漂泊游子的内心凄楚,入木三分地传达了出来。〔湘江静〕(暮草堆青云浸浦)一词,同样抒写了作者漂泊思乡之苦。从词中"《石城》怨、西风随去"之语推测,大约也作于漂流或贬谪江汉期间。《旧唐书·音乐志》在解释南朝乐府"石城乐"时说:"石城在竟陵。"竟陵就是现在湖北省的钟祥市。作者长期漂流异乡,在"屡烟钟津鼓"之后已经倦于行役,加之人渐老大,风流顿减,故云"倦篙"、"厌登临"。他希望像潘岳那样,"筑室种树,逍遥自得"(潘岳《闲居赋》),衣食无忧,以享天伦之乐。然而"《闲居》未赋",这一切终究只是幻想。感情和构思,与上首〔秋霁〕略同,都是《梅溪词》中抒发身世之感的"杰构"(戈载《梅溪词跋》)。

史达祖是一位感情非常丰富的词人,对妻子,对朋友,他都是一往情深。妻子去世后,他写了许多首悼亡词,其念念不忘之意常令人不忍卒读。例如〔寿楼春〕《寻春服感念》云:

裁春衫寻芳,记金刀素手,同在晴窗。几度因风残絮,照花斜阳。谁念我,今无裳。自少年、消磨疏狂。但听雨挑灯,欹床病酒,多梦睡时妆。　　飞花去,良宵长。有丝阑旧曲,金谱新腔。最恨湘云人散,楚兰魂伤。身是客,愁为乡。算玉箫、犹逢韦郎。近寒食人家,相思未忘蘋藻香。

结拍所说的"蘋藻",系借用《诗经·召南·采蘋》"于以采蘋,南涧之滨;于以采藻,于彼行潦"句意。郑玄《笺》云:"古者妇人先嫁三月,……教以妇德、妇言、妇容、妇功。教成之祭,牲用鱼,芼(水菜)用蘋藻,所以成妇顺也。"可见这是一首悼念亡妻之词。全词由赏春需要裁制春衫起兴,从而勾起亡妻当年"金刀素手",和自己"同在晴窗"这一往事的回忆。以下历写妻子亡故后种种不堪入眼的情、景、事,加之羁旅异地,日坐愁城之中,当寒食即将来到之际,只有以蘋藻祭奠,在灵前一寄相思之情而已。情真意切,催人泪下。〔夜行船〕《正月十八日闻卖杏花有感》也是一首感人至深的悼亡词:

不剪春衫愁意态,过收灯、有些寒在。小雨空帘,无人深巷,已早杏花先卖。　　白发潘郎宽沈带,怕看山、忆它眉黛。草色拖裙,烟光惹鬓,常记故园挑菜。

陆游《临安春雨初霁》有"小楼一夜听春雨,深巷明朝卖杏花"的名句,此词即由闻卖杏花之声起兴。当年春雨过后,深巷之中便传来叫卖杏花的声音;今日卖花之声依旧,而买花主人则已逝去,自己也是发白腰瘦,老景颓唐。下面更由怀想亡妻的眉黛而怕看青山,又由雨后野菜的蔓生而回忆起亡妻当年在故园挑菜的情事,真有满眼皆是愁恨之感。读完全词,一位枯立帘前,听着帘外雨声、卖花声,望着帘外青山、菜园,不禁缅想亡妻,万感交集的诗人形象,便仿佛出现在读者的眼前。《梅溪词》中的悼亡之作还有一些,〔忆瑶姬〕一首,题目就标明是"骑省之悼也"[4]。其他如〔于飞乐〕《鸳鸯怨曲》、〔阮郎归〕《月下感事》、〔花心动〕(风约帘波)等,玩味词意,大约也是悼亡词。在这些词篇里,作者对亡妻再三致意,并且使用一系列悲怆的词语,刻画一系列凄凉的境界,来加以描摹,加以渲染,充分表现了词人思想感情的一个侧面。

同封建士大夫阶层的其他许多人一样,史达祖也免不了有冶游的生活。他一方面对妻子怀有深厚的感情,另一方面对所欢歌伎的感情也很真挚。这在当时并不奇怪。试看〔三姝媚〕:

烟光摇缥瓦。望晴檐多风,柳花如洒。锦瑟横床,想泪痕尘影,凤弦常下。倦出犀帷,频梦见、王孙骄马。讳道相思,偷理绡裙,自惊腰衩。　　惆怅南楼遥夜,记翠箔张灯,枕肩歌罢。又入铜驼,遍旧家门巷,首询声价。可惜东风,将恨与、闲花俱谢。记取崔徽模样,归来暗写。

读了这首词,我们很容易联想到秦观〔望海潮〕的"金谷俊游,铜驼巷陌,新晴细履平沙"和周邦彦〔瑞龙吟〕的"前度刘郎重到,访邻寻里,同时歌舞,惟有旧家秋娘,声价如故"等词句。同样是写旧地重游,访问当年所欢妓女,所不同的则是伊人已逝,自己只能追想往日的缠绵情意,悬测伊人当我离去之后,日夜相思,以致衣带宽减的种种情事罢了。

如前所述,历代评论家由于史达祖依附韩侂胄而对他的人品常有片面性的非议,但对梅溪词的艺术技巧,则除了个别论者以外,大多数词评家都持肯定、赞许的态度。

史达祖词的艺术风格,主要在瑰奇、清秀两端。张镃所谓"瑰奇警迈,清新闲婉",姜夔所谓"奇秀清逸",以及吴衡照《莲子居词话》"词中俊品"的概括,无一不是从这两方面来着眼的。

史达祖词首先在字、句上充分体现了"瑰奇"的特点。陆辅之《词旨》在"属对"、"警句"、"词眼"中多引其词句,李调元《雨村词话》有《史梅溪摘句图》,并可见史词在炼字、炼句上的成就。例如〔金盏子〕云:"奖绿催红,仰一番膏雨,始张春色。"如油的春雨,仿佛是大自然的主人一般,奖励绿叶生长茂密,催促红花早日开放,将春色开始铺展在人们的眼中。"奖"、"催"、"张"三个动词的连用,就很生动瑰奇,出人意表。又如〔南歌子〕(采绿随双桨)结拍云:"旧欢一饷可过从,试觅鸳鸯新杏、简春风。"将鸳鸯、新杏人格化,让它们捎封信给春风,询问能否使旧欢再续片刻。一个"简"字,也的确是想入非非之后的产物。再如〔庆清朝〕云:"坠絮孳萍,狂鞭孕竹,偷移红紫池亭。馀花未落,似供残蝶经营。"柳絮坠入池塘便孳生浮萍,四处蔓延的竹鞭孕育着新生的竹子,剩馀的红花好像是让残留的蝴蝶在维持生计。连用"孳"、"孕"、"经营"等看似无理、却又在情理之中的动词,将絮、鞭、蝶都写活了。这些都是属于炼字方面的清与奇。在炼句方面,梅溪词中的清与奇更是触目可见。例如〔喜迁莺〕(月波疑滴)云:"自怜诗酒瘦,难应接、许多春色。"用"瘦"字来形容自己近来诗思和酒力的锐减,已是未经前人道语;再说因诗酒瘦而难以欣赏烂漫的春光,更是令人拍案叫绝。又如〔玉蝴蝶〕(晚雨未催宫树)云:"一笛当楼,谢娘悬泪立风前。"上文写秋扇恨捐,心苦似莲,再着以这两句,便将一位被遗弃的歌女形象楚楚可怜地呈现在读者眼前。再如〔青玉案〕(蕙花老尽离骚句)云:"青榆钱小,碧苔钱古,难买东君住。"说的是榆钱太小,苔钱太旧,所以都难将春光买下。思路幽绝,将诗人惜春之情细腻地传达了出来。此类例子还有不少,这里不再一一枚举。

史达祖最擅长咏物。他的咏物词的确能将"奇秀清逸"的风格表现得淋漓尽致,因此人们总是赞不绝口。其代表作则是堪称《梅溪词》中压卷之作的〔绮罗香〕《咏春雨》和〔双双燕〕《咏燕》两首:

> 做冷欺花,将烟困柳,千里偷催春暮。尽日冥迷,愁里欲飞还住。惊粉重、蝶宿西园,喜泥润、燕归南浦。最妨它、佳约风流,钿车不到杜陵路。　　沉沉江上望极,还被春潮晚急,难寻官渡。隐约遥峰,和泪谢娘眉妩。临断岸、新绿生时,是落红、带愁流处。记当日、门掩梨花,剪灯深夜语。

> 过春社了,度帘幕中间,去年尘冷。差池欲住,试入旧巢相并。还相雕梁藻井,又软语、商量不定。飘然快拂花梢,翠尾分开红影。　　芳径,芹泥雨润。爱贴地争飞,竟夸轻俊。红楼归晚,看足柳昏花暝。应自栖香正稳,便忘了、天涯芳信。愁损翠黛双蛾,日日画阑独凭。

这两首咏物词在炼字炼句、细节描绘以至全篇结构等方面都下足了功夫。第一首的"欺"、"困"、"偷催"和"惊粉重"两句,"隐约"两句,"临断岸"两句,第二首的"欲"、"试"、"又"和"还相"两句,"飘然"两句,"红楼"两句,不仅用字奇警空灵,俊语联翩而出,宛如大珠小珠之落于玉盘,而且就通篇来看,又都是从各个侧面、各种角度来作细腻的构思和描摹,从而更使全词宛如颗颗光彩夺目的珍珠所联缀而成的项链。例如第一首依次从感觉、视觉、植物、动物、恋人、江潮、遥峰、春水等等方面,将诗人在春雨之中的所见、所感、所想的情景交织绾合一处,构成了一幅大自然在春雨绵绵之际的五色斑斓的图画,真好像是"如意宝珠,玩弄难于释手"(先著《词洁》)。不仅如此,更妙的还在于通篇看不见一个"雨"字,而雨景仿佛就在眼前。先著《词洁》说"无一字不与题相依,而结尾始出'雨'字",其实这个"雨"字并未明出,而是通过巧妙地化用唐人刘方平《春怨》"梨花满地不开门"和李商隐《夜雨寄北》"何当共剪西窗烛,却话巴山夜雨时"等诗句来暗中托出的。第二首也有类似的特点,不仅在一系列生动、传神的细节描写中,将春燕写得活灵活现,"可谓能尽物性"(周尔墉评《绝妙好词》),而且也是通篇不着一"燕"字,却"所咏了然在目,且不留滞于物"(张炎《词源》)。这种"不写形而写神,不取事而取意"(卓人月《词统》)的作法,是非大手笔、大才子莫办的。无怪乎王渔洋要以一唱三叹的口吻说:"仆每读史邦卿《咏燕》词,……以为咏物至此,人巧极天工矣"(《花草蒙拾》)了。史达祖咏物词中的佳制还有一些,如〔东风第一枝〕的咏春雪,〔夜合花〕的赋笛等,但都不如上面两首那样传诵千古。

  史达祖词以清新俊秀为其基调,也有少数几篇的风格接近豪放一路,如〔满江红〕《中夜秋潮》、〔满江红〕《书怀》之类。其中"激气已能驱粉黛,举杯便可吞吴越"、"三径就荒秋自好,一钱不值贫相逼"等词句,置之苏、辛、张孝祥、刘过等人的集中,几乎可以乱真。

另外，史达祖也偶用散文入词，如〔贺新郎〕《六月十五日夜西湖月下》的"爱酒能诗之社"、"尘世必无知者"、〔贺新郎〕《湖上高宾王、赵子野同赋》的"聊可与之娱悦"、"更坐上其人冰雪"等。这些固然同所用词调有关，在艺术上也缺少诗味，但也可以看出史达祖词的风格并不局限于清新闲婉一个方面。

史达祖词主要祖述周邦彦，集中〔三姝媚〕（烟光摇缥瓦）、〔玉蝴蝶〕（晚雨未摧宫树）、〔秋霁〕（江水苍苍）、〔湘江静〕（暮草堆青云浸浦）等篇，在用字琢句以至全篇布局、韵致上都刻意模仿清真，《白雨斋词话》评〔湘江静〕一阕即有"亦居然美成复生"之语。也有风神更接近姜夔的，如〔八归〕（秋江带雨）、〔万年欢〕《春思》、〔兰陵王〕《南湖同碧莲见寄，走笔次韵》等。《白雨斋词话》在评〔八归〕时又说："笔力直是白石，不但貌似，骨律神理亦无不似。"证明史达祖主要效法的另外一位对象便是姜夔。姜从周来，而以清劲逋峭之笔刻削之；史从周、姜来，又以清俊奇秀之笔润饰之。博采众长，并充分发挥自己善于深思的长处（即周济《介存斋论词杂著》所谓"甚有心思"），尽量做到尽态极妍，所以终能成就自家面目，跻身南宋词坛上有数的名家行列。

史达祖词对后人有相当的影响。毛晋《竹屋痴语跋》引陈造《竹屋痴语序》谓史词"要是不经人道语"，张炎《词源》屡屡称赏其咏物词、节序词及词中句法，足见史词在宋末即为世所重。再从宋末主要师承周邦彦、姜夔的王沂孙、张炎等人的词作中，也可以看出受史影响的痕迹。例如〔齐天乐〕《秋兴》有"断浦沉云，空山挂雨"之句，张炎就专学此种。又〔齐天乐〕《白发》云："瑶簪谩妒，便羞插宫花，自怜衰暮。尚想春情，旧吟凄断茂陵女。"王沂孙〔天香〕《龙涎香》、〔齐天乐〕《蝉》（二首）之类在风致上就很相像。清代的浙西派词人对史达祖也十分推崇（参见汪森《词综序》等）。朱彝尊甚至说过"吾最爱姜、史"(谢章铤《赌棋山庄词话续编》二)的话。雍正、乾隆间,厉鹗为词坛赤帜,影响所及,以至"家白石而户梅溪"(《赌棋山庄词话》卷一一)。王士禛更云:"宋南渡后,梅溪、白石、竹屋、梦窗诸子,极妍尽态,反有秦、李未到者。……正如唐绝句至晚唐刘宾客(禹锡)、杜京兆(牧),妙处反进青莲(李白)、龙标(王昌龄)一尘。"(《花草蒙拾》)史达祖词的影响,于此可见大略。

第二节　高观国

高观国,字宾王,号竹屋,山阴(今浙江绍兴)人。生卒年和具体身世均不详。一生似未进入仕途,大约是一位以填词为业的吟社中人。与史达祖常有词章唱和。今存《竹屋痴语》一卷,有汲古阁刊本、毛斧季校本、《四库全书》本(用毛刻本)、《彊村丛书》本(用汲古阁抄本)、《唐宋名贤百家词》抄本(天津图书馆藏)、《宋元名家词》抄本(北京图书馆藏)等。根据《全宋词》的收集,现存词一百零八首。

高观国词在当时也很有名,与史达祖并称"高、史"。陈造《竹屋痴语序》云:"高竹屋与史梅溪皆周、秦之词,所作要是不经人道语。其妙处少游、美成亦未及也。"张炎也说:"秦少游、高竹屋、姜白石、史邦卿、吴梦窗,此数家格调不侔,句法挺异,俱能特立清新之意,删削靡曼之词,自成一家,各名于世。"(《词源》)评价都是比较高的。

高观国与史达祖交谊很深。史达祖出使金廷,临行前曾赋〔龙吟曲〕留别社友,高观国的〔雨中花〕则是当时送史达祖北征之作:

旆拂西风,客应星汉,行参玉节征鞍。缓带轻裘,争看盛世衣冠。吟倦西湖风月,去看北塞关山。过离宫禾黍,故垒烟尘,有泪应弹。　　文章俊伟,颖露囊锥,名动万里呼韩。知素有、平戎手段,小试何难。情寄吴梅香冷,梦随陇雁霜寒。立勋未晚,归来依旧,酒社诗坛。

词借送史达祖使金,抒发了"离宫禾黍,故垒烟尘"的悲愤,同时通过对史达祖的赞扬,将小试平戎手段的厚望寄予对方。另外,在〔八归〕《重阳前二日怀梅溪》中,词人设想对方此次出使,途经旧京时,必然"恨满幽苑离宫"。这些都表现了词人的爱国之情。由于作者毕竟没有使金的生活实践,故所写较之史达祖北行词作就不免逊色。

通观《竹屋痴语》,言情之作数量最多,也最为动人。作者对朋友、亲人,甚至不相识的下层人民的深情,在集中都有作品反映。

史达祖是高观国的同社朋友,他出使金廷之后,高观国经常写词怀念,盼望对方早日归来。除上引〔八归〕外,〔醉落魄〕(钩帘翠湿)、〔齐天乐〕《中秋夜怀梅溪》等首大约也写于同一期间,后者尤为时人称道:

晚云知有关山念,澄霄卷开清霁。素景分中,冰盘正溢,何啻婵娟千里。危阑静倚,正玉管吹凉,翠觞留醉。记约清吟,锦袍初唤醉魂起。　　孤光天地共影,浩歌谁与舞,凄凉风味。古驿烟寒,幽垣梦冷,应念秦楼十二。归心对此,想斗插天南,雁横辽水。试问姮娥,有谁能为寄。

词人在中秋之夜,对着皎洁的月光,联想苏轼"但愿人长久,千里共婵娟"的词句,不禁怀念起远在"古驿"、"幽垣"的老友,同时设想对方此时也在对月怀归,因而忽发奇想,询问神话传说中的月中嫦娥,有谁能为双方传递书信,互相安慰。全词触景生情,因景起兴,委婉说来,如与挚友促膝谈心,所以姜夔赞叹道:"徘徊宛转,交情如见。"(《词林纪事》引)

高观国对闺中人的深情往往与乡思联系在一起。从词作来看,他少年时在东越,后来到过吴门、淮南等地,大部分词篇则写于旅食临安期间。试看下面这首〔烛影摇红〕:

> 别浦潮平,远村帆落烟江冷。征鸿相唤著行飞,不耐霜风紧。雪意垂垂未定,正惨惨、云横冻影。酒醒情绪,日晚登临,凄凉谁问。　　行乐京华,软红不断香尘喷。试将心事卜归期,终是无凭准。寥落年华将尽,误玉人、高楼凝恨。第一休负,西子湖边,江梅春信。

从下片首句来看,这首词显然作于临安。京城虽然"软红不断香尘喷",但词人在酒醒之后,还是感到非常凄凉孤独,于是思乡之情顿生,并为不能准时归去,以致失信于"高楼凝恨"的闺中之人而深深负疚。至于归期为何"无凭准",词中没有明言,想来是功名未遂,难以归去吧。〔玉蝴蝶〕一词就道出了其中消息:

> 唤起一襟凉思,未成晚雨,先做秋阴。楚客悲残,谁解此意登临。古台荒、断霞斜照,新梦黯、微月疏砧。总难禁,尽将幽恨,分付孤斟。　　从今。倦看青镜,既迟勋业,可负烟林。断梗无凭,岁华摇落又惊心。想莼汀、水云愁凝,闲蕙帐、猿鹤悲吟。信沉沉,故园归计,休更侵寻。

这首词的题旨同上首如出一辙,都是写的怀乡之情。所不同的只是功名未遂这层意思在此词中非常显豁。"倦看"两句,化用杜诗"勋业频看镜",自明用世之志又自嗟年已老大;"断梗"两句,形容身世飘摇,无可依傍,又值岁暮,更是难以为怀。既然如此,倒不如早定归计,隐退故园。在决绝的口吻之中,包含着多少失望和悲伤。

高观国早年大约过的是承平公子的生活,后来断梗飘蓬,缅想旧游旧欢,常常感慨系之。在这方面的佳制当以下面这首〔齐天乐〕最有代表性:

> 碧云阙处无多雨,愁与去帆俱远。倒苇沙闲,枯兰溆冷,寥落寒江秋晚。楼阴纵览,正魂怯清吟,病多依黯。怕挹西风,袖罗香自去年减。　　风流江左久客,旧游得意处,珠帘曾卷。载酒春情,吹箫夜约,犹忆玉娇香软。尘栖故苑,叹璧月空檐,梦云飞观。送绝征鸿,楚峰烟数点。

从"珠帘"两句借用杜牧"春风十里扬州路,卷上珠帘总不如"、"落魄江湖载酒行,楚腰纤细掌中轻"句意来看,这是作者怀念往日冶游生活的一首词作。词人在"寥落寒江秋晚"之际,既伤往事已矣,所欢女子又杳无消息,更为久客异乡、"魂怯""病多"而中心悒郁。通篇情景交至,结拍以高远之景作结,尤觉馀韵不尽。

《竹屋痴语》中有两首吊唁青楼歌伎的词篇,一是代人所作,即〔喜迁莺〕《代人吊西湖歌者》;一是次韵之作,即〔永遇乐〕《次韵吊青楼》,写得都很有感情。前者有云:"玉骨瘦无一把,粉泪愁多千点。可怜损,任尘侵粉蠹,舞裙歌扇。"后者有云:"香断帘空,尘生砌冷,谁唤青鸾舞。"都对死者表示了很大的同情和惋惜,并不把她们看作是可以颐指气使、任意玩弄的卑贱女子,这种感情同柳永、周邦彦是一脉相承的。

高观国所作咏物词甚多,仅题目注明是咏物的即有二十首左右。偶有佳作,大部分则缺少新意,不能同史达祖的〔绮罗香〕、〔双双燕〕相提并论。

　　高观国词在艺术风格上与史达祖比较接近,也给人以某种新、奇之感。例如〔贺新郎〕《赋梅》下片云:"开遍西湖春意烂,算群花、正作江山梦。"意谓当其他群花还在做装点江山的好梦时(含苞待放),梅花却已开遍西湖,使人感到真的是春意烂漫了。构思新奇,前人似未曾道过。〔玉楼春〕(春烟澹澹生春水)过片云:"棹沉云去情千里,愁压双鸳飞不起。"旧游、旧欢俱已消逝,剩有闲愁千般万种。"愁"能将双鸳的翅膀压得飞不起来,与李清照"只恐双溪舴艋舟,载不动、许多愁"可谓异曲同工,妙在构思奇警,琢语生动。又〔金人捧露盘〕《梅花》结拍云:"新愁万斛,为春瘦、却怕春知。"意谓春日已经到来,故梅花日以枯萎(瘦),但它又怕春天知道后,不再喜欢自己了。这是采取拟人化的手法,以"梅"自喻,以"春"暗喻所爱的男子,生动地反映了一位深情女子的真实心理状态。这些都是在琢句方面比较新奇的例子。〔齐天乐〕有句云:"倒苇沙闲,枯兰溆冷。""倒苇"、"枯兰"都是倒装。枯苇倒伏,水边的沙地就显得空闲起来;兰花凋零,水畔的洲渚便显然冷清得多。通过这两个典型事物的刻画,将下文"寥落寒江秋晚"的意境塑造得令人仿佛身临其境。之所以能够达到如此真切的艺术效果,是和巧妙地使用"闲"、"冷"两个常见字有着密切关系的。〔临江仙〕(风月生来人世)结拍云:"歌随流水咽,眉学远山颦。"又〔杏花天〕首句云:"远山学得修眉翠。"前者以蛾眉比喻远山,后者以远山比喻修眉,人、物互喻,却以"学"字来加以勾连,不但比用"似"字生动得多,而且采用拟人化的手法,将远山和女子置于互相摹仿、又互相比美的地位,读来不免使人联想到"花强妾貌强"之类的词句。可惜这方面比较典型的例子不多,较之史达祖词就颇为逊色了。

高观国词主要取法周邦彦和柳永。〔杏花天〕(霁烟消处寒犹嫩)"乍门巷、惜惜昼永",〔兰陵王〕《春雨》"谩一犁江上,半篙堤外,勾引轻阴趁暮角"之类,从字面上即可看出模拟周邦彦的消息。至通篇气韵大类周邦彦的例子也斑斑可见,如〔齐天乐〕(碧云阙处无多雨)、〔解连环〕《柳》、〔兰陵王〕《为十年故人作》等等。羁旅行役之词则于柳永更为接近,如〔烛影摇红〕(别浦潮平)、〔玉蝴蝶〕(唤起一襟凉思)等。此外,集中还有一些模拟姜夔、苏轼,甚至颇有唐五代北宋小令遗意的作品,可见作者取法的面是比较广的。

高观国词精实有馀而超逸不足,对后世的影响也不如史达祖。但同史达祖一样,他的某些作品已开南宋末叶的词风,王沂孙、周密、张炎等人可能都或多或少地受到他的影响,试取〔八归〕《重阳前二日怀梅溪》与周密、王沂孙等朋友之间相思送别一类词作相比,便可看出它们的风格是多么的接近。

第三节　卢祖皋

卢祖皋(生卒年不详),字申之,又字次夔,号蒲江,永嘉(今浙江温州)人。宁宗庆元五年(1199)进士。历官池州教授、吴江主簿。嘉定十一年(1218),主管刑工部架阁文字。十三年,秘书省正字、校书郎。十四年,著作郎。十五年,将作少监。十六年,权直学士院。卒于官。

卢祖皋是著名学者楼钥的外甥,永嘉四灵赵师秀、翁卷的诗友,"乐章甚工,字字可入律吕"(宋人黄昇《花庵词选》中语),在当时就颇有词名。宋人张端义在《贵耳集》中说他"作小词纤雅",《东嘉姓谱》也说他"工乐府,江浙间多歌之"。传世《蒲江词》,有汲古阁刊本(撮录黄昇《花庵词选》二十四首,误增吴文英〔好事近〕一首)、《南词》本(北京图书馆藏)、毛斧季校本、《彊村丛书》本(《蒲江词稿》一卷,用《南词》本)、《四库全书》本(用毛刻本)、《唐宋名贤百家词》抄本(天津图书馆藏)等。根据《全宋词》的收集,今存词九十六首。

卢祖皋词的内容和风格与《竹屋痴语》极为相近,怀人、怀归、怀旧并抒写身世之感的词作在集中占有相当数量,艺术性也较高。怀人之作如〔宴清都〕《初春》云:

春讯飞琼管。风日薄、度墙啼鸟声乱。江城次第,笙歌翠合,绮罗香暖。溶溶涧渌冰泮,醉梦里、年华暗换。料黛眉重锁隋堤,芳心还动梁苑。　　新来雁阔云音,鸾分鉴影,无计重见。啼春细雨,笼愁澹月,恁时庭院。离肠未语先断。算犹有、凭高望眼。更那堪、芳草连天,飞梅弄晚。

词人在一片繁华热闹的春光中,忽然想到远方的伊人,猜测对方因怀念自己而终日愁眉紧锁。由于两地乖隔,无计重见,想要登楼远眺,无奈连天的芳草遮断了望眼,天色又已向晚,所以只能回忆当年春雨澹月之际和她在庭院中相亲相爱的情景,默默忍受着相思之苦而已。全词多用乐景来反衬悲哀之情,使作者怀人的凄苦心境更加突出。下面这首小词〔清平乐〕也是怀人之作,写得尤为含蓄、蕴藉、灵动:

镜屏开晓,寒入宫罗峭。脉脉不知春又老,帘外舞红多少。　　旧时驻马香阶,如今细雨苍苔。残梦不堪重理,一双蝴蝶飞来。

由季节的变化,追想旧时的情人,构思与上首略同。过片两句,昔与今、热闹与冷寂形成鲜明的对比,说明地仍旧处,人已杳然。结拍两句,再以一双恩爱的蝴蝶来反衬残梦的不堪重理,更令人产生"此恨绵绵无绝期"之感。

怀念旧日情事的词作当以〔江城子〕最有代表性:

画楼帘幕卷新晴,掩银屏,晓寒轻。坠粉飘香,日日唤愁生。暗数十年湖上路,能几度,著娉婷? 年华空自感飘零,拥春酲,对谁醒?天阔云闲,无处觅箫声。载酒买花年少事,浑不似,旧心情。

画楼,新晴,繁花飘香……在大好的春光之中,词人又一次回想起年少时载酒买花的往事。如今年光已过十春,能够赏春的次数将愈来愈少,况且人过中年,心情已经迥然不同。今昔对比,分外凄凉寥落。

怀旧的作品往往与身世之感联系在一起,如〔画堂春〕下片云:"蝴蝶梦中寒浅,杜鹃声里春归。镜容不似旧家时,羞对清溪。"前两句化用唐人崔涂《春夕》的"蝴蝶梦中家万里,杜鹃枝上月三更",写的是思归的心情;后两句则进一步说揽镜自顾,容貌已非昔比,无颜更对清溪照影。故乡难回,人又老大,两者交织一处,心情愈加悒郁。下面这首〔贺新郎〕《彭传师于吴江三高堂之前作钓雪亭,盖擅渔人之窟宅,以供诗境也。赵子野约余赋之》则是从另一个角度来写思乡之情的:

挽住风前柳,问鸱夷、当日扁舟,近曾来否?月落潮生无限事,零乱茶烟未久。漫留得、莼鲈依旧。可是从来功名误,抚荒祠、谁继风流后。今古恨,一搔首。 江涵雁影梅花瘦。四无尘、雪飞风起,夜窗如昼。万里乾坤清绝处,付与渔翁钓叟。又恰是、题诗时候。猛拍阑干呼鸥鹭,道他年、我亦垂纶手。飞过我,共尊酒。

这首词作于吴江县主簿任上,作者当时还处于下僚地位。"三高"指范蠡、张翰、陆龟蒙,都是曾经隐居此地的高人。如今他们的风流韵事依然传诵,但能步其后尘的人已愈来愈少,究其原因,就在于为追求个人的功名利禄所误。词人仰慕三高,表示他年定要垂钓于此,隐约传达出倦于仕宦、希望归隐的心情。

《蒲江词》中时有俊语,如〔乌夜啼〕的"柳色津头泫绿,桃花渡口啼红",毛晋《蒲江词跋》就以为"较之秦七'莺嘴啄花红溜,燕尾点波绿皱'不更鲜秀耶?"他如〔谒金门〕(闲院宇)的"花片无声帘外雨",〔菩萨蛮〕(翠楼十二阑干曲)的"玉箫吹未彻,窗影梅花月",以及〔贺新郎〕(挽住风前柳)的"江涵雁影梅花瘦"等句,也都为毛氏所激赏。词人不但善于以乐景写哀,而且往往喜欢以景结束全篇,以收馀味无穷的效果。前引〔宴清都〕《初春》和〔清平乐〕(镜屏开晓)的结句都是如此。卢祖皋词的其他结句也有耐人寻味之处,如〔清平乐〕(柳边深院)结拍云:"何处一春游荡,梦中犹恨杨花。"写思妇怨恨荡子久游不归,但不说怨荡子而说恨杨花,转觉婉转缠绵。〔菩萨蛮〕(翠楼十二阑干曲)结拍云:"无语只低眉,闲拈双荔枝。"把一位脉脉含情的娇好女子写得栩栩如生。〔水龙吟〕《淮西重午》结拍云:"问明年此夜,一眉新月,照人何处。"将一位羁旅天涯、归期无据的漂泊游子的心情刻画得非常真实、生动。

同史达祖词相似,卢祖皋词主要也是取法周邦彦,其中小令则受五代北宋婉约词风的影响较深。偶有效法苏轼豪放风格的作品,如〔贺新郎〕(挽住风前柳)、〔贺新郎〕《姑苏台观雪》、〔满江红〕《齐云月酎》等。同高观国一样,卢祖皋写词虽然转益多师,力图兼收各家之长,但毕竟由于生活圈子狭窄,才力又不足以济之,所以终未能卓然自成一家面目,对后世的影响也就远不如姜夔、史达祖了。

〔1〕 张宗橚《词林纪事》卷一三引蒿芦师(许昂霄)云:"白石、梅溪,昔人往往并称。"

〔2〕 冯煦《宋六十一家词选·例言》:"由观国与达祖迭相唱和,故援与相比。"

〔3〕《孟子·梁惠王下》:"所谓故国者,非谓有乔木之谓也,有世臣之谓也。"史达祖原籍开封,开封又是他此行的必经之地,故词中的"故国"应兼有故乡之意,下面所引〔满江红〕词亦可佐证。

〔4〕 骑省,指晋潘岳。其《秋兴赋序》云:"以太尉掾虎贲中郎将寓直于散骑之省。"其妻死,为赋《悼亡诗》三首,有名于世,故曰"骑省之悼"。

第十八章　南宋后期其他词人(下)

在南宋后期词坛上,继承或倾向于苏、辛以来豪放风格的作家,主要有刘克庄、戴复古和陈人杰等人。

第一节　刘克庄

刘克庄不但是南宋后期创作数量最多的一位著名诗人,也是这一时期豪放派中最有成就的一位词人。在南宋词坛上,他和刘过、刘辰翁齐名,被称为"三刘";有人甚至认为他的词可以和陆游、辛弃疾鼎足而三(冯煦《宋六十一家词选·例言》),足见他在词史上是占有一定地位的。其词在传世各种本子中,保存数量最多的是《后村先生大全集》(北京图书馆藏清抄本、《四部丛刊》本)卷一八七至一九一的长短句,共二百五十八首。《彊村丛书》本《后村长短句》五卷即依《大全集》参据其他各本校刻者。另外有《后村居士集》(北京图书馆藏有宋刻本,南京图书馆藏有依宋抄本)五十卷中卷十九、二十两卷的诗馀,存词一百二十首。清以来最通行的是毛氏汲古阁《宋六十名家词》本《后村别调》,存词一百二十二首。今人钱仲联创为《后村词笺注》,共收二百六十四首。

刘克庄词是有意识地继武辛弃疾的词风的。在《辛稼轩集序》中,他说辛弃疾词"大声镗鞳,小声铿锵,横绝六合,扫空万古,自有苍生所无",可见他对辛词是何等的服膺。这种继武与服膺,不仅表现在词的形式上,更表现在词的内容中。在〔贺新郎〕《席上闻歌有感》中,他自称"粗识《国风·关雎》乱,羞学流莺百啭,总不涉闺情春怨",清楚地表明了他对与士大夫征歌逐酒生活相适应的绮靡词风的不满。范开序稼轩词说辛弃疾"以气节自负,以功业自许",不过是把歌词当作"陶写工具";冯煦《宋六十一家词选·例言》也称赞刘克庄"志在有为,不欲以词人自域"。由此又可进一步见出辛、刘两人词风相似的根本原因。

刘克庄词的基调同他的诗基本相同,最突出又最有特色的是那些忧国伤时、愤世嫉俗的篇什。他虽然没有辛弃疾在金占领区生活过二十馀年的经验,更没有辛弃疾一生中许多带有传奇般色彩的经历,但他同南宋以来所有爱国志士一样,对中原的沦陷和祖国的分裂总是怀着绵绵无尽的悲愤,总是希望神州早日光复,禹甸重新一统。在〔贺新郎〕《九日》中,他劈空写道:"湛湛长空黑,更那堪、斜风细雨,乱愁如织。"这一如织乱愁的核心,便是对中原未复的凄凉、萧瑟之情,所以下面用"白发书生神州泪"一句点出。在〔六州歌头〕《客赠牡丹》中,他因见牡丹而兴故国之思:"一自京华隔,问姚魏,竟何如?多应是,彩云散,劫灰馀。野鹿御将花去,休回首、河洛丘墟。漫伤春吊古,梦绕汉唐都,歌罢欷歔。"此外,〔摸鱼儿〕(怪新年倚楼看镜)之"凝望久,怆故国,百年陵阙谁回首",〔忆秦娥〕(梅谢了)之"鸿归早,凭伊问讯,大梁遗老"等等,都生动而形象地表达了作者那中心藏之、无时忘之的爱国之情。下面这首〔玉楼春〕《戏林推》更是为人称道的一首佳作:

年年跃马长安市,客舍似家家似寄。青钱换酒日无何,红烛呼卢宵不寐。　易挑锦妇机中字,难得玉人心下事。男儿西北有神州,莫滴水西桥畔泪!

全词以绝大篇幅写林推官多年旅居京城期间过着裘马清狂的生活——饮酒、赌博、狎妓……看似正面渲染对方浪漫生活,实则另有深意。结拍两句陡然转折,仿佛悬崖勒马,柳暗花明:原来以上所写,既是林推官生活的真实写照,又是为规劝林推官不要沉溺其中而应以国事为重所作的铺垫。作者巧妙地运用"卒章显其志"的手法,将劝勉朋友的肺腑之情真实而含蓄地表达出来。

作者尽管满怀光复神州的豪情壮志,但因人事多迕,常有怀才不遇,以至功名未立,光阴虚度的感慨。在〔沁园春〕《答九华叶贤良》中,他回忆自己当年的豪气,不禁感慨万端:"怅燕然未勒,南归草草;长安不见,北望迢迢。老去胸中,有些磊块,歌罢犹须着酒浇。"在〔沁园春〕《梦孚若》中,他又借怀念友人方孚若来抒发同样的情怀:

何处相逢?登宝钗楼,访铜雀台。唤厨人斫就,东溟鲸脍;围人呈罢,西极龙媒。天下英雄,使君与操,馀子谁堪共酒杯!车千辆,载燕南赵北,剑客奇才。　饮酣画鼓如雷,谁信被晨鸡轻唤回。叹年光过尽,功名未立;书生老去,机会方来。使李将军,遇高皇帝,万户侯何足道哉!披衣起,但凄凉感旧,慷慨生哀。

据作者《宝谟寺丞诗境方公墓志铭》记载,方孚若名信孺,以使金不屈而名满天下。"克庄少时少亲公,晚受公荐。公退居,克庄亦奉祠,相从于荒原断涧之滨。归自岭外,公已危惙,尚揽衣起坐相劳苦。"可见两人志同道合,声气相求。上片托之梦境,以豪迈的笔触,表达了对方孚若的赞美和互相倾慕之意;过片写梦醒之后,抚今思昔,顿生感慨:过去光阴虚掷,功名未立;今日机会虽来,无奈人已老去。所以结拍乃有"慷慨生哀"之语,与上片形成鲜明的对照。

刘克庄词的爱国思想还表现在用抗金复国的理想勉励友人。试看〔贺新郎〕《送陈真州子华》:

北望神州路,试平章这场公事,怎生分付?记得太行山百万,曾入宗爷驾驭。今把作握蛇骑虎。君去京东豪杰喜,想投戈下拜真吾父。谈笑里,定齐鲁。　两河萧瑟惟狐兔。问当年、祖生去后,有人来否?多少新亭挥泪客,谁梦中原块土?算事业须由人做。应笑书生心胆怯,向车中闭置如新妇。空目送,塞鸿去。

这是刘克庄四十一岁时的作品,也是集中的代表作之一。陈子华名韡,当时移知真州。真州即今江苏省仪征市,在南宋属淮南东路所辖,是接近抗金前线的要地。作者借送陈子华上任的机会,寄语对方,希望他能团结京东一带的忠义民兵,平定齐鲁,然后进一步努力恢复中原。结尾自谦自嘲,用以称羡陈子华的此次北上任职。全词意气风发,杨慎《词品》所谓"壮语可以立懦",确非溢美之辞。尤其值得注意的是词中充分肯定忠义民兵的态度。当年东京留守宗泽和爱国将领王彦(南宋初期都统制,后创建"八字军"活跃在太行山区)、岳飞等人都特别重视义军的力量。辛弃疾也是如此。词中的思想感情和宗泽等人是相通的。而用词的形式来加以表达,就是在辛弃疾词中也极为罕见。〔贺新郎〕《实之三和,有忧边之语,走笔答

之》则是一首激励友人投笔从戎,挽救国难的作品:

> 国脉微如缕。问长缨、何时入手,缚将戎主?未必人间无好汉,谁与宽些尺度?试看取、当年韩五。岂有穀城公付授,也不干、曾遇骊山母。谈笑起,两河路。　　少时棋柝曾联句。叹而今登楼揽镜,事机频误。闻说北风吹面急,边上冲梯屡舞。君莫道、投鞭虚语。自古一贤能制难,有金汤、便可无张许?快投笔,莫题柱!

当年金人占领的中原地区尚未收复,蒙古大军就在灭金之后逐步南侵了:淳祐三年七月破大安军,次年五月又围寿春府。在"北风吹面急,边上冲梯屡舞"的形势下,作者和王迈(字实之)都看到了这更加危险的局面即将到来,因有"国脉微如缕"、"君莫道投鞭虚语"的忧惧。然而词人并未全然丧失信心,而是敦促当政者放宽用人的尺度,以期得到像张巡、许远那样坚决抵抗外侮的英才,而不要徒恃坚固的防御工事。最后画龙点睛,希望像王迈这样的知识分子能够投笔从戎,不要一味追求富贵。感情激越,语重心长,充分显示了一位爱国知识分子在国难当头之际的报国热情。

对于坚决抗敌的将领,作者是给以充分肯定的,例如〔贺新郎〕《杜子昕凯歌》就是歌颂杜杲(字子昕)在"几处城危如卵"的情势下,同入侵的元兵苦斗,并不断取得胜利:"开门决斗雌雄判,笑中宵、奚车毡屋,兽惊禽散。"而对尸位素餐、计无所出的宰辅大臣则进行了辛辣的讥讽:"新来边报犹飞羽,问诸公可无长策,少宽明主?"(〔贺新郎〕《跋唐伯玉奏稿》)即使是常被后人诟病的某些阿谀贾似道的词篇,有时也是出自爱国忧民的思想感情,不能一概否定。如〔汉宫春〕《丞相生日乙丑》中赞美贾似道"但管取三边无警,活他百万生灵",就是一例。乙丑为度宗咸淳元年(1265)。六年前(1259)蒙古大军南下,宋帅贾似道请划江为界,奉币请和。适值蒙哥汗去世,蒙古统帅忽必烈为了争夺王位,答应了贾似道的要求,引兵急遽北归。贾似道隐匿此事,反以大败蒙古、解鄂州之围上闻。刘克庄与贾似道私交虽好,也不大可能知道此事的内幕,所以才对他作这样的赞美。

刘克庄词中还有其他一些佳作,如〔满江红〕《送宋惠父入江西幕》云:"帐下健儿休尽锐,草间赤子俱求活。"是对镇压少数民族起义者的劝告;〔贺新郎〕《宋庵访梅》云:"老子平生无他过,为梅花受取风流罪。"是对自己当年横遭政治迫害所发出的愤慨[1];〔风入松〕《福清道中作》云:"远林摇落晚风哀,野店犹开。多情惟是灯前影,伴此翁、同去同来。逆旅主人相问,今回老似前回。"是对亡妻的真挚怀念;〔贺新郎〕《郡宴和韵》云:"但得时平鱼稻熟,这腐儒不用青精饭。"则与杜甫的"广厦"心情如出一辙。所有这些,都不是一味剪红刻翠的词人所可比肩的。

刘克庄词中也存在一些糟粕。"把东篱掩定,北窗开了,悠然酌,颓然睡"(〔水龙吟〕《己亥自寿二首》之一)之类思想,在作者晚年比较突出——尽管其中不时有些牢骚愤激之语。集中还有不少自寿、寿人和其他应酬的词篇,大都是无谓之作,在艺术上也不高明。

刘克庄词的艺术特色是豪迈奔放,雄健疏宕。杨慎评它壮语足以立懦,毛晋评它"雄力足以排奡"(《后村别调跋》),大致是恰当的。这种风格不仅在抒发爱国情思的作品中表现得比较突出,在一般抒情之作中也时有所见。试举〔满江红〕一首为例:

落日登楼,谁管领、倦游狂客?待唤起,沧浪渔父,隔江吹笛。看水看山身尚健,忧晴忧雨头先白。对暮云不见美人来,遥天碧。　　山中鹤,应相忆;沙上鹭,浑相识。想石田茅屋,草深三尺。空有鬓如潘骑省,断无面见陶彭泽。便倒倾海水浣衣尘,难湔涤!

全词写自己深悔宦游,颇动归隐之思,笔力的刚健,气势的豪纵,较之爱国词篇并无逊色,以致陈廷焯《白雨斋词话》有"沉痛激烈,几欲敲碎唾壶"的赞语。另外,集中有些爱国作品的风格则比较凄婉含蓄,并非一味豪壮。例如〔忆秦娥〕:

梅谢了,塞垣冻解鸿归早。鸿归早,凭伊问讯,大梁遗老。浙河西面边声悄,淮河北去炊烟少。炊烟少。宣和宫殿,冷烟衰草。

词中借景抒情,无金刚努目之态,意境却自深厚。集中还有少数风格接近婉约一派的作品,如〔忆秦娥〕《暮春》下片云:"枝头杜宇啼成血,陌头杨柳吹成雪。吹成雪,淡烟微雨,江南三月。""淡烟"两句,极有韵致。又〔清平乐〕《顷在维扬陈师文参议家,舞姬绝妙,赋此》下片云:"一团香玉温柔,笑颦俱有风流。贪与萧郎眉语,不知舞错伊州。""贪与"两句,写舞女出神入化,堪称"妙语"(《古今词话》)。于此均可见刘克庄词风格的多样。

刘克庄词同他的诗一样,特别喜爱使事用典。有的地方用得很切,颇收言简意赅之效。如〔汉宫春〕《陈尚书生日》"嗣皇访落,怪鹤书直恁来迟"之句,用《诗经》中的有关事典来影附现实,非常贴切[2]。有的地方融化或移用古籍文字十分自然,有举重若轻之感。如〔沁园春〕《梦孚若》下片"使李将军遇高皇帝,万户侯何足道哉",就是移用《史记·李将军列传》中的成句[3],信手拈来,天衣无缝。

类似例子很多,不尽枚举。

刘克庄词多粗犷,偶然也有一些细腻的描绘,如〔沁园春〕《梦中作梅词》云:"似湘娥凝望,敛君山黛;明妃远嫁,作汉宫妆。冷艳谁知,素标难裹,又似夷齐饿首阳。"连用比喻,与辛弃疾〔沁园春〕《灵山齐庵赋。时筑偃湖未成》中接连用谢家子弟、相如车骑、马迁《史记》比喻众山同一机杼。〔清平乐〕(风高浪快)下片云:"身游银阙珠宫,俯看积气濛濛。醉里偶摇桂树,人间唤作凉风。"摇动月中桂树,化为人间凉风,想象奇特,思路幽绝,与辛弃疾某些带有浪漫色彩的作品相近。

刘克庄词在艺术上的缺点是多用议论,大量用典,以文为词,因而有时削弱了词的艺术形象,这同他的诗作的缺点颇为相似。词风雄健有馀,深厚不足,奔放有馀,含蓄不足,同上述缺点也有一定的关系。集中特多赓和之作,如〔念奴娇〕的六和,《沁园春》的十和等等。贪多务得,时有玩弄文字的倾向,是不足取的。

第二节　戴复古

戴复古的诗在当时很有名,词名却似有不逮,这大约是为诗名所掩的缘故。现存《石屏词》一卷,有北京图书馆藏《宋元名家词》抄本、南京图书馆藏黄丕烈影抄宋本(《石屏长短句》)、《四部丛刊》续编影印弘治刊本、双照楼影印宋本(《石屏长短句》)等。据《全宋词》辑录,流传至今的共四十五首,另〔沁园春〕《送姚雪篷之贬所》一首仅存断句。

戴复古词数量不多,但其中颇有佳构,尤以抒写爱国忧时思想感情的作品最为精彩。下面这首〔水调歌头〕《题李季允侍郎鄂州吞云楼》是集中的代表作之一：

> 轮奂半天上，胜概压南楼。筹边独坐，岂欲登览快双眸？浪说胸吞云梦，直把气吞残虏，西北望神州。百载一机会，人事恨悠悠！　骑黄鹤，赋鹦鹉，谩风流。岳王祠畔，杨柳烟锁古今愁。整顿乾坤手段，指授英雄方略，雅志若为酬？杯酒不在手，双鬓恐惊秋。

李季允时任沿江制置副使兼知鄂州，所以上片设想李常登吞云楼独坐筹划边境事宜，以抒发消灭金兵、恢复神州的豪情壮志。"百载"两句陡转，写宋室南渡百年以来，光复旧物的机会屡因人事贻误而丧失。过片连用仙人子安骑黄鹤、祢衡作《鹦鹉赋》及抗金英雄岳飞等事典，既切鄂州本地风光，又致慨于往事之已成陈迹。"整顿"以下，赞美李某胸怀大智大勇，正欲"气吞残虏"，以致归隐的"雅志"（用谢安事）难以实现。表面上是惋惜，实则隐寓劝李功成以后再隐退之意。然而"人事悠悠"，李的方略、手段能否实现并成功，仍难逆料，故结拍以无酒消愁、秋风染鬓之语收束。全词慷慨凄凉，具见作者深衷。

戴复古一生布衣，从未有过一官半职，空有忧时济世之心，却请缨无路，报国无门，因此只能将规复的希望寄托在边境守臣的身上，上首〔水调歌头〕是这样，下面这首〔满庭芳〕《楚州上巳万柳池应监丞领客》也是如此：

> 三日春光，群贤胜践，山阴何似山阳？鹅池墨妙，曲水记流觞。自许风流丘壑，何人共、击楫长江？新亭上，山河有异，举目恨堂堂。　使君，经世志，十年边上，两鬓风霜。问池边杨柳，

> 因甚凄凉？万树重新种了，株株在、桃李花傍。仍须待，剩栽兰芷，为国洗河湟！

这是一首很有深意的佳作。发端从上巳万柳池边胜饯落笔，巧妙地将山阴（会稽，今浙江绍兴）与山阳（楚州，今江苏淮安）联系起来。当年"群贤"只知山阴修禊，自许风流，而不思击楫中流，收复旧疆，以致徒有新亭之叹。今日群贤上巳胜游，抚今思昔，怎不感慨万端。借古讽今，意在言外。下片再从赞美主人落笔：使君具有经世之志，又长期守卫边境，备尝辛苦。然而"万树重新种了"，年复一年，其志仍未实现，故着以"问池边杨柳"两句，隐写"树犹如此，人何以堪"之叹。结拍再从正面拈出中心旨意，希望主人今后进一步培养兰芷般的有用人材，以期早日完成"为国洗河湟"的大业，实现主人的夙愿。〔贺新郎〕《寄丰真州》的主题思想与上首〔满庭芳〕相同，感情则稍异：

> 忆把金罍酒。叹别来，光阴荏苒，江湖宿留。世事不堪频着眼，赢得两眉长皱。但东望、故人翘首。木落山空天远大，送飞鸿、北去伤怀久。天下事，公知否？　　钱塘风月西湖柳。渡江来、百年机会，从前未有。唤起东山丘壑梦，莫惜风霜老手。要整顿、封疆如旧。早晚枢庭开幕府，是英雄、尽为公奔走。看金印，大如斗！

先写别后相思，将伤时忧国之心与怀古之情融合一处，然后由时事的艰危写到寄恢复希望于对方。前首〔水调歌头〕中"百载一机会，人事恨悠悠"，是从反面说；这里"渡江来，百年机会，从前未有"，则是从正面说，表现了作者对时局所抱的乐观态度。机不可失，时不再来,希望对方不要像当年谢安那样高卧东山,而应挺身出来,整顿封疆,到大开幕府之日,定有许多英雄起而奔走效劳,建功立业。全词从激励对方勤力国事出发,与辛弃疾〔水龙吟〕《甲辰岁寿韩南涧尚书》有异曲同工之妙。

戴复古词中有一些抒发身世之感的作品写得也很真切、动人,如〔沁园春〕:

> 一曲狂歌,有百馀言,说尽一生。费十年灯火,读书读史;四方奔走,求利求名。蹭蹬归来,闭门独坐,赢得穷吟诗句清。夫诗者,皆吾侬平日,愁叹之声。　　空馀豪气峥嵘,安得良田二顷耕?向临邛涤器,可怜司马;成都卖卜,谁识君平!分则宜然,吾何敢怨,蝼蚁逍遥戴粒行。开怀抱,有青梅荐酒,绿树啼莺。

可以说是作者一生的真实写照。全词仿佛口语,娓娓说来,全无剑拔弩张、金刚努目之态,与他人同类题材的作品颇异其趣。此外如〔西江月〕(宿酒才醒又醉)下片云:"过隙光阴易去,浮云富贵难凭。但将一笑对公卿,我是无名百姓。"〔减字木兰花〕云:"阻风中酒,流落江湖成白首。历尽艰关,赢得虚名在世间。　　浩然归去,忆着石屏茅屋趣。想见山村,树有交柯犊有孙。"还有〔望江南〕(石屏老)三首等,皆是从不同角度来写自己的身世,于中可见作者恬淡甚至避世思想感情的一面。

戴复古词继承了苏、辛以来的豪放词风,但又时出新意,不是亦步亦趋地蹈袭前人。〔满江红〕《赤壁怀古》是突出地表现这种词风的一首典型之作:

> 赤壁矶头,一番过、一番怀古。想当时、周郎年少,气吞区

宇。万骑临江貔虎噪,千艘列炬鱼龙怒。卷长波、一鼓困曹瞒,今如许！　　江上渡,江边路;形胜地,兴亡处。览遗踪、胜读史书言语。几度东风吹世换,千年往事随潮去。问道傍、杨柳为谁春,摇金缕?

《四库全书总目·〈石屏词〉提要》认为此词"豪情壮采,实不减于(苏)轼。"又据《中兴词话》记载,"沧洲陈公尝大书(此词)于庐山寺。王潜斋复为赋诗云:'千古登临赤壁矶,百年脍炙雪堂词。沧洲醉墨石屏句,又作江山一段奇。'"可见后人对此词的激赏。这首词明显是效法苏轼〔念奴娇〕《赤壁怀古》的,但结拍则有意模仿姜夔〔扬州慢〕的"念桥边红药,年年知为谁生",并不全然蹈袭苏轼。另〔大江西上曲〕《寄李实夫提刑,时郊后两相皆乞归》一首,《四库提要》有"未免效颦"的讥评,其实与苏轼词相较,终在似与不似之间,激烈之情过之而飘逸之气则有所不逮。有时似与辛弃疾更为接近,如〔贺新郎〕《寄丰真州》、〔沁园春〕(请赋林堂)之类,不过有逊辛词那样雄浑阔大的气概罢了。

戴复古自谓读书不多,所以他的词同他的诗一样,较少用典,也不过分注重藻饰,有时甚至用俗字俚语入词,如"家乡煞远哩,抵死思量,枉把眉头万千锁"、"把三杯两盏记时光,问有甚曲儿,好唱一个"(〔洞仙歌〕)、"说个话儿方有味,吃些酒子又何妨"(〔浣溪沙〕)等,未免过于俚俗,缺少诗味。但如"莫恨银瓶酒尽,但将妾泪添杯"(〔临江仙〕《代作》)、"但将一笑对公卿,我是无名百姓"(〔西江月〕)之类,却于俗中见雅,别有韵味。

戴复古词有时善于将悲愤之情化作委婉的语言出之,如〔大江西上曲〕下片有"西北风尘方颎洞,宰相闲归绿野"之句,实际上是对乞归的两相进行辛辣讽刺,却用"闲归"字样和唐代名相裴度功成隐居绿野堂的事典来委婉含蓄地表达出来。又如〔满庭芳〕《楚州上巳万柳池应监丞领客》,上片表面上是讽刺东晋"群贤"修禊山阴,不思收复故土,实际上则是影射现实;下片再从正面歌颂主人有经世之志,实际上又是敦促对方将此壮志迅速付诸实现。或变呵斥为冷语,或欲擒而故纵,有时更能收入木三分之效。

第三节　陈人杰

　　陈人杰(生卒年不详),名经国,人杰或是其字,号龟峰,福州长乐人。少年时为了应考江东漕闱,一度寓居金陵。未中,于是浪游两淮、荆、湘等地,然后前往临安,流落十年,过着"风尘牢落,歧路回皇"的生活。卒时年约三十岁左右。传世《龟峰词》一卷,有明吴讷抄本《唐宋名贤百家词》和清抄本毛扆手校《宋元名家词》,署名陈经国;又有皕宋楼藏旧抄本(见《皕宋楼藏书志》卷一二〇),署名陈人杰。此外尚有知不足斋抄本、四印斋刊本、劳巽卿抄本等。今存词三十一首。

　　在南宋后期词坛上,陈人杰是一位颇具特色的爱国词人。他一生科第不得意,胸怀壮志而无可施展,所以满腔热忱与愤慨,一寄之于词。现存词作大部分是他生命最后几年旅食临安期间所写,当时他风华正茂,才思过人,故较多慷慨激昂的篇什,绝少嗟老叹贫的作品。

　　陈人杰词所写的主题主要是忧国伤时和身世之感,两者往往紧密联系在一起。〔沁园春〕《丁酉岁感事》就是其中脍炙人口的一首词作:

谁使神州,百年陆沉,青毡未还?怅晨星残月,北州豪杰;西风斜日,东帝江山。刘表坐谈,深源轻进,机会失之弹指间。伤心事,是年年冰合,在在风寒。　　说和说战都难,算未必江沱堪宴安。叹封侯心在,鳣鲸失水;平戎策就,虎豹当关。渠自无谋,事犹可做,更剔残灯抽剑看。麒麟阁,岂中兴人物,不画儒冠?

丁酉为理宗嘉熙元年(1237)。蒙古大军灭金(1234)后不久,即兵分三路继续南侵,一路长驱入蜀,一路攻打襄汉,一路侵掠江淮。一二三六年攻破了成都、襄阳、枣阳等地,大肆掳掠人口和财物。南宋统治集团穷于应付,无一良策,而享乐腐化,依然如故。作者对此深感痛心,因而写了这首词来抒发感慨。全词先写国势日益危殆,慨叹北方志士仁人日少,江南半壁河山难以久安,感情极其沉痛。然后由对南宋统治者的批判写到个人的蹭蹬,表达了作者在困难处境中仍有挽救国难的决心和信心,从而塑造了一位爱国知识分子的动人形象。下面这首〔沁园春〕也是忧时伤世之作,嘻笑怒骂,尤为淋漓尽致:

　　记上层楼,与岳阳楼,酾酒赋诗。望长山远水,荆州形胜;夕阳枯木,六代兴衰。扶起仲谋,唤回玄德,笑杀景升豚犬儿。归来也,对西湖叹息,是梦耶非?　　诸君傅粉涂脂,问南北战争都不知。恨孤山霜重,梅凋老叶;平堤雨急,柳泣残丝。玉垒腾烟,珠淮飞浪,万里腥风吹鼓鼙。原夫辈,算事今如此,安用毛锥!

据词前小序[4]可知,这首词是作者远游归来,抚今思昔,有感而作。嘉熙庚子为一二四〇年。前年九月蒙古军围庐州,去年六月又攻重庆,这就是"玉垒"三句所反映的严酷现实。国事如此险巇,而当权诸君却只知"傅粉涂脂",其腐败昏聩可想而知。作者蒿目时艰,胸中勃郁之气不可遏止,故结拍叹息文章无用,表达了一种绝望的心情。

国家兴亡,匹夫有责,这种思想在陈人杰词中触处皆是。从下首〔沁园春〕中,我们可以看到作者对此是何等的顽强和执着:

> 我自无忧,何用攒眉,今忧古忧?叹风寒楚蜀,百年受病;江分南北,千载归尤。洛下铜驼,昭陵石马,物不自愁人替愁。兴亡事,向西风把剑,清泪双流。　边头,依旧防秋,问诸将君恩酬未酬?怅书生浪说,皇王帝霸;功名已属,韩岳张刘。不许请缨,犹堪草檄,谁肯种瓜归故丘!江中蜃,识平生许事,吐气成楼。

全词由南宋百年苟安写到眼前国步依然艰难。虽然当权者不许请缨杀敌,自信还能起草檄文,为国效劳,决不愿眼睁睁地看着国家覆亡,然后像秦朝的东陵侯一样,在长安城东种瓜。从此词前面的小序[5]可以看出,作者是以杜甫为楷模,有意识地在词中抒发"爱君忧国之意"的。

诚如作者在〔沁园春〕《丁酉岁感事》中所说,"封侯心在,鳣鲸失水;平戎策就,虎豹当关",他的雄心壮志一直不能实现。因此,英雄失路的主题在龟峰词中经常出现。在〔沁园春〕《留春》中,他自称"要得一归如许难"的原因,就在于"奈声利羁留身未闲"。而"百八盘世路,尽在长安",要想在京城求得一官半职,是极其困难的。"似骑驴杜甫,长在长安"(〔沁园春〕《赠陈用明》),"长安市,只喧喧箫鼓,催老男儿"(〔沁园春〕《守岁》)等等,便是作者旅食临安期间生活的真实写照。从表面现象看,他似乎是像当时的一般知识分子一样,目的不过是为了求官。其实对作者来说,求官乃是为了建功立业,北伐中原:

> 抚剑悲歌,纵有杜康,可能解忧?为修名不立,此身易老;古心自许,与世多尤。平子诗中,庾生赋里,满目江山无限愁。关情处,是闻鸡半夜,击楫中流。

这是〔沁园春〕《次韵林南金赋愁》的上片,说明作者确实是将个人的命运同国家的命运紧密联系在一起的。下面这首〔沁园春〕《问杜鹃》表达了同样的思想感情:

> 为问杜鹃:抵死催归,汝胡不归?似辽东白鹤,尚寻华表;海中玄鸟,犹记乌衣。吴蜀非遥,羽毛自好,合趁东风飞向西。何为者,却身羁荒树,血洒芳枝?　　兴亡常事休悲,算人世荣华都几时。看锦江好在,卧龙已矣;玉山无恙,跃马何之?不解自宽,徒然相劝,我辈行藏君岂知!闽山路,待封侯事了,归去非迟。

全词通过对杜鹃催归的反诘,明确表示了自己处理回乡和"封侯"两者之间关系的态度——等到"封侯事了",那时再回乡不迟。作者是热爱家乡、经常怀念故山的:"望归鸿影尽,白云万里;啼鹃声切,落日千山。"(〔沁园春〕《留春》)"太岁茫茫,犹有归时,我胡不归?"(〔沁园春〕《守岁》)他之所以思乡而不归,就是因为壮志未酬。然而就像桂花梅花一样,"如此清标,依然香性,长在凄凉索寞中",只能眼看"纷纷桃李,占断春风"(〔沁园春〕《天问》)。在作者看来,

"世间成败,不关工拙;男儿济否,只系遭逢"(同上),而这个"遭逢",最主要的便是能否得到"当世名巨"的"印可"(〔沁园春〕"不恨穷途"小序)和"良媒"(〔沁园春〕《庚子岁自寿》:"奈未遇良媒空自伤")的荐举。他曾经写了一首题为《思古人》的〔沁园春〕,慨叹诵黄庭坚诗句"才难不其然,有亦未易识"并感喟(小序),像韩愈、郭泰、谢尚等肯"奖借后进"的知音真是"黄金难铸"。这类抒发身世之感的作品,实质上也是从另一个侧面批判统治者的不恤人才。

陈人杰词中送人赠人的作品有好几首。这些作品大都意气峥嵘,不落俗套,如〔沁园春〕《送高君绍游雪川》,上片写了"京洛风尘,吴兴山水,等是东西南北人"之后,下片便转入"江湖夜雨青灯,曾说尽百年闲废兴",将国家命运和个人身世绾合一处。〔沁园春〕《送郑通父之吴门谒宋使君》也有"春风渐到梅枝,算我辈荣枯应似之。莫提携剑铗,悲歌一曲;摩挲髀肉,清泪双垂"之句,自勉勉人,绝不作儿女子态。偶作虚无消极之语,大都是应酬之属的游戏文字,有时甚至是旁敲侧击,意在言外。如〔沁园春〕《同林义倩游惠觉寺,衲子差可与语,因作葛藤语示之》下片云:"偷闲来此徘徊,把人世黄粱都唤回。算五陵豪客,百年荣贵,何如衲子,一钵生涯。"通过对比,对"五陵车马自轻肥"的"豪客"进行了冷嘲。

陈人杰词主要取法辛弃疾[6],在艺术上的基本特色便是笔力豪纵,挥洒自如,将议论寓于激昂慷慨的抒情之中,又颇具典折变化的特点,这从上面所引的一些词篇可以概见。就曲折变化一端而言,如〔沁园春〕《丁酉岁感事》前面以绝大部分篇幅极写时事的险恶和自身的报国无路,情调低沉,几于失声痛哭。"渠自无谋"以下,竭力腾踔,化悲痛为力量,反以高昂的气势结束全篇,可谓极转折变化之能事。〔沁园春〕《问杜鹃》的结构也有类似之处。全篇以大部分文字反诘杜鹃,以兴亡常事、荣华短暂等消极之语劝慰杜鹃自宽自解,似乎作者自己也作如是想。不料"我辈行藏君岂知"以下,陡然转折,反以建功立业之事自许,使全词的情调来了一个极大的反复,有出人意表之感。这些都与一般平铺直叙的写法有深浅高下之别。

陈人杰词在语言上的另一个突出特点是虽不铺采摛文,却比较典雅,一切游词俚语从不犯其笔端。这同作者认为诗歌具有崇高地位以及由此而产生的严肃的创作态度有密切关系。他有一首专论诗歌创作的〔沁园春〕云:

> 诗不穷人,人道得诗,胜如得官。有山川草木,纵横纸上;虫鱼鸟兽,飞动毫端。水到渠成,风来帆速,廿四中书考不难。惟诗也,是乾坤清气,造物须悭。　金张许史浑闲,未必有功名久后看。算南朝将相,到今几姓;西湖名胜,只说孤山。象笏堆床,蝉冠满座,无此新诗传世间。杜陵老,向年时也自,并冻衣寒。

上片写诗歌创作的切身体会。一首好诗创作出来之后,比得到官职还要高兴。创作之际,所有外界事物都能纷纷落入笔端,任你驱使。只要功夫到家,就能水到渠成,达到最高境界。但由于诗是天地间的清明灵秀之气,要想写出真正的佳作,实在也不容易。下片笔锋一转,进一步将诗人和达官贵人作比较。前者生前尽管生活贫困,姓名和作品自可传世不衰;后者生前不论如何富贵,死后总是湮没无闻。词中既继承了诗穷而后工的观点,更重要的是把诗人的地位和诗歌的价值看得极高,同曹丕《典论·论文》中"文章经国之大业,不朽之盛事"的看法十分近似。而在词中从不使用有悖典雅语言方面,在南宋后期词坛上,恐怕只有王沂孙的《花外集》可以相提并论。

《龟峰词》所存三十一首全用《沁园春》调,这在词史上也是比较特殊的。〔沁园春〕上下片都有四句扇对,作者在这里的遣词造句都比较注意。例如《问杜鹃》的"看锦江好在,卧龙已矣;玉山无恙,跃马何之",《丁酉岁感事》的"叹封侯心在,鳣鲸失水;平戎策就,虎豹当关"等等,或借古伤今,或抒发身世之感,感情都很沉痛,对仗也颇工稳。有些对仗写得情景交融,如《留春》之"望归鸿影尽,白云万里;啼鹃声切,落日千山",是将羁旅思乡之情融入凄凉的景物之中;《记上层楼》之"恨孤山霜重,梅凋老叶;平堤雨急,柳泣残丝",则是以哀景来隐喻国势的危殆;等等。从这些地方,又可看到作者构思的巧妙和驾驭文字的能力。可惜享年不永,同唐朝的李贺一样,"俱不尽其才而死"(陈容公《龟峰词跋》),否则将会有更大的成就。

〔1〕 作者任建阳令时,因所写《落梅》诗中有"东风谬掌花权柄,却忌孤高不主张"之句,被言官指为讪谤而初次罢官。

〔2〕 "嗣皇"用《诗·周颂·闵予小子》序:"《闵予小子》,嗣王朝于庙也。"孔颖达《正义》:"此朝庙事,武王崩之明年,周公即已摄政,成王未得朝庙,且又无政可谋,……必非居摄之年也。王肃以此篇为周公致政,成王嗣位,始朝于庙之乐歌。""访落"用《诗·周颂·访落》序:"《访落》,嗣王谋于庙也。"毛《传》:"谋者,谋政事也。访,谋;落,始。"按周公摄政七年,而后成王始亲政,说诗者犹称之为嗣王。宋宁宗死后,史弥远矫诏杀皇子济王竑,立理宗,专朝政九年。至绍定六年,弥远卒,次年端平改元,理宗始亲政。

〔3〕 《史记》原文为:"惜乎,子(指李广)不遇时。如令子当高帝时,万户侯岂足道哉!"

〔4〕 小序云:"予弱冠之年,随牒江东漕闱,尝与友人暇日命酒层楼。不惟钟阜、石城之胜,班班在目,而平淮如席,亦横陈樽俎间。既而北历淮山,自齐安(今湖北黄冈)沂江泛湖,薄游巴陵,又得登岳阳楼,以尽荆州之伟观,孙、刘虎视遗迹依然,山川草木,差强人意。洎回京师,日诣丰乐楼以观西湖,因诵友人'东南妩媚,雌了男儿'之句,叹息者久之。酒酣,大书东壁,以写胸中之勃郁。

时嘉熙庚子秋季下浣也。"

〔5〕 小序云:"(林)南金又赋无愁。予曰:'丈夫涉世,非心木石,安得无愁时?顾所愁何如尔。杜子美平生困踬不偶,而叹老羞卑之言少,爱君忧国之意多,可谓知所愁矣。若于着衣吃饭,一一未能忘情,此为不知命者。故用韵以反骚。"

〔6〕 如〔沁园春〕《天问》"如此清标,依然香性,长在凄凉索寞中",便显然从辛弃疾〔声声慢〕《嘲红木犀》"道人取次装束,是自家、香底家风。又怕是,为凄凉、长在醉中"之句化出。

第十九章　宋末诗人（上）

公元一二七六年，元兵攻入临安，恭帝赵㬎投降。一二七九年，厓山兵败，陆秀夫负帝昺投海，南宋宣告彻底覆亡。这一历史巨变使南宋诗坛发生了最后一次显著的转折。那些爱国的、有民族自尊心的知识分子，目睹元军的种种暴行，身受元蒙统治者的高压，不能不情动于中，发而为诗，或抒写矢志抗敌复国、力挽狂澜的决心，或倾泻破国亡家，飘泊乱离的悲恸，或表达不事新朝、澹泊终生的意志，情真意切，具有十分感人的力量。南宋诗坛在它发展的过程中，便以爱国志士和遗民中杰出诗人的慷慨悲歌作了一个光辉的结束。在这些诗人中，文天祥以及谢翱、林景熙、汪元量、谢枋得、郑思肖等人尤为著名。

第一节　文天祥

文天祥（1236—1282），字履善，又字宋瑞，号文山，江西吉安（今属江西）人，我国历史上著名的民族英雄。理宗宝祐四年（1256）状元及第。开庆元年（1259），蒙古军攻鄂州（今湖北武昌），宦官董宋臣主张迁都，中外汹汹而莫敢议其非。文天祥以宁海军节度判官上书请斩之以安人心,并提出御敌之计数事,未被采纳。后历任刑部郎官,知瑞、赣等州。恭宗德祐元年(1275),闻元兵东下,便在赣州组织义军,入卫临安。次年任右丞相,出使元军营中谈判,被扣留。不久在镇江脱身,历尽艰险,辗转至通州(今江苏南通),由海路南下,在福建与张世杰、陆秀夫等坚持抗元。端宗景炎二年(1277)进兵江西,恢复州县多处。旋为元兵所败,退入广东继续抵抗。次年不幸在广东海丰北五坡岭被俘。又次年,被送往大都(今北京)狱中幽囚。元统治者多次威胁利诱,他始终不屈。元世祖至元十九年十二月初九日,在柴市从容就义。

关于文天祥诗文集的版本,据《四库全书总目·〈文山集〉提要》云,元代元贞、大德年间,其乡人搜访其遗作,编为前集三十二卷,后集七卷,世称道体堂刻本。明初其本散佚,尹凤歧从内阁得之,重加编次,为诗文十七卷,皆进士及第后及知赣州以前的作品。江西副使陈价、庐陵处士张祥先后刻之,附以文天祥在患难中手定的《指南前录》一卷,《后录》二卷。又《吟啸集》则是当时书肆所刊行,与《指南录》颇相复出。另《纪年录》一卷,也是文天祥在狱时所自述,后又复集众说以益之。只有《集杜诗》因年久单行,未经收入。明嘉靖三十一年的鄢懋卿刻本,名《文山先生全集》,也许是文天祥全集的最早刻本。另有雍正三年文天祥十四世孙的家刻本,与鄢刻本卷数、编次不同,文字也有出入。今天较常见的有《四库全书》二十一卷本及明万历三年(1575)庐陵胡应皋所刻《文山先生全集》本等,《四部丛刊》即据后者影印,合《集杜诗》及《附录》共二十卷(《国学基本丛书》本又据《丛刊》影印本排印)。

文天祥留传下来的作品中,比较有文学价值的是诗歌,有《文山诗集》、《指南录》、《指南后录》(附词若干首)、《吟啸集》和《集杜诗》等。

文天祥的诗歌可以分为前后两期:元兵攻破临安、俘虏恭宗以前是一个时期,作品收在《文山诗集》中;毁家纾难、入卫临安以迄被囚大都、壮烈殉国是一个时期,作品收在其他几部诗集中。前期作品大都草率平庸,流传至今的二百四十多首诗中,赠相士、谈命、太极数、银河数、丹士、道士等方面的作品即有五十首之多,占了五分之一;庆吊、送别、题赠之类应酬的作品约计百首,又占了五分之二。其馀部分偶然也有感时、抒怀的佳作,可惜数量很少,例如《题碧落堂》云:

大厦新成燕雀欢,与君聊此共清闲。地居一郡楼台上,人在半空烟雨间。修复尽还今宇宙,感伤犹记旧江山。近来又报秋风紧,颇觉忧时鬓欲斑。

这首诗作于理宗景定五年(1264)秋知瑞州任上。四年前,蒙古军一度占领瑞州,碧落堂毁于兵火。其后蒙古军虽然北还,但不时挑起边衅,此时在樊城、襄阳等地又有所活动,所以尾联及之。此外,《题黄冈寺次吴履斋韵名潜,丞相》的"何日洗兵马,车书四海同",《夜坐》的"终有剑心在,闻鸡坐欲驰",《生日和谢爱山长句》的"夜阑拂剑碧光寒,握手相期出云表"等,都说明他这一时期还不完全耽于"有辋川、盘谷之趣"的文山,以享"人世之清福"(《思故乡》小序),其奋发有为、忧时济世的思想已初见端倪了。

德祐以后,由于政治形势发生了剧变,自己又接连遭受了国破家亡、兵败被俘的惨痛,文天祥的诗歌在题材和感情上都有了巨大的变化和飞跃。他的后期诗作,大体上又可以分为两个阶段:被俘前主要抒发百折不挠的精神和充满胜利的信心,被俘后则以抒发坚持民族气节和悲歌坎坷身世的作品为主。

爱国主义思想是贯穿在文天祥后期诗歌中的一条主线,它和忠君思想又往往是联系在一起的。试看他最重要的一首代表作品《正气歌》：

> 天地有正气，杂然赋流形：下则为河岳，上则为日星。于人曰浩然，沛乎塞苍冥。皇路当清夷，含和吐明庭；时穷节乃见，一一垂丹青：在齐太史简，在晋董狐笔，在秦张良椎，在汉苏武节；为严将军头，为嵇侍中血，为张睢阳齿，为颜常山舌；或为辽东帽，清操厉冰雪；或为《出师表》，鬼神泣壮烈；或为渡江楫，慷慨吞胡羯；或为击贼笏，逆竖头破裂。是气所旁薄，凛烈万古存，当其贯日月，生死安足论！地维赖以立，天柱赖以尊，三纲实系命，道义为之根。嗟余遘阳九，隶也实不力。楚囚缨其冠，传车送穷北。鼎镬甘如饴，求之不可得。阴房阗鬼火，春院闷天黑。牛骥同一皂，鸡栖凤凰食。一朝蒙雾露，分作沟中瘠。如此再寒暑，百沴自辟易。哀哉沮洳场，为我安乐国！岂有他缪巧，阴阳不能贼？顾此耿耿在，仰视浮云白。悠悠我心悲，苍天曷有极！哲人日已远，典型在夙昔。风檐展书读，古道照颜色。

作者认为，有一种正气充塞于天地之间，它体现在人的身上就是浩然之气。一个人只要具备了这种浩然之气，就能在危难的时候无所畏惧，置死生于度外。为此，作者在诗中引用了历史上一系列忠君的事典来说明这种"正气"在人身上的具体体现，强调它就是封建伦理纲常的"命"和"根"，自己决心向这些典型人物学习，并且身体力行，矢志不移。

这种把爱国与忠君联系起来的思想，在文天祥的许多诗歌中都有所反映。在镇江脱险后的流亡途中，他高唱道："铁石心存无镜变，君臣义重与天期。"（《题苏武忠节图》其三）"臣心一片磁针石，不指南方不肯休!"(《扬子江》)在大都狱中,他始终不改初衷:"唯存葵藿心,不改铁石肠。"(《壬午》)"讵知君父恩,天地同生成。"(《生日》)若此之类,不胜枚举。

但是,文天祥的忠君并不是仅仅忠于某一个皇帝或皇帝个人,在特定的历史条件下,他把社稷看得比国君还要重要。对于这一点,他在《纪年录》中记载与元博罗丞相的一段对话说得再明白不过了。当博罗指责他没有跟随被俘的德祐皇帝北上却别立吉王、信王为不忠时,他回答道:"德祐,吾君也,不幸而失国。当此之时,社稷为重,君为轻。吾别立君,为宗庙社稷计,所以为忠臣也。从怀、愍而北者非忠,从元帝为忠;从徽、钦而北者非忠,从高宗为忠。"这一观点也始终贯穿在他后期的诗歌之中。例如在《高沙道中》,他写道:"初学苏子卿,终慕鲁仲连,为我王室故,持此金石坚。"在《自叹》中,他又说道:"祖逖关河志,程婴社稷功。"而在《泰和》中,他更明确地将忠君与爱国思想看作是一回事:"丹心不改君臣谊,清泪难忘父母邦。"尽管这里所说的"父母邦"是具指自己的家乡,实质上也包括整个社稷在内。

文天祥的爱国思想还体现在对人民命运的关心上。《常州》诗云:"山河千里在,烟火一家无。壮甚睢阳守,冤哉马邑屠。苍天如可问,赤子果何辜!唇齿提封旧,抚膺三叹吁。"对元军屠城后惨遭杀害的常州人民表示了极大的同情。在《淮安军》中也表现了同样的感情:"楚州城门外,白杨吹悲风。累累死人塚,死向锋镝中。"幽囚大都狱中的第三年五月,大雨成灾,虽然他自己已是待死之人,却依然关心人民的命运:"但愿天下人,家家足稻粱。"(《五月十七夜大雨歌》)"莫令赤子尽为鱼,早愿当空日杲杲。"(《移司即事》)这类诗作数量不多,但从中也可以看出它也是作者爱国主义思想的一个有机组成部分。

从爱国主义思想出发，文天祥在他的诗歌中还表现了高度的民族气节。"自古皆有死，死不污腥膻"（《高沙道中》），这是他在抗元斗争中的一条原则。所以当他出使被留期间，敢于面折敌酋伯颜："若使无人折狂虏，东南那个是男儿！"（《纪事》）"狼心那顾歃铜盘，舌在纵横击可汗。自分身为齑粉碎，虏中方作丈夫看！"（《纪事》）被囚大都狱中之后，他依然引吭高歌："许远死何晚，李陵生自羞。南来冠不改，吾且任吾囚！"（《和夷齐西山歌》）而对于历史上特别是当时甘心投敌卖国的民族罪人，他总是毫不留情地给予讽刺、鞭挞。在《言志》中，他指斥"李陵卫律罪通天，遗臭至今使人吐"；在《东平馆》中，他又有"欲鞭刘豫骨，烟草暗荒丘"之句。他尤其痛恨当朝谄媚降敌事敌的边将和朝廷重臣，对这班无耻之徒的口诛笔伐几于目眦尽裂：

不拚一死报封疆，忍使湖山牧虎狼。当日本为妻子计，而今何面见三光！

虎头牌子织金裳，北面三年蚁梦长。借问一门朱与紫，江南几世谢君王？！

枭獍何堪共劝酬，衣冠涂炭可胜羞？袖中若有击贼笏，便使凶渠面血流！

麟笔严于首恶书，我将口舌击奸谀。虽非周勃安刘手，不愧当年产禄诛！

这四首题为《纪事》的绝句是文天祥出使伯颜营中面斥在襄阳降元的吕文焕、吕师孟叔侄二人的实录。

自说家乡古相州，白麻风旨出狂酋。中书尽出降元表，北渡黄河衣锦游。

——《使北·贾馀庆》

甘心卖国罪滔天,酒后猖狂诈作颠。把酒逢迎酋虏笑,从头骂座数时贤。

——《留远亭·贾馀庆》

江南浪子是何官,只当空庐杂剧看。拨取公卿如粪土,沐猴徒自辱衣冠。

——《使北·刘岊》

落得称呼浪子刘,樽前百媚佞旃裘。当年鲍老不如此,留远亭前犬也羞!

——《留远亭·刘岊》

这四首绝句是针对签书枢密院事知临安府贾馀庆和同签书枢密院事刘岊的卖国罪行和投降后的种种丑态而发的。这些小人不仅丧失了民族气节,而且也丧失了起码的人格,文天祥对他们那些衣冠扫地的言行进行了无情的冷嘲热讽。

对于祖国的热爱,使文天祥在极端困难的条件下,仍然满怀信心地从事艰苦卓绝的抗敌救国斗争。在《二王》中,他很有信心地写道:"一马渡江开晋土,五龙夹日复唐天。内家苗裔真龙准,房运从来无百年!"在《高沙道中》,他又充满希望地说道:"重险复重险,今年定何年。圣世基岱岳,皇风扇垓埏。中兴奋王业,日月光重宣。"在被俘北上的途中,他依旧坚信"江山不改人心在,宇宙方来事会长"(《赣州》),"正气未亡人未息,青原万丈光赫赫,大江东去日夜白"(《发吉州》)。直到他被投入囹圄,明知此生已是"有心扶日月,无力振乾坤"的时刻,他还是希望魂魄化为填海的精卫死而不已:"千年沧海上,精卫是吾魂"(《自述》)。这是多么感人的精神!

也正由于具有深厚的爱国思想,文天祥才能不畏任何艰难险阻,把个人的生死置之度外。在出使元营期间,他"直前诟虏帅失信,数吕师孟叔侄为逆,但欲求死,不复顾利害";从镇江脱险后在苏北逃亡的过程中,他"变姓名,诡踪迹,草行露宿,日与北骑相出没于长淮间,穷饿无聊,追购又急,天高地迥,号呼靡及"(均见《指南录后序》),忍受了非常人所能忍受的痛苦。及至被俘,他便决心以死报国。在《言志》中,他斩钉截铁地说道:"杀身慷慨犹易免,取义从容未轻许。仁人志士所植立,横绝地维屹天柱。以身殉道不苟生,道在光明照千古。……种瓜东门不可得,暴骨匈奴固其所。生平读书为谁事,临难何忧复何惧!……"所有这些思想及其实践,在他的《指南录》、《指南后录》、《吟啸集》和《集杜诗》中都作了忠实的、具体的记录。

文天祥的爱国思想及其种种表现,渊源于儒家的伦理道德观念。他的绝笔《衣带赞》对此作了总结性的概括:

> 孔曰成仁,孟曰取义;惟其义尽,所以仁至。读圣贤书,所学何事?而今而后,庶几无愧!

这种思想,在民族矛盾上升为社会主要矛盾的特定历史时期,基本上是应该给以肯定的。可是由于封建伦理道德同时包括忠、孝、节、义几个方面,在某些特殊情况下,忠与孝是一个难以两全的矛盾,即所谓"古来全忠不全孝"(《哭母大祥》)。文天祥解决这个矛盾的做法就是"各行其志"。所以当他在大都狱中听到他那个以惠州降元的弟弟文璧入觐的消息时，便写诗道："弟兄一囚一乘马，同父同母不同天。……三仁生死多有意，悠悠白日横苍烟。"(《闻季万至》)用被孔子称为"三仁"的微子、箕子、比干对待纣王的不同做法(《论语·微子》："微子去之，箕子为之奴，比干谏而死。")来表示对文璧失节行为的谅解和宽容。这不能不说是文天祥的一个严重的历史局限。

在我国民族斗争史上，文天祥是一位铁骨铮铮、顶天立地的民族英雄；在我国诗歌发展史上，他的作品却并不占有重要地位。他的诗作，是那个阶段历史和他个人艰苦斗争的实录，从这方面来说，可以誉为我国民族斗争史上的一代"诗史"。他在《集杜诗自序》中说："昔人评杜诗为诗史，盖其以咏歌之辞，寓记载之实，而抑扬褒贬之意，粲乎于其中，虽谓之史可也。余所集杜诗，自余颠沛以来，世变人事，概见于此矣，是非有意于为诗者也。后之良史，尚庶几有考焉。"这一段以诗史自况的文字，实际上可以概括他于德祐以后的所有诗作。文天祥诗歌的价值就在于此。由于他的许多诗歌都作于戎马倥偬、颠沛流离之际，他无意也无暇仔细推敲润饰，因此总的讲来，艺术成就是不高的。虽然如此，文天祥的诗歌也有它们自己的某些特色：明白易晓，很少用典；感情真挚，气势磅沛；语简意赅，主题显豁。其中也不乏某些情辞并茂的佳作，长期以来传诵不衰。例如《过零丁洋》：

> 辛苦遭逢起一经，干戈寥落四周星。山河破碎风抛絮，身世飘摇雨打萍。皇恐滩头说皇恐，零丁洋里叹零丁。人生自古谁无死？留取丹心照汗青！

这首七律作于被俘之初，是为严拒张弘范要他作书招降张世杰而写的。寥寥八句，就把自己由科第出身，到带兵勤王，以迄国破家亡、个人不幸被俘等情事作了高度的概括,末以誓不投降作结,将叙事、抒情、言志三者融为一体,慷慨悲壮,感人至深。颇含人生哲理意味的尾联尤其脍炙人口,至今传诵。又如《金陵驿》(其二)也是流传千古的一首七律:

> 草合离宫转夕晖,孤云飘泊复何依。山河风景元无异,城郭人民半已非。满地芦花和我老,旧家燕子傍谁飞?从今别却江南日,化作啼鹃带血归!

诗作于"传车送穷北"途中的金陵,由个人的不幸身世,联想到国家和人民的悲惨命运,表现了对祖国山河的无限依恋之情,苍凉激越,动人心魄。另外,他也有一些感情真挚又很富韵味的绝句,例如《旅怀》(其三)云:

> 昨夜分明梦到家,飘飘依旧客天涯。故园门掩东风老,无限杜鹃啼落花。

这首绝句作于逃亡通州的途中,从梦境写到眼前现实,然后遥想家园荒凉的景象,在淡淡的哀愁中寄托了极其沉痛的感情,读来催人泪下。

文天祥的诗歌有时也用典,也讲究对仗。他用典很贴切,如"沙边黄鹄长回首,江上杜鹃空断魂"(《自叹》)、"昨岁犹潘母,今年更楚囚"(《生朝》)、"黑头尔自夸江总,冷齿人能说褚公"(《为或人赋》)等,用事琢句颇见精巧。俪对中有些也较为精彩,如"云湿山如动,天低雨欲垂"(《即事》),属对工整,写景入画;"雷潜九地声元在,月暗千山魄再明"(《呈小村》),寓意深刻,气势磅礴;"出岭谁同出？归乡如不归"(《南安军》)、"坐移白日知何世,梦断青灯问几更"(《己卯十月一日至燕,越五日罹狴犴,有感而赋》)等,或寓深情于叙事之中,或寄哀思于写景之中。凡此种种,都可以说是情见乎辞的佳句。

文天祥的诗歌创作受杜甫的影响最大。他的许多作品不仅在遣词造句和结构章法上直接借用、化用和胎息于杜诗,而且更重要的是继承了杜甫创作的优良传统。他在大都狱中集杜诗为绝句二百首,又集杜诗为《胡笳十八拍》,说明他对杜诗是多么的推崇。

关于"集句"诗,据《南齐书·文学传》说:"全借古语,用申今情,……此则傅咸五经,应璩指事。"汉魏间人应璩的"指事"诗今已失传。魏晋间人傅咸的"五经"诗十首(其中《尚书诗》失传已久)可算是最早的了。唐人把这种作法叫做"四体",可是前人诗话里有时偶然提到的唐人集句诗,如明代谢榛《四溟诗话》所说刘商的《胡笳十八拍》,就根本不是集句诗。"集句"一名是宋代才有的。集句诗到了宋代才真正勃兴。北宋前期的胡归仁、石曼卿已有这类作品,但一则"无复佳语"(胡仔《苕溪渔隐丛话》引《蔡宽夫诗话》),一则作品太少而又"以文章为戏"(高文虎《蓼花洲闲录》引《金玉诗话》),所以起不了带头作用。以认真态度写了量多质好的集句诗的首推王安石,现在见于《临川先生文集》中的就有六十八首之多,包括古、近体和词等。加之王安石在政治、社会和文学等方面都极负盛名,集句诗从此便流行起来,对当时和后代的影响很大。当时的孔毅父就作了大量的集句诗,并且进一步开了专集杜诗的先例;后来集杜的人更多,文天祥就是突出的一个。

作集句诗不但要求对古人的作品烂熟于胸,而且更要求"切题意""情思联续""句句精美""打成一片"(沈雄《古今词话》)。也就是说,必须将散兵游勇般的前人诗句编成整练队伍似的新作,使之脱胎换骨,赋以新的艺术生命,难度自然是很大的。文天祥对杜诗用力很深,读之甚熟,特别是能同杜诗中所抒发的感情时时产生共鸣,因此他的集杜诗中时有情真事切、天然浑成的佳作。例如《荆湖诸成》云:"长啸下荆门,胡行速如鬼。门户无人持,社稷堪流涕。"写吕文焕以襄阳降元后,形势急转直下,守土乏人,国势危殆。《祥兴》云:"弧矢暗江海,百万化为鱼。帝子留遗恨,故园莽丘墟。"写厓山兵败,死者数万,帝昺蹈海,国土沦亡。两首写时局,都能将情、事融为一体。《江丞相万里》云:"星折台衡地,斯文去矣休。湖光与天远,屈注沧江流。"表彰江万里不屈投池,感情十分沉痛。《陆枢密秀夫》云:"文彩珊瑚钩,淑气含公鼎。炯炯一心在,天水相与永。"歌颂陆秀夫负帝昺投海自杀,誓不辱于敌手。两诗皆写忠节之士,文字贴切,情意绵邈。《至福安》云:"握节汉臣回,麻鞋见天子。感激动四极,壮士泪如雨。"《行府之败》云:"翠盖蒙尘飞,仗钺奋忠烈。千秋沧海南,事与水云白。"写自己九死归来和不幸战败,真实感人,仿佛出自一己的手笔。其他如《江行》、《北行》两诗写解往大都途中的所见所感,《怀旧》、《妻》、《二女》等诗对故乡、旧友、家人的怀念,《金应》、《张云》、《杜大卿浒》等诗对忠义之士的追忆,也都是感情深厚,出于肺腑,真可谓"但觉为吾诗,忘其为子美诗"(《集杜诗自序》)了。

　　文天祥有《文山乐府》一卷,现存词十首,另〔念奴娇〕《驿中言别,友人作》和〔唐多令〕(雨过水明霞)两首系友人邓剡所作,或本误为文天祥的作品[1]。有知圣道斋藏汲古阁未刻词本、灵鹣阁刊本、郑振铎藏旧钞本。

　　文天祥词的代表作之一是和邓剡《驿中言别》的〔念奴娇〕,词云:

乾坤能大,算蛟龙、元不是池中物。风雨牢愁无着处,那更寒虫四壁。横槊题诗,登楼作赋,万事空中雪。江流如此,方来还有英杰。　　堪笑一叶漂零,重来淮水,正凉风新发。镜里朱颜都变尽,只有丹心难灭。去去龙沙,江山回首,一线青如发。故人应念,杜鹃枝上残月。

文天祥被俘的第二年(1279),元兵将他与先后被俘的邓剡同时押解北上,途中在金陵天庆观(今南京城西朝天宫)暂时拘留。数月后,邓剡因病滞留,文天祥单独北行,分袂时邓剡赋〔念奴娇〕《驿中言别》送别,文天祥依韵和了这首词。全词以悲壮激越的语言,明确表示自己在前此的抗元斗争中虽然历尽磨难,仍然决心坚持民族气节,并对国家的未来前途表示了无限信心,与邓剡原唱中的"睨柱吞嬴,回旗走懿,千古冲冠发"之句呼应。结拍抒写对邓剡的眷念惜别之情,也是对原作结句"伴人无寐,秦淮应是孤月"的酬答,这些都深得和词之体。另一首代表作〔沁园春〕《至元间留燕山作》则通过对唐代在安史之乱中壮烈殉国的张巡、许远的表彰赞颂和对甘心卖国投敌的奸雄的斥责警告,表达了自己要不恤牺牲、"好轰轰烈烈做一场"的壮志和决心,词风于豪放中出以凄厉之音,词旨于议论中出以真挚之情,在艺术上虽较粗糙,却不失为一首惩世警心之作。

文天祥的散文作品以《指南录后叙》最为后人称颂。这篇文章真实地记录了他从德祐二年出使元营被留以至脱逃后辗转到达永嘉这段时间同敌酋、叛贼的激烈斗争,以及途中九死一生、备尝非常人所能忍受的颠沛流离之苦,充分反映了这位民族英雄艰苦卓绝、百折不挠的意志,其凛然正气和顽强精神至今还能强烈地感染和鼓舞广大读者。

第二节 谢翱

谢翱(1249—1295),字皋羽,一字皋父,长溪(今福建福安)人,后徙居浦城(今属福建)。咸淳中试进士不第,落魄于泉州、漳州一带。一二七六年元兵破宋,文天祥从元军中逃出,辗转到达福建,开府南剑(今福建南平),聚兵抗元。时谢翱二十八岁,往投文天祥,任谘议参军,转战于闽赣等地。次年,因故离军。以后避居浙江。元成宗元贞元年,以肺病死于杭州,年仅四十七岁。著作今存《晞发集》十卷、《晞发遗集》二卷、《遗集补》一卷。其中有诗,有杂文,而以诗为主,约二百馀首。有《国粹丛书》本及平湖陆氏刊本。

谢翱诗歌的一个重要内容,是抒写自己不甘向元朝统治者屈服,决心抗争到底的壮志和情操。他发誓说,"越禽惜羽毛,不向恶木栖"(《效孟郊体》之五),虽僻处深山之中,仍往往"摄衣起楚歌,断弦如裂帛"(《岩居效贾岛》)。其中写得最为慷慨激昂的,要数《结客行》:

> 结客卫京师,弃家南斗陲。相看各意气,欲取辽阳归。事左脱身去,岂为无所为!家藏楚王子,手执五陵儿。泣奉先主令,白旗向天挥。鞭尸仇必报,函首捷终驰。力尽志不遂,以死谢渐离。

前六句所写,与作者本人经历十分相似,因此,诗中所描写的爱国志士的形象,是有作者自己的影子在内的。结尾两句,明确表达了作者不成功则成仁的决心。他对驱逐元人、恢复赵宋王朝曾经抱有很大信心。《冬青树引别玉潜》诗中有云:"愿君此心无所移,此树终有开花时。"就说明了这一点。一二七八年,元江南佛教总统嘉木杨喇勒智(旧译杨琏真伽)率徒发会稽宋帝后陵墓,盗取其中珠宝,将陵中骨骼抛散草莽间。唐珏(字玉潜)、林景熙等人对此暴行极为痛愤,因设法搜集陵骨,各作标志,改葬会稽兰亭山上,并移植冬青树于其上以资识别。谢翱亦曾参与其事,并写了这首诗。因事属绝密,故诗中多作隐语。元张丁注释此诗时,对"愿君"二句未注,这是不难理解的。

谢翱诗歌的另一重要内容是抒写故国黍离之悲。《晞发遗集》中有《过杭州故宫》二首和《重过》二首,就是这种心情的记录。《重过》之二云:

隔江风雨动诸陵,无主园池草自春。闻说就中谁最泣,女冠犹有旧官人。

前两句极写国破后故都寂寞凄凉的景象,与杜甫《春望》"国破山河在,城春草木深"同一机杼,感慨遥深。对景伤怀的女冠,正是许多遗民诗人的代表形象。

谢翱集中有不少悼念在抗元斗争中死难烈士的作品。如《琼花引》:"阴风吹雪月堕地,几人不得扬州死。孤贞抱一不再识,夜归阆风晓无迹。苍苔染根烟雨泣,岁久游魂化为碧。"把南宋将领李庭芝、姜才坚守扬州,以身殉国,比作明月堕地;用《庄子·外物篇》"苌弘死于蜀,藏其血,三年化而为碧"的事典,歌颂他们精神的不死。作者还有一首《后琼花引》,也是悼念李、姜两位烈士的。此外如《哭正节徐先生》、《哭肯斋李先生》、《哭广信谢公》、《广惜往日》、《哭所知》、《西台哭所思》等,也都写得沉痛悲凉,充满了对忠义之士的思念痛惜之情。其中以《西台哭所思》最为出色：

> 残年哭知己,白日下荒台。泪落吴江水,随潮到海回。故衣犹染碧,后土不怜才。未老山中客,唯应赋八哀。

这首诗是悼念文天祥的。作者曾在文山幕中参议过军事,对文的为人极为景仰。文被执牺牲后,作者曾多次在野外哭祭。他的一篇著名散文《登西台恸哭记》对此有比较详细的记述。这首诗的写作时间应是在作者和文天祥分手十三年之后,距文天祥就义亦已八年。时间虽久,而作者对故人追思愈深,哀悼愈切,发为歌诗,犹极沉痛感人。钱谦益说:"宋之亡也,其诗称盛。皋羽之恸西台,……如穷冬沍寒,风高气慄,悲噫怒号,万籁杂作。古今之诗莫变于此时,亦莫盛于此时。"(《牧斋有学集·胡致果诗序》)对谢诗作了高度的评价。

谢翱的一些咏物诗,也往往托物言志,抒发胸中的愤懑。例如《文房四友叹》,借咏笔墨纸砚为名,揭露元人的残暴统治,并表达自己不为所屈、誓死抗争的决心,是一首别具风格的好诗。又如《虞美人草词》：

> 髑髅起语鸥叫啸,山精夜啼楚王庙。渡淮风雨八千人,叱咤向天成白道。身经百战转危亡,狼藉悲歌出汉堡。夜帐天寒抱玉泣,血变草青烟晓湿。他年避仇春草生,吴中草死无妾名。自从为草生西楚,得到吴中犹楚舞。

项羽历来是人们心目中失败了的英雄。这首诗的前半,很可能是以项羽比文天祥,既歌颂他当年叱咤风云的英雄业绩,更痛惜他事业未成,不幸牺牲。全诗感情悲愤凄怆而不消沉,卒章更表现了他对赵宋王朝至死不渝的忠心和不甘屈服的倔强之态。

谢翱还有一些诗反映了人民生活的苦难,如《废居行》写乱后荒凉破败,屋不蔽雨,孕妇只得到船中生养;《青箬亭》写樵夫的穷困;《岛上曲》写边海渔民的辛劳;《白纻歌》写田家女日夜织布供官的怨恨等都是。可惜集中这类作品不多,写得一般也不很深刻。《岛上曲》是其中较好的一首:

> 皮带黑鳞身卉衣,晚随鬼渡水灯微。石门犬吠闻人语,知在海南种蛤归。

写岛上渔民的辛苦生活和辛勤劳动颇为生动。

谢翱的诗,古体居多。《晞发集》中现存诗八卷,其中六卷为古体,两卷为近体。古体诗的数量远超过近体,也最受前人称道。

谢翱的古体诗,喜欢用奇特的想象、色彩浓烈的词藻和富有象征性的语言来描写景物,渲染气氛,抒发感情,受楚辞和李贺的影响比较明显。如"凤笙兮龙笛,燕群仙兮日将夕,风吹衣兮珮萧瑟。骏龙兮寥天,行成兮缘毕。"(《广惜往日》)声词音节,宛然《九歌》遗风。《晞发集》之命名,即出于《九歌·少司命》的"晞女发兮阳之阿"。楚辞对他的影响,由此可见一斑。至于李贺对他的影响,古来论者皆无异辞。但胡应麟《诗薮》直谓谢诗是"李长吉锦囊中物",而杨慎《丹铅总录》则谓其学李贺"入其室而不蹈其语",其间颇有差别。其实由于谢、李所处的时代、环境不同,身世经历各异,因此他们诗歌的思想内容有着很大的差别,这一点无庸多说。在艺术表现手法方面,谢诗也有区别于李贺的特点。总的来说,谢诗的意境不像李贺某些作品那样奇谲怪诞,难以理喻。虽然他的诗也常常想象奇特,语言新异,但由于全诗主旨明确,首尾一贯,读者总可透过那神奇新异的语言把握作者诗中的象征意义。

　　谢翱的近体诗,历来论者一直拟之于孟郊、贾岛。如杨慎《丹铅总录》卷二十一云:"(翱)小绝句如'牵牛秋正中,海白夜疑曙。野风吹空巢,波涛在孤树'[2],绝妙可传,郊、岛不能过也。"明代储罐《晞发集引》亦谓:"(翱)近体出入郊、岛间。"按孟郊由于一生穷困,故诗中多凄苦之辞,贾岛则出身寒微,仕途坎坷,故集中多有描写自己枯寂生活的作品;再加上二人作诗均不喜用熟语和华丽的词藻,所以形成一种"寒"、"瘦"的诗风。谢翱身处易代之际,宋亡以后,浪迹江湖山林之间,生活艰难[3]。在这样的情况下,他的诗歌在感情色彩方面确有不少地方与郊、岛相似。如"牢落长为客,残年独拥衾。灯分寒夜火,雨过震馀阴"(《除夜闻雷》)、"寒风吹鬓影,客泪湿衣尘。千里见积水,满城无故人"(《呈王尚书应麟》)等。这类词句,集中比比皆是,谓之"寒"、"瘦",似亦无不可,琢句也有某些相似之处。但其诗既没有孟郊的硬、险,也没有贾岛的平淡。他的近体韵律和谐(这一点不同于孟郊),词采清丽(这一点不同于郊、岛),在郊、岛之外,时时可以看到李贺的影响。如《哭肯斋李先生》之"血染楚花碧,魂归蜀日斜",《雪水》之"寒英涨碧沉,浴鹄冷难禁",《忆过徐偃王祠下作》之"山鬼下茅屋,野鸡啼芒萝"等句。大体而言,谢翱的近体诗是接受了孟、贾、李贺的影响而尚未最终融合形成自己成熟的独特风格。之所以会造成这种情况,可以在他晚年的朋友邓牧所著《谢皋父传》中找到部分原因。邓牧在文中说:"牧罕读古人著述,谓文章当出胸臆,自成一家。而君(谢翱)记问优赡,必欲中古人绳墨乃已。所见不合,日夜论辩,互相诋。"看来,过于强调向古人的学习模仿,影响了他诗歌艺术的进一步提高。

　　谢翱也有一些直吐胸臆,似乎不甚经意于字句词藻的诗歌。这些诗往往比那些有意学习郊、岛、李贺的作品更加深切动人。前面所引的《西台哭所思》可作为一个特出的例证。又如他的《书文山卷后》：

> 魂飞万里程，天地隔幽明。死不从公死，生如无此生。丹心浑未化，碧血已先成。无处堪挥泪，吾今变姓名。

感情喷涌而出，虽不暇择词，而自有激动人心的力量。

谢翱的诗歌在宋末元初影响很大，以后称赏他的也代不乏人。元任士林《谢处士传》说他"既客浦汭，往来桐庐，人翕然从翱学"。吴渭主持"月泉吟社"，仿锁院试士之法，出题作诗，收卷二千七百馀份，选中二百八十名，主考就是谢翱(《初学集》卷八四)。后来他又组织过另一个诗社——"汐社"。这些事实可以使我们了解他在当时文坛上的地位和影响。杨慎称他为"宋末诗人之冠"(《丹铅总录》卷二一)，虽可能推许稍过，但确也不为无因。

谢翱的散文不及他的诗有名，但在宋末文坛上也有一定的地位。《四库全书总目·〈晞发集〉提要》说："南宋之末，文体卑弱，独翱诗文桀骜有奇气。"最出名的作品，就是我们前面已提到过的《登西台恸哭记》：

> 始，故人唐宰相鲁公开府南服，余以布衣从戎。明年，别公漳水湄。后明年，公以事过张睢阳庙及颜杲卿所尝往来处，悲歌慷慨，卒不负其言而从之游。今其诗具在，可考也。
>
> 余恨死无以藉手见公，而独记别时语，每一动念，即于梦中寻之。或山水池榭，云岚草木，与所别之处及其时适相类，则徘徊顾盼，悲不敢泣。又后三年，过姑苏；姑苏，公初开府旧治也，望夫差之台而始哭公焉。又后四年而哭之于越台。又后五年及

今,而哭于子陵之台。

　　先是一日,与友人甲、乙若丙约,越宿而集。午,雨未止,买榜江涘。登岸,谒子陵祠,憩祠旁僧舍,毁垣枯甃,如入墟墓。还,与榜人治祭具。须臾,雨止。登西台,设主于荒亭隅;再拜,跪伏;祝毕,号而恸者三;复再拜,起。又念余弱冠时,往来必谒拜祠下。其始至也,侍先君焉。今余且老,江山人物,睠焉若失。复东望,泣拜不已。有云从南来,滃洫浡郁,气薄林木,若相助以悲者。乃以竹如意击石,作楚歌招之曰:"魂朝往兮何极?暮归来兮关水黑。化为朱鸟兮有咮焉食?"歌阕,竹石俱碎,于是相向感唶。复登东台,抚苍石,还憩于榜中。榜人始惊余哭,云:"适有逻舟之过也,盍移诸?"遂移榜中流,举酒相属,各为诗以寄所思。薄暮,雪作风凛,不可留,登岸宿乙家。夜复赋诗怀古。明日,益风雪,别甲于江,余与丙独归。行三十里,又越宿乃至。其后,甲以书及别诗来,言:"是日风帆怒驶,逾久而后济;既济,疑有神阴相,以著兹游之伟。"余曰:"呜呼!阮步兵死,空山无哭声且千年矣!若神之助固不可知,然兹游亦良伟。其为文词因以达意,亦诚可悲已!"余尝欲仿太史公著《季汉月表》,如《秦楚之际》。今人不有知余心,后之人必有知余者。于此宜得书,故纪之,以附季汉事后。

　　时先君登台后二十六年也。先君讳某字某。登台之岁在乙丑云。

在愁云惨雾之中,设烈士木主于荒台之上而哭祭之,以竹如意击石而歌招魂之歌,乃至竹石俱碎。这种情景,确实使读者不能不慷慨生哀。

　　谢翱性嗜山水,故集中散文以游记为多。笔调大多师法柳宗元,

语言简洁、凝练,往往在写景叙事之中,流露出作者内心的怫郁不平。如《小炉峰三瀑记》开头第一段:

> 睦土瘠,民之岩耕者发土石趾,如刃游肯綮,如肋弃而复食。故凡树石奇玩之邻于耕者,殆无完景。间有得全其天,不毁以休息于此土,皆民之所弃也。其胜处的然见于图经者,又为尘襟俗驾旦至而睨之,毁画赘疣以丑其外,扑斫窍凿以死其内,与兹土为仇,又有甚于民之所垦者。

从简洁的叙述之中,读者不难体味出作者愤世嫉俗的情怀,使人很容易联想到柳宗元在《钴鉧潭西小丘记》中所抒发的感慨。文中又描写了登峰情景:

> 沿沟溪二百馀步,地稍峻,泥如沙欲流者数处,仆且起。乱石云浮,烟岚薄林,木片片欲断。足相趾而进,不敢视。稍间断,前足已远,后者望前者如乘云空中,遗影在地。

从这一段描写中固然可以看到受东汉马第伯《封禅仪记》影响的一些痕迹,但语言却仍是柳文的风格。

此外,他还有一篇《粤某山蜂分日记》,借蜜蜂为喻,讽刺"贪贿无谋,乱行离次,弃君事仇,反覆变诈以取富贵利禄者",批判的对象显然是宋末的贪官污吏,特别是那些改事新朝的官员。从这类文章中,也可看到柳宗元寓言小品对作者的影响。

〔1〕〔念奴娇〕一词原见《文山先生全集》的《指南后录》中,由于全集的刻本不同,词题或作"驿中言别友人"(鄢刻本等),或作"驿中言别"而旁注"友

人作"（家刻本），当以后者为是，"友人"指邓剡。参见唐圭璋《文天祥〔念奴娇〕词辨伪》。〔唐多令〕一词亦邓剡所作，见元《草堂诗馀》卷上；《草堂诗馀》续集卷下误作文天祥词。

〔2〕 按所引系谢翱五古《效孟郊体》。

〔3〕 参见邓牧《谢皋父传》。

第二十章　宋末诗人（下）

第一节　林景熙

　　林景熙(1242—1310)，一作林景曦，字德旸，号霁山，温州平阳（今属浙江）人。三十岁时，由太学上舍释褐，初为福建泉州教授，历任礼部架阁，转从政郎。宋亡不仕，隐居乡间教书，以后往来吴越间二十馀年。元武宗至大三年病卒于家，终年六十九岁。所著有《白石稿》十卷，皆杂文；又有《白石樵唱》六卷，皆诸体诗。元统甲戌(1334)，昆山章祖程为其诗集笺注，传本仅存，而文集遂就散佚。明天顺癸未(1463)，其乡人监察御史吕洪以章祖程所注诗集合为三卷，又捃摭遗文，辑结成集。今有《知不足斋丛书》本《霁山先生集》及一九六〇年中华书局排印本之《霁山集》，内诗集《白石樵唱》三卷共三百馀首，文集《白石稿》二卷约四十篇。

　　林景熙是一位具有民族气节的诗人。他隐居乡间时，常和太学同舍生郑宗仁等私相嗟叹，深愧自己不能像文天祥、陆秀夫那样杀身成仁，以死报国。他冒着生命危险收葬宋陵遗骨一事，在当时更被目为忠义感人之举，《霁山集》中《冬青花》和《梦中作四首》就是记叙此事的诗作。

　　林景熙对诗歌创作是有自己的主张的。他认为"作诗匪雕锼，要与六义涉"(《杂咏十首酬汪镇卿》之五)，称赞陆游的诗"意在寤寐不忘中原，与拜鹃心事，悲惋实同"，而看不起"掇拾风烟，组缀花鸟，自谓工且丽，索其义蔑如"(《王修竹诗集序》)的作品。这些观点当然不是林景熙的首倡，但在宋末元初之际一再提倡这样的创作态度，是具有一定实际战斗意义的。南宋后期，作为林景熙的同乡和前辈的"永嘉四灵"在诗坛上影响颇大。他们的作品脱离现实，以描写自然景物、表现自己悠闲的生活情趣为主。"有口不须谈世事，无机惟合卧山林"(翁卷《行药作》)即是他们生活态度和创作态度的表白。在四灵影响下形成的江湖派诗人，其诗歌也很少反映社会现实。所谓"掇拾风烟，组缀花鸟"的批评，很可能就是对此而发。综观林景熙的全部作品，可以说他基本上是实践了自己的文学主张的。

　　《霁山集》中有一些诗篇，表露了作者愿为故国的复兴而斗争到底的决心。他把故国比作凋悴了的枯树，一往情深地回忆起它的"青青旧丛"，最后说："倘留心不死，嘘拂待春工"(《枯树》)，对国家的复兴寄予了热切的希望。在《精卫》诗中，他说："情知力不任，誓将毕此生。"在《杂咏十首酬汪镇卿》中，他又说："夸父追羲和，欲挽丹砂谷。意远力不任，化作邓林木。"都表现了作者以精卫、夸父自喻和自励的情志。但由于当时元帝国的势力已很强大，在"出门复踟蹰，触步有崩石。下临千仞渊，毒鳞飞纷籍。腥风鼓洪涛，石齿鸣咋咋。失势倘一落，万绠那可及"(《寄四明陈楸阳》)的高压统治之下，作者只能采取"不如息我躯，猿鹤与朝夕"这种消极反抗的态度，誓不与新统治者合作。《有感》、《杂咏十首酬汪镇卿》之二等，也都表示了同样的情怀。

　　作者晚年漫游吴越，写了不少纪游诗。这些诗中也往往寄托着深沉的故国之思,很少留连光景之作。《游九锁山·天柱峰》写道:"却怜千尺擎天柱,不拄东南半壁天。"《西湖》写道:"繁华已如梦,登览忽成尘。风物眠西子,笙歌醉北人。"东南半壁的残山剩水沦于他人之手,风物宜人的西子湖成了北人寻欢作乐的场所,作者心中的悲哀和愤恨都是很深的。他游西湖谒岳飞坟,慨叹"孤忠悬白日,遗恨寄中原"(《拜岳王墓》);他访镇江多景楼,慨叹"野衲不知兴废事,梵宫金碧自纷纷"(《多景楼故址》);他经过吴门,想起当年伍子胥谏吴王"臣今见麋鹿游姑苏之台"(《史记·淮南王安传》)之语,于是写道:"当时已叹来麋鹿,后二千年更断肠"(《过吴门感前游》);他见往日庄严肃穆的天子学宫,如今破败荒凉,又有"璧池春饮马,槐市暝藏鸦。堂鼓晨昏寂,廊碑风雨斜。石经虽不火,岁岁长苔花"(《辟雍》)之句。兴亡之感,触处辄生,读之令人悲怆。甚至在很易写成艳体的《苏小小墓》这样的作品中,作者也以婉曲的词句表达出自己强烈的故国之思和确然自守的节操。

　　林景熙论诗,对"诗史"这点十分重视,在《书陆放翁诗卷后》、《宋景元诗集序》、《郑中隐诗集序》等诗文中,屡以"诗中有史"称许他所评荐的诗人。作者自己的创作实践也有着十分强烈的"诗史"意识。他的《杂咏十首酬汪镇卿》的末两首歌颂了文天祥、谢枋得,结句云:"何人续迁史,表为节义雄!"作者正是力图用自己的诗歌创作发挥史书的作用,表彰历史上尤其是宋王朝的忠臣义士的。他在《端午次韵怀古》中,针对有人认为屈原、曹娥死于非命的观点,反驳道:"或云非正命,是昧舍生理。归全岂发肤,所惧本心毁。哭父天为惊,忧君国将毁。于焉偷吾生,何以立戴履?修短在百年,芳秽垂千纪。之人死犹生,滔滔真死矣。"很显然,他在此处要评论的决不仅是屈原、曹娥之死的是非,而是另有含义在内的。他赞美陆秀夫是"流芳千古更无前"的"板荡纯臣"(《题陆秀夫负帝蹈海图》),称赞被元人拘留北地十九年,守志不仕,终于以八十二岁高龄回到江南的南宋大臣家铉翁"名节千年日月悬"(《闻家则堂大参归自北寄呈》)。写得气势最磅礴、感情最激烈的,是《读文山集》:

> 黑风夜撼天柱折,万里风尘九溟竭。谁欲扶之两腕绝,英泪浪浪满襟血。龙庭戈铤烂如雪,孤臣生死早已决。纲常万古悬日月,百年身世轻一发。苦寒尚握苏武节,垂尽犹存杲卿舌。膝不可下头可截,白日不照吾忠切。哀鸿上诉天欲裂,一编千载红光发。书生倚剑歌激烈,万壑松声助幽咽。世间泪洒儿女别,大丈夫心一寸铁!

在短短的一百二十馀字中,诗人将文天祥在生死危难关头所表现出来的英雄气概和崇高节操作了高度的概括和有力的表现。全诗悲愤激昂,震撼读者心弦;句句用节奏短促的入声韵,更增强了诗中坚定决绝的语气。前人推此诗为"元初绝唱"(胡应麟《诗薮·外编》卷六),是不为无因的。

在歌颂忠臣烈士的同时,作者对南宋只谋私利、不恤国事的大臣和卖身求荣的叛徒作了尖锐的讽刺和批判。如《故相贾氏居》、《葛岭》等诗斥责贾似道骄奢淫逸、弄权误国;《秦吉了》、《孙供奉》等诗将投降元人的南宋官员比作"甘作单于鬼"的李陵、"阅代如传舍"的冯道,讽刺他们连禽兽都不如。更值得注意的是,作者也把批判的矛头指向了南宋最高统治者,例如他批评孙权"大义固不识","区区守江左"(《杂咏十首酬汪镇卿》之八),实际是对南宋高宗一百馀年来苟安江南的政策作了婉曲而又尖锐的指责。

林景熙对民生疾苦颇为关心,集中这类诗作数量虽不多,但写得真切不浮泛。如在《赠泰霞真士祈雨之验》诗中,他揭露天旱苗枯,农民罄室不足以应付政府的征敛,而大官们却只顾搜刮享乐,丝毫不恤民瘼。在《浙中饥甚,六月一雨颇慰》中,作者悲叹"苍生命已堕颠崖",和农民一样为下了一场好雨而感到由衷的喜悦。

林景熙写诗,对前代作家广有所取。他的《赠玉泉真士》写得宏丽奇崛,有些像韩愈的七古;《谒严子陵祠》中"我来维舟奠椒醑,薜荔祠荒泣山鬼。乱峰欲雪江气严,老蜃吹云日色死"诸句,有些像李贺的奇诡幽秘;而"斗垂天末树,磷出雨馀田"(《郑宗仁会宿山中》)这类句子,似又学贾岛的琢句之法。但从总体上看来,他的诗大都写得意绪悲凉,沉郁苍劲,受杜甫的影响较为明显,如七律《舜庙》:

声断薰弦万壑幽,三千年事水空流。衮衣剥落星辰古,野庙凄凉鹿豕秋。孝友风微惟故井,神明胄冷尚荒州。九疑回首孤云远,老泪斑斑楚竹愁。

在语言风格、音节韵律方面都很容易使人联想到杜甫的《蜀相》、《咏怀古迹五首》等后期的七言律诗。《寄葛秋岩》、《答周以农》等诗,其沉郁悲凉也都和杜诗相似。这既是由于他在诗歌思想内容方面有意向杜甫学习,也是他在遣词用语、句法结构等方面有意"宗杜"的结果。

林景熙的诗喜欢用比兴寄托的手法,从上引的若干作品中可以看出。这很可能是由于处在元人的高压统治之下,不得不采取的一种手法。尽管如此,他的诗并无隐晦艰涩之弊,读者不难透过词句表面体味到作者的言外之意,如《山窗新糊,有故朝封事稿,阅之有感》:

偶伴孤云宿岭东,四山欲雪地炉红。何人一纸防秋疏,却与山窗障此风!

元蒙骑兵多在秋高马肥之时南侵,所谓"防秋"即指预防北兵的侵扰。然而当时陈说国防大计的奏疏并未能起到挡住北人铁骑的作用,如今竟被当作遮挡北风的窗纸。这里既有故国覆亡的悲痛,忠智之言未能见用的感慨,也有对元蒙统治者毫不掩饰的敌意。兴托巧妙而词意却十分显豁。

林景熙的杂文也和他的诗歌一样,喜欢托物言志。如《燐说》借燐火为言,揭露了元兵"所过杀掠,数十里无人烟"的残暴,批评南宋统治者"失中国之常",致使"夷行其怪";《蜃说》借海市蜃楼为言,抒发国家兴亡之感;《汤婆传》称赞汤婆"专房于山林子叟","历夷险有节",有自况之意。文章大多写得短小精悍,不多事藻绘,但有时微露模仿痕迹,如《宾月堂赋》的构思与苏轼《后赤壁赋》就颇近似。

第二节 汪元量

汪元量,生卒年不详,字大有,号水云,钱塘(今浙江杭州)人。宫廷琴师。宋亡,元人胁迫三宫迁徙大都,元量随同前往,羁留北方十馀年,至公元一二八八年冬,才以黄冠道士的身份回到南方,常往来匡庐彭蠡间,不知所终。著作有《湖山类稿》五卷,前四卷为诗,约二百首,第五卷为词,约三十首;又有《水云集》一卷,收诗二百五十首,但其中与《湖山类稿》重出者有五十首左右。有《武林往哲遗著》刊本,搜集较为完备。

与汪元量同时的李珏,在《湖山类稿跋》中写道:"纪其亡国之戚,去国之苦,间关愁叹之状,备见于诗。……开元、天宝之事纪于草堂(指杜甫),后人以诗史目之,水云之诗,亦宋亡之诗史也。"我们读汪元量的诗,觉得它确实当得起"诗史"之誉。集中最为人称道的是《湖州歌》九十八首、《越州歌》二十首、《醉歌》十首等。在这些组诗中,他以七绝联章的形式,表达了深沉的爱国感情,真实地记录了南宋覆亡前后的历史,有些地方甚至可补正史之不足。当元蒙大军兵临城下之时,南宋朝廷上的情况是:"殿上群臣嘿不言","宰执相看似醉酣"(《湖州歌》),一个个面面相觑,束手无策;帝㬎的母亲全太后也"已无心听政"(《醉歌》)。对当时实际掌握南宋最高权力的谢太后,作者的批评更不留情:

  乱点连声杀六更,风吹庭燎灭还明。侍臣奏罢降元表,臣妾签名谢道清。

——《醉歌》之五

直斥谢太后之名,讥刺之意十分明显。后来他在《太皇谢太后挽章》中又有"事去千年速,愁来一死迟"之句,更明白地表示了对太后不与国家共存亡的不满。

  汪元量在诗中还批判了皇室和大臣多年来只顾享乐,不图恢复,终至亡国:"金屋煌煌丽九天,朝歌夜舞艳神仙。寻常只道西湖好,不识淮南是极边。"(《湖州歌》之二十四)"十数年来国事乖,大臣无计逐时挨。"(《湖州歌》之七)对国难当头,朝廷仍旧醉生梦死,大臣依然尸位素餐,表示了极大的愤慨。对弄权误国的奸相贾似道,他在《越州歌》中更作了猛烈的抨击和无情的嘲讽,如:

  群臣上疏纳忠言,国害分明在目前。只论平章行不法,公田之后又私田。

——其十二

> 鲁港当年傀儡场,六军尽笑贾平章。三声锣响三更后,不见人呼大魏王。
>
> ——其八

据《宋史·奸臣传》载,贾似道"权倾中外,进用群小。……买公田以罢和籴。浙西田亩有值千缗者,似道均以四十缗买之。……浙中大扰。……后又行推排法,江南之地尺寸皆有税,而民力弊矣。"蠹政害民如此,如何能得到老百姓的拥戴?鲁港之役,他望敌先奔,"以单舸奔扬州。明日,败兵蔽江而下,似道使人登岸扬旗招之,皆不至,有为恶语谩骂之者"。作者的这些诗正是对史实的真实记录。

汪元量以亡国俘虏的身份随同三宫北上,因此,他对去国之悲的体验是十分深刻的,写来也就特别真切感人,如《湖州歌》其六:

> 北望燕云不尽头,大江东去水悠悠。夕阳一片寒鸦外,目断东西四百州。

北行途中,作者想到宋廷的大好河山已沦于蒙古的铁蹄之下,心中的悲愤不禁和江水一般悠悠不尽;夕阳寒鸦,更增添了去国怀乡的凄凉色彩。

作者对做蒙古贵族的奴隶是始终不甘心的。在帝㬎投降以前,他曾写道:"童儿剩遣追徐福,厉鬼终当灭贺兰。"(《北师驻皋亭山》)帝㬎投降以后,他目睹征服者趾高气昂,汉族人民饱尝异族统治的痛苦和屈辱,写下了"龙管凤笙无韵调,却挝战鼓下西湖"(《醉歌》其八)、"南人堕泪北人笑,臣甫低头拜杜鹃"(《钱塘歌》)等诗句,在无限辛酸和悲愤之中,又包含着不甘屈服之意。他晚年回到南方以后，人虽已老，而心犹似昨，高唱"发已千茎白，心犹一寸丹"，"北面生何益，南冠死则休"，叹息"惜哉无祖逖，谁肯着先鞭"（《杭州杂诗和林石田》）。

汪元量的诗中也真实地描写了战祸给国家造成的巨大破坏，给人民带来的深重灾难。他在北去途中，看到的是"芦荻飕飕风乱吹，战场白骨暴沙泥"，"兵后人烟绝稀少，可胜战骨白如山"（《湖州歌》）。晚年回到杭州，看到的则是"陵庙成焦土，宫墙没野蒿"，"向来行乐地，夜雨走狐狸"（《杭州杂诗和林石田》）。此外，他对官吏的酷虐，人民的穷困，也作了深刻的揭露。如《兴元府》写道："官吏不仁多酷虐，逃民饿死弃儿孙。"《利州》写道："岩谷搜罗追猎户，江湖刻剥及渔船。"

还值得一提的是，汪元量的一些诗中打消了地域和民族偏见，对北方人民的痛苦也同样表示了很大的关心和同情。如《寰州道中》一诗写道："穷荒六月天，地有一尺雪。孤儿可怜痛，哀哉泪流血……"寰州是后晋石敬瑭割让给契丹的燕云十六州中的一州，故治在今山西省朔县东北。这首诗中所写的孤儿，毫无疑问是属于"北人"。又如集中有数的几首长篇之一《燕歌行》，盖写至元十七、十八年元遣兵与高丽东征日本失利事，其中描写"幽并健儿"披霜踏雪，渡海东征，虽然"鼓衰矢竭"，战死沙场，但他们的鲜血和生命，反而成了将领们邀功、请赏的资本。诗人描写了将军回朝，天子大摆筵席为他"庆功"，王公大臣纷纷登门祝贺，将军自己也得意洋洋，昼夜不休地欣赏美人歌舞等情景以后，在结尾愤怒地写道："岂知沙场雨湿悲风急，冤魂战鬼成行泣！""一将功成万骨枯"这种主题，前人早已写过，但汪元量这首诗对元军士兵的不幸表示了很深的同情，对元军中高级将领的荒淫无耻作了一定程度的揭露和批判，这是值得我们重视的。它较之唐人李颀的"胡雁哀鸣夜夜飞，胡儿眼泪双双落"

(《古从军行》)单纯表现对少数民族士兵的同情,在思想意义上又深了一层。

汪元量在燕京时曾和关在元人狱中的文天祥互相唱和。他写了《妾薄命呈文山道人》、《生挽文丞相》等诗,勉励天祥尽节。在文天祥壮烈牺牲后,他又作了《浮丘道人招魂歌》九首,形式模仿杜甫的《同谷七歌》,为文天祥招魂。此外,他和北去的宋室宫人王昭仪等也时有唱和之作,内容大都抒发去国怀乡的痛苦心情。

汪元量的诗感情真挚沉痛,语言则十分朴素。《醉歌》十首,格调简直近于民间歌谣。从全部作品来看,他受江湖派的影响较深,但也有一些作品沉郁苍劲,类似杜甫。像《杭州杂诗和林石田》,刘辰翁就认为很像杜甫的《秦州杂诗》。他的《草地寒甚,毡帐中读杜诗》说:"少年读杜诗,颇厌其枯槁。斯时熟读之,始知句句好。"他后期大约是有意要向杜甫学习的。

汪元量诗中也有些内容不无可议之处。《湖州歌》中第六十八到第九十首大都描写元人礼遇宋室三宫之隆重,十次筵开之作尤为无谓。《醉歌》中称赞带元兵灭宋的叛将吕文焕,也大为不当。另外,诗中套用前人成句之处也太多了一些,如"乱点连声杀六更"句套用陈后山《早起》诗"残点连声杀五更",《戎州》诗"尽是杨妃死后栽"套用刘禹锡《元和十年自朗州召至京,戏赠看花诸君子》"尽是刘郎去后栽"等,至于套用杜甫诗句的地方就更多了,这不能不说是作者创作力量薄弱的表现。

汪元量诗对后代有一定的影响。他的组诗《湖州歌》九十八首、《越州歌》二十首等,对清代龚自珍的《己亥杂诗》三百一十五首、贝青乔的《咄咄吟》一百二十首等等,在内容和形式上都给以启迪。单就形式一端而言,清代出现的大量组诗,大抵皆受到汪元量上述组诗的影响。

第三节 谢枋得

谢枋得(1226—1289),字召直,号叠山,信州弋阳(今属江西省)人。宝祐四年与文天祥同科中进士。为人豪爽敢言,曾因主持科举考试时抨击贾似道,被夺官远谪。后遇赦放归。德祐元年,以江东提刑、江西招谕使知信州。次年,与元兵战败,乃变姓名,逃匿福建,卖卜为生。宋亡以后,即在福建定居。元人屡次征召,均辞不赴。至元二十五年,投降了元人的原南宋宰相留梦炎又推荐他做官,枋得遗书梦炎,严辞拒绝,并痛斥宋末士大夫的无耻。《四库全书总目·〈叠山集〉提要》称他"却聘一书,流传不朽,虽乡塾童孺,皆能诵而习之",指的就是这封信。地方官强使枋得北上,他遂绝食而死,终年六十四岁。著作今存《叠山集》,内有诗约七十首左右,词一首,杂文八十余篇,有《四部丛刊续编》本。杂文中如《贺玄天上帝生辰表》、《许旌阳飞昇日贺表》、《城隍疏》等十余篇,皆似道士青词,非枋得所宜有,或系误收。

谢枋得存诗数量虽然不多,但诗中强烈的忠君爱国思想却很突出。他在一二八二年写寄九十高龄老母的诗中说:"九十萱亲天下稀,吾王何在子何之","衣冠礼乐江东聚,此是痴儿奉母时"(《思亲五首》)。在"忠"、"孝"大节不能两全的情况下,作者毫不犹豫地以国事为重,这是颇为感人的。他以扶持纲常自任,诗中屡次以不事新莽、绝食而死的龚胜自比,可见他后来的绝食自杀是早有思想准备的。他还有些诗表露了对人民的同情,如《谢张四居士惠纸衾》云:"独怜无褐民,茅檐冻欲僵。……愿与物为春,衾铁吾不愠。"这与杜甫的"安得广厦千万间,大庇天下寒士俱欢颜,……吾庐独破受冻死亦足"正是同一种"仁民爱物"的思想,是很可贵的。

谢枋得不以诗名,今存诗歌的艺术水平亦不甚高,但像下面一首则颇有情韵,宜为后人传诵:

> 十年无梦得还家,独立青峰野水涯。天地寂寥山雨歇,几生修得到梅花?
>
> ——《武夷山中》

这首诗当是他潜居福建时所作,以深山梅花象征诗人孤高绝俗、不愿与世浮沉的崇高品节,韵味清远,不但在《叠山集》中绝无仅有,即在宋末诗人中也是很突出的。

谢枋得另有《文章轨范》七卷,选录汉晋唐宋文共六十九篇,加以评点批注。这部书虽系为当时举业而作,但今天对于帮助我们分析欣赏古代散文,也还有一定的作用。

第四节　郑思肖

郑思肖(1241—1318),字忆翁,号所南,福建连江(今属福建)人。宋末太学生。元兵大举南下,他叩阙上疏,"语切直,犯新禁,俗以是争目公"(王逢《梧溪集》卷一)。他原名不详,宋亡后,改用今名,隐居吴下,匾其室曰"本穴世界",以寓不忘故国之意[1]。他画兰不画土的故事[2],流传尤广,意谓土地已被外族夺去。遇岁时伏腊,辄野哭南向拜。听到有人讲北方话,必掩耳亟走。从以上这些轶事看来,郑思肖是一位特立独行而近乎佯狂的人物。这种性格,在他的诗歌中也明显地表露出来。

郑思肖的著作今存《一百二十图诗集》、《锦钱馀笑》和杂文一卷：共有诗一百四十馀首，杂文杂篇，有《知不足斋丛书》本。

《一百二十图诗集》系一百二十首题画诗。这些画绝大多数皆取材于历史故事或传说。其自序说，作者当时已"凡有术皆不作，绝交游，绝著作，绝倡和，渐绝诸绝，以了残妄。今或遇图而作，或遇事而作，而或者又欲俱图之。"据此，《一百二十图诗集》当系思肖晚年作品。究竟是什么原因使他在心意俱灰以后又忽生此兴，不但作诗，而且绘图，一作就是一百二十首呢？从诗作本身来看，显然这乃是作者一腔块垒无可消除，意欲借此诗此画以吐其久积于胸的愤懑。如在《许由弃瓢图》中，作者写道："许由不在箕山在，千古高风属阿谁？"如果我们联想到宋末大批官员投降新朝，联想到"赵子昂才名重当世，公（所南）恶其宗室而受元聘，遂与之绝。子昂数往候之，终不得见"（见卢熊《苏州府志·郑所南小传》）这些事实，就不难理解诗中寄托深广的慨叹了。又如《南柯蚁梦图》："忘了堂堂六尺身，鬼花生艳幻微春。绝怜蚁窟无分晓，迷尽古今多少人。"也显然是指桑骂槐，怒斥那些卖身投靠、成为元朝新贵的无耻之徒的。

《一百二十图诗集》中还有些作品表现了作者怀念故国的情绪和坚守节操的决心，如：

> 扣马痴心谏不休，既拼一死百无忧。因何留得首阳在，只说商家不说周？
>
> ——《夷齐西山图》

> 新莽纷纷未有涯，桐江山水颇为嘉。无心偶向一丝上，钓得清风满汉家。
>
> ——《严子陵垂钓图》

据《苏州府志·郑所南小传》记载:"元兵南下,(所南)扣阍上太皇太后、幼主疏,辞切直,忤当路,不报。"可见"扣马痴心谏不休,既拼一死百无忧"的伯夷、叔齐,正是作者自己形象的写照;欲于一丝之上"钓得清风满汉家"的,也正是作者自己的心愿。元末陶宗仪《辍耕录》卷二十记他的《寒菊诗》有"御寒不藉水为命,去国自同金铸心"之句;明程敏政《宋遗民录》卷十三记录他的题画菊诗有"宁可枝头抱香死,何曾吹堕北风中"之句,和上二首诗所表现的情怀都是一致的。

郑思肖的《锦钱馀笑》收诗仅二十四首,却颇有值得注意之处。这些诗一部分是写自己的倔强意态,一部分则是讽刺世人。其三云:

> 晚年阆间国,侨寓陋巷屋。屋中无所有,事事不具足。终不借人口,伸舌觅饭吃。以此大恣纵,骂人笑吃吃。

写自己虽十分穷困,却始终不肯向元人低头乞食,而且宣布"从教世上人,骂我错错错"(其十六)。唯其如此,他才能够毫无顾忌地嘻笑怒骂。他骂那些投降元朝的人是"可怜生盲者,当面不辨主"(其十一),讽刺他们"近日青天痴,也逐世人走,骂詈古冰雪,赞叹新花柳"(其十七)。在其二十二中,作者又将那些颠倒是非、混淆黑白的小人讽刺为"娑婆儿",嘲笑他们的眼睛是"八角眼",竟把月亮看成了四方形:

> 顽绝绝顽绝,以笑为生业。刚道黑如炭,谁知白似雪。笑杀娑婆儿,尽逐光影灭。若无八角眼,岂识四方月。

这些诗歌表面滑稽幽默，但从中正可看出作者傲岸不屈的性格以及他内心的悲苦愤激。诗歌的语言几乎是纯粹的口语，甚至有"忒杀不唧溜"之类极端俚俗的句子。这在中国文人诗中是很罕见的。溯其渊源，远师初唐诗僧王梵志，近则可能受黄庭坚的某些影响。王梵志的诗虽不见于清康熙年间所编的《全唐诗》，但在唐宋之际却颇受僧俗人士的欢迎，这由皎然《诗式》、惠洪《冷斋夜话》等书中的有关记载可以看出。黄庭坚曾有诗曰："我肉众生肉，名殊体不殊。原同一种性，只是别形躯。苦恼从他受，肥甘为我须。莫教阎老到，自揣应何如？"《锦钱馀笑》的语言风格同这类诗作是颇为相似的。但总的说来，以上二诗的语言风格并非黄诗主要的特点，而郑思肖却专用此种浅俗的语言作诗。他在《锦钱馀笑》自注中说："或问锦钱者何义？曰：以锦为钱者，虽美观，实无用也。"结合郑思肖本人的思想行动以及这组诗的实际来看，我们对这段话其实应从反面去理解：这些诗虽不美观，然而却有实用——它们最易为广大群众所理解，也最易流传，这就能达到以文学为武器，与元统治者及那些投降了元朝的小人作斗争的目的。清代永瑢主编《四库全书简明目录》说他的诗"譬古柏苍松，支离不中绳墨，终胜于桃李妖妍也"。这个意见可供我们参考。

另外还有一本题为郑思肖著的《心史》，是明末苏州承天寺淘古井时发现的。这本书在当时和后世的爱国知识分子中都有一定的影响。但是书中所记史实颇有与正史不合处，如《宋史》、《续通鉴》皆记元军在德祐元年十二月丁未（十一日）进入平江府，而《心史·陷虏歌》却谓在腊月初二。书中以干支记年月亦有讹错，如《祭大宋忠臣文》曰"德祐七载岁在辛巳十二月乙巳朔"，实际该年十二月朔的干支应是壬辰，而非乙巳。从这些情况来看，该书系后人假托的可能性较大。

〔1〕 思肖,取"肖"从繁体字"赵"的偏旁之意。忆翁,表示不忘故国。所南,表示以"南"为"所"。本穴世界,移"本"字之中的"十"置"穴"中,即为"大宋"二字。

〔2〕 见卢熊《苏州府志·郑所南小传》,载《宋遗民录》卷一三。

第二十一章　宋末词人(上)

第一节　周密

周密(1232—1298)[1],字公谨,号草窗、蘋洲、萧斋,又号四水潜夫、弁阳老人、弁阳啸翁,又自署齐人、华不注山人。先世济南人,为当地望族。曾祖秘,御史中丞,随高宗南渡,定居吴兴(今浙江湖州)。祖玭,刑部侍郎,赠少傅。父晋,曾宰富春,监衢州,知汀州,富收藏,工词。母章氏,参知政事良能女,亦解翰墨。外舅杨伯嵒,南宋初名将杨沂中的曾孙,尝以工部郎守衢州,后为浙东提刑。宋亡之前,周密"藏书万卷,居饶馆榭,游足僚友"(戴表元《剡源文集·周公谨弁阳诗序》)。由上可知,他出身在一个世代显宦、家境富有的书香门第里。

南宋末年,周密尝为临安府幕属,监和济药局,充奉礼节、监丰储仓、义乌令。端宗景炎二年(1277)弁阳家破,始离吴兴,终身寓杭,不仕于元。次年十二月,元僧杨琏真伽发掘会稽宋帝后陵墓;又次年,周密与王沂孙、张炎、唐珏等十三人在宛委山房、天柱山房、紫云山房等处集会,分咏龙涎香、白莲、蝉、莼、蟹诸题,编为《乐府补题》,

其中部分作品或寄托了国破家亡的哀思[2]。他的交游很广,如吴文英、赵孟坚、杨缵、王沂孙、张炎、陈允平、唐珏、戴表元、马廷鸾、白珽、仇远、屠约、谢翱、邓牧、鲜于枢、赵孟頫等,皆一时著名的文人。

在当时词坛上,周密是颇负盛名的。著名词人吴文英把他与张先相比（〔踏莎行〕《敬赋草窗〈绝妙词〉》:"蘋□未数张三影。"）,洞晓律吕的杨缵称赞他的"乐府妙天下"（《蘋洲渔笛谱》卷二附编王楠跋〔徵招〕〔酹江月〕之语）。词集名《蘋洲渔笛谱》,有江昱疏证及辑本集外词,刊入《彊村丛书》;又题《草窗词》,有天一阁藏抄本、《知不足斋丛书》本、杜氏《曼陀罗华阁》本、《山左人词》本、朱氏无著庵校辑本等。周密的诗在当时也很有名,今存其四十三岁以前的诗集《草窗韵语》六卷,风格清丽条畅,近中晚唐。晚年诗集《蜡屐集》、《弁阳诗集》,"感慨激发,抑郁悲壮,每一篇出,令人百忧生焉,又乌乌然称其为累臣羁客也"（戴表元《剡源文集·周公谨弁阳诗序》）。可惜两集久已亡佚,今天只能在《武林旧事》等书中散见若干首而已。周密晚年抱遗民之痛,辑录家乘旧闻,兼寓黍离之感,成有《武林旧事》十卷,《齐东野语》二十卷,《癸辛杂识》前集一卷、后集一卷、续集二卷、别集二卷,《浩然斋雅谈》三卷,《志雅堂杂钞》一卷,《云烟过眼录》四卷,《澄怀录》二卷,以及《浩然斋意钞》、《浩然斋视听钞》等,其中颇多网罗南宋以迄元初的轶闻旧事,保存了许多有价值的史料,足以补充正史的遗阙,在宋元笔记中可称巨擘。周密又是著名的词选家,其《绝妙好词》七卷,选录了南宋初期张孝祥至宋末元初仇远词共一百三十二家,代表了南宋后期姜夔以来所谓"雅正派"的观点,当时张炎即以"精粹"许之（见《词源》下）。《四库全书总目·〈绝妙好词笺〉提要》也认为是选"去取谨严,犹在曾慥《乐府雅词》、黄昇《花庵词选》之上;又宋人词集今多不传,并作者姓名亦不尽见于世,零玑碎玉,皆赖此以存,于词选中最为善本"。清代查为仁、厉鹗有《绝妙好词笺》。

周密词可以分为宋亡前、后两个阶段。前期作品收于《蘋洲渔笛谱》内,可能是他自己手定,凡一百十一首;后期作品见于《草窗词》及江昱所辑《蘋洲渔笛谱集外词》,凡四十一首[3]。

《蘋洲渔笛谱》中所收词都作于宋亡前十五年间。这时,元蒙大军压境,南宋小朝廷已危如累卵。然而这样严酷的现实,在周密的笔下竟几乎没有什么反映。而在《草窗韵语》中,除最后一首《甲戌四月》感时伤事之情比较显豁外,情况也与词集略同。他在《藏书示儿》诗中写道:"少年诵诗书,颇有稽古志。……矻矻常穷年,何敢叹劳勤。初非事进取,盖亦志平治。庶几致吾君,不负学古意。"但这并没有在他前期的作品中充分表现出来。他的好友李莱老题《草窗韵语》诗云:"绿遍窗前草色春,看云弄月寄闲身。北山招饮西湖赋,学得元和句法真。"倒是道出了周密这一时期诗词创作的基本内容。

宋亡以后,周密因吴兴家破,自此侨居杭州,一直过着闲散的但却是寄食于亲友的生活,直到老死。他在这一期间留下的词作不多,其中出现了不少苍凉凄咽的感时之作。他在《绝妙好词》中所选的自己作品都是属于这一阶段的,可以看出他的去取标准的一个方面。

综观周密全部词作,最有价值的是他那些抒发亡国之恨和故国之思的篇章。例如一向被认为其词集中压卷之作的〔一萼红〕《登蓬莱阁有感》云:

步深幽。正云黄天淡,雪意未全休。鉴曲寒沙,茂林烟草,俯仰千古悠悠。岁华晚、漂零渐远,谁念我、同载五湖舟?磴石松斜,崖阴苔老,一片清愁。　　回首天涯归梦,几魂飞西浦,泪洒东州!故国山川,故园心眼,还似王粲登楼。最负他、秦鬟妆镜,好江山、何事此时游!为唤狂吟老监,共赋销忧。

这首词主要抒发羁旅思乡之情,在"岁华晚、漂零渐远"的情况下,词人不禁兴起了"回首天涯归梦"的"清愁"。由于这时词人正处在无国可投、无家可归的困境之中,因此家国之恨,一并涌上心头,铸成了"故国山川"五句感情沉痛、声调凄厉的词句。在〔献仙音〕《吊雪香亭梅》中,作者也表达了类似的感情:

松雪飘寒,岭云吹冻,红破数椒春浅。衬舞台荒,浣妆池冷,凄凉市朝轻换。叹花与人凋谢,依依岁华晚。　共凄黯。问东风、几番吹梦,应惯识当年,翠屏金辇。一片古今愁,但废绿、平烟空远。无语消魂,对斜阳、衰草泪满。又西泠残笛,低送数声春怨。

雪香亭大约是聚景园中的一座亭子,王沂孙的和词〔法曲献仙音〕《聚景亭梅次草窗韵》可证(李彭老也有和词,题作《官圃赋梅,继草窗韵》)。聚景园在临安清波园外,曾经四朝临幸。周密等人在宋亡之后来到园内赏梅,触景而生故国之情是很自然的。"吊"梅,实际上就是追吊故国。"衬舞"两句,极写园中池台荒废景象;"凄凉"句点出易代之悲,"轻"字下得极沉痛;"应惯识"两句,追念昔日官家的多次临幸,与杜甫《哀江头》、《秋兴》(其六)同一机杼。李彭老和词也有"念当时、看花游冶,曾锦缆移舟,宝筝随辇"之句。所谓"凄凉"、"凄黯"、"消魂"、"泪满"、"春怨",无一不是"一片古今愁",亦即切肤的亡国之痛与黍离之悲。反复咏叹,悲不自胜。

周密收入《乐府补题》的几首咏物词也影射了当时的现实。如〔水龙吟〕《白莲》上片云:"擎露盘深,忆君凉夜,暗倾铅水。想鸳鸯、正结梨云好梦,西风冷,还惊起。"似从白居易"渔阳鼙鼓动地来,惊破霓裳羽衣曲"化来。又〔齐天乐〕《蝉》上片云:"故苑愁深,危弦调苦,前梦蜕痕枯叶。伤情念别。是几度斜阳,几回残月。转眼西风,一襟幽恨向谁说。"也可能是伤念宋室后妃被俘北上情事。可惜词旨过于隐晦,很难句句坐实了。

周密词中抒发个人身世之感和描写离情别绪的作品占了相当篇幅,而在宋亡之后,词人又往往把黍离之悲织入这类作品之中,从而使感情色彩更加浓郁、深沉。例如〔三姝媚〕《送圣与还越》:

浅寒梅未绽。正潮过西陵,短亭逢雁。秉烛相看,叹俊游零落,满襟依黯。露草霜花,愁正在、废宫芜苑。明月河桥,笛外尊前,旧情消减。 莫诉离肠深浅。恨聚散匆匆,梦随帆远。玉镜尘昏,怕赋情人老,后逢凄婉。一样归心,又唤起、故园愁眼。立尽斜阳无语,空江岁晚。

全词不仅倾诉了分袂之际黯然消魂的种种情、景、事,表达了送人还乡的同时也惹起了自己的乡思之苦,而且更将这种种情思放在特定的时间——宋亡之后,和特定的地点——故都临安来加以描述:"露草霜花,愁正在、废宫芜苑。"这就赋予了写身世之感、离情别绪这类词作以不同一般的内容和深度。他如〔庆宫春〕《送赵元父过吴》:"高台在否?登临休赋,忍见旧时明月"、〔酹江月〕《中秋对月》:"如此江山,依然风月,月底人非昔"等,也都是将兴亡之感融入上述主题的代表词篇,读来感人至深。而〔高阳台〕《送陈君衡被召》之"东风渐绿西湖柳,雁已还、人未南归",则将劝勉陈允平勿事新朝之意寄托在怀人之情中,更觉婉转沉郁,思笔双绝。

周密抒写离情别绪的代表作品,一向被认为是〔玉京秋〕《长安独客,又见西风,素月丹枫,凄然其为秋也,因调夹钟羽一解》:

烟水阔。高林弄残照,晚蜩凄切。画角吹寒[4],碧砧度韵,银床飘叶。衣湿桐阴露冷,采凉花、时赋秋雪。叹轻别。一襟幽事,砌蛩能说。　　客思吟商还怯。怨歌长、琼壶暗缺。翠扇恩疏,红衣香褪,翻成消歇。玉骨西风,恨最恨、闲却新凉时节。楚箫咽。谁倚西楼淡月。

先写秋晚、秋夜的凄凉景物,"叹轻别"三句开始写到别恨。下片承别恨层层深入——既恨客居之无俚,又恨前欢之消歇。"玉骨"两句,复恨时光流逝,有年华空度、人渐衰老之叹。末以景结,揭出凄寂之感。

周密词很善于写景。有些作品把兴亡之感寓于景物的刻画之中,读来倍感凄恻。〔探芳讯〕《西泠春感》就是一个典型的例子:

步晴昼。向水院维舟,津亭唤酒。叹刘郎重到,依依漫怀旧。东风空结丁香怨,花与人俱瘦。甚凄凉,暗草沿池,冷苔侵甃。　　桥外晚风骤。正香雪随波,浅烟迷岫。废苑尘梁,如今燕来否?翠云零落空堤冷,往事休回首。最消魂,一片斜阳恋柳。

西泠是故都临安西湖边上的一处游览胜境,在承平时节,这是作者惯去的地方。他曾经写过一首〔曲游春〕,中有"看画船、尽入西泠,闲却半湖春色"之句,很得施岳的激赏,可以想见,作者对西泠是很有感情的。如今国破家亡,他旧地重游,虽说时值阳春,天气晴好,自己也还能重温旧游之乐,但毕竟是"刘郎重到",眼前景物只能引起自己"依依漫怀旧",因而在词人的眼里,那些本属阳春美景范畴的"东风"、"丁香",一下子都变成了使人悲哀的景物,而草、苔则又仿佛都是有情之物,"沿池"、"侵砌"而默默地生长,好像着意要给这大好的春光装点一些全不协调的色泽、气氛,以表达自己的凄凉之情。下片由"昼"写到"晚"。时间在推移,而人并未离去,说明词人依恋之情的绵长、深厚、执着。"废苑"几句,点破"怀旧"的内容,当然也就为下文的"往事"作了注脚——主要不是感怀个人旧游之乐,而是感叹家国的沦亡。末以"斜阳恋柳"之景结束全篇,极馀音绕梁、低回欲绝之能事。

此外,如〔庆宫春〕《送赵元父过吴》上片云:"霜叶敲寒,风灯摇晕,棹歌人语呜咽。拥衾呼酒,正百里、冰河乍合。千山换色,一镜无尘,玉龙吹裂。"联系下片"高台在否?登临休赋,忍见旧时明月"之句来看,这里可能暗寓着易代之后新朝统治的残酷,所以才吐露出这样撕人心肺之声。又如〔高阳台〕《寄越中诸友》"雪霁空城,燕归何处人家?梦魂欲渡苍茫去,怕梦轻、还被愁遮"等句,化用姜夔〔扬州慢〕小序中之语,同样是通过写景来抒发类似感情,不过写得比较凄婉含蓄罢了。

周密全篇写景的〔闻鹊喜〕《吴山观涛》是一首颇见精彩的小令:

天水碧,染就一江秋色。鳌戴雪山龙起蛰,快风吹海立。数点烟鬟青滴。一杯霞绡红湿。白鸟明边帆影直,隔江闻夜笛。

上片写观潮,将钱塘江潮来时蓝天与碧水连成一片的雄壮气象形象地描绘出来。下片进一步写青山、红霞、白鸟、帆影,织成了一幅动静配合,色泽鲜明的图画,使读者有身临其境之感。末句写隔江闻夜笛之声,更觉馀韵无穷。

周密在临安生活时间最长。如前所述,他不仅记录了宋亡以后西湖的衰败荒凉,也曾讴歌过宋亡以前西湖的好山好水。他早年写的〔木兰花慢〕咏西湖十景,辞藻华丽,构思新颖,颇有警句,曾受到张矩[5](字成子)、杨缵(号紫霞)的赞誉(见此词小序)。如《苏堤春晓》的"宫柳微开露眼,小莺寂妒春眠",《平湖秋月》的"鸳鸯。误惊梦晓,掠芙蓉、度影入银塘",《麯院风荷》的"迷眼红绡绛彩,翠深偷见鸳鸯",《花港观鱼》的"三十六鳞过却,素笺不寄相思",《南屏晚钟》的"看渡水僧归,投林鸟聚,烟冷秋屏",《两峰插云》的"明月千岩夜午,溯风跨鹤吹笙"等,或思路幽绝,或体物细腻,或写景入画,都可见作者的艺术匠心。

周密词的特点是格律谨严,结构缜密,风格秀雅,字句精美。他写成〔木兰花慢〕咏西湖十景后,曾花了数月的时间与杨缵订正音律。他有自度腔〔玉京秋〕。他的〔楚宫春〕题为《为洛花度无射宫》。〔解语花〕小序云:"羽调〔解语花〕,音韵婉丽,有谱而亡其辞。连日春晴,风景韶媚,芳思撩人,醉撚花枝,倚声成句。"〔长亭怨慢〕小序也有"因谱白石自制调"之语。足见他对音律是十分精通的。在结构和风格上,周密词往往逼肖周邦彦,如前引〔玉京秋〕一阕,置之《片玉词》中几乎可以乱真,无怪谭献评此词云:"南渡词境高处,往往出于清真。"(《谭评词辨》)陈廷焯更说周密"以清真为宗","句法字法,居然合拍"(《白雨斋词话》)。由于姜夔、吴文英都是取法周邦彦而又自成家数、各有特色的作手,所以周密词中也有不少借鉴姜、吴两家的痕迹。例如〔三犯渡江云〕(冰溪空岁晚)、〔曲游春〕(禁苑东风外)、〔长亭怨慢〕(记千竹万荷深处)之类,显然刻意模拟姜夔,但不像姜夔那样瘦硬峭拔。又如〔齐天乐〕(宫檐融暖晨妆懒)、〔夜合花〕《茉莉》、〔朝中措〕《茉莉拟梦窗》之类,颇得吴文英之风神,但又不像吴文英那样秾丽晦涩。至于他后期的词,则大体是沿着姜夔的风格,兼与王沂孙、张炎等人互为影响,而趋于清疏、凄咽。

如〔水龙吟〕《白莲》之类，《白雨斋词话》就认为"似此亦居然碧山矣"。而他的〔木兰花慢〕《两峰插云》的"明月千岩夜午，溯风跨鹤吹笙"、〔一萼红〕《登蓬莱阁有感》的"最怜他秦鬟妆镜，好江山、何事此时游"之类，与张炎〔摸鱼子〕《高爱山隐居》的"深更静，待散发吹箫，跨鹤天风冷"、〔台城路〕《送周方山游吴》的"漂流最苦。况如此江山，此时情绪"，也几乎如出一辙。当然，这种风格的变化，与时代脉搏的跳动更是有着密切关系的。此外，周密词中也有一些是模拟唐五代和苏轼以迄南宋前期婉约、豪放两派词风的。如〔菩萨蛮〕（霜风渐入龙香被）、〔浪淘沙〕（芳草碧茸茸）之模拟温庭筠；〔齐天乐〕（清溪数点芙蓉雨）、〔大酺〕《春阴怀旧》、〔乳燕飞〕（波影摇涟漪）、〔闻鹊喜〕《吴山观涛》之模拟苏轼等人，这就使得周密词既有自己独特的风格，又呈现出多彩多姿的面貌。

周密词善于炼字炼句。例如〔三犯渡江云〕"暝色夺昏鸦"的"夺"；〔菩萨蛮〕"夜寒微涩宫壶水"的"涩"；〔采绿吟〕"花露侵诗"的"侵"；〔浪淘沙〕"芳草碧茸茸，染恨无穷"的"染"等等，都能运用出人意表的动词，刻画常见的情景，使之愈加传神、形象、细腻，从而启发人们的联想，收到更好的艺术效果。

周密在当时虽然盛负词名，但后代对他的评价却褒贬不一。清代浙派词人非常推崇他的作品，朱彝尊、汪森所辑《词综》，选录周密词达五十七首之多，与吴文英并列全书之冠。戈载《宋七家词选》、李慈铭《孟学斋日记》等都将他与吴文英并称"二窗"，其中戈载的评语最有代表性："其词尽洗靡曼，独标清丽。有韶倩之色，有绵渺之思，与梦窗旨趣相侔。"清代词人如曹贞吉、厉鹗、吴锡麒等人的词作，都在不同程度上受到他的影响。清代常州派词人对周密则兼有褒贬——既或多或少地赞扬他在艺术上的成就，也批评他在内容上的不足。如周济在《宋四家词选目录序论》中说："草窗镂冰刻楮，精妙绝伦。但立意不高，取韵不远。"陈廷焯《白雨斋词话》也说："草窗虽工词，而感寓不及三家（按指陈允平、王沂孙、张炎）之正。"所论虽未必尽然，但也不无道理。至于王国维认为他是"乡愿"，他的作品"乃是枯槁"，"一日作百首也得"（《人间词话》），却是有失公允的。这是因为王氏在主观上特别喜爱五代北宋，"于南宋除稼轩、白石外，所嗜盖鲜矣"（樊志厚叙《人间词话》，实为王氏自作）的缘故。对张炎词的评价也同此偏颇。

第二节　陈允平

陈允平，生卒年不详，字君衡，一字衡仲，号西麓。其先世自莆田（今属福建）迁居四明（今浙江宁波），所以他又自称莆鄞澹室后人。祖居仁，谥文懿。四伯父卓，资政殿大学士。理宗淳祐三年（1243），陈允平为馀姚令。又尝官严州。度宗咸淳九年（1273），郡守刘黻创书院于慈湖，请陈允平协助工作。恭宗德祐元年（1275），官制置司参议官。祥兴元年（元世祖至元十五年，1278），有仇家王姓者举发允平致书南宋都统苏刘义，谋为厓山接应（是年六月，南宋行朝至厓山），因而被捕入狱，遭到榜掠。经同官袁洪营救得免。自此杜门不出，匾其所居山中楼曰"万叠云"。其后元统治者以人才征至大都，不受官放还[6]。

陈允平少从杨简学。杨简为当时著名哲学家，学者称慈湖先生。允平善诗词，或以为与吴文英、翁元龙齐名（见《四明诗汇》）。交游如王沂孙、周密、张炎等，皆为由宋入元的著名词人。著有诗集《西麓诗稿》一卷，词集《日湖渔唱》、《西麓继周集》各一卷。《西麓诗稿》，黄俞邰收入《两宋群贤小集》，今有《四明丛书》本等。《日湖渔唱》,有赵辑宁抄校本、士礼居藏抄本、皕宋楼藏旧抄本、《彊村丛书》本、《粤雅堂丛书》本、《四明丛书》本等。《西麓继周集》,有皕宋楼藏汲古阁景写宋本、何梦华抄本、劳巽卿抄本、汪鱼亭藏旧抄本、《彊村丛书》本、《四明丛书》本、吴昌绶校本、朱古微校本等。现存词二百零九首。

陈允平的词作没有编年。从流传下来的作品看,南宋的衰亡,元蒙统治者的入主中国,以及作者被捕入狱、被征北上的经历、感受,基本没有出现在他的笔下(《西麓诗稿》情况略同)。偶然有个别怀古、感时的词篇,也因无从得知作品的本事,不能确指它们所反映的史实。例如〔西河〕云:"乌衣巷陌几斜阳,燕闲旧垒。后庭玉树委歌尘,凄凉遗恨流水。买花问酒锦绣市,醉新亭、芳草千里。梦醒觉非今世。"从怀古的凄凉笔触中,隐约透露出一种国破家亡的感慨。又如〔瑞鹤仙〕云:"念耕烟钓雪,已成活计,一任风波自恶。"所谓"风波",是指官场上的政治险恶,还是指江山易代之后的严酷现实,今天也已无法断言。与此相反,歌颂升平的作品倒有若干首,例如〔宝鼎见〕《云岩师书灯夕命赋》云:"更喜报、三边晏静,人乐清平宇宙。"〔八声甘州〕《代蔡泉使寿丁丞相》云:"紫塞烟尘静,捷羽东飞。……庆千秋,醉长生酒,歌太平诗。"这实在是过于无视现实,粉饰太平了。

离情别绪(思内、闺怨等)、羁旅行役这些传统题材的作品,是陈允平词集中写得较好的一部分,例如〔摸鱼儿〕《西湖送春》云:

倚东风、画阑十二,芳阴帘幕低护。玉屏翠冷梨花瘦,寂寞小楼烟雨。肠断处,怅折柳柔情,旧别长亭路。年华似羽,任锦瑟声寒,琼箫梦远,羞对彩鸾舞。 文园赋,重忆河桥眉妩,啼痕犹溅纨素。丁香共结相思恨,空托绣罗金缕。春已暮,纵燕约莺盟,无计留春住。伤春倦旅,趁暗绿稀红,扁舟短棹,载酒送春去。

先写客居小楼,目睹暮春凄凉景色,回想当年长亭折柳相别时的情景,从而兴起岁月如驶、旧游不可复追的慨叹。"怅"、"任"、"羞"等字,充分表达了词人无限怅惘而又无可奈何的心情。接着用司马相如、卓文君和张敞等人故事,又着以"重忆"几句浓笔,进一步抒写怀念闺中人的深情。末以"伤春倦旅"绾合,在百无聊赖又百般眷恋之中,索性扁舟短棹,载酒送春,以慰孤寂,以寄衷情。全词写得悱恻缠绵,怨慕交集,是作者集中较为动人的佳作。下面这首〔绛都春〕则是从闺中人的角度来写怀人之情的:

秋千倦倚,正海棠半坼,不耐春寒。瀰雨弄晴,飞梭庭院绣帘闲。梅妆欲试芳情懒,翠颦愁入眉弯。雾蝉香冷,霞绡泪揾,恨袭湘兰。 悄悄池台步晚,任红薰杏靥,碧沁苔痕。燕子未来,东风无语又黄昏。琴心不度春云远,断肠难托啼鹃。夜深犹倚,垂杨二十四阑。

全词描写闺中人在春寒季节的一天,从白昼到黄昏到深夜的孤寂和相思之情。在久雨初晴的庭院之中,春光已到。尽管有秋千、池台可以游乐,有红杏、碧苔可以悦目,然而女主人公却是芳情已懒,双眉紧锁,涕泪交加,柔肠寸断。"琴心"两句,点出愁恨的原因,乃是春归而人未归,所以春光再好,反而触景生悲。末以夜深犹倚曲阑作结,极写相思之深,与杜甫《月夜》之"香雾云鬟湿,清辉玉臂寒"同一机杼。其他如〔瑞鹤仙〕:"甚春衫懒试,夜灯慵剪。香温梦暖。诉芳心、芭蕉未展。渺双波、望极江空,二十四桥凭遍。"〔垂杨〕:"甚薄倖、随波缥渺。纵啼鹃、不唤春归,人自老。"〔法曲献仙音〕:"寂寞燕楼空,想弓弯、眉黛慵妩。泪墨愁笺,纵回文、难写情素。便山遥水邈,几度梦魂飞去。"等等,也都是以闺怨为题材,写作者漂泊异乡、两地相思之苦的词篇。在《西麓诗稿》中,这类作品也有不少,如《闺情》、《春闺》、《春闺怨》、《春词》等,可以互参。

怀念故乡、渴望归隐的作品,在陈允平词集中也较为突出。他在〔迎春乐〕中自称:

江湖十载疏狂迹。红尘里、倦游客。驻雕鞍、问柳东风陌。花底帽、任欹侧。　　斗酒百篇呼太白。傲人世、醉中一息。何日赋归来,水之南、云之北。

其实作者之渴望归隐,并非是因为倦游红尘,厌恶那种"问柳东风陌"的冶游生活,而是另有深刻的社会政治背景。在〔瑞鹤仙〕(故庐元负郭)中,他慨叹"风波"险恶;在〔花犯〕(报南枝)中,他对"渐画角,严城上、雁霜惊坠"的现实感到悚惧;因而在"浩叹飘蓬"之馀,才感到"宦情最薄"(〔一寸金〕)。当然,封建社会中特别是生活在易代之际的士大夫知识分子,存在着出与处思想矛盾的情况是十分普遍的。作者早就自称"钩饵已忘机,都付与、人间儿女。濠梁兴在,鸥鹭笑人痴。三湘梦,五湖心,云水苍茫处"(〔蓦山溪〕《花港观鱼》),渐渐感到"浮生,同幻境,眼空四海,迹寄三椽"(〔满庭芳〕),希望像陶渊明那样,"薰风里,纶巾羽扇,一枕北窗眠"(同上),过着"萧散云根石上,瀹茗松泉,注书芸阁"(〔瑞鹤仙〕)的生活。这实在是当时士大夫的一种典型思想情绪。

在陈允平的作品中,寿词和怀妓的作品也占了相当的篇幅。他的寿词附于《日湖渔唱》卷末,多达十九首,虽然不都是写富贵功名神仙之类的尘俗谀佞、迂阔虚诞之作,但除少数篇章外,也未能完全跳出传统寿词的窠臼。至于那些写"问柳东风陌"的冶游狎妓词篇,尽管其中不乏真情的流露,也有一些佳句,可是毕竟表现了作者生活中庸俗的一面,在艺术性上也逊于柳永、周邦彦同类题材的作品。

综上所述,陈允平词的思想境界是不高的。同时代词人如王沂孙、周密、张炎等人,在入元之后,或多或少都写了一些感时伤事的词篇,而在陈允平词集中,却几乎看不到跳动的时代脉搏。是因为某些原因而搁笔了,还是因为没有收入集中而散佚了,现在已无从得知。

陈允平词的艺术特点是平正婉雅,比较注意字句的锤炼。例如〔瑞龙吟〕《寿吴丞相》:"双溪墅。重见种玉锄云,采花研露。"〔解语花〕:"鳌峰溯碧,贝阙缘云。"〔过秦楼〕:"倦柳梳烟,枯莲蘸水。"又:"翠约蘋香,绿搏槐荫,隔冰晚蝉声断。壶冰避暖,钏玉歆凉,倦暑懒拈歌扇。"〔庆宫春〕:"孤鹜披霞,归鞍卸日。"等句,使用的种、锄、研、溯、缘、梳、蘸、约、搏、避、歆、拈、披、卸等动词都很形象,琢句也比较工巧。

陈允平词中,偶然也有一些新奇的想象和比喻。例如〔渔家傲〕云:"双蛾曲理遥山秀。"以遥山比喻美人的双眉,虽然已近俗套,但着以"曲理"二字,全句便觉陡然飞动。又〔还京乐〕云:"奈春光渐老,万金难买,榆钱空费。"将榆树之荚比作铜钱,说榆钱再多,也难买回即将逝去的春光,比喻、联想都颇有情致。此外如"滴入愁心,秋似玉楼人瘦。"(〔绮罗香〕《秋雨》)"倦倚楼高,恨随天远,桂风和梦俱清。"(〔庆宫春〕)也都有异曲同工之妙。又〔四园竹〕云:"欲写相思寄与,愁拂鸾笺,粉泪盈盈先满纸。正寂寞,楼南雁过稀。"相思的信笺还未写就,而传信的鸿雁又愈过愈少,岂不使人愁煞? 与〔虞美人〕"夜来一点帐前灯,频吐银花双烬、照罗屏"之写无情的灯花双结,而有情之人孤独凄凉者,手法正复类似,都是即景抒情,妙在联想自然。

陈允平词中写景的佳句颇多。作者往往采用融情于景或于写景之中赋予某种哲理的手法,使所写之景具有不同的意象。例如〔疏影〕云:"江上轻鸥似识,背昭亭两两,飞破晴渌。"是一种清新明快的景象;〔八宝妆〕《秋宵有感》云:"望远秋平。初过雨、微茫水满烟汀。乱蓁疏柳,犹带数点残萤。"是一种清疏幽静的景象,等等。至于〔暗香〕之"人事空随逝水,今古但、双流(按指宛陵的双溪)一碧"与〔扫花游〕《雷峰落照》之"可惜流年,付与朝钟暮鼓"等句,则在写景之中寄托无限感慨,对人事作了某种带有哲理意味的阐发,颇能引人玩味。

一般来说,陈允平词作的风格是平正有馀,灵动不足;工巧有馀,遒劲不足。周济批评他"疲软凡庸","径平思钝","书中有馆阁书,西麓殆馆阁词也"(《介存斋论词杂著》、《宋四家词选目录序论》)。从整体看,这一批评还是有一定道理的。但正如张炎《词源》所论,陈允平"所作,平正亦有佳者"[7]。除上面已经举的例子外,陈允平词集中也有少数清新明快的作品。例如〔糖多令〕《吴江道上赠郑可大》云:

何处是秋风,月明霜露中。算凄凉、未到梧桐。曾向垂虹桥上看,有几树、水边枫。　　客路怕相逢,酒浓愁更浓。数归期、犹是初冬。欲寄相思无好句,聊折赠、雁来红。

又前调云:

休去采芙蓉,秋江烟水空。带斜阳、一片征鸿。欲顿闲愁无顿处,都著在、两眉峰。　　心事寄题红,画桥流水东。断肠人、无奈秋浓。回首层楼归去懒,早新月、挂梧桐。

都使人感到遣词选语仿佛行云流水,而且音节和畅,饶有情韵。其他如〔西湖明月引〕《寿云谷谢右司》之"日正迟迟人正酒,画帘外,一声声,卖放生"、〔西平乐慢〕之"重忆少年,樱桃渐熟,松粉初黄,短楫欢呼,日日江南,烟村八九人家"之类,也都写得饶有生活情趣,不尽平正板实。这种风格的作品,在他的小令中尤为多见。

陈允平是周邦彦的崇拜者。词集取名"继周",想见其服膺之意。《西麓继周集》一百二十馀首词,除少数几首外[8],皆和周词原韵。有些作品的主题思想和遣词造语,几乎都是一步一趋,形神俱似,如〔瑞龙吟〕(长安路)、〔兰陵王〕(古堤直)、〔西河〕(形胜地)、〔浪淘沙慢〕(暮烟愁)等。虽说有些追和之作面目有别,但仍可看出脱胎周词的痕迹。另一方面,陈允平词并非专学周邦彦一家,不少小令的风格就比较接近五代北宋,如〔思佳客〕(按即〔鹧鸪天〕)五首,题目就是《用晏小山韵》。也有明显受姜夔(如〔百字令〕《断桥残雪》之"茸衫毡帽,冷香吹上吟鞍")、吴文英(如〔婆罗门引〕《两峰插云》之"高寒梦惊,是何夕堕双星")影响,或风格接近张炎(如〔酹江月〕《赋水仙》之"渺渺予怀,迢迢良夜,三十六陂风。九疑何处,断云飞度千峰")的,这同方千里、杨泽民的一味摹拟,死于周邦彦篱下者,还有所不同。

在宋末元初婉约风格的著名词人中,陈允平的成就较低,所受评价也不甚高。张炎仅以"平正"许之。周密、王沂孙在有关词中也未对陈词加以揄扬。清代浙派词人朱彝尊对陈允平颇加青睐,在《词综》中选录陈词达二十三首之多,但仍较周密(五十七首)、张炎(四十九首)、王沂孙(三十五首)为少。清代常州派词人、词论家陈廷焯在《白雨斋词话》中对陈词颇为推许,认为"陈西麓词和平婉雅,词中正轨";其词"在中仙、梦窗之间,沉郁不及碧山,而时有清超处;超逸不及梦窗,而婉雅犹过之","有志于古者,三复西麓词,一切流荡忘反之失,不化而化矣"。这一评价过高,与周济之极力贬低陈词者可谓各执一端,均不如张炎所论之较为持平。

〔1〕 卒年依夏承焘《周草窗年谱》。

〔2〕《乐府补题》咏物词因何事而发,未见元、明人记载。以元僧杨琏真伽盗发宋皇陵事件说《乐府补题》,始于清人。厉鹗《樊榭山房集·诗集》卷七《论词绝句》云:"头白遗民涕不禁,《补题》风物在山阴。残蝉身世香莼兴,一片冬青冢畔心。"自注:"《乐府补题》一卷,唐义士玉潜与焉。"冬青冢,盖指元僧毁陵之后,唐珏等人曾收葬弃骨,树冬青为记。后常州派词人周济《宋四家词选》也认为咏蝉诸词系为发陵而作。王树荣跋《知不足斋丛书》本《乐府补题》,遂断言全书皆与盗陵有关,"依类求之,此意无不可通"。今人夏承焘有《〈乐府补题〉考》,博征详引,力证前人之说不误。此外,吴则虞笺校王沂孙《花外集》,以为各词除寄托发陵之外,还兼寄托宋帝厓山沉海、宫人王清惠为女冠等。《文学遗产》1985年第1期载肖鹏《〈乐府补题〉寄托发疑》,根据周密野史笔记诸记载否定寄托发陵之说,认为纯出清人附会,并推测五咏活动各有不同的背景和原因。《文学评论》1991年第4期载常国武《碧山、草窗、玉田三家词异同论》对此亦有所论列,以为《乐府补题》中至少有部分作品并非抒写亡国之痛。

〔3〕 此四十一首词是否全属宋亡后之作,目前尚无法断言。故张德瀛《词征》卷一云:"周公谨《草窗词》及《蘋洲渔笛谱》,词多互见,而先后全倒置。大约《渔笛谱》是公谱手定,《草窗词》则后人采集成书,而复削其序语者。"

〔4〕 此词为周密自度曲。各本均无"画角吹寒"四字,《钦定词谱》卷二四据清初周篔《词纬》引周密《蘋洲渔笛谱》补入,杜文澜校《词律》时也曾据《词纬》提出应补此四字,今从之。

〔5〕 张矩,《绝妙好词》作张龙荣(或系别名),《阳春白雪》作张榘(宋末又有同名同姓者一人)。今从《花草粹编》。

〔6〕 据江昱《山中白云疏证》引《续甬上耆旧传》及《鄞县志》。夏承焘

《周草窗年谱》谓允平"不固晚节",未详所据。

〔7〕 据陈廷焯《白雨斋词话》。查为仁、厉鹗《绝妙好词笺》及今人夏承焘《词源注》有关文字则颇有出入。

〔8〕 包括〔瑞鹤仙〕(燕归帘半卷)、〔垂杨〕(银屏梦觉)、〔早梅芳〕两首、〔醉桃源〕两首、〔过秦楼〕(倦听蛩砧)、〔满路花〕(离歌泣断云)等八首。今传各本清真词中不见与此八首对应的词篇,想系失传之故。

第二十二章　宋末词人(中)

第一节　王沂孙

王沂孙(？—1291前？)[1],字圣与,号碧山,又号中仙,因家住玉笥山,故又号玉笥山人。会稽(今浙江绍兴)人。其生平事迹多不可考。根据现有材料来看,他的活动基本上是在吴越一带,居住在会稽、杭州的时间似最长。他交游的朋友,大多是宋末元初的著名文人和遗民,如周密、张炎、陈允平、唐珏、陈恕可、仇远、戴表元、白珽、屠约、王英孙等。周密说他"结客千金,醉春双玉"(〔踏莎行〕《题中仙词卷》),张炎说他"香留酒斝,蝴蝶一生花里"(〔琐窗寒〕"断碧分山"),可见他是一位风流倜傥、家境富有的词人。南宋的覆亡,给他带来极大的悲痛,曾与唐珏等人结社分咏龙涎香、蝉、白莲诸物,其中颇有寄托亡国哀思的作品。

根据袁桷《延祐四明志》卷二"职官考上"的记载,王沂孙于至元中曾任庆元路学正。这大概是他晚年的事情,任期似乎也很短。尽管我国传统的士人认为学官不是命官,与朝官不能相提并论[2];况且联系当时的政治背景以及其他某些知识分子入元后出任为学官的具体情况,王沂孙的出任庆元路学正,又极有可能是迫于不得已的情势,但王沂孙自己对此显然是颇感内疚的[3]。从他所写〔齐天乐〕《四明别友》中"政恐黄花,笑人归较晚"的自我解嘲,可以看出一些消息。

王沂孙是一位很有才华的词人。周密称赞他"玉笛天津,锦囊昌谷"(〔踏莎行〕);张炎称赞他"能文工词,琢语峭拔,有白石意度,今绝响矣"(〔琐窗寒〕小序)。词集原名《花外集》,后人易名为《碧山乐府》,今存词六十四首。常见的有《知不足斋丛书》本、《四印斋所刻词》本、孙人和校刊本等。一九八八年上海古籍出版社出版的吴则虞《花外集》笺注本最为完备。

在王沂孙词中,抒发亡国之痛和故国之思的作品占有相当的数量,是集中的精华所在。这种思想感情往往是通过咏物的情式,委婉曲折地表达出来的。咏物词占了全集的三分之一以上,很足以说明作者托物言志的创作倾向。

大约作于南宋覆亡前夕的〔眉妩〕《新月》,是颇有代表性的一首:

渐新痕悬柳,澹彩穿花,依约破初暝。便有团圆意,深深拜,相逢谁在香径?画眉未稳,料素娥、犹带离恨。最堪爱、一曲银钩小,宝帘挂秋冷。　　千古盈亏休问。叹慢磨玉斧,难补金镜。太液池犹在,凄凉处、何人重赋清景。故山夜永。试待他、窥户端正。看云外山河,还老尽、桂花影。

此词先细腻而生动地描绘了新月初升时的景象,接着从杜甫《新月》的"光细弦初上,影斜轮未安"化出"画眉未稳"两句,逗起下面一大段悲叹金瓯难整和缺月复圆后空照故国山河等等复杂的感情,词旨悲愤,不尽凄恻。

王沂孙抒发故国之思的词作,大都作于宋亡以后。在〔齐天乐〕《萤》中,他慨叹着"汉苑飘苔,秦陵坠叶,千古凄凉不尽";在〔齐天乐〕《蝉》中,词人用含泪的笔触,倾吐了"铜仙铅泪似洗,叹携盘去远,难贮零露"的哀伤;在〔庆宫春〕《水仙花》中,作者再一次唱出了"携盘独出,空想咸阳,故宫落月"的悲音。在其他一些咏物词中,也多有表达类似感情的[4],如〔天香〕《龙涎香》、〔水龙吟〕《牡丹》、〔水龙吟〕《海棠》、〔水龙吟〕《白莲》二首等。另外,有一些并非咏物的词作,也同样抒发了作者的故国之思,例如〔青房并蒂莲〕下片云:

　　愁窥汴堤翠柳,曾舞送当时,锦缆龙舟。拥倾国、纤腰皓齿,笑倚迷楼。空令五湖夜月,也羞照、三十六宫秋。

表面上是怀古,实际上是伤今,它的构思和写法,显然是夺胎于杜甫的《哀江头》和《秋兴》其六,与碧山另一首〔水龙吟〕《牡丹》"自真妃舞罢,谪仙赋后,繁华梦,如流水"之句也同一机杼。又如〔醉蓬莱〕《归故山》有"故国如尘,故人如梦,登高还懒"的悲叹,由于作者写这首词时已经回到了故乡,故词中的"故国"只能是指南宋的故京临安及其象征的南宋王朝。

王沂孙是一位感情真挚的词人。他对故国的怀念之情是深厚的,对故乡、故人的感情也同样是真诚的。在《花外集》中,抒写故乡之恋、故人之情,兼及家国之恨、身世之感的词作,占有最多的篇幅,并非偶然。下面这首〔天香〕《龙涎香》就是将故国之思融于身世之感的代表作之一:

　　孤峤蟠烟,层涛蜕月,骊宫夜采铅水。汛远槎风,梦深薇露,化作断魂心字。红甆候火,还乍识、冰环玉指。一缕萦帘翠影,依稀海天云气。　几回嬾娇半醉,剪春灯、夜寒花碎。更好故溪飞雪,小窗深闭。荀令如今顿老,总忘却、樽前旧风味。谩惜馀熏,空篝素被。

作者先对龙涎香的产地、原料、加工、形制以及焚爇时的景象作了生动、形象的描述,由此勾起对当年在焚香之际足以怀念的女子、环境与情事的回忆,都用浓笔极力渲染,将故国之思暗寓于昔日个人欢乐生活的追忆之中。最后"荀令"句一转斗落,又极写往事不可复追的悲哀,低回宛转,怅惘无穷。

《花外集》中抒发怀念故乡、故人之情的作品也颇见精彩,例如〔三姝媚〕《次周公谨故京送别韵》云:

兰釭花半绽,正西窗凄凄,断萤新雁。别久逢稀,谩相看华发,共成销黯。总是飘零,更休赋、梨花秋苑。何况如今,离思难禁,俊才都减。　今夜山高江浅,又月落帆空,酒醒人远。彩袖乌纱,解愁人、惟有断歌幽婉。一信东风,再约看、红腮青眼。只恐扁舟西去,蘋花弄晚。

上片次第倾诉分袂之时难以忘怀的种种情事:"西窗凄凄,断萤新雁",可悲者一;"别久逢稀",可悲者二;"相看华发",可悲者三;"总是飘零",可悲者四;"离思难禁,俊才都减",可悲者五。写来如怨如慕,如泣如诉。由此转入下片,再设想今夜分别后的景况:"今夜山高江浅,又月落帆空,酒醒人远。"三句虽由柳永〔雨霖铃〕"今宵酒醒何处?杨柳岸晓风残月"化来,但琢语似更峭拔;且在上述五悲的基础上作如是设想,感情益觉深厚。"一信东风"两句一转,聊以自慰慰人;"只恐"两句再作一转,沉郁顿挫,幽怨不尽。又如〔摸鱼儿〕《莼》、〔齐天乐〕《四明别友》和〔醉蓬莱〕《归故山》三首,所写主题相同,但同中亦复有异。〔摸鱼儿〕写自己长期作客他乡,"年年轻误归计"。而现在,归期已定,本来应该是高兴的事情,然而从此又将与朋友两地乖隔,此情亦何以能堪。"如今不怕归无准,却怕故人千里"两句,正生动而精炼地表达了作者此时此地的典型情绪。〔齐天乐〕则写作者在回乡之计已定的情况下,为了减少送者行者双方的悲伤,索性毅然而去。"迟迟终是也别,算何如趁取,凉生江满。"这是从自身方面来说的;"挂月催程,收风借泊,休忆征帆已远。"这是从宽慰对方的角度来说的。故作反语,更觉黯然消魂。〔醉蓬莱〕则是写回到家乡后的另外一番滋味:"故国如尘,故人如梦",亡国之痛,别友之情,本来已是不堪回首;何况晚来独对"一室秋灯,一庭秋雨,更一声秋雁",大有"这次第,怎一个愁字了得"之感。倘若不是情真意切,是不可能将这类主题写得如此悱恻缠绵的。周济在《宋四家词选目录序论》中说"碧山恬退是真",应该说,其"真"还不止恬退一端而已。

除上述者外,王沂孙还有一些描写日常生活的词作,如〔声声慢〕《催雪》、〔高阳台〕《纸被》、〔一萼红〕《石屋探梅》、〔一萼红〕《初春怀旧》、〔琐窗寒〕《春思》等等。也有一些怀念闺中人甚至怀念歌妓的词作,如〔高阳台〕(残萼梅酸)、〔绮罗香〕《秋思》以及〔声声慢〕(迎门高髻)等。但这类作品在《花外集》中为数不多,思想性和艺术性也较为逊色。

王沂孙词作的艺术技巧是颇为高明的。就其咏物词而言,常常能继承屈原《橘颂》以来咏物作品的优良传统,将"体物"与"写志"两者比较完美地结合一处,同时运用比兴的手法,丰富的联想,使所写的无生命之物化为有形象、有感情之物,与作品中的人、事融为一体,并且通过既有脉络可寻的章法、又时见转折顿挫的手笔,以及"以意贯串,浑化无痕"的事典,构成一幅幅栩栩如生的图画,谱就一支支馀音袅袅的悲歌。例如〔齐天乐〕《蝉》(一襟馀恨宫魂断)一词的主题,可能是写对宋末后妃陵墓被掘的悲愤。作者巧妙地运用《古今注》中关于齐王后死后尸变为蝉的神话传说,透过别具匠心的想象,细致地描写了作为哀蝉化身的女子(后妃)的悲惨身世;而这一系列细致的描写,又是通过窗内之人(作者)的细腻观察和亲身感受表达出来的。写哀蝉的不幸遭遇,实际上是兼寓着后妃和作者的不幸遭遇,家国之恨和身世之感也就在这浑化无迹的境界中充分抒发出来。结尾两句,突然一转,以奇峰突起的手法,回忆昔日的欢欣,以此反衬今日之悲苦,从而收到进一步加强其哀伤之情的效果。其他如〔天香〕《龙涎香》、〔水龙吟〕《白莲》、〔水龙吟〕《海棠》、〔绮罗香〕《红叶》、〔三姝媚〕《樱桃》等词,在写作方法上也大同小异,可以互参。

　　王沂孙词的另外一个特点,就是善于融情于景,使臻于情景交融、相得益彰的境界。例如〔水龙吟〕《落叶》,上片先泛写秋末叶落的凄凉景象,由此引出故乡之思;然后再具体描写入夜之后旅寓"乱影翻窗,碎声敲砌"的孤苦境况,而以"望吾庐甚处,只应今夜,满庭谁扫"作结,点出怀乡之情。〔扫花游〕《秋声》也是通首以悲哀之景写悲哀之情,反映作者长期作客异地,在"迢递归梦阻"的境况下,闻秋声而生"顿惊倦旅"的"闲愁"。读之皆足以使人为之凄恻。王夫之《溵斋诗话》认为,"以乐景写哀,以哀景写乐",往往能收到"一倍增其哀乐"的效果。王沂孙词中运用这种反衬手法的地方,也颇为精彩。例如前引〔天香〕《龙涎香》,先用了大量的篇幅,浓笔极写当年焚爇龙涎香时可喜可爱的情景和值得留恋的女子与环境,然后突然跌落,转入眼前的凄凉孤独,用"顿老"、"谩惜"、"空"、"素被"等低沉的字词,与昔日之欢乐形成强烈的对比。又如〔绮罗香〕《秋思》,上片先写往年值得怀念的春日情景,然后从所怀念的闺中人方面设想,折入对方今日的孤寂悲伤,正反相衬,悲喜对照。设想对方,实际上也是写自己的相思之苦,故下片出以"一片秋声,应做两边愁绪"之句。这类艺术手法,都值得我们玩味和借鉴。

《花外集》中多有联想丰富、构思奇特的词作。如〔绮罗香〕《红叶》两首写枫叶之所以变红,一是因为"玉杵馀丹,金刀剩彩,重染吴江孤树",一是因为"夜滴研朱,晨妆试酒,寒树偷分春艳",都把红叶比作迟暮的美人。所以第一首接着写道:"几点朱铅,几度怨啼秋暮。惊旧梦、绿鬟轻涧,诉新恨、绛唇微注。"第二首也有"少年色换已秋晚"之句。凡此皆能出人意表,非止〔天香〕《龙涎香》之类咏物词而已。

在《花外集》中,除少数作品遣词造语比较讲究雕琢外,大部分并没有什么特别使人感到惊奇可喜之句。然而全集大都典雅工致,一切游词俚语俗句决不犯其笔端,这也可以说是王沂孙词的另一特色。故陈廷焯《白雨斋词话》评云:"碧山词观其全体,固自高绝,即于一字一句间求之,亦无不工雅。"又云:"词法莫密于清真,词理莫深于少游,词笔莫超于白石,词品莫高于碧山:皆圣于词者。而少游时有俚语,清真、白石间亦不免,至碧山乃一归雅正。"

王沂孙的作品固然有不少值得称道之处,它们的缺陷和不足也是十分明显的。由于元统治者对宋代遗民采取高压和笼络的两手政策,加上词人又是一位性格比较软弱的知识分子,因此他在作品中所表达出来的故国之思和身世之感,总是像寒蝉一样的凄切,冷萤一般的微弱,只能给人哀伤,不能使人振作。他被迫出任庆元路学正,未能固其晚节,同上述主客观原因也是分不开的。因此,他在作品中又往往不敢直抒其情,有时甚至采用隐晦曲折的手法,生涩冷僻的事典,结构错综的句式,含而不露,欲吐又吞地加以表达。这就不但使其某些词作中所写的情意显得颓靡无力,而且由于晦涩难晓,更影响了作品的自然真率之美,很难引起一般读者的理解和共鸣。

王沂孙词承袭了《花间》以来婉约一派的词风。有模仿《花间》以迄晏、欧者,如〔更漏子〕、〔如梦令〕、〔醉落魄〕之类。有借鉴柳永、周邦彦者,如〔一萼红〕《红梅》、〔一萼红〕《初春怀旧》、〔三姝媚〕《次周公谨故京送别韵》、〔金盏子〕(雨叶吟蝉)以及〔琐窗寒〕(出谷莺迟)、〔应天长〕(疏帘蝶粉)之类。有效吴文英之遣词造句者,如〔天香〕《龙涎香》上片和〔露华〕《碧桃》之类。但主要效法的对象还是姜夔。例如〔天香〕《龙涎香》下片"荀令如今顿老,总忘却、樽前旧风味",从姜夔〔暗香〕"何逊而今渐老,都忘却、春风词笔"化来;〔齐天乐〕《蝉》"西窗过雨,怪瑶珮流空,玉筝调柱。镜暗妆残,为谁娇鬓尚如许",模拟姜夔〔齐天乐〕"西窗又吹暗雨,为谁频断续,相和砧杵"之迹显然;〔一萼红〕《红梅》"玉管难留,金樽易泣,几度残醉纷纷",用姜夔〔暗香〕"翠尊易泣,红萼无言耿相忆";〔庆宫春〕《水仙花》"明玉擎金,纤罗飘带,为君起舞回雪",用姜夔〔琵琶仙〕"千万缕、藏鸦细柳,为玉尊、起舞回雪";〔扫花游〕《秋声》"背青灯吊影,起吟愁赋。断续无凭,试立荒庭听取",用姜夔〔齐天乐〕"庾郎先自吟愁赋,……西窗又吹暗雨,为谁频断续,相和砧杵";〔琐窗寒〕《春寒》"寒衣恻恻",用姜夔〔淡黄柳〕"马上单衣寒恻恻";等等。此外,他也与同时代的周密特别是张炎互为影响,因而他们词作的风格也比较接近,虽秀丽不如周,清空不如张,而典雅、含蓄、沉郁则有过之。应该说,王沂孙是一位在两宋婉约词人中转益多师,重点瓣香白石,而自有其独特风貌的作手。

王沂孙在当时就颇负词名。如前所引,周密、张炎对他的词文都曾大加赞许。但是元、明以来,他的作品并不为人们所推重,直到朱彝尊、陈维崧特别是清代后期的常州派词人才把他抬到很高的地位。周济在《宋四家词选》中不但将他与周邦彦、辛弃疾、吴文英并列为宋代词人之冠，而且又倡为"问涂碧山"之说。陈廷焯在《白雨斋词话》中更是推崇备至，甚至认为他是诗中的曹植、杜甫，与周邦彦、姜夔并为宋代词坛三绝，而周邦彦尚"不免于俚"，姜夔"犹有未能免俗处"。晚清词人如端木埰、王鹏运、朱祖谋等也纷纷加以推誉和模仿。有些评语虽然溢美过甚，但王沂孙词的影响由此也可见一斑。

第二节　张炎

张炎（1248—1323前），字叔夏，号玉田，又号乐笑翁。他的先世为西秦（今陕西凤翔）人，自其六世祖张俊迁居临安，遂世为杭人。

张炎的家世是比较显贵的。六世祖俊，南渡后官至枢密使，封清河郡王，死后追封循王。曾祖镃，直秘阁通判临安军府事。诗与姜夔齐名，词亦甚美。祖濡，宋末以浙西安抚司参议官守独松关，其部曲杀元使廉希贤、严忠范，临安破，濡遇害，家被籍。父枢，为宣词令，阁门簿书。善音律，尝度《依声集》百阕，音韵谐美。有《寄闲集》，旁缀音谱，刊行于世。与周密、杨缵等人诗酒咏啸。可见张炎的家庭不但世代官宦，而且他的父祖大多能诗工词。

张炎少时从父学词，又得声律之学于杨缵。宋亡以前，一直过着贵游公子的生活。宋亡以后，落魄纵饮。至元二十七年（1290）秋，北游大都，次年春即匆匆南旋。居于杭，游于山阴、台州，往来于江阴、义兴，在吴中最久，前后漂泊达三十年之久。晚境凄凉，曾设卜肆于鄞以谋生。至治年间（1321—1323）卒，享年约七十岁。其所交游多为由宋入元的东南遗民和其他知识分子，如周密、邓牧、钱舜举、郑思肖、陈允平、王沂孙、戴表元、袁桷、白珽、屠约、曾遇、仇远等。

　　北游大都一事,是张炎一生进退出处中最为重要的问题。关于他北游和南归的动机等,说法颇有异同。戴表元《送张叔夏西游序》说他"尝以艺北游,不遇,失意亟亟南归"。舒岳祥《赠玉田序》说他"北游燕蓟,上公车,登承明有日矣。一日,思江南莼米鲈丝,慨然襆被而归"。许增《山中白云词》跋尾则说他"甫得官,辄为人所阻,辛卯(1291)春即南旋"。近人大都倾向于张炎北游是为了求官,而南归则是因为求官不成的说法。据与他同行的沈钦、曾遇的记载,张炎是应召赴大都缮写泥金字藏经的,所谓"以艺北游"即指此。从他北行途中、在大都期间以及后来所写词篇中流露的情绪来看,似乎被迫成行的可能性较大。由于张炎博学多才,舒岳祥又是同时人,所以"登承明有日"的记载应该是可信的。他之所以亟亟南归,恐怕是由于客观上"不遇"、主观上也盼望归隐等复杂因素所促成。从他所写与北游有关的词篇中常用貂裘敝破的典故来推测,如果当时能够仕进,他是很有可能接受新朝的官职的。他虽不如拒绝荐举、义不仕元的郑思肖、谢枋得等人那样坚定,但毕竟也不能同已经出仕新朝的人相提并论。

　　张炎是宋末元初一位重要的词人。仇远称赞他"意度超玄,律吕协洽"(《玉田词题辞》),戴表元称赞他"噫呜宛抑,流丽清畅"(《送张叔夏西游序》),邓牧更赞美他无周邦彦、姜夔两家之短,而兼有两家之长(《山中白云词序》)。词集名《山中白云》,今存词三百零二首。清初钱庸亭藏《山中白云词》凡二百九十六首,乃明成化年间转录元代陶宗仪手抄本;经朱彝尊厘为八卷,龚蘅圃始刊于康熙间。雍正四年,曹炳曾加重刻。乾隆间,江昱为之疏证,今有朱祖谋《彊村丛书》刻本。另有许增《榆园丛刻》本、王鹏运四印斋所刻《双白词》本等。张炎又是一位著名的词论家,所著《词源》二卷,影响颇大，研究它的有清代郑文焯的《词源斠律》和近人蔡桢的《词源疏证》、夏承焘的《词源注》、郑孟津、吴平山的《词源解笺》等著作。诗文已佚，今仅见《延祐四明志》所载《腰带水》七绝一首而已。

由于张炎出身世代官宦之家，宋亡前的二十馀年间一直过着贵游公子的生活，宋社既屋，他的生活发生了剧烈的变化，因此在他的词集中，抒发身世之感的作品占了最大的比重；而在不同的背景下，这种身世之感又包孕着多方面的内容。

张炎六世祖张俊在临安的第宅极擅池台花木之胜，宋亡以前，张炎生长于斯；宋亡以后，第宅遭到籍没。每当经过故园时，他总是怀着极其怅惘的心情，追忆那些不堪回首的往事——繁华的生活，盛装的歌伎，迷人的景物：

> 记凝妆倚扇，笑眼窥帘，曾款芳尊。步屧交枝径，引生香不断，流水中分。忘了牡丹名字，和露拨花根。
> ——〔忆旧游〕《过故园有感》

而今则人去楼空，凄凉满目，自然不能不引起词人的无限伤感：

> 望花外、小桥流水，门巷愔愔，玉箫声绝。鹤去台空，佩环何处弄明月？十年前事，愁千折、心情顿别。露粉风香谁为主？都成消歇！
> ——〔长亭怨〕《旧居有感》

然而旧居虽好，已非吾有。燕归黄昏，犹人归易世，而垂杨路隔，亦如燕子之无家。在无可奈何之际，词人只有以"怕有旧时归燕，犹自识黄昏。待说与羁愁，遥知路隔杨柳门"（同上《忆旧游》）之句作结，真可谓悲音袅袅,馀恨无穷了。这类作品生动地刻画了一个没落王孙的典型情绪,它们从抒写个人哀怨的角度,曲折地反映了当时的社会巨变。

家道的中落,是张炎所遭受的一个最沉重的打击;而北行的不遇,又给词人的后半生加添了一层悲剧色彩。他在著名的〔甘州〕《辛卯岁,沈尧道同余北归,各处杭、越。踰岁,尧道来问寂寞,语笑数日,又复别去。赋此曲,并寄赵学舟》中写道:

> 记玉关踏雪事清游,寒气脆貂裘。傍枯林古道,长河饮马,此意悠悠。短梦依然江表,老泪洒西州。一字无题处,落叶都愁。　载取白云归去,问谁留楚佩,弄影中洲?折芦花赠远,零落一身秋。向寻常野桥流水,待招来、不是旧沙鸥。空怀感,有斜阳处,却怕登楼。

尽管张炎此行是应召写经,自称"懒赋《长杨》"(〔凄凉犯〕《北游道中寄怀》),但匹马貂裘以事清游,在健拔的笔触中流露出"待击歌壶"(同上)的豪兴还是跃然纸上的。可是好梦不长,醒来"依然江表",家国之愁又不禁黯黯而生:"老泪洒西州"。这一切,正体现了词人北游途中和失意南归后的复杂心情。"心未歇,鬓先皤。叹敝却貂裘,驱车万里,风雪关河"(〔木兰花慢〕"二分春到柳")、"破却貂裘,远游归后与谁谱"(〔长亭怨〕《岁庚寅,会吴菊泉于燕蓟。越八年,再会于甬东。未几别去。将复之北,遂作此曲》),是张炎的一个真实侧面;"片云归程,无奈梦与心同。空教故林怨鹤,掩闲门、明月山中"(〔声声慢〕《都下与沈尧道同赋》)、"灯前恍疑梦醒,好依然,只着旧渔蓑"(〔木兰花慢〕),是张炎的又一个真实侧面。因此,说张炎北游时完全没有仕进的念头,未免过于溢美;说他恬退是伪(见周济《介存斋论词杂著》),那也是比较片面的。

在《山中白云》中,比较有价值的,是那些在抒发身世之感的同时,寄托了亡国之痛的词篇。例如〔高阳台〕《西湖春感》:

接叶巢莺,平波卷絮,断桥斜日归船。能几番游?看花又是明年。东风且伴蔷薇住,到蔷薇、春已堪怜。更凄然,万绿西泠,一抹荒烟。　当年燕子知何处?但苔深韦曲,草暗斜川。见说新愁,如今也到鸥边。无心再续笙歌梦,掩重门、浅醉闲眠。莫开帘,怕见飞花、怕听杜鹃。

临安是南宋的故都,西湖又是这故都中的一颗明珠,词人以"西湖春感"为题付之吟咏,自然要唱出一种掩抑不住的"亡国之音"。当年承平时节,西湖的春天是一片繁华的景象,花团锦簇,令人赏心悦目,诗人在〔庆春宫〕(波荡兰舣)等词中作过像杜甫《丽人行》那样的渲染、描绘。而如今虽则是西泠绿遍,春到湖上,但只能勾起人们的无限悲哀,所以在词人的眼中,羽纱般的轻烟却变成了一抹惨淡迷离的荒烟。下片更暗用刘禹锡《乌衣巷》诗意,假燕子的失居,以见山河的改变;再用唐代外戚诸韦在长安栖宅的韦曲、东晋时代弃官归隐的陶渊明盘桓咏啸的斜川一例荒芜作比喻,进一步慨叹所有贵游、隐沦都如同失居的燕子一般,在朝改代换之后,皆无托身之所,从而将亡国之痛和身世之感融为一体。又如〔月下笛〕《孤游万竹山中,闲门落叶,愁思黯然,因动黍离之感。时寓甬东积翠山舍》:

万里孤云,清游渐远,故人何处?寒窗梦里,犹记经行旧时路。连昌约略无多柳,第一是、难听夜雨。谩惊回凄悄,相看烛影,拥衾谁语?　张绪归何暮!半零落,依依断桥鸥鹭。天涯倦旅,此时心事良苦。只愁重洒西州泪,问杜曲、人家在否? 恐翠袖、正天寒,犹倚梅花那树。

上片怀念往事,兼怀故人。"连昌"两句,用唐代连昌宫战乱后的荒废景象,隐喻易代之后南宋故宫的满目凄凉,由此抒发郁积胸中的黍离之感。下片以张绪自喻,在嗟叹自身长期漂泊的同时,仍然不能忘情故国故乡的"断桥鸥鹭",更不能忘怀故乡故居的"杜曲人家"。这种感情在张炎的词作中经常出现,而在〔思佳客〕《题周草窗〈武林旧事〉》中表达得更是淋漓尽致:

梦里瞢腾说梦华,莺莺燕燕已天涯。蕉中覆处应无鹿,汉上从来不见花。　今古事,古今嗟,西湖流水响琵琶。铜驼烟雨栖芳草,休向江南问故家!

这种喷薄而出的凄厉之声,在张炎词中是比较少见的。更多的是用悲苦的声调,隐晦的手法,将自己的真实感情若明若暗地表达出来,如"俯仰十年前事(按隐指宋亡),醉后醒还惊"(〔忆旧游〕"叹江潭树老")、"漂流最苦,况如此江山,此时情绪"(〔台城路〕《送周方山游吴》)、"新烟禁柳,想如今,绿到西湖。犹记得、当年深隐,门掩两三株"(〔渡江云〕"山空天人海")、"海日生残夜,看卧龙和梦,飞入秋冥。还听水声东去,山冷不生云。正目极寒空,萧萧汉柏愁茂陵"(〔忆旧游〕《登蓬莱阁》)之类。但是透过这层厚薄不同的外衣,我们还是可以体味到词人在写这些词篇时的沉痛心情。

　　抒写归隐思想的作品在张炎词集中为数也不少。形成这种思想的因素是多方面的。宋室的覆亡,家道的沦落,身世的艰危,长期的漂泊,以及对个人前途的绝望等等,都使张炎渴望着能够度过恬退的后半生。"客里醉时歌,寻思安乐窝。买扁舟、重缉渔蓑。欲趁桃花流水去,又却怕、有风波。"(〔南楼令〕《有怀西湖,且叹客游之漂泊》)这段自白大体概括了词人希望归隐的思想根源。退隐思想诚然是消极的,但在张炎所处的那个特定历史时期,这毕竟还不失为一种消极反抗的形式。他讽刺那些归命新朝、青云直上之徒:"旧隐新招,知住第几层云"(〔声声慢〕《别四明诸友归杭》),表示要"仂立香风外"(〔忆旧游〕"叹江潭树老"),"漫倚新妆,不入洛阳花谱"(〔绮罗香〕《红叶》),效法东晋的陶渊明:"疏篱尚存晋菊,想依然、认得渊明。"(〔声声慢〕)然而时代不同了,元蒙贵族已经统治了全国,要想像当年陶渊明那样安安生生地退隐林下,也并不是一件容易的事。他的许多朋友如王沂孙、屠约、戴表元等人,都先后被迫做了地方上的学官。这不能不使他忧心忡忡,生发"待去隐,怕如今、不是晋时"(〔声声慢〕《为高菊墅赋》)的悲叹和怵惧。

此外,张炎还有一些抒写朋友之情的作品,例如〔琐窗寒〕、〔洞仙歌〕之悼念王沂孙,〔解连环〕之悼念陈允平,都写得极其沉痛,读来确有"长歌之哀,过于痛哭"之感。这不仅因为他们有着建立在诗酒唱和基础上的深厚友情,而且还因为他们在身世、处境和思想等方面有着许多相同的地方。从"自中仙去后,词笺赋笔,便无清致"和"向北来时,无处认、江南花落"等情见乎辞的词句中,不难看出其中的一些消息。

总的来说,张炎词的思想性不是很高的。即使是他那些抒发故国之思和身世之痛的代表词作,也显得哀怨有馀,愤激不足,使人有一种"亡国之音哀以思"的感觉。而且,由于作者常常喜欢作旷达、闲适之语,有时固然能够产生某种相反相成的艺术效果,却往往将沸腾怫郁的感情大大冲淡了。陈廷焯《白雨斋词话》认为"玉田词感时伤事,与碧山同一机轴,只是沉厚不及碧山",这也是重要的原因之一。

张炎在《词源》中主张词要清空骚雅,他自己的创作确能实践他的理论。这种风格的特点是一气流走,疏宕明快,很少使用冷僻的事典和秾丽艰涩的字词,却常常能创造出一种高远幽复的意境,读来令人心目爽豁,神观飞越。在他的笔下,既有气象恢宏的境界,例如:

> 浪挟天浮,山邀云去,银浦横空碧。扣舷歌断,海蟾飞上孤白。
> ——〔壶中天〕《夜渡古黄河,与沈尧道、曾子敬同赋》

> 山空天入海,倚楼望极,风急暮潮初。
> ——〔渡江云〕《山阴久客,一再逢春;回忆西杭,渺然愁思》

又有在雄浑之中显示出特别清冷飘逸的境界的作品,例如:

> 古台半压琪树,引袖拂寒星。
> ——〔忆旧游〕《大都长春宫,即旧之太极宫也》

> 深更静,待散发吹箫,跨鹤天风冷。凭高露饮,正碧落尘空,光摇半壁,月在万松顶。
> ——〔摸鱼子〕《高爱山隐居》

> 回潮似咽,送一点秋心,故人天末。江影沉沉,露凉鸥梦阔。
> ——〔台城路〕《寄姚江太白山人陈文卿》

还有不少或如春风和煦、或如秋气肃杀境界的词作,例如:

> 鱼没浪痕圆,流红去、翻笑东风难扫。荒桥断浦,柳阴撑出扁舟小。
>
> ——〔南浦〕《春水》

> 又晓日千峰,涓涓露湿花气生。
>
> ——〔忆旧游〕(叹江潭树老)

> 任船依断石,袖裹寒云。老桂悬香,珊瑚碎击无声。
>
> ——〔高阳台〕(古木迷鸦)

> 只有一枝梧叶,不知多少秋声。
>
> ——〔清平乐〕(候蛩凄断)

张炎在《词源》中又主张"景中带情,而存骚雅","情景交炼,得言外意"。上面摘引的作品所创造的种种意境中,确实能将他当时、当地所见的景物及其当时、当地的感受、情绪有机地融合一处,并呈现出词人那种独特的风神和气韵。

宋末元初,词坛上的时代风貌之一就是咏物词特别多。张炎的咏物词在全集中所占的比例虽不大,却也极擅胜场。他早年所写的〔南浦〕《春水》脍炙人口,当时就被人誉为"张春水"。这首词先依次描写湖水、池水、溪水,把春天的水边景色点染得很美。"荒桥"两句,更是"赋春水入画"(周密《绝妙好词》)[5]。然后从眼前的景物,追怀旧游,将个人的今昔之感自然地表达出来,不粘不脱,意在言外,很能给人以美的享受。下面这首〔解连环〕《孤雁》更属绝唱:

楚江空晚。怅离群万里,恍然惊散。自顾影、欲下寒塘,正沙净草枯,水平天远。写不成书,只寄得、相思一点。料因循误了,残毡拥雪,故人心眼。　　谁怜旅愁茌苒?谩长门夜悄,锦筝弹怨。想伴侣、犹宿芦花,也曾念春前,去程应转。暮雨相呼,怕蓦地、玉关重见。未羞他、双燕归来,画帘半卷。

全词处处写失群的孤雁,而处处又以孤雁失群隐喻自己羁旅漂泊的生涯;处处写孤雁之思群,实际上是处处在隐喻自己的思念故人。是人是雁,亦雁亦人,两者浑然一体。且于苍凉悲壮的风格中,弥见思曲情深之妙。这在宋末咏物词中,确是少见的佳构。

张炎词在艺术上的主要缺点,就其总体来说,正如周济在《介存斋论词杂著》中所指出的,是"只在字句上着功夫,不肯换意",因而明快有馀,含蓄不足;疏朗有馀,丰腴不足;清新有馀,沉郁不足。有的作品失之浮浅,如〔台城路〕《送周方山游吴》的结尾;有的作品流于滑率,如〔水龙吟〕《寄袁竹初》的结尾。造成这些缺点的原因,除了士大夫阶级那种常见的软弱性外,同他旷达、闲适的性格、作风及其主张的创作理论都有很大的关系。

统观《山中白云》的渊源,诚如刘熙载《艺概》所说,"大段瓣香白石,亦未尝不转益多师"。王沂孙之学姜夔,侧重其典雅峭拔一面,多从姜词的字句上夺胎换骨;张炎之学姜夔,侧重其疏爽清虚一面,多从姜词的风神上加以借鉴。所以当时人认为他"可与白石老仙相鼓吹"(仇远《山中白云序》中语),后世也往往姜、张并称。张炎与王沂孙的另一个相异之处,是王词专从婉约一派词风中博采众长,因而风格稍觉单调;而张炎则兼从豪放一派词风中取精用宏,因而风格较为多姿。《山中白云》中颇有效法柳永、贺铸、周邦彦、吴文英、史达祖等人的作品,但如〔壶中天〕(扬舲万里)、〔忆旧游〕(看方壶拥翠)、〔摸鱼子〕(爱吾庐)、〔忆旧游〕(问蓬莱何处)、〔木兰花慢〕(二分春到柳)、〔清平乐〕(辔摇衔铁)之类,其风格就显然接近苏、辛一派。这同姜夔晚年作风转变、有些作品近于辛弃疾的情况,也颇有相似之处。

张炎在当时即很负词名。他的朋友郑思肖、仇远、邓牧、舒岳祥等人都交口称誉。后代,特别是清代,推崇他的人更多。浙西词派之祖朱彝尊在序曹溶《静惕堂》中说:"数十年来,浙西填词者家白石而户玉田。"其《自题词集》中甚至说:"不师秦七,不师黄九,倚新声玉田差近。"曹一士《山中白云词后序》亦云:"宋玉田生词,朱竹垞先生极推之。"其后厉鹗、郑抡元、蒋春霖等人,也都奉张炎为圭臬。清末词人王鹏运合刻姜、张词,名曰《双白词》,也可见他对张炎的倾倒。但与此同时,对张炎颇有微词甚至大加贬斥的也不乏其人。例如常州派词论家周济认为张炎"才本不高,专恃磨砻雕琢,装头作脚,处处妥当",又说张词"终觉积谷作米,把缆放船,无开阔手段",甚至认为"碧山恬退是真,姜、张皆伪"(并见《介存斋论词杂著》)。王国维更认为张炎是"乞人",其词"不是平淡,乃是枯槁"(并见《人间词话》)。这些评论多少都出自门户之见与评论者的偏好偏恶,故很难服人。在词史上,张炎虽然不能算是山斗,但毕竟还是有他的独特风格和独特成就的。

词是宋代的代表文学,但宋代的词学理论却多是片言只语,零章碎简。总结两宋歌词创作(主要是婉约派词作)的系统理论专著首推张炎的《词源》和沈义父的《乐府指迷》,其中《词源》尤为重要,对后世的影响也更大。

《词源》分上下两卷,上卷论词乐,下卷谈词学理论。

在词的艺术风格上，张炎首先提出了著名的"清空"之说："词要清空，不要质实。清空则古雅峭拔，质实则凝涩晦昧。姜白石词如野云孤飞，去留无迹；吴梦窗词如七宝楼台，眩人眼目，拆碎下来，不成片段。此清空质实之说。"扬姜抑吴，既反映了张炎的审美情趣，也反映了他在创作中的师承关系。在词的思想性方面，张炎提出了"雅正"的要求。他反对"为情所役"，主张"屏去浮艳，乐而不淫"，从而做到"意趣高远"，变"浇风"为"淳厚"。从这一观点出发，他赞赏周邦彦词的"浑厚和雅"，又深惜其"意趣却不高远"；而对柳永词的"为情所役"，有失"雅正之音"，对李清照词的以"俚词"入歌，则并致不满。他始终坚持婉约派词是正宗的观点，认为辛弃疾、刘过的作品是"豪气词"和"长短句之诗"而非"雅词"。由此可见，张炎所谓的"雅正"，是既反对浮艳俚俗，又反对"豪迈之气"的。张炎在《词源》中还总结了歌词创作的一些经验，从构思、命意、句法、字法、虚字、用典等方面研究了词的写作方法，如"命意既了，思量头如何起，尾如何结"，"最是过片，不要断了曲意，须要承上接下"，"不要蹈袭前人语意"，"用事不为事所使"等等。这些意见都颇有可取之处。张炎论词又十分强调协音合律的重要性，坚持"雅词协音，虽一字亦不放过"。词原是一种合乐的诗歌样式，为了便于歌唱而要求协律，这在当时是可以理解的；但张炎有时不惜改变内容以达到协律的做法，就不免本末倒置，过于片面了。

《词源》对后世产生的影响是很大的。清代以朱彝尊为代表的浙派词人，不仅在歌词创作上刻意模拟张炎，在词学理论上也全面接受了张炎的观点，以至词坛在相当一段期间出现了"家白石而户玉田"的现象。直到今天，这部著作仍然不失为研究两宋婉约派词人艺术经验的重要参考资料。

〔1〕 王沂孙的生卒年岁难以确考。夏承焘《唐宋词人年谱·周草窗年谱》根据周密《志雅堂杂钞》下"辛卯(1291)十二月初六日,天放降仙,江宁王大圭至,……又问:'中仙今何在?'云:'在冥司,幽滞未化。'"之语,认为"沂孙殆少于草窗,长于仇远,若生淳祐、宝祐(按皆理宗年号)间(按指 1252 年前后),卒时才四十左右耳。"之所以认为王沂孙少于周密,大约是因为张炎〔一萼红〕小序曾称周为"翁",王沂孙〔淡黄柳〕小序曾称周为"丈"的缘故(参见吴则虞《词人王沂孙事迹考略》,载《文学遗产增刊》第 7 辑)。今按王沂孙〔一萼红〕序云:"丙午春赤城山中题花光卷。"各本皆无异文。如果王沂孙确卒于 1291 年冬前,则此"丙午"只能是 1246 年(淳祐六年),这年周密才十五岁,可见王必长于周而非少于周。南宋人称谓甚乱,"丈"未必是对年长于己之人的称谓,南宋人赵彦卫《云麓漫钞》卷四、王明清《挥麈录·前录》卷四、洪迈《容斋四笔》卷二"轻浮称谓"条、朱弁《曲洧旧闻》卷一〇、胡仔《苕溪渔隐丛话》后集卷三二引《复斋漫录》后所加按语、徐度(据劳格《读书杂志》)《南窗纪谈》等笔记中皆有这方面风俗习惯的记载。有人认为"罗浮庾岭,梅花盛处",而王沂孙〔一萼红〕下阕"独言孤山者,盖寓家国之思,故歇拍有故国风残之慨"(俞陛云《宋词选释》),因而断言此词不可能作于宋亡之前,而怀疑"丙午"乃"丙子"之误。按"花光卷"指北宋华(花)光长老所画的梅花卷,此词下阕"重省嫩寒清晓,过断桥流水,问讯孤山"云云,全用《群芳谱》所载有关文字:"华光长老写梅,黄鲁直观之,曰:'如嫩寒清晓,行孤山水边篱落间,但欠香耳。'"可见"独言孤山"与宋亡史事无涉,"丙午"亦决非"丙子"之误。又杨海明《王沂孙生卒年考》(载《社会科学战线》1984 年第 3 期)根据《粤雅堂丛书》、《笔记小说大观》、《学海类编》等本《志雅堂杂钞》卷下有关文字,"王中仙"或作"王中企",或作"后王",因而认为王沂孙不卒于辛卯。今按江昱《山中白云疏证》(据《彊村丛书》本)于〔琐窗寒〕悼王沂孙词后引了《志雅堂杂钞》下这条材料,正作"王中仙",必有所本。以上并参见常国武《王沂孙出仕及生卒年岁问题的探索》(《文学遗产增刊》第 11 辑)、《读〈花外集〉厄言》(《南京师范大学学报》1984 年第 3 期)、《碧山、草窗、玉田三家词异同论》(《文学评论》1991 年第 4 期)三文。

〔2〕 参见清全祖望《宋王尚书画像记》。

〔3〕 参见常国武《王沂孙出仕及生卒年岁问题的探索》及《碧山、草窗、玉田三家词异同论》。

〔4〕 张惠言《词选》云:"碧山咏物诸篇,并有君国之忧。"此语也不尽然。例如〔摸鱼儿〕《莼》就只是写离情别绪的作品。

〔5〕 按此两句盖从徐俯《春游湖》"春雨断桥人不度,小舟撑出柳阴来"之句化出。

第二十三章　宋末词人（下）

第一节　刘辰翁

　　刘辰翁(1232—1298)，字会孟，江西庐陵(今江西吉安)人。因家在龙须山之阳须溪山，故自号须溪。幼年丧父，家贫力学。稍长，从庐陵著名学者欧阳守道游，文章学问都深受其影响。二十七岁举于乡。时权奸丁大全、贾似道执政，刘辰翁因在乡试对策中严君子小人朋党之论，指斥当道，引起了试官之间一场激烈的斗争。理宗景定初，至临安补太学生，受知于国子祭酒江万里。景定三年试进士。廷对时，以"济邸无后可恸，忠良戕害可伤，风节不竞可憾"诸语忤贾似道。理宗将他置于丙第，恰巧录取在欧阳守道门下。其后历任濂溪书院山长、临安府学教授，并多次被江万里罗致幕下。恭帝德祐元年(1275)，同里、同门的文天祥起兵勤王，刘辰翁曾短期参与其江西幕府。同年，江万里在故乡都昌赴水殉国。元世祖至元十七年，长期在外飘流的刘辰翁殷勤谋葬江万里，事毕，乃"托方外以归"(《江西通志·刘辰翁传》)，从此隐居不仕。晚年除从事著述外，常与方外僧道结伴游山。元成宗大德元年卒于家乡，四方学者门人皆至庐陵会葬,称之为须溪先生。

宋末元初,在江西、浙江一带文坛上,刘辰翁是一位影响很大的作家和文评家。所作诗、文、词都很多。去世以后,他的儿子将孙将他的诗文整理编次成集。元仁宗皇庆元年(1312),项逢晋在泉江刻成他的诗文集,刘将孙作序。到了明代,百卷本《须溪集》已失传。明嘉靖间,张寰访求须溪文数十篇,编为八卷,王朝用刻为《须溪记钞》行于世。清康熙二十一年(1682),刘辰翁后裔刘为先、刘首拔叔侄检家藏须溪残稿,得《须溪记钞》所未收的诗、文、词若干,汇刻成《须溪先生集略》三卷行世。现存刘辰翁的作品,有从《永乐大典》辑出的《四库全书》本《须溪集》十卷;《四库全书》本《须溪四景诗》四卷;明刻本《须溪记钞》八卷;《须溪先生集略》三卷。现在常见的仅有胡敬思《豫章丛书》本《须溪集》七卷和朱祖谋《彊村丛书》本《须溪词》三卷而已。

在刘辰翁的作品中,词的成就最高,地位也最为突出。据唐圭璋《全宋词》,现存作品达三百五十三首之多。

刘辰翁的一生,经历了南宋王朝覆亡前后和元朝政权趋于巩固两个阶段。对于这一历史进程,他在词中都能以鲜明的立场和态度,有所揭露和反映。

南宋末年,权奸相继把持朝政,国事日坏。其中贾似道的擅权对加速南宋王朝的覆灭为祸尤烈。理宗开庆元年(1259),贾似道因鄂州围急,秘密派遣使者到蒙古军营去请求划江为界,奉币求和。忽必烈因为急于回去争夺王位,答应了议和条件,引兵北还。贾似道隐匿其事,反以捷闻。次年七月,蒙古遣郝经来征前日请和之议,贾似道恐事泄,密令拘之真州。恭帝德祐元年二月,蒙古军大举沿江东下,贾似道督师池州,乞和不成,未战便一败涂地,以致南宋王朝迅速土崩瓦解。对于这段历史,刘辰翁在〔六州歌头〕中,以讽刺的手法,进行了无情的揭露：

> 向来人道,真个胜周公。燕然眇,浯溪小,万世功,再建隆。十五年宇宙,宫中赝,堂中伴,翻虎鼠,捕鹢雀,覆蛇龙。鹤发庞眉,憔悴空山久,来上东封。便一朝符瑞,四十万人同。说甚东风怕西风。(自注:都人窃议者称"西头")　甚边尘起,渔阳惨,霓裳断,广寒宫。青楼杳,(自注:都城籍妓皆隶歌舞,无敢犯)朱门悄,镜湖空,里湖通。(自注:葛岭瞰里湖,无敢过)大纛高牙去,人不见,港重重。斜阳外,芳草碧,落花红。抛尽黄金无计,方知道、前此和戎。但千年传说,夜半一声铜,何面江东!

词的前面有这样一段小序:"乙亥二月,贾平章似道督师至太平州鲁港,未见敌,鸣锣而溃。后半月闻报,赋此。"词中指斥贾似道妄自尊大,自以为可立万世之功,有再造宋室之力。然而做了十五年宰相的实践证明,他不过是一个虚伪狡诈、专权擅威的小人而已。等到蒙古大军压境,贾似道前此纳币乞和的阴事已经败露,不得不督师抵御。由于庸碌无能,一味淫乐,未遇敌兵,便已溃不成军。作者愤怒地问道:你有何面目再见江东父老呢?!全词写得淋漓尽致,在冷嘲热讽中寄托了无限的悲愤。

临安沦陷,厓山兵败,导致了南宋王朝的彻底覆亡。作为"亡国遗民"(〔百字令〕"少微星小"),刘辰翁是满怀黍离之悲的。在沦陷不久的故都,他不忍心秋游,因为这年春天陷于敌手的临安,至今"满湖山,犹是春愁",使词人油然而生"欲向涌金门外去,烟共草,不堪游"(〔唐多令〕"寒雁下荒洲")的感慨。其后当他再度来到临安,回想当年繁华,而今则"江山如旧,朝京人绝",更是悲痛欲绝,唱出了"百年短短兴亡别"(〔忆秦娥〕"烧灯节")的凄厉之音。这种感

情,在〔兰陵王〕《丙子送春》中表现得尤为集中、丰富:

> 送春去,春去人间无路。秋千外,芳草连天,谁遣风沙暗南浦?依依甚情绪,漫忆海门飞絮。乱鸦过,斗转城荒,不见来时试灯处。　春去,最谁苦?但箭雁沉边,梁燕无主,杜鹃声里长门暮。想玉树凋土,泪盘如露。咸阳送客屡回顾,斜日未能度。　春去,尚来否?正江令恨别,庾信愁赋。苏堤尽日风和雨。叹神游故国,花记前度。人生流落,顾孺子,共夜语。

这首词作于临安沦陷后一两个月,是作者几首送春词中很有代表性的一首。全词写临安陷落,敌骑纵横,南宋小朝廷逃亡海上。在此巨变之后,故都荒凉了,帝后被俘北上了,士大夫流离失所了。词人采用一系列联想、比喻的手法,寄托了自己对故国的眷恋和对山河破碎的愁恨,诚如陈廷焯《白雨斋词话》所说,"题是'送春',词是悲宋,曲折说来,有多少眼泪"。另一首〔永遇乐〕也是抒发同样感情的代表之作:

> 璧月初晴,黛云远澹,春事谁主?禁苑娇寒,湖堤倦暖,前度遽如许!香尘暗陌,华灯明昼,长是懒携手去。谁知道,断烟禁夜,满城似愁风雨。　宣和旧日,临安南渡,芳景犹自如故。缃帙流离,风鬟三五,能赋词最苦。江南无路,鄞州今夜,此苦又谁知否?空相对,残釭无寐,满村社鼓。

词前缀有小序云:"余自乙亥上元诵李易安〔永遇乐〕,为之涕下。今三年矣,每闻此词,辄不自堪。遂依其声,又托之易安自喻。虽辞情不及,而悲苦过之。"可见作者是有意识地抒写易代之悲的。上片先写故都景色,由此勾起对往昔繁华的追忆,同时反映了在元蒙统治下全城实行"禁夜"的恐怖气氛。下片借李清照自喻。宋室南渡,建都临安,今日风景不殊,而人事已改,更何况整个江南已经沦陷,自己也流落他乡,妻离子散,较之李清照当年的处境,悲苦更过之呢!

词人尽管满腔愁苦,却决心守节不移,绝不向敌人屈膝。在〔忆秦娥〕(梅花节)中,他以梅花自喻,表示要像苏武一样坚持民族气节:"梅花节,白头卧起餐氎雪。"在"满耳番腔鼓"(〔卜算子〕《元宵》)的嘈杂声中,词人誓不随波逐流:"我狂最喜高歌去,但高歌、不是番腔底!"(〔莺啼序〕《感怀》)词人对那些麻木不仁者颇有微词,因为他们全然忘却了君国之恨——"满眼离骚无人赋,忘却君愁吊古"(〔金缕曲〕《壬午五日》),更不可能像江万里那样投水殉国了——"谁似鄱阳鸥夷者,相望怀沙终古。"(〔金缕曲〕《叠韵》)对于某些只知月旦雌黄、却毫无作为和一味甜言蜜语、满口谄媚的人物,词人也是鄙视的,认为这些人不足以与规划、实施恢复大计。在〔金缕曲〕《九日即事》中,他写道:"千古新亭英雄梦,泪湿神州块土。叹落日、鸿沟无路。一片沙场君不去,空平生、恨恨王夷甫。"在〔摸鱼儿〕《和柳山悟和尚与李同年嘉龙韵》中,他又一针见血地指出:"虎头燕颔人间肉,不是蜜翁翁做。"

词人坚信"岂有中朝瓯覆久,更落闽山海口"(〔金缕曲〕《寿陈静山》),因而迫切地希望自己能挽狂澜于既倒:"吾年如此,更梦里、犹作狼居胥意。"(〔念奴娇〕"吾年如此")唯一遗憾的只是"越石暮年扶风赋,犹解闻鸡起舞,恨不减、二三十岁。"(〔金缕曲〕《和同姓草叔曲本胡端逸见寿韵并谢》)尽管流光如驶,"漫年又一年,老却南公楚"(〔摸鱼儿〕《和谢李同年》),恢复的希望一天比一天渺茫,但词人仍不灰心丧气,而是寄希望于同志和后来之人。〔金缕曲〕《杜叟陈君,风谊动人,岁一介寿我,辞华蔚然。至谓我黑漆,则久不相见故

耳。为此发歌》下片云:

> 夫君自是人间瑞,叹生儿、当如异日,孙仲谋耳。健笔风云蛟龙起,人物山川形势,犹有封、狼居胥意。伐木嘤嘤出幽谷,问天之将丧斯文未?吾待子,望如岁!

真可谓同声相应,同气相求了。

在《须溪词》中,有一些抒发身世之感的作品。这些作品同前人以羁旅行役、离情别绪、仕途失意等为题材的词作有较大的不同,它们往往将家国之恨、黍离之悲融入其中,而不单纯从个人的漂泊、老大、窘困等方面出发。例如上引〔永遇乐〕的下片结尾部分,就是借用杜甫《月夜》的诗意,表达了诗人的家国之恨。另一首也以"送春"为题的〔沁园春〕,更是写得沉痛之至:

> 春汝归欤?风雨蔽江,烟尘暗天。况雁门阨塞,龙沙渺莽,东连吴会,西至秦川。芳草迷津,飞花拥道,小为蓬壶借百年。江南好,问夫君何事,不少留连? 江南正是堪怜,但满眼杨花化白氎。看兔葵燕麦,华清宫里;蜂黄蝶粉,凝碧池边。我已无家,君归何里,中路徘徊七宝鞭。风回处,寄一声珍重,两地潸然!

同前引〔兰陵王〕《丙子送春》相类似,这首词也是以春归暗喻南宋王朝大势已去。在满目萧条凄凉的景象之中,词人和南宋王朝"天涯同是寓"(〔菩萨蛮〕《丁丑送春》),两者的命运联系得是如此紧密,无怪乎词人要在结尾唱出了"风回处,寄一声珍重,两地潸然"这样悱恻缠绵的悲音了。下面这首〔青玉案〕《用辛稼轩元夕韵》,又从今

昔的对比中,抒写家国之恨和身世之感:

> 雪销未尽残梅树,又风送、黄昏雨。长记小红楼畔路,杵歌串串,鼓声叠叠,预赏元宵舞。　　天涯客鬓愁成缕,海上传柑[1]梦中去。今夜上元何处度?乱山茅屋,寒炉败壁,渔火青荧处。

玩味此词,似乎作于南宋行朝浮海厓山之际。上元之夜,词人漂泊天涯,只能遥想此夕宫中在海上举行传柑宴会,希望能作梦中之游而已。"今夜"四句,以景衬情,极写处境的孤独凄凉,与承平时节上元之夜的繁华热闹形成鲜明的对比,读来令人心恻。类似作品比较突出的还有〔忆旧游〕《和巽吾相忆寄韵》、〔虞美人〕《用李后主韵二首》、〔八声甘州〕《和萧汝道感秋》、〔六丑〕《春感和彭明叔韵》、〔水调歌头〕《和尹存吾》等,都写得十分沉痛悲愤,感人肺腑。

上述题材的作品在《须溪词》中是主流,它们真实地反映了宋末遗民中一部分守节不移、力图恢复的知识分子的典型情绪;悲伤之中时含愤怒;失望之馀而不颓丧。同另外一部分虽然不仕新朝却一味悲伤消极者还有相当的区别。当然,词人在这方面也有他的局限,譬如他在复国无望之后,也曾幻想"礼乐文章,终须梦卜,南人为相"(〔水龙吟〕"看人削树成槎")。如果这里的"南人"隐指文天祥,那就不仅过于天真,而且也太不了解这位伟大的民族英雄了。

刘辰翁词在艺术上的主要特点是:在豪放雄健之中时饶跌宕之姿;往往直抒胸臆而又爱用事典。况周颐《蕙风词话》云:"须溪词风格遒上似稼轩,情辞跌宕似遗山。有时意笔俱化,纯任天倪,竟能略似坡公。往往独到之处,能以中锋达意,以中声赴节。"这一评论的确道出了刘辰翁词的艺术特色。

《须溪词》中有不少直抒情怀、纯用赋体的作品,它们往往具有苏轼那种行云流水、一泻千里的风格,从下面这首〔水调歌头〕《丙申中秋,两道人出示四十年前濯缨楼赏月〔水调〕。膻仙和,意已尽,明日又续之》就可见一斑:

此夕酹江月,犹记濯缨秋。濯缨又去如水,安得主人留!旧日登楼长笑,此日新亭对泣,秃鬓冷飕飕。木落下极浦,渔唱发中洲。　芙蓉阙,鸳鸯阁,凤凰楼。夜深白露纷下,谁见湿萤流。自有此生有客,但恨有鱼无酒,不了一生浮。重省看潮去,今夕是杭州。

全词将黍离之悲融入旷达的词句之中,反复吟味,弥觉悲怆。另外一些词作则故作反语,更能收到欲擒故纵的艺术效果:

只为柳花无一点,忘了临安。
　　　　　　　　——〔浪淘沙〕《有感》

长恨中原无人问,到而今,总是经行处。
　　　　　　　　——〔金缕曲〕《登高华盖岭和同游韵》

水洗铜驼,天清华表,升平重遇。但相如老去,江淹才尽,有何人赋。
　　　　　　　　——〔水龙吟〕《寓兴和巽吾韵》

算吾寿,已待得河清,万古晴昼。
　　　　　　　　——〔扫花游〕《和秋崖见寿。秋崖时谒选,留词去》

吟风赏月石上,一笑再河清。

——〔水调歌头〕《和尹存吾》

说是"忘了临安",其实正是不能忘情故国;说是"河清",说是中原而今"总是经行处",其实乃是为江山全部沦于元蒙之手而悲愤欲绝——这不禁使人联想起林景熙《题放翁诗卷后》中"床头孤剑空有声,坐看中原落人手。……来孙却见九州同,家祭如何告乃翁"的诗句。

在《须溪词》中,最能表现词人风格的,还是那些兼用比兴手法,即事抒情,在雄放的风骨气息之中颇饶起伏顿挫、曲折吞咽之胜的篇章。上面所引的两首送春词就是最具代表性的作品:都是名为送春,实则伤宋。但一是因春去而起兴,运用一系列事典,反复悲悼宋室帝后的流离和士大夫的失所;一是直接以春喻宋,运用形象化的拟人手法,极写词人与春生离死别时难分难舍的凄苦之情。读了这类作品,自然就会联想起辛弃疾的〔摸鱼儿〕(更能消几番风雨),只是由于时代发生了巨变,刘辰翁的词作更为悲苦罢了。厉鹗《论词绝句》所谓"《送春》苦调刘须溪",信然。

刘辰翁的一些抒发亡国之恨、风格比较遒劲刚健的小词,也写得十分精彩,常有尺幅千里、纳须弥于芥子的特点。例如〔柳梢青〕《春感》云:

铁马蒙毡,银花洒泪,春入愁城。笛里番腔,街头戏鼓,不是歌声。　　那堪独坐青灯,想故国高台月明。辇下风光,山中岁月,海上心情。

举凡蒙古铁骑占领临安后的情景,词人避乱山中时对故都往昔繁华的追忆,以及作者对宋室飘流海上、面临覆亡的痛心疾首——敌与我,今与昔,乐与悲,恨与爱,个人与国家等等方面,或通过强烈的对比,或采用排偶的手法,一一展现在读者眼前,真是一字一泪,动人心弦。

《须溪词》中,间有轻灵婉丽之作,如〔浣溪纱〕《感别》云:"点点疏林欲雪天,竹篱斜闭自清妍,为伊憔悴得人怜。　欲与那人携素手,粉香和泪落君前,相逢恨恨总无言。"前调《春日即事》云:"远远游蜂不记家,数行新柳自啼鸦,寻思旧事即天涯。　睡起有情和画卷,燕归无语傍人斜,晚风吹落小瓶花。"又〔山花子〕下片云:"早宿半程芳草路,犹寒欲雨暮春天,小小桃花三两树,得人怜。"等等,也颇有韵味,完全是婉约词的风格。这类小词,正如《蕙风词话》所说,"以谓《须溪词》中之别调可耳"。

刘辰翁词在艺术上的主要缺点是有时使事用典过多,有的稍嫌烂熟,有的比较冷僻。这不仅削弱了词的艺术形象性,而且更造成了直抒胸臆与词旨晦涩之间的矛盾。另外,少数作品过于散文化,部分作品过多地采用叠句或顶真续麻的手法,使人颇有滑率轻浮之感。

刘辰翁词继承了苏轼特别是辛弃疾、刘过以来豪放风格的优良传统。由于处在易代之际,作品的雄浑之气虽不逮辛弃疾,但悲愤沉郁则并不多让,可以说是两宋豪放词派的殿军。况周颐在《蕙风词话》中对须溪词颇多论列,评价也比较高。况氏认为须溪词中某些轻灵婉丽之作,"似乎元明已后词派,导源乎此"。即此一端,便可窥见刘辰翁词对后世的影响是不容忽视的了。

刘辰翁所存诗文,虽"于宗邦沦覆之后,睠怀麦秀,寄托遥深,忠爱之忱,往往形诸笔墨",但"专以奇怪磊落为宗,务在艰涩其词,甚或至于不可句读"(《四库全书总目·〈须溪集〉提要》),其艺术成就远不能与词相比。他的诗文评点影响则稍大一些,明人杨慎就说过其评点"士林服其鉴赏之精"的话。刘辰翁晚年,其子将孙选取其部分评点汇编成《兴观集》,但只是评点零札,并非全豹。现存刘辰翁评点本有明人所刻《刘须溪批评九种》,包括《班马异同》、《老子》、《庄子》、《列子》、《世说新语》、《李长吉歌诗》、《王摩诘诗》、《杜工部诗集》、《苏东坡诗》等。另外还有《孟襄阳集》、《王荆公诗》、《陆放翁诗》、《湖山类稿》等。现在看来,"其点论古书,尤好为纤诡新颖之词"(《四库全书总目·〈班马异同评〉提要》),未能形成系统理论,所以在文学批评史上的地位并不突出。

第二节 蒋捷

蒋捷(1245?—1310?),字胜欲,阳羡(今江苏宜兴)人。宋度宗咸淳十年(1274)进士。宋亡后隐居太湖中的竹山。据《嘉庆宜兴县志》卷八《隐逸传》记载,元成宗大德年间,宪使臧梦解、陆垕"交章荐其才",他始终不肯出仕。自号竹山,学者称竹山先生。其馀事迹不详。

蒋捷是宋末元初重要词人之一。现存《竹山词》一卷,有天一阁藏抄本、士礼居藏元抄本、《四库全书》本、《彊村丛书》本等。据唐圭璋《全宋词》,今存词凡九十四首,其中一首缺下片。

在宋末元初的词坛上,蒋捷是一位风格非常奇特的词人。他的作品,从内容来说,既有写黍离之悲、身世之感的词篇,也有咏物词、寿词以及抒写种种生活情事的其他篇章,真可谓"无意不可入,无事不可言"。从风格来说,既有效法苏轼、辛弃疾、刘过一派比较豪放的作品,也有模拟周邦彦、李清照、姜夔、吴文英一派比较婉约的词章,其至还有一些学习民歌、通俗易懂的篇什,也可谓"转益多师"。题材广泛、风格多样的词人并不罕见,但像蒋捷这样似乎平均用力、很难区分孰轻孰重的作家,即使在两宋词坛上,也是不多见的。

在《竹山词》中,抒写亡国之恨的作品当首推被公认为压卷之作的〔贺新郎〕:

> 梦冷黄金屋,叹秦筝、斜鸿阵里,素弦尘扑。化作娇莺飞归去,犹认纱窗旧绿。正过雨、荆桃如菽。此恨难平君知否?似琼台、涌起弹棋局。消瘦影,嫌明烛。 鸳楼碎泻东西玉,问芳悰、何时再展,翠钗难卜。待把宫眉横云样,描上生绡画幅,怕不是、新来装束。彩扇红牙今都在,恨无人、解听开元曲。空掩袖,倚寒竹。

全词托之梦境发端,逐渐展开对旧人、旧情、旧事的怀念和对往者不可复追的嗟叹,在曲折吞吐的笔墨之中,融入作者易代的悲愤和始终不易其节的情怀。"此恨"四句,叹世局改易,令人悲恨至极而消瘦。"待把"三句,借妇女装束的变化来隐寓元蒙入主中国后所引起的社会巨变,与刘辰翁〔乌夜啼〕(何年似永和年)下片"江南女,裙四尺,合秋千。(自注:北装短后,露骭,秋千合而并起)昨日老人曾见,久潸然"之所见所感如出一辙。"彩扇"两句,又写旧时乐器虽在,却无人再能欣赏前朝乐曲,与刘辰翁〔卜算子〕《元宵》"满耳番腔鼓"、〔鹧鸪天〕《迎春》"燕歌赵舞动南人"的所见所感亦复相同。结末活用杜甫《佳人》诗意自喻,表明不仕新朝、淡泊终生的志趣。另外一首〔女冠子〕《元夕》的题旨、作法与上引〔贺新郎〕略同,也是《竹山词》中的代表作之一:

蕙花香也,雪晴池馆如画。春风飞到,宝钗楼上,一片笙箫,琉璃光射。而今灯漫挂,不是暗尘明月,那时元夜。况年来、心懒意怯,羞与蛾儿争耍。　　江城人悄初更打,问繁华谁解,再向天公借?剔残红烛,但梦里隐隐,钿车罗帕。吴笺银粉砑,待把旧家风景,写成闲话。笑绿鬟邻女,倚窗犹唱,夕阳西下。

词人用今昔对比的手法,表现了对故国的怀念之情。上片先极写昔日繁华,"而今"以下,接写亡国之后的索寞心境。下片在嗟叹往事不可复追之馀,希望将梦中重见的往日繁华景象付之笔端以寄幽恨,偏偏倦游归来的邻女的歌声又打乱了他的艺术构思。我自伤往,而人犹乐今,此情此景,与"商女不知亡国恨,隔江犹唱后庭花"何殊?所以这里的"笑"只能是无可奈何的苦笑而已。

以上两首都写得悱恻缠绵,曲折吞吐,婉转有馀而愤怒不足。〔齐天乐〕《元夜阅〈梦华录〉》一首稍露棱角,上片极写汴京历史盛况,下片陡然一转,在讽刺的笔触中,掩抑不住满腔的悲愤:

华胥仙梦未了,被天公颃洞,吹换尘世。淡柳湖山,浓花巷陌,唯说钱塘而已。回头汴水,望当日宸游,万□□□。但有寒芜,夜深青燐起。

"暖风熏得游人醉,直把杭州作汴州!"谁还能像词人那样,"回头汴水",怅望一片寒芜青燐的故国呢?!写得最沉痛的恐怕要算〔南乡子〕《塘门元宵》一首了:

翠幰夜游车,不到山边与水涯。随分纸灯三四盏,邻家,便做元宵好景夸。　　谁解倚梅花,思想灯毬坠绛纱。旧说梦华犹未了,堪嗟,才百馀年又梦华!

这首词可以说是上首词的姐妹篇。上首悲北宋,这首悲南宋,合而观之,不禁使人联想到杜牧《阿房宫赋》结尾的警句:"秦人不暇自哀而后人哀之,后人哀之而不鉴之,亦使后人而复哀后人也!"

《竹山词》中写得比较精彩的还有那些抒发身世之感和日常生活情事的词篇,试看下面这首〔贺新郎〕《兵后寓吴》:

深阁帘垂绣,记家人、软语灯边,笑涡红透。万叠城头哀怨角,吹落霜花满袖。影厮伴、东奔西走。望断乡关知何处,羡寒鸦、到著黄昏后。一点点,归杨柳。　　相看只有山如旧。叹浮云、本是无心,也成苍狗。明日枯荷包冷饭,又过前头小阜,趁未发、且尝村酒。醉探枵囊毛锥在,问邻翁:"要写《牛经》否?"翁不应,但摇手。

这是一首流浪者的哀歌,也是作者的自叙。它真实地反映了宋亡之后某些不肯变节的知识分子的艰苦处境。无情的战争,使词人失去了家庭的幸福和温暖;哀怨的号角和着严寒的霜花,又使词人在漂泊无依的旅途上更加难以为怀。"望断"四句,与杜甫的"去住与愿违,仰惭林间翮"(《发同谷县》)可谓异代同悲;况且词人此时只剩下一点干荷叶包着的冷饭,还得到处奔波去寻找一个抄抄书换口饭吃的安身之地,然而"翁不应,但摇手",连这点可怜的希望都落空了,这又同杜甫"君看随阳雁,各有稻粱谋"(《同诸公登慈恩寺塔》)的浩叹如出一辙。读到这里,怎能不为词人的走投无路一掬同情之泪?!下面这首〔虞美人〕《听雨》又是一支虽写身世之感却风格迥异的动人哀歌:

少年听雨歌楼上,红烛昏罗帐。壮年听雨客舟中,江阔云低,断雁叫西风。　而今听雨僧庐下,鬓已星星也。悲欢离合总无情,一任阶前、点滴到天明。

这首词上下两片,浑然一体,通过"听雨"这一生活中经常遇到的琐事,分别概括少年、壮年、晚年三个阶段的经历和遭际,而以末两句绾合全词,抒发了今昔的变化和不堪回首当年的悲哀心情。末句从温庭筠〔更漏子〕"一叶叶,一声声,空阶滴到明"之句化来,在身世之感的倾诉之中,不难看出时移世换给作者带来的悲痛,却又含而不露,馀哀无穷。〔一剪梅〕《舟过吴江》也是一首抒写身世之感的绝妙好辞:

一片春愁待酒浇,江上舟摇,楼上帘招。秋娘渡与泰娘桥[2],风又飘飘,雨又萧萧。　何日归家洗客袍,银字笙调,心字香烧。流光容易把人抛,红了樱桃,绿了芭蕉。

这事实上是一首倦游思归的词章。"楼上帘招"一句,或以为仅指酒旗招展,恐未必然。上首〔虞美人〕云"少年听雨歌楼上,红烛昏罗帐",指的是冶游于酒楼歌馆;这里也是此意,与杜牧《赠别》(其一)"春风十里扬州路,卷上珠帘总不如"、韦庄〔菩萨蛮〕"骑马倚斜桥,满楼红袖招"所写情景十分相似,是当时风流士人的一种典型生活情事。由于阅世日深,冶游渐倦,作者终于悟出了"盖攻性之兵,花围锦阵;毒身之鸩,笑齿歌喉。岂识吾儒,道中乐地,绝胜珠帘十里楼"的道理,因而才能说出"自古娇波,溺人多矣,试问还能溺我不"(均见〔沁园春〕《次强云卿韵》)的快语。下面这首〔少年游〕则是写晚年的身世之感：

> 枫林红透晚烟青，客思满鸥汀。二十年来，无家种竹，犹借竹为名。　春风未了秋风到，老去万缘轻。只把平生，闲吟闲咏，谱作棹歌声。

作者于宋亡后隐居竹山不仕，自号竹山，所谓"犹借竹为名"就是指此。全词在旷达的语言中寄托了身世之感，也隐隐约约蕴含着亡国的悲恸；从字面上看，似乎只流露出一点淡淡的哀愁，其实却收到了"长歌之哀过于痛哭"的艺术效果。

以日常生活为题材的作品在《竹山词》中非常丰富，几乎任何琐事都能信手拈来，写入词中。〔昭君怨〕《卖花人》就是其中饶有情趣的一首：

> 担子挑春虽小，白白红红都好。卖过巷东家，巷西家。
> 帘外一声声叫，帘里鸦鬟入报，问道：买梅花？买桃花？

全词纯用口语，写得栩栩如生，令人仿佛身历其境，真使陆游"小楼一夜听春雨，深巷明朝卖杏花"的千古名句不能专美于前了。〔霜天晓角〕也是一首很有韵味的小令：

> 人影窗纱，是谁来折花？折则从他折去，知折去，向谁家？
> 檐牙枝最佳，折时高折些。说与折花人道：须插向，鬓边斜。

读了这首词，不免使人联想到杜甫《又呈吴郎》中"堂前扑枣任西邻"的句子，不过两者的内容、风格却迥然不同：杜诗表现了强烈的人道主义精神,蒋词则表现了某种童心未泯、热爱生活的情趣。日常琐事能写得这样活泼动人,的确是难能可贵的。

《竹山词》在艺术上也呈现出多彩多姿的风貌。

从风格上来说,多样化是蒋词的一大特点。有接近苏、辛风格的,如〔贺新郎〕《吴江》:

浪涌孤亭起,是当年、蓬莱顶上,海风飘坠。帝遣江神长守护,八柱蛟龙缠尾,斗吐出、寒烟寒雨。昨夜鲸翻坤轴动,卷雕翚、掷向虚空里。但留得,绛虹住。　　五湖有客扁舟舣,怕群仙、重游到此,翠旌难驻。手拍阑干呼白鹭,为我殷勤寄语,奈鹭也惊飞沙渚。星月一天云万壑,览茫茫宇宙知何处! 鼓双楫,浩歌去。

但从全词特别是下片开始的几句中,又仿佛见到姜夔(如〔翠楼吟〕"月冷龙沙")给他的某些影响。〔沁园春〕《为老人书南堂壁》、〔水龙吟〕《效稼轩体招落梅之魂》、〔沁园春〕《寿岳君举》、〔念奴娇〕《寿薛稼堂》等首最接近辛弃疾;而〔贺新郎〕《兵后寓吴》、〔贺新郎〕《乡士以狂得罪,赋此饯行》之类则似乎更接近刘过。其次,《竹山词》中也有不少效法婉约派词人风格的作品,例如〔贺新郎〕(梦冷黄金屋)似乎兼有周邦彦、姜夔的遗风;〔瑞鹤仙〕《乡城见月》、〔应天长〕《次清真韵》、〔解连环〕《岳园牡丹》等则显然摹拟周邦彦;〔女冠子〕《元夕》、〔梅花引〕《荆溪阻雪》、〔浪淘沙〕(人爱晓妆鲜)等风格大类李清照;〔高阳台〕《芙蓉》、〔念奴娇〕《梦有奏方响而舞者》等琢字琢句颇有吴文英之致;至于〔霜天晓角〕(人影窗纱)、〔昭君怨〕《卖花人》、〔解佩令〕《春》、〔最高楼〕《催春》等则学习民歌之迹显然……凡此种种,都说明《竹山词》既有继承前人的一面,又不专主一家,因而虽不能臻于兼擅诸家之美的境地,却至少说明作者是有意识地广采博收,以期形成自家独特面貌的。朱彝尊《词综》认为蒋词源出姜夔(见于汪森《序》),周济《宋四家词选》将蒋附于辛弃疾之下,都是各持一端,未能全面细致考察《竹山词》的缘故。

想象丰富,语多创获,是《竹山词》的又一大特点。例如〔贺新郎〕(梦冷黄金屋)之"消瘦影,嫌明烛",不似前人常言因颜面消瘦而怯于揽镜,却说讨厌见到烛光映照自己消瘦的身影,颇有化熟为生之妙。〔金珑子〕(练月萦窗)之"风刀快,剪尽画檐梧桐,怎剪愁断",从李后主〔乌夜啼〕之"剪不断,理还乱,是离愁"[3]化来,而以"风刀"为喻,则颇见新意。〔昼锦堂〕《荷花》之"湖上云渐暝,秋浩荡,鲜风支尽蝉粮",说的是秋风将荷叶上的露水吹干,仿佛着意将蝉的粮食提前支尽(王沂孙〔齐天乐〕《蝉》就有"饮露身轻"之句);又〔女冠子〕《元夕》之"问繁华谁解,再向天公借",说的是希望向天公赊借繁华,使昔日的升平景象重返人间,真是妙语连珠,出人意表。〔木兰花慢〕《冰》之"傍池阑倚遍,问山影、是谁偷",不是直说池水结冰之后,无法倒映山影,而是说山影被谁偷去,思路奇绝,令人拍案。同词之"泪干万点,待穿来,寄与薄情收",不像某些词作的通常写法,将揩拭相思之泪的罗帕寄与所思之人,却想象将千万颗已干的泪珠用线穿起来寄给对方,构思也很新颖。〔喜迁莺〕《金村阻风》之"别浦,云断处,低雁一绳,拦断家山路",同样是摆脱关山难越、遮人望眼之类陈言,自铸新词新意。若此种种,在《竹山词》中所在多有,这决不能说是作者"有时故作狡狯"(沈雄《古今词话》),而只能目为词人的天分才华益以苦心孤诣的结果。

《竹山词》还有一个特点,即在典雅绮丽的语言之中,既时有接近民歌的口语化的词章,又时有一些以散文入词的作品。前者如〔最高楼〕《催春》之"新春景,明媚在何时,宜早不宜迟。……一片片雪儿休要下,一点点雨儿休要洒",〔解佩令〕《春》之"春晴也好,春阴也好,著些儿春雨越好",〔高阳台〕《送翠英》之"好伤情,春也难留,人也难留",〔一剪梅〕《舟过吴江》与〔行香子〕《舟宿兰湾》中的"红了樱桃,绿了芭蕉",以及前引之〔昭君怨〕《卖花人》、〔霜天晓角〕(人影窗纱)等等。后者如〔沁园春〕《次强云卿韵》之"自古娇波,溺人多矣,试问还能溺我不",〔念奴娇〕《寿薛稼堂》之"人道云出无心,才离山后,岂是无心者",〔沁园春〕《寿岳君举》之"斯言也,是梅花说与,竹里山民"等等。虽然前者很受后代某些特重典雅的词论家所讥弹(如陈廷焯《白雨斋词话》就以"恶劣"二字批评"春晴也好"三句),后者也颇受正统派评论家所议论(如冯煦《蒿庵论词》就以"词旨鄙俚"四字贬斥〔沁园春〕《为老人书南堂壁》等两首、〔贺新郎〕《乡士以狂得罪,赋此饯行》诸词),这些批评也不能说是全无道理,但于此也可见词人勇于探索、勇于尝试的精神,并且不可否认,某些实践还确有独到之处。

　　《竹山词》还有一个特点,即有些地方观察、描摹情事细致入微。总的来说,"竹山词多粗"(《白雨斋词话》)的批评大体近是,可是像"浪远微听葭叶响,雨残细数梧梢滴"(〔满江红〕"秋本无愁")、"云隘东风藏不尽,吹艳生香万壑"(〔贺新郎〕《约友三月旦饮》)、"寒流,暗冲片响,似犀椎、带月静敲秋"(〔木兰花慢〕《冰》)、"新谱学筝难,愁涌蛾弯。一床衾浪未红翻。听得人催伴不睬,去洗珠钿"(〔浪淘沙〕"人爱晓妆鲜")之类,都可谓"洗炼缜密"(刘熙载《艺概》)、"刻入纤艳"(沈雄《古今词话》),决非一味粗豪叫嚣者所能为。

　　《竹山词》既有不同于其他词人的独特之处,也确有一些不足和缺点。从内容来说,真正深刻而全面地反映当时严酷现实和沉痛而愤怒地抒发家国之恨的作品数量不多,非但不能与同时的刘辰翁等人相提并论,甚至还略逊王沂孙、周密、张炎等人一筹。从风格来说,虽因转益多师而有多样化的长处，但毕竟未能融诸家之胜于一炉以臻于化境，从而形成个人独特的风貌。有些作品，或流于粗豪，或迹近率意，或好用俳体，或过于雕琢。所有这些，都给人一种不够成熟的感觉。

对于蒋捷词，后人褒贬很不一致。毛晋《竹山词跋》、朱彝尊《词综》、刘熙载《艺概》、沈雄《古今词话》、《四库全书提要·〈竹山词〉提要》等都持肯定意见，周济《宋四家词选目录序论》、陈廷焯《白雨斋词话》、冯煦《蒿庵论词》等则颇加贬损，见智见仁，各执一端。从众多的评论中，我们可以窥见蒋词对后世影响的一面。再从创作实践来说，蒋捷词的影响也不算小。后人往往以刘（过）、蒋并称，清代郑燮、蒋士铨等人的许多词作就专以他们为模拟对象；郑燮论词甚至说自己"少年学秦柳，中年学苏辛，老年学刘蒋"。冯煦《蒿庵论词》也说"（清）嘉道间吴中七子类祖述之（按：专指竹山词中字雕句琢的一面）"[4]。后人之祖述蒋词是否真能取其精华，舍其不足，论者颇有异同之辞，但其影响则是不容否认和忽视的。

〔1〕 北宋时上元（农历正月十五日）夜于宫中宴近臣，贵戚宫人得以黄柑互赠，谓之"传柑"。见宋陈元靓《岁时广记》"上元"条。

〔2〕 一本作"秋娘度与泰娘娇"，疑误。作者〔行香子〕《舟宿兰湾》首有"红了樱桃，绿了芭蕉"之句，中有"银字笙调，心字香烧"之句，结拍又有"过窈娘堤，秋娘渡，泰娘桥"之句，均与此词绝类，可作佐证。又此词上下两片句法全相对称，下片"流光"句属下，则上片"秋娘渡"句亦应属下，说的是在客地此渡此桥适逢风雨，所以才兴起归家的念头，这样同下片的衔接也才显得天衣无缝。

〔3〕 王仲闻《南唐二主词校订》据杨湜《古今词话》等书疑此词为孟昶所作，今姑仍旧说。

〔4〕 "吴中七子"为朱绶（元和人）、沈传桂（长洲人）、沈彦曾（长洲人）、吴嘉淦（吴县人）、王嘉禄（长洲人）、陈彬华（吴县人）、戈载（吴县人）。

第二十四章　宋代诗话、词话与《沧浪诗话》

诗话、词话是我国宋代以来诗词理论批评的一种常见形式。

诗话、词话的名称正式出现于宋代，但其萌芽则甚早。从体制上看，话之原义即故事，所以初起的诗话主要记载诗歌的本事和有关诗人的逸事，丁福保《历代诗话续编》即以唐代孟棨《本事诗》冠其首，可见它是从古代轶事类笔记中衍变而逐渐独立出来的一支。尽管后起的诗话有不少能够在内容上摆脱古代笔记搜奇记逸的特点，而向理论化的方向发展，但从其丛残琐语的形式上始终可以看到古代笔记的影响。在唐以前的轶事笔记以及子史杂著中，已经出现了一些专门记载创作逸事或评论诗文的条目和篇章，像葛洪《西京杂记》中引司马相如论"赋家之心"，刘义庆《世说新语》"文学"、"排调"诸篇中记载魏晋以来人论诗之语及诗人逸事，颜之推《颜氏家训》"勉学"、"文章"诸篇中对于当时人诗句的评价和考释，这些不仅在形式上，而且在内容上都可视为诗话的雏形。从文学批评自身的渊源来看，魏晋以来诗文批评逐渐走上独立发展的道路，出现了许多很有影响的文学批评专著，像陆机《文赋》、钟嵘《诗品》、刘勰《文心雕龙》、王昌龄《诗格》、皎然《诗式》等，它们从内容上展现了古代诗文批评理论的不断发展，从而成为诗话在理论上的直接渊源。而在形式上，文学批评也常常随着文体的代兴而采用不同的形式,如赋兴于汉魏,于是陆机以赋论文而作《文赋》;诗盛于唐代,于是杜甫等便以诗论诗。随着由唐迄宋论诗风气的更为盛行,适应宋人注重思辨、喜好议论、腹笥甚富的特点,宋人也在文学批评方面寻求更为自由的新的形式,而这时,正是古代说部进入繁盛的时期,"说部至宋人而富"(翁方纲《石洲诗话》),笔记文体简易不拘的形式为文人所普遍喜爱。这些因素,共同促成了文人从轶事考据类笔记中汲取新的文学批评的形式,于是诗话便产生并迅速兴盛。尔后,随着词的兴起,又有了词话。

古代的诗话、词话一般都不以系统严密的理论分析取胜,而是三言两语,篇幅简短,点到辄止,以小见大。所讨论的大多是创作中的具体问题,发表的多是直接性的感受和见解,理论的分析与审美的鉴赏相随而行,但往往语少意丰,言近旨远,其间深蕴着许多精辟而重要的理论要点,足以发人深思。诗话、词话在内容上兼收并蓄,驳杂而又丰富;在形式上则自由活泼,不拘一格,是一种漫谈性的诗词批评新体制。

据郭绍虞《宋诗话考》,现存宋人诗话之完整者有四十馀部,部分流传或本无其书而由他人纂辑,以及存有佚文未及辑集和知其目而佚其文者,又有九十馀种,共计一百三十馀种之多。据唐圭璋《词话丛编》,宋代词话亦有十一种。这一惊人的数量,展现了我国宋代文学理论批评在采用具有民族性的批评形式这一点上有了重大的发展和变化,因而历来受到人们的珍视。

第一节 宋代的诗话

顾名思义,"诗话"之为"话",有点漫谈、闲话的意味。也正因为这样,诗话的起源就和以漫谈闲话为主的笔记体文章有关。最早的一部诗话是宋代欧阳修的《六一诗话》。这部诗话是欧阳修晚年辞官后的著作,书前自题他写作的目的是:"居士退居汝阴,而集以资闲谈也。"所谓"闲谈",实际上是宋代文人好发议论的通常现象,不但议政、议兵、议史,也议学、议文、议诗。处于那一个政局动荡、党争激烈的年代,儒、释、道三家思想相辅相斥,而又终于在一定程度上和一定方位中互为融汇,这就多少活跃了当时士大夫思想并引起人们探究人生的思考。这都是促使宋人喜爱"闲谈"的历史背景,也不妨说是欧阳修之所以用"闲谈"方式发为"诗话"的历史背景。

既然是寄情"闲谈",爱发议论,纵使原应以谈诗为主要目的的"诗话",当其初创时期,也就必然和笔记小说相近。为了"资笑谈之乐"(黄永存《碧溪诗话跋》),往往信笔而谈,不拘一格,或摭拾异事,或引述佳章,或赞先辈之盛德,或美古人之藻思。当然,与此同时,也夹杂了一些评论诗人素养、体制异同、铸境炼词、培才养性的内容。但从诗话前期的情况看来,诗话的记事性确乎较浓。即使涉及诗学,也往往限于片断。记事性的减弱和诗歌理论的逐步系统化,一般说来,是南宋后期的事。从严格的文艺理论角度来进行评价,那当然要推南宋后期的诗话为优胜。不过,对于宋代前期诗话,也不应采取一概抹煞的态度。譬如,刘攽的《中山诗话》出语诙谐,给读者以平易近人的趣味感;蔡居厚的《蔡宽夫诗话》对诗歌音律的阐述时有精义;叶梦得的《石林诗话》记录了许多北宋时的遗闻轶事。这对文献的钩沉和古诗中佚失的名篇、佳句得以保存说来,有其一定的贡献。

从诗学角度审察,宋诗话发展的脉络大体可分为三个阶段。第一阶段是以"闲谈"为目的,撷拾旧闻,品评诗人、诗作,间或也论及其它文体,可以《六一诗话》、《中山诗话》为代表。第二阶段的诗话除仍然保留着一些前此的笔记特点外,诗话作者以诗歌评论为主要目的的意识开始明确。这类诗话可以葛立方的《韵语阳秋》为代表。用"阳秋"作为书名,显然寓有是非公论之意。这说明沿着欧阳修的诗话发展到百年之后,以"诗话"为形式的诗论,其体例,其内容,已经开始向诗歌理论探讨的方向发展了。第三阶段的诗话,在"诗学"内涵上,较之前一阶段就更为纯粹,撷拾旧闻的因素几乎完全看不到了。这样,诗话就成为纯粹诗学的阐发。尽管在形式上仍然是丛残琐语,不像西方文艺理论之发为系统性的哲学推理式的论述,但它们触及的内容却多是从大量创作实践中来,富有卓见而又发人深思的。姜夔的《白石道人诗说》肇开其端,刘克庄的《后村诗话》克绍其后,而严羽的《沧浪诗话》则更无愧于宋诗话的高峰。尔后,明代名诗论家王世贞、谢榛、王夫之,特别是清初的格调派和神韵派都从中汲取了有益的营养。

从诗论和笔记相混合,到诗论之具有初步独立性,再到诗学的净化,这一系列的演变轨迹反映了复杂的时代折光,但其主要方面却是文人的审美追求日益强化的表现。这正因为,南宋以来城市经济繁荣和市民意识滋长,促进了人们对诗歌艺术美的关注和探求。他们已经不满足于把诗歌艺术评论同有关诗歌的佳篇名句和异闻轶事的掇拾混同起来;相反地,他们要力图探究诗歌艺术的规律和品评标准。在历经唐、宋两代诗歌创作高度繁荣的基础之上,他们需要思考一下不同时代和不同流派的得失,因而在客观上有必要也有可能把"资闲谈"的诗话加以改造,将其纳入诗学的轨道,成为具有民族特征的一种古典诗论和诗歌美学的著作。

宋诗话因为还处于中国诗话的发轫阶段，所以其中大部分著作，理论性还不够强，也不完全是系统的一家之言。如果给它们的内容大体归纳一下，大约可分为下列几种情况：

一、纂辑前人对诗人和作品（或篇章，或断句，或词语）的评论以及对诗歌艺术的见解，分门别类，有点近于资料类编、汇编，偶或也提出一些作者自己的见解，如阮阅的《诗话总龟》、胡仔的《苕溪渔隐丛话》、魏庆之的《诗人玉屑》等。

二、以搜罗和摘记诗人的生平轶事或与诗多少有关的异闻、掌故为主，如李颀的《古今诗话》、惠洪的《冷斋夜话》等。

三、侧重于对诗句法则的即兴式的剖析鉴赏，如许顗的《许彦周诗话》。

四、以时代为序，辑录诗人生平轶事、重点诗篇或警句等等，具有文献保存价值，而理论性无多，如尤袤的《全唐诗话》。

五、以阐述诗歌理论、评论作家作品为全书内容。既不是纂辑前人成说，也不像那些在宋诗话中比比皆是的专事搜罗与诗人、诗作有关的异闻轶事，或摘录、品评佳章警句的一类著述。这类诗话理论性较强，也略具系统性，对中国古典诗学的贡献远较前面几种诗话为大，但可惜在整个宋诗话中所占比重极少。严羽的《沧浪诗话》堪称此中巨擘。他如姜夔的《白石诗说》论述诗歌风格和诗歌技巧；张戒的《岁寒堂诗话》分别剖析诗歌本质与诗人及其作品；刘克庄的《后村诗话》除其中有一小部分是搜辑宋诗资料外，大部分也能多方面地阐述诗歌的时代、体裁、流派、艺术特征等等问题，都可以说是比较重视诗歌理论阐述的。故而清人潘德舆认为《岁寒堂诗话》、《白石诗说》和《沧浪诗话》三书是互为"鼎立"的"金绳宝筏"（《养一斋诗话》卷八）。

《沧浪诗话》一书将列专节论述。这里先就宋人诗话中对诗的认识作一鸟瞰。

首先，从对于文学的内容与形式的关系来看，若干诗话大体有如下重点：有的着眼于义与道的关系，有的着眼于言志，也有的着眼于缘情。

在义、道关系的认识上，唐代古文运动倡导者韩愈、柳宗元原都是在提倡宗经的同时，也重视文章应有的功能，注意文学的内容与形式并重。到了欧阳修，他在《梅圣俞诗集序》中就更进一步强调生活对文学所起的源泉作用。"穷而后工"的观点不仅是韩愈的"不平则鸣"论的补充，也是中国古代儒家诗歌传统"兴观群怨"以及钟嵘强调要抒发怨愤之情的诗论的发展。较之韩、柳，欧阳修更为注重艺术魅力，在《六一诗话》中，他极意提倡"意新语工"，"状难写之境如在目前，含不尽之意见于言外"，比较深刻地发挥了艺术"境界"的理论。这说明欧阳修对诗歌的思想性与艺术性是并重的，其见解之卓越，非一般诗话所可企及。

在对言志与缘情的看法上，宋代诗话也偶有涉及。儒家重视"言志"的主张是宋代文艺思想的主流，这在张戒的《岁寒堂诗话》中强调得尤为显著。张戒在政治上是主张抗战一派，在道德观上是"思无邪"的信奉者，从而在艺术观上他就更有可能倾向"言志"。他主张诗歌应"从胸襟中流出"，认为只有这样，才能怀着真诚去反映现实，对政教也才有裨补。志正情真本来是好的，不过他把涉及风情一类的诗歌也打入"邪"的一类，这就不免有些迂腐了。重视胸襟而不反对风情并与之大体同时的葛立方，对文学特质的认识比较清醒。他在《韵语阳秋》中特别强调"不能忘情"，很有点魏晋人以"钟情"自许的味道。他还引录了许多古人抒写骨肉之情的动人诗作，辑录了时令、风俗、饮食、妇女一类记事。在审美感受深切这一点上，葛立方高于张戒。

其次,宋诗话中对诗人艺术素养的见解,主要是围绕着创作准备和审美情趣两方面进行论析的。

关于创作准备问题,宋诗话中见解最为可取的要推杨万里。他以朴素的认识看到生活是诗歌创作的源泉,主张诗人与造物游。《诚斋诗话》有云:"造物有意娱诗人,供与诗材次第新。"(《冬夜吟》)不仅说明造物为诗人提供素材,而且还点明造物源源不绝地在更新,从而诗材就必然像活水源头。这见解是十分可贵的。正因为杨万里认识到这个道理,所以他在后期对学习江西派遗产的片面性产生不满,从而悔学江西,把自己学江西派的诗全部烧掉。在重视现实源泉上,黄彻的《䂬溪诗话》发挥屈原以至刘勰的"江山之助"的理论,大略近似杨万里,但偏于自然景物,没有像杨万里那样提到"造物"高度来认识。

此外,也还有些诗话认为加强作家素养有利于诗人构思。姜夔的《白石诗说》有云:"吟咏情性,如印印泥;止乎礼义,贵涵养也。""思有窒碍,涵养未至也,当益以学。"姜夔的诗论重视构思过程中可能出现的"窒碍",说明他有感于培养灵感的重要,主张"清空"之所由来,缺点只是认为用"益之以学"来培养灵感,而没有像杨万里他们注意"造物"之能"娱诗人"以及"江山之助",似有不足。

关于审美情趣的认识方面,宋诗话作者理想的艺术风格大体表现为这样几种:(一)质朴自然的风格。这可以说是宋代诗人比较普遍的审美情趣,不仅表现为大部分宋诗的特点,实际上也是从北宋古文运动兴起以来就提倡的文风。柳开、王禹偁倡之于前,欧阳修的"自然光辉"、苏轼的"文理自然,姿态横生"更是张扬于后。由于当时中小地主阶级文人倡导文归实用,在一定程度上影响了诗歌风格的好尚。如陈师道《后山诗话》主张诗文"宁拙毋巧,宁朴无华",这是从内容方面对诗歌提出"质朴"的要求;而蔡居厚的《蔡宽夫诗话》主张诗人以意为先,认为妙句的出现只不过是一时"造语适到,因以用之"的成果,则是从形式上对诗歌提出"平易"的要求。惟其情志质朴,遣辞才能平易;也只有平易之语,才能表达质朴之情。(二)含蓄蕴藉的风格。早在北宋期间,魏泰的《临汉隐居诗话》就极力提倡诗歌"贵隐",贵有"馀味",反对"言尽意尽",发挥了前人钟嵘"诗味"之说。到了《白石诗说》一出,就更突出强调含蓄的重要性,要求"句中有馀味,篇中有馀意"。不仅如此,《白石诗说》更就诗歌的内容、形式两方面的关系来深切阐述含蓄与否的不同情况,分为"辞意俱尽"、"意尽辞不尽"、"辞尽意不尽"、"辞意俱不尽"等四种,确乎符合诗歌创作的实际情况。(三)提倡高旷冲淡的风格,如张表臣的《珊瑚钩诗话》之论,和"质朴自然"的观点有相通之处,实际上也是宋诗特点的部分概括。

再次,从宋诗话对前辈诗人和诗歌遗产的态度来看,宋代诗歌文艺思潮在对待传统的态度上有两股主流,一是尊崇杜甫,二是强调学习古人诗歌技法。

由于江西派在北宋诗坛影响极大,而江西派领袖黄庭坚又最崇仰杜甫,影响所及,所以在宋诗话中给予杜甫高度评价的不在少数。黄庭坚几乎生长在杜诗承传者的环境之中,父亲黄庶、舅父李常和前后两个岳父(谢景初和孙觉),都是爱好和学习杜诗的,因此他从少年时代起就潜移默化地受了杜诗的影响,在《山谷题跋》中对老杜极意推崇。不过,他的推崇一般只限于杜诗的法度、格律,赞赏杜甫"晚节渐于诗律细"的精于锤炼之作,而对其诗浑茫之气得力于襟怀浩荡和饱历风尘则认识有所不足。针对黄庭坚学杜的偏差,张戒的《岁寒堂诗话》指出其所学"未可谓之得髓"。张认为李、杜之所以名家,乃由于能做到"因情造文",因而他们的作品都是"情意有馀,汹涌而后发者"。张表臣的《珊瑚钩诗话》之宗杜也是对杜甫的其人其诗做了全面分析,既盛称杜甫之骨肉苍生、忧时爱国,也论析了他艺术风格的雄深雅健、高华清旷,确乎是把握了杜诗的特质,有异于江西派的宗杜只是取其所需,同时也比张戒对杜诗的评论远为深刻而全面。

在对诗歌遗产的态度上,江西派诗人虽然极力倡导规摹古人,但并非不要创新。如吕本中《童蒙诗训》就是把"有定法"和"无定法"两者统一起来:前者入乎古人,后者则又出乎古人。他如《诚斋诗话》虽然重视以自然为师,但并不排斥学诗者"诵诗之多"。这都说明宋代诗论和诗歌创作同富于哲理性,看问题一般比较绵密,较少肤浅和偏颇的缺失,这对后代诗论起了一定的启发作用。

概括说来,宋代诗话一般是重视诗歌艺术性的,追求淡旷的和情景相生的自然风格,倡导诗人的缘情和悟入。在诗歌流派的规范作用方面,汲取和承袭江西派的烹炼推敲,大有人在;但对它持批判或修正态度的也为数不少。在辑录与诗歌有关的资料方面,宋诗话对文献保存有一定贡献。从具有民族特征的这一短小精悍的诗歌评论体裁盛极一时来说,从元、明、清诗话的代有嗣响来说,宋诗话可以说是开风气之先的。

第二节 宋代的词话

词被誉为有宋一代文学,然而词话并不如诗话之多,而且对理论性的阐发也较少注意。大部分词话的内容往往是记录词作的名篇佳句,词人的唱酬胜事,有关作品流传的轶闻,词体、词调演变的考辨,等等。当然,也有一些是探讨和品评词的艺术形式的,如对词人创作个性的比较,理想风格的推崇,协律问题的强调,有关遣字、炼词到掌握全篇首尾等等技巧的探索,但其论述往往表现为零散的形式。这和大部分诗话特别是早期诗话一样,都出于漫谈的目的,而无意于广泛地搜集资料,进行缜密思考,用以完成系统性的理论著作。当然,这也同词在宋代初期还没有被看成与诗、文地位相等的一种文体从而受到正视和重视有关。它被称为"艳科"(程大昌《演繁露》卷一六),认为只是"娱宾遣兴"(冯延巳《阳春集序》)之物。既然是"微词"、"小词",娱人自娱也就算了,把它提到理论高度,就缺少现实基础和思想动力了。词被人们重视、其地位得到提高是在词的繁荣局面形成以后。有了脍炙人口的词的创作,特别是出现了述怀抒抱的名篇,证明它不仅能用以抒情,也能用以言志,这些雄辩的事实说明词并非纯属"艳科",也并非专供人们消遣的小道,其结果自然也就为词学研究的兴起提供了条件。词话的诞生迟至南宋,而并未出现于北宋,这就不足为奇了。

宋代词话较有总结性理论的著作有五种:王灼的《碧鸡漫志》、吴曾的《能改斋词话》、胡仔的《苕溪渔隐词话》、张炎的《词源》、沈义父的《乐府指迷》。

在这为数不多的五种词话中,通过比较可以发现宋词话发展的一个大概轨迹,这便是从侧重词史进而为深究词论。作为南宋初期一部最早的词话《碧鸡漫志》,对唐五代至宋数百年间数十百家词人以及流派的得失影响,大体都有所论及。不仅如此,它还考索了唐代乐曲得名的原由及其与宋词的关系。这说明作者对词体的演变和不同时代的词人风格都极为关注。至于后期词话《乐府指迷》和《词源》,其侧重点就稍有不同。

《乐府指迷》开宗明义地论述作词之法,以此作为全书总纲,提出了"音律欲其协"、"下字欲其雅"、"用字不可太露"、"发意不可太高"四条标准,着重倡导典雅和谐、含蓄柔婉的风格。作者首先提出协律的问题,说明他对词的格律的重要性已经有所认识,并有意识地将其作为创作、评价和鉴赏词的客观准则之一。尽管在格律的强调方面显得过分,然而却表现了作者对这一种毕竟有别于诗体的韵文的特质有过悉心的揣摩。用今天的话说,这位白鹿洞书院山长确乎是虔心于审美追求的。这四条纲目与其说是沈义父的"作词之法",不如说是他的审美理想。

《词源》对词论的系统性阐述大体也和《乐府指迷》相同。它不仅强调"词以协音为先",当按谱试歌时,为了"合乐",有时甚至竟忽视一字之差带来的情景之别,宁可改动词语以迁就音节。这不只是《词源》一书的个别现象,它更表现了南宋末期格律派词人末流的偏弊。结果,音律好像是符合了,但文理和情境却穿凿难通了。

从词史(实际包括着词的掌故)资料的纪录发展到词论的建树,这是宋代词话演变的一个大概的脉络。而在词论中,对词的格律论和风格论都曾提出了不少创见,但也存在着某些片面追求形式的缺陷,有待后人去纠正。

宋人对词的认识,大致可以概括为如下几个主要方面。

关于词的"本色"问题。词与诗应分应合问题,是词话中经常涉及的命题。早期的一部词话即李清照的《词论》,主张词应婉约,因而她认为这就是词的本色,对诗说来,词别是一家。但事实证明,以"婉约"局限词的风格,必然失之偏颇。苏轼词"万顷波涛,来自万里,吞天浴日"(俞彦《爰园词话》),不显然是"以诗为词"的成就么?"本色"之说,虽说不可全废,但也决不容片面强调。就宋词话看来,片面强调词的"本色"的,大多是片面主张诗词有别的,也都是过分执着词的合乐性和片面推崇婉约风格的一些词论。

关于词的意境和"意趣"问题。南宋前期的词话在评论前辈词人时,已经经常接触到他们风格特征的论述,相当接近我们今天说的审美范畴。如《碧鸡漫志·各家词短长》中论王安石的"雍容奇特",贺铸、周邦彦的"语意清新,用心甚苦",概括精炼,论断也大体准确。但对于作为境内之人和境外之味融汇而成的意中之象,亦即以风格为标志的意境,却缺少深层的体验和剖析;只有到了张炎的《词源》出来以后,通过他所极意推崇的姜夔的"清空"之说,宋代词论这才上升到了意象结构的高度。张炎把握了姜氏艺术个性的核心,以"峭拔"显示其境界的高度,以"野云孤飞,去留无迹"揭示其境界的流动性和意识的超越性。尽管张炎在当时不可能有意识地从美学高度来理解姜夔的艺术自律性,然而他确乎已经具备足以内窥到白石词境深处的穿透力。应该说,张炎对后来王国维《人间词话》的境界论是深有启发的。

关于词的"雅""俗"问题。词本来自民间,但经过文人长期运用加工后,却又被他们所垄断。其结果,一方面是在音律琢磨和境界深沉上有所提高,但另一方面,却又因为追求士大夫文人的雅趣而失却了刚健清新的生气,远离现实。存在于词坛中的这一种审美趣味的分歧,不可避免地要反映在词话中。主张"雅词"的一般都以柳永作为"俗词"的代表,加以嘲讽。如《碧鸡漫志》讥刺柳永为"都下富儿,虽脱村野气而声态可憎";李清照《词论》评柳词为"词语尘下";沈义父说柳词"有鄙俗语",等等。主张"雅词"的论见大概有三方面:以儒家"思无邪"的诗教为指导思想,要求词和诗一样能"发乎情,止乎礼,美化厚俗"(林景熙《胡汲古乐府序》)。此其一。在风格上推崇浑厚和平、柔婉含蓄,反对通俗显豁、豪奇横放。如张炎一再强调词要有"雅正之音",沈义父要词"无一点市井气"。此其二。至于保证"雅调"的必要艺术手段应该如何,在词话中也时有触及。总的说来,就是要求技巧的"平妥精粹","深加锻炼",以达到"乐而不淫"

的目的。此其三。从今天看来,"雅""俗"之争的是非,显然可以公断了。以俗词作为基础的理论自然是"不废江河万古流",但对于极其丰富的"雅词"理论,经过精心探讨而来的、长期积累的一些卓越见解,也绝对不应该一概摒弃。只要能善于汲取,仍然是很好的借镜。这一派词论对艺术规律特别是音律、曲谱等"声学"方面的苦心探索,确有精到之处。其衣被词人,至为深广,一直影响了清代的浙西和常州两派。

第三节 严羽与《沧浪诗话》

严羽,是宋代诗话中最有特色的一位作者,也是把宋诗话加以理论化而使之较有系统性的一位诗学家。

严羽,字仪卿,一字丹邱,自号沧浪逋客,福建邵武人。生卒年不详,他的生平活动主要在宋理宗时。先世居陕西华阴,五代时迁福建邵武,家于樵川莒溪之上;有沧浪水出此,故以为号。终生隐居不仕,曾流转于闽、浙、湘、赣间;但大部分时间是在乡里一带度过的,以诗歌唱和自娱是他的主要生涯。他的吟友除同族的诗人严仁、严参等外,当时江湖派老诗人戴复古同他交谊极深。两人曾论诗于邵武东城樵川望江楼上,历来传为佳话。戴复古赠严羽诗有云:"飘零忧国杜陵老,感遇伤时陈子昂。"可见其评价之高。

由于严羽的诗歌主张和王维、孟浩然的创作风格相近,更由于他一生基本过着枕石漱流的隐士生活,所以有人就此认为他是一个消极遁世、忘怀现实的人。其实这是一种误解。如果细看一下他的《沧浪吟卷》,就可以了解他的感时忧国的情怀相当强烈。他所处的时代,正是南宋小朝廷进一步走向土崩瓦解的时代。面对着这样的艰危国步,他在诗中频频倾诉了忧心和愤懑。他为两京的再失而扼腕,有云:"百年仇耻幸已雪,何意复失东西京!"(《四方行》)他为国运处于颠危、苍生在匝地兵戈的形势下遭受重重灾难而痛心,有云:"巴蜀连年哭,江淮几郡疮!"(《有感六首》)他还醉心于锄奸扶弱、敢于捐躯的侠士,有云:"我亦摧藏江海客,重气轻生无所惜。"(《剑歌行赠吴会卿》)总之,他是深切关心国是民生的,深感无法施展其抱负,故而满怀勃郁之情。虽说不免因此感慨横生,但他很少发出颓唐之音,相反地,是以"大笑浩荡开烦襟"来对待忧患。这一切都说明严羽是一个生性旷达和磊落而有奇气的人。严羽的一位同乡黄公绍曾在《沧浪吟卷》序言中评严羽为人"粹温中有奇气",大概是可信的。这两重性格集于一身,也并非不可能。

关于严羽的著作,现存的只有《严沧浪先生吟卷》一卷。其中含《沧浪诗话》一卷,诗二卷。魏庆之《诗人玉屑》、何文焕《历代诗话》均曾全部收入。旧注本有胡鉴和胡才德的两种。但对《诗话》进行全面整理而又最为精湛的,要推郭绍虞先生的《沧浪诗话校释》,它集校、注、释三者汇合成书,搜罗完备,论断深辟,为学习和研究《沧浪诗话》提供了重要的参考资料。

《沧浪诗话》包括"诗辨"、"诗体"、"诗法"、"诗评"、"考证"五个部分,其中"诗辨"是全书的总纲,比较集中地阐述了严羽的诗学观点。"诗体"主要论述古代诗歌的风格体制,表现了作者较高的文学史眼光,如论唐诗有"唐初体、盛唐体、大历体、元和体、晚唐体",即为后来唐诗初盛中晚说的雏形。"诗法"主要探讨诗歌的作法和技巧,如使事、押韵、用字等,并提出作诗必须识诗和去"俗"。"诗评"和"考证"与一般诗话的内容相近,作者评析历代诗歌,对某些作品的作者、异文等问题进行考证。"诗体"以下四个部分的许多论点,是"诗辨"中所提出的理论主张的具体化,因此两者可以参证。

正像严羽用镜花水月来比喻他所向往的艺术境界难以捉摸一样,他这部位居宋代,甚至可以说高踞中国诗歌批评史上名著之一的《沧浪诗话》,整个审美意识是错综复杂的;五色斑斓的生活矛盾,给予这位在艺术气质上颇有遗世之风、在政治思想上极为关心宋王朝危机深重的批评家和诗人以层层审美规范。

一是突破宋代拟古规范与极力推崇汉、魏、盛唐规范两种审美理想的交织。

文学史的发展、变化,从某种意义上说,就是审美规范的制约与突破的历史。对前辈诗人或流派有所不满的作者,在新思潮激荡下或历史土壤的培育中,提出了修正前人甚或与之全部对立的诗歌主张,这可以说是突破了蔚为一代的旧风尚的新审美规范。然而与此同时,以新声夺人和标举异帜自豪的革新者,往往会出现新的偏颇。他们或者是把婴孩洗澡的水连同婴孩一齐倒去,或者是在用以批判某一美学思想的主张中,错误地运用了与批判对象脉脉相通的某一流派的文艺思想,再不然,便是在否定掉某一种美学思想的同时,冒出了又一错误主张,从观点说是相反的,而其错误则一。

他们突破了原有的审美规范的拘牵,无疑是功臣,然而他们却又在"突破"过程中,造成了新规范的失误,画下了"之"字形。"矫枉——突破——过正——再矫枉——再突破——再过正",这便是螺旋上升的轨迹。《沧浪诗话》在这点上就更典型。

从北宋王朝建立以来,文艺上的拟古主义之风一直吹得很紧。作为拟古馀波的江西诗派虽说有特殊贡献,然而毕竟因为用典和议论过多,奇崛有馀而清新不足。纠正江西派的四灵派是清新了,但却失之清苦纤弱。稍后,有意救江西派之失的江湖派是豪爽清健了,但其本身却犯了驳杂浅露的毛病。江西派的某些拟古之失,显然在严羽眼中是被扩大了的;但严羽的苦心纠正并不能算错。他的惟一目的在于追求神韵,追求诗歌艺术的审美特征。生当宋季,他看尽了有宋一代的诗坛沧桑,那就是尽管变来变去,总缺少一点醇美。换句话说,还必须经过一段艰苦努力,把诗歌写成真正是诗歌,从而让诗歌保持和发挥其"当行"、"本色"。"当行"、"本色",这是严羽的话。用我们今天的话说,就是诗歌美原有和应有的艺术特征和魅力。

然而使人遗憾的是:病根被他基本看准了,而处方则没有完全对头。

江湖派是用愤慨之辞写家国忧思,而在艺术风格上又以流转爽朗为宗的诗派,同严羽的主张本来有相近的一面,更何况其中成员戴复古等人同严羽更有较深的友谊,因此江湖派最后的消亡,和福建邵武莒溪以严羽为首的"九严"[1]集合而成的这一个诗派的结束,既是宋代诗派的尾声,更表现了宋季以神韵为诗歌旗帜的新貌,随着宗社沦亡而转化为遗民之作。某些爱国主义诗歌与前此的江湖派主张,虽说不与《沧浪诗话》的论调尽同,然而他们之出于深情的"沉着痛快"的悲歌,却都和严羽诗作的风格相通,并和他的诗歌风格论合拍。尽管江湖派粗浅有之,没有能达到严羽要求的一唱三叹,然而却绝对不同于以学问为诗,以议论为诗。不管是江湖派,不管是"九严",不管是南宋末世的爱国主义诗人,他们确乎写出了"情性"。可以说《沧浪诗话》出现后,前此诗坛上摹古之诗、学人之诗、纤巧逼仄之诗等等的旧貌都被改换了。

在这末流时代,"九严"和江湖派尽管并没有写出什么家喻户晓、传世久远的作品,然而他们总算是为明、清崇尚性灵和神韵的一些诗派开拓了先路,为诗歌鉴赏甚至为整个文艺鉴赏,比较系统地总结出了一些宝贵的规律:诗歌要有艺术魅力!

这不能不说是时代的玉成。如果没有严羽对当时影响极大的江西诗派的不满,如果没有远远超过北宋时期的尖锐异常的民族矛盾,没有国运的进一步艰危和人民愈益加深的苦难,当然也就不可能引起严羽的"忧国忧民"和在诗歌中的"致意"以及《沧浪诗话》的所谓"入神",也就不可能引起严羽的"下悲世事及危乱,上话古昔穷兴亡"(《惜别行》)这样一些出于自然流转地抒发出来的剧烈的心灵颤动。

心灵颤动,这就是时代的玉成。而到了严羽手里,经过理论概括,则成为"诗者,吟咏情性也"这样的深切体会。尽管严羽不懂得生活是文学源泉这一道理,但他能用"以时而论"来推溯历代诗体的产生,就说明他尊重时代,也不无包括正视生活的倾向。更重要的是整个一部《沧浪诗话》,充溢着倡导发抒韵味和反对灭没灵气的精神,说明严羽看到了过去宋代诗派特别是江西派的流弊(这中间有不少是偏激的、不公允的),更说明严羽之所以成为"取心肝刽子手"(《答出继叔临安吴景仙书》),是因为他能综观全局,针对不同流派的偏弊分别加以批判,而又都归结到诗歌应有其"当行"、"本色"这一总纲上来,不同于一枝一叶的针砭。这固然由于严羽识见之全而高,但因为批评对象的提供而促进他的思考,唐、宋诗得以在他手中比较这一些客观条件,也确乎给他以玉成。所可惜者只是他的补正有很多未周之处,正如同前此梅尧臣、欧阳修之纠正西昆体,江西派之救欧、王,四灵派、江湖派之救江西派,几辈诗人,几代宗派,几种主张,都没有能达到理想的结果一样。

尽管如此,历辈诗人和流派之长短得失,引起严羽的思考,也引起他的批判,同时又在某些方面影响了他。如江西派认为"士俗不可医"(黄庭坚《书叔夜诗》),而严羽也强调"除五俗";四灵派讲工巧、清新,而严羽也提出什么"结裹"和"活句"。一得一失,正反相成,形成了严羽审美意识的多重性的矛盾形态。归根到底,这是末代诗坛善于通变的"总结"。严羽如此,司空图也是如此。

反对拟古而又力求步"真古人"后尘,脚上沾染了拟古主义的泥浆,这对有局限性的古人说来是不足怪的。但必须了解这一缺失。这样,我们就不至于把严羽的反拟古的审美意识简单化了。

二是"意境"与"兴趣"的中介。

《沧浪诗话》的审美理想的核心是"兴趣"。有人把"兴趣"归结为"意境",自然不很妥帖。这正因为"兴趣"之"兴"远承"六义"而来,表现为作者和读者由于接触到那些足以吸引自己的外物,为它们一定的审美特征所感发,从而引起共鸣,萌发出进一步捕捉和抒写它们的冲动和欲望。这显然是一种主观的审美活动中的愉悦之感。而"意境"却与此不同。尽管"意境"中的"境"确乎渗透着诗人的"意",可是它毕竟是寄寓于一定作品之中并呈现于读者之前的艺术画面。

当然,在明确这一前提之下,我们也不应忽略兴趣和意境的密切联系,特别是严羽的"兴趣"说与其所极力崇拜的盛唐气象说及与司空图的意境说这两者的关系。因为他重视富有诗人审美感受的"别材",而审美感受又不能没有具体依托,因此他就必须要求有一个饱和着作者"兴趣"和引起读者"兴趣"的意境。这也就是严羽所说的与"别材"脉脉相关的"别趣":富于艺术魅力,饱和着形象和感情的审美情趣。它和一味以炫耀学问和发表哲理争胜的所谓"理"相对立。严羽重视感情,读《骚》而"涕泗满襟"。但感情从来不能离开想象。"象外之象"首先还得以"象内之象"为基点,通过"妙悟"而由形入神。从形到神,都不能不以意境作为通道。这正是《沧浪诗话》的妙悟说借助意境以发挥诗人主观威力来酝酿灵感的意图。

处于古典美学意境审美范畴的末期,严羽受了禅宗的影响,既通过"洒脱"的提倡要求个体解脱而得空灵之乐,其微云远岫,也可以说是受了姜夔的启发。然而与此同时,他仍然没有忘记司空图是他的主要精神支柱。他既然不可能让自我完全从客体中超脱出来,那么他的"悟入"的境界,就不可能像晚明文人以主体凌于客体的俗流之上,而只能在沉吟万象中,以镜花水月、透彻空明自得其乐,同时也就不得不在学习古人上主张"熟参"。这所谓"熟参",不仅是要参古人之诗句,还要参古人的意境,因而也就包括触景生情,融情于景,读者之神与古人之神交融。这既指作者的"入神",也指鉴赏者的"入神"。如果我们可以把司空图的"思与境偕"引申一步的话,那就可以看出,严羽的"入神",虽说因为突出诗人主体而改造了前人的意境说,但毕竟还是司空图的余响。

突出诗人主体和意境的和谐,在《沧浪诗话》中是相因为用的。就前者而言,严羽的"悟入"说和"诗体"说远承曹丕的"引气"说和钟嵘的诗体说,强调"气象"的各有不同,诗人的"真味"各有不同。就后者言,严羽强调"透彻之悟","无迹可求",实际是司空图"诵之思之,其声愈稀"(《二十四诗品·超诣》)的翻版。这和他的长期隐居生活的用心是沟通的。用"人与自然"的和谐解除精神的苦闷,也正和神往于"羚羊挂角"的诗歌妙境异曲同工。不过,问题在于严羽并没有磨掉他的暗鸣叱咤的气质。他是既崇奉古典审美范畴的和谐而又具有浪漫主义的奇气的。因此,在《沧浪诗话》的大量空灵的玄言妙语中,我们决不能忽略有这样一段值得玩味的主张,这就是"诗法"部分的头一条:

> 学诗先除五俗:一曰俗体,二曰俗意,三曰俗句,四曰俗字,五曰俗韵。

虽说"去俗"说不从严羽开始,不过严羽的去俗,却和"别材"、"别趣"联系,而又统率于"入神"。因此,他所反对的"俗体"意味着与诗歌审美特征相违背的时代风格,"俗意"则是指那些没有感情和灵气的空洞、浅率、粗鄙、叫嚣的思想内容,可见他的"去俗"是为了坚持诗歌的高远的审美理想,显示了特定的时代折光。宋人党同伐异,立异为高,对于某些谬说和俗态,就更认为有辨析的必要,而不愿与俗浮沉。如严羽就曾为论诗不合与郡太史王子文闹别扭,后来戴复古出来调解之(见朱霞《严羽传》)。他主张"立志须高",而且立志反俗,这不仅是他诗歌的审美倾向问题,更表现了他对审美理想执着和坚挺不拔的精神。

所谓志"高"者,实在就是突出诗人个体。严羽一面主张作为形象画面客体的意境的和谐,而另一面,却又朦胧地意识到了意境的内在矛盾,特别是"高"与"俗"的对立;一面神往于古典主义的典雅、和谐之美的审美意趣,而另一面却又竭力想通过诗人自身的识力和悟性的发挥,找到自觉地支配意境的能力,从而形成主体的创作自由和能锲入境界奥区的、善于妙悟的诗人。

很显然,历史烙印不能不在严羽身上出现。司空图理想的浑融隽永的艺术境界在"幽人空山"的条件下,是可以获得内容和形式的和谐统一的。然而经过了宋代后期,这种古典审美范畴的意境不能不显出初步的内在矛盾。这正因为,市民阶层的兴起,萌发了微弱的个性萌芽。与其说严羽追求"思与境偕"的"不落言诠"之境,不如说他更加强调诗人个性的主观的美感能动力和古人作诗的最优经验,以汇合成别有会心的"兴趣"。古典主义意境说要求他有所补正,浪漫主义"兴趣"说要求他从识力和悟性上对个性能动性有所开拓。

这是严羽对历史呼唤的回声。

当然,历史呼唤声既然微弱,《沧浪诗话》对中、晚唐意境的修正也必然是极其有限的。尽管他的密切联系"意境"的"兴趣"说已经落实到真情实感和突出主体能量的"悟入"方面,如强调"本色"、"透彻"、"洒脱"等等,而不再像司空图的"素处以默,妙机其微"那样以默自守,融我于境,但他的理想境界的兴趣毕竟仍旧立足于意境,通过人与自然的矛盾的统一而获得会心之乐,而不同于晚明文人的"兴趣",通过以"情"胜"理"而得。这显然是时代的特点,也是古典主义审美范畴意境说向浪漫主义审美范畴兴趣说的过渡,亦即二者在严羽身上错综交织的标志。在严羽那一个时代,个性的脱颖而出还只是跃跃欲试,要求像晚明进一步从客观中超脱出来,或狂或狷,或啸或傲,并且体现为性灵之美,那是不切实际的。

因此,《沧浪诗话》中提倡的"兴趣",只能是既保持古典主义审美范畴的安宁、静谧,也萌发了浪漫主义审美范畴的个性在人与社会、人与伦理的矛盾中表现为奔腾驰突、嬉笑怒骂、遗世绝俗、甚或披发佯狂的姿态。严羽自号为"沧浪逋客",显然就是有其不容于世和不谐于世的块垒郁勃的。

对古典主义意境说的系统理论说来,《沧浪诗话》是最后的名著了,对浪漫主义的"兴趣"说的系统理论说来,《沧浪诗话》却是最早的开拓者。尔后,明清两代,从李贽、三袁以至金圣叹,就更大谈其涌现新时代内容而又有其悠久承传的"趣"了。

严羽的"兴趣"说,以"兴"为主而"趣"为次;晚明以后的兴趣说,以"趣"为主而"兴"为次。前者偏于客观形象的神韵悠然,后者偏于主观个性的恣肆解脱。

总之,在《沧浪诗话》的审美意识中,人们可以看到从"意境"到"兴趣"的转折和中介。它体现为人性和谐与撞击两种情趣的交织,反映了早期文艺启蒙前浪漫主义文艺思潮积极和消极两种因素的交织。

三是"优游不迫"与"沉着痛快"两种审美趣味的并存。

作家艺术风格可能突出在某一侧面,也可能显著地多样化。而具有大手笔的作家,由于生活经历的丰富、艺术承传的博采兼收和创作技巧的变化多方,就完全能从生活不同侧面和丰富多彩的文艺传统的亲切体验中,把他们深沉丰厚的艺术情趣和沁人心脾的真实情感同浮沉飘忽的生活结合起来,从而逐步融成为不拘一格的审美趣味和审美经验。人生道路既然多歧,作家巨大的艺术熔炉又丰富多彩,这就必然出现风格的多样性,有其主调,也有其变调。

对风格的多样化,严羽是有其真知灼见的。"辨家数如辨苍白",说明他善于识别风格、流派。"李、杜二公正不当优劣:太白有一二妙处,子美不能道;子美有一二妙处,太白不能作。"显然是说风格各有千秋。如果强求一致地为某些作家定高低,妄加抑扬,那是徒劳。特别是前文提到的"优游不迫"和"沉着痛快"这两种似乎对立的审美范畴,二者并提,无所轩轾,这就更说明严羽的兼收并蓄,有其艺术识见。

当然,他之所以能兼收并蓄决不是偶然的,推本穷源,这和他的审美意识的多重性有关,主要有下列二点。

首先,"优游不迫"和"沉着痛快"的并存源于严羽的理论和创作的矛盾。

严羽所接受的诗歌理论传统,主要是渊源于倾向王、孟风格的司空图的美学思想,所以应该说"优游不迫"是《沧浪诗话》的审美理想的主要一面。但我们如果翻开《沧浪吟卷》,却又会发现他的慷慨悲歌的作品并不在少。他的《梦中作》可以说是一个标本:

> 少小尚奇节,无意缚珪组。远游江海间,登高屡怀古。前朝英雄事,约略皆可睹。将军策单马,谈笑有荆楚。高视蔑袁、曹,气已盖寰宇。

这并不奇怪,处于南宋末期那个民族矛盾和阶级矛盾都十分尖锐的时代,要他按照《沧浪诗话》中反复致意的以神韵悠然的规范写诗,力求蕴藉空灵,一唱三叹,是难以抒发他所深具的欹崎磊落之气的。因而在艺术判断和文学主张上,严羽可以大谈其透彻玲珑,倾向于"优游不迫",而在创作实践上,客观形势却导致他倾向于壮美,追攀李白和高、岑一路。他写下了一些喑呜叱咤的古诗。他更喜欢把"剑"引入诗篇,作为悲愤苍凉的画面的有力渲染。严羽就是充满了这样的矛盾。严羽的审美意识就是表现了这样的多重性。

但是这个矛盾却有其统一的基点,那就是所谓"入神"。"入神"的要求以锲入心灵为主。由于感性知识的丰富和对审美对象领会的深刻,灵感易于涌现,这就促使诗人掌握了创作自由,无所不施,无施不可,万斛泉源,立时从平地涌出,情茂气充,不假雕琢,艺术魅力寓于浑灏流转之中。这样的魅力可以表现为"沉着痛快",也可以表现为"优游不迫"。沉着痛快固然是通过心灵的暴风雨倾泻而入神,"优游不迫"也可以通过韵味的有馀不尽而入神。

其次,"优游不迫"和"沉着痛快"两种审美情趣之集于一身,也是严羽二重性格的产物。据《邵武府志》记载:

> 羽为人粹温中有奇气,好结江湖间名士。……羽既不仕,然其忧国爱民之意,每见于诗。……其后元人约宋同灭金,已而败盟,江淮涂炭。羽身居草野,未尝不三致意焉。

"粹温"偏于敦厚悠闲一面,导致他倾向于"优游不迫"的风格;但与此同时,他富有"奇气",这就又与"沉着痛快"为近。

在诗歌创作中,人们可以看到作为体现他的二重性格的艺术风格的并存,而在其《沧浪诗话》的诗论中,人们又可以看到他把盛唐气象的"兴趣"归结为"透彻玲珑"、"不可凑泊"的妙处。这"妙处"就是司空图的《二十四诗品》中第一品的"雄浑"。雄而且浑,当然不同于雄壮或雄伟。在闳阔气象中,既有醇厚,也有流转;既有含蓄,也有朴素自然,以"浑"运"雄"。在这种举重若轻的气魄中,就充溢着控纵自如之势。翁方纲在《石洲诗话》中说的"唐诗妙境在虚处",正是这种运转自如、得心应手,说明"虚处"的境界确乎与严羽所强调的"透彻玲珑"有关。尽管严羽的诗离这个要求还有距离,但也有一些清新隽永的篇章或警句稍稍得"虚处"的妙用,说明他的创作不是完全不能作为诗论的标本。有些人在这一点上对他过分指责,不免夸大其辞。

总之,为了抒发风雨如磐的愤慨,他固然不止一次地慷慨悲歌,特别是承传了汉魏的雄浑苍莽的风格。然而就他所突出的盛唐气象而言,他的审美体验是不够准确的。盛唐风致,那种元气淋漓,那种大用外腓,那种奔腾澎湃,那种蓬勃朝气,在严羽时代已经不能为他提供温床了。因此在创作上,他固然显得气力单薄,即使发出高歌,也并非大声镗鞳;在理论上,他也只能在盛唐气象的阐述中,不知不觉撒下了适应自己颓唐心情的调味品。"赏惟静者契,法对高僧论"。这已经不是"优游",而是把世界看作微尘了。

居宋末而向往盛唐,不能不说是时代悲剧。

〔1〕 九严:指严羽、严参、严仁、严肃、严岳、严必振、严必大、严子野、严奇。

第二十五章 话　本

　　话本,是"说话"的底本,一称"话文"。"说话",唐宋间习语,主要指用口语敷衍故事,专重讲说故事的伎艺,相当于后来的说书。说话者谓之舌辩,以讲说故事为职业的艺人称之为"说话人"。"小说"、"平话"、"诗话"、"词话",是话本的分类别称。"小说"专指小说家说话用的底本。"平话",即"评话",指讲史家讲说长篇历史故事并加评述的话本。由于话本中有诗有话,或有词有话,因有"诗话"、"词话"的称谓,而与评诗论词的理论著作有别。话本的出现为我国艺坛平添了无限生机,"实在是小说史上的一大变迁"(鲁迅《中国小说的历史的变迁》)。它在我国文学史上占有继往开来的重要地位。

第一节　话本的产生

　　说故事,古已有之。但说话作为谋生手段的一种表演艺术,则始自唐代。近三十年先后出土的"汉代说书俑"、"东汉说书俑"两尊陶俑,根据其造型(人物的神态、动作),证之以先唐文献载籍,可以认定当属俳优一类的丑角形象。俳优,是以王室贵族官僚为服务对象的奢侈奴隶。他们伎艺驳杂,表演场合也都有别于面向市民群众的民间艺人——说话人。说话人先是有"话"无"本",后来才有"话"有"本"以至传抄问世。敦煌石室发现的写本,现在收录于《敦煌变文集》的,其中相当一部分本是唐人说唱的脚本,只是著录情况不一。《庐山远公话》、《韩擒虎话本》、《叶净能诗(话)》,原就标明为话本。有些如《伍子胥变文》、《李陵变文》、《秋胡变文》、《张义潮变文》、《张淮(维)深变文》等首尾残缺,题目是由校录者拟定的。其实,依写本的内容和形式,不妨径题为话本。也有的如《刘家太子变》、《舜子变》,原题变文,实则与话本别无二致。此外,如《唐太宗入冥记》更直接影响到《西游记》的创作,无疑的也应视为话本。南宋初,郑樵《通志·乐略》载:"稗官之流,其理只在唇舌间,而其事亦有记载。虞舜之父、杞梁之妻,于经传所言者数十言耳,彼则演成万千言。"这里所谓"稗官",乃是说话人的别称。上述话本的存在,表明说话伎艺在唐代一经产生就迅速有了长足的发展。它们取材范围相当广泛:既有历史故事,也有民间传说,更有源于现实生活的英雄传奇。但就现在所能找到的文献记载看,唐代说话还没有从杂戏(百戏)的母体里挣脱出来自成一个独立的行当。说话艺人活动的主要场所似乎依然局限于宫廷、私人府邸和寺院变场(戏场),表演也不是经常的。说话伎艺占领城乡广阔天地,还要等到两宋时代。

宋王朝的建立,结束了残唐五代长期藩镇割据、混战的状态,为封建经济的进一步发展提供了有利的条件。北宋的汴京、洛阳、扬州、荆州和南宋的临安、成都等地都是著名的通都大邑,商业发达,尤以北宋都城汴京和南宋行在临安为最。它们既是一代的政治中心,又是经济文化的枢纽。北宋汴京,宋太宗时居民已达百万,民户比之汉唐京师增加十倍。市民阶层的构成比之前代也起了急遽的变化。除了一批小商小贩和"界身巷"富商巨贾外,又增添了作坊主、手工业者、苦力人等，更有数量相当惊人的禁军厢兵。北宋末年更是盛况空前。据孟元老《东京梦华录序》说："……辇毂之下，太平日久，人物繁阜，垂髫之童，但习鼓舞，斑白之老，不识干戈，时节相次，各有观赏。……新声巧笑于柳陌花衢，按管调弦于茶坊酒肆。八荒争凑，万国咸通。"本来只有"参差十万人家"的临安，成为南宋行在以后，"民物康阜，视京师（汴京）其过十倍"。百年以后，更是"经营至矣，辐辏集矣，其与中兴时又过十数倍"（《都城纪胜序》），因有"天上天堂，地下苏杭"的谚语（南宋《吴郡志》卷五）。由于城市经济的迅猛发展，市民阶层的不断壮大，适应他们文化生活方面的需求，专门的群众性娱乐场所——瓦舍（一称瓦子、瓦肆）勾栏也就应运而生。据《东京梦华录》卷二"东角楼街巷"载，瓦子之内，大小勾栏多至五十馀座。"内中瓦子莲花棚、牡丹棚、里瓦子夜叉棚、象棚最大，可容数千人。自丁先现、王团子、张七圣辈，后来可有人于此作场。……终日居此，不觉抵暮"。南宋临安也有二十三个瓦子，其中北瓦最大，有勾栏十三座。勾栏之间又有分工，有两座专说史书，也有的艺坛名流专包一座勾栏作场。此外，还有伎艺稍次的"路歧人"冲州撞府，不入勾栏，只在要闹宽阔之处做场，谓之"打野呵（泊）"，如同《清明上河图》所展示的于城内十字路口老人卖艺的情景。说话不仅是市民群众喜闻乐见的伎艺，而且还迎合了最高统治者消遣解闷的需要。朝廷设有专局采访艺人，召入宫廷，御前供话。就连女真贵族也闻风歆羡，向南宋索取说话艺人。一些较次的城镇，如四明（今浙江宁波）、真定（今属河北）、乌青镇（在今浙江吴兴、嘉兴交汇处）等也都有瓦舍勾栏。甚至在偏僻的农村也留下了说话人的踪迹。可见说话在南宋已获得了广阔的呈艺天地。宋代城市一反古典城坊制格局，商店面街而设，酒楼耸立，居民迎街开启门户；取消宵禁，开放夜市。夜市直至三更方尽，才五更，店铺又复开张。宵禁的解除，给市民带来了更多的行动自由,为他们看戏、听话提供了自由选择时间的方便。"每日五更头回小杂剧,差晚看不及矣。""不以风雨寒暑,诸棚看人,日日如是。"(《东京梦华录》卷五"京瓦伎艺")说话伎艺兴旺发达,艺人辈出,仅汴京、临安两地知名说话人有名可考者就有一百二十七人之多。他们中间分工渐趋细致。北宋霍四究专说"三分",尹常卖独擅《五代史》。南宋更是"四家数,各有门庭"(吴自牧《梦粱录》卷二○"小说讲经史"条)。说话分四家之说始自耐得翁《都城纪胜》。但具体家数均未标明。因此,研究者聚讼纷纭,莫衷一是。大体可分以下四家:一、小说,一名银字儿(盖以说话前吹银字管聚众,说话时又间以银字管伴奏,故称)。小说又分三派:(一)烟粉(讲烟花粉黛、人鬼幽期之事)、灵怪(讲神仙妖术之事)、传奇(讲人世间悲欢离合的奇闻逸事)。(二)说公案(皆讲摘奸发覆、朴刀杆棒以及发迹变泰之事)。(三)说铁骑儿(谓士马金鼓之事)。二、谈经,演说佛经故事,宣扬佛教教义;说参请,谓宾主参禅悟道等事;说诨经。三、讲史,说前代书史文传兴废争战之事。四、合生,指物题咏,应命辄成,语带杂嘲者,类似对口相声;商谜,犹谜语;说诨话。四家之中,前三家是正宗的说话,后一类小型伎艺可视为说话的旁枝、附庸。而影响最大的是小说与讲史,尤以小说为最。小说基本上取材于现实生活——主要是市民生活,为听众所熟悉,又有较为贴切地反映出市民的观感、意志和愿望,所讲故事更能立知其本末,因而比之讲史更能卖座,致使讲史高手也"最畏小说人"(《都城纪胜》"瓦舍众伎"、《梦粱录》"小说讲经史")。小说艺人小张四郎"一世只在北瓦,占一座勾栏说话,不曾去别瓦作场,人叫做小张四郎勾栏"(《西湖老人繁胜录》"瓦市"),可见其伎艺之高强。之所以能对听众有如此久远的魅力,这与说话人本身的文学基础和艺术素养有关。罗烨《醉翁谈录》甲集卷一"小说开辟"条说:

夫小说者，虽为末学，尤务多闻。非庸常浅识之流，有博览该通之理。幼习《太平广记》，长攻历代史书。烟粉奇传，素蕴胸次之间；风月须知，只在唇吻之上。《夷坚志》无有不览，《琇莹集》所载皆通。动哨、中哨，莫非《东山笑林》；引倬、底倬，须还《绿窗新话》。论才词有欧、苏、黄、陈佳句；说古诗是李、杜、韩、柳篇章。举断模按，师表规模，靠敷演令看官清耳。只凭三寸舌褒贬是非；略咽万馀言讲论古今。说收拾寻常有百万套，谈话头动辄是数千回。……讲论处不滞搭、不絮烦；敷演处有规模、有收拾。冷淡处提掇得有家数，热闹处敷衍得越久长。日得词，念得诗，说得话，使得砌。言无讹舛，遭高士善口赞扬；事有源流，使才人怡神嗟讶。

从这里不难看出话本与前代文学的继承关系。先秦以来的史传散文，魏晋南北朝的志怪、志人小说及唐传奇，或在题材的运用，或在形式技巧，或在思维空间的开拓等方面，都曾在不同程度上给话本创作以有益的启迪和沾溉。

说话人为了切磋伎艺，成立了自己的组织——雄辩社。为便于检阅备忘或传授生徒，他们就把故事梗概记录下来。开始比较粗糙简略，讹错也多。在长期流传的过程中，由于最高统治者要"日进一帙"，书坊也要通过刊印射利，经过"才人"加工、整理、润色，才日臻完善。宋代造纸、雕版印刷业的长足发展和技术的突飞猛进，为话本的广泛传播提供了方便。而当时文人创作，"志怪，既平实而乏文彩，其传奇，多托往事而避近闻，拟古且远不逮，更无独创之可言矣"（鲁迅《中国小说史略》）。这又恰好为市井间新兴的以俚语著书、叙述故事的话本的崛起让开了道路。

第二节　小说家的话本

根据罗烨《醉翁谈录》以及《宝文堂书目》和《也是园书目》的记载,宋人话本小说篇目已有一百四十多种。《四库全书总目》卷五十三《杂史类存目》二《平播始末》提要说:"《永乐大典》有平话一门,所收至夥,皆优人以前代轶事敷衍成文而口说之。"其中当有不少宋元旧篇。可惜一九〇〇年英法联军侵入北京,《永乐大典》散佚,今天所能见到的只有个别片断。依据话本的体裁、语言风格、所引诗词,涉及的地名、官职、典章制度、社会风习,以及所反映的社会思想意识、参稽书目著录、官史、杂史、笔记等文献记载,考察故事情节的衍变,比勘同类题材的话本、戏曲或民间传说,并参考今人研究成果,大抵可确定为宋话本小说的约三十多篇,散见于明人汇辑的《清平山堂话本》、熊龙峰所刊小说四种、《喻世明言》(《古今小说》)、《警世通言》、《醒世恒言》等书中[1]。其中比较有名的有《碾玉观音》、《错斩崔宁》、《西山一窟鬼》、《合同文字记》、《陈巡检梅岭失妻记》、《杨思温燕山逢故人》(一名《郑意娘传》)、《杨温拦路虎传》、《快嘴李翠莲》、《山亭儿》(一名《万秀娘仇报山亭儿》)、《宋四公大闹禁魂张》、《闹樊楼多情周胜仙》等。另外,《绿窗新话》、《醉翁谈录》等书也还保存了某些失传小说话本的故事梗概。这些话本大多直接取材于现实社会生活,若干细节也都符合史实。有的虽经后人润色或改题,但仍基本上保存了原有的风貌。

一些优秀的话本小说,从不同的侧面揭示出市民阶层与封建统治阶级的矛盾冲突,比较全面深刻地反映了市民的生活、思想、情趣和愿望,也写到了他们的弱点。

话本小说以青年男女反对封建压迫、渴求婚姻自由为主题的,成就最为突出。以婚姻爱情为题材的文学作品,古已有之,并占有较大的比重,在唐代更是大量涌现。话本以前代同一题材的作品、特别是唐传奇相比,自有其显著的特色。唐传奇有不少写的是知识分子与妓女的风流韵事、缱绻风情,而宋话本小说却别开生面,写的是市井细民——小手工业者、商贾子弟对自由幸福的爱情婚姻的正当追求,开拓了崭新的形象思维领域。它们让平民百姓作为反压迫、反摧残的正面人物出现于作品之中,而且妙龄少女在追求爱情、婚姻自主方面所表现出来的主动、泼辣,竟使男子一方为之相形见绌。这在我国文学史上是前所罕见的。试看《碾玉观音》中的璩秀秀。她是裱褙工的女儿,被咸安郡王买作"养娘"。一天,府里失火,秀秀和府里碾玉能手崔宁邂逅相遇,"打个胸厮撞"。崔宁倒退两步,低声唱诺。秀秀却主动要求他"将我去躲避则个"。三杯两盏过后——

秀秀道:"你记得当时在月台上赏月,(郡王)把我许你,你兀自拜谢,你记得不记得?"

崔宁叉着手,只应得诺。

秀秀道:"当日众人都替你喝采:'好对夫妻!'你怎地倒忘了?"

崔宁又则应得喏。

秀秀道:"以似只管等待,何不今夜我和你先做夫妻,不知你意下何如?"

崔宁道:"岂敢!"

秀秀道:"你知道不敢,我叫将起来,教坏了你。你却如何将我到家中,我明日府里去说!"

在璩秀秀步步进逼下,谨小慎微的崔宁终于决定同她连夜高飞远走,脱离虎口。秀秀一席对话,袒露了她挣脱封建人身占有、争取爱情婚姻自主的迫切愿望。她的言行是对咸安郡王威势的大胆冒犯,也是对封建礼教的勇敢挑战。后来由于郭排军的告密,秀秀被郡王抓回杖杀。她的鬼魂又和崔宁在建康同居,开设碾玉作铺。但仍为封建统治者不容,最后她只好抓住崔宁,一块做鬼。作者通过秀秀为争取爱情婚姻自主而惨遭杖杀和崔宁的怯懦动摇但也未能跳出魔掌的客观描述,无情地揭露和鞭挞了封建统治者的暴戾。而对秀秀义无反顾、生死不渝地为维护自己的人生权利而作的抗争,则表示充分的肯定和赞扬。再如《闹樊楼多情周胜仙》中的周胜仙,她是贩海(做海外生意的)富商周大郎的独生女。一天,在金明池畔茶坊里巧遇樊楼酒肆的小老板范二郎,"四目相视,俱各有情"。周胜仙心想:"若我嫁得一似这般子弟,可知好哩!今日当面挫(错)过,再来那里去讨?"无巧不成书,这时恰巧来了位担着水桶专卖糖水的小贩。周胜仙买得一铜盂糖水,才上口一呷,便往空中一丢,叫道:

"好,好!你却来暗算我!你道我是兀谁?"
"我是曹门里周大郎的女儿,我的小名叫作胜仙小娘子,年一十八岁,不曾吃人暗算,你今却来算我!我是不曾嫁的女孩儿。"

她自报家门,分明是向范二郎暗递爱慕信息。范二郎心领神会,立刻如法炮制,彼此心心相印,周胜仙"心里好喜欢"。但在周大郎眼里,范二郎"高杀只是个开酒店的",而不是"大户人家",女儿以身相许,"辱门败户"。周胜仙听得父亲詈骂,愤懑死去。死后复苏,又去樊楼寻找范二郎。范二郎误以为鬼,失手把她打死。为此,范二郎吃了人命官司。周胜仙鬼魂出现,在范二郎梦中与他结成夫妻,并设法营救范二郎出狱。周胜仙那种对婚姻自主的渴求和执着,显然是为作者所歌颂的。它和《乐小舍拚生觅偶》一样,通过"生者可以死,死者可以生"的奇谲浪漫的故事情节,凸现出爱情的力量:"钟情若到真深处,生死风波总不妨。"在理学家们以"革尽人欲,复尽天理"的封建说教禁锢人们头脑的时代,这种描述令人耳目为之一新,起到了振聋发聩的作用,在当时自有其历史的进步意义。如果说,唐传奇《李娃传》、《霍小玉传》、《柳毅传》、《任氏传》透露了某些与封建传统观念不相谐调的思想倾向,那么上述话本小说表现的少女们为挣脱封建礼教的羁绊、维护自身独立的人格、追求婚姻自主所作的努力和抗争,更在一定程度上反映了市民意识的抬头,具有鲜明的时代特征。

以社会的讼狱事件为题材的公案小说,涉及的社会生活面比较广阔,反映现实生活中的矛盾也十分复杂。揭露封建吏治的昏庸腐朽,同情被压迫平民百姓的悲惨遭遇,则是这一类话本小说的重要主题。《错斩崔宁》围绕小商贩崔宁和陈二姐屈打成招、无辜被杀的故事,对整个封建统治机构草菅人命的罪恶进行了深刻的揭发和批判。陈二姐一再申说自己轻信"戏言",以为已被无端出卖后,连夜出走,先在邻居朱三老家借宿一宵,第二天才动身回娘家通报信息;但府尹仍不问青红皂白,一口咬定陈二姐通同奸夫崔宁"黑夜行走","谋财害命",由十五贯的巧合进而判定他们"同行同宿",罗织莫须有的罪状,竟置崔、陈于死地。作者不由得以愤激的口吻,向"率意断狱、任情用刑"的官吏提出严正的谴责:

> 这段公事,果然是小娘子与那崔宁谋财害命的时节,他两人须连夜逃走他方,怎的又去邻舍人家借宿一宵?明早又走到爹娘家去,却被人捉住了?这段冤枉,仔细可以推详出来,谁想问

官糊涂,只图了事,不想捶楚之下,何求不得!

而这荒唐的判决,却是"奏过朝廷","部复申详,倒下圣旨",然后才"押赴市曹,行刑示众"的。作者批判的矛头所向也就不言而喻了。后来由于凶手静山大王无意中吐露真情,冤狱才得以昭雪,原官削职为民。在立法者偏私的情况下谋求公正的判决,自然是一种不切实际的幻想。但在暗无天日、呼告无门的封建社会里,广大人民往往把除暴安民、为民作主的希望寄托在清官身上。《合同文字记》也正反映了"农庄人家"盼望清官断案的心情。它是一篇最早、最原始的包公小说。《宋四公大闹禁魂张》[2]结尾的散场诗写道:

只因贪吝惹非殃,引到东京盗贼狂。亏杀龙图包大尹,始知官好民自安。

看来,作者意在暴露官场的腐败无能。小说借包公的干练反衬钱大王、滕大尹、马观察之流的颟顸。侠盗宋四公、赵正、侯兴、王秀轻财尚义、机智灵巧,他们不仅严惩了为富不仁、悭吝贪婪的张员外,而且还尽情捉弄官府:偷走钱大王的羊脂白玉带,剪走马观察的半衫襟和滕大尹的腰带挞尾。他们"激恼京师",闹得整个官府人仰马翻,惶惶不可终日。这对那班官僚及其帮凶是个绝妙的讽刺。这类作品从不同角度揭示出当时社会错综复杂的矛盾,曲折地反映了人民群众的痛苦与不幸。

朴刀杆棒类的小说,现存的有《万秀娘仇报山亭儿》和《杨温拦路虎传》等,写的是路见不平,拔刀相助的勇士反抗强暴的英雄故事。

《万秀娘仇报山亭儿》,《醉翁谈录》记有《陶铁僧》和《十条龙

（苗忠）》的名目，《也是园书目》著录的"宋人词话"中也有话本《山亭儿》[3]，写的是强盗十条龙苗忠、大字焦吉和陶铁僧一伙抢劫万秀娘和她的金银细软。苗忠还将万秀娘攫为压寨夫人，后来又把她出卖。幸得孝义尹宗的救援，万秀娘才好不容易跳出魔窟，但在尹宗送她回家途中又撞见苗忠一伙，尹宗被害。最后由于山亭儿合哥的通风报信，方使强徒伏法，万秀娘得救回家。作者极力赞颂尹宗急人之难、仗义救人的高尚行为，批判了万员外的刻薄、歹毒。只是由于作者过多地倾注了对受损害者万秀娘的同情，反而淡化了实际生活中应占主要地位的万员外和陶铁僧主仆之间的矛盾冲突。《杨温拦路虎传》主要写将门之子杨温，妻子被强盗劫走，几经周折，才救回团聚的故事。它从一个侧面反映了当时社会动乱的面影。这类话本中出现的强盗与《错斩崔宁》里的静山大王都是剪径毛团，专以打家劫舍、杀人越货为务的社会渣滓。他们跟《宋四公大闹禁魂张》里与鄙吝贪婪的财主、凶恶愚昧的官僚作对的"偷儿"有别，和仗义疏财、除暴安良的梁山好汉更不可同日而语。

属于神仙灵怪类的话本大多凭空幻想，演述动物成精的荒诞离奇故事，张皇妖异，宣扬迷信，都不足取。写得较好的有《陈巡检梅岭失妻记》（一作《陈从善梅岭失浑家》），写陈巡检妻子张如春被猢狲精齐天大圣摄去以后，备受折磨。但她诱不动心，胁不从命，在一定程度上展现了青年妇女反抗暴力的勇气和毅力。

此外，《杨思温燕山逢故人》写杨思温、郑意娘、韩思厚在燕山人鬼遇合的故事，情节悲恻凄凉，扣人心弦。郑意娘说："太平之世，人鬼相分；今日之世，人鬼相杂。"对女真族统治作了深刻的概括和有力的讽刺。在郑意娘身上，集中体现了处于女真奴隶主贵族蹂躏下中原妇女不甘凌辱、坚贞不屈的反抗精神。郑意娘的自刎，不仅是对爱情的忠贞不贰，更是富有民族气节的表现。可惜结尾鬼魂出场对负心汉报复雪恨的场面写得过于阴森恐怖,有损于作品的思想意义。

由于话本作者流品复杂,思想认识高下不一,加之听众又是三教九流,各色人等,所以现存的话本小说中也有不少封建性糟粕。有的宣扬因果报应,循环消长的宿命论思想,有的津津乐道男女肉欲关系,反映出小市民的低级趣味,等等。

话本小说在艺术形式上自有它独特的体制。由于瓦子勾栏开场甚早,开讲时听众未必到齐,说话人为了稳住先到的听众,不得不先用闲话敷衍,以拖延正话开讲的时间,免得迟到者中途听起来摸不着头脑,喊喊喳喳影响书场秩序,因此,正话前面冠以入话(或称"笑耍头回"或"得胜头回")。有的以故事引入,如《错斩崔宁》先以讲魏生因戏言丢官的小故事做铺垫,然后导入正话。有的以诗词韵语起首,如《碾玉观音》先引用了十一首春词,然后引到咸安郡王游春,借以渲染气氛。入话,与俗讲的押座文、近代戏剧曲艺中的开锣戏、书帽、开篇相仿。篇末缀以诗词或点题作结。话本以散文叙述故事,用诗词韵语或写景状物,或勾勒人物肖像服饰,或直接表述作者爱憎。骈散并用,吟说兼行,以吸引听众的注意力,加深印象。

说话是诉诸听觉的伎艺。说话人必须讲说现实生活中新鲜的话题,而在情节安排上惨淡经营,才能让听众自始至终听得津津有味,欲罢不能。"世间多少无穷事,历历从头说细微。"这是他们艺术实践经验的概括。因此,描写委曲琐细,故事性强,叙次井然,妙趣横生,是话本小说的一大特色。作者善于揣摩听众心理,讲到热闹处,刻意盘旋,节外生枝而无松散之失。《西山一窟鬼》在这方面所达到的水平,"虽明清演义亦无以过之"(《中国小说史略》)。《碾玉观音》中的璩秀秀被从潭州抓回临安以后,作者只是写咸安郡王吩咐将她捉入府后花园去,并未交代她的死活,从而构成悬念。接着又写崔宁发遣建康,秀秀随后赶将来,两口在建康府设铺谋生。一路写来,了无破绽。直到最后,才把谜底揭开。伏笔巧妙,布局匠心别具。

话本小说的另一特色是善于运用多种艺术手段展示人物性格,显示故事的发展,尤其是对话的各肖其人更是超迈前代小说。如《碾玉观音》中,上引那段人物对话,构成了情节发展的新起点。对话表明:秀秀主动、坦率、泼辣,崔宁连连唱喏,被逼允从,表现出他的谨小慎微、迂讷憨厚。《错斩崔宁》中陈二姐跟她丈夫刘贵的一席夜话,与陈二姐的心理丝丝入扣,活画出一个受尽折磨,任人摆布,习于委曲求全、逆来顺受的下层妇女的性格特征。在《闹樊楼多情周胜仙》中,周胜仙表述对范二郎的倾心爱慕,与《莺莺传》中崔莺莺和张生的交流心灵判然有别。话本很少孤立地描写背景或静止地刻画人物心理,往往是用人物本身的语言动作去推动情节发展,敞开人物心扉。如《志诚张主管》,写张胜元宵观灯,游伴失散后信步走到旧主人家门口,细看门上手榜,被人一吓,撒腿就逃;及至摆脱险境,"见一轮明月,正照着当空",寥寥十个字,便逼真地反映出他惊魂稍定后轻松而又茫然的心情,从而表现了他胆小怕事、力求自保的小市民性格。有时则以漫画式的夸张,凸现人物的个性。如《宋四公大闹禁魂张》的开端和结尾,着墨不多,却使张富员外爱财如命、为富不仁的丑恶形象跃然纸上。

"话须通俗方传远"。听话对象主要是文化水平不高、艺术修养较差的市民(包括手工业者、商贩、衙役、游民、士兵),因此,说话特别注意语言的通俗易懂。大部分话本都熟练地运用民间口语,并加以提炼,成为一种新鲜活泼的文学语言,从而形成了以俚语著书的传统。隐语、成语、市语的广泛运用,在具体作品中起着预示情节发展的作用,也为我们留下了鉴别作品产生时代的年轮。当然,有些程式化了的套语,反而成了作品的赘疣。

另外,有《大唐三藏取经诗话》(一名《大唐三藏法师取经记》),

分三卷十七节。各节文字长短悬殊,当是说话人的提纲。它是取经故事最早的书面记录。一般把它列为"谈经"话本。其实,"取经"与"谈经"不能混一。作为说话家数的"谈经"是以演说佛经故事,宣扬教义为专业的,而《大唐三藏取经诗话》则以人物遭际为中心叙述故事。从内容和形式看,当系近乎灵怪神仙类的小说话本的旁枝。只是书中诗句都出自人物之口,与一般小说话本中说话人从旁吟唱者不同。《诗话》情节故事与吴承恩《西游记》密切关联的很少。因此,确切地说,它只是粗具《西游记》的格局而已。吴承恩《西游记》的真正蓝本,则应该是比《诗话》晚出的《唐三藏西游记》。

第三节　讲史家的话本

宋代讲史是在唐代民间讲说历史故事的基础上发展起来的。前面提到的诸如《韩擒虎话本》等大抵都讲一人一事,而宋代则发展为以断代编年形式铺叙一代史事。说话伎艺分工细致,讲史与小说分庭抗礼。早在北宋汴京就已出现了知名讲史专业艺人孙宽、孙十五、曾无党、高恕、李孝详以及说三分的霍四究、说《五代史》的尹常卖等人。南宋,据《梦粱录》、《武林旧事》等书的记载,仅临安一地讲史家就有二三十名,其中有好多位女流。北方金人统治地区西京大同府也有位专讲《五代史》的刘敏。《醉翁谈录》"小说引子"里有首歌:"传自鸿荒判古初,羲农黄帝立规模。无为少昊更颛帝,相授高辛唐及虞。位禅夏商周列国,权归秦汉楚相诛。两京中乱生王莽,三国争雄魏蜀吴。西晋洛阳终四世,再兴建邺复其都。宋齐梁魏分南北,陈灭周亡隋易孤。唐世末年称五代,宋承周禅握乾符。子孙神圣膺天命,万载升平复版图。""小说开辟"里又说:"也说《黄巢拨乱天下》,

也说《赵正激恼京师》。说征战有《刘项争雄》,论机谋有《孙庞斗智》。新话说张、韩、刘、岳,史书讲晋、宋、齐、梁。《三国志》诸葛雄材,《收西夏》说狄青大略。"这里除"新话"演说当代张俊、韩世忠、刘锜、岳飞抗金复国的英雄故事以及"赵正激恼京师"属于小说家外,其馀都归讲史一类,足证讲史家取材的广泛。相应的,讲史话本自当形成系列。可惜存留至今的为数极少,只有《新编五代史平话》(残缺梁史、汉史下卷,梁史并失回目)、《宣和遗事》[4]和《全相平话五种》[5]。另有《薛仁贵征辽事略》,明《文渊阁书目》著录,原书久佚,近人赵万里从英国牛津大学图书馆所藏《永乐大典》(卷五二四四)"辽"字韵辑出[6]。上述讲史话本到底是宋人旧编、经元人增益,还是元人所编,学人有不同看法。

宋话本不仅使文学从内容到语言形式接近于下层人民,而且还开辟了我国小说有意识地为市民服务的新纪元。讲史类话本既是我国长篇小说的开端,也为后世长篇小说创作高潮的到来作了充分的准备。对《全相平话》的产生时代虽有不同看法,但它图文并茂的印刷显然是上承就图宣讲佛经故事的变文传统[7],下开绣像小说、连环图画的先河。小说家话本的影响也很大,它为后代白话小说在主题、题材的选择,人物形象的刻画,语言体制的运用,乃至写景议论的穿插等许多方面树立了楷模。话本小说让下层人民以正面主角的姿态活跃于作品之中,用明白如话的语言、曲折动人的故事情节去反映市民的生活传达他们的思想感情和声音笑貌,这在我国文学史上是空前的创举,它直接启发了拟话本的创作,为明清短篇白话小说的繁荣奠定了基础,同时又为明清戏剧提供了丰富的题材。因此,宋话本在文学史上自有其不可忽视的地位。

〔1〕 参见胡士莹《话本小说概念》第七章《现存的宋人话本》。世传为元人写本《京本通俗小说》,经海内外专家考证,盖出近人伪托。该书所收小说系从"三言"中抽出,并经伪托者窜改,以欺蒙读者,不可信据。

〔2〕 《醉翁谈录》曾经提到过"说赵正激恼京师",《宝文堂书目》著录,题作《赵正侯兴》,钟嗣成《录鬼簿》卷上载,元杂剧家"陆显之,汴梁人,有《好儿赵正话》";足征赵正的故事流传甚广。明刊李九我批评本《破窑记》第七出有白云:"山泊中休说浪子燕青,大路上不数好儿赵正。"旧注:"赵正,与宋江同时,抢掠往来客商,落草以为强寇。"似乎与激恼京师的赵正未必一人。也许陆显之所作与本篇有别。

〔3〕 原作《小亭儿》,误。小亭儿是用泥制成风景建筑物的小玩具。

〔4〕 宋楼钥《攻媿集》卷八五《亡妣安康郡太夫人行状》:"稗官小说,所见尤众,性复善记,非出勉强。……及见宣和盛时暨靖康间事,言之皆有端绪,如《痛定》、《泣血》等书,间能指其不然者,后得《梦华录》览之,曰'是吾见闻之旧'。"所云"宣和盛时暨靖康间事"的稗官小说,当即指《宣和遗事》而言。《宣和遗事》卷二:"是时,有左企弓者,为金谋赏,献一诗:'并力攻辽盟共寻,功成力有浅和深。君王莫听捐燕议,一寸山河一寸金。'"这是金人手笔的确证。《宣和遗事》卷一载陈抟答宋太宗"卜都之地,一汴、二杭、三闽、四广",分明为元人所增益。由此看来,《宣和遗事》原是宋代的新事小说,今传世的是元代书会根据宋、金两代"遗编",经过加工整理而新编的。旧说此书是"宋本"或抄自宋本,不确。参见周绍良《修绠山房梓〈宣和遗事〉跋》,载《绍良丛稿》;王利器《〈宣和遗事〉解题》,载《文学评论》1991年第2期。

〔5〕 《全相平话五种》:《武王伐纣平话》(别题《吕望兴周》)、《七国春秋平话》(后集,别题《乐毅图齐》)、《秦并六国平话》(别题《秦始皇传》)、《前汉书平话》(续集,别题《吕后斩韩信》)和《三国志平话》,元至治建安虞氏新刊,每种分三卷,上图下文,排款一律,全用蝴蝶装,应是一套丛书。从现存的书名看,至少还应有《七国春秋平话》(前集)、《前汉书平话》(正集)和《后汉书平话》等。所谓《新刊》,当与"旧本"、"旧刻"相对而言。旧本疑出自金源书会。其中《三国志平话》,据今人考证,当成书于金代。参见宁希元《〈三国志平话〉成书于金

代考》,载《文献》,1991年第2期。

〔6〕 《薛仁贵征辽事略》,开卷诗与《武王伐纣平话》同,由此推知,它们写作年代相去不远,非南宋或元初不可。

〔7〕 敦煌发现咸通九年(868)雕印的《金刚经》长卷,由六个印张粘缀而成。前面有图,题为《祇树给孤独国》,画有释迦佛在祇园精舍向长老颁菩提说法的场景。五代韦縠《才调集》卷八载晚唐吉师老《看蜀女转昭君变》诗,有"翠眉嚬处楚边月,画卷开时塞外云"之句。《王昭君变文》、《汉将王陵变文》又分别有"上卷立铺毕,此入下卷"、"从此一铺,便是变初"等词句。由此看来,变文乃是就图讲解的文字,殆无疑义。一铺就是一轴画卷。

第二十六章　讲唱文学和歌舞、戏曲

讲唱文学和歌舞、戏曲都与文学有密切的关联,而宋代在这三方面的艺术品类又极多,巨细备述,不堪纷繁。今按实际作品流传多寡及每种艺术在历史上的影响和作用,分三节予以论述。

第一节　鼓子词与赚词

鼓子词是宋代流行的一种说唱伎艺。它的特点是歌唱时主要用鼓为伴奏乐器,一个节目不论有几段唱词,均反复使用一个词调。表演形式分为只唱不说和有说有唱两种。只唱不说的,短者只用一首词,如侯寘的《金陵府会鼓子词》用〔新荷叶〕或〔点绛唇〕;吕渭老的《圣节鼓子词》用〔点绛唇〕;连用二首的,如姚述尧的《圣节鼓子词》用〔减字木兰花〕。这些鼓子词的内容都是点缀升平、祝颂封建统治者功德的,如后者所作有"廊庙无为,天子亲传万寿卮"这类句子,实无文学价值可言。篇幅较长的,如欧阳修的《十二月鼓子词》,连用十二首〔渔家傲〕分咏十二个月的景色。据说这篇鼓子词作于李端愿太尉席上,属于文人的即兴游乐之作,缺乏深意。南宋时张抡撰作鼓子词甚多,见于《莲社词》中的有〔点绛唇〕《咏春》十首,〔阮郎归〕

《咏夏》十首,〔醉落魄〕《咏秋》十首,〔西江月〕《咏冬》十首,〔菩萨蛮〕《咏酒》十首,〔朝中措〕《咏渔父》十首等等。现举欧阳修《十二月鼓子词》中六月一首为例:

> 六月炎天时霎雨,行云涌出奇峰露。沼上嫩莲腰束素。风兼露,梁王宫阙无烦暑。　　畏日亭亭残蕙炷,傍帘乳燕双飞去。碧盌敲冰倾玉处,朝与暮,故人风快凉轻度。

说唱相间运用的鼓子词,仅见赵令畤《元微之崔莺莺商调蝶恋花》一种,它开始一段介绍全篇说:"夫传奇者,唐元微之所述也。……今于暇日,详观其文,略其烦亵,分之为十章。每章之下,属之以词。或全摭其文,或止取其意。又别为一曲,载之传前,先叙前篇之义。调曰'商调',曲名〔蝶恋花〕。句句言情,篇篇见意。奉劳歌伴,先定格调,后听芜词。"然后是一段唱接一段说,将《莺莺传》的内容依元稹(微之)原作以鼓子词的形式为听众说唱,直至篇末,以"逍遥子曰"[1]来点明作者赵令畤的作意:

> ……仆尝采摭其意,撰成鼓子词十一章,示余友何东白先生。先生曰:"文则美矣,意犹有不尽者,胡不复为一章于其后,具道张之于崔,既不能以礼定其情,又不能合之于义。始则相遇也,如是之笃;终相失也,如是之遽。必及于此,则完矣。"……

作者于是"复成一曲,缀于传末"云:

> 镜破人离何处问,路隔银河,岁会知犹近。只道新来消瘦损,玉容不见空传信。　　弃掷前欢俱未忍,岂料盟言,陡顿无

凭准。地久天长终有尽,绵绵不似无穷恨。

全词共用十二首〔蝶恋花〕,这是最后的一首,情真意切,比之于一般的即兴游乐之词,显然感人得多。但纵观全篇,写得最好的仍是《莺莺传》中的几个主要关目,如张生与崔莺莺的先合后离一段:

……是后又十余日,杳不复知。张生赋《会真诗》三十韵,未毕,红娘适至,因授之以贻崔氏。自是复容之,朝隐而出,暮隐而入,同安于曩所谓西厢者几一月矣。张生将之长安,先以情谕之。崔氏宛无难词,然愁怨之容动人矣。欲行之再夕,不复可见,而张生遂西。奉劳歌伴,再和前声。

一梦行云还暂阻,尽把深诚,缀作新诗句。幸有青鸾堪密付,良宵从此无虚度。　　两意相欢朝又暮,争夺郎鞭,暂指长安路。最是动人愁怨处,离情盈抱终无语。

莺莺的性格情态得到了反复的描绘。虽然文词尚嫌简略,但人物的塑造已给人以呼之欲出的印象。"最是动人愁怨处,离情盈抱终无语",正是后来王实甫《西厢记》长亭送别的点题之笔。张生的形象也是十分生动可信的。

赵令畤,字德麟,号聊复翁,宋代赵氏宗室。年辈和苏轼、秦观相接。说明这类叙事体的长篇鼓子词在北宋后期已有相当的基础。《元微之崔莺莺商调蝶恋花》鼓子词的成就,对后来金代董解元《西厢记诸宫调》和元代演唱《西厢记》内容的杂剧以及南戏的产生起了先导作用。仅此一点,赵令畤在文学史上的贡献也是值得一提的。

赚词,是南宋时期杭州一带极为盛行的一种民间文艺。演唱赚词称为"唱赚",只唱不说,伴奏乐器有鼓、板,或有笛子伴唱。唱赚艺人在杭州的组织称为"遏云社",显然是取名于《列子·汤问》"(秦青)抚节悲歌,声振林木,响遏行云",以夸说他们演唱伎巧的高明和曲子的动听。关于唱赚的渊源、流变与它广泛吸收各种唱段、唱腔的情况介绍,以南宋末期钱塘吴自牧《梦粱录》说得最为具体。该书卷二十"伎乐"条记载:

> 唱赚:在京时只有缠令、缠达。有引子、尾声为缠令。引子后只有两腔迎互循环,间有缠达。绍兴年间有张五牛大夫,因听动鼓板中有〔太平令〕或赚鼓板,即今拍板大节抑扬处是也,遂撰为"赚"。……又有"复赚",其中变花前月下之情及铁骑之类。今杭城老成能唱赚者,如窦四官人、离七官人、周竹窗、东西两陈九郎、包都事、香沈二郎、雕花杨一郎、招六郎、沈妈妈等。凡唱赚最难,兼慢曲、曲破、大曲、嘌唱耍令、番曲、叫声,接诸家腔谱也。

由此可知,唱赚伎艺是从北宋时的唱缠令、缠达发展而来。绍兴年间张五牛大夫[2]是唱赚奠基人,他把原有的缠令、缠达和鼓板紧密结合起来,突出了"赚"的作用,争取了更多的听众。缠令、缠达,是元代散曲套数的先驱,它广泛吸取其他品种曲子唱段,包括少数民族的歌曲(番曲)在内,因而有很强的生命力。也正因为如此,它需"接诸家腔谱"。发展到唱赚阶段,便成为当时"最难"唱好、要求最严的一门唱曲艺术。

赚词的内容多种多样,《事林广记》中录有《遏云要诀》,指出:"如对圣案,但唱乐道、山居、水居清雅之词,切不可以风情花柳、艳冶之曲。"可见一般在民间所唱,多是"花前月下之情"。到了"复赚"阶段,又有"铁骑"之类。铁骑,指金戈铁马战争,内容自是叙述一般人熟知的征战故事,所以它兼有写景、抒情和叙事的多种性能。《文渊阁书目》有《选唱赚词》一种,所选应有很多赚词作品,可惜此书早已亡佚,我们无法看到这许多作品了。

今存赚词有《事林广记》所收无名氏之作《圆社市语·圆里圆》。《事林广记》为元初陈元靓编纂,因此可信这篇赚词是南宋人的作品。它是用南曲联缀成套的,依次用了〔紫苏丸〕、〔缕缕金〕、〔好孩儿〕、〔大夫娘〕等曲,最后用〔尾声〕结束全曲。"圆社"是一个民间伎艺蹴球的组织名称(蹴球当时也很风行);"市语"指蹴球所用的"切口"(专用名词)。《圆里圆》赚词所唱的内容是描写踢球时的风情。词用了很多双关语,犹如后来金末元初时杜善夫、关汉卿有些散曲的风格。这是民间文艺的一种表现方式。如《圆里圆》第一曲〔紫苏丸〕:

> 相逢闲暇时,有闲底打唤瞒儿。呵喝啰声嗽道臁厮;俺嗒欢喜。才下脚,须和美。试问伊家,有甚夹气。又管甚官场侧背,算人间落花流水。

这里运用的"市语"(切口):打唤——请,瞒儿——我,喝啰——叫唤,声嗽——动听,臁厮——去,夹气——相争,官场——蹴球的常用场地,落花流水——蹴球的招式名称。试为意译前段大要,即是:相逢(友人)闲暇时,空闲的来请我,很动听地叫唤我说:"去吧,去蹴球吧。"(臁,又是蹴球的招式名称,厮,通常指人)我听了很是欣喜。

第二曲〔缕缕金〕写蹴球场上遇到了妓女(曲词"花星临照我,怎弹避"),"咱每便着意"。妓女参与蹴球当时是常见的事。以下各段就是描绘男女蹴球词意双关的"艳冶之曲",其中以《赚》曲最有技巧。《赚》的作意由近及远分咏春、夏、秋、冬四景,然后再由远及近,

拉到和"那孩儿""团圆到底";做到紧处宽说,笔墨似闲非闲,道是无情却有情。原曲如下:

> 春游禁陌,流莺往来穿梭戏。紫燕归巢,叶底桃花绽蕊。赏芳菲,蹴秋千高而不远,似踏火不沾地。见小池,风摆荷叶戏水。素秋天气。正玩月斜插花枝,赏登高佸料沙羔美。最好当场落帽,陶潜菊绕篱。仲冬时,那孩儿忌酒怕风,帐幙中缠脚忒稔腻。讲论处,下梢团圆到底。怎不则剧。

最后的〔尾声〕是:

> 骨自有五花丛里英雄辈,倚玉偎香不暂离,做得个风流第一。

统观全篇,可知作者非常熟悉市井游乐生活,因而对蹴球的描写达到了熟极而流的程度。这样的作品在现有宋代文学作品中是极为罕见的,只有宋人话本里的某些段落的描写可与之比并。

南宋末期有一位"作赚绝伦"的名家李霜涯,可惜他的作品也早湮没不传了。

文人所作的赚词有沈瀛《竹斋词》中的《野庵曲》(残)和《醉乡曲》,内容属于"乐道、山居",表面清雅,实是颓废,故不称引论述。

第二节 大曲与转踏

大曲和转踏是宋代流行的两种歌舞相兼的表演艺术。除了这两种,在宋代还有一些其他种类的歌舞相兼的表演,如史浩《鄮峰真隐大曲》中所收的《花舞》、《剑舞》、《柘枝舞》,洪适《盘洲乐章》中的《渔家傲引》,无名氏的《九张机》等;更有广泛流行于民间的社火队舞、讶鼓、踏歌……凡是这些歌舞相兼的表演艺术,其歌辞部分都与文学有直接关连。可惜由于年代的久远和民间艺术在封建社会不能得到重视,现在我们已无法看到有关宋代各类民间歌舞中翔实的歌辞记载。而大曲与转踏,因当时受到知识分子、封建官僚甚至宫廷帝王的青睐,保存了一些资料,才能流传下来。虽为数不多,其中却有些文学价值。

先说大曲。宋代的大曲源于唐和五代,本有悠久的历史。大曲的结构严密,全曲(称为"大遍")由三大段落组成:第一段称"散序",有乐无歌;第二段是"中序",或称"排遍",乐、歌并作;第三段为"破",乐、歌、舞齐作,至全曲结尾,表演终止。第三段"破"是全曲表演的高潮,所以它又可以单独作为一个段落表演,受到观众的欢迎,称做"曲破"。

由此可知,大曲中作为文学内容的歌辞是在大遍的"中序"和"破"中使用的。但是因为"中序"和"破"每一大段下又分成很多小段(乐曲称为"遍"),所以写歌辞的作者往往只把重点放在"中序"或"破",很少有把第二段的"中序"和第三段的"破"的每一唱段连续写全的。如曾布〔水调歌头〕大曲《冯燕传》,是从〔排遍第一〕始到〔排遍第七·撷花十八〕止,实际上是"中序"一段的歌辞;董颖〔道宫薄媚〕大曲"西子词",从〔排遍第八〕始到〔第七煞衮〕止,全辞十遍,而〔入破第一〕以下到〔第七煞衮〕用了七遍,可见是以〔道宫薄媚〕大曲的"曲破"为主,略去〔排遍第八〕以上的曲子。所以说,大曲歌辞的作者在写作时有他选择篇幅长短的一定伸缩性。但总的说来,它的篇幅比词要长得多,相当于后来金元北曲联套的一套。

大曲以叙事为主,篇幅长,可适当铺排内容。举董颖《西子词》两遍为例:

〔入破第一〕:窣湘裙,摇汉佩,步步香风起。敛双蛾,论时事,兰心巧会君意。殊珍异宝,犹自朝臣未与;妾何人,被此隆恩,虽令效死,奉严旨。　　隐约龙姿忻悦,重把甘言说。辞俊雅,质娉婷,天教汝众美兼备。闻吴重色,凭汝和亲,应为靖边陲。将别金门,俄挥粉泪,靓妆洗。

〔第二虚催〕:飞云驶,香车故国难回睇。芳心渐摇,迤逦吴都繁丽。忠臣子胥,预知道为邦祟,谏言先启:愿勿容其至。周亡褒姒,商倾妲己。　　吴王却嫌胥逆耳,才经眼、便深恩爱,东风暗绽娇蕊。彩鸾翻妒伊,得取次、于飞共戏。金屋看承,他宫尽废。

第一遍写越王勾践重用西子(西施)并嘱托她去吴国迷惑吴王。越王的话说得很是堂皇动听:"天教汝众美兼备。闻吴重色,凭汝和亲,应为靖边陲。"西子是深深领会了越王的旨意的,她的心情很复杂,"俄挥粉泪,靓妆洗"之句,道出了承担如此重任后的多少怨苦。接着第二遍写西子进吴。重点突出伍子胥向吴王谏言,说西子来吴是使美人计,应以历史上的"周亡褒姒,商倾妲己"为戒,"愿勿容其至"。但是吴王听不进去,为西子的美色所动,由此西子得宠。以下尚有五遍直到〔第七煞衮〕,依次描写吴王纳西子后,国事日非,终为越国打败,而西子在功成后又为越王迫害,"蛾眉宛转,竟殒鲛绡,香骨委尘泥"。最后是一段扑朔迷离的感叹之辞,说王公子游若耶溪时仿佛又看到了西施,"云鬟烟鬓,玉佩霞裾,依约露妍姿"。"媚魄千载,教人属意,况当时,金殿里!"

由此可知，作为大曲的曲辞，它的特点是结合乐、舞的叙事长诗。它的文学性占有重要的位置。《西子词》的作者董颖，字仲达，南宋初期人，作诗成癖，当时亦有文名。《全宋词》另收他的词二首，比较起来，《西子词》有更大的成就。

次说转踏。转踏或作传踏、缠达。和大曲相比，它是一种体制较小的歌舞，始见于宋代。王灼《碧鸡漫志》云："世有般涉调〔拂霓裳〕曲，因石曼卿取作传踏，述开元、天宝旧事。曼卿云：'本是月宫之音，翻作人间之曲。'"石曼卿与欧阳修同时。根据这则记载，知石曼卿曾作有《拂霓裳转踏》，内容系歌咏唐玄宗时的宫廷旧事，但这部作品没有流传下来。现在能看到的宋代转踏作品，多是用〔调笑令〕曲写为唱词，所以往往将这些作品称作"调笑转踏"，作者有秦观、郑仅、晁补之、毛滂、曾慥、李邴、洪适以及无名氏等人。有的作品虽然残缺，但总的看来，转踏的体制还是清楚的。它开始时用"勾队"（队指舞队而言）骈语，如郑仅所作《调笑转踏》：

良辰易失，信四者之难并；佳客相逢，实一时之盛会。用陈妙曲，上助清欢。女伴相将，调笑入队。

李邴所作，亦有"汉鬓楚腰呈妙伎，竹枝桃叶换新声，彩袖初呈，传踏来至"之句。"勾队"之后，演出方归正题。正题以一诗一词间隔运用，运用次数，可多可少（如郑仅所作运用十二次，秦观用十次，晁补之用七次，毛滂用八次）。最后是"破子"和"放队"。"破子"可用可不用；"放队"或作"遣队"，以此结束全部表演。如无名氏所作"放队"云：

玉炉夜起沉香烟，唤起佳人舞绣筵。去似朝云无觅处，游童陌上拾花钿。

毛滂所作"遣队"云：

> 歌长渐落杏梁尘，舞罢香风卷绣茵。更拟缘云弄清切，尊前恐有断肠人。

"勾队"和"放队"辞属于转踏演出节次的交代需要，缺乏文学性；作者创作的着力处在正题的诗词。一诗一词合一小题，诗词之间紧密相连，这就是转踏的主体。先举晁补之所作，在"勾队"辞"欲识风谣之变，请观调笑之传，上佐清欢，深惭薄伎"下是：

西 子

> 西子江头自浣纱，见人不语入荷花。天然玉貌非朱粉，消得人看盬若耶。游冶谁家少年伴，三三五五垂杨岸。紫骝飞入乱红深，见此踟蹰但肠断。
>
> 肠断，越江岸。越女江头自浣纱。天然玉貌铅红浅，自弄芙蓉日晚。紫骝嘶去犹回盼，笑入荷花不见。

宋 玉

> 楚人宋玉多微词，出游白马黄金羁。殷勤扣户主人女，上客日高无乃饥。琴弹秋思明心素，女为客歌客无语。冠缨定挂翡翠钗，心乱谁知岁将暮。
>
> 将暮，乱心素。上客风流名重楚。临街下马当窗户，饭煮雕胡留住。瑶琴促轸传深语，万曲梁尘不顾。

这里的"西子"、"宋玉"是标题,每题下用七言诗和〔调笑令〕曲,格式规整。晁作全首在"宋玉"下还有"大堤"、"解珮"、"回纹"、"唐儿"、"春草"五题,都是歌咏青年男女恋情的;总的题材相似而每题各自独立,这是转踏体制在内容上的特点。秦观所作的《调笑转踏》分咏王昭君、乐昌公主、崔徽、无双等十位女子,词采不如他《淮海词》中的许多佳作,兹不引录。

"调笑转踏"除歌咏人物外,也有歌咏名胜古迹的,如洪适《番禺调笑》,以"羊仙"、"药洲"、"海山楼"等十题分咏番禺(今广州)胜景。全词甚长,仅录词采较佳者"清远峡"一题:

> 腰支尺六代难双,雾鬓风鬟巧作妆。人间不似山间乐,身在帝乡思故乡。南来万里舟初歇,三峡重过惊久别。玉环留着缀相思,归向青山啸明月。
>
> 明月,舟初歇,三峡重过惊久别。玉环留与人间说,诗罢离肠千结。相思朝暮流泉咽,雾锁青山愁绝。

"调笑转踏"还有咏花咏酒内容的,如曾慥所作。但此作仅存残曲"菊"、"梅"、"莲"、"酒"数首,且文学性稍差。

最后介绍曾慥所编《乐府雅词》中收录的两种无名氏作品《九张机》。《乐府雅词》虽把它列入"转踏"类,但综观其体制,同以上我们已经论述的不一致。它并不是一诗一词间隔运用,而且每曲内容联系紧密;尤其是全曲的文学性很高,富有民间曲子那种情景交融、回肠荡气的风味——虽然它很可能经过文人加工,有了一定程度的修饰。无论如何,它是北宋歌舞艺术中值得重视的珍品。《九张机》第一种全词如下:

〔醉留客〕者,乐府之旧名;〔九张机〕者,才子之新调。凭戛玉之清歌,写掷梭之春怨。章章寄恨,句句言情,恭对华筵,敢陈口号:

一掷梭心一缕丝,连连织就九张机,从来巧思知多少,苦恨春风久不归。

一张机,织梭光景去如飞。兰房夜永愁无寐,呕呕轧轧,织成春恨,留着待郎归。

两张机,月明人静漏声稀。千丝万缕相萦系,织成一段,回纹锦字,将去寄呈伊。

三张机,中心有朵耍花儿。娇红嫩绿春明媚,君须早折,一枝浓艳,莫待过芳菲。

四张机,鸳鸯织就欲双飞。可怜未老头先白,春波碧草,晓寒深处,相对浴红衣。

五张机,芳心密与巧心期。合欢树上枝连理,双头花下,两同心处,一对化生儿。

六张机,雕花铺锦半离披。兰房别有留春计,炉添小篆,日长一线,相对绣工迟。

七张机,春蚕吐尽一生丝。莫教容易裁罗绮,无端剪破,仙鸾彩凤,分作两般衣。

八张机,纤纤玉手住无时。蜀江濯尽春波媚,香遗囊麝,花房绣被,归去意迟迟。

九张机,一心长在百花枝。百花共作红堆被,都将春色,藏头裹面,不怕睡多时。

轻丝,象床玉手出新奇。千花万草光凝碧,裁缝衣着,春天歌舞,飞蝶语黄鹂。

春衣,素丝染就已堪悲。尘世昏污无颜色,应同秋扇,从兹永弃，无复奉君时。

　　歌声飞落画梁尘，舞罢香风卷绣茵。更欲缕成机上恨，尊前忽有断肠人。

　　敛袂而归，相将好去。

第二种《九张机》仅有从"一张机"至"九张机"的唱词，缺少前面的致语、诗和后面的"遣队"。也许这种套语和第一种的可以通用，故不必再予重出。而"乐府之旧名"〔醉留客〕亦无原词存世，我们就无法探讨它的发展运用规范了。

第三节　杂剧与南戏

　　宋代杂剧继承了唐、五代时期的戏剧传统，广泛流行于宫廷和民间，影响很大。

　　杂剧大体可分为歌舞戏和滑稽戏两类。前者以歌舞为手段，表演多种内容；后者以动作、对白为手段，内容以讽刺世事、滑稽逗乐为主。但是，无论前者或后者，它们都没有剧本传之后世。有的，只是宋人笔记中对杂剧演出的记载和一批杂剧名目。杂剧名目主要见于周密的《武林旧事》，该书卷十录有《官本杂剧段数》二百八十本；这二百八十本中，从名称看，用大曲和词调者合起来几乎占了一半，尤以用大曲者为多，占了一百多本。因为大曲是歌舞相兼的大型乐曲，所以推想《官本杂剧段数》名目中用大曲的本子当是属于歌舞戏的一类。比如〔六么〕大曲即源于唐代的〔绿腰〕（略写成"六么"），"官本杂剧"二百八十本中就有《争曲六么》、《扯拦六么》、《教鳌六么》、《鞭帽六么》、《衣笼六么》、《厨子六么》、《孤夺旦六么》、《王子高六么》、《崔护六么》等二十本。大部分的内容很难索解,少数几本因有熟知的人名(王子高、崔护),可以推知它们的大致情节(宋人记载里同样提到这些人的事迹或传说,差别一般不会太大)。又如《孤夺旦六么》,孤是杂剧角色之一,扮官吏,且是剧中的女主角,所以据这个名目,也可知道它是一本以官员夺一女子为内容的戏。这些名目杂剧所唱的曲子都用〔六么〕大曲。其他杂剧用大曲的则有〔瀛府〕、〔梁州〕、〔伊州〕、〔新水〕、〔薄媚〕等等。用词调的"官本杂剧"名目有《打地铺逍遥乐》、《崔护逍遥乐》、《满皇州卦铺儿》、《满皇州打三教》、《卖花黄莺儿》、《木兰花爨》等。〔逍遥乐〕、〔满皇州〕、〔黄莺儿〕、〔木兰花〕等都是词调名。但这些本子是否为歌舞戏很难考定,因为滑稽戏类的杂剧也可能插唱几首词,而"官本杂剧"名目中没有曲子名的也有相当数量,这些本子大致是属于滑稽戏的节目了,如《调笑驴儿》、《双厥投拜》、《大双惨》、《双卖妲》、《三京下书》、《三教闹着棋》、《小双惨》等等。

杂剧滑稽戏的演出以副净、副末两色为主,它的演出形式和班子组织据《梦粱录》(卷二〇"伎乐")的介绍是这样的:

> 且谓杂剧中末泥为长,每一场四人或五人。先做寻常熟事一段,名曰"艳段";次做正杂剧,通名两段。末泥色主张,引戏色分付,副净色发乔,副末色打诨,或添一人,名曰装孤。先吹曲破断送,谓之"把色"。……

同书接着又指出杂剧的效能和作用,说:"大抵全以故事,务在滑稽,唱念应对通遍。此本是鉴戒,又隐于谏净,故从便跣露,谓之'无过虫'耳。若欲驾前承应,亦无责罚。"现存"务在滑稽"、"隐于谏净"的杂剧演出记载为数不少,如北宋神宗、徽宗时教坊名演员丁仙现在

熙宁九年太皇生辰,"教坊例有《献香杂剧》"的一次演出:

> 时,判都水监侯叔献新卒。伶人丁仙现假为一道士,善出神;一僧善入定。或诘其出神何所见,道士云:"近曾至大罗,见玉皇殿上有一人,披金紫。熟视之,乃本朝韩侍中也,手捧一物。窃问旁立者,云:韩侍中献国家金枝玉叶万世不绝图。"僧曰:"近入定到地狱,见阎罗殿侧有一人,衣绯垂鱼。细视之,乃判都水监侯工部也,手中亦擎一物。窃问左右,云:为奈何水浅,献图,欲别开河道耳。"时叔献兴水利,以图恩赏,百姓苦之——故伶人乃有此语。
>
> ——江少虞编纂《宋朝事实类苑》卷第六十五

这是丁仙现借演剧讽刺侯叔献不管百姓之苦,"欲别开河道"。演出地点在宫内教坊,自有"隐于谏诤"之意。

南宋末期,四川也同样普遍存在这种杂剧的规制和讽刺世弊的滑稽表演传统,于此再举一例:

> 有从官姓袁者,制蜀颇乏廉声。群优四人,分主酒、色、财、气,各夸张其好尚之乐,而馀者互讥笑之。至袁优[3],则曰:"吾所好者,财也。"因极言财之美利。众亦讥诮之不已。徐以手自指曰:"任你讥笑,其如袁丈好此何!"
>
> ——周密《齐东野语》卷一三

可惜这些都是文人笔记的记载,没有保留舞台上的真实剧词;也就是说,我们看到的只是演出梗概,说不上是戏剧文学。由此,有宋一代的戏剧文学,在杂剧方面的评述只得付诸阙如了。

南宋以后，在我国南方与杂剧并行的戏剧还有新兴的戏文。戏文所唱的基本是南曲，因此通称为"南曲戏文"，省称"南戏"。

南戏发轫于浙江温州。温州古称永嘉，所以在戏文初起时，它沿用了杂剧作为戏剧的通称，叫这种新兴的戏剧为"温州杂剧"或"永嘉杂剧"（见明祝允明《猥谈》和徐渭《南词叙录》）。在南宋一百数十年中，它发展得很快，影响逐步扩大，终于突破了原有杂剧的樊篱，自成格局：剧情渐趋复杂，故事性加强；篇幅加长，人物增多；唱、念、做、舞各种表演手段兼收并蓄，使之逐渐融合；角色分工进一步明确，有生、旦、净、末、丑、外、贴。这种格局的南戏体制一直沿袭到元末明初，且为明、清传奇的祖先，它在我国戏剧史上的地位至为重要。

南戏流传至今的剧本极少。主要原因是，在宋元两代，它基本上属于"下里巴人"的艺术。据近代戏曲史学者大力搜求辑录的结果，"宋元南戏"的名目有二百三十八种（钱南扬《戏文概论》）。其中大多数不易分清作品的创作年代在南宋或是元代。能断定为宋代的只有《赵贞女蔡二郎》、《王魁》、《王焕》、《乐昌分镜》和《张协状元》五种，而这五种中全剧保留下来的又只有《张协状元》一种。《张协状元》现存《永乐大典》本，和《宦门子弟错立身》、《小孙屠》合成一册。《张协状元》一般被认定是南宋的作品，后两剧则应是元代的南戏。

宋元南戏剧本前有"题目"，往往用四句话概括剧情大意。《张协状元》的"题目"是：

　　　　张秀才应举往长安
　　　　王贫女古庙受饥寒
　　　　呆小二村口调风月

莽强人大闹五鸡山

张秀才即张协。王贫女无名,居住古庙,以织绢缉麻为生。两人是这本戏的男女主角。张协上京赶考,路过五鸡山(剧中写五矶山),被强人打伤,劫去包裹,暂栖庙中;由李大公作合,准备与贫女成婚。呆小二是李大公的儿子,在张协和贫女成婚之前,和他俩闹了一通玩笑。"题目"四句的内容止此。后来张协养好伤,与贫女结亲,再应试中状元。贫女闻知,去京相聚,被张协赶回。这时,宰相王德用之女胜花,欲招张协,张协不从,被发落梓州去任金判。胜花郁郁去世。张协去梓州途中,经过五矶山,重逢贫女,狠心用剑劈她,并将她推入深坑。恰巧王德用经过,收贫女作为义女,随任同去梓州。最后,由王德用作主,张协再与贫女团聚,结束全剧。

这是一个状元负心的故事,和同时流传的蔡伯喈、王魁(俊民)的故事主题相同。这一主题在宋代具有强烈的社会意义。因为士子登科,一举身登龙虎榜,社会地位变了,贫富易位,贵贱分明,休妻再娶的意识自然形成,随之就产生各自不同的行动。这些不同的事迹就成了南戏反映社会问题的最受群众乐见的题材。蔡伯喈、赵贞女是一种类型,王魁、桂英是另一类型,张协和贫女也很有人物的特性。如贫女初识张协,她那劳动者的朴实气质和张协被打伤后暂栖古庙一副无可奈何的神态,在〔锁南枝〕曲中描写得入情入理,很为得体:

(生)平日在家里,须读古圣书。这般雪儿才下,多是饮羊羔,浅浅斟绿酦。或赋诗,或探梅,又怎知,这滋味。

(旦)君休要,举那时,目前是物不如意。衣又没被席全无,尽出不得已。君口食,奴自供,要睡时,先自睡。

(生)张协且安置,明朝定未起。遍身虚浮赤肿,今夜纸炉里弯跧,躲它风雨至。

(旦)奴进君,些子粥,更与君,旧纸被。

对比名宦之家王德用妻女的地位、环境和心情,戏文作者的另一种描写手法也获得了成功。而这种描写的词采多半受到词体的影响。如贴扮胜花和外扮胜花之母赏春的一段戏:

〔祝英台近〕(外唱)画堂深,人悄悄,春入杏花梢。膏雨弄晴,蝶粉蜂黄,相傍养花时候。(贴)碧藻,翠荇水底牵风,鱼游池沼。(合)画栏边,来往游人嬉笑。(外)时到,粉墙低,曲径窈,一段景偏好。小院邃亭,一簇神仙,珠翠镇相围绕。(贴)听道,卖花声过桥西,奇葩争巧。(合)乱莺啼,迁着乔林声闹。

这里没有什么戏剧情节,可是作为剧作应有的"赏春"内容,它仍然起到了描绘人物的作用,展现了戏剧文学的一方面特色。

然而更多的还是戏文初起时对于民间文学的汲取。也可以这样说,宋代文学的清新活泼,在戏文创作中反映得最为鲜明,尤其是当戏中写到平民百姓的活动时。《张协状元》中有很多段落可以举以为例,现仅挑选如下一节:

末扮李大公上场,念:

久雨初晴陇麦肥,大公新洗白麻衣。梧桐角响炊烟起,桑柘芽长戴胜飞。老夫闻得那张解元漾了浑家,要去赴试,是和不是,问取我婆则个。

然后是净扮王婆婆上,唱:

〔麻婆子〕二月春光好,秧针细细抽。有时移步出田头,虼蚪要无数水中游。婆婆傍前捞一碗,急忙去买油。
(末白)买油作甚么用?
(净)买三十钱麻油,把虼蚪儿煎了,吃大麦饭。……

"梧桐角"是指农家儿童卷梧桐叶为角吹响作乐的一种游艺,"戴胜"是一种鸟名,陇麦、白麻衣、秧针、虼(蝌)蚪、大麦饭,全是农家习见的事物。将这些事物在短短一节戏中缀合成文,铺叙说唱,自有一种清新活泼之感。剧中采用的民间俚曲同样可歌可诵,如卖登科记:

〔花儿〕三文买着状元,五百姓名及州县。两本直你六文钱,要千本交五贯[4]。

明白如话,带有幽默感,从社会学角度看,也有它一些价值。再如张协与贫女分别要赴京赶考时两人所唱的〔绛罗裙〕,夹有缠声"阿好闷",如闻其声,如见其情:

(旦)君今去时奴阿好闷。有些钱,怎知奴便凑来助恁。(生)落得一个瘦损阿好闷。(合)各家把这泪偷揾。(生)一回上心阿好闷。感伊有许多村价至诚。(旦)你不分奴皂白阿好闷。(合)兀底须有神明。

剧中还有相当部分属于诙谐滑稽的游戏文字,是为了取得演剧效果的需要而编排的。这些是宋代杂剧"务在滑稽"传统在戏文中的采用,因文学性不强,故不再引录。

总之，戏剧文学由于受到戏剧这一特有体裁的制约，它的表现必须是多方面的，南戏自不例外。《张协状元》已经触及了这诸多方面，尽管其中有许多不足之处，如刻画人物比较表面化，内心的描绘尤其缺乏，写景也多为泛泛之辞，文笔往往显得粗略，但由于现存的完整南戏仅此一种，我们只能据以论述，以见宋代南戏在文学方面已有成就的一角。

此外，南戏《王魁》、《王焕》和《乐昌分镜》三种只存残曲，篇幅很少。其中以《王焕》曲文写作水平为高，兹引录两曲，以见一斑：

〔烛影摇红〕终日寻芳，怎知迤逦归来晚。远山低处夕阳斜，郊外游人散。恐遇风流俏脸，向花间频频顾盼。口中不道，心下思量，何时得见。

〔倒拖船〕一街两巷谁怜念，谁怜念。官人和娘子可怜见，可怜见。望舍贫布施行方便，新裙新袄几曾穿。告英贤，结良缘，小乞儿叫化几文钱。

因为是残曲，所以剧情不十分明了。元杂剧有无名氏的《风流王焕百花亭》，可据以参考。前曲大致是写王焕游春时初遇妓女贺怜怜，双方"频频顾盼"；归来之后，思量不置。此曲是王焕或贺怜怜唱，未敢断定。前曲曲辞中颇有承袭周邦彦《清真词》句处，但改用过后，情景交融，吻合剧中人物身份，且做到了雅俗共赏。次曲应是写王焕要接近贺怜怜，改扮成乞儿，沿门叫化。曲文又符合王焕这时的特定身份，足见剧作者的写作才华。

〔1〕 逍遥子是否为赵令畤的别号，因无确证，尚难肯定。
〔2〕 大夫，这里是对民间艺人的一种爱称，并非职称，犹如此中另有"官

人"、"都事"等的称呼。

〔3〕 袁优,即指袁三,川中著名演员。

〔4〕 "五贯"下原有"文"字,恐是衍文。

第二十七章　金代文学(上)

《金史·文艺传》指出:"金用武得国,无以异于辽,而一代制作能自树立唐、宋之间,有非辽世所及,以文而不以武也。"金朝(1115—1234)是我国历史上的北方民族女真族建立的政权,它在建元收国之初,先后灭亡辽与北宋,进而据有淮水以北的广大地区,与南宋对峙。其幅员则广于辽,实力则强于宋,雄峙于北半部中国一百二十年之久。建立金朝的女真族原是活动于白山黑水之间的一个古老民族,其先世分别为商、周时的肃慎,汉、魏、晋时的挹娄,北魏、北齐时的勿吉,隋、唐时的靺鞨,并由五代的黑水靺鞨直接发展而来。女真本名朱理真,辽代因避兴宗耶律宗真之讳而称女直。女真人属阿尔泰语系,在建立金朝以前没有文字,立国后根据契丹字和汉字制成女真字,与汉文一起作为金朝的通用文字。不过由于女真字创立较晚,流传不广,女真文文学在金朝尚未取得长足的发展。至于汉文文学,因为金朝据有人文荟萃的中原地区,和僻处北方一隅之地的辽朝不同,差可与南宋相颉颃。作为有金一代的文学,在十二世纪初到十三世纪前期,曾经引人注目地出现在祖国北方,以多种形式比较成功地反映了女真贵族统治下的北半部中国的社会现实。其中金诗在前期接受了北宋诗歌的一些影响,但是由于北人具有刚健粗犷的气质,因而往往呈现出朴直而遒劲的风格;中期以后,特别是贞祐南渡以后,则"以唐人为指归"(元好问《杨叔能小亨集引》),对于纠正宋诗末流之弊起了一定作用,开元、明两代诗风转变为弃宋学唐的先河。金词在北宋词的基础上别有发展和创造,对于豪放派和婉约派的词风都有所继承,而且出现了使之并流合一的趋势。金文则沿着"易排而散,去靡而朴"的健康道路继续发展,在唐、宋古文运动的基础上开疆拓土。至于在当时文坛上并未受到应有重视的院本杂剧和诸宫调,更是以崭新的姿态出现在文学发展史上,对于北曲的形成产生了直接的影响,为元杂剧的发展和繁荣创造了条件。从有关材料推断,北杂剧早在金代即已开始其演变形成的过程。尤其值得注意的是,伴随着民族融合的进程,中原地区汉民族的农业文化与北方游猎民族的草原山林文化相互影响、相互吸收,形成了金代文学的新的特色、新的气象。

第一节 前期文学

金朝以马上得天下,建元收国之初,统治者忙于灭辽攻宋,不暇偃武修文,因而金初的汉语文学主要是"借才异代"(庄仲方《金文雅序》),由来辽、宋的文人学士在文坛上争雄竞胜。所以清人庄仲方说:"金初无文字也,自太祖得辽人韩昉,而言始文。太宗入宋汴州取经籍图书,宋宇文虚中、张斛、蔡松年、高士谈辈后先归之,而文字煨兴。"(《金文雅序》)

由辽入金的重要文人,除韩昉以外,尚有左企弓、虞仲文、张通古、王枢等人。

韩昉(1082—1149),字公美,燕京(今北京)人,辽天庆二年(1112)举进士第一,补右拾遗,转史馆修撰,累迁少府少监,乾文阁待制。辽亡入金,仕为翰林侍讲学士、礼部尚书、参知政事等职。韩昉在辽末金初颇擅文名,但作品今存者仅有一九五八年在北京西郊百万庄出土的《丁文逌墓志铭》等少数篇章,而《丁文逌墓志铭》尚为入金以前的早期作品。《金史·文艺传》称其"善属文,最长于诏册。作《太祖睿德神功碑》,当世称之"。这篇碑文虽已佚失,不过清人孙承泽的《春明梦馀录》载有《题平辽碑》一诗:"十丈丰碑势倚空,风云犹忆下辽东。百年功业秦皇帝,一代文章太史公。石断云鳞秋雨后,苔封鳌背夕阳中。行人立马空惆怅,禾黍离离满故宫。"于此尚可想见碑文恢宏的气势。由于韩昉是金熙宗的启蒙老师,金初曾经亲掌词命。据南宋出使金朝羁留十五年的诗人洪皓所撰《松漠纪闻》记载,熙宗《诛宋、兖诸王诏》即出韩昉之手。诏书作于天眷二年(1139)女真贵族守旧势力"皇伯"宗盘、"皇叔"宗隽谋反被诛之时,其中历数宗盘等人"坐图问鼎,行将弄兵"的罪状,义正词严,文理兼备。

虞仲文(1069—1123)[1],字质夫,武州宁远(今山西神池西)人。曾仕为辽相。入金授枢密使、平章政事。史称其"七岁知作诗,十岁能属文"(《金史》本传),时人以神童目之。元好问《中州集》和《续夷坚志》都录有他的《雪花》诗:"琼英与玉蕊,片片落前池。问着花来处,东君也不知。"据说是他四岁时脱口而出的小诗。四岁之说也许夸大(《金史》本传称"七岁"),但以一个儿童而吟出这样想象奇特的作品,不能不认为具有过人的天赋。

张通古(1088—1156)[2],字乐之,易州易县(今属河北)人。史传称其读书过目不忘。辽天庆二年(1112)进士,补枢密令史;入金仕为平章政事,拜司徒,封沈王。李心传《建炎以来朝野杂记》记载他于天眷元年(南宋绍兴八年,1138)使宋事,称他"性聪慧,秦丞相(桧)以胡邦衡(铨)封事示之,一览即能诵"。又云"通古稍能诗,其还也,归正燕人周襟与通古旧知,奏乞送至境上。通古至安丰军(今安徽寿县西南),赠诗为别曰:'良人轻一别,奄忽几经秋。明月望不见,白云徒自愁。征鸿悲北渡,江水奈东流。会语知何日,如今已白头。'"[3]《全金诗》又收入其《灵壁寺》诗:

> 万壑千岩里,林开一径深。数年劳想望,此日快登临。胜境情难尽,危涂力不任。楼台相映抱,松柏自萧森。花散诸天雨,灯传古佛心。鹤泉寒漱玉,园地旧铺金。石磴崎岖上,桃溪窈窕寻。渊明能止酒,叔夜况携琴。所恨无长暇,徒勤惜寸阴。清宵谁我伴,乘兴但孤斟。

诗体用五言排律而能流转自如,清拔可诵,反映了由辽入金的文士所达到的文学水平。

由宋入金的著名文学家则有宇文虚中、蔡松年、高士谈、吴激、张斛等人。他们大多来自人文荟萃的中原地区,以自己的创作为金初文学竞添新声,使原来比较寂寞的金文苑呈现出一派生机勃勃的景象,从而推动了金初文学的发展。与由辽入金的作家相比,他们投身金朝往往有着更加复杂的条件或更为难言的苦衷,从当时的道德标准来看,更处于进退失据的境地,因而便以"南朝词客北朝臣"(刘著《月夜泛舟》)的身份,不时抒写和表现家国之思、身世之感。

宇文虚中(1080—1146)[4]是当时文坛的盟主,曾经以"袖里虹蜺冲霁色,笔端风雨驾云涛"(《生日和甫同诸公载酒袖诗为礼,感佩之馀,以诗为谢》)的气概影响了从金初开始的一代文风。他字叔通,别号龙溪居士,成都广都人[5]。初仕宋,累官资政殿大学士,建炎二年(金天会六年,1128)充大金通问使使金,祈请徽宗、钦宗南归。天会七年金人并遣宋使还,宇文虚中自称"奉使北来,祈请二帝,二帝未还,虚中不可归"(《宋史》本传),于是留在金国,后仕为翰林学士承旨,与韩昉俱掌词命。由于他恃才轻肆,对女真人辄以"矿卤"视之,引起了女真贵族的不平。所谓"不随风月媚,肯受雪霜侵"(《岁寒堂》)的诗句,就是宇文虚中桀骜不驯性格的写照。皇统六年(1146),他以所据位柄举事复宋,谋泄,为完颜宗弼(兀术)杀害。宇文虚中的现存作品,大都作于入金以后。由于羁留金朝,长期忍受"客馆病馀红日短,家山信断碧云长"(《重阳旅中偶记二十年前二诗。因而有作》)的苦况,恋主思亲、守节矢志便成为他诗中的一个经常性主题。比如《又和九日》:

老畏年光短,愁随秋色来。一持旌节出,五见菊花开。强忍玄猿泪,聊浮绿蚁杯。不堪南向望,故国又丛台。

根据颔联推测,诗当作于使金的第五年即金太宗天会十年(1132)。当时诗人写给妻子的信也流露了同样的心情:"自离家五年,幽囚困苦,非人理所堪。今年五十三岁,须发半白,满目无亲,衣食仅续。唯期一节,不负社稷,不愧神明。至如思念君亲,岂忘寤寐;俯及儿女,顷刻不忘。度事势决不得归,纵使得归,亦得在数年以后。兀然旅馆,待死而已。"(《三朝北盟会编》卷二一五)正因为心志如此,诗中才抒发了沉痛的思乡之情,同时对于故国的命运寄以无限关注。又如《和高子文秋兴二首》:

沙碧平犹涨,霜红粉已多。驹年惊过隙,凫影倦随波。散步双扶老,栖身一养和。羞看使者节,甘荷牧人蓑。
摇落山城暮,栖迟客馆幽。葵衰前日雨,菊老异乡秋。自信浮沉数,仍怀顾望愁。蜀江归棹在,浩荡逐春鸥。

其一感叹岁月的飞逝和自己的衰老,有时不我待之叹;其二表达思乡的愁绪和南归的期望,怀不甘陷没之想。后诗用"蜀江"二句作结,点出故乡景物,一往情深,寄望无穷。再如《春日》:

> 北洹春事休嗟晚,三月尚寒花信风。遥忆东吴此时节,满江鸭绿弄残红。

诗人身在北国,心驰江南,深切眷恋着太湖流域美丽的春光。宇文虚中使金前夕,在杭州提举洞霄宫,当曾饱览江南的迷人景色,因而有"遥忆东吴"之语。高宗播迁江南、宇文虚中奉使应诏之时,宋廷以扬州为行在,后来终于偏安杭州,可见"遥忆东吴"之句又隐寓思君之意于怀旧之情中。仔细玩味,便能得其言外之旨。除了诗作以外,宇文虚中尚存少量词、文。像词作〔迎春乐〕:

> 宝幡彩胜堆金缕,双燕钗头舞。人间要识春来处,天际雁,江边树。　故国莺花又谁主?念憔悴、几年羁旅。把酒祝东风,吹取人归去。

尽管宇文虚中在金代不以词作名世,但是此词托物咏怀,气韵天成,故国之思恻然动人,在金词中堪称上乘之作。

　　高士谈(?—1146),字子文,一字季默,其父为宋韩武昭王高琼曾孙、宣仁太后堂侄。他在北宋宣和末任忻州(今属山西)户曹参军,入金仕为绛州倅,召除待制,迁翰林直学士,后受宇文虚中的牵连遇害。由于他以宋臣的身份仕金,内心颇为矛盾和苦闷,所以作品中时常可以见到对赵宋王朝的缱绻之情,《题禹庙》诗"可怜风雨胼胝苦,后世山河属外人"和《棣棠》诗"流落孤臣那忍看,十分深似御袍黄"之句均可为证。而《秋晚书怀》"天阔愁孤鸟,江流悯断槎"云云,则更多地寄托着个人的孤独失落之感。下面这首《不眠》写得尤为沉痛:

> 不眠披短褐,曳杖出门行。月近中秋白,风从半夜清。乱离惊昨梦,飘泊念平生。泪眼依南斗,难忘故国情。

诗中表现思念故国的苦况:月白风清,中夜不寐,去国还乡,心潮难静。又如《晚登辽海亭》:

> 登临洒面洒清风,竟日凭栏兴未穷。残雪楼台山向背,夕阳城郭水西东。客情到处身如寄,别恨他时梦可通。自叹不如华表鹤,故乡常在白云中。

高士谈是蒙城(今属安徽)人[6]。由于蒙城地处淮水以北,因而此诗当写于金熙宗皇统元年(1141)宋、金议定东自淮水中流、西至大散关为界以前。诗的后半由凭栏眺远转而抒发离愁别恨,感叹自己不如死后尚能化鹤飞还故乡的汉朝辽东人丁令威,字里行间,悲慨淋漓。诗风苍劲旷放,顿挫有致。

蔡松年(1107—1159),字伯坚,本为馀杭(在今杭州市西)人[7],长于汴京,入金后家居真定(今河北正定),以真定有萧闲堂,自号萧闲老人。他在北宋末从父蔡靖守燕山,宋军败绩,随乃父降金,除真定府判官,累仕吏部尚书、参知政事,进右丞相,封卫国公,卒后加封吴国公,谥文简。完颜宗弼率军与岳飞等人交战时,蔡松年曾为都元帅宗弼兼总军中六部事。金主完颜亮为了投鞭南渡,混一天下，对于家世仕宋的蔡松年亟擢显位，以吸引南人。正隆四年蔡松年谢世时，完颜亮曾亲自到他府第祭奠。《金史·文艺传》称他在文学之士中是"爵位之最重者"。所著《明秀集》，有《九金人集》本。松年虽然身居高位，其诗词对于出处却流露了颇为复杂的情绪，吟咏山光水色和长林丰草的作品很多。如"谁识昂藏野鹤，肯受华轩羁缚，清唳白蘋洲。会趁梅横月，同典锦宫裘"（〔水调歌头〕）、"吾老矣，不堪冰雪，换此萧闲。传语明年晓月，梅梢莫转银盘。后期好在，黄柑紫蟹，劝我休官"（〔雨中花〕）、"我有一峰明秀，尚恋三升春酒，辜负绿蓑衣"（〔水调歌头〕《送陈咏之归镇阳》）、"老境駸駸，归梦绕、白云茅屋"（〔满江红〕）等等，不胜枚举。大较而言，蔡松年最擅词名，风格疏宕平博，接近苏轼。其《追和赤壁词》的〔念奴娇〕甚为时人所称道：

离骚痛饮，笑人生、佳处能消何物。江左诸人成底事，空想岩岩玉壁。五亩苍烟，一丘寒碧，岁晚忧风雪。西州扶病，至今悲感前杰。　我梦卜筑萧闲，觉来岩桂，十里幽香发。块垒胸中冰与炭，一酌春风都灭。胜日神交，悠然得意，遗恨无毫发。古今同致，永和徒记年月。

其中"江左诸人"一作"夷甫当年"。词中以"岩岩清峙，壁立千仞"（《世说新语·赏誉下》），"口不论世事，唯雅咏玄虚而已"（《晋书·王衍传》），但却始终不能远引高蹈、卒遭杀身之祸的晋人王衍（字夷甫）自警，同时又对隐居会稽东山达三十馀年之久的谢安表示赞许，从而表达了自己"卜筑萧闲"、"远引辞世"的志趣。元好问对这首词评价甚高，以为"公乐府中最得意者，读之则其平生自处为可见矣"（《中州集》卷一）。除了词作本身以外，蔡词的某些小序，虽然属于

词的附加部分,也多能斐然成章,自成佳作。如〔水龙吟〕词序云:

> 乙丑八月,得告上都,行李滞留,寄食于江壖村舍。晚雨新晴,江月炯然,秋涛有声,如万松哀鸣涧壑。时去中秋不数日,方遑遑于道路,宦游飘泊,节物如驰,此生馀几春秋,而所谓乐以酬身者乃如此,谋生之拙,可不哀邪!幸终焉之有图,坐归欤之不早。慨焉兴感,无以为怀,因作长短句诗,极道萧闲退居之乐。……

序文写于熙宗皇统五年(1145),其时作者从金初都城上京(今黑龙江阿城南白城)告假,滞留松花江畔。由于诗人有感于"身似惊乌,半生飘荡,一枝难稳"的处境,因而篇中涉及的澄江、霁月无不寄托着高情远韵,辞约意丰,情景交融。

吴激(1093前—1142)[8],字彦高,号东山,建州(治所在今福建建瓯)人,北宋画家、书法家米芾之婿。奉宋命使金,以知名留而不遣,仕为翰林待制。后出守深州(治所在今河北深州市南),到官三日而卒。著有《东山集》,已佚。虽然作品存留数量不多,由于词名籍甚,颇为时人和后人推重,元人王郓曾有"贾、马丽则之赋,李、杜光焰之诗,词藻苏、黄,歌词吴、蔡(松年)"(《湛然居士集序》)的评语,由此可见他在后人心目中的地位。金代文学家元好问则以为其"乐府'夜寒茅店不成眠'、'南朝千古伤心事'、'谁挽银河'等篇,自当为国朝第一手"(《中州集》卷一)。所谓"南朝千古伤心事"即指〔人月圆〕《宴北人张侍御家有感》:

> 南朝千古伤心事,犹唱后庭花。旧时王谢,堂前燕子,飞向谁家。 恍然一梦,仙肌胜雪,宫髻堆鸦。江州司马,青衫泪

湿,同是天涯。

洪迈《容斋随笔》卷十三"吴激小词"条云:"先公(按指洪皓)在燕山,赴北人张总侍御家集,出侍儿佐酒。中有一人,意状摧抑可怜;叩其故,乃宣和殿小宫姬也。坐客翰林直学士吴激赋长短句纪之,闻者挥涕。"元好问《中州乐府》又云,当时文坛盟主宇文虚中"亦赋〔念奴娇〕先成,而颇近鄙俚,及见彦高此作,茫然自失。是后人有求作乐府者,叔通即批云:'吴郎近以乐府名天下,可往求之。'"这篇作品极写故宫黍离之感,曾经在北、南两朝竞相传诵。其中虽多化用前人诗句,然剪裁点缀,宛若天成,珠圆玉润,四照玲珑。再如〔春从天上来〕:

海角飘零。叹汉苑秦宫,坠露飞萤。梦回天上,金屋银屏。歌吹竞举青冥。问当时遗谱,有绝艺、鼓瑟湘灵。促哀弹,似林莺呖呖,山溜泠泠。 梨园太平乐府,醉几度春风,鬓变星星。舞破中原,尘飞沧海,飞雪万里龙庭。写胡笳幽怨,人憔悴、不似丹青。酒微醒,对一窗凉月,灯火青荧。

此词以曾入北宋"梨园旧籍"而流落金源内地的歌姬的浮沉为线索,抒写北宋朝廷国难当头,还在歌舞升平,终致亡国的哀思,精妙凄惋,馀韵无穷。《词林纪事》卷二十引《居易录》称:"高丽宰相李藏用,字显甫,从其主入朝于元,翰林学士王鹗邀宴于第。歌人唱吴彦高〔人月圆〕、〔春从天上来〕二曲,藏用微吟其词,抗坠中音节。鹗起执其手,叹为海东贤人。"足见吴词在中外影响之大。

张斛,生卒年无考,字德容,辽地蓟州渔阳(今天津蓟州区)人。仕宋为武陵(今湖南常德)守。从他《南京(按指辽南京,即今北京)

遇马丈朝美》一诗"沧江万里悲南渡,白发几人能北归"的诗句可知,他的南迁入宋当为不得已之举,因而仕宋期间一直怀恋着北地的故园。"目断峒阳路,归云不可攀"(《卢台峭帆亭》)、"故园无路到,春草自萋萋"(《沙边》)云云,便是身寄江南、心驰燕北的写照。其后金廷移文南宋,得以北还,官秘书省著作郎。张斛主要以诗名世,作品警策峭拔,调高格奇,落笔往往才思不凡,写景状物尤见功力。如"岸树晴犹湿,汀烟近却无"(《赋小孤山》)、"细草沙边树,疏烟岭外村"(《河池出郭》)、"石峻溜声急,月高松影圆"(《高寺》)、"春木有秀色,野云无俗姿"(《松门峡》)、"雨晴山觉近,潮满水如闲"(《卢台峭帆亭》)等等,皆体察入微,刻画精细,时有唐人王、孟、韦、柳遗韵。五言律诗为其所长,如《海边亭为浩然赋》:

夙有沧洲趣,云扃梦几回。临深疑地尽,望远觉天开。月涌冰轮出,涛翻雪阵来。无机同海客,鸥鸟莫相猜。

元好问《中州集》卷一曾称引张斛《赋礼部侍郎张浩然辽海亭》诗"晴光摇碧海,远色带沧洲"之句,可见本诗"海边亭"即指辽海亭,诗亦即为张浩然而作。浩然名浩,辽阳(今辽宁辽阳)渤海人,身历相职二十馀年,晚岁屡以退居为请。本诗把隐逸之趣与海滨之景有机地结合起来。末二句显然袭用王维"海鸥何事更相疑"句意,但王诗仅仅用典,此诗则用典而又写实,似更浑然无迹。

综上所述,正是当时错综复杂的民族矛盾和其它社会矛盾,赋予金初文学以独特的风貌。由于这些作品饱和着作者去国怀乡的真挚感情,故往往具有撼人心魄的艺术力量。它们与南北朝时期由南朝北仕西魏、北周的庾信的某些作品后先辉映,在中国文学发展史上引人注目。

与上述作家形成鲜明对照的,则是女真贵族代表人物完颜亮。完颜亮(1149—1161年在位),字元功,本名迪古乃,金太祖完颜阿骨打之孙,为金朝的第四代国君,也是金朝历史上以"中原天子"自任的第一人。由于他勇敢地冲破来自本民族的阻力,把政治、经济、文化中心从北方一隅之地的上京(今黑龙江阿城南白城)迁往中都(今北京),使长城内外、汉民族和少数民族更加紧密地联系起来,从而促进了中华民族的融合,推动了金朝社会的发展,对于中国历史的进程产生了积极的影响。后因大举南下,在采石一战为南宋虞允文所败,退兵扬州时,被部下射杀。他不仅是一名颇有雄心的政治家,也是一位杰出的诗人,有汉高祖、魏武帝之风。他从早年开始即好为诗词,作品笔力雄健,气象恢宏,曾以"大柄若在手,清风满天下"的诗句为人书扇,透露出非凡的志向。正隆南征至维扬,望江左赋诗云:"万里车书尽会同,江南岂有别疆封。提兵百万西湖上,立马吴山第一峰。"可谓淋漓尽致地表达了一统天下的雄心。其词〔鹊桥仙〕《待月》云:

> 停杯不举,停歌不发,等候银蟾出海。不知何处片云来,做许大、通天障碍。 虬髯撚断,星眸睁裂,唯恨剑锋不快。一挥截断紫云腰,仔细看、嫦娥体态。

此词为中秋之夕待月而作。据岳珂《桯史》记载,当写于南下伐宋的前一年即正隆五年(1160)。篇中逼真地再现了待月不至和由此引发的内心活动,异想天开,超迈绝伦。徐釚《词苑丛谈》卷三引《词统》评为:"出语崛强,真是咄咄逼人。"张德瀛《词征》卷六则以为:"今观《桯史》及《艺苑雌黄》所载金主诸词,独具雄鸷之概,非但其武功之足纪也。"统观完颜亮的诗词,俚而实豪,诡而有致,在中国文学史上可谓独树一帜。这些作品是我国北方民族的草原山林文化同中原文化相互影响、相互吸收的历史见证。由于它们为多民族的中国文学带来了某些新的因子,在一定程度上显示了中华文化从多元走向一元的发展过程,因而更加难能可贵。

第二节　中期文学

金世宗大定(1161—1189)、金章宗明昌(1190—1196)年间,由于与南宋达成了和议,内部又确立了封建政权的统治,金朝便由"海内用兵,宁岁无几"(《金史·世宗下》)的征伐动乱年代进入"投戈息马,治化休明"(张金吾《〈金文最〉序》)的稳定发展时期。早在大定以前的熙宗朝(1136—1149),直到明昌以后的承安(1196—1200)间,金朝统治者为了医治战争创伤,发展农业生产,曾经采取了一系列的社会改革措施,并在一定程度上抑制豪强大户,减轻赋税负担,使在战乱中遭受破坏的北方经济迅速恢复和发展;而大定、明昌,则是金朝统治的极盛时代。如史书所述,有"北方小尧舜"之称的金世宗完颜雍(1161—1189年在位),"即位五载,而南北讲好,与民休息。于是躬节俭,崇孝弟,信赏罚,重农桑,慎守令之选,严廉察之责"(《金史·世宗下》),从而出现了元人所极口称颂的"时和岁丰,民物阜庶,鸣鸡吠犬,烟火万里,有周成康、汉文景之风"(王磐《大定治绩序》)的盛况。而建元明昌的金章宗完颜璟(1190—1208年在位),则"承世宗治平日久,宇内小康,乃正礼乐,修刑法,定官制,典章文物粲然成一代治规。……盖欲跨辽、宋而比迹于汉、唐,亦可谓有志于治者矣"(《金史·章宗四》)。伴随着经济的逐步繁荣,文化也得到了相应的发展。当时的文学家党怀英曾经指出:"大定间,天子留意儒术,建学养士,以风四方,举遗溷,兴废坠,旷然欲以文治太平。"(《重建郓国夫人殿碑》)稍后的赵秉文也认为:"大定、明昌间,朝廷清明,天下无事,上方留意稽古礼文之事。"(《尚书左丞张公神道碑》)凡此种种说法,无不反映出当时金统治者对文化建设的重视。与前期由辽、宋入金的文人不同,这一期间的作家大多是在金朝统治的土地上成长起来的。比较安定的社会环境和崇尚儒雅的文化氛围,给他们个人的进取提供了方便条件,于是他们便以"醉袖舞嫌天地窄,诗情狂压海山平"(王中立句)的气概登上文坛,把金代文学推进到一个新的境界。这一时期的杰出作家,有蔡珪、党怀英、王寂、王庭筠、刘迎、赵沨以及稍后的周昂等人。他们或以昂扬的格调见长,或以闲适的情趣取胜,反映和表现了由动乱走向复兴的社会现实。所作不仅时见由于农村经济的发展所带来的"鼓笛谁家赛春社"(王硐《寓居南村》)、"太平有象麦连云"(赵勉叔《赋雪》)的兴旺气象,而且在更为广阔的画面上展示了"桑麻数百里,烟火几万户。长桥龙偃蹇,飞阁凤腾骞"、"源源百货积,井井三壤赋。葡萄秋倒架,芍药春满树"(刘迎《上谷》)的繁荣图景。与此同时,对于繁荣背后掩盖着的社会矛盾,他们在作品中也时有揭露,有的甚至慨叹"尽说秋虫不伤稼,却愁苛政苦于蝗"(路铎《襄城道中》)。

这一时期的第一个重要作家,是号称"学高才妙,斗南一人"(施宜生语,见魏道明《明秀集注》卷二〔一剪梅〕《送珪登第后还镇阳》注文)的蔡珪。他在金代文学发展史上占据着独特地位。元好问曾经引用金代中期作家萧贡的看法指出:"国初文士如宇文太学、蔡丞相、吴深州之等,不可不谓之豪杰之士,然皆宋儒,难以国朝文派论之,故断自正甫为正传之宗。"(《中州集》小传)蔡珪(?—1174)是蔡松年的长子,字正甫,幼有逸才,过目成诵,七岁赋菊诗,即语意惊人。天德三年(1151)登进士第,其时蔡松年曾为之赋〔一剪梅〕《送珪登第后还镇阳》,有"白璧雄文冠玉京,桂月名香,能继家声"之句。历仕三河(今属河北)主簿、翰林应奉、翰林修撰等职,大定十四年除潍州刺史,以疾解职,致仕卒。元代文学家郝经《书蔡正甫集后》在谈到蔡珪的文学成就时,曾极称其"煎胶续弦复一韩,高古劲欲摩欧苏","不肯蹈袭抵自作,建瓴一派雄燕都"(见《郝文忠公集》卷九),足以见其影响之大。蔡珪在金代主要以文名世,可惜文集今已失传;其诗清劲雄奇,时有佳作。由于他生活在金朝统治渐趋稳定的时代,才得以咏唱"扇底无残暑,西风日夕佳。云山藏客路,烟树记人家。小渡一声橹,断霞千点鸦。诗成鞍马上,不觉在天涯"(《雩川道中》)这类有承平气象的诗句。其摹写辽西地区胜景的《医巫闾》一篇亦颇为人称道:

  幽州北镇高且雄,倚天万仞蟠天东。祖龙力驱不肯去,至今鞭血馀殷红。崩崖暗谷森云树,萧寺门横入山路。谁道营丘笔有神,只得峰峦两三处。我方万里来天涯,坡陁缭绕昏风沙。直教眼界增明秀,好在岚光日夕佳。封龙山边生处乐,此山之间亦不恶。他年南北两生涯,不妨世有扬州鹤。

医巫闾为阴山山脉分支松岭山脉的高峰,诗中描绘了这座北方名山高插云天的壮丽景色,气势磅礴,笔力千钧。明人胡应麟论及金代诗歌"七言歌行,时有佳什"时即首列此诗,认为《医巫闾》等篇"皆具节奏,合者不甚出宋、元下"(《诗薮》杂编卷六)。

  继蔡珪之后主盟文坛的党怀英(1134—1211),字世杰,号竹溪,冯翊(今陕西大荔)人。其父自冯翊宦于泰安军,遂徙家泰安(今属山东)。他是宋初名将党进的十一代孙,与南宋词人辛弃疾曾为同舍生,共师亳社刘瞻(字嵓老)。刘祁《归潜志》卷八称:"党承旨怀英,辛尚书弃疾,俱山东人。少同舍。属金国初遭乱,俱在兵间。辛一旦率数千骑南渡,显于宋;党在北方擢第,入翰林有名,为一时文字宗主。二公虽所趋不同,皆有功业宠荣,视前朝李縠、韩熙载,亦相况也。"著有《竹溪集》,已佚。党怀英少时聪敏过人,日诵千馀言;及壮,以文章名天下。大定十年(1170)擢进士甲科,调莒州军事判官,迁汝阴县令,入为史馆编修官,应奉翰林文字,累官国子祭酒、侍讲学士、翰林学士承旨。谥文献。据其《奉使行高邮道中》、《金山》、《宿宣湾》等诗,知其曾经出使南宋。他在明昌(1190—1196)前后,曾以高文大册称雄一时,对金代文学的发展颇有影响。诗文不尚虚饰,因事遣词,通达流畅,平易自然。稍后的赵秉文曾经指出:"文章非能为之为工,乃不能不为之为工也;非要之必奇,要之不得不然之为奇也。譬如山水之状,烟云之姿,风鼓石激,然后千变万化,不可端倪:此先生之文与先生之诗也。"(《中大夫翰林学士承旨文献党公神道碑》)这种创作态度和特色颇近于苏轼,尽管他们的诗文风格并不相近。党怀英具有敏锐的观察能力和娴熟的表达技巧,如《奉使行高邮道中》二诗:

  野雪来无际,风樯岸转迷。潮吞淮泽小,云抱楚天低。蹭蹬船鸣浪,联翩路牵泥。林乌亦惊起,夜半傍人啼。

  细雪吹仍急,凝云冻未开。纤闲时掠水,帆饱不依桅。岸引枯蒲去,天将远树来。行舟避龙节,处处隐渔隈。

这两首诗当为诗人奉使南宋时作。"高邮"乃南宋淮南东路高邮军(今江苏高邮)治所,隔楚州与金朝的山东东路、山东西路相望。诗中惟妙惟肖地刻画了淮南水乡独特的风物景色,颔联、颈联极力锻炼而能不见斧凿之痕。可惜党氏文集失传,我们已无法一睹其文学创作的全貌了。

与党怀英同时的王寂、王庭筠也是诗文兼擅的作家。王寂(1128—1194)[9],字元老,蓟州玉田(今属河北)人。天德三年(1151)登进士第。仕为太原祁县令、中都路副留守等职,以中都路转运使致仕,复摄礼部尚书。著有《拙轩集》,有《九金人集》本、《畿辅丛书》本;《辽东行部志》,有缪荃孙刻本,日人岛田好注本、黑龙江人民出版社一九八四年本等;《鸭江行部志》,有《辽海丛书》本、黑龙江人民出版社一九八四年本等。王寂在大定年间曾以文章政事显称于世。由于生活在金朝的鼎盛时期,故作品中时见"赫赫金源帝子家,暂分符竹奠京华。礼容登降歌麟趾,庙算纵横制犬牙"(《上南京留守完颜公二首》其二)的兴隆气象和"吾爱吾庐事事幽,此生随分得优游。穷冬夜话蒲团暖,长夏朝眠竹簟秋"(《易足斋》)的闲适情趣。但由于他在户部侍郎任上以救灾不力外贬蔡州(今河南汝南),三年以后又远谪辽东,因而去国怀乡的嗟叹便成为其后期作品的一个重要主题。所谓"擢贾之发罪莫数,君恩犹许牧边州。梦寻蓟北山深处,身在淮西天尽头"(《思归》)的南疆思绪,所谓"路入辽西马欲飞,山川村落尚依稀。行人辄莫错欢喜,此度西来未是归"(《过麻棘铺》,见《永乐大典》卷一四五七六"铺"字韵)的塞北感叹,便是作家内心世界的真实写照。王寂不仅诗名籍甚,词、文、赋作亦颇可观。如其词〔一剪梅〕:

> 悬瓠城高百尺楼。荒烟村落,疏雨汀洲。天涯南去更无州。坐看儿童,蛮语吴讴。　过尽宾鸿过尽秋。归期杳杳,归计悠悠。阑干凭遍不胜愁。汝水多情,却解东流。

这是大定二十六年(1186)作者贬官蔡州期间的作品。王寂系北人,蔡州地处金朝南疆,因而词中抒发了谪居边地的愁绪和归思。其文如《三友轩记》亦作于蔡州,篇中主要反映贬官以后"终日兀然,如坐井底,闭门却扫,谢绝交亲,分为冻蛰枯枿,无复有飞荣之望"(《与文伯起帖》其一)的情状和甘与"顽石"、"散木"为友的变态心理,表面上故作旷达,实则难掩郁郁不平之气。其赋虽然仅存《岩蔓聚奇赋》一篇,却属奇崛不羁的力作:

少焉既夕,风清天淡。舞月影兮徘徊,吸露华兮泛滟。已而先生径醉也,宫锦淋漓,角巾敧垫。卷河汉于一酌,尽江湖于一蘸。洗战国之蛮触,吊古今之时暂。陶陶乎释身世之羁缚,浩浩乎谢功名之机陷。然后神游八表兮,其将以蹑冥鸿之背而探骊龙之颔也。

其中凭虚构象,物我无间,神游八表,思接千载,有戛戛独造之风。

王庭筠(1151或1156—1202)[10],字子端,号黄华,盖州熊岳(今辽宁盖州市熊岳城)人。登大定十六年(1176)进士第,调恩州军事判官,仕至翰林修撰。他以诗、文、书、画擅名一时,元好问曾用"辽海东南天一柱"(《王子端内翰山水同屏山赋二诗》之一)之语加以称誉。当时朝臣出使归自西戎的河、湟地区,多言西夏人问王庭筠等起居状,其为四方所重可见一斑。著有《黄华集》,有《辽海丛书》本。他的散文辞理兼备,如《涿州重修蜀先主庙碑》盛赞三国刘备的仁政德化,词雄笔健,议论风生,元代文学家郝经以为"论义文采,近世所无"(《涿郡汉昭烈皇帝庙碑》)。其《五松亭记》、《香林馆记》则以洗练的笔法写景记事,情景俱到,跌宕生姿。王庭筠的诗风前后有所不同。元好问说他"暮年诗律深严,七言长篇犹以险韵为工,方之少作如出两手"(《王黄华墓碑》)。对其晚年作意出奇的创作倾向,金代后期文学家王若虚曾经有过批评,见《王子端云:"近来陡觉无佳思,纵有诗成似乐天。"其小乐天甚矣,余亦尝和为四绝》诗。现存诗作或多作于早期,虽然有时工于炼句,如"人随白雁霜前到,诗绕青山马上成"(《送士选山东外台判官》)、"寒草留归犊,夕阳送去鸦"(《秋郊》)等,但是大多不事雕琢,清新自然。如《河阴道中二首》其一:

梨叶成阴杏子青,榴花相映可怜生。林深不见人家住,道上唯闻打麦声。

即朗朗上口,明白如话。诗中充满了欢快的情调,虽称"林深不见人家住",却仿佛让人领略到农家麦收的喜悦,恰为大定年间"时和岁丰"社会现实的典型写照。又如《狱中见燕》:

笑我迂疏触祸机,嗟君底事入圜扉。落花吹湿东风雨,何处茅檐不可飞。

诗当作于明昌六年(1195)作者以谤议朝政罪陷入囹圄之时,语婉意深,怨而不怒,甚得所谓传统的风人之旨。

刘迎(？—1181年以后),字无党,号无诤居士,东莱(今山东莱州市)人。初为唐州(今河南唐河)幕官,大定十三年(1173)以荐书对策荣获第一,次年登进士第,授豳王府记室,改任太子司经,颇受当时身为太子的金世宗第二子显宗允恭的亲重。所著诗文乐府名《山林长语》,已佚。刘迎诗气骨苍劲,秀拔可诵,古诗雄放朴直,律诗沉着老健,曾经受到清人翁方纲《石洲诗话》、鲁九皋《诗学源流考》的推崇。所作不仅时有咏歌大定治世的高亢之音,也不乏关心民间疾苦的有为之作。《修城行》《河防行》等诗堪称后者的代表。《河防行》为金朝大定"十一年(1171)河决王村,南京(今河南开封)、孟、卫州界多被其害"(《金史》卷二七《河渠》)的重大黄泛留下了历史的见证,诗的结尾所谓"且要筑堤三百里,郑为头,汴为尾,准备他时涨河水!"虽属诗人的愤激之语,却显露出迫切期望救民于水火之中的胸襟。他的即景咏怀之作也多有佳什,如《秋郊马上二首》:

故垄松楸暗,空城草棘荒。数峰横鸟道,一径绕羊肠。桑叶露仍沃,稻花风已香。儿时十年梦,怀旧一悲凉。

海色楼台市,山容水墨图。风疏水杨柳,烟瘦石菖蒲。岁熟多同社,村闲绝诟租。平生亦何事,尘土眷吾庐。

诗人的家乡地处山东半岛莱州湾附近,"海色"、"山容"云云即状写该地风物。由"怀旧"、"平生"等句推测,大约是其晚年来归之作。第一首流露了回首往事的怅惘之意,第二首洋溢着顾望现实的欣喜之情,字里行间饱含着深沉的人生体验。

赵沨(?—约1196),字文孺,号黄山,东平(治所在今山东东平)人。大定二十二年(1182)进士。官襄城令,以党怀英等荐,入为应奉翰林文字,仕至礼部郎中。金章宗对他的诗才十分赏识,曾手酌金杯以赐,士林一时传为佳话。其诗清新流丽,隽爽有致,佳句如"鸥眠沙渚静,鸟没岭云长"(《郊外》)、"山空白昼永,野旷清风来"(《凉陉》)、"晴日未消千嶂雪,暖风先放一川花"(《放远亭》)、"桃花都被风吹却,杨柳似将烟染成"(《秦村道中》)等等,皆为人所称道。由于性情冲淡,诗如其人,真而不质木,华而不绮靡,常能达到一种高雅淡远、超凡脱俗的境界,因而深为后来主盟金代文坛的赵秉文所推重(见刘祁《归潜志》卷一〇)。不过由于生活圈子比较狭小,限制和影响了他的艺术成就。其诗如《贡院闻雨》：

> 灯暗风翻幔，蛩吟叶拥墙。人如秋已老，愁与夜俱长。滴尽阶前雨，催成镜里霜。黄花依旧好，多病不能觞。

这是他在礼部郎中任上贡院夜值时所作，颇有中晚唐的情调，赵秉文曾以"佳作"许之（见《归潜志》卷八）。又如《晚宿山寺》：

> 松门明月佛前灯，庵在孤云最上层。犬吠一山秋意静，敲门时有夜归僧。

山寺月夜秋景如见，以少总多，内蕴无穷，意境与"僧敲月下门"、"风雪夜归人"等也有一脉相通之处。

周昂（？—1211），字德卿，真定（今河北正定）人。年二十一（一说二十四）擢第，调南和簿，有善政，迁良乡令，入拜监察御史。曾以送谏官路铎外补诗"龙移鳝鳣舞，日落鸥枭啸。未须发三叹，但可付一笑"讥讽时政，得罪罢官。起为隆州（治所在今吉林农安）都军，后复入翰林。周昂的作品以唐代诗人杜甫为法，沉郁苍凉，凝重洗练。由于他在蒙古崛起于朔方之际曾经权行六部员外郎戍边，终于为此遇难，所以后期作品对于金朝国势的急剧衰落感触颇深。如《翠屏口七首》其一、二、三：

> 去岁翠屏下，东流看涌波。愁将新鬓发，还对旧关河。翅健翻秋隼，峰高并晚驼。草深饶虎迹，夜黑欲谁过。
> 地拥河山壮，营关剑甲重。马牛来细路，灯火出寒松。刁斗方严夜，羔裘欲御冬。可怜天设险，不入汉提封。

玉帐初鸣鼓,金鞍半偃弓。伤心看寒水,对面隔华风。山去何时断,云来本自通。不须惊异域,曾在版图中。

即为大安三年(1211)从参知政事承裕军戍守翠屏山(在今河北万全区西)时所作。诗中对于金朝疆土的日蹙和蒙古军队的南犯十分不安,字里行间充满了忧患意识,诗风逼近杜甫《秦州杂诗》。除了创作以外,周昂在理论上也颇有见地。他重视作品的思想内容,反对求异尚奇的倾向,在向他的外甥王若虚传授文法时曾经指出:"文章工于外而拙于内者,可以惊四筵而不可以适独坐,可以取口称而不可以得首肯。"又说:"文章以意为主。以言语为役,主强而役弱则无令不从。今人往往骄其所役,至跋扈难制,甚者反役其主,虽极辞语之工,而岂文之正哉!"(《金史》卷一二六)清代赵执信的《谈龙录》在论及上述主张时认为:"余读《金史·文艺传》真定周昂之言……不觉俯首至地。盖自明代迄今,无限巨公都不曾有此论到胸次。嗟乎,又何尤焉!"可见周昂的理论观点对于后世的影响。

　　统观金代中期诗、词、文、赋等传统形式的文学创作,表现尖锐社会矛盾的作品不多。这除了作家的主观原因以外,主要是由生活决定的。封建社会也有它的上升时期,各个王朝时而也会出现黄金时代。金代中期文学的风貌,恰恰是大定、明昌年间"宇内小康"(《金史·章宗四》)社会现实的反映。

　　除了传统形式的文学作品之外,这一时期文学的繁盛,还表现在随着城市经济的发展、适应市民阶层文化娱乐的需要而兴起的院本杂剧和诸宫调上。金院本与诸宫调的发展,同音乐有着密切的关系。早在金太宗灭亡北宋之时,金人就曾收拾汴京的伶官乐器"挈之以归"(《金史·乐上》)。而金世宗、金章宗之世,金石之乐"日修月葺,粲然大备"(同上),于是院本杂剧便勃兴起来。据元末陶宗仪

《南村辍耕录》卷二五所载，院本名目多达七百余种，但是由于兵火散亡，没有一部留传下来，仅在元、明两代的戏剧等作品中保存着少数段落。从这些院本的名目看，如其中的"和尚家门"、"秀才家门"、"大夫（医生）家门"、"卒子（兵士）家门"、"孤下（官吏）家门"等等，可知它们接触到了各种职业的人物和各个阶层的生活。至于诸宫调这种有说有唱、以唱为主的讲唱文学，在金朝曾经颇为流行。它取同一宫调的若干曲牌联成短套，首尾一韵，再用不同宫调的许多短套联成长篇，以说唱长篇故事，因此称为"诸宫调"或"诸般宫调"。又因为它用琵琶等乐器伴奏，故又称"挡弹词"或"弦索"。诸宫调由韵文和散文两部分组成，演唱时采取歌唱和说白相间的方式，基本上属于叙事体，其中唱词有接近代言体的部分。诸宫调与前此的说唱、歌舞均有渊源关系。它继承了唐代变文韵散相间的体制，发展了以同一词调重复多遍并间以说白的鼓子词、以一诗一词交替演唱并与歌舞结合的"转踏"和集合若干同一宫调的曲调为一套曲的"唱赚"的结构。比起鼓子词、转踏和唱赚来，诸宫调篇幅更大，结构也更加宏伟，可以表现更为复杂的内容。一方面，它既能像长篇叙事诗一样，使故事得到自由发展；另一方面，它的部分唱词又兼有代言体特征，能造成如见其人、如闻其声的效果。由于它交互使用具有不同宫调、声情的曲子，又为表达比较丰富的感情内容提供了条件。它是由说唱、歌舞到戏曲的演化过程中的过渡形式。从现存材料可知，诸宫调在金代曾经取得长足的发展，先后出现了《刘知远诸宫调》、《西厢记诸宫调》两部颇有影响的作品。《刘知远诸宫调》当产生于金章宗时期以前，作者不详，大约属于民间艺人。主人公刘知远即后汉高祖，为五代汉王朝的创立者，西突厥族沙陀部人。该诸宫调即根据流传于民间的有关他的一段经历进行艺术加工而成。作品写刘知远为生活所迫离家出走，在沙陀小李村与李三娘结亲入赘，由于不堪李三娘兄嫂虐待,于是前往太原投军,进而显贵发迹,终得夫妻团圆的故事。作品语言自然生动,风格浑朴遒劲,有着北方文学的某些典型特点。原作十二则,今存不足五则,即"知远走慕家庄沙佗村入舍第一"、"知远别三娘太原投军第二"、"知远充军三娘剪发生少主第三"(残页)、"知远探三娘与洪义厮打第十一"(残页)、"君臣弟兄子母夫妇团圆第十二"。由于这部讲唱文学的出现,使刘知远与李三娘悲欢离合的故事广为流传。直到元末明初,戏曲《白兔记》还在表现这一主题。《西厢记诸宫调》则为金章宗时期的董解元所撰,本书将另有专章介绍。

〔1〕 关于虞仲文的生卒年,《金史》本传失载。但是《金史》卷一三二张觉传称:"天辅七年(1123)五月,左企弓、虞仲文、曹义勇、康公弼赴广宁,过平州,觉使人杀之于栗林下。"以此可知虞仲文卒年。又,《金史》本传称仲文"年五十五卒",以此推知其生年。

〔2〕《金史》本传称通古卒于正隆元年(1156),时年六十九,以此可以推知其生年。按《全金诗》卷一"正隆元年"引作"正隆二年",乃误。

〔3〕 徐梦莘《三朝北盟会编》卷一九一记此事时,"周襟"作"周金","会语知何日"作"会话知何日"。又据李心传《建炎以来系年要录》卷一五三,绍兴十五年三月,"金人来索北客之在南者,桧因遣敷文阁待制周襟、马观国、史愿北还。"《三朝北盟会编》卷二一四则称其时南宋将"敷文阁待制周金及马观国、史愿送还金国"。

〔4〕《三朝北盟会编》卷二一五《宇文虚中行状》载宇文虚中家书,有"离家五年"、"五十三岁"之语;而据《建炎以来系年要录》卷五八,虚中家书写于绍兴二年(金天会十年,1128年)九月。以此上推,知其生于北宋元丰三年(1180)。至于卒年,上列二书皆系于绍兴十五年(金皇统五年,1145),误;此从《金史》本传系于皇统六年。

〔5〕《宋史》本传以虚中为"成都华阳人",实误。宋人楼钥《赠银青光禄

大夫宇文公(按指宇文虚中弟时中之子宇文师说)墓志铭》(《攻媿集》卷一〇九)和宋人张栻《宇文使君(按指宇文虚中兄粹中之子宇文师献)墓表》(《南轩集》卷四一)称二人俱归葬成都府广都县,以此可知宇文虚中郡望当为广都。又宋廷曾将宇文虚中族子宇文绍节置为其后,而《宋史·宇文绍节传》称绍节为"成都广都人",亦可为证。盖"华阳"乃成都府治所,"广都"系成都府属县。

〔6〕 有关高士谈的郡望,史传和《中州集》小传均失载,惟金代文学家魏道明为蔡松年〔汉宫春〕《次高子文韵》所作题注(《明秀集注》卷二)称高士谈"号蒙城居士",以此知其为蒙城人。

〔7〕 《明秀集注》卷一〔念奴娇〕词注称"公本杭人",《部曲录》称蔡松年之子蔡珪为"馀杭人",则松年亦当为馀杭人。

〔8〕 吴激生卒年文献失载。但是蔡松年〔水龙吟〕词序称其"年逾五十遂下世",因吴激卒于皇统二年(1142),由此可知当生于北宋元祐八年(1093)以前稍早之时。

〔9〕 王寂生卒年,《中州集》和《金史》均无明文记载,仅《中州集》称其"寿六十七"。王寂撰于明昌元年(1190)的《辽东行部志》一书有"倦客流年六十三"的诗句,既然王寂该年六十三岁,以此可以考知其生年和卒年。详见周惠泉《金代文学家王寂生平仕历考》,载《文学遗产》1986年第6期。

〔10〕 《王黄华墓碑》称王庭筠(黄华)"春秋五十有二",《中州集》小传、《金史》本传则俱作"年四十七"。因庭筠卒于泰和二年(1202),按《墓碑》推算当生于天德三年(1151),按《中州集》、《金史》推算当生于贞元四年(1156)。今人金毓黻在王庭筠《年谱》(见《辽海丛书》本《黄华集》)中取《墓碑》的说法,以为《中州集》小传与墓碑虽然同出元好问之手,但是《中州集》编定于前,《墓碑》撰写在后,且《墓碑》系元好问应庭筠之子王万庆(按万庆实乃庭筠弟庭揆之子,盖庭筠子男三人皆早卒,因此以万庆为后)面请所撰,当然无误。但是《墓碑》在庭筠登第时间等问题上的说法亦有自相抵牾之处。比如《墓碑》称庭筠"弱冠擢大定十六年(1176)甲科",假如庭筠像《墓碑》所说生于1151年,登第时已二十六岁,与"弱冠"的说法显然不合;若如《中州集》、《金史》等所说生于1156,登第时为二十一岁,与"弱冠"的说法大体符合。这类矛盾现象似乎为后

人留下了千古难解之谜。但是我们从王庭筠的作品中或许可以找到答案。检庭筠词作〔大江东去〕,内有"有梦不到长安,此心安稳,只有归耕去"之语,题下自注"癸巳(1173)暮冬小雪家集作"。若按《中州集》、《金史》的说法,当时庭筠只有十八岁,以这种年龄而口出"归耕"之语是无法想象的。故仍以《墓碑》"春秋五十有二"即生于1151年的说法较为可信。

第二十八章　金代文学(下)

第一节　后期文学

宣宗贞祐二年(1214),金朝南渡黄河,迁都汴京,从此兵连祸结,内外交困,整个政权呈现出一蹶不振之势。早在章宗时代,金朝就已"秕政日多,诛求无艺,民力浸竭。明昌、承安,盛极衰始"(《金史·哀宗下》)。至卫绍王(1209—1213年在位)时期,则"纪纲大坏,亡征已见"(同上),即使"小稔"之年,也是"田之荒者动至百馀里,草莽弥望,狐兔出没"(《大金国志》卷二三《东海郡侯下》)。特别是金室迫于蒙古军队的压力南迁以后,崛起于漠北的蒙古并吞了东北和华北的广大地区,并随时可能南下中原。面对来自北方的强大军事威胁,金朝统治者为了应付频繁的战事,把空前沉重的徭役和赋税负担强加在中原地区人民的身上。社会生活的变化,对文学提出了新的要求。章宗明昌、承安间,按元好问的说法,其时可谓"文治已极"(《通玄大师李君墓碑》)。由于章宗后期沉湎于声色之中,朝廷上下侈靡成风,士大夫之学多华而少实,是以浮艳尖新的文风也随之而滋长(参见刘祁《归潜志》卷八、杨奂《还山遗稿》卷上《跋赵太常拟试赋稿后》)。南渡以后,由于客观现实的激发,文风为之一变,类多感慨悲壮之音。正如清人曾经指出的:"逮乎汴水南迁,边疆日蹙,龙蛇颂洞,豺虎纵横,羁人同楚社之悲,朝士有新亭之泣。譬之杜樊川之慷慨,乃喜谈兵;刘越石之清刚,辄闻伤乱。"(伍绍棠《〈金文最〉跋》)这一时期虽然国势渐趋衰弱,文风却为之一振。许多作家对于蒙古兴师伐金、几次"塞马南来"造成的"虐焰燎空,雉堞毁圮,室庐扫地,市井成墟"(李俊民《泽州图记》)的灾难作了逼真的描绘,再现了"鼓鼙声震,天穿地裂"(段克己〔满江红〕《过汴梁故宫城》)、"胡人以杀戮为耕作,黄河不尽生人血"(赵秉文《饮马长城窟行》)的社会现实。一部分文人因无力改变干戈扰攘的严酷现实,便采取消极避世的态度,"逍遥涧谷,傲睨云林"(刘祁《游西山记》)。但是他们毕竟生活在"四海共兵麈"(麻革《上云内帅贾君》)的时代,因而战乱之苦、亡国之痛便情不自禁地从笔端流露出来,形成所谓"陶(潜)之达、杜(甫)之忧盖兼有之"(吴澄《〈二妙集〉序》)的状况。其中赵秉文、杨云翼、李纯甫三人在金室南渡以前就已负文名,南渡以后则名望更隆。

赵秉文(1159—1232),字周臣,号闲闲,磁州滏阳(今河北磁县)人。大定二十五年(1185)进士。累官至翰林侍读学士,拜礼部尚书,史称仕五朝,官六卿,为"金士巨擘,其文墨论议以及政事皆有足传"(《金史》本传传赞)。自卫绍王大安三年(1211)党怀英谢世后,他便成为文坛盟主,学士文人,影附风靡。他主要活动于蒙古崛起、金室衰微的历史时期,在倡导和推动金代后期文风转变方面致力颇殷,有"挺身颓波,为世砥柱"(元好问《闲闲公墓铭》)之誉。著有《闲闲老人滏水文集》,有《畿辅丛书》本、《四部丛刊》影汲古阁抄本。赵秉文的诗作宗法唐人李白、杜甫,对于促成有金一代诗风的转变起了积极作用。其七言长篇笔势纵放,律诗壮丽,小诗精致。他没有忘怀世事,"歌管年年乐太平,而今钲鼓替欢声。裴公祠下无穷水,好乞馀波为洗兵"(《济源四绝》之一),感慨于金代由盛而衰,明白畅达而馀韵不绝;"北兵数道下山东,旌旗绛天海水红。胡儿归来血饮马,中原无树摇春风"(《从军行送田琢器之》),揭露蒙古军队杀戮后的悲惨景象,与杜甫《悲陈陶》、《悲青坂》相近,也颇能激动人心。他的散文往往出于经义名理之学,重在达意,不事雕琢;又长于辩析,极所欲言而止,宛若行云流水,不以绳墨自拘。代表作有《适安堂记》、《涌云楼记》等。赵秉文的赋作亦有可观,《海青赋》、《游西园赋》等均称佳构。以《海青赋》为例:

> 霜空萧条,塞草先白。海树无枝,海云寡色。黯兮辽迥,风悲日匿。何鸷鸟之不群兮,超瀚海而一息。尔其俊气横鹜,英姿杰立,顶摩穹苍,翼迅东极,铁钩利觜,霜排劲翮,角膝插脑,细筋入骨,顾盼雄毅,飞腾灭没。旦寄巢于扶桑,夕刷羽于碣石。……既而新阳届候,太簇司月,阳焰浮,冰澌坼。水溶溶而泛绿,鹅翩翩而下唼。探使星驰,属车雷发,千舆隐辚,万骑飘瞥,上将幸乎光春之中,所以观民风而宣郁结。龙旂标而殿门敞,虎旅围而鼓声叠。忽水击而惊飞,乍云翔而成列。玉爪翻臂,锦绦下绁,初贴水而徐回,俟干云而上击。雨血纷纭,风毛磔裂。象广寒之舞,纷霓裳之回雪;似吴宫之战,惊玉颜之喋血……

据题注可知,这是作者在章宗泰和(1201—1208)年间"扈从春水"时所作。所谓"春水",即春渔于水,同"秋山"相对而言,本为北方渔猎民族的一种生产、游乐和祭祀活动。赋中逼真地再现了女真人调养的一种鹰鹘即"海东青"搏击天鹅的雄姿,神采飞动,栩栩如生,可以看出作家早年便已具备词富笔健的功力。据《金史·章宗纪》,泰和年间章宗"如光春宫春水",计有泰和四年(1204)、泰和五年(1205)、泰和八年(1208)三次,因而该赋必作于三年中的一年。

杨云翼(1170—1228)与赵秉文齐名,时号"杨、赵"。他字之美,平定乐平(今山西昔阳)人。明昌五年(1194)经义进士第一,词赋亦中乙科。仕至礼部尚书、吏部尚书。南渡后与赵秉文迭掌文柄,门生半天下。一时高文大册,多出其手。杨云翼练达吏事,入仕以能称,当祸福荣辱之际,敢于直言极谏。元好问曾盛赞其"才量之充实,道念之醇正,政术之简裁,言论之详尽",认为"惟其视千古而无愧,是以首一代而绝出"(《内相文献杨公神道碑铭》)。时人亦有"海内文章选,人中道德师"(赵思文《吊同年杨礼部之美》)之誉。他主张"学以儒为正,不纯乎儒非学也;文以理为主,不根于理非文也"(《闲闲老人滏水文集引》)。其诗不加藻饰而近于质直,有工炼平稳之风。其文则长于论辩,说理明晰,传诵一时的《谏伐宋书》为其代表作。该文写于贞祐(1213—1217)年间,当时金廷不能外御来自北方的强敌而欲取偿于宋,故频岁南伐。杨云翼在文中力陈不可伐宋的理由,字字掷地有声,痛快淋漓。

李纯甫(1177—1223)[1]与赵、杨二人同为跨越两个时期的作家。他字之纯,号屏山居士,弘州襄阴(今河北阳原)人。登承安二年(1197)经义进士第。后入翰林,仕至尚书右司都事。幼年颖悟异常,年少自负其才,曾作《矮柏赋》,以诸葛亮、王猛自期;又喜谈兵,泰和南征,两次上疏预测胜负,果如所料。中年以后志不得申,遂无意仕进,日与禅僧士子为伍,以文酒为事,时人称之为"中州豪杰"。晚岁喜佛,钻研禅理,为此曾受到儒士的批评。其词有"功名半纸,风波千丈,图个甚么?云栈扬鞭,海涛摇棹,争如闲坐。但尊中有酒,心头无事,葫芦提过"(〔水龙吟〕)之句,从中可以看出他后期的思想倾向和处世态度。李纯甫工于散文，其文师法《左传》、《战国策》、《庄子》、《列子》，文风雄奇简古，在金代后期颇有影响。当时雷渊、宋九嘉诸家写作古文，争相效法。金末的刘祁指出："南渡后文风一变，文多学奇古，诗多学风雅，由赵闲闲、李屏山倡之。"(《归潜志》卷八)可惜李纯甫的散文已大多佚失不传。其诗如《雪后》："玉环晕月蟠长虹，飞沙卷土号阴风"，《赤壁风月笛图》："钲鼓掀天旗脚红，老狐胆落武昌东"，皆想象奇特，颇有卢仝、李贺之风。

上述三人以外，南渡后名世的作家中以王若虚、李俊民年齿居先。

王若虚(1174—1243)，字从之，号慵夫，入元自称滹南遗老，真定藁城(今河北藁城)人。早年力学，以其舅周昂和古文家刘中为师。承安二年(1197)擢经义进士，仕至直学士。金亡北归，隐居乡里以终。著有《滹南遗老集》，有《四部丛刊》影旧抄本、《丛书集成》本。由于多年投闲置散，没有施展政治抱负的机会，王若虚的建树主要在于学术方面。他精于经学、史学、文学，是金代的重要学者。王若虚卒后，元好问指出："自从之没，经学、史学、文章、人物，公论遂绝，不知承平百年之后，当复有斯人也不？"(《中州集》卷六)元初文学家李治则称其"学博而要，才大而雅，识明而远"(《滹南遗老集引》)。在文学批评方面，王若虚主要通过《诗话》、《文辨》和两组论诗诗，集中提出了自己的理论主张。他从"文章以意为之主，字语为之役"的观点出发，强调"辞达理顺"、"浑然天成"，反对"雕琢太甚"、"经营过深"。他主张文学创作要表现主观性情和客观事物之真，反对"不求是而求奇"(《诗话》中)、"不求当而求新"(《诗话》下)，认为"文贵不袭陈言，亦其大体耳，何至字字求异"，"且天下安得许新语邪！"(《文辨》三)有鉴于此，他提出"凡为文章，须是典实过于浮华，平易多于奇险，始为知本末。世之作者往往致力于其末，而终身不返,其颠倒亦甚矣。"(《文辨》四)他很不喜欢充满"偶俪甚恶之气"(《文辨》四)的四六文和"害于天全"(《诗话》中)的次韵诗,认为它们束缚思想,是为文作诗的大病。由于北宋江西派在金代颇有影响,使金代文人"同者袭其迹而不知返,异者畏其名而不敢非",因而他便把攻击矛头指向所谓"穿凿太好异"(《归潜志》卷九引语)的江西派首领黄庭坚,认为其诗"有奇而无妙,有斩绝而无横放,铺张学问以为富,点化陈腐以为新,而浑然天成如肺腑中流出者不足也"(《诗话》中),甚至将江西诸子之诗斥为"斯文之蠹"(《文辨》四)。其中虽不免有褊激之论,但所见确能尽脱前人窠臼,对于纠正当时文坛的弊病和推动文学的健康发展起了一定积极作用。除了文学理论以外,王若虚的文学创作亦有可观,所作诗文能够同自己的理论主张保持一致。

李俊民(1176—1260),字用章,号鹤鸣老人,泽州晋城(今属山西)人。生而聪敏,幼而能文。承安五年(1200),以经义举进士第一,入为应奉翰林文字。其后弃官教授乡里,金室南渡则隐于黄河以南的嵩山等处。金亡以后,元世祖在藩邸曾以安车召见,优礼有加,他仍乞请还山。著有《庄靖集》,有《九金人集》本、《山右丛书初编》本。其诗奇隽雄迈,磊落不凡,集中所存,虽然论者以为多系晚年"游戏之绪馀耳"(刘瀛《庄靖集序》),但仍然不乏表现黍离之悲和家国之痛的作品。《四库全书总目·〈庄靖集〉提要》称其"所作诗类多幽忧激烈之音,系念宗邦,寄怀深远,不徒以清新奇崛为工"。李俊民的某些小诗,往往高古含蓄,如《渊明归去来图》:

先生从来寄傲,肯向小儿鞠躬?笑指田园归去,门前五柳春风。

便清新自然,颇有韵致,既是咏陶之作,又含自况之意。又如《秋江断雁图》:

> 不堪愁里见秋光,江北江南木叶黄。谁信朔风犹跋扈,天涯吹断弟兄行。

表面上是题画,实则寄托身世之感,"朔风"、"跋扈"云云,尤有深意。李俊民的散文冲淡平和,流畅自然,有的篇章时而也出现跳掷驰骤之笔,如《泽州图记》追叙"金国自大安之变,胡骑入中原,北风所向,无不摧灭"的惨象,触物感发,动人心魄。

稍后的作家,主要有辛愿(？—1231)、麻九畴(1183—1232)、李汾(1193—1232)、王元粹(1202—1243)、段克己(1196—1254)、段成己(1199—1279)、麻革(？—1244年以后)等人,略述如下。

辛愿,宁敬之,自号女几野人,又号溪南诗老,嵩州福昌(治所在今河南洛宁西北)人。年二十五始潜心读书。平生不事举业。为人质直而不修边幅,即在富贵人家作客,也不改本色,麻衣草屦,剧谈豪饮,旁若无人。他曾对同时诗人王郁说过:"王侯将相,世所共嗜者,圣人有以得之亦不避。得之不以道,与夫居之不能行己之志,是欲澡其身而伏于厕也。"(刘祁《归潜志》卷二)素居女几山下,有"箕山颍水春风里,呼起巢由共一杯"(《过嵩山》)、"黄绮暂来为汉友,巢由终不是唐臣"(失题)之句,时人以为"真处士诗也"(《归潜志》卷二)。平生作诗数千首,可惜绝大部分未能保存下来。其诗以唐人为指归,诗律深严而颇富自得之趣。五言尤工,人称有老杜句法。元好问曾以"百钱卜肆成都市,万古诗坛子美家"(《寄辛老子》)誉之。他的作品不仅反映了个人"风埃南北"流离顿踣的处境,而且大胆表现了金末尖锐的社会矛盾。如《乱后》:

> 兵去人归日,花开雪霁天。川原荒宿草,墟落动新烟。困鼠鸣虚壁,饥乌啄废田。似闻人语乱,县吏已催钱。

即是一篇忧时伤乱的代表作。尾联为画龙点睛之笔,与发端呼应,使诗的内涵和意蕴产生了飞跃。

王元粹,字子正,初名元亮,平州(今河北卢龙)人。系出辽代世族。少时作诗便有高趣,以业专心精,不以世事相累,时辈莫敢与之抗衡。正大(1124—1131)末以门资授南阳(今属河南)酒官。金末携家南入宋境避乱,流寓襄阳(今湖北襄樊)一带。金亡以后,只身北归,寄食燕京,曾有"十月风霜侵病骨,数家针线补残衣"之句。年四十余病卒。同时诗人杨宏道《哭王子正》诗对其"只影卧黄昏"的凄凉晚境和"衔恨入荒原"的不幸命运曾经感慨系之。王元粹是元好问所谓"贞祐南渡后"以诗学"称号专门"的诗人之一(《陶然集诗序》),作品饱含家国身世之痛,沉郁顿挫,气骨苍劲。如《西山避乱》其二:

> 野宿不得晓,飞霜沾敝袍。空山凝寒色,天边星月高。忆昨离鄂城,数家同遁逃。穿林恐相失,前后闻呼号。避乱但欲远,焉知登顿劳。俯临万仞壑,性命轻鸿毛。

诗中的"鄂城"今属湖北鄂州市,当时隶南宋版图。蒙古与南宋联合灭金以后,又在江汉地区与宋交战,一二三六年襄阳一度陷于蒙古军队之手,诗即作于此时。全诗采用白描手法纪乱,语浅情真,言近旨远,可谓不求工而自工。

段克己,字复之,号遯庵,绛州稷山(今属山西)人。早年与弟成己并以文才擅名,礼部尚书赵秉文目为二妙,大书"双飞"二字名其里。金末登进士第。北渡以后,以金源遗逸避世林泉,与弟成己居龙门山(今山西河津北)中,终身未仕。所著《遯庵乐府》已刻入《二妙集》(与弟成己合集)中,有吴昌绶双照楼影元刊本、《九金人集》本。克己以诗著称于河汾,诗风刚健清新。由于"念昔始读书,志本期王佐。时哉不我与,触事多坎坷"(《赠答封仲坚》),因而虽然咏唱"锄犁自把,山田耕罢,双牛随后"(〔水龙吟〕《寿舍弟菊轩》)的躬耕隐居生活,却难免不时发出"壮志久寥落"(〔水调歌头〕)的感叹。不过诗人并未念念不忘个人得失,而是更多地关注着人民的命运。如《癸丑中秋之夕,与诸君会饮山中感时怀旧,情见乎辞》:

少年着意作中秋,手卷珠帘上玉钩。明月欲上海波阔,瑞光万丈东南浮。楼高一望八千里,翠色一点认瀛洲。桂华徘徊初泛滟,冷溢杯盘河汉流。一时宾客尽豪逸,拥鼻不作商声讴。无何陵谷忽迁变,杀气黯惨缠九州。生民冤血流未尽,白骨堆积如山丘。比来几见中秋月,悲风鬼哭声啾啾。遗黎纵复脱刀机,忧思离散谁与俦?回思少年事,刺促生百忧。良辰不可再,尊酒空相对。明月恨更多,故使浮云碍;照见古人多少愁,懒与今人照兴废。今人古人俱可怜,百年忽忽如流川。三军鞍马闲未得,镜中不觉摧朱颜。我欲排云叫阊阖,再拜玉皇香案前:不求羽化为飞仙,不愿双持将相权;愿天早锡太平福,年年人月长团圆!

此诗作于"癸丑"即一二五三年(一作"癸卯",1243),其时金朝虽已灭亡多年,但是由于蒙古军队远征西域、高丽、大理,且与南宋不断交战,人民仍然在水深火热中煎熬。这首诗的可贵之处,在于诗人不仅以金朝遗老的身份为本朝的灭亡唱出了挽歌,而且在更大的时空背景上再现了蒙古铁骑灭金克宋、横扫欧亚过程中"生民冤血流未尽,白骨堆积如山丘"的惨剧。诗的结尾有感于"三军鞍马闲未得,使人不觉摧朱颜"的严酷现实,对于和平生活表达了神往、祈愿之情,与诗的开头有关太平岁月的美好回忆遥相呼应,反映了诗人强烈的厌战情绪和拯救斯民的博大襟怀。诗的意境开阔悲壮,语言流畅清新,达到了思想性与艺术性的完美统一。除了诗作以外,段克己又有词集《遯庵乐府》。所作词往往于凄惋中见旷放,深沉处露挺秀,如〔满江红〕《过汴梁故宫城》、〔水调歌头〕《癸卯八月十七日,逆旅平阳,夜闻笛声有感而作》、〔浣溪沙〕《寿菊轩弟》、〔水调歌头〕《迎送神二词为刘润之赋》等,俱为佳作。号称"河汾诸老"[2]的其他作家,如段成己、麻革等人诗作风貌格调与段克己相近,其中也不时流露出河山非昔之慨和人世沧桑之感。

这一时期还出现了一批少数民族作家,值得注意。刘祁指出:"南渡后,诸女直世袭猛安、谋克往往好文学,……作诗多有可称。"(《归潜志》卷六)实际上少数民族作家并不限于女真族,还包括契丹等族。如完颜璹、石抹世勣、移剌买奴(温甫)、移剌粘合(廷玉)、完颜斜烈兄弟、夹谷德固、尤虎邃、乌林答爽等,可为代表。

石抹世勣(1173—1234)[3],字景略(一说字晋卿),契丹族,咸平(今辽宁开原东北)酌赤烈千户所人。幼勤学,承安五年(1200)词赋、经义两科进士。仕至礼部尚书兼翰林侍讲学士。金亡前夕,扈从金哀宗由汴京突围东征至蔡州,城陷遇难。他早年即有词赋名。其诗如《纸鸢》:"鸥鸢雕鹗谁雌雄,假手成形本自同。果物戏人人戏物,为风乘我我乘风。扶摇漫拟层霄上,高下都归半纸中。儿辈呶呶方仡目,岂知天外有冥鸿。"则为托物咏怀之作,嬉笑怒骂,皆成文章,意趣盎然,流畅可诵。

尤虎邃(1192以后—约1232),字士玄,先名玹,字温伯,为女真纳邻猛安。曾受学于诗人辛愿，并与汉族文士王郁、侯策、刘祁等友善。他虽出身贵家，刻苦为学一如寒士。曾筑室商水一带，恶衣粗食，日以吟咏为事。天兴元年（1232），蒙古军队长驱直入河南以后，他奉命提兵戍亳州，遇乱被杀，年未四十。尤虎邃少时即称能诗，有"山连嵩少云烟晚，地接崤函草木秋"之句。诗作挥洒自如，妙语天成，甚有唐人风致。如《睢阳道中》：

又渡濉江二月时，淮阳东下思依依。邱园寂寞生春草，城阙荒凉对落晖。去国十年初避乱，投荒万里正思归。临歧却羡春来雁，乱逐东风向北飞。

此诗大约即是奉命赴亳时作。雁且北飞，人则南行，身为北人，情何以堪。通篇纡徐曲折，颇富言外之意，意外之味，味外之韵。

完颜璹（1172—1232），本名寿孙，金世宗赐名璹，字仲实，一字子瑜，自号樗轩居士。他是金世宗完颜雍之孙，越王永（亦作"允"）功之子。幼有俊才，能诗工书。十六岁授奉国上将军，累封胙国公、密国公。有诗词集名《如庵小稿》，已佚。诗人早年是颇有政治抱负的，由于"十三执经侍帝旁"（元好问《密公宝章小集》），他对号称"北方小尧舜"的金世宗的言行政绩当有较多的了解；又曾读《资治通鉴》三十馀过，对于上下一千三百多年中国历史的治乱兴衰、成败得失之道烂熟于胸。但由于金室南渡后防忌同宗，完颜璹空怀雄才大略而不得参预朝政。随着金朝国势的衰落和政治上的不得志，他的诗词也因之充满了抱负不伸以至嗟老叹贫的情调。如《东郊瘦马》：

此岁无秋畎亩空，病骖难遣啮枯丛。仓储自益驽骀肉，独尔空嘶苜蓿风。

诗中以"病骖"自喻,对于当时压抑人才的弊端痛加讽谏,面对"却骐骥而不乘兮,策驽骀而取路"(宋玉《九辩》)的社会现实,抒发了几许感慨,多少不平。诗意委婉深沉,令人回味。元好问曾经感叹地说:"使公得时行所学,以文武之才,当颛面正朝之任,长辔远驭,何必减古人,顾与槁项黄馘之士争一日之长于笔砚间哉!朝家疏近族而倚疏属,其蔽乃至于此,可为浩叹也。"(《如庵诗文叙》)尽管如此,诗人一直关注着社稷的安危和国家的前途,"孟津休道浊于泾,若遇承平也敢清。河朔几时桑柘底,只谈王道不谈兵"(《绝句》),即代表了诗人的执着追求和政治理想。完颜璹的作品虽然深受汉文化传统的影响,却也镌有本民族的印迹,常常流露出对于女真族古朴纯直遗风的向往和追求。他没有数典忘祖,而是一直眷恋着白山黑水的故乡。如《梁园》一诗:

> 一十八里汴堤柳,三十六桥梁苑花。纵使风光都似旧,北人见了也思家。

在昔日汉梁孝王游赏延宾之地,完颜璹不能像唐代诗人李白"醉舞梁园夜,行歌泗水春"(杜甫《寄李十二白》)那样放浪形骸。不管汴京的景色如何迷人,也冲淡不了女真人思念祖宗兴邦之地的感情。又如《思归》:

> 四时唯觉漏声长,几度吟残蜡烬釭。惊梦故人风动竹,催春羯鼓雨敲窗。新诗淡似鹅黄酒,归思浓如鸭绿江。遥想翠云亭下水,满陂青草鹭鸶双。

鸭绿江流域,金朝隶婆速府路,《金史·地理志》称"此路皆猛安户"。诗中摹景写情,婉转入妙,表达了一往情深的思归之意。完颜璹又善填词,所作清刚俊逸,亦有可观。元人杨朝英在论及"近世大乐"时,曾将完颜璹的〔春草碧〕与苏轼〔念奴娇〕、辛弃疾〔摸鱼子〕、柳永〔雨霖铃〕等篇并列(《阳春白雪》卷一)[4],足见他在当时所受到的重视。况周颐则认为完颜璹词"姜、史,辛、刘,两派兼而有之"(《蕙风词话》卷三)。实际上完颜璹的词作反映了金词中豪放派与婉约派并流合一的某种趋势,有刚柔互济、相辅相成的特色。其〔朝中措〕、〔青玉案〕、〔沁园春〕、〔临江仙〕等篇,皆笔有馀韵,托意高远。如〔朝中措〕:

襄阳古道灞陵桥,诗兴与秋高。千古风流人物,一时多少雄豪。　霜清玉塞,云飞陇首,枫落江皋。梦到凤凰台上,山围故国周遭。

襄阳(今湖北襄樊)、凤凰台(故址在今江苏南京市南)当时皆隶南宋辖区,玉塞(即玉门关)则为西夏领地。诗人突破狭隘的民族意识,将大江南北中华各民族几千年来生息繁衍的疆土河山尽收笔端,追昔抚今,充满盛衰兴亡之叹。假如作者没有"猛安人与汉户今皆一家"、"皆是国人"(《金史·唐括安礼传》)的气度识见,是很难站到中华民族共同性的立脚点上抒情言志。元好问曾称他为"宗室中第一流人也"(《中州集》卷五),是很有见地的。

集金代文学大成的元好问,是我国北方少数民族鲜卑拓跋部的后裔。关于他的文学成就,将另作专章介绍。

第二节　女真族语文学

在有金一代文学中,女真语文学同汉文学一样,是一个有机组成部分。但是由于年久湮没,而且明代正统十年(1445)以后女真文在女真人当中不再通用,因而以女真文撰写的文学作品传于后世者殊少。根据有关资料推断,早期的女真语文学主要是民歌、萨满巫歌等。据宋人宇文懋昭《大金国志》卷三十九所记,女真旧俗"贫者以女年及笄,行歌于途。其歌也,乃自叙家世、妇工、容色,以伸求侣之意。听者有求娶欲纳之,则携而归,后方具礼偕来女家,以告父母。"可见这种女真语情歌在民间曾经广为流行,可惜没有一篇留传后世。今天我们只能从《金史》等文献中偶尔发现早期女真语歌谣方面的零星材料,如《金史·跋黑传》载昭祖之子跋黑在谋划反对世祖劾里钵、肃宗颇剌淑时,童谣有"欲生则附于跋黑,欲死则附于劾里钵、颇剌淑"之语。至于女真族固有宗教萨满教的巫觋之歌,在《金史》中亦可窥见一鳞半爪:"国俗有被杀者,必使巫觋以诅祝杀之者,乃系刃于杖端,与众至其家,歌而诅之曰:'取尔一角指天、一角指地之牛,无名之马,向之则华面,背之则白尾,横视之则有左右翼者。'其声哀切凄婉,若《蒿里》之音。既而以刃画地,劫取畜产财物而还。"(《谢里忽传》)上述童谣、巫歌都是以汉语译文的形式保留下来的,浑朴自然的本色依稀可见。到了金代中期的金世宗朝,在女真上层人士中则有女真歌词和"本曲"流传。为了保存和延续女真文化,金世宗不仅自制《君臣乐》等女真歌曲(见《金史·乐志上》),并且大力加以提倡。据《金史》记载,大定十三年(1173)四月,"上御睿思殿,命歌者歌女直词,顾谓皇太子及诸王曰:'朕思先朝所行之事,未尝暂忘,故时听此词,亦欲令汝辈知之。汝辈自幼惟习汉人风俗,不知女直纯实之风;至于文字语言,或不通晓,是忘本也。汝辈当体朕意,至于子孙,亦当遵朕教诫也。'"(《世宗中》)后来在东巡所谓"祖宗兴王之地"的金初都城上京(今黑龙江阿城南白城)期间,金世宗更是率先垂范,自歌"本曲"。据《金史·乐志上》记载:"(大定)二十五年(1185)四月幸上京,宴宗室于皇武殿,饮酒乐,上谕之曰:'今日甚欲成醉,此乐不易得也。昔汉高祖过故乡,与父老欢饮,击筑而歌,令诸儿和之。彼起布衣,尚且如此,况我祖宗世有此土,今天下一统,朕巡幸至此,何不乐饮!'于时宗室妇女起舞,进酒毕,群臣故老起舞。上曰:'吾来故乡数月矣,今回期已近,未尝有一人歌本曲者,汝曹来前,吾为汝歌。'乃命宗室子叙坐殿下者皆上殿,面听上歌,曲道祖宗创业艰难,及所以继述之意。上既自歌,至慨想祖宗、音容如睹之语,悲感不复能成声,歌毕,泣下数行。右丞相元忠暨群臣宗戚捧觞上寿,皆称万岁。于是诸老人更歌本曲,如私家相会,畅然欢洽。上复续调歌曲,留坐一更,极欢而罢。"这篇"本曲"从开国武元皇帝即金太祖完颜阿骨打唱起,抚今追昔,激昂慷慨,可以视为一篇女真民族的创业和发展史。其汉文译作在《金史·乐志》中保留下来,译文采用了古朴庄重的四言诗形式。为了语言的整齐划一,虽然在一定程度上影响了作品的自然流畅,但是其气派格调同女真语原作或许相距未远。由于最高统治者的提倡和推动,其时女真语文学当有一定程度的发展,这从金世宗自歌本曲以及上述引文"诸老人(按一作"夫人",见《金史》本纪)更歌本曲"的记载,即可略见一二。它如世宗时作为皇孙完颜璟(章宗)侍读的完颜匡所作的《睿宗功德歌》,大约也是一篇女真文诗作(《金史·完颜匡传》)。不过正如金世宗本人所承认的,由于"女直字创制日近,义理未如汉字深奥"(《金史·选举一》),书面形式的女真语文学发展水平自然受到诸多限制。其后女真文字经过演进，使用价值有所提高。比如新中国成立以后在山东蓬莱发现的奥屯良弼诗刻石，就载录了一首用女真文撰写的七言律诗，格律严谨而对仗工整，从中可以看出女真语书面文学在形式上所受汉语文学的影响。这是女真语文学同汉语文学曾经并行发展的力证。

〔1〕 李纯甫生卒年，今人谭正璧《中国文学家大辞典》以为 1185 年生，1231 年卒，此盖沿袭刘祁《归潜志》小传和《金史》本传之误。考赵秉文《和刘云卿》诗有"屏山没后使人悲，此外交亲我与雷"之句，刘从益（字云卿）正大初（1224）卒，则李纯甫（屏山）断不会卒于正大末（1231）。金代国医张子和《儒门事亲》卷一列举病例时称纯甫"元光春"卒，因系其卒年于元光二年（1223）；纯甫以年四十七谢世，故当生于大定十七年（1177）。又，《金史》本传有纯甫"擢承安二年（1197）进士"、《归潜志》有纯甫"逾冠擢高第"的说法，与此印证，亦相符合。详见周惠泉《金代文学家李纯甫生卒年考辨》，载《社会科学战线》1994 年 3 期。

〔2〕 "河汾诸老"指活动于黄河流域、汾水流域的八位金代遗民诗人麻革、张宇、陈赓、陈庾、房皞、段克己、段成己、曹之谦，他们的作品大多深受金末诗人元好问影响，取径唐诗而不满江西诗派。元人房祺曾经将他们的作品编为《河汾诸老诗集》传世。

〔3〕 石抹世勋生年《金史》本传失载，据李俊民《题登科记》（《庄靖集》卷八），承安五年（1200）石抹世勋登第时"年二十八"，由此可知当生于大定十三年（1173）。至于卒年，《金史》本传称其"蔡州破，父子俱死"，蔡州陷落于天兴三年（1234），以此知其卒于 1234 年。

〔4〕 杨朝英《阳春白雪》卷一将完颜璹《春草碧》词误为金代词人吴激作；元好问曾亲为完颜璹的文集作序，因而当从元好问所编《中州乐府》。陶宗仪《南村辍耕录》、陈廷焯《白雨斋词话》亦沿杨朝英之讹。

第二十九章　元好问

第一节　元好问的生平

元好问(1190—1257),字裕之,号遗山,忻州秀容(今山西忻州)人,集金代文学大成的杰出文学家。他是北魏鲜卑拓跋氏的后裔,魏孝文帝拓跋宏由平城(今山西大同)迁都洛阳,始改姓元氏。五代以后,元好问的先人自汝州迁居山西平定。从高祖到祖父,世代仕宦。父德明,有诗名,一生累举不第,饮酒赋诗以自适。元好问始生七月,出继叔父元格,元格携之宦游四方。七岁能诗,太原名士王汤臣目为神童。年十一,随元格在冀州(今属河北),受教于诗人路铎。年十四,又随元格到陵川(今属山西),肆意经传,遂贯通百家。陵川"风土完厚,人质直而尚义","虽闾巷细民亦能道古今、晓文理"(《郝先生墓铭》),而授业之师郝天挺又是一位品学都很有修养的高士,这些条件对元好问后来的人生道路与文学创作都产生了良好的影响。大安二年,元格病殁于陇城(今甘肃天水东)令任上,元好问扶护灵柩返回忻州乡里(《南冠录引》)。贞祐二年(1214)三月,忻州陷于蒙古军队,元好问历经艰险,仅以身免。同年五月,金廷由中都(今北京)仓皇南迁汴京,开始走上衰落,直至最后灭亡的道路。贞祐四年(1216),河东再度被兵,元好问于五月奉继母张氏寓居福昌三乡镇(今河南宜阳三乡)。兴定元年(1217),撰写著名的《论诗三十首》,并总结前人有关文章法度的论述著为《锦机》一编(已佚)。也就是在这个时候,元好问的诗作开始广为传播,礼部尚书赵秉文见后击节称赏,以书召之,元好问始登文坛盟主赵秉文、杨云翼之门,于是名动京师,时人目为"元才子"。不久移家登封(今属河南),后来又在昆阳(今河南叶县)置田卜居。兴定五年(1221),举进士登第,但未就选,往来箕山颍水之间,吟咏不绝,诗名益盛。正大元年(1224)五月,赵秉文、杨云翼等人举荐他应宏词科入选,权国史院编修官。其时恰值史院修《宣宗实录》,元好问在受命访求"先朝逸事"的过程中,不顾时忌,对于关系到最高统治者评价的敏感问题秉笔直书,据实采录,为维护史学领域"直笔"、"征信"的优良传统做出了贡献[1]。第二年夏天,告归嵩山省亲,著《杜诗学》一书(已佚)。从正大三年(1226)到八年(1231),诗人先后出任镇平(今属河南)、内乡(今河南西峡)、南阳(今属河南)三县令。其中正大六年(1229)服母丧期间,撰成《东坡诗雅》一书(已佚)。在此之前,对蒙古的战局一度有所好转。诗人受命出仕以征粮、催租为主要任务的地方官,目睹人民不胜赋税的苦况,内心十分矛盾,故所作诗中充满了人道主义精神。正大八年(1231)八月,元好问在南阳县令任上奉诏赴京,仕为尚书省掾,不久除左司都事。开兴元年(1232)三月,蒙古大军进围汴京。天兴元年(1232)十二月,金哀宗弃城突围东狩。次年正月,西面元帅崔立叛降蒙古,挟太后召卫绍王之子梁王监国。崔立自负有救一城生灵之功,劫太学生刘祁、麻革及元好问、王若虚等撰文立碑颂其功德。虽"命由威制"(《外家别业上梁文》),碑文"止实叙事"(刘祁《归潜志》卷一三"录崔立碑事"),并无附逆颂功之语,但也暴露了诗人性格软弱的一面[2]。当年五月三日,元好问在蒙古军队的拘羁下北渡黄河。天兴三年(1234)正月,金哀宗自缢于蔡州(今河南汝南),金朝灭亡。从此,元好问便开始了遗民生活。北渡之初,他被编管聊城(今属山东),饱受饥寒之苦。就是在这种极端困难的条件下,他开始编纂金诗总集《中州集》和史学著作《壬辰杂编》。《中州集》成为后世了解和研究金代文学的重要依据;《壬辰杂编》则为元人纂修《金史》提供了宝贵材料。蒙古太宗七年(1235),元好问由聊城移居冠氏(今山东冠县),并于太宗八年寓居阳平时编成《东坡乐府集选》一书(已佚)。太宗十一年(1239)夏,举家辗转回到故乡忻州读书山下。这时金朝故老已凋零殆尽,元好问以文坛宿将岿然独存,颇以重振诗文为念。在放怀诗酒、游戏翰墨的同时,他以年迈多病之躯,流转于齐、鲁、燕、赵、晋、魏之间,亲自采摭金朝君臣的遗言往行,积百馀万言,准备纂修金史。终因身心交瘁,于蒙古宪宗七年(1257)九月卒于获鹿(今属河北)寓舍。

元好问的著作甚富,所著《遗山集》四十卷,《四库全书总目》著录为明弘治刊本,诗十四卷、文二十六卷。有《四部丛刊》影印本。清光绪读书山房重刊本为《元遗山先生全集》,收诗文四十卷、词、小说(《续夷坚志》)各四卷和年谱三种。一九九〇年山西人民出版社又刊印《元好问全集》。诗集单刻的有明汲古阁本、清康熙刊本等。另有清施国祁《元遗山诗集笺注》道光刊本,有人民文学出版社排印本。词集《遗山乐府》五卷,有明吴讷《百家词》本、《彊村丛书》本(用弘治高丽刊三卷本和双照楼影刊本)。今人唐圭璋《全金元词》又据南塘本等校补,最为完备。此外编有《中州集》十卷附《中州乐府》一卷,有《四库全书》本、《四部丛刊》本等。另《唐诗鼓吹笺注》本文是否出于元好问手选,目前尚无定论;"笺注"则元人郝经所著。

第二节　元好问的作品

元好问的文学作品,擅美一时,流誉千载。作为从大兴安岭原始森林中走出来的北魏拓跋氏的后裔,元好问其人天禀本多鲜卑族与汉民族相互融合而形成的豪健英杰之气,加上生长于风土完厚、质直尚义的云、朔地区,又亲历了金源亡国、鼎革易代的社会巨变,民族的、地域的、时代的各种因素交互影响,从而赋予他的作品、特别是诗作以慷慨悲壮、沉郁刚健的风格。元好问在宋、金时期和中国文学史上的出现,为异彩纷呈、北雄南秀的中华文化增添了新的内容、新的气象。他具有多方面的艺术才能,其诗规模李、杜,力复唐音,"奇崛而绝雕刻,巧缛而谢绮丽"(《金史》本传);其词清雄顿挫,闲婉浏亮,有刚柔相济和豪婉兼备的特点;其文自然流畅,格老气苍,堪接欧、苏正轨。而他最受瞩目的文学成就,则在于诗歌方面。元好问也颇自负其诗,曾嘱咐门人:"某身死之日,不愿有碑志也;墓头树三尺石,书曰'诗人元遗山之墓',足矣。"(魏初《书元遗山墓石后》)其诗今存一千三百八十馀首。

元好问的诗歌创作,正如唐代诗人杜甫所谓"诗是吾家事"(《宗武生日》)一样,他的生父元德明也被誉为"诗句妙九州"(《中州集》卷九引雷渊语)。金代诗人王渥在元好问南渡之初称元德明"至今文彩馀,虎子仍斑斑"(见《中州集》卷一○"先大夫诗",诗题佚失),正是就元好问秉承家学、子继父业而言。其兄元好古虽然早逝,亦称能诗,南渡以前曾为元好问的诗稿题诗,有"传家诗学在诸郎,剖腹留书死敢忘"之句。从诗中自注"先人临终,有剖腹留书"之语,可知元德明对于元好问弟兄期望颇殷。但是元好问之所以能够获得很大成就,家学渊源只是一个有利条件,主要还在于他个人的"痛自鞭策"(《答聪上人书》)和不懈进取。正如诗人自己后来指出的:"果以诗为专门之学,求追配古人,欲不死生于诗,其可已乎!"(《陶然集诗序》)因而他甚至在蒙古军队进围汴京的"艰危警急之际,未尝一日不言诗"(段成己《元遗山诗集序》引曹之谦语),金亡以后则"日课一诗,寒暑不易"(余谦《元遗山诗选序》)。诗人贞祐南渡以前的早年诗作,所存已经无多。不过元初文学家王鹗称其"蚤岁崭然见头角,肆笔成章,往往脍炙人口"(《遗山先生文集后引》),当也包括南渡前夕的作品。其中《过晋阳故城书事》很有代表性:

> 惠远祠前晋溪水,翠叶银花清见底。水上西山如卧屏,郁郁苍苍三百里。中原北门形势雄,想见城阙云烟中。望川亭上阅今古,但有麦浪摇春风。君不见系舟山头龙角秃,白塔一摧城覆没。薛王出降民不降,屋瓦乱飞如箭镞。汾流决入大夏门,府治移著唐明村。只从巨屏失光彩,河洛几度风烟昏!东阙苍龙西玉虎,金雀觚棱上云雨。不论民居与官府,仙佛所庐馀百所。鬼役天财千万古,争教一炬成焦土!至今父老哭向天,死恨河南往来苦。南人鬼巫好禨祥,万夫畚锸开连冈。官街十字改丁字,钉破并州渠亦亡。几时却到承平了,重看官家筑晋阳。

据诗人后来撰写的《故物谱》称:"贞祐丙子(1216)之兵,藏书壁间,得存。兵退,予将奉先夫人南渡河,举而付之太原亲旧家。"诗当作于此时。诗题中的"晋阳故城",地处太原西南郊的晋源镇一带,为春秋晋邑,五代时北汉建都于此,向为防御北边的重镇。篇中借古讽今,寄慨遥深,把北汉居民在北宋军队劫掠下被迫南迁同金人在蒙古军队征伐中仓皇南渡巧妙地联系起来,对于"至今父老哭向天,死恨河南往来苦"的历史悲剧表现了极大的义愤,显示出诗人早期作品干预生活的强烈意识,才思不凡,笔有馀韵。写于同一时期的《避兵阳曲北山之羊谷题石龛》、《阳兴寨》、《石岭关书所见》等,也都善于从现实生活中捕捉诗材,造语平淡而意蕴醇厚。上述作品的出现,标志着元好问诗的独特风格正在孕育形成,为他在诗坛上异峰突起奠定了基础。

诗人南渡黄河以后,由于背井离乡,战伐间作,生活处于动荡不安的状态。后来局势虽然相对稳定下来,但家乡沦陷之痛、生民饥寒之苦不时撞击着诗人的心扉,从而使他清醒地面对现实,为这一时期的诗作注入了新的活力。即使是登临遣兴的篇什,也往往包含着关注现实的鲜明倾向。元好问的成名之作,是南渡之初面世的《箕山》、《元鲁县琴台》等诗。《箕山》诗云:

幽林转阴崖,鸟道人迹绝。许君栖隐地,唯有太古雪。人间黄屋贵,物外只自洁。尚厌一瓢喧,重负宁所屑!降衷均义禀,汩利忘智决。得陇又望蜀,有齐安用薛。干戈几蛮触,宇宙日流血。鲁连蹈东海,夷叔采薇蕨。至今阳城山,衡华两丘垤。古人不可作,百念肺肝热。浩歌北风前,悠悠送孤月。

这种纯净无华、苍莽朴直的诗风,对于金室南渡以前诗坛上作意出奇、斗靡夸多的习气而言,无疑构成了十分强烈的反差,在一定意义上甚至可以视为强烈的冲击和大胆的挑战。诗的精神意蕴同唐代杜甫"穷年忧黎元,叹息肠内热"一脉相通,当时文坛领袖赵秉文甚至以为"少陵以来无此作"[3](郝经《遗山先生墓铭》),可见评价之高。元好问的大胆探索和实践,与赵秉文南渡后在诗坛上起衰救弊、标举风雅的努力不谋而合,形成了一种同气相求、上下呼应的局面,从而为金代后期诗歌的健康发展开辟了道路。自此以后,元好问相继写作了大量富有现实意义的诗作,其中思念沦陷于蒙古军队铁蹄之下的家乡,乃是元好问南渡初期诗歌创作的一个经常性主题。如《八月并州雁》:

> 八月并州雁,清汾照旅群。一声惊晚笛,数点入秋云。灭没楼中见,哀劳枕畔闻。南来还北去,无计得随君。

此诗作于寓居三乡之时,诗人羡慕从家乡并州飞来的秋雁,日见其影,夜闻其声,几乎到了魂牵梦萦的程度。由于兵火阻隔,关山难越,诗人避居大河以南之后特别喜欢可以拊翼而起、自由来去的大雁,每于诗中言及,如"秋意渐随林影薄,晓寒都逐雁声来"(《郁郁》)、"随阳见鸿雁,三叹惜淹留"(《九月晦日王村道中》)、"乐事渐随花共减,归心长与雁相先"(《山中寒食》)、"柳意渐回淮浦暖,雁声仍带塞门秋"(《澹亭同麻知几赋》)等等,举不胜举。甚至后来在被蒙古军队拘系北渡、编管聊城之时,仍有"恨我不如南去雁,羡君独是北归人"(《喜李彦深过聊城》)之句。因为迫于生计,诗人参加了一部分生产劳动,同农民的距离有所缩小,在一定程度上体会到"书生如老农,苦乐与之偕"(《乙酉六月十一日雨》)的感情,于是开始把阶级矛盾摄入诗境,《驱猪行》、《虎害》便是讽刺时政的力作。后者将"生不治民死食民"的贪官污吏比作害人之虎,深寓"苛政猛于虎"之意,笔锋犀利,令人称快。诗人仕为地方官以后,处境虽然改变,良知并未泯灭,仍写作了许多关心现实的诗作,如《宛丘叹》:

> 秦阳陂头人迹绝,荻花茫茫白于雪。当年万家河朔来,尽出牛头入租帖。苍鬐长官错料事,下考大笑阳城拙。至今三老背

肿青,死为逋悬出膏血。君不见刘君宰叶海内称,饥摩寒拊哀孤惸。碑前千人万人泣,父老梦见如平生。冰霜纨袴渠有策,如我碌碌当何成。荒田满眼人得耕,诏书已复三年征。早晚林间见鸡犬,一犁春雨麦青青。

据篇末小注,此诗作于正大八年(1231)七月南阳县令任上。注称:"畀李令南阳,配流民以牛头租,迫而逃者馀万家;刘云卿御史宰叶,除逃户税三万斛,百姓为之立碑颂德。贤不肖用心相远如此。"诗中不仅将自己的前任、十年前也曾仕为南阳令的李胡子的暴政与曾经仕为叶县令的刘云卿的仁政两相对比,而且不无深情地寄托了"早晚林间见鸡犬,一犁春雨麦青青"的理想和追求。这对于在内忧外患中"大为逋悬所困"而敢于为民请命、终得免税三年("诏书已复三年征")的地方官来说,其良苦用心是难能可贵的。

金亡前后元好问反映国家黍离之悲的诗作,把他的诗歌艺术推向新的高峰。当时在少数蒙古贵族所谓"汉人无补于国,可悉空其人以为牧地"(《元史·耶律楚材传》)思想的影响下,人民蒙受着有史以来罕见的浩劫。作为历史的见证人,元好问把国破家亡、生灵涂炭的一腔幽愤化为慷慨悲歌,所作堪称一代诗史。如写于南阳县令任上的《岐阳三首》其二:

百二关河草不横,十年戎马暗秦京。岐阳西望无来信,陇水东流闻哭声。野蔓有情萦战骨,残阳何意照空城!从谁细向苍苍问,争遣蚩尤作五兵。

诗题中的"岐阳"指凤翔府(今陕西凤翔)。杜甫写于安史之乱时期的《自京窜至凤翔喜达行在所三首》其一有"西忆岐阳信"之句,此诗因以命题。据《金史·哀宗纪》,正大八年(1231)四月,"大元兵平凤翔府"[4]。诗人在南阳听到凤翔陷落的消息,带着"穷途老阮无奇策,空望岐阳泪满衣"的绝望心情,感而赋此。其中五、六两句赋予"野蔓"、"残阳"以生命与情感,同"战骨"、"空城"等颇富悲剧色彩的意象组合在一起,从而构成一幅凄恻哀婉、惨绝人寰的画面,堪称诗人纪乱诗中的力作。至于身陷围城和被羁北渡时的诗作,如《壬辰十二月车驾东狩后即事五首》、《俳句雪香亭杂咏十五首》、《癸巳四月二十九日出京》、《癸巳五月三日北渡》等等,则更是"感时触事,声泪俱下,千载后犹使读者低徊不能置"(赵翼《瓯北诗话》卷八)。诗看《壬辰十二月车驾东狩后即事五首》其二:

惨淡龙蛇日斗争,干戈直欲尽生灵。高原水出山河改,战地风来草木腥。精卫有冤填瀚海,包胥无泪哭秦庭。并州豪杰知谁在,莫拟分军下井陉。

这是天兴元年(1232)十二月诗人在汴京围城中的作品。其时"朝议以食尽无策,末帝亲出东征",而参知政事完颜奴申、枢密副使完颜习你(斜捻)阿不"素庸暗无谋,但知闭门自守。百姓食尽,无以为生,米升值银二两,贫民往往食人脬,死者相望"(刘祁《归潜志》卷一一"录大梁事")。为此,诗中不仅诅咒"直欲尽生灵"的残酷战争,并且期望金朝的封疆大吏能够挺身而出,救亡图存。颔、颈两联,于严整工炼之中别有肝肠迸裂之痛。赵翼说:"唐以来律诗之可歌可泣者,少陵十数联外绝无嗣响,遗山则往往有之。"(《瓯北诗话》卷八)诚为不易之论。又如《癸巳五月三日北渡三首》:

道旁僵卧满累囚,过去辎车似水流。红粉哭随回鹘马,为谁

> 一步一回头!
> 　　随营木佛贱于柴,大乐编钟满市排。掳掠几何君莫问,大船浑载汴京来!
> 　　白骨纵横似乱麻,几年桑梓变龙沙。只知河朔生灵尽,破屋疏烟却数家。

这是诗人在蒙古军队拘羁下由金朝都城汴京北渡黄河时所作。诗以白描的手法,刻画了在中原大地上目睹的凄惨情景,揭露了蒙古军队掳掠妇女、抢夺财物的暴行,气氛悲壮,诗风真淳简淡。北渡以后,诗人有感于"憔悴南冠一楚囚"(《梦归》)、"家亡国破此身留"(《送仲希兼简大方》)的个人窘境和当年"神功圣德三千牍,大定明昌五十年"(《甲午除夜》)的金源盛况,怀念故国故都之作时而有之,笔力苍劲,声情激越,故明人储巏以为他"金亡以后之文辞,悲歌慷慨,有诗人伤周、骚人哀郢之遗意,亦可见其志也"(《重刊遗山先生文集后序》)。

元好问晚年主要以史笔自任,然而登山临水、游目骋怀之际,也未能忘情于诗。直到谢世的前两年,诗人仍然宣称"苦被诗魔不放闲"(《乙卯端四日感怀》)。不过这时的作品以模山范水、题咏赠答为主。《泛舟大明湖》、《游泰山》、《游黄华山》、《台山杂咏十六首》等,描绘了祖国北方山川的雄伟壮丽,显示了诗人牢笼天地的豁达胸襟,开辟了元好问诗歌创作的新境界。

除诗歌外,元好问的词作、散文、古赋、散曲和笔记小说也各有所长,值得称述。尤其是词,于"疏快之中自饶深婉"(刘熙载《艺概·词曲概》),受到时人和后人的普遍重视。他的词作今存三百八十馀首,涉及登临寄兴、咏物抒怀、吊古伤今、男欢女爱等多方面的题材。其早年词作颇多体现"击筑行歌,鞍马赋诗"([石州慢])的逸兴豪

举,往往以情词跌宕见长,其师王中立《读遗山乐府》一诗曾以"红裙婢子哪能晓"称道之。如〔水调歌头〕《赋三门津》:

> 黄河九天上,人鬼瞰重关。长风怒卷高浪,飞洒日光寒。峻似吕梁千仞,壮似钱塘八月,直下洗尘寰。万象入横溃,依旧一峰闲。　　仰危巢,双鹄过,杳难攀。人间此险何用,万古秘神奸。不用燃犀下照,未必侬飞强射,有力障狂澜。唤取骑鲸客,挝鼓过银山。

词人以磅礴的气势,纵笔勾画出黄河三门津惊心动魄的雄伟景象,结尾则洋溢着一往无前、人定胜天的昂扬奋发精神。通篇既重写实手法,又富浪漫色彩。此外,他的早期词作也不乏秀逸婉丽、情致缠绵的篇什,如作于十六岁的〔摸鱼儿〕、作于十九岁的〔蝶恋花〕(一片花飞春意减)等。以〔摸鱼儿〕为例:

> 恨人间,情是何物?直教生死相许。天南地北双飞客,老翅几回寒暑。欢乐趣,离别苦,是中更有痴儿女。君应有语。渺万里层云,千山暮景,只影向谁去!　　横汾路,寂寞当年箫鼓,荒烟依旧平楚。招魂楚些何嗟及,山鬼自啼风雨。天也妒,未信与、莺儿燕子俱黄土。千秋万古。为留待骚人,狂歌痛饮,来访雁丘处。

此词初稿写于泰和五年(1205),词前小序说:"乙丑岁赴试并州,道逢捕雁者云:'今旦获一雁,杀之矣。其脱网者悲鸣不能去,竟自投于地而死。'予因买得之,葬之汾水之上,累石为识,号曰雁丘。"全词热情歌颂雁侣死生与共的情操,绵至之思,一往而深。由南宋入元的词人张炎曾誉之为"妙在模写情态,立意高远","风流蕴藉处,不减周(邦彦)、秦(观)"(《词源》卷下"杂论")。统观元好问词,疏宕而不失之粗豪,蕴藉而不流于侧媚。特别难能可贵的是,他的很多作品,尤其是中年以后的词作,突破了豪放派与婉约派的固有界限,呈现出熔二者于一炉的明显趋势,为两宋词作的推陈出新做出了努力。如〔江城子〕《梦德新丈因及钦叔旧游》:

> 河山亭上酒如川。玉堂仙,重留连。犹恨春风,桃李负芳年。长记莺啼花落处,歌扇后,舞衫前。　　旧游风月梦相牵。路三千,去无缘。灭没飞鸿,一线入秋烟。白发故人今健否,西北望,一潸然。

这是作者北渡以后怀念故交之作。"德新丈"指金末诗人王革(字德新),长元好问三十一岁。"钦叔"即金末诗人李献能(字钦叔),有"天生今世翰苑才"(《金史》本传)之誉,因以"玉堂仙"许之。元好问与二人交谊甚厚,号称"莫逆"(见《中州集》卷七王革小传)。其时钦叔已殁兵间,德新远徙云内(治所在今内蒙古土默特旗东南),诗人被羁聊城,追想当年同游之乐,面对今日独处之苦,不觉悲从中来,潸然泪下。而神州陆沉之痛,铜驼荆棘之悲,皆蕴藏于"西北望,一潸然"数字当中,慷慨激越的情怀与哀感顽艳的格调融而为一,刚柔互济,相辅相成。

元好问的散文,继承了韩愈、欧阳修、苏轼的优良传统,语言平易自然,风格清新刚健,在金、元两代堪称大家。元好问认为,"诗与文特言语之别称耳,有所记述之谓文,吟咏情性之谓诗,其为言语则一也"(《杨叔能小亨集引》)。因而其文众体悉备,体物记事,俱称佳妙。虽然碑志之作数量居多,其中不乏文采斐然的名篇佳什。如

《希颜墓铭》生动传神地再现了金代文学家雷渊的行止事迹,既有珍贵的史料价值,又有难得的文学价值。其杂记、书牍、箴铭、赠序等体文字,笔势纵放,挥洒自如,仿佛行云流水,类能曲尽情致。如《送秦中诸人行》即以娓娓动人而一往情深的笔触,倾吐了对于友人归隐秦中的赞美之情,表现了自己不慕荣利、激流勇退的情操,委婉含蓄,蕴藉有致。《兴定庚辰太原贡士南京状元楼宴集题名引》则以奔放的感情,抒写了诗人早年身在晋北而兼济天下的宏图大志,篇幅虽短,气势雄壮,吐属不凡,笔力千钧。

元好问的古赋存留仅有数篇,亦属金赋中的上乘之作。如南渡后家居登封时所撰《秋望赋》,以刚劲之笔表现沉郁之思,有"铺采摛文"(刘勰《文心雕龙·诠赋》)的特点,却无搜奇摘艳的流弊。篇中既描摹了"秋风萧条,万籁俱鸣,菊鲜鲜而散花,雁杳杳而遗声,下木叶于庭皋,动砧杵于芜城"的秋景秋声,又寄托着对于时局的深切忧虑:"瞻彼辇辕,西走汉京。虎踞龙蟠,王伯所凭。云烟惨其动色,草木起而为兵。……邈神州于西北,恍风景于新亭。念世故之方殷,心寂寞而潜惊。激商声于寥廓,慨涕泗之缘缨。"最后则以投笔从戎、收复故土、"整六翮而睨层霄"的期望和决心收束全篇,笔雄词富,意存讽喻。

北曲中的散曲,元好问也曾染指,今存小令七首,残套一篇,可见诗人在致力于传统文学样式的同时,又留意于这种生命力很强的新兴诗体。明人徐渭的《南词叙录》指出:"今之北曲,盖辽、金北鄙杀伐之音,壮伟狠戾,武夫马上之歌,流入中原,遂为民间之日用。"孕育于金代、盛行于元代的散曲,正是契丹、女真、蒙古等北方民族慷慨悲壮的"马上之歌"与中原地区的"俗谣俚曲"相互结合、彼此吸收而形成的。以元好问在当时文坛上的名望与地位躬亲此道,标志着这种来自民间的文体已为文人正式承认;元好问的示范,对于散曲的发展和兴盛无疑起了推动作用。

元好问结集于《续夷坚志》中的笔记小说,在文言小说发展史上也应占有一席之地。虽然《四库全书总目·〈续夷坚志〉提要》称其"所纪皆金泰和、贞祐间神怪之事","盖续宋洪迈《夷坚志》而作",但是不应将其视为"游戏笔端,资助谈柄"(陈振孙《直斋书录解题》卷一一《夷坚志》条)的遣兴之作。由于作者对于世态人情、遗闻逸事等广征博采,其中的一些篇什曲折地反映了金代后期的社会矛盾,有一定的认识价值和美学价值。某些看似荒诞不经的鬼狐神怪故事也不乏动人之作,如《狐锯树》、《京娘墓》、《天赐夫人》等篇,便堪称《聊斋志异》的先声。

第三节　元好问的诗论

元好问晚年在论及自己的文学道路时,曾经自称"学古诗,一言半辞,传在人口,遂以为专门之业,今四十年矣。见之之多,积之之久,挥毫落笔,自铸伟词,以惊动海内则未能;至于量体裁,审音节,权利病,证真赝,考古今诗人之变,有戆直而无姑息,虽古人复生,未敢多让"(《答聪上人书》)。可见元好问在把自己的诗歌创作和诗歌评论相较时,对于后者的自信和重视程度。的确,他对中国文学的贡献不仅在于诗作,而且也在于诗论方面。

元好问诗论的代表作,当首推历代传诵的《论诗三十首》,此外还包括文集中的某些序引、题跋、碑铭、论诗诗和《中州集》的作家小传等。《论诗三十首》是诗人南渡初期的"丁丑岁(1217)"、亦即二十八岁时的早年作品,但是由最后一首"撼树蚍蜉自觉狂,书生技痒爱论量。老来留得诗千首,却被何人较短长"判断,似经晚年改定,因而清人说"先生一生识力皆具于此,未可仅以少作目之"(翁方纲《石洲诗话》卷八)。它虽然以论量古代诗人、总结诗体流变作为主要内容,却带有浓厚的理论色彩和强烈的时代意识。特别是诗人在阐述自己的文学主张时,往往结合金诗坛的实际状况,而不为凿空肤廓之论。金室南渡以前的明昌、承安间,由于"朝野无事,侈靡成风"(杨奂《跋赵太常拟试赋稿后》),浮艳尖新、尚奇好异的诗风随之滋长。蒙古军队长驱直入后,中原大地动荡不安,社会生活发生了巨大变化,这种现实对于文学的发展提出了新的要求。元好问在刚刚经历了一段颠沛流离的逃亡生活,避居黄河以南的三乡以后,抱着起衰救弊、重振风雅的雄心,写下了《论诗三十首》这组以诗论诗的杰作。元好问在金、元易代之际,对于"风雅久不作,日觉元气死"(《别李周卿三首》其二)的状况是深以为忧的。诗人不仅以自己的杰构导引了一代诗风,而且以深厚的理论修养和渊博的诗学知识对魏晋南北朝乃至唐代和北宋的一些诗人品评论量,为文学史上的正体和伪体划出了泾渭分明的界限。《论诗三十首》中第一首称:"汉谣魏什久纷纭,正体无人与细论。谁是诗中疏凿手?暂教泾渭各清浑。"虽然从汉谣魏什首发其端,实际上"正体"乃与杜甫所说的"别裁伪体亲风雅"(《戏为六绝句》其六)的"伪体"对举,可见"正体"当指风雅传统而言,因而清人翁方纲认为:"正体云者,其发源长矣。由汉、魏以上推其源,实从《三百篇》得之。"(《石洲诗话》卷七)盖自两汉魏晋以降,文体屡变。唐初陈子昂曾提出诗歌革新的主张,但是这种思想后来并未成为人们的共识。就金代诗坛而言,从中期以后,"竞一韵之奇,争一字之巧"的不良风气再度泛滥。元好问在金末慨然而起,当仁不让,分明以"诗中疏凿手"自任。他论诗之所以从建安诸子开始,是因为汉末建安前后战祸频仍,民不聊生,与金朝南渡以后的形势颇有相似之处。为了扫除当时诗坛上的靡靡之音,他在确立论诗宗旨以后,即首先标举建安风骨,以"曹刘坐啸虎生风,四海无人角两雄"之句形容建安文学中的两个代表人物曹植、刘桢,倡导刚健豪迈、慷慨悲壮的诗风,反对柔靡纤弱的倾向和"切响浮声"的习气;后来还在《中州集》中对于作品"清壮磊落,有幽并豪侠歌谣慷慨之气"的金末诗人李汾推崇备至(卷十李汾小传)。鉴于金朝属于女真统治者建立的政权,元好问又是拓跋鲜卑的后裔,因而《论诗三十首》对于以《敕勒歌》为代表、具有阳刚之美的北方民族文学传统格外重视,用"慷慨歌谣绝不传,穹庐一曲本天然。中州万古英雄气,也到阴山敕勒川"的诗句加以赞许,积极肯定了汉民族文学与北方民族文学的彼此吸收,相互融合。元好问在重视阳刚之美的同时,也十分重视自然平淡之风,因而以"一语天然万古新,豪华落尽见真淳"之句,盛称东晋诗人陶潜。不仅如此,他还在其它诗中宣称"诗中只合爱渊明"(《和仁卿演太白诗意二首》其一)。其《继愚轩和党承旨雪诗四首》其四更将陶潜诗作与金人当时作品进行对比:"愚轩具诗眼,论文贵天然。颇怪今时人,雕镌穷岁年。君看陶集中,饮酒与归田。此翁岂作诗,直写胸中天。天然对雕饰,真赝殊相悬。乃知时世妆,粉绿徒争怜。枯淡足自乐,勿为虚名牵。""愚轩"系金代诗人赵元自号,其诗自然真率;所作《修城行》一诗,反映元好问的家乡忻州沦陷以后的情况,逼真地再现了金代后期尖锐的民族矛盾和阶级矛盾。这里元好问把"雕镌穷岁年"的"今人"同"直写胸中天"的陶潜加以比较,自有针砭时弊、导引诗风的用心;以"枯淡足自乐,勿为虚名牵"之句作结,亦含有与赵元共勉的深意。元好问主张自然天成,并非忽视规矩法度。他在《陶然集诗序》中曾经指出,"文字以来,诗为难;魏晋以来,复古为难;唐以来,合规矩准绳尤难",并以禅喻诗:"方外之学有为道日损之说,又有学至于无学之说,诗家亦有之。子美夔州以后,乐天香山以后,东坡海南以后,皆不烦绳削而自合,非技进于道者能之乎!"对于"技进于道",其《周才卿拙庵》一诗作了形象化的阐释:"诗笔看君有悟门,春风过水略无痕。庵名未便遮藏得,拙里元来大巧存。""春风"云云,盖拟诗悟境,与南宋严羽"羚羊挂角,无迹可求"(《沧浪诗话·诗辨》)的说法不谋而合,却避免了严氏脱离现实的玄虚之弊。不为钩章棘句之工,而求出神入化之妙,这是元好问有关艺术境界的基本观点。正因为如此,在对待文化遗产的态度上,他主张广泛吸取前人经验,加以融会贯通,从而达到"学至于无学"(《陶然集诗序》)的境界。他认为杜甫之所以能够卓然自成大家,是"九经百氏古人之精华""膏润其笔端"(《杜诗学引》)的结果。他所说的学习前人,当然不是俯仰随人、亦步亦趋的模仿,而是熔铸万象、自成一格的创造。他不满于金代诗坛在北宋诗人影响下形成的次韵唱和、窘步相仍的陋习,因而不仅在《论诗三十首》中批评宋以来盛行的唱和次韵之作"唱酬无复见前贤",而且在与金代诗人雷渊、刘从益论诗时重申"和韵非古,要为勉强"(刘祁《归潜志》卷八)的观点,同严羽"和韵最害人诗,古人酬唱不次韵"(《沧浪诗话·诗评》)的见解彼此呼应,都主张用凌云健笔,扫除陈陈相因的风气。为了力矫宋诗之失,给贞祐南渡以后的金诗弃宋学唐、"以唐人为指归"(《杨叔能小亨集引》)开辟道路,元好问在肯定苏轼、黄庭坚艺术成就的同时,也提出了"沧海横流却是谁"的尖锐批评,表达了"未作江西社里人"的郑重态度。正是由于元好问等人通过文学批评和创作实践开拓进取,努力不懈,才把金诗提高到一个新的境界,从而在金代诗坛上出现了元好问反复宣称的"南渡后,诗学为盛"(《陶然集诗序》)、"贞祐南渡后,诗学大行"(《杨叔能小亨集引》)的局面,使他能够以自豪的态度,对金诗有别于宋诗的独特成就进行总结。在艺术与现实生活关系的看法上,元好问强调客观实际所激发的真情实感,反对为文造情的虚假伪饰风气,主张"眼处心生句自神,暗中摸索总非真",认为"心口别为二物,物我邈其千里,漠然而往,悠然而来,人之听之,若春风之过马耳,其欲动天地、感鬼神,难矣!"(《杨叔能小亨集引》)在元好问看来,足以上继风雅而臻于极致的只有唐诗。这些都是元好问论诗的卓越识见。当然,由于传统诗教的影响,元好问的诗论中也包含着某些落后的因素,如《诗论三十首》中提出的"俳谐怒骂岂诗宜",以及《杨叔能小亨集引》罗列的学诗戒条"无怨怼"、"无为仇敌谤伤"等,这不仅使他在对个别诗人如刘禹锡、陆龟蒙的评价上有失偏颇,而且对于自己诗作的积极精神也有所影响。

〔1〕 见元好问《东平贾氏千秋录后记》、《郑州上致政贾右(左)丞相公》诗、《中州集》卷九贾益谦小传并贾益谦《赠史院从事》诗、《金史·贾益谦传》。

〔2〕 崔立碑事,当由刘祁属文,元好问等修改,事件经过可参看元好问《内翰王公墓表》、刘祁《归潜志》卷一二"录崔立碑事"、《金史·王若虚传》等。至于有关此事的褒贬评断,今人降大任《元遗山新论》(北岳文艺出版社1988年版)缕述前说,较为详尽,可以参看。

〔3〕 郝经《陵川集》本、大德碑本《遗山先生墓铭》皆作"少陵以来无此作",《金史·元好问传》作"近代无此作"。由于郝经乃元好问门生,说法自然可信。对于赵秉文推崇元好问的言论,不仅金、元时期不被理解(《金史》本传妄改赵语即为一例),而且直到清代,施国祁笺注元好问诗集时仍然未得确见(见《箕山》诗注)。

〔4〕 《续资治通鉴》卷一六五亦称宋理宗绍定四年(金正大八年)四月"蒙古取金凤翔"。《元史》卷二则作"春二月,克凤翔",与《金史》、《续资治通鉴》稍异。

第三十章　董解元《西厢记》

第一节　崔、张故事的演变

　　董解元《西厢记》在以张生和莺莺恋爱故事为题材的一系列文艺作品中占有重要地位。最早描写这一恋爱故事的作品是唐代作家元稹的《莺莺传》。元稹的友人杨巨源写有《崔娘》诗,李绅写有《莺莺歌》。宋代秦观的《淮海词》和毛滂的《东堂词》中也有以这一题材创作的《调笑转踏》;赵令畤还以说唱文艺形式写有《商调蝶恋花鼓子词》[1]。赵令畤在谈及创作缘起时说:"至今士大夫极谈幽玄,访奇述异,无不举此以为美话;至于倡优女子,皆能调说大略。惜乎不被之以音律,故不能播之声乐,形之管弦。"这表明时至北宋,这一故事不但在文人阶层而且还在倡优女子中盛传,但还没有能以乐器伴奏演出的作品。经过文士倡导、倡优努力,至迟在南宋就产生了可以说唱的作品,据罗烨《醉翁谈录》有关记载可知,当时已出现了话本小说《莺莺传》;据周密《武林旧事》有关记载可知,当时还有官本杂剧《莺莺六么》;南戏《张协状元》中有〔赛红娘〕、〔添字赛红娘〕等曲牌,可见当时也可能有演出这一故事的南戏作品。这些作品,对董解元《西厢记》的产生都起过或多或少的影响,而影响最大的当首推元稹的《莺莺传》。

《莺莺传》的情节大略是:张生游赏蒲东普救寺,正好遇见孀妇郑氏带着女儿莺莺和幼子欢郎回长安,途中也寄寓寺中。当时驻军统帅亡故,乱军大掠地方,郑氏惊惶万状,张生与蒲将之党有旧,请求保护,郑氏一家始免于难。乱定之后,郑氏设宴谢张生,并令莺莺、欢郎出来面谢。张生见到莺莺,遂生爱慕之情,后得红娘帮助,与莺莺结合。不久,张生去长安应试,又将莺莺弃置,还斥责她是"不妖其身、必妖其人"的"尤物",为自己"始乱终弃"的丑行辩护。文末,作者还称许张生这种行为为"善补过者"。

尽管元稹的态度不足取,但在这个悲婉凄切的故事中,却塑造了一个才华出众、感情深挚的少女形象——崔莺莺。她长自"财产甚厚,多奴仆"之家,自幼接受封建教育,成人后则"贞慎自保"。但在张生的启发、挑逗之下,终于克服自身背负的礼教意识,委身于他。张生却热衷于功名,不久赴京应试再也不谈婚娶之事。莺莺固然希望张生能"仁人用心,俯遂幽眇",但也预感到"达士略情,舍小从大",被遗弃的命运已不可避免,但仍然忠于过去的爱情,表示"骨化形销"也"丹诚不泯"。张生不为所动,并将莺莺的复信遍示友人,为自己的"忍情"辩解。此后各自婚娶,但张生又不忘旧情,一再要求见面,莺莺却"终不为出",先后赋诗二首,"不为旁人羞不起,为郎憔悴却羞郎"、"弃置今何道,当时且自亲",对张生慑于礼教官箴的背信弃义行为,表示了深沉的怨怼。

与莺莺相比,张生这一形象大为逊色。过去有的学者认为张生就是唐代诗人张籍[2],但更多的学者都认为张生即作者元稹自己[3]。不过在分析作品时,不宜以史绳文,还是应从形象出发。在《莺莺传》中,张生表面上是一个"非礼不可入"的正派儒生,而骨子里却是"真好色"的轻薄文人。自从见了莺莺,这个自称"未尝近女色"的才子随即"行忘止,食忘饱","不能逾旦暮"了。他不"因媒氏而娶",而借"喻情诗以乱之",似乎有些反抗礼教习俗的意味。但在"始乱"之后又"终弃"之,反诋毁莺莺为"妖孽"。

我们从《莺莺传》中这两个人物形象身上,可以了解到唐代社会的某些现实情况:妇女的社会地位十分低下,在婚姻问题上经常受到不公平的待遇,命运极其悲惨。总之,这一题材颇有认识意义。再加之元稹的高度文学素养,特别是他喜爱听艺人"说话",曾与白居易同在新昌宅听说"一枝花话"[4],受到说唱文艺的影响,他的《莺莺传》故事叙述得委婉曲折,人物描写得情态毕现,很有感染力。正因为此,尽管他在篇末为张生"文过饰非"(鲁迅《中国小说史略》),但作品形象所显示的客观效果则暴露了张生的丑行恶德,反映了莺莺令人同情的悲惨遭遇。这篇传奇的客观意蕴已大大超越了作者的主观意图,并且产生了巨大而深远的影响,所谓"其事之振撼文林,为力甚大"(鲁迅《唐宋传奇集·稗边小缀》)。

大历诗人李绅从其友人元稹处得知这一故事以后"卓然称异",写有《莺莺歌》。在《全唐诗》卷四百八十三中仅录存八句,董解元在《西厢记》中却引用了三十馀句,目前可见及的共四十二句。仅从这残篇来看,它对董解元《西厢记》的影响也是显然的。

宋代有关这一题材的文艺作品,现存的有《调笑转踏》和《鼓子词》。所谓"调笑转踏"是用一首七言八句的诗和一首〔调笑令〕词相配合,来咏唱一个故事的舞曲。秦观和毛滂的《调笑转踏》用八个这样的舞曲,分别咏唱八个故事联结成一套。秦观咏崔莺莺的一诗一词的《调笑转踏》,只写到"夜半红娘拥抱来,脉脉惊魂若春梦","红娘深夜行云送,困弹钗横金凤"为止,对张、崔幽会以后的事未曾叙及。毛滂咏崔莺莺的《调笑转踏》则写到"此夜灵犀已暗通,玉环寄恨人何处"，"薄情年少如飞絮，梦逐玉环西去"，已说及欢会之后的离别和寄环。当然，一首短诗、一阕小令这种"调笑转踏"的形式，是很难将一个故事的首尾交代清楚的。而且，这种诗词作品，大多读者还毕竟是文士，在市井小民中难以产生巨大的反响。赵令畤所写的《商调蝶恋花鼓子词》却不同，他采用了民间流行的说唱文艺形式鼓子词来谱写张生和莺莺的恋爱故事，运用〔蝶恋花〕词十二首咏唱，再辅以散文的道白穿插在词作之间，这就较"调笑转踏"可以包孕更为丰富的内容，而且还可以"形之管弦"，向更多的听众演唱，扩大了这一故事的流传范围。更值得注意的是，赵令畤在他的作品中表露了自己对这一故事的看法，他引用朋友"何东白先生"的见解说："张之于崔，既不能以理定其情，又不能合之于义。始相遇也，如是之笃；终相失也，如是之遽。"赵令畤在词作中还一再慨叹，"最恨多才情太浅，等闲不念离人怨"、"地久天长终有尽，绵绵不似无穷恨"，指责了张生始乱终弃的丑行，流露了对莺莺被弃的深切同情。这些叙述和描写，表明赵令畤对待这一恋爱变故的态度已不同于元稹；然而彻底改变这一故事结局，却有待于董解元的《西厢记》。

第二节　董西厢的产生

元稹《莺莺传》问世四百年左右，金章宗时文士董解元将这篇仅有几千字的传奇，用说唱文艺的形式重新创作，扩充成五万字左右的《西厢记》。

董解元《西厢记》的产生并非偶然现象，它首先是政局稳定、生产发展、文教振兴的产物。宋金之间长期对抗，但自"隆兴和议"（1163）以后暂告平静。金世宗有鉴于前朝"干戈之荼毒，崎岖日久，心颇厌之"。而在"和好既成"之后"迄三十年,无寸兵尺铁之用"(《大金国志》卷一八),注意"与民休息,群臣守职,上下相安,家给人足,仓廪有馀",以致被史家称为"小尧舜"(《金史纪事本末》卷三〇)。章宗即位后,前十年也颇能继承世宗休明之治,董解元在《西厢记》卷一〔仙吕·醉落魄缠令〕中所说的"喜遇太平多暇,干戈倒载闲兵甲",正反映了这一历史阶段的真实情况。

在政局稳定、生产发展的基础上,女真族统治者不断吸收、借鉴汉民族的文化典制,大力振兴文教。如世宗大定十六年(1176)四月,"诏京府设学养士"(《金史纪事本末》卷三〇)。章宗更"性好儒术,即位数年后,兴建太学,儒风盛行,学士院选五六人充院官,谈经论道,吟哦自适,群臣中有诗文稍工者,必籍姓名,擢居要地,庶几文物彬彬矣"(《大金国志》卷二一)。刚即位,就在大定二十九年(1189)二月,命"学士院进呈汉、唐便民事"以为借鉴,并"令有司稽考典故,许引用宋事";改元以后,明昌元年(1190)三月,下令"设应制及宏词科",还"诏修曲阜孔子庙学","亲行释奠礼,北面再拜"(《金史纪事本末》卷三四),以收拾汉族士子之心。为了更进一步学习汉族文化,明昌二年(1191)四月又谕有司"自今女直字直译为汉字,国史院专写契丹字者罢之"(同上)。由于世宗、章宗大力倡导学习汉族文化,使得当时汉化程度相当普遍、深入,而对宋代说唱技艺的欢迎和喜爱则是一个重要的表现。早在金太宗灭亡北宋之际,就曾将汴京的伶官乐器囊括一空,"挈之以归"(《金史·乐上》)。经过世宗、章宗两朝,金石之乐"日修月茸",也"粲然大备"(同上)。大定六年(1166),世宗"大会群臣于紫极殿,始用百戏。酒三行则乐作,鸣钲击鼓,百戏出场,有大旗狮豹跷索上竿之类"(《大金国志》卷一六)。章宗也同样沉溺于此,明昌元年(1190)夏五月"拜天于西苑,射柳击毬,纵百姓观"(《金史纪事本末》卷三四)。在这种需求之下,院本杂剧便勃然而兴,陶宗仪在《辍耕录》卷二十五中著录院本名目近七百种之多,可见盛况之一斑。而早年流行于宋都汴京的诸宫调,也在金朝统治区域内流行起来,董解元《西厢记》正是这一背景的产物。

其次,董解元《西厢记》可说是我国文艺创作成就长期积累的新发展。如前所述,唐传奇《莺莺传》和唐诗《莺莺歌》为它提供了题材;宋代文人如秦观、毛滂、赵令畤等人的有关这一题材的创作,以及流行于市井间的话本小说、官本杂剧,同样为它的产生提供了宝贵的艺术经验。它还从古代许多文史著作中汲取了丰富的营养。仅粗略地加以寻绎,董解元《西厢记》涉及的古代著作就有《论语》、《庄子》、《春秋左传》、《诗经》、《礼记》、《仪礼》、《吕氏春秋》、《吴越春秋》、宋玉的《高唐赋》和《登徒子赋》、扬雄的《长杨赋》、《史记》、《汉书》、《后汉书》、曹植的《洛神赋》、《世说新语》、《晋书》、潘岳的《秋兴赋》、苏蕙的《璇玑图》,唐代变文,特别是唐代传奇被涉及的更多,如薛用弱的《集异记》、沈既济的《任氏传》、陈玄祐的《离魂记》、李朝威的《柳毅传》、裴铏的《传奇》、许尧佐的《柳氏传》等等。许多宋词名句,则被熔铸为优美的唱辞,如卷六〔大石调·玉翼蝉〕"……不忍轻离别,……那堪值暮秋时节。雨儿乍歇,……那闻得衰柳蝉鸣凄切!……纵有千种风情,何处说?"显然是从柳永〔雨霖铃〕一词化来。卷七〔仙吕调·剔银灯〕"天遥地远,万水千山,故人何处?"同调〔尾〕"除梦里有时曾去,新来和梦也不曾做",这又是剪裁赵佶的〔宴山亭〕《北行见杏花》一词而成。卷七〔道宫·尾〕"非关病酒,不是伤春",则明显是李清照〔凤凰台上忆吹箫〕一词的改制。由此可见,董解元的《西厢记》无疑是在我国古代文史著作的养料哺育之下得以诞生的。

从它的表现形式看,更是宋代以来说唱文艺的集大成者。董解元《西厢记》究竟是什么体裁？沈德符在《野获编》卷二十五"杂剧院本"中将它视作杂剧（院本）。近人王国维在《宋元戏曲考》中断言"以余考之,确为诸宫调无疑"。郑振铎在《宋金元诸宫调考》中赞成此说,并认为这是王国维作出的"很重要的一个判定"[5]。诸宫调是产生于北宋中叶的一种说唱文艺形式,首创者为泽州（今山西晋城）艺人孔三传。他的活动年代大约在神宗、哲宗、徽宗三朝[6],最初盛行于北宋都城汴京,后来也传到南宋都城临安[7]。它是一种融汇了词、变文、鼓子词以及唐宋大曲、宋代唱赚的特色而创造出来的一种新的说唱文艺形式。从形式看,它与鼓子词极为相似,都由讲说的散文和歌唱的韵文穿插而成,但又有明显的差别。这差别主要表现在音乐结构方面：鼓子词只用属于同一宫调的一个曲调反复歌唱,音乐相当简单,相应地也只能叙述简单短小的故事；诸宫调则由分属于多种不同宫调的许多曲调构成,音乐相当复杂,相应地也就能表现比较复杂的情节。董解元《西厢记》共运用了十四个宫调、一百五十一个基本曲调,连同变体在内则有曲调四百四十四个之多,而且还将同一宫调的若干不同曲调组成一个歌唱单位即套数,音乐的构成方式极其丰富多变,正可以表现复杂纷纭的情节。诸宫调演唱时伴奏的主要乐器为弦乐器琵琶[8],所以董解元《西厢记》又称《弦索西厢》或《西厢挡弹词》；还有锣、板（见元杂剧《诸宫调风月紫云亭》）、鼓（见洪迈《夷坚志》支乙卷第六）。当时还产生了不少有名的演员（如熊保保、张五牛、高郎妇、黄淑卿等）,创作了不少作品（如《耍秀才》、《霸王》、《卦铺儿》等等）,可惜这些演员生平事迹已不可详知,作品也大都散佚。但它们对董解元创作《西厢记》无疑是产生了极大的启发作用的,《弦索西厢》正是在如此深厚的基础上得以产生的。

再次,《西厢记》的诞生当然和作者董解元分不开,是董解元艺术实践的产物。董解元的生平事迹不可详考,汤显祖在其评本中说他的名字叫董朗。陶宗仪和钟嗣成都说他是金章宗时(1190—1208)人[9]。朱权在《太和正音谱》中根据"解元"二字推断他曾"仕于金"。其实"解元"只是对读书人的一般称呼,不一定表示有什么功名。据《大金国志》卷三十五所载:"太宗天会十年,国内太平,下诏如契丹开辟制,限以三岁,有乡、府、省三试之法,每科举时,先于诸州分县赴试,……号为乡试。悉以本县令为试官,……榜首曰乡元,亦曰解元。次年春分三路类试,……谓之府试,……榜首曰府元。至秋尽集诸路举子于燕,名曰会试,……榜首曰敕头,亦曰状元。"可见金代所谓的乡试,与明清时代乡试并不相同,大约只相当于明清时代府县试,所谓"解元"也非明清时代乡试第一,大约只相当于明清时代的秀才,社会地位并不高。关于他的活动,史籍中很少有记载。宋元南戏中有《董解元智夺金玉兰传》,关汉卿有《董解元智走柳丝亭》杂剧,可能就是以他的事迹为题材创作的,可惜这两个剧本均已散佚,目前仅能从他自己创作的《西厢记》中约略窥知其生平状况。在卷一〔仙吕调·醉落魄缠令〕中,他自述道:"……秦楼谢馆鸳鸯幄,风流稍是有声价。教惺惺浪儿每都伏咱。不曾胡来,俏倬是生涯";〔仙吕调·整金冠〕中又说:"提一壶酒,戴一枝花儿,醉时歌,狂时舞,醒时罢。每日价疏散不曾着家。放二四不拘束,尽人团剥。"从这些夫子自道中可以看出作者是一个放浪不羁、蔑视礼法、地位低下、生活散漫而与社会下层有较多接触的知识分子。这样的社会地位和生活经历决定了他的美学观点和艺术爱好必然不同于一般正统的封建文人。在卷一〔般涉调·太平赚〕中他说:"俺平生情性好疏狂,疏狂的情性难拘束。一回家想么,诗魔多爱选多情曲。"这表明他对那些突破礼教束缚的讴歌爱情的作品特别喜爱,并且自己动手创作。在〔般涉调·尾〕中他又说:"穷缀作,腌对付,怕曲儿捻到风流处,教普天下颠不刺的浪儿每许。"对自己作品的艺术感染力充满着自信,可见他确实是一位深谙此道的作者。大约在金章宗泰和五年(1205)以前,他所创作的《西厢记》终于问世。

总之,社会地位低下的知识分子董解元,在"太平多暇"的时代,从古代文史著作中汲取了丰富的营养,根据唐代传奇和唐代诗歌所提供的题材,结合时代风貌,运用市井间广泛流行的说唱文艺形式,通过他自己独特的艺术认识,创作出《西厢记》这样一部巨著,从而丰富了我国文学史的内容。

第三节　董西厢的思想内容

《西厢记》虽然借用了《莺莺传》的故事情节,但董解元却对它进行了根本的改造,完全可视为新的创作。

首先从故事情节看,董解元《西厢记》约五万言,这对于三四千字的《莺莺传》来说,无疑是一大发展,大大丰富了张生、莺莺恋爱故事的内容。它的情节整体,自然是借用《莺莺传》,但同时也从《莺莺传》的片言只语中,凭借自己的想象,加以衍化,使这一故事的情节更为纷纭繁复、异彩缤纷。如《莺莺传》中叙及张生"行忘止,食忘饱,恐不能逾旦暮",董解元就将其扩写为极其感人的张生害相思一场戏;《莺莺传》中莺莺给张生的复信中有"君子有援琴之挑,鄙人无投梭之拒",这就构成了《西厢记》中张生奏琴诉说相思的一出戏;《莺莺传》中说"张与蒲将之党有善,请吏护之,遂不及于难",则被董解元敷衍成白马将军发兵解救普救寺的一场戏。

当然,董解元也从李绅的《莺莺歌》中汲取了不少情节加以改制。如《西厢记》中的白马将军,在《莺莺歌》中始有对其人的具体描绘,可见有关白马将军的故事情节是根据《莺莺歌》的叙述衍化而成;又如《莺莺传》中说乱军"大掠蒲人",但只是抢劫财物而已,至于《西厢记》中所写孙飞虎强索莺莺为压寨夫人,也显然是从《莺莺歌》中截取而来;再如张生写词、莺莺寄柬这一情节,《莺莺传》中虽也曾叙及,但全无对莺莺心理活动的反映,而在《莺莺歌》中却有较为细腻的描绘,《西厢记》显然是借鉴了李绅诗作的表现加以铺陈。如此等等,均表明《莺莺歌》对于董解元创作《西厢记》也同样有着重要的作用。

此外,还有不少情节如张君瑞闹道场、孙飞虎兵围普救寺、莺莺问病、勘问红娘,乃至长亭送别、村店惊梦、郑恒进谗等等,在《莺莺传》和《莺莺歌》中均未见有,是否是董解元从已散佚的话本小说《莺莺传》和官本杂剧《莺莺六么》中借鉴而来,还是董解元自己的创造,虽然一时尚难以论定,但董解元在前人创作的基础上加以丰富发展则是可以肯定的。他多方面摄取素材,加以改造、提炼,进行合理的推演、衍化,根据自己对这一传统题材的认识和理解,重新加以构制合成,使之浑然一体地更为丰富地展示人物性格、更为深刻地表现主题思想服务。

其次从人物形象看,董解元不但对《莺莺传》中原有人物重加刻画,而且还塑造了新的形象。《莺莺传》的主要情节是围绕张生和莺莺而展开,因之张、崔二人自然是这篇传奇的主要人物。在元稹笔下,张生是一个"始乱终弃"的才子,由此而导致莺莺的悲剧;但在董解元笔下,则成为用情专一的书生,以他的志诚获得了幸福的爱情。元稹笔下的莺莺是一个"有自献之羞"的"尤物",在《西厢记》中则成为一个克服了封建礼教势力束缚而获得美满婚姻的佳人。《莺莺传》中的老夫人是张生的"异派从母",在得悉张生和莺莺相爱以后,知其"不可奈何"因而"欲就成之";在《西厢记》中则十足是一个"作事威严、治家廉谨"的封建家长,成为张生、莺莺相爱的障碍,几乎造成这一对青年男女的爱情悲剧。红娘在《莺莺传》中,对于张生和莺莺的结合所起作用甚微,而在《西厢记》中则成为他们恋爱成败的关键人物。她眼见"积世虔婆"老夫人的"忘恩负义",酿成张生和莺莺的悲苦愁思,从而激起了对老夫人的不满和对张、崔的同情,为张、崔的欢会传书递简,出谋献计,向老夫人进行面对面的抗争。很难设想,没有红娘这位"下人之谋",这一对青年男女能够幸福地结合。在《莺莺传》中"总戎节"的杜确,在董解元笔下也成为一个有关张、崔恋爱成败的关键人物,没有他发兵解救普救寺,张珙在老夫人面前就无进身之阶,无功不能获报,老夫人全家就不会对之感恩,莺莺也就不可能对之由感激而生发爱慕之情,最后没有他的处断,莺莺又可能得而复失,为郑恒所谋夺。这些,都是董解元对《莺莺传》中原有人物的新的描写。

至于作者所增写的人物,也都是由于情节发展所必需。例如法聪与孙飞虎,就是相互对立而又纠缠在一起的人物,没有孙飞虎"劫财物、夺妻女"的骚乱,就不可能表现出法聪和尚的侠士风概。这个"不会看经,不会礼忏,不清不净"的和尚原是"蕃部之后",在感到"世路浮薄"后才出家为僧,但军人的豪爽作风一如往昔,出自"济众之心",他敢于与叛将孙飞虎恶斗一场;为了张珙的"弟兄情",他将私蓄倾囊相助,并准备为张生的幸福去杀人,"待做头抵"承担一切后果,最后又指使张生携着莺莺去投奔白马将军杜确。董解元笔下的郑恒,则是与老夫人同一类型的人物。如果说老夫人主要是体现了封建礼教的人物,那么郑恒就主要是代表了封建势力的人物。他的出场及其一系列的活动,增加了张生和莺莺恋爱过程中的阻力,当然也就使得故事情节的发展更其摇曳多姿,从而显示了张、崔的幸福爱情确是来之不易。

总之，无论是董解元重新改写的原有人物，还是增写的新的形象，都是为了适应大大丰富了的情节的需要，而在丰富的情节中又多方面地表现出这些人物的不同性格。情节是展示人物性格的生活基础，人物性格又是情节发展的内在因素，董解元在《西厢记》中所丰富的情节和所塑造的人物，两者之间水乳交融，相互作用，从而体现了作者的主观意图，表现了作品的客观意义。

再次从思想主题看，由于情节的大大丰富和人物形象的重新塑造，《西厢记》的思想主题已大大不同于《莺莺传》。元稹把张生与莺莺的恋爱故事处理成悲剧，这原无可厚非，因为唐代妇女的命运确实很悲惨，并不亚于任何一个封建王朝，始乱终弃的现象也很普遍。问题在于元稹对造成悲剧原因的认识却是极端错误的，他公然说："大凡天之所命尤物也，不妖其身，必妖其人。使崔氏子遇合富贵，乘宠娇，不为云、为雨，则为蛟、为螭，吾不知其变化矣。昔殷之辛、周之幽，据百万之国，其势甚厚，然而一女子败之，溃其众，屠其身，至今为天下僇笑。予之德不足以胜妖孽，是用忍情。"一面斥责被弃的莺莺为妖身妖人的"尤物"，一面又为薄倖的张生始乱终弃的"忍情"丑行辩解，最后还肯定这种恶劣行径为"善补过者"。董解元在《西厢记》中则从根本上改变了《莺莺传》的思想主题，通过对张生和莺莺的相恋而结合的全过程的生动描绘，形象地揭露了封建礼教和封建势力对青年男女爱情追求的束缚和压制，充分肯定了青年一代为维护自身幸福进行抗争的努力，热情歌颂了他们抗争的胜利，无情地嘲笑了封建礼教的破产和封建势力的失败，使流传了几百年的张、崔恋爱故事彻底改观。董解元在他的作品中将《莺莺传》中的悲剧结局全然颠倒过来，就这一传统题材而言，确实具有开创性的深刻意义，可谓开辟了新纪元。

这种"新纪元"的"开辟"并非偶然现象。文学作品的主题思想是与时代生活、与作者经历有着紧密关联的。《西厢记》的思想主题不同于《莺莺传》的首要原因，就在于元稹在《莺莺传》中反映的唐代社会生活及作者对其评价，截然不同于董解元在《西厢记》中反映的金代社会生活及作者对其评价。唐代妇女在婚姻问题上不能自主，备受法律和礼教的压迫与束缚，与任何封建王朝如出一辙。但由于皇室淫乱风气的影响，婚配以外的性行为在社会上却比较随便，而其造成的恶果却经常为被弃的女方所独尝。同时，六朝重视门第的遗风犹存，在唐代一般士子如没有公卿显爵为之推荐，很难考试及第，所以一般士人无不把攀结高门视为进身捷径，始乱终弃的现象也就大量发生，元稹本人就曾求娶工部尚书韦夏卿之女韦丛为妻，以做登进之奥援。因而在元稹看来，张生最后弃爱情取功名当然是一种"善补过"的抉择。但是到了四百馀年之后的金代，封建王朝数经更迭，封建军阀屡兴战伐，农民起义此伏彼起，门第观念已日趋淡薄。同时，金代统治者为女真族，其风俗与汉族颇有差异，即以婚配而言，"富者以牛马为币，贫者以女年及笄，行歌于途，其歌也，乃自叙家世、妇工、容色，以伸求侣之意，听者有求娶欲纳之，则携而归，后方具礼偕来女家，以告父母。"(《大金国志》卷三九) 相对而言，在女真族统治下，封建礼教对婚姻的控制有所松动，男欢女爱相对自由的现象也较普遍。而且，由于宋代以来商品经济不断发展的结果，市民阶层逐渐有所壮大，他们对文艺作品的欣赏习惯和美学要求，对作家自不能不产生一定影响，特别是生活在市井中的董解元，更能深切地领会他们的愿望和要求，因而采取了他们喜闻乐见的说唱文艺形式，借用《莺莺传》所提供的故事，根据金代的社会现实和市民群众的意愿，加以改造重新创作，从而彻底改变了这一传统题材的思想主题。由此可见，这种"新纪元"乃是由社会生活的不同、作者经历的相异而形成的。

第四节　董西厢的艺术特色

董解元《西厢记》在艺术表现上也取得了惊人的成就。《莺莺传》和《莺莺歌》这种传统的诗文形式主要是诉诸视觉的,而《西厢记》这种说唱文艺则主要是诉诸听觉的,因而在艺术表现上自必有它的特色,具有它的艺术个性[10]。

诉诸听觉的《西厢记》,在情节构成上要求作者精心设计,能将极其纷纭复杂的故事情节有张有弛地安排得当,以期抓住听众的注意力,使其不感厌倦地听说下去。董解元在《西厢记》中将故事情节的主要内容——人物自身行为和人与人之间的种种纠葛矛盾处理得极为妥善:以张珙、莺莺、红娘、法聪、白马将军为一方,以郑夫人、郑恒、孙飞虎为一方,双方有着尖锐的矛盾。但在这组对立矛盾中,孙飞虎与郑夫人、郑恒之间也有矛盾;张珙与莺莺、莺莺与红娘之间也有矛盾;此外,男女主角张珙和莺莺自身又具有"情"与"礼"的矛盾。作者将这些矛盾交织在一起,使其环环相扣,处处勾联,以此促彼,彼伏此起地展开这一古老故事的波澜迭起的新的情节。《西厢记》一开始,张珙初见莺莺随即产生爱慕之情,他们自身背负着的情与礼的矛盾开始摇摆。及至孙飞虎兵围普救寺、企图劫夺莺莺这一对立矛盾发生,却促使了张珙与莺莺之间的矛盾向前发展,并初步形成解决矛盾的因素;张珙出自爱慕莺莺的私衷,挺身而出请来白马将军解救普救寺,结束了这组对立矛盾中孙飞虎一方。此际,张珙与莺莺的矛盾似已可解决,岂知枝节横生,有利因素下仍然潜伏着危机,老夫人食言而肥,张珙的请求与老夫人的拒绝,使得矛盾进一步激化,似已无解决之望;但莺莺出自对母亲的忘恩食言由不满而怨恨,对张珙仗义救人由感激而爱慕,在红娘的帮助下,逐步克服自身的矛盾,冲破老夫人的约束,而与张珙结合,这是在不利条件下所隐伏着的有利因素向对立面转化的结果。张、崔结合以后,一切矛盾似已解决,但又有郑恒的进谗、夫人的间阻,一波接一波地汹涌而来,这既揭露了封建礼教势力的不甘失败,又表明张、崔幸福婚姻来之不易。这样精心的构制,既多层次地展现了故事情节的极为丰富,又客观地反映了现实矛盾的无比复杂,能极大程度地激起听众的欣赏兴趣,取得预期的艺术效果。

同时,作者还辅之以戏剧中的悬念法和修辞中的设问格,更把听众的好奇心理推向高峰,长久地维持他们的强烈愿望和兴趣。这种组织情节的艺术手法,在前此的传统形式的诗文作品中还很少见。例如张珙初见莺莺时"五魂俏无主",但不到片刻就莽撞行事,"手撩衣袂,大踏步走至跟前,欲推户"。如果任其推门跟随莺莺进去,未免过于直截,情节发展也就缺少跌宕起伏。作者于此际,却让"一只手把秀才摔住",但又不立即说明是何人之"手",反向听众问道:"摔住张生的是谁?是谁?"这是戏剧中的悬念法,然而诸宫调毕竟是说唱文学,与戏剧演出究竟有所不同,作者不能不让演唱者自己回答这一问题:"乃寺僧法聪也。"这是修辞中自问自答的设问格。悬念,是为了在情节发展到一定关键时刻,维持和刺激听众兴趣的一种手法;而设问,则是回答听众疑虑使其能顺利地听说下去的表现手段。这两种手法的交替使用,正是说唱文艺《西厢记》的一种艺术特色。

诉诸听觉的说唱文艺,在人物形象的塑造上要求更侧重于在人物行动中去表现人物的形态、性格乃至心理变化,尽量避免静态的描写和游离于情节之外的平面叙述。在《莺莺传》中,张生这一形象写得并不成功,但即使写得相当成功的莺莺,也大多停留在静态的描绘,她可以给读者留下一些粗浅的印象,却很难给听众以具体感受。

董解元则不然,他在《西厢记》中注意从动态中去表现人物,力求强烈地感染听众。例如莺莺的形态美,作者是通过张珙以及普救寺众位高僧的行为加以表现的。张珙初见莺莺,"瞥然一见如风的,有甚心情更待随喜,立挣了浑身森地"。正在普救寺中"闲行"的张珙,震惊于莺莺的美貌,人发痴,身发麻,动弹不得;这是由动到静、动前之静。在他尽情欣赏过莺莺美貌之后,"使作不得顾危亡,便胡做",要紧跟上去,这又由静到动,是静后之动。作者就是通过张珙的发痴、发麻、发疯的一系列行为烘染出莺莺的貌美无比。如果说张珙一人的行为尚不足以说明莺莺的美丽,那么普救寺中诸位高僧的各自表现则可充分反映出莺莺的貌美惊人。这些六根清净的出世高僧只"瞥见"莺莺一面便"一齐都望",望得他们"住了念经,罢了随喜,忘了上香。选甚士农工商,一地里闹闹攘攘,折莫老的、小的、俏的、村的,满坛里热荒。老和尚也眼狂心痒,小和尚每挼头缩项。立挣了法堂,九伯了法宝,软瘫了智广","添香侍者似风狂,执磬的头陀呆了半晌,作法的阇黎神魂荡飏,不顾那本师和尚,聒起那法堂。怎遮当!贪看莺莺,闹了道场"。这段著名的描写,从莺莺周围众人的眼目中、行为中衬托出她的绝色美丽,留给听众以强烈的可以感受到的印象。又如人物的性格和心理活动,也都是在人的行动和人与人的纠葛之中加以表现的。莺莺在追求爱情过程中,既爱慕张珙又责备张珙,既依靠红娘又瞒过红娘,这种复杂的心情和"性情怊"的性格,正通过赖简的行为表现出来。而这种"性情怊"的令人似乎难以理解的表现,又正反映了她自身所背负的情与礼的矛盾,反映了被礼教束缚又企图冲破约束的莺莺这一具体人物的本质特征。作者描写张珙这一形象也复如此。解救普救寺之围以后的张珙,自恃有恩于人,有求必应,准备赴宴。此时的急切心理,如果作平面的叙述交代,怕难以产生强烈的艺术效果,董解元却细细描写他如何尽心打扮、如何盼日头转移、如何从晨至昏未饮汤水这一系列行动,有序地展开,逐层地显示,使听众感到可笑,而在可笑中又感到可信。这种动态描写的艺术手法,正反映了已初步具备戏剧因素的说唱文艺的特点。

董解元在《西厢记》中对自然景色的描写,得到不少研究者的交口称赞,它同样具有诉诸听觉的说唱文艺的特色。作者不是静止地描绘自然景物,而是在情节的逐步展现中表现自然景色。如张珙在月色之下行至莺莺居屋附近,一边口吟"小诗一绝",一边"绕庭徐步",此时一段景色描写极为精彩:

> 对碧天晴,清夜月,如悬镜。张生徐步,渐至莺庭。僧院悄,回廊静;花阴乱,东风冷。对景伤怀,微吟步月,陶写深情。诗罢踌躇,不胜情,添悲哽。一天月色,满地花阴。心绪恶,说不尽。疑惑际,俄然听;听得哑地门开,袭袭香至,瞥见莺莺。
> ——〔中吕调·鹊打兔〕

碧天、夜月、院悄、廊静、花乱、风冷,一幅夜深月色图,然而却不是静止的,在画面中有人物活动,有情节发展:张珙在其中徐步、微吟、伤怀、悲哽、凝神而听、瞥然而视,终于见到思念不已的莺莺。自然景物在人物活动中不断转换,故事情节在景物转换中逐渐发展,景色、人物、情节有机地结合在一起,较之静止地描绘景色更能吸引听众。在董解元笔下,人物心理的变化也常常与自然景色的变更交织在一起,如张珙在初见莺莺之后,相思不已,"夜则废寝,昼则忘餐,颠倒衣裳,不知所措"。作者用下面的曲辞表现了他此时的心境:

> 薄薄春阴,酿花天气,雨儿廉纤,风儿渐沥。药栏儿边,钩窗儿外,妆点新晴:花染深红,柳拖轻翠。   采蕊的游蜂,两两相

携;弄巧的黄鹂,双双作对。对景伤怀恨自己。病里逢春,四海无家,一身客寄。

——〔双调·豆叶黄〕

由热恋而致病的张珙,起初感受到阴雨春寒的滋味,雨声、风声都勾引起他的无限愁思;及至放晴以后,心情亦未见好转,双双对对的虫鸟,越发加深了形影孤单的感叹,花红柳翠的风光,越发触动了青春虚度的伤感。不同景物的更迭,只是反映了同样恶劣的心情的不同表现而已,在动态描写的自然景物中,衬托出恶劣心情的不同层次。

总之,董解元的《西厢记》无论在故事情节的组织还是人物形象的塑造乃至自然景色的描绘上,都显示了作为主要诉诸听觉的说唱文艺的特色,不同于传统形式诗文的表现手法,具有独特而又鲜明的艺术个性。

董解元《西厢记》在我国文学史上占有重要地位,也产生了极为深远的影响。如果说王实甫创作的杂剧《西厢记》是同类题材作品的顶峰,那也是在诸宫调《西厢记》的基础上形成的。尽管董解元《西厢记》在故事情节的安排、人物性格的刻画方面,还存在一些不尽合理和不足之处,但无论从思想主旨还是艺术表现的整体规模来看,它无疑给予了王实甫以巨大的启示。王实甫正是避免了董解元的种种缺失之后,才有可能取得空前的艺术成就。此外,董解元采用说唱形式的诸宫调创作这一故事也很有意义,目前完整保存下来的诸宫调作品仅有这一朵奇葩(《刘知远诸宫调》残缺不全,《天宝遗事诸宫调》目前只有辑录本)。尽管有人认为董解元这本《西厢记》可能是金院本而非诸宫调,但如没有这部作品存在,我们也无法就此问题进行深入探讨。即此而论,董解元的《西厢记》就有着极为重要的价值。

〔1〕 见赵令畤《侯鲭录》卷五。

〔2〕 王性之《传奇辨正》,见《侯鲭录》卷五。

〔3〕 参见《侯鲭录》卷五《辨传奇莺莺事》、胡应麟《少室山房笔丛》卷四一、瞿佑《归田诗话》卷上、陈寅恪《读莺莺传》、孙望《莺莺事迹考》等。

〔4〕 见《元氏长庆集》卷一〇《酬翰林白学士代书一百韵》。

〔5〕 参见刘洪涛《金院本与〈董西厢〉》,载南开大学学报1981年第6期。近年也有人对王国维此说提出异议。

〔6〕 参见王灼《碧鸡漫志》卷二、灌园耐得翁《都城纪胜》"瓦舍众伎"、孟元老《东京梦华录》卷第五"京瓦伎艺"等。

〔7〕 见吴自牧《梦粱录》卷二〇"妓乐"。

〔8〕 见王骥德《曲律》卷三"杂论文三十九上"。

〔9〕 见陶宗仪《辍耕录》卷二七"杂剧曲名"、钟嗣成《录鬼簿》。

〔10〕 参见陈美林《论〈董西厢〉的艺术个性》,载《文学评论丛刊》第31辑。

后　记

　　本卷是中国社会科学院文学研究所总纂的《中国文学通史》中的宋、辽、金部分，由南京师范大学中文系先后委托孙望、常国武主编，由南京师范大学中文系常国武、钟陵、曹济平及曲阜师范大学中文系刘乃昌（现已调往山东大学中文系）任执行主编。参加撰写工作的还有南京师范大学中文系潘君昭、鲁同群、秦寰明、金启华、钟振振、陈美林、吴调公，吉林省社会科学院周惠泉、米治国，湖北大学中文系王兆鹏，淮阴师专中文系于北山，扬州大学师院中文系黄进德，江苏省昆剧院胡忌，以及复旦大学博士生杨庆存。

　　具体撰写、修订分工如下（按撰写章节多寡为序）：

　　常国武　撰写上册第一章"总论"中第一节"宋代文学发展的背景"、第二节"宋代文学的承前启后"，第二十三章"周邦彦"，下册第十三章"南宋后期文学概述"，第十四章"南宋后期诗人"，第十五章"姜夔"，第十七、十八章"南宋后期其他词人"，第十九章"宋末诗人（上）"第一节"文天祥"，第二十一、二十二、二十三章"宋末词人"。

　　刘乃昌　撰写上册第二章"北宋前期文学概述"，第十章"北宋后期文学概述"，第四章"苏舜钦、梅尧臣和前期其他作家"（与曹济平合作），第十一章"苏洵　曾巩　司马光"，第十二章"王安石"，第十三、十四章"苏轼"，第十五章"苏辙与苏门弟子"，第十九章、二十章"黄庭坚与江西诗派",第二十一章"北宋后期其他诗人"(与曹济平、杨庆存合作),下册第十二章"朱熹 叶适 洪迈"(与于北山合作)。

钟 陵 撰写上册第五章"柳永",第六章"晏殊",第九章"张先",第十六章"晏几道",第十七章"秦观",下册第九、十章"辛弃疾",第十一章"陈亮 刘过",第十六章"吴文英"。

曹济平 撰写上册第四章"苏舜钦、梅尧臣和前期其他作家"(与刘乃昌合作),第二十一章"北宋后期其他诗人"(与刘乃昌、杨庆存合作),第二十二章"北宋后期其他词人",下册第一章"南宋前期文学概述",第二、三章"南宋前期词人"(经王兆鹏修订),第七、八章"陆游"。修订下册第五章"范成大",第六章"杨万里"。

周惠泉 撰写上册第一章"总论"第三节"辽金文学"中金代部分,下册第二十七、二十八章"金代文学",第二十九章"元好问"。修订上册第二十五章"辽代文学"。

王兆鹏 撰写上册第二十四章"李清照",下册第四章"曾几和南宋前期其他诗人"。修订下册第二、三章"南宋前期词人",第五章"范成大",第六章"杨万里"。

潘君昭 撰写上册第七、八章"欧阳修"。

于北山 撰写下册第五章"范成大"(经曹济平、王兆鹏修订),第六章"杨万里"(经曹济平、王兆鹏修订,并经秦寰明修订、增补),第十二章"朱熹 叶适 洪迈"(与刘乃昌合作)。

米治国 撰写上册第一章"总论"第三节"辽金文学"中辽代部分,第二十五章"辽代文学"(经周惠泉修订)。

鲁同群 撰写下册第十九章"宋末诗人(上)"第二节"谢翱",第二十章"宋末诗人(下)"。

秦寰明 撰写下册第二十四章"宋代诗话、词话与《沧浪诗话》"

（与吴调公合作）。修订、增补下册第六章"杨万里"。

  金启华 撰写上册第三章"柳开、王禹偁和宋初其他作家"。

  钟振振 撰写上册第十八章"贺铸"。

  黄进德 撰写下册第二十五章"话本"。

  胡 忌 撰写下册第二十六章"讲唱文学和歌舞、戏曲"。

  陈美林 撰写下册第三十章"董解元《西厢记》"。

  吴调公 撰写下册第二十四章"宋代诗话、词话与《沧浪诗话》"（与秦寰明合作）。

  杨庆存 撰写上册第二十一章"北宋后期其他诗人"（与刘乃昌、曹济平合作）。

  作为"中国文学通史"全书顾问的唐圭璋先生，对本卷的编写工作十分关心，给予了热情指导。作为《中国文学通史》全书编委及本卷主编之一的孙望先生，主持了前期的编写工作，在确定编写指导思想和全书构架，以及组织实施等方面，花了大量的心血，并具体审阅了北宋部分的初稿，直到1990年逝世。金启华先生先期对本卷章节的拟订及组织工作，曾付出了不少精力，后因出国讲学而未能继续。

  本卷后期的编写工作由常国武主持。刘乃昌主审了北宋部分并对上册若干章节作了较大修改；常国武主审了南宋、辽、金部分并对下册若干章节作了较大修改。钟陵、曹济平协审其中若干章节。全书由常国武通读、定稿，他为本书的出版付出了辛勤劳动。

  此外，程毅中、周本淳、曾枣庄等专家教授对部分章节也或作过一定的修订，或提出过宝贵的修改意见。在编写的全过程中，中国社会科学院文学研究所邓绍基、沈玉成、刘世德等先生自始至终给予了热情关怀和具体指导。沈玉成先生更对全书提出过不少修订的建议。谨对所有协助及指导本卷编写、修订等工作的兄弟院校、科研单位以及有关专家学者致以衷心的谢意。

人民文学出版社的大力支持和冯伟民、管士光同志的细致审改，使本卷终获问世，谨在此一并致谢。

本卷系职务著作，集体编写。在编写审订过程中虽经多次反复和大量返工，但因受水平限制，片面、错误之处仍在所难免。竭诚盼望海内外专家、读者赐予指正，以匡不逮。

南京师范大学中文系
一九九六年三月